KB119468

카오스 워킹

인간이라는 괴물

CHAOS WALKING BOOK THREE

인 간 이 라 는 괴 물

카오스 워킹

패트릭 네스 지음 | **박산호** 옮김

문학수첩

카네기 메달 수상

《인간이라는 괴물》에 쏟아진 찬사들

"〈카오스 워킹〉은 놀라운 작품이며, 이 3부작의 완결편인 《인간이라는 괴물》은 대단한 걸작이다. 이 작품은 윤리적으로 뛰어난 동시에 깊은 사고를 요한다." -더 타임스

"비범한 소설." -가디언

"단 한 순간도 눈을 뗄 수 없게 스릴이 넘치며 결말을 향해 전력 질주하는 이야기. 지금까지 읽은 시리즈 소설 중 가장 완벽한 엔딩이다. 깜짝 놀랄 클라이맥스에서 심장이 미친 듯이 뛰고, 눈물이 쏟아지고, 믿기 어려운 이야기와 만나게 된다." -인디펜던트 온 선데이

"극적이고 강렬한 피날레. 네스의 도전적이고 불편한 이야기 속에서 전쟁은 윤리적인 선택들로 이뤄지고, 그러한 선택들의 결과로 그 행동의 정당성 여부가 입증된다. 처음부터 끝까지 특유의 모호함과 긴장을 유지하며 시리즈를 끌어온 작가는 결말 역시 탁월하게 처리한다." -데일리 메일

"이 소설을 읽고 나니 기운이 쭉 빠지고 숨도 제대로 쉴 수 없었다. 뛰어난 시리즈 소설에 잘 어울리는 결말이다." -리터러리 리뷰

"대단원의 막을 내린 이 소설은 금세기에 이룬 뛰어난 문학적 성취 중 하나가 될 것이다." -아이리시 타임스

"독자가 품은 모든 기대에 부응했으며, 더할 나위 없이 훌륭한 시리즈의 전율이 흐르는 엔딩으로 마무리됐다." -데일리 익스프레스

"전작들만큼이나 중독성이 강한 소설. 눈이 핑핑 돌아가게 빠른 속도로 이야기가 진행되면서 견딜 수 없을 정도로 긴장감이 올라간다." -북스 쿼터리

"네스는 폭력과 권력과 인간의 본성에 대한 예리한 시각을 보여준다."
-퍼블리셔스 위클리

"이 소설은 인간의 잔혹함과 이상주의를 하나로 녹여 결과적으로 가장 인간적인 면모를 보여준 최고의 사이언스 픽션이다." -북리스트

"〈카오스 워킹〉 3부작의 최종편인 《인간이라는 괴물》에는 금방이라도 폭발할 것 같은 열정이 구석구석에 배어 있다. 이 숨 막히게 스릴 넘치는 소설은 토드와 바이올라가 전쟁의 참화에 걷잡을 수 없이 휘말리는 이야기를 풀어놓는다. 이 이야기에는 사람 간의 연대, 진심 어린 의사소통, 그것들이 실패했을 때 일어날 수 있는 크나큰 위험에 대한 메시지가 변함없이 담겨 있다. 미래에 대한 예언을 담은 서사시 같은 이 작품은 혁신적이고 강렬하며 아주 도발적이다." -북셀러

〈카오스 워킹〉 시리즈는 이메일이나 문자, 페이스북, 트위터 등을 통한 정보의 홍수가 오늘날 우리의 일상 속에 얼마나 만연해 있는가를 실감하면서 시작되었습니다. 원하지 않아도 우리는 다른 누군가의 생각을 보고 듣게 될 수밖에 없지요.

만약 당신이 어리다면 이런 상황이 얼마나 더 끔찍할까요?

요즘 10대들은 역사상 그 어느 때보다 개인의 자유를 존중받지 못하고 있습니다. 현대의 삶은 예전에는 상상도 못 할 정도로 온라인에 기반을 두고 있지요. 누구나 휴대전화로 동영상을 찍고 5분 안에 유튜브에 올릴 수 있기 때문에 이젠 더 이상 마음 놓고 바보 같은 짓을 할 수도 없습니다.

저는 개인의 자유나 사생활이 가장 필요한 순간에 이것을 전혀 보장

받지 못하고, 이런 상황으로부터 도망칠 수도 없다면 어떨지 궁금해지기 시작했습니다. 그리고 이런 생각이 가지를 뻗어 소설 속의 '소음'과 지나치게 개방된 정보의 무게로 인해 고통받는 '토드'라는 주인공이 탄생했습니다. 어느 날 아주 우연히, 토드는 전혀 예상 못 한 방식으로 자신이 바라던 '고요함'을 찾을 수 있다는 사실을 발견합니다.

어둡고 고통스럽기도 한 이 소설들은 청소년에게 가장 중요한 것이 무엇인가에 대한 저의 생각을 담고 있습니다. 그것은 누군가에게 다가가는 법을 배우고, 타인의 참모습을 깨닫고, 그리고 무엇보다도 사람을 믿는 법을 배우는 것입니다.

패트릭 네스

데니스 존스톤 버트를 위해

벙커에 누가 있지?
벙커에 누가 있지?

여자들과 아이들 먼저
아이들 먼저
아이들

나는 머리가 떨어져 나갈 때까지 웃어

나는 내 몸이 터져나갈 때까지 침을 꿀꺽 삼키지

라디오헤드, 〈이디오테크(Idioteque)〉

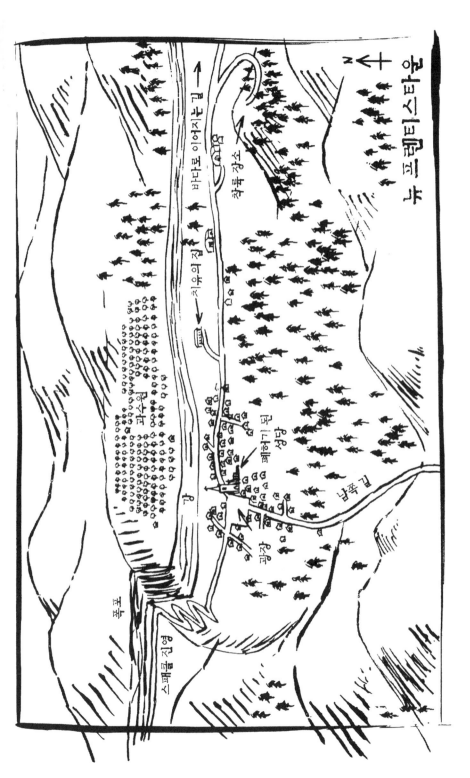

"드디어 전쟁이 시작됐다." 프렌티스 시장이 눈을 번득이며 말했다.

"닥쳐요. '드디어'라고 할 것도 없어. 이 전쟁을 원한 사람은 당신 하나잖아."

"그렇다 해도 전쟁이 시작됐잖니." 시장은 싱긋 웃는 얼굴로 날 돌아봤다.

그가 이 전쟁에서 싸울 수 있도록 풀어준 것이 내 인생 최대 실수가 아닐까 하는 생각이 벌써 들기 시작했지만…….

하지만…….

아니야, 이래야 바이올라를 안전하게 지킬 수 있어. 그녀를 지키려면 이렇게 해야만 해.

필요하다면 그를 죽이는 한이 있더라도, 그가 바이올라를 안전하게 지키게 만들 거야.

그래서 해가 저무는 동안 나와 시장은 돌무더기로 변해버린 성당 폐허에 서서 맞은편 광장을 바라봤다. 그동안 스패클 군대가 언덕의 지그재그형 도로를 따라 내려오면서 듣는 사람의 몸을 두 동강 내버릴 것처럼 엄청난 소리를 내는 거대한 뿔피리를 불어댔고…….

코일 선생님이 이끄는 해답 군대는 우리 뒤쪽 시내로 행군해 오면서 도중에 걸리는 건 다 폭탄으로 쾅! *쾅!* **쾅!** 터트리고 있었고…….

해머 아저씨가 선두에 선 시장의 군대가 남쪽으로부터 재빨리 대형을 갖춰 도착해, 새 명령을 받기 위해 광장을 건너 우리에게로 왔고…….

뉴 프렌티스타운 사람들은 살기 위해 사방으로 흩어져 도망쳤고…….

이곳을 향해 오는 이주민들이 탄 정찰기는 코일 선생님의 군대 근처, 그들에게는 그야말로 최악의 장소가 아닐 수 없는 언덕에 착륙했고…….

우리 밑의 돌무더기에는 내가 방금 풀어준 자기 아버지에게 총을 맞아 죽은 데이비 프렌티스의 시체가 널브러져 있고…….

그리고 바이올라…….

나의 바이올라는…….

양 발목이 다 부러져 일어날 수도 없는 몸으로 말을 타고 이 아비규환의 한가운데로 달려 나갔고…….

그래.

이렇게 시작됐구나.

이 모든 것의 종말.

이 모든 것의 끝.

"아, 그렇지, 토드. 정말 그렇단다." 시장이 두 손을 쓱쓱 문지르며 말했다.

그동안 간절히 빌던 모든 소망이 다 이뤄진 것처럼 또 말했다.

"전쟁이다."

전쟁의 시작

두 번의 전투

〈토드〉

"스패클과 정면 대결이다!" 시장이 군인들에게 소리 지르면서 모든 이의 머릿속으로 곧바로 소음을 보냈다.

내 머릿속까지도.

"그들은 길 끝에 모일 것이다. 하지만 거기서 한 발짝도 앞으로 나오지 못한다!"

나는 앙가르드의 옆구리에 한 손을 댔다. 모페스와 앙가르드가 폐허가 된 성당 뒤쪽을 돌아서 달려와 시장과 나는 2분 만에 말에 올랐다. 시장을 몰아내려 한 나를 돕다가 의식을 잃고 쓰러진 남자들의 몸을 넘어갈 때, 여기저기서 군인들이 모여들어 우리 앞에 섰다.

전원이 집합한 건 아니고, 아마 절반도 안 되는 것 같았다. 나머지 병사들은 원래 전투를 치를 예정이었던 언덕으로 가는 남쪽 도로에 도열해 있었다.

수망아지? 앙가르드가 잔뜩 긴장한 것이 느껴졌다. 무서워서 숨이 넘어갈 지경인 듯했다.

나도 그랬다.

"*공격 준비!*" 시장이 소리를 지르자 해머 아저씨와 나중에 도착한 테이트 아저씨, 오헤어 아저씨, 모건 아저씨가 제꺽 경례를 하고 병사들이 순식간에 질서 정연하게 제자리를 찾아 섰다. 어찌나 동작들이 빠른지 보고 있으려니 눈이 아플 지경이었다.

"나도 알아. 정말 장관이지 않니?" 시장이 말했다.

나는 데이비에게 뺏은 소총을 그에게 겨눴다. "우리의 계약을 잊지 말아요. 바이올라를 안전하게 지키고 소음으로 날 조종하려 하지 말 것. 그러면 목숨을 부지할 수 있어. 내가 당신을 살려두는 이유는 그거 하나야."

시장의 눈이 순간 반짝였다. "그러려면 내 곁을 벗어날 수 없다는 건 알고 있겠지. 나를 따라 전쟁터로 뛰어드는 한이 있더라도 말이야. 그럴 준비가 됐니, 토드?"

"준비됐어요." 준비는 안 됐지만 그 생각을 하지 않으려고 애쓰면서 대답했다.

"네가 잘해낼 거라는 느낌이 온다."

"닥쳐요. 난 당신을 한 번 이겼고, 또 이길 거야."

시장이 씩 웃었다. "당연히 그렇겠지."

"*병사들은 준비됐습니다!*" 말을 탄 해머 아저씨가 경례하면서 소리쳤다.

시장은 내게서 눈을 떼고 놀리는 듯한 말투로 물었다. "병사들은 준비됐단다, 토드. 넌 준비됐니?"

"그냥 가기나 해요."

그러자 시장의 얼굴에 피어오른 미소가 한층 커졌다. 그는 병사들에게로 돌아섰다.

"두 개 사단은 1차 공격을 위해 서쪽 도로로 출발하라!" 그의 목소리는 도저히 떨쳐버릴 수 없는 무엇처럼 모두의 머릿속으로 꿈틀꿈틀 기어들어갔다. "해머 대위 사단이 선두에 서고, 모건 대위 사단이 뒤를 맡는다! 테이트 대위와 오헤어 대위는 앞으로 도착할 나머지 병사들과 무기를 모아 최대한 신속하게 전투에 합류한다."

무기라고?

"그들이 우리와 합류할 때 아직 전투가 끝나지 않았다면……."

이 말에 병사들은 크고 신경질적이고 사납게 웃었다.

"그때 우리는 하나가 되어 스패클을 저 언덕 위로 다시 몰아내고 그들이 세상에 태어난 날을 후회하게 만들어 줄 것이다!"

남자들이 요란하게 함성을 질러댔다.

"대통령님! 해답 군대는 어떻게 할까요?" 해머 대위가 소리 질렀다.

"스패클을 물리치고 나면, 해답 군대는 애들 장난이 되겠지." 시장이 대답했다.

시장은 부하들 너머로 아직도 언덕을 내려오고 있는 스패클 군대를 바라봤다. 그리고 주먹을 들어 아주 크게, 듣고 있는 모든 이의 뼛속까지 스며드는 소리와 소음을 동시에 질렀다.

"돌격!"

"**돌격!**" 병사들도 그에 화답해 소리 지르며 무시무시한 속도로 광장을 빠져나가 지그재그 길이 난 언덕을 향해 달려갔다.

시장은 지금 이 상황이 마냥 신나서 웃고 싶은 마음을 간신히 참는 듯한 표정으로 나를 힐끗 돌아봤다. 그리고 한 마디 말도 없이 모페스의 옆구리에 세게 박차를 가해서 군대를 따라 광장으로 달려갔다.

전장으로 향하는 군대를 따라.

따라가? 그렇게 묻는 앙가르드에게서 공포가 땀방울처럼 솟아났다.

"시장 말이 맞아. 시장이 우리 시야에서 벗어나면 안 돼. 그는 약속을 지켜야 해. 이 전쟁에서 이겨서 그 애를 구해야 해."

그 애를 위해. 앙가르드가 생각했다.

그 애를 위해. 나는 그녀에 대한 내 모든 감정을 실어 화답했다.

그리고 그녀의 이름을 생각했다.

바이올라.

그러자 앙가르드도 전쟁터로 뛰어들었다.

〈바이올라〉

토드. 나는 도로에 바글바글 모여 있는 사람들 사이로 에이콘을 타고 가면서 그를 생각했다. 사람들은 모두 한쪽에서 들려오는 그 끔찍한 뿔피리 소리를 피해, 그리고 반대편에서 쾅쾅 터지는 코일 선생님의 폭탄을 피해 달아나려고 사력을 다하고 있었다.

쾅! 또다시 폭탄이 터지면서 동그란 불덩이가 연기를 흩날리며 하늘로 솟구쳤다. 견딜 수 없을 정도로 처참한 비명들이 주위에서 들려왔다. 도로 저쪽으로 달려가던 사람들이 반대편에서 오는 사람들과 뒤엉키면서 사방에서 우리의 앞길을 막아섰다.

정찰기에 먼저 도착하려고 달려가는 우리를.

또다시 거대한 뿔피리 소리가 들리자 아까보다 더 큰 비명들이 들려왔다. 나는 에이콘의 두 귀 사이에 대고 말했다. "우린 가야 해, 에이콘. 저 소리의 정체가 뭐건, 우리 우주선에 탄 사람들이……."

그때 누가 느닷없이 내 팔을 움켜쥐고 안장에서 끌어내리려고 했다.

"그 말 내놔! 어서 내놓으라고!" 한 남자가 고함을 지르면서 나를 더욱 거세게 잡아당겼다.

에이콘이 몸을 비틀어서 사내를 떨쳐버리려고 했지만 주위에 사람이 너무 많았다.

"이거 놔요!" 나는 그 남자에게 소리 질렀다.

"말을 내놔! 스패클들이 오고 있다고!" 남자는 절규하듯 소리쳤다.

나는 그 말에 너무 놀란 나머지 안장에서 미끄러질 뻔했다. "뭐라고요?"

하지만 남자에게는 내 말이 들리지 않았고, 스러지는 햇살에 비친 눈의 흰자는 공포로 활활 타오르고 있었다.

꽉 잡아! 에이콘이 소리를 질러 나는 갈기를 있는 힘껏 움켜쥐었다. 에이콘은 뒷발로 그 남자를 차버리고 어두운 밤을 향해 맹렬하게 달렸다. 사람들이 비명을 지르면서 우리를 피했다. 내가 죽어라 매달리는 동안 에이콘은 더 많은 사람들을 쓰러뜨리며 달려갔다.

빈터에 이르자 에이콘의 속도가 더욱 빨라졌다.

"스패클이라고? 그게 무슨 말이야? 분명 그들은……."

스패클. 스패클 군대. 스패클 전쟁. 에이콘이 생각했다.

에이콘이 달리는 동안 나는 고개를 돌려 저 멀리 지그재그 언덕길을 내려오는 불빛들을 보려고 안간힘을 썼다.

스패클 군대.

스패클 군대도 오고 있다고.

토드? 에이콘이 한 발 한 발 내디딜 때마다 토드와 밧줄로 묶어놓은 시장에게서 점점 더 멀어지고 있다는 사실을 떠올리며 그를 생각했다.

가장 큰 희망을 걸 수 있는 건 우주선이다. 그들이 우리를 도울 수 있을 것이다. 그들은 어떻게든 나와 토드를 도울 수 있을 거야.

토드와 내가 한 전쟁을 막았으니, 또 다른 전쟁도 막을 수 있겠지.

그래서 토드의 이름을 다시 떠올리며 마음속으로 그에게 내 힘을 보냈다. 그리고 에이콘과 해답 군대를 향해, 정찰기를 향해, 가망이 없는 상황에서도 계속 내 바람이 맞기를 바라며 달렸다.

〈토드〉

앙가르드가 모페스를 쫓아가는 동안 군대는 가는 길에 거치적거리는 뉴 프렌티스타운 시민들을 모조리 쓰러뜨리며 우리 앞에서 나아갔다. 두 사단이 있었는데 첫 번째 사단은 말을 타고 고래고래 소리 지르는 해머 아저씨가 이끌고, 두 번째는 그보다는 소리를 덜 지르는 모건 아저씨가 지휘관이었다. 다 해서 대략 400명 정도 되는 병사들이 모두 소총을 들고 얼굴을 찌푸린 채 함성을 지르고 있었다.

그들의 소음은…….

그들의 소음은 괴물처럼 모두 하나의 음으로 맞춰져서 뒤틀려 있었다. 마치 화가 머리끝까지 난 거인이 괴성을 지르며 걸어가는 소리처럼 들렸다.

그걸 듣고 있노라니 내 심장까지 같이 쿵쾅거렸다.

"내 옆에 바짝 붙어 있어, 토드!" 시장이 모페스 위에서 소리 지르면서 내 옆으로 다가왔다.

"그건 염려 놓으시죠." 나는 총을 꽉 움켜쥐면서 대꾸했다.

"내 말은 살고 싶다면 그러란 말이야. 그리고 네가 한 약속도 잊지 마. 아군의 총에 맞는 병사들이 나오는 건 질색이니까." 그는 주위를 둘러보며 말했다.

그리고 내게 윙크했다.

바이올라. 나는 그 소음을 주먹처럼 휙 내질렀다.

시장이 움찔했다.

얼굴의 웃음기가 가셨다.

우리는 군대를 따라 시내 서쪽을 관통해서 해답 조직이 불태워 버린 듯한 감옥의 잔해를 지나쳤다. 전에 이 길로 딱 한 번 온 적이 있다. 그때 나는 죽어가는 바이올라를 품에 안고 길을 달려 내려와 안전하리라고 생각한 곳으로 그녀를 데려가고 있었다. 하지만 그렇게 달려와서 발견한 건 지금 옆에서 말을 타고 가는 남자, 이 전쟁을 일으키기 위해 천 명의 스패클을 몰살한 남자, 자신이 이미 알고 있는 정보를 짜내기 위해 바이올라를 고문한 남자, 자기 아들을 살해한 남자뿐이었고……

"그럼 넌 어떤 남자가 이 전쟁의 지휘관이 됐으면 좋겠는데? 어떤 남자가 이 전쟁에 적합하다고 생각하지?" 내 소음을 읽은 시장이 물었다.

괴물. 전쟁은 인간을 괴물로 만들지. 나는 벤 아저씨가 했던 말을 떠올렸다.

"틀렸어. 애초에 전쟁이 우리를 어른으로 만드는 거야. 전쟁을 치르기 전까지 우린 그저 아이에 지나지 않아."

또다시 우레와 같은 뿔피리 소리가 우리를 덮쳤다. 그 소리가 너무 커서 머리가 찢겨나가는 것 같았다. 군대는 순간 발걸음을 멈췄다.

우리는 고개를 들어 언덕 아래를 봤다. 횃불을 든 스패클들이 우리를 맞이하기 위해 거기 모여 있었다.

"어른이 될 준비가 됐니, 토드?" 시장이 물었다.

〈바이올라〉

쾅!

바로 우리 위쪽에서 또다시 폭탄이 터져 연기와 함께 잔해들이 나무들 위로 높이 날아갔다. 너무 무서워서 발목이 부러졌다는 걸 깜박하고 우주선에서 본 비디오 영상처럼 에이콘에게 박차를 가하려다가 거센 통증에 온몸을 움츠렸다. 리—아직도 엉뚱한 곳에서 해답을 찾으려고 고생하고 있을 리, 아, 제발 무사하기를—가 단단하게 감아준 붕대 효과가 좋긴 했지만, 부러진 뼈는 여전해서 잠시 극심한 고통이 욱신거리는 팔뚝 상처에까지 미쳤다. 나는 소매를 걷어서 상처를 살펴봤다. 밴드 주위의 피부가 벌겋게 달아올라 있었다. 도저히 빼버릴 수 없는 가느다란 쇳덩어리 밴드 때문에 나는 죽는 날까지 1391이라는 낙인에서 벗어날 수 없다.

그것이 내가 치른 대가다.

그를 찾기 위해 치른 대가.

"그 대가를 헛되게 하지 말아야겠지." 에이콘에게 말하자 그는 소음으로 **앙망아지**라고 말하며 동의했다.

공기 중에 연기가 꽉 찼고, 저쪽 앞에서 불길이 활활 타오르는 광경이 보였다. 사람들은 여전히 사방팔방으로 흩어져서 도망쳤지만, 시내에서 점점 멀어지면서 인적도 점점 줄어들고 있었다.

코일 선생님과 해답 조직이 심문 본부에서 출발해 동쪽 길을 지나 마을 한가운데를 향해 행군하고 있다면, 이미 통신 탑이 서 있던 언덕을 지나쳤을 것이다. 정찰기는 거기 착륙했을 가능성이 가장 높다. 코일 선생님은 분명 가던 방향을 바꿔서 빠른 수레를 타고 제일 먼저 도착해 그들과 이야기하려고 할 것이다. 그렇다면 대신 누구를 책임자로 지명

했을까?

에이콘이 계속 달려서 도로의 굽이를 돌아갈 때…….

쾅!

빛이 번쩍 비치면서 또 다른 기숙사가 불에 타올라 순간 도로가 환해졌고…….

그때 그들이 보였다…….

해답.

입고 있는 옷 앞쪽이나 얼굴에 파란색으로 A를 써놓은 사람들이 줄지어 행군하고 있었다.

모두 총을 겨누고…….

수레마다 무기를 가득 싣고…….

아는 얼굴이 몇몇 보였지만(로손 선생님, 매그너스, 나다리 선생님), 그들 모두 너무나도 낯설게 보였다. 너무나 사나운 표정으로 온 정신을 집중한 채, 겁이 나는 와중에도 용기를 내서 가고 있었다. 나는 순간적으로 에이콘의 고삐를 잡아당겼다. 그들에게 가기가 두려웠다.

폭발로 인한 불빛이 사그라지면서 그들은 다시 어둠 속에 잠겼다.

앞으로 가? 에이콘이 물었다.

나는 심호흡을 하면서 그들이 날 보고 어떻게 반응할지, 그들이 날 보기는 할지, 혼란스러운 나머지 말을 탄 나를 그냥 폭탄에 날려버리지는 않을지 고민했다.

"선택의 여지가 없네." 내가 마침내 말했다.

그래서 에이콘이 막 다시 움직이려고 할 때…….

"바이올라?" 어둠 속에서 목소리가 들렸다.

〈토드〉

시내에서 나가는 길을 따라가다 보면 오른쪽으로 강이 흐르고, 바로 앞에는 우레와 같은 소리를 내며 떨어지는 거대한 폭포와 지그재그 길이 있는 언덕이 보인다. 군대는 함성을 지르며 빈터로 들어섰다. 해머 대위가 선두에 섰다. 여기는 한 번밖에 안 와봤지만, 전에는 나무들과 작은 집들이 있던 곳이라는 걸 알고 있다. 시장이 부하들을 시켜서 싹다 쓸어버리고 전쟁터로 만든 게 분명하다.

이런 일을 예상했던 것처럼…….

하지만 그 점에 대해 미처 생각할 틈도 없이 해머 아저씨가 갑자기 "**정지!**"라고 소리치자 부하들이 대형을 갖춰 빈터 맞은편을 바라봤는데…….

거기에 그들이 있었다…….

스패클 군대의 첫 번째 부대…….

그 빈터에 사방팔방으로 퍼진 수십 수백 명의 스패클들이 햇불을 높이 치켜들고, 활과 화살과 기이하게 생긴 길고 하얀 막대기를 들고 마치 하얀 핏물처럼 언덕 밑으로 흘러 내려왔다. 보병들은 거대한 흰색 동물을 탄 스패클들 주위를 에워싸고 있었다. 거세한 수송아지처럼 생겼지만 그보다 키가 더 크고, 몸통이 더 넓적하고, 코끝에 거대한 뿔 하나가 튀어나온 그 동물들은 진흙으로 만든 것 같은 묵직한 갑옷을 입고 있었고, 수많은 스패클 병사들도 그 진흙 갑옷으로 하얀 피부를 가리고 있었다.

또다시 뿔피리 소리가 들렸다. 그 소리가 너무 커서 귀에서 피가 흐르는 것 같았다. 이제 내 두 눈으로 그 뿔피리를 볼 수 있었다. 거대한 스패클 하나가 언덕 위에 있는 그 뿔 달린 짐승 두 마리의 등에 묶인 피리를 불고 있었는데…….

오 맙소사…….

오, 세상에, 맙소사…….

그들의 소음이…….

마치 무기처럼 언덕 밑으로 굴러 내려와, 격렬하게 물결치는 강물에 떠오르는 거품처럼 빈터 위로 흘러 우리를 향해 곧바로 다가왔고, 거기에서 그들의 군대가 우리를 칼로 베는, 우리 군인들이 갈기갈기 찢기는, 결코 말로 다 표현할 수 없는 추악하고 끔찍한 모습들이 보였고…….

우리 병사들도 바로 그들에게 그런 영상들을 쏘아 보냈다. 내 앞에 선 병사들에게서 그들의 머리가 몸에서 떨어져 나가고, 총알이 그들을 너덜너덜하게 뚫어버리고, 끝도 없이 무한하게 살육하는 장면들을…….

"정신 바짝 차려, 토드. 안 그러면 목숨을 잃게 될 거다. 나는 이번 전투에서 네가 어떤 어른이 될지 굉장히 궁금하지만 말이다." 시장이 말했다.

"전열 정비!" 해머 아저씨가 소리를 지르자 뒤에 선 군인들이 즉시 줄을 맞춰 섰다. **"1열 준비!"** 아저씨가 소리를 지르자 병사들이 소총을 들고 명령에 맞춰 진격할 준비를 마쳤고, 그동안 2열에 선 병사들이 줄을 맞춰 섰다.

스패클 병사들도 언덕 밑에 멈춰서 똑같이 한 줄로 길게 늘어섰다. 뿔 달린 동물이 대열을 가르고 나왔는데, 스패클 하나가 그 등 위에 올라서 있었다. 그 스패클 앞, 짐승의 갑옷 위에 뼈로 만든 것처럼 보이는 U자 모양의 하얀 물건 하나가 놓여 있었다.

"저게 뭐죠?"

시장은 씩 웃었다. "곧 알게 될 것 같은데."

"공격 준비!" 해머 아저씨가 소리쳤다.

"나랑 같이 여기 뒤쪽에 있어라, 토드. 가능한 한 전투에는 참여하지 마." 시장이 말했다.

"나도 알아요. 자기 손은 더럽히기 싫다 이거잖아요." 나는 소음에 감정을 가득 실어 대답했다.

시장이 내 눈을 바라봤다. "손을 더럽힐 날은 앞으로 차고 넘친다. 걱정하지 마."

"돌격!!!" 그때 해머 아저씨가 있는 힘껏 소리를 질렀고……. 그렇게 전쟁이 시작됐다.

〈바이올라〉

"윌프 아저씨!" 나는 큰 소리로 아저씨를 부르며 말을 타고 다가갔다. 아저씨는 황소 수레를 끌면서 해답 무리의 첫 번째 줄 옆으로 빠져나와 있었다. 해답은 여전히 안개 낀 어둠 속을 행군하는 중이었다.

"살아 있었구먼! 코일 슨상님이 네가 죽었다고 했는데." 아저씨는 수레에서 훌쩍 뛰어내려 허겁지겁 다가오면서 외쳤다.

코일 선생님이 폭탄을 터트려 시장을 죽일 계획을 세우면서, 그 와중에 나도 죽을 것이란 점에는 아랑곳하지 않았던 것처럼 보였던 그 일이 떠오르자 다시 분노가 솟아났다. "코일 선생님 말 중에는 틀린 게 아주 많아요, 윌프 아저씨."

아저씨가 고개를 들어 나를 바라봤다. 그 순간 달빛에 아저씨의 소음에 서린 두려움이 비쳤다. 이 행성에서 내가 지금까지 만난 남자들 중 그 어떤 일이 벌어져도 가장 동요하지 않았던 사람, 나와 토드를 구하기 위해 여러 번 목숨을 걸었던 사람, 지금까지 한 번도 두려워한 적이 없던 사람이 지금 두려워하고 있었다. "스패클이 쳐들어오고 있당께, 바이올라. 넌 여기서 어서 빠져나가야 혀."

"전 도움을 청하러 가던 중이었어요, 아저씨."

그때 노도로 맞은편 건물 하나가 **꽝** 소리를 내며 산산소각 났다. 삭은 폭풍파暴風波가 퍼지자 윌프 아저씨는 에이콘이 놀라서 달아나지 못하게 고삐를 붙잡았다. "저 사람들은 대체 뭐 하고 있는 거예요?" 내가 소리를 꽥 질렀다.

"슨상님 지시여. 목숨을 구하자면 때로는 다리를 잘라내야 할 때도 있는 법이라믄서."

나는 연기 때문에 기침을 하며 말했다. "그거야말로 선생님이 했을 만한 바보 같은 말이네요. 선생님은 어디 있어요?"

"그 우주선이 날아오니까 갔다. 우주선이 착륙한 곳으로 허겁지겁 수레를 타고 가버렸어."

심장이 철렁 내려앉았다. "그게 어디 착륙했어요, 아저씨? 정확히 어디요?"

아저씨는 왔던 길을 가리켰다. "저기 저 언덕. 그 탑이 있던 곳 말이여."

"그럴 줄 알았어."

또다시 멀리서 뿔피리 소리가 들려왔다. 그 소리가 날 때마다 사방에서 사람들이 더 크게 비명을 지르며 도망쳤다. 해답 군대 사람 몇 명도 비명을 질렀다.

"너도 도망쳐라, 바이올라. 스패클 군대가 나쁜 일을 몰고 올 거여. 가야 혀. 어서." 아저씨가 다시 내 팔을 잡으며 말했다.

퍼뜩 토드가 걱정되었지만 애써 참았다. "아저씨도 도망쳐야 해요. 코일 선생님의 작전은 먹히지 않았어요. 시장의 군대가 이미 시내로 돌아왔어요. 우리가 시장을 잡았어요. 토드가 군대를 막으려고 애쓰고 있지만 지금 그들에게 쳐들어가면 해답은 전멸해요." 놀란 월프 아저씨가 숨을 헉 들이마셨다.

아저씨는 굳은 얼굴로 행군하고 있는 해답 무리를 돌아봤다. 그중 몇몇이 나와 월프 아저씨를 보고, 내가 살아서 말을 타고 돌아온 모습을 보고 놀라기 시작했다. 그들이 내 이름을 부르는 소리가 들렸다.

"코일 슨상님이 계속 행군하라고 혔어. 무슨 소리가 들리건 상관없이 계속 폭파하라고."

"선생님이 누구에게 지휘를 맡겼죠? 로손 선생님?" 침묵이 흐르고 나서 나는 다시 월프 아저씨를 내려다봤다. "아저씨구나, 그렇죠?"

아저씨는 고개를 천천히 끄덕였다. "내가 지시를 가장 잘 따른다고."

"선생님이 또 실수를 했군요. 아저씨, 사람들을 돌려보내야 해요."

월프 아저씨는 여전히 행군을 계속하는 사람들을 돌아봤다.

"다른 슨상님들이 내 말은 안 들을 턴디." 말은 그렇게 했지만 아저씨의 생각이 들려왔다.

"그렇겠죠. 하지만 다른 사람들은 모두 아저씨의 말을 들을 거예요." 나도 아저씨의 생각에 동의하면서 말했다.

아저씨는 다시 고개를 들어 나를 바라봤다. "내가 돌려보내마."

"전 정찰기에 가야 해요. 그들이 도와줄 거예요."

월프 아저씨는 고개를 끄덕이면서 엄지로 어깨 뒤쪽을 가리켰다.

"저기 두 번째로 큰 도로로 가야 헌다. 코일 슨상님이 너보다 20분 먼저 출발혔어."

"고마워요, 윌프 아저씨."

아저씨는 다시 고개를 끄덕이고 해답을 향해 돌아서서 외쳤다. "후퇴! 후퇴혀!"

난 다시 에이콘을 재촉해서 윌프 아저씨와 해답 무리의 맨 앞에서 경악한 얼굴로 서 있는 로손 선생님과 나다리 선생님을 지나쳤다.

"누구의 권한으로 그런 명령을 내리는 거죠?" 나다리 선생님이 아저씨에게 따지고 들었다.

"나요!" 아저씨가 아주 강경하게 말하는 소리가 들렸다.

난 최대한 빨리 달리느라 그렇게 말할 때의 아저씨 얼굴은 보지 못했다. "그리고 저 아이도!"

하지만 아저씨가 날 가리키고 있다는 건 알 수 있었다.

〈토드〉

제1열의 군인들은 마치 언덕을 향해 쓰러지는 벽처럼 빈터를 가로지르며 전력 질주했다.

말을 탄 해머 아저씨가 V자 대형으로 달려가는 그들 앞에서 고함을 지르고 있었다.

그 뒤에 선 군인들이 곧바로 출발했다. 이제 두 줄로 선 군인들이 총을 겨눈 채 스패클들을 향해 무시무시하게 빠른 속도로 달려갔다.

"왜 사격하지 않는 거죠?" 내가 시장에게 물었다.

시장은 짧게 숨을 내뿜었다. "자신감이 과해서 그런 것 같다."

"뭐라고요?"

"우리는 항상 스패클들과 아주 가까이서 맞붙어 싸웠다. 그때는 그게 가장 효과적이었지. 하지만……." 시장은 맨 앞줄에 서 있는 스패클들을 다시 바라봤다.

"아무래도 조금 뒤로 물러나야 할 것 같다, 토드." 시장은 내가 미처 입을 열기도 전에 모페스를 돌려세워 뒤쪽으로 물러나게 했다.

나는 스패클들을 향해 달려가는 군인들을 다시 돌아봤다.

그리고 여전히 꿈쩍도 하지 않는 스패클들도 봤다.

군인들이 점점 가까워지고 있었다.

"하지만 왜요?"

"토드." 시장이 이제 족히 20미터 정도 떨어진 뒤쪽에서 날 불렀다.

그때 스패클들에게서 소음이 휙 비쳤다.

일종의 신호였다.

앞줄에 서 있는 스패클들이 일제히 활과 화살을 들었다.

혹은 하얀 막대기를.

뿔 달린 짐승 위에 서 있는 스패클은 양손에 불을 밝힌 횃불을 하나씩 들고 있었다.

"사격 준비!" 말을 탄 해머 아저씨가 소리를 지르면서 뿔 달린 짐승을 향해 천둥 같은 소리를 내며 달려갔다.

군인들이 일제히 총을 들었고…….

"내가 너라면 정말 뒤로 물러나겠다." 시장이 내게 소리쳤고…….

나는 앙가르드의 고삐를 조금 잡아당기고…….

여전히 그 전투와, 내 앞의 빈터를 달려가는 군인들과, 그 뒤에서 똑같이 행동할 준비를 하는 군인들과, 그 뒤의 군인들을 보면서…….

시장과 함께 그 무리의 뒤쪽에서 기다렸고…….

"조준!" 해머 아저씨의 목소리와 소음이 모두 힘껏 고함을 질렀고…….

나는 시장을 향해 앙가르드를 돌려세워서…….

"왜 저들은 쏘지 않죠?" 그에게 가까이 다가가며 물었고…….

"누구 말이냐? 군인들? 아니면 적들?" 시장은 여전히 스패클들을 찬찬히 살펴보며 대꾸했고…….

나는 돌아봤다…….

해머 아저씨가 그 뿔 달린 동물에게서 채 15미터도 떨어지지 않은 거리에 있었고…….

10미터…….

"양쪽 다요." 내가 대답했고…….

5미터…….

"자, 이제 흥미로운 일이 벌어지겠군." 시장이 말했다.

뿔 달린 짐승의 등에 서 있는 스패클이 손에 든 횃불 두 개를 U자형 물건 뒤에서 하나로 합쳤고…….

펑!

그 펑 소리와 함께 거대한 불길이 U자형 물건 밖으로 터져 나와 세차게 흐르는 강물처럼 주위로 쏟아졌다. 상상할 수 없을 정도로 큰 그 불길은 흐를수록 점점 커지며 무시무시한 악몽처럼 온 세상을 집어삼킬 기세로…….

해머 아저씨를 향해 쏟아졌고…….

아저씨는 말고삐를 얼른 오른쪽으로 잡아당기면서…….

펄쩍 뛰어서 벗어나려 했지만…….

너무 늦었고…….

불길이 휙 소리와 함께 위에서 덮치며…….

아저씨와 말을 마치 막처럼 둘러싸면서 달라붙었고…….

불길에서 벗어나려고 하는 순간에도 그들의 몸은 사정없이 타들어가서…….

말은 죽어라 강을 향해 달렸지만…….

헤머 아저씨는 살아남지 못했고…….

불타는 말의 불타는 안장에서 떨어져…….

활활 타오르는 불덩이가 되어 땅바닥으로 쿵 떨어져서…….

그의 말이 물 아래로 가라앉는 동안 꼼짝 않고 누워 있었고…….

말은 끝없는 비명을 지르고 또 질렀고…….

나는 군대 쪽으로 시선을 돌려서…….

불길에서 도망가게 해줄 말도 없이 제일 앞줄에 서 있는 군인들을 보았고…….

그 불길…….

일반적인 불보다 더 두꺼운…….

더 두껍고 무거운 불길이…….

마치 와르르 무너지는 바위산처럼 그들을 무너뜨리며…….

제일 앞에 서 있는 군인 열 명을 집어삼켰는데…….

그들은 너무 빨리 타들어 가서 비명을 지를 틈도 없었지만…….

그나마 그들은 운이 좋은 편이었고…….

불길이 퍼지면서 그 뒤에 선 군인들의 제복과 머리카락과…….

피부로 번져갔고…….

맙소사, 최전선에 선 군인들의 피부가 녹아서 흘러내렸고…….

그들이 쓰러져서…….

불길에 활활 타면서…….

헤머 아저씨의 말처럼 비명을 지르고…….

또 질렀고…….

그들의 소음이 다른 모든 소음 위로 로켓처럼 휙 솟아올랐고…….

그 폭발한 불길이 마침내 사방으로 흩어지고, 모건 아저씨가 앞에 선 군인들에게 "**후퇴!**"라고 외쳤고, 군인들은 벌써 돌아서서 도망치는 와중에 총을 쏴댔고, 그때 스패클이 쏜 화살들이 허공에서 곡선을 그리며 날아왔고, 또 다른 스패클들이 하얀 막대기를 들어 올리자 거기서 뭔가 번쩍하며 튀어나왔고, 등과 배와 얼굴에 화살을 맞은 군인들이 쓰러지기 시작했고, 그 하얀 막대에서 나온 번쩍이는 것을 팔과 어깨와 머리에 맞은 군인들의 신체가 녹아서 사라져 갔고…….

나는 앙가르드의 털이 뽑혀 나올 정도로 세게 움켜쥐었지만…….

앙가르드도 너무 겁이 나서 불평조차 하지 않았고…….

그때 내 귀에는 옆에 선 시장의 말소리밖에 들리지 않았는데…….

"마침내, 토드……."

시장이 내게로 얼굴을 돌렸다…….

"싸울 맛이 나는 적이 나타났다."

〈바이올라〉

해답 군대와 헤어진 지 채 1분도 안 돼서 첫 번째 도로를 지났을 때, 나는 우리가 어디 있는지 알아차렸다. 내가 뉴 프렌티스타운에 처음 와서 몇 주 동안 지냈던 치유의 집, 매디와 내가 밤중에 몰래 빠져나왔던 바로 그 집으로 가는 길이었다.

해머 병장이 아무 이유 없이 총을 쏴서 숨진 매디의 장례를 준비하기 위해 시신을 옮겼던 바로 그 치유의 집.

"계속 가자, 에이콘. 탑으로 가는 길이 이 근처에 있을 텐데." 나는 그 생각을 머릿속에서 밀어내며 에이콘을 재촉했다.

갑자기 내 뒤에서 어두운 하늘이 확 밝아졌다. 나와 에이콘은 동시에 고개를 돌렸다. 나무들 뒤에 가려진 채 멀리 떨어진 시내가 소리 없이 거대한 불길에 휩싸이는 모습이 보였다. 폭탄이 터질 때 나는 굉음도 없이, 너무나 환한 불빛이 계속 넓게 퍼지며 여기까지 나온 몇 안 되는 사람들의 얼굴을 순간적으로 밝혔다. 대체 시내에서 무슨 일이 일어났기에 저렇게 환해졌는지 궁금했다.

토드가 그 난리판의 한가운데 있는지도 궁금했다.

〈토드〉

다른 사람들이 미처 대비하기도 전에 두 번째 불길이 다시 터졌다.

퍼어어엉!

그 불길은 빈터를 가로지르며 쏜살같이 날아와 후퇴하는 군인들을 덮쳐 그들의 총을 녹이고, 그들의 몸을 태워서 참혹하기 그지없는 시체 더미가 땅바닥을 나뒹굴게 만들었고…….

"여기서 빠져나가야 해요!" 나는 시장에게 소리 질렀다. 그는 마치 최면에 걸린 사람처럼 꼼짝 않고 눈만 요리저리 굴리면서 모든 걸 하나도 빠짐없이 지켜보고 있었다.

"저 하얀 막대기들은 일종의 탄도탄을 쏘는 무기 같은데. 저 가공할 만한 파괴력을 봤니?" 시장이 조용히 말했다.

나는 눈을 동그랗게 뜨고 그를 보며 버럭 소리 질렀다. "**무슨 수를 좀 써봐요!** 사람들이 속수무책으로 죽고 있잖아요!"

시장은 한쪽 눈썹을 치켜올렸다. "너는 전쟁이 정확히 뭐라고 생각하니, 토드?"

카오스 워킹 3

"하지만 스패클이 우리보다 더 강력한 무기들을 가지고 있잖아요! 우린 저들을 막을 수 없을 거라고요!"

"막을 수 없을까?" 시장은 전장을 향해 고개를 끄덕이며 말했다. 나도 전장으로 고개를 돌렸다. 뿔 달린 짐승 위에 서 있는 스패클이 또다시 공격하려고 횃불을 준비하는 사이, 온몸에 화상을 입은 채 쓰러져 있던 시장의 부하 하나가 일어나 총을 들어 그 스패클을 쐈고…….

스패클은 횃불 하나를 떨어뜨리면서 총알을 맞은 목을 손으로 누르며 땅바닥으로 떨어졌고…….

그 모습을 본 시장의 부하들이 환호했고…….

"모든 무기는 그만의 약점이 있는 법이야." 시장이 말했다.

군인들은 재빨리 전열을 가다듬었고, 모건 아저씨가 말을 타고 앞으로 나와 전군을 지휘했다. 그들이 총을 쏘기 시작하자 스패클들이 더 많은 화살과 하얀 막대기 공격으로 응수했다. 아까보다 더 많은 군인들이 쓰러졌지만 스패클들도 쓰러지고 있었다. 그들이 입은 진흙 갑옷이 갈라지면서 폭발해 뒤에서 진군해 오는 다른 스패클들의 발치에 쓰러져 죽었지만…….

스패클들은 계속 진격했고…….

"우리가 수적으로 딸려요." 나는 시장에게 말했다.

"그래, 10 대 1 정도 비율인 것 같다." 시장이 대꾸했다.

나는 손을 들어 언덕을 가리켰다. "그리고 저들에게는 저 불을 뿜는 무기가 더 있어요!"

"하지만 아직 준비가 안 됐어, 토드." 시장의 말이 맞았다. 그 짐승들은 지그재그 도로를 행군하는 스패클 병사들 뒤에 있어서 자기 군대의 절반을 태워버리지 않는 한 아직 우리를 공격할 수 없었다.

하지만 이제 스패클 전선이 인간 군대 전선으로 치고 들어오고 있었다. 그때 시장이 손으로 뭔가를 세더니 우리 뒤의 텅 빈 도로를 바라봤다.

"있지, 토드. 이제 군인이란 군인은 죄다 필요할 것 같구나." 시장은 모페스의 고삐를 당기며 말했다.

그리고 내게 얼굴을 돌렸다.

"이제 우리가 싸울 때가 됐다."

순간 가슴이 서늘해졌다. 시장이 직접 싸운다는 건…….

우리가 정말 위기에 처했다는 뜻이니까.

〈바이올라〉

"저기야!" 나는 탑이 있는 언덕으로 올라가는 길을 가리켰다. 에이콘은 쏜살같이 그 비탈길을 달려서 올라갔다. 에이콘의 어깨와 목에서 거품 같은 땀이 부글부글 솟아올랐다. 나는 그의 두 귀 사이에 대고 말했다. "나도 알아. 거의 다 왔어."

얌망아지. 에이콘이 생각했다. 순간 그의 고통을 동정하는 나를 비웃고 있는 게 아닌가 하는 생각이 들었다. 아니면 그냥 날 위로하려고 그런 건지도 모르고.

언덕 위쪽으로 올라가는 구불구불한 그 길은 엄청나게 어두웠다. 잠시 동안 도시에서 흘러나오는 모든 소리, 지금 일어나는 일에서 나오는 모든 빛, 거기서 무슨 일이 일어나고 있는지 알려줄지도 모르는 모든 소음으로부터 완벽하게 차단됐다. 마치 에이콘과 내가 우주의 어둠을 헤치고 달려가는 듯, 주위를 둘러싼 어둠이 너무나 거대해 그 속에서 나의 빛은 존재하지 않는 것이나 마찬가지인 광활한 우주의 기이한 정적 속에 있는 듯했고…….

그때 언덕 꼭대기에서 어떤 소리가 들렸다…….

내가 아는 소리…….

통풍구에서 증기가 빠져나오는 소리…….

"냉각수 시스템이야!" 나는 세상에서 가장 행복한 말을 내뱉듯 에이콘에게 외쳤다.

언덕 꼭대기에 가까워지자 증기 빠지는 소리가 점점 커졌다. 그 모습을 머릿속에서 그려봤다. 정찰기 뒤쪽, 엔진 바로 위에 있는 거대한 두 통풍구에서 증기가 빠져나와 대기권으로 진입한 후에 발생한 엔진 열을 식혀주는 모습…….

내가 타고 온 정찰기 엔진에서 불이 났을 때는 열리지 않았던 그 통풍구.

그것 때문에 우리 우주선이 추락해서 부모님이 돌아가신 바로 그 통풍구.

언덕 꼭대기에 도착한 순간 보이는 거라곤 통신 탑이 있던 자리에 생긴 크고 텅 빈 공간뿐이었다. 시장이 우주선에 탄 사람들과 먼저 연락할까 봐 코일 선생님이 폭파시켜 버린 바로 그 통신 탑 말이다. 망가진 통신 탑의 고철 잔해들은 한쪽 구석에 모여 있었다. 그래서 에이콘이 그 텅 빈 땅에 달려갔을 때 처음 보인 건 달빛에 비친 고철 더미였다. 커다란 고철 더미 세 개는 탑이 쓰러진 후 몇 달 동안 먼지가 쌓여 칙칙해 보였다.

세 개의 고철 더미…….

그 뒤에 네 번째 물체가…….

마치 날개를 활짝 펼친 거대한 매처럼…….

"저기야!"

에이콘이 갑자기 힘을 내서 정찰기 뒤쪽으로 정신없이 달려갔다. 통풍구에서 하늘을 향해 증기와 열을 뿜어내는 동안 우리는 점점 가까워졌다. 정찰기 왼쪽에서 수직으로 길게 뻗은 빛줄기가 하나 보였다. 정찰기 날개 밑의 격실 문이 열린 모양이다.

"그래. 그들이 정말 여기 왔어……." 나는 혼잣말을 중얼거렸다.

그들이 정말 여기 왔으니까. 결코 오지 않을 거라고 믿을 뻔했는데, 이제 내 몸이 점점 가벼워지고 호흡이 점점 빨라지는 것이 느껴졌다. 그들이 여기 왔다, 정말로 여기 왔다…….

정찰기 문 밑에 그 빛을 등진 세 사람의 윤곽이 보였고, 에이콘의 발굽 소리를 들은 그들의 그림자가 돌아섰고…….

정찰기 옆 어둠 속에서 수레에 매인 황소들이 풀을 뜯었고…….

우리는 점점 더 가까워졌고…….

더 가까워졌고…….

에이콘과 나도 그 빛 속으로 들어가 멈춰 섰을 때 갑자기 그들의 얼굴이 보였는데…….

내가 예상한 바로 그 얼굴이어서 심장이 빠르게 뛰면서 기쁜 마음과 함께 향수가 밀려오며, 이 혼란의 와중에도 갑자기 눈물이 고이고 목이 메였다…….

베타호의 브래들리 텐치와 감마호의 시몬 왓킨이었다. 그들이 나를 찾으러 올 줄 알았다. 우리 엄마와 아빠와 나를 찾으러 여기까지…….

불쑥 나타난 나를 보고 놀란 그들이 뒤로 한 발짝 물러서서 흙먼지가 묻고 길게 자란 머리카락 속의 내 얼굴을 알아보는 데 시간이 좀 걸렸다…….

나는 그동안 부쩍 몸집이 커졌고…….

키도 더 자랐으니까…….

어른이 거의 다 됐으니까…….

그들은 내가 누군지 알아차리고 눈을 크게 떴고…….

시몬이 입을 열었지만…….

내 귀에 들린 건 그녀의 목소리가 아니었다.

제삼의 인물, 옆에 있는 두 사람보다 눈이 더 커진—이제야 나는 그 사람의 눈을 바라봤다—사람이 충격을 받은 표정으로 내 이름을 불렀다. 그걸 보자 놀랍게도 쾌감이 일었다.

"바이올라!" 코일 선생님이 외쳤다.

"그래요. 바이올라예요." 나는 그녀의 눈을 똑바로 보며 대답했다.

〈토드〉

시장과 모페스가 병사들을 따라 전장으로 달려갔을 때, 나는 아무 생각도 하지 않았다. 그저 앙가르드에게 박차를 가하자 그녀는 날 믿고 바로 그들을 쫓아갔다.

난 여기 있고 싶지 않다…….

난 누구와도 싸우고 싶지 않다…….

하지만 이렇게 해서 그녀가 안전해진다면…….

(바이올라.)

그렇다면 나는 망할 끝내주게 싸울 것이고…….

우리는 진군하고 있는 병사들을 지나쳤고, 언덕 밑 전장은 인간과 스패클들로 들썩였고, 나는 끝도 없이 스패클 병사들이 내려오는 그 도로를 올려다봤고, 마치 내가 개미탑을 기어 올라가는 개미가 된 듯,

꿈틀거리는 개미들 때문에 땅바닥이 안 보이는 듯한 느낌이었고…….

"이쪽이야!" 시장이 그 무리에서 떨어져 강에서 멀어지며 왼쪽으로 향했다. 군인들이 스패클들을 강과 언덕 밑으로 밀어붙여 잡아두고 있었는데…….

하지만 오래 못 버틸 거야. 시장이 내 생각을 꿰뚫어 보고 말했다.

"그것 좀 하지 말아요!" 나는 그에게 외치며 내 총을 들어 올렸다.

"정신 바짝 차려. 내겐 유능한 군인이 필요해! 네가 그럴 수 없다면 넌 이 전쟁에서 쓸모가 없어. 내가 널 도와줄 이유도 없어지고!" 시장이 소리 질렀다.

어쩌다가 이자가 나를 도와줄지 말지 선택하는 상황이 됐을까? 내가 그를 묶어놨고 내 맘대로 처분할 수 있었는데. 내가 이겼는데…….

하지만 그가 어디로 향하는지 다 보여서 그런 생각을 할 시간이 없었고…….

강가에서 좀 떨어진 좌측은 군인들이 별로 없는 취약한 곳이어서 스패클들이 그쪽으로 밀려들고 있었다. **모두 나를 따르라!** 시장이 소리를 지르자 가까이 있던 군인들이 돌아서서…….

마치 아무 생각도 없는 사람들처럼 그를 따라 좌측으로 갔고…….

우리는 내가 바라는 것보다 훨씬 빠른 속도로 달려갔고, 사방에서 군인들이 질러대는 함성과 무기들이 발사되는 소리와 땅바닥으로 쿵쿵 쓰러지는 시체 소리들이 어마어마했고, 게다가 그 빌어먹을 스패클의 뿔피리 소리는 여전히 2초 간격으로 울려 퍼지고 있었고, 그 소음들, 그 소음들, 그 소음들 또한 말할 수 없어서…….

나는 악몽 속으로 달려가고 있었다.

순간 귀 옆으로 뭔가 휙 지나가는 게 느껴져서 고개를 홱 돌리자 방금 내 옆을 스쳐 간 화살이 뒤에 있는 군인의 뺨에 맞는 모습이 보였고…….

그는 비명을 지르며 쓰러졌고…….

그렇게 그는 뒤처졌고…….

**정신 바짝 차리라니까, 토드. 첫 전투에서 지고 싶진 않을 텐데, 안
그래?** 시장이 내 머릿속으로 소음을 쏘아 보냈다.

"빌어먹을, **그만** 좀 하라니까!" 나는 그에게 빙그르르 돌아서면서 소
리 질렀다.

나라면 총을 들겠어, 지금 당장. 그의 생각이 들렸다.

그래서 돌아서자…….

보였다…….

스패클들이 바로 우리 앞에 있었다…….

〈바이올라〉

"너 살아 있었구나!" 깜짝 놀란 코일 선생님의 얼굴은 이내 다른 종류
의 놀라움, 가식적으로 놀란 척하는 표정으로 뒤바뀌었다. "하느님 감
사합니다!"

"감히 그런 소리 하지 말아요! 그런 소리 하지 말라고요!" 나는 선생님
에게 소리를 꽥 질렀다.

"바이올라……." 선생님이 입을 여는 동안 나는 에이콘의 등에서 주
르르 미끄러져 내렸다. 발목에서 올라오는 통증에 신음하면서도 나는
그 자리에 똑바로 서서 시몬과 브래들리에게 돌아섰다. "저 사람이 하
는 말은 하나도 믿지 마세요."

"바이올라? 정말 너니?" 시몬이 앞으로 나오면서 물었다.

"저 사람도 시장처럼 이 전쟁을 일으킨 장본인이에요. 저 사람이 한

말은 하나도 믿지 말…….”

하지만 브래들리가 갑자기 날 세게 끌어안아서 숨이 막히는 바람에 말을 이을 수 없었다. “맙소사, 바이올라. 우린 너희 비행선에서 아무 연락도 받지 못했어. 그래서 우리는…….” 브래들리는 감정이 북받친 듯했다.

“무슨 일이 있었던 거니, 바이올라? 부모님은 어디 계셔?” 시몬이 물었다.

나는 그만 감정이 격해져서 한동안 말을 잇지 못하다가 브래들리에게서 살짝 몸을 뺐다. 그의 얼굴에 불빛이 비치면서 이제야 제대로, 정말 그가 보였다. 다정한 갈색 눈, 코린처럼 거무스름한 피부, 짧고 곱슬곱슬한 머리, 살짝 그늘진 관자놀이. 우주선에서 내가 제일 좋아했던 사람, 내게 미술과 수학을 가르쳐 준 사람. 뒤에 서 있는 시몬도 보였다. 낯익은 주근깨 피부, 하나로 묶은 빨간 머리, 턱 위쪽의 아주 작은 흉터. 나는 그들을 보며 깨달았다. 그동안 일어났던 모든 일이 어떻게 내 마음 뒤편으로 사라졌는지, 이 멍청하고 어리석은 세상에서 살아남기 위해 악전고투하다 보니 내가 사랑받는 세상에서 태어났다는 사실, 나를 사랑하고 아끼는 사람들이 있고, 시몬처럼 아름답고 영리한 사람과 브래들리처럼 다정하고 재미있는 사람, 실제로 내게 좋은 일만 있기를 바라며 찾아온 사람들이 있는 곳에서 왔다는 사실을 그동안 잊고 있었음을 깨달았다.

내 눈에 다시 눈물이 고였다. 기억을 떠올리자니 너무 고통스러웠다. 그런 삶은 내가 아닌 완전히 다른 사람이 살았던 것 같았다.

“부모님은 돌아가셨어요. 우주선이 추락해서 두 분 다 목숨을 잃었죠.” 나는 간신히 입을 열었다.

"아, 바이올라⋯⋯." 브래들리가 부드러운 목소리로 말했다.

"한 소년이 날 발견했어요. 용감하고 똑똑한 그 소년이 날 계속 구해 줬고 이제 저 사람이 시작한 전쟁을 막으려고 애쓰고 있어요!" 나는 점점 목소리에 힘을 주며 말했다.

"난 그런 짓은 하지 않았다, 애야." 코일 선생님은 이제 가식적인 표정을 지우고 말했다.

"감히 내게 그런 소리 하지 말⋯⋯."

"우린 여기서 폭군에 맞서 싸우고 있어. 수천은 아니더라도 수백 명의 사람을 가두고 여자들에게 밴드를 채운 폭군⋯⋯."

"닥쳐. 당신은 날 죽이려고 했어. 그러니까 더 이상 아무 말도 하지 말아요." 나는 낮고 위협적인 목소리로 말했다.

"저 여자가 뭘 했다고?" 브래들리가 말했다.

"당신이 친절하고, 다정하고, 평화를 사랑하는 윌프 아저씨에게 시내로 행군해서 건물들을 폭파하라고 시켰잖아⋯⋯."

코일 선생님이 다시 입을 뗐다. "바이올라⋯⋯."

"내가 닥치라고 했잖아!"

그러자 선생님은 입을 다물었다.

"지금 저 아래서 무슨 일이 일어나고 있는지 알아요? 당신이 해답 무리를 어떤 사지로 보냈는지 알고 있냐고?"

선생님은 말없이 험악한 표정으로 씩씩거리며 날 보기만 했다.

"시장이 당신 속셈을 알아차렸어. 시장은 당신 군대가 시내 중심가에 도착했을 때쯤 전군이 기다리도록 조치해 놨을 거야. 당신 군대는 전멸됐을 거라고."

하지만 선생님은 이렇게만 말했다. "해답 군대의 투지를 과소평가하지 마라."

"해답이 뭐니?" 브래들리가 물었다.

"테러 조직이죠." 나는 코일 선생님의 반응을 보려고 그렇게 대답했다. 그럴 만한 가치가 있었다.

"넌 지금 위험한 발언을 하고 있어, 바이올라 이드." 코일 선생님이 날 향해 다가오면서 말했다.

"그래서 어쩔 건데요? 날 다시 폭탄으로 날려버릴 건가?"

"자, 자. 지금 무슨 일이 일어나고 있건 우리에게 다 말하지는 않았군요." 시몬이 우리 사이에 끼어들면서 코일 선생님에게 말했다.

코일 선생님은 답답해하며 한숨을 쉬었다. "난 그자가 한 짓에 대해서는 거짓말하지 않았어요. 안 그러니, 바이올라?" 그녀는 내게 얼굴을 돌리면서 물었다.

나는 지지 않으려고 애썼지만, 시장이 정말 끔찍한 일들을 저지른 건 사실이었다. "하지만 우리가 그자를 이겼어요. 토드가 저 아래에서 시장을 묶어놓고 감시하고 있어요. 하지만 토드에게는 지금 우리 도움이 필요……."

"우리의 견해차는 나중에 해소할 수 있어요. 그게 내가 지금까지 당신들에게 하려던 말이에요. 저 밑에 막아야 할 군대가 있어요." 코일 선생님은 내 뒤에 있는 브래들리와 시몬을 보며 말했다.

"두 군대가 있죠." 내가 말했다.

코일 선생님이 짜증스러운 표정으로 나를 돌아봤다. "해답 군대는 막을 필요가 없……."

"그 군대 이야기가 아니에요. 스패클 군대가 폭포 옆 언덕길로 행군해 오고 있어요."

"무슨 군대라고?" 시몬이 물었다.

하지만 나는 코일 선생님을 보고 있었다.

선생님이 입을 떡 벌리고 있었으니까.

그리고 그 얼굴에 곧바로 공포가 번졌다.

〈토드〉

그들이 온다…….

우리가 있는 언덕은 사방이 바위인 데다 가팔라서 스패클들이 바로 덮칠 수는 없지만, 빈터를 가로질러 인간 군대의 전선 중 전력이 약한 곳을 찾아 여기로 오고 있다…….

그들이 오고 있다…….

그들이 오고 있어…….

나는 총을 들었다…….

나는 군인들에게 둘러싸여 있었다. 군인들 일부는 앞으로 밀고 나가고 있었고, 일부는 뒤에서 밀고 들어오면서 앙가르드를 계속 쳤고, 앙가르드는 소음으로 계속 **수망아지, 수망아지!**를 외치며 나를 불렀고…….

"괜찮아, 앙가르드." 나는 거짓말을 했다…….

그들이 여기 왔으니까…….

마치 새들이 한꺼번에 푸드덕거리며 하늘로 날아가듯 사방에서 총성이 터졌고…….

화살들이 **휙휙** 허공을 가르며 날아왔고…….

스패클들이 그 흰 막대기를 발사했고…….

미처 생각이라는 것을 하기도 전에 앞에 있던 병사 하나가 이상한 쉭쉭 소리와 함께 뒷걸음하면서…….

자신의 목을 움켜쥐었는데…….

이미 그 목은 사라지고 없었고…….

그 군인이 무릎을 꿇고 쓰러지는 동안 나는 그에게서 눈을 뗄 수 없었고…….

그의 몸이 피바다가 됐다. 진짜 피가 사방으로 흘러 거기서 올라오는 톡 쏘는 철분 냄새를 맡을 수 있을 정도로…….

그가 고개를 들어 나를 봤고…….

눈을 마주치며 물끄러미 나를 봤고…….

그의 소음이…….

맙소사, 그의 소음이…….

갑자기 나는 그의 소음 속, 생각 속에 있었다. 그의 가족이 보였고, 갓난아기인 아들이 보였고, 그는 가족들을 붙잡으려 했지만 그의 소음이 산산조각 나고 있었고 그의 공포가 환하고 밝은 빛처럼 쏟아졌고 그는 아내를 향해, 그 갓난 아들을 향해 손을 뻗었고…….

그때 스패클이 쏜 화살이 그의 흉곽에 맞았고…….

그의 소음이 멈췄다…….

나는 다시 전쟁터로 돌아왔다…….

다시 지옥 속으로…….

정신 차려, 토드! 시장이 다시 내 머릿속으로 소음을 날려 보냈다.

하지만 난 여전히 그 죽은 군인을 보고 있었고…….

그도 여전히 날 보고 있었고…….

"빌어먹을, 토드!" 시장이 내게 소리를 질렀고…….

나는 원이고 원은 나다.

마치 벽돌로 내리치는 것처럼 이 말이 내 뇌를 내리쳤고…….

나는 원이고 원은 나다.

그의 목소리와 내 목소리가…….

비비 꼬이면서 하나가 되어…….

내 머릿속 한가운데서…….

"꺼져." 이렇게 소리치려고 했지만…….

내 목소리는 기이하게도 조용했고…….

그리고…….

그리고…….

고개를 들었을 때 아까보다 마음이 한결 진정됐다…….

마치 세상이 아까보다 더 깨끗하고 느려진 기분…….

그때 두 군인 사이로 스패클 하나가 쓱 들어와…….

나를 향해 하얀 막대기를 치켜들었고…….

이제 그 일을 해야만 한다…….

(살인자…….)

(넌 살인자야…….)

그가 쏘기 전에 내가 그를 쏴야 한다…….

나는 총을 들었다…….

내가 데이비에게서 빼앗은 총을…….

나는 방아쇠에 손가락을 대며 생각했다. 아, 제발…….

아, 제발, 아, 제발, 아, 제발…….

그랬는데…….

딸깍…….

나는 경악하며 총을 내려다봤다.

총은 장전돼 있지 않았다.

〈바이올라〉

"거짓말이야." 코일 선생님이 그렇게 말하면서 마치 나무들 너머로 시내를 내려다볼 수 있을 것처럼 고개를 돌렸다. 하지만 보이지 않았다. 멀리 보이는 희미한 빛을 배경으로 숲의 그늘만 있었으니까. 통풍구에서 증기가 빠지는 소리가 너무 커서 시내에서 나는 소리는 고사하고 우리가 하는 말조차 잘 들리지 않았다. 우주선이 착륙하는 모습을 본 순간 쫓아서 달려왔다면 선생님은 뿔피리 소리를 전혀 듣지 못했을 것이다.

"그건 불가능해. 그들은 동의했어. 정전 협정에 서명했다고!"

스패클! 에이콘이 내 뒤에서 말했다.

"너 뭐라고 했니?" 시몬이 내게 물었다.

"아니야. 아, 그럴 리 없어." 코일 선생님이 말했다.

"대체 지금 무슨 일이 일어나고 있는지 누가 설명 좀 해주겠어요?" 브래들리가 요청했다.

"스패클은 여기 원주민 종족이에요. 지능이 있고 영리한……." 내가 입을 열자 코일 선생님이 끼어들었다.

"싸울 때는 아주 잔인해지지."

"내가 만난 유일한 스패클은 아주 순한 데다 여기 인간들이 스패클을 무서워하는 것보다 훨씬 인간을 두려워하고 있었어요." 내가 말했다.

"넌 그들과 전쟁에서 싸워본 적이 없잖아."

"난 그들을 노예로 만든 적도 없죠."

"난 여기서 아이랑 이런 대화를 나눌 생각이……."

"그들은 이유 없이 쳐들어오지 않았어요. 시장이 스패클 노예들을 모두 학살했기 때문이에요. 우리가 그들과 대화할 수 있다면, 우리는 시장과 다르다고 말할 수 있다면······." 나는 브래들리와 시몬 쪽으로 돌아서서 말했다.

"그들은 너의 소중한 소년을 죽일 거야. 두 번 생각 안 하고 바로 죽여버릴 거다." 코일 선생님이 끼어들었다.

그 말에 어마어마한 공포가 솟구치면서 숨이 막혔지만 지금 내가 겁을 내면 선생님이 흡족해할 거라는 점을 애써 기억했다. 내가 겁을 내면 조종하기가 훨씬 쉬워지겠지.

하지만 난 그러지 않을 것이다. 우리가 이 사태를 막을 거니까. 우리가 이 모든 전쟁을 막을 것이다.

토드와 내가 그렇게 할 것이다.

"우리가 시장을 잡았어요. 스패클들이 그걸 봤다면······."

"기분이 좀 상할 수도 있는 말이지만. 바이올라는 이 세계에 대해 아는 게 별로 없는 아이입니다. 스패클이 공격을 해왔다면 우리도 반격해야 해요." 코일 선생님이 시몬에게 말했다.

"반격하라고요? 우리를 대체 뭐로 보는 겁니까?" 브래들리가 얼굴을 찡그렸다.

"토드에게는 우리의 도움이 필요해요. 우리 정찰기를 타고 저기로 날아가서 너무 늦기 전에 이 일을 막을 수 ······."

"너무 늦었어. 날 우주선에 태워주면 내가 보여줄 수 있는데······." 코일 선생님이 다시 끼어들었다.

하지만 시몬이 고개를 설레설레 저었다. "이곳 대기는 예상보다 밀도가 높더군요. 우린 냉각 장치를 전부 가동시킨 상태로 착륙해야 했어요."

"안 돼!" 그렇지만 이미 벌어진 일이었다. 통풍구 두 개가 다 열려 있었다…….

"그게 무슨 뜻이죠?" 코일 선생님이 물었다.

"엔진이 다 식고 연료 전지들이 완충되기 전까지 적어도 여덟 시간 동안은 아무 데도 갈 수 없다는 뜻이에요." 시몬이 대답했다.

"여덟 시간이라고?" 코일 선생님은 좌절하며 허공에 대고 주먹을 쥐어 보였다.

이번만은 나도 선생님과 같은 기분이었다.

"하지만 토드를 도와야 해요! 토드 혼자 한쪽 군대를 통제하면서 다른 군대를 막을 수는 없는데……."

"대통령을 놔줘야 했겠지." 코일 선생님이 말했다.

"아니에요. 아니야, 토드가 그럴 리 없어." 내가 재빨리 반박했다.

토드가 설마?

아니야.

우리가 그렇게 힘들게 시장과 맞서 싸웠는데.

"전쟁은 어쩔 수 없이 추악한 일도 하게 만든다. 네 친구가 아무리 좋은 아이라고 해도 지금 혼자서 수천 명을 상대하고 있잖니." 코일 선생님이 말했다.

나는 공황 상태에 빠지려는 정신을 붙들고 다시 브래들리에게 돌아섰다. "우리가 뭔가 해야 해요!"

브래들리는 정색을 하고 시몬을 바라봤다. 이 두 사람이 지금 대체 뭐 이런 황당한 행성에 착륙했을까 뜨악해하는 걸 알 수 있었다. 그러다가 뭔가 떠올랐는지 브래들리가 손가락을 튕겼다.

"잠깐만!" 브래들리는 서둘러 정찰기 안으로 달려 들어갔다.

나는 다시 방아쇠를 당겼지만…….

들리는 것이라고는 **딸깍** 소리뿐이었고…….

나는 고개를 들었고…….

그 스패클이 하얀 막대기를 들어 올렸고…….

(저건 대체 뭘까?)

(저게 뭔데 그렇게 엄청난 파괴력을 발휘하는 거지?)

이제 난 죽었다…….

난 죽었어…….

완전…….

탕!

내 머리 옆에서 총이 발사됐고…….

그 하얀 막대기를 든 스패클이 갑자기 몸을 옆으로 홱 틀었고, 그가 입고 있는 갑옷의 목 위로 피가 한 줄기 흘러내렸고…….

시장…….

시장이 모페스 위에서 총으로 그 스패클을 쐈고…….

나는 주위에서 벌어지고 있는 격렬한 전투는 아랑곳하지 않고 매섭게 그를 노려봤고…….

"당신은 아들에게 **빈총**을 들려서 전쟁터로 보냈어요?" 나는 방금막 죽을 뻔한 데다 너무 화가 나서 온몸을 덜덜 떨면서 소리를 질렀고…….

"지금은 이럴 때가 아니다, 토드."

순간 화살 하나가 휙 소리를 내면서 또 옆을 스쳐 지나가는 바람에 나는 몸을 움찔하면서 고삐를 움켜쥐어 앙가르드를 여기서 빠져나가게 하려고 했다. 그때 군인 하나가 비틀비틀 뒷걸음질을 치며 모페스에게 다가갔다. 군복의 배 부분에 생긴 커다란 구멍에서 피가 콸콸 솟구치고 있었다. 그가 피투성이 손을 들어 시장에게 도움을 요청했지만······.

시장은 그 군인이 들고 있던 총을 뺏어서 내게 던졌고······.

반사적으로 받은 내 손이 사방에 묻은 피 때문에 축축해졌고······.

지금은 일일이 따지고 들 때가 아니야. 돌아서! 어서 쏴! 시장이 내 머릿속으로 소음을 날렸다.

나는 돌아서서······.

총을 쐈다······.

〈바이올라〉

"탐사 장치야!" 브래들리가 정찰기의 경사로를 내려오면서 외쳤다. 그는 길이가 0.5미터 정도 되는 가는 금속 몸체 옆으로 반짝거리는 금속 날개 한 쌍이 달린 특대형 곤충처럼 생긴 물체를 들고 있었다. 브래들리는 시몬에게 허락을 구하는 것처럼 그걸 들어 보였고, 시몬이 고개를 끄덕였다. 그 모습에 나는 시몬이 이 정찰기의 지휘관이라는 것을 알았다.

"어떤 종류의 탐사 장치죠?" 코일 선생님이 물었다.

"지형을 살펴보는 장치예요. 당신이 여기로 왔을 때는 이런 장치가 없었나요?" 시몬이 물었다.

코일 선생님은 코웃음을 쳤다. "우리 우주선은 당신들 것보다 23년 먼저 구세계에서 출발했어요, 아가씨. 지금 이 우주선에 비하면 우리는 사실상 증기로 작동하는 우주선을 타고 날아온 거라고요."

"네 정찰기는 어떻게 됐니?" 브래들리가 탐사 장치를 조작하면서 내게 물었다.

"추락했을 때 파괴됐어요. 안에 있는 건 죄다 망가졌죠. 식량마저도 성한 게 거의 없었어요."

"그렇구나. 하지만 넌 이렇게 멋지게 살아남았어." 시몬은 날 위로하려고 애쓰면서 다가와 한 팔로 감싸 안았다.

"잠깐만요. 발목이 죄다 부러져서……."

시몬은 경악한 표정을 지었다. "바이올라……."

"괜찮아요, 죽진 않을 거니까. 하지만 내가 지금까지 살아 있는 이유는 오직 토드 덕분이에요, 아시겠죠? 토드가 저 밑에서 위험한 상황에 처해 있다면 우리가 도와야 해요, 시몬."

"남자 친구 생각에 여념이 없군. 온 세상을 희생해서라도 저 좋은 쪽으로만 하겠다는 거잖아." 코일 선생님이 중얼거렸다.

"선생님에게는 소중한 사람도 무엇도 없으니 그렇게 온 세상을 산산조각으로 날려버릴 생각만 하겠죠."

산산조각. 에이콘이 긴장하며 내 밑에서 자세를 바꿨다.

시몬이 에이콘을 보더니 미간을 찌푸렸다. "잠깐만……."

"준비됐어!" 브래들리가 외치면서 작은 제어 장치를 손에 쥔 채 일어났다.

"그게 어디로 가야 하는지 어떻게 알죠?" 코일 선생님이 물었다.

"가장 밝게 빛나는 곳을 향해 날아가도록 설정해 놨어요. 이건 적용할 수 있는 고도가 제한된 지역용 탐사 장치지만, 언덕 몇 개 정도는 충분히 넘어갈 수 있습니다." 브래들리가 설명했다.

"원하는 사람을 찾아가도록 설정할 수도 있나요?" 내가 물었다.

하지만 그때 여기 오면서 본 것처럼 다시 밤하늘이 환하게 불타올라 입을 다물었다. 모두 시내를 향해 고개를 돌렸다.

"탐사 장치를 띄워요! 지금 당장!" 내가 외쳤다.

〈토드〉

나는 그래야겠다는 생각이 들기도 전에 총을 쐈고…….

탕!

예상치 못한 총의 반동에 쇄골을 맞고 무의식중에 말고삐를 세게 움켜잡았다. 그렇게 그 자리에서 한 바퀴를 돌고 나서야…….

스패클 하나가 내 앞에 쓰러져 있는 모습을 봤고…….

(그의 몸에 칼 한 자루가 박혀 있었고…….)

가슴에 입은 총상에서 피가 흘렀고…….

"잘 쐈다." 시장이 말했다.

"당신이 그렇게 만든 거잖아. 내 머릿속에 얼씬도 하지 말라고 했는데!" 나는 그에게 돌아서서 말했다.

"네 목숨을 구하려고 그런 것도 안 되니, 토드?" 시장이 다시 총을 쏘자 스패클이 또 하나 쓰러졌다.

나는 돌아서서 총을 들었고…….

스패클이 계속 밀려들었고…….

나는 한 군인을 향해 활을 치켜든 스패클을 겨냥하고…….

총을 쐈고…….

마지막 순간 총을 옆으로 돌려 빗나가게 했다(닥쳐)…….

하지만 그 스패클은 식겁해서 펄쩍 뛰어 물러났으니 효과를 본 셈이었고…….

"전쟁에서 그러면 이길 수 없어, 토드!" 시장이 고함을 지르면서 내가 놓친 스패클을 쏴서 가슴을 맞혔다. 그 스패클은 풀썩 쓰러졌다.

"넌 선택해야 해. 바이올라를 위해서라면 살인도 불사할 거라며. 그 말 진심이었니?" 시장은 총을 들고 다음 목표를 찾으면서 말했다.

그때 또다시 휙 소리가 스쳐 지나갔고…….

앙가르드에게서 상상할 수도 없이 끔찍하게 꽥꽥거리는 신음이 들렸고…….

나는 고개를 돌려서 안장을 봤고…….

앙가르드의 오른쪽 옆구리에 화살 하나가 꽂혀서…….

수망아지! 수망아지! 앙가르드가 소리 질렀다.

나는 곧바로 손을 뒤로 뻗어 그 화살을 움켜쥐면서 고통스러워 펄쩍펄쩍 뛰는 앙가르드에게서 떨어지지 않으려고 안간힘을 썼다. 화살은 내 손에서 툭 소리를 내며 두 동강이 났다. 남은 반쪽은 앙가르드의 옆구리에 그대로 남아 있었다. 앙가르드는 계속 **수망아지! 수망아지!** 비명을 질러댔고, 나는 앙가르드가 사방을 둘러싼 병사들 위로 나를 던져 버리지 않도록 진정시키려고 안간힘을 썼는데…….

그때 또다시 그 일이 일어났고…….

쾅!

거대한 불길이 폭발해서 고개를 돌려 보니…….

스패클이 언덕 밑에서 또다시 불 무기를 발사했다.

뿔 달린 동물의 등에서 불길이 흘러나와 군인들 한가운데를 가르며 무서운 속도로 달려갔고, 군인들은 무시무시한 비명을 지르며 활활 타올랐고, 불이 붙은 군인들이 돌아서서 달려오자 전선은 허물어졌고, 앙가르드는 사정없이 날뛰면서 피를 흘리며 소리를 질러댔고, 우리는 후퇴하는 사람들의 물결에 정신없이 부딪쳤고, 앙가르드는 다시 제자리에서 홀딱홀딱 뛰었고…….

나는 총을 떨어뜨렸다…….

불길은 점점 기세를 더하며 무시무시한 속도로 다가왔고…….

사람들은 도망쳤고…….

사방에서 연기가 피어올랐고…….

갑자기 앙가르드가 빙그르르 돌면서 사람들에게서 빠져나와 간신히
아무도 없는 곳으로 왔다. 군대는 우리 뒤쪽에 있었고, 스패클들은 우리
앞에 있었고, 나는 총이 없고, 시장은 어디 있는지 알 수 없었고…….

그때 뿔 달린 동물 등에 서서 불을 발사하는 무기를 가지고 있는 스
패클이 우리를 봤고…….

그가 우리를 향해 다가오기 시작했다…….

〈바이올라〉

브래들리가 그 원격 장치의 화면을 눌렀다. 탐사 장치는 아주 작게
핑 소리를 내며 공중으로 가볍게 올라가 잠시 허공을 맴돌다 날개를 활
짝 펼치고 시내를 향해 출발했다. 속도가 너무 빨라서 가는 모습도 잘
보이지 않았다.

"와우. 그럼 이제 저기서 일어나는 일을 볼 수 있나요?" 코일 선생님
이 나직하게 말하면서 고개를 돌려 브래들리를 바라봤다.

"소리도 들을 수 있어요. 한계는 있지만." 브래들리가 대답했다.

그는 원격 장치의 버튼을 누르고 엄지손가락으로 화면에 뜬 다이얼
을 돌려서 불빛 하나가 켜지게 조작했다. 그러자 공중에 삼차원 영상이
나타났다. 야간 시력으로 설정된 그 화면은 밝은 초록색으로 빛나고 있
었다. 나무들이 휙휙 지나가고, 순간적으로 도로가 보이고, 그 위로 아

주 작게 보이는 사람들 몇 명이 달려가는 모습이 희미하게 나타났다.

"여기서 시내까지 얼마나 되지?" 브래들리가 물었다.

"한 10킬로미터 정도요?"

"그럼 이제 거의……."

그때 그 탐사 장치가 시내 가장자리에 도착해서 해답 군대가 폭파시켜 불타고 있는 건물, 허물어진 성당을 지나 광장에서 공황 상태에 빠져 사방으로 달아나는 사람들 위를 날았다.

"맙소사, 바이올라……." 시몬이 속삭이면서 내게 돌아섰다.

"계속 가고 있어." 코일 선생님이 지켜보면서 말했다.

그 장치는 마을 광장을 지나 큰 도로 위를 계속 날아가고 있었다.

"가장 환하게 빛나는 곳을 찾아서……." 브래들리가 입을 뗐고…….

그때 우리는 가장 환하게 빛나는 곳이 어딘지 정확히 봤다.

〈토드〉

사람들이 불타고 있다…….

사방에서…….

비명을 지르며…….

살이 타는 끔찍한 냄새가 퍼지고…….

나는 구역질을 했다…….

그 거대한 짐승을 탄 스패클이 나를 향해 다가왔고…….

발과 종아리가 안장 양쪽의 부츠 같은 것에 고정돼서 뿔 달린 동물 위에서 균형을 잡을 필요도 없이 서 있을 수 있는…….

양손에 타오르는 횃불을 하나씩 들고, 그 앞에 U자 모양의 그 물건이 있는…….

그의 소음이 보였다…….

그의 소음에 있는 내가 보였다…….

나와 앙가르드가 빈터 한가운데 우뚝 서 있는 모습이…….

옆구리에 부러진 화살이 꽂힌 채 비명을 지르며 온몸을 비틀고 있는 앙가르드…….

스패클을 뚫어져라 마주 보고 있는 나…….

총이 없는 나…….

내 뒤는 우리 전선에서 가장 취약한 곳이다…….

그 스패클의 소음 속에서 그가 불을 쏴서 나와 내 뒤에 있는 남자들을 해치우는 모습이 보였고…….

거기 생긴 빈틈으로 스패클들이 쏟아져 들어가 시내로 진격하는 모습이 보였고…….

이 전쟁이 시작되자마자 그들이 승리하는 모습이 보였고…….

나는 앙가르드의 고삐를 힘껏 움켜쥐고 움직이려 했지만 앙가르드가 계속 **수망아지! 토드!**라고 외치는 동안 소음에서 고통과 공포가 뿜어져 나왔고, 앙가르드가 그렇게 애타게 부르자 가슴이 찢어질 것 같았고, 나는 그 자리에서 한 바퀴 돌면서 시장을 찾으려고, 저 뿔 달린 짐승을 탄 스패클을 쏠 누구든 찾으려고 애썼지만…….

시장은 어디에도 보이지 않았고…….

그는 사방에 자욱하게 피어오른 연기와 공황에 빠진 군인들에게 가려져 있었고…….

총을 든 사람은 하나도 없었다…….

그리고 저 스패클은 그 무기를 발사하기 위해 횃불 두 개를 들어 올리고 있고…….

안 돼…….

이런 식으로 끝낼 수는 없어…….

바이올라…….

바이올라…….

그리고 다시 생각했다. 비이올라?

이게 스패클에게도 먹힐까?

그래서 나는 안장 위에서 최대한 허리를 쪽 펴고 앉아서…….

데이비의 말을 타고 멀어져 가던 바이올라를 생각했고…….

그녀의 부러진 두 발목을 생각했고…….

우리가 다시는 헤어지지 않을 거라고, 우리의 머릿속에서조차 헤어지지 않을 거라고 했던 대화를 생각했고…….

그녀의 손과 내 손이 깍지를 끼던 모습을 생각했고…….

(내가 시장을 풀어줬다는 사실을 바이올라가 알면 뭐라고 할지는 생각하지 않았고…….)

그저 바이올라만 생각하고…….

바이올라를 생각하면서…….

뿔 달린 동물 위에 있는 스패클을 향해…….

그 생각을 날렸다…….

바이올라!

그러자 그 스패클이 고개를 뒤로 홱 젖히면서 횃불을 떨어뜨렸고, 부츠에서 발이 쑥 빠져서 땅바닥에 떨어졌다. 뿔 달린 짐승은 갑자기 등이 가벼워지자 몸을 돌려서 진격해 오는 스패클들 속으로 들어가 비틀거리면서 스패클들을 쳐서 이리저리 넘어뜨렸고…….

뒤에서 환호성이 들렸고…….

돌아보자 한 줄로 선 병사들이 충격을 회복하고 다시 앞으로 밀려오면서 나를 지나치기도 하고 내 주위로 몰려들기도 했다.

갑자기 시장도 말을 타고 옆에 나타나 말했다. "잘했다, 토드. 너에게 그런 능력이 있다는 걸 알고 있었지."

앙가르드는 내 밑에서 지쳐가고 있었지만 그래도 계속 나를 불렀다.

수망아지? 수망아지? 토드?

"지금은 쉴 틈이 없다." 시장이 입을 열었고…….

고개를 들자 거대한 스패클 벽이 언덕을 내려와 우리를 산 채로 잡아먹으려고 달려오는 모습이 보였다…….

〈바이올라〉

"맙소사." 브래들리가 말했다.

"저…… 저 사람들 지금 불타고 있는 거야?" 충격을 받은 시몬이 허공에 비춰지는 영상을 향해 다가섰다.

브래들리가 원격 장치를 누르자 영상이 확대됐고…….

사람들이 정말 불에 타고 있었다…….

자욱한 연기 사이로 사람들이 사방으로 달려갔다. 앞으로 밀고 나가는 사람들도, 뒤로 도망치는 사람들도 보였고…….

그냥 불타고 있는 사람들도 있었고…….

활활 타면서 강을 향해 필사적으로 달려가는 사람들, 땅바닥에 쓰러져서 꼼짝 못 하고 누워 있는 사람들도 있었다.

나는 오직 한 가지 생각밖에 나지 않았다. 토드.

"휴전에 합의했다면서요?" 시몬이 코일 선생님께 물었다.

"우리가 수백 명 죽고 그들이 수천 명 죽은 피비린내 나는 전쟁을 치른 후에 그랬죠."

브래들리가 다시 다이얼을 돌렸다. 카메라가 뒤로 물러나면서 도로 전체와 언덕 밑에 믿을 수 없을 정도로 많은 스패클이 우글거리고 있는 모습이 보였다. 그들은 불그스름한 갈색 갑옷을 입고, 막대기 같은 걸 들고, 뭔가를 타고 있었다.

"저게 뭐죠?" 나는 쿵쿵 소리를 내며 언덕을 내려오는 거대한 탱크 같은 동물을 가리켰다. 그 동물의 코끝에 둥글게 휜 두꺼운 뿔이 하나 달려 있었다.

"배틀모어다. 적어도 우린 그렇게 불렀다. 스패클들은 구어 없이 모두 시각으로 소통하거든. 하지만 그런 건 중요하지 않아! 저들이 대통령의 군대를 격파하면 그대로 밀고 들어와서 남은 우리까지 다 죽일 거야." 코일 선생님이 말했다.

"그 사람이 승리하면요?" 브래들리가 물었다.

"그자가 승리하면 이 행성을 완벽하게 지배할 거고, 당신은 그런 곳에서 결코 살고 싶지 않을 겁니다."

"당신이 완벽하게 지배하게 되면 이 행성은 어떤 곳이 될까요?" 브래들리는 놀랍게도 격한 목소리로 물었다.

코일 선생님은 깜짝 놀라서 눈을 깜박였다.

"브래들리……." 시몬이 입을 열었다.

하지만 나는 이들의 이야기를 듣고 있지 않았다…….

나는 영상을 보고 있었다…….

카메라가 언덕 밑으로 내려가 남쪽으로 옮겨 간 곳에…….

거기에 그가 있었다…….

그 아수라장의 한가운데…….

군인들에게 둘러싸여…….

스패클과 싸우고 있었다…….

"토드." 나는 속삭였고…….

그때 옆에서 말을 타고 있는 남자가 보였다…….

순간 가슴이 철렁했다…….

시장이 토드 옆에 있었다…….

코일 선생님이 말한 것처럼 묶여 있지 않은 채로…….

토드가 풀어줬다…….

아니면 시장이 강제로 시켰거나…….

그리고 토드는 최전선에 있다…….

그러다가 연기가 피어오르면서 그가 사라졌다.

"카메라를 좀 더 가까이 대봐요! 토드가 저기 있어요!"

코일 선생님이 날 힐끗 보는 사이에 브래들리가 다시 원격 장치의 다이얼을 조정하자 영상이 전쟁터 곳곳을 훑으면서 여기저기 널려 있는 시체들, 산 자와 죽은 자, 섞여 있는 인간들과 스패클들을 비췄다. 그곳은 너무 혼란스럽고, 내가 누구와 싸우고 있는지 분간할 수 없었고, 아군을 해치지 않고는 무기를 쓸 수 없을 정도로 모두 뒤죽박죽으로 섞여 있었다.

"토드를 저기서 빼내야 해요! 토드를 구해야 해요!"

"여덟 시간 남았어. 우리에겐 방법이……." 시몬이 고개를 저으면서 말했다.

"안 돼요! 난 토드에게 가야겠어요." 나는 에이콘을 향해 발을 절뚝거리며 걸어갔다.

하지만 그때 코일 선생님이 시몬에게 말했다. "이 우주선에 무기가 있지 않나요?"

나는 돌아섰다.

"무기도 없이 여기 착륙하진 않았겠죠." 코일 선생님이 다시 말했다.

브래들리의 표정이 어마어마하게 굳어졌다. "부인, 당신이 상관할 바가……."

하지만 시몬이 이미 대답하고 있었다. "유도탄 열두 발이 있고……."

"안 돼! 우린 그런 사람들이 아니에요. 우린 이 행성에 **평화롭게** 정착하려고 온 거고……." 브래들리가 반박했다.

"후퍼도 있어요." 시몬이 대답을 끝냈다.

"후퍼요?" 코일 선생님이 물었다.

"일종의 소형 폭탄이죠. 한꺼번에 투하하는 폭탄이지만……."

"시몬. 우린 여기에 싸우러 온 게 아니라……." 브래들리가 화가 나서 소리쳤지만 코일 선생님이 다시 끼어들었다.

"착륙한 상태로 발사할 수 있는 게 있나요?"

〈토드〉

우리는 앞으로 밀고 나갔다…….

앞으로, 앞으로, 앞으로…….

쳐들어오는 스패클에 맞서…….

스패클은 많고도 많았고…….

앙가르드는 내 밑에서 고통과 공포에 차서 힝힝거렸고…….

미안해, 앙가르드. 미안해.

하지만 시간이…….

전쟁에서는 전쟁할 시간 말고는 틈이 없어서…….

"받아!" 시장이 내 손에 총 한 자루를 밀어 넣었고…….

우리는 작은 무리를 이루며 밀려드는 군인들 앞에서…….

세차게 밀려드는 수많은 스패클을 향해 달렸고…….

나는 총을 겨눴고…….

방아쇠를 당겼다…….

탕!

나는 그 소리에 눈을 감았고, 어디로 쐈는지 보이지도 않았고, 이미 허공에 연기가 자욱했고, 스패클들이 쓰러지고 있었고, 군인들이 양옆에서 소리를 질러댔고, 앙가르드는 고통스러워서 소리를 지르면서도 어쨌든 계속 앞으로 밀고 나갔고, 계속된 총격에 스패클들의 갑옷이 갈라지며 터졌고, 더 많은 화살들이 날아오고, 흰색 막대 공격이 계속됐고, 나는 너무 겁이 나서 숨도 제대로 쉬지 못한 채 총알들이 어디로 가는지 보지도 않고 끝도 없이 총을 쐈고…….

스패클들은 군인들의 시체를 넘어 계속 왔고, 그들의 소음이 활짝 열렸고, 마찬가지로 군인들의 소음도 펼쳐져서 마치 한 번에 수천 개의 전쟁을 하고 있는 것 같았고, 지금 내 눈에 보이는 전투만이 아니라 인간과 스패클의 소음 속에서 이 전투가 끝도 없이 벌어져 공기와 하늘과 내 뇌와 영혼까지 전쟁으로 꽉 찬 느낌이었고, 그 무수한 전쟁들이 내 귀와 입 밖으로 피가 흐르듯 흘러나오고, 전쟁만이 내가 아는, 내가 기억할 수 있는, 내게 일어날 유일한 일처럼 느껴졌고…….

그때 핑 소리가 나면서 팔이 타는 듯한 느낌이 들어 본능적으로 피하다가 하얀 막대기를 가진 스패클이 나를 겨냥하고 있는 것을 보았고, 악취와 함께 증기가 피어오르며 입고 있는 제복이 타들어 갔고, 피부는 한 대 찰싹 맞은 것처럼 따끔했고, 우리 사이의 거리가 2센티미터만 더 가까웠어도 내 한쪽 팔이 날아갔을 것이고…….

탕!

옆에서 총성이 울리더니 시장이 그 스패클을 쏴서 땅바닥에 쓰러뜨렸다. "이번이 두 번째다, 토드."

시장은 다시 전장 속으로 뛰어들었다.

〈바이올라〉

브래들리가 코일 선생님의 질문에 대답하려 했지만 시몬이 먼저였다. "그래요, 할 수 있어요."

"시몬!" 브래들리가 쏘아붙였다.

"하지만 어디로 발사해요? 어느 군대로?"

"스패클에게요!" 코일 선생님이 소리 질렀다.

"조금 전까지만 해도 당신은 저 사람의 군대를 막도록 도와달라고 했잖아요! 바이올라는 당신이 목적을 이루기 위해 바이올라를 죽이려 했다고 말했고. 대체 우리가 왜 당신의 의견을 믿어야 하죠?" 브래들리가 외쳤다.

"믿으면 안 돼요." 내가 말했다.

"내 의견이 옳을 때도 안 되니, 애야? 우리는 지금 이 전쟁에서 지고 있잖아!" 코일 선생님이 영상을 가리키며 말했다. 인간 전선이 무너지면서 스패클들이 강둑을 터트리며 밀려오는 강물처럼 그 틈으로 쏟아져 나오고 있었다.

토드. 거기서 나와.

"언덕 밑에 유도탄을 한 발 쏠 수도 있어요." 시몬이 말했다.

브래들리가 충격을 받고 시몬에게 얼굴을 돌렸다. "여기 와서 우리가 제일 먼저 한 일이 이 행성의 원주민 수백 명을 죽이는 겁니까? 지능이 있는 종족을? 벌써 잊은 모양인데, 남은 평생 우리와 함께 살아야 할 종족이라고요."

"당신이 서둘러서 조치를 취하지 않으면 남은 인생이 아주 짧아지겠죠!" 코일 선생님은 사실상 악을 쓰다시피 했다.

"저들에게 우리의 화력을 보여줘서 물러나게 한 후에 협상을 시도해볼 수도……." 시몬이 브래들리에게 말했다.

코일 선생님은 거세게 혀를 차는 소리를 냈다. "당신은 저들과 협상할 수 없어요!"

"당신은 했잖아요." 브래들리가 그렇게 말하면서 다시 시몬에게 돌아섰다. "시몬, 지금 전쟁의 한가운데로 뛰어들자는 겁니까? 어느 쪽을 믿어야 할지도 모르면서? 그냥 아무거나 대충 날려버리고 그 결과가 끔찍하지 않기만을 바라자는 거예요?"

"사람들이 죽어가고 있어요!" 코일 선생님이 꽥 소리를 질렀다.

"당신이 우리더러 **죽여달라고** 부탁했던 사람들이잖아요! 저 대통령이 학살을 저질렀다면 저들은 아마 그를 잡으려고 저러는 건지도 몰라요. 그런데 우리까지 저들을 공격하면 혼란만 더 커질 거라고요." 브래들리도 맞서서 소리쳤다.

"그만해요!" 시몬이 쏘아붙이면서 갑자기 지휘관다운 위엄을 풍겼다. 브래들리와 코일 선생님은 입씨름을 멈췄다. 그때 시몬이 날 불렀다. "바이올라?"

셋 다 나를 바라봤다.

"넌 그동안 여기서 지냈잖니. 우리가 어떻게 하면 좋을까?"

〈토드〉

우린 지고 있다…….

이견의 여지가 없다…….

뿔 달린 짐승을 타고 있는 스패클을 내가 쓰러뜨려 상황을 호전시킨 효과는 얼마 못 갔다…….

군인들은 계속 앞으로 밀고 나와 총을 쐈고 스패클들이 쓰러지면서 사방에서 죽어나갔고…….

하지만 더 많은 스패클들이 계속 언덕을 내려왔고…….

그들은 우리보다 압도적으로 많았고…….

지금까지 우리가 살아남은 이유는 저들이 그 불을 뿜는 장치들을 아직 언덕 밑으로 가지고 내려올 수 없었기 때문인데…….

지금 그 장치들도 내려오고 있고…….

그것들이 도착하면…….

나는 원이고 원은 나다.

내 머릿속에서 그 소리가 울려 퍼지면서 시장의 말이 앙가르드를 툭 쳤다. 앙가르드는 이제 지칠 대로 지쳐서 간신히 코를 들어 올렸고…….

"정신 바짝 차려! 아니면 이대로 진다!" 시장이 소리를 지르면서 내 옆을 지나가며 총을 쐈다.

"이미 졌어요! 우린 이 전쟁에서 이길 수 없어요!" 나도 소리 질렀다.

"해 뜨기 직전이 가장 어두운 법이야, 토드."

나는 어이가 없어서 그를 바라봤다. "아니, 그렇지 않아요! 무슨 그런 바보 같은 소리를 해요? 해 뜨기 직전이 가장 밝은데!"

고개 숙여! 시장이 휙 소음을 날리자 나는 아무 생각도 못하고 그의 말을 따랐다. 방금 내 머리가 있던 곳으로 화살 하나가 휙 날아갔다.

"이번이 세 번째다." 시장이 말했다.

그때 또다시 스패클의 뿔피리 소리가 울려 퍼졌다. 소리가 너무 커서, 그것이 공기를 구부리고 비틀면서 오는 모습이 보이는 것 같았다.

그 소리에 새로운 음색이 깃들어 있었는데…….

승리의 음색이었고…….

우리는 휙 돌아섰다…….

군인들의 전선이 무너졌고…….

모건 아저씨가 뿔 달린 짐승의 발밑에 쓰러져 있었고…….

스패클들이 이제 언덕 밑으로 밀려들었고…….

그들이 사방에서 전장을 향해 달려왔고…….

아직도 싸우고 있는 군인들을 쓰러뜨리면서…….

나와 시장을 노리며 거세게 흘러드는 강물처럼…….

"준비해!" 시장이 외쳤고…….

"후퇴해야 해요! 여기서 빠져나가야 한다고요!" 나도 소리쳤다.

그리고 앙가르드의 고삐를 잡고 돌아서려 했는데…….

뒤를 봤을 때…….

스패클들이 군인들 뒤쪽으로 돌아와 있었고…….

우린 완전히 포위됐다…….

"준비하라!" 시장이 그를 둘러싼 군인들의 소음에 대고 소리쳤고…….

바이올라.

그들이 너무 많아.

아, 도와줘.

마지막 한 사람까지 싸워라! 시장이 고함을 질렀다.

〈바이올라〉

"쟤요?! 그냥 아이에게……." 코일 선생님이 말했다.

"우리가 신뢰하는 아이죠. 정착민이 되기 위해 저 애의 부모처럼 훈련받은 아이고." 시몬이 말했다.

그 말에 내 볼이 살짝 붉어졌지만 조금 당황스러워서 그랬을 뿐이다. 그건 사실이니까. 나는 훈련을 받았다. 그리고 내 의견도 귀담아 들어야 할 만큼 이곳에 오래 있으면서 수많은 일을 겪었다…….

나는 전투 장면을 돌아봤다. 그곳 상황은 점점 악화되고 있는 것처럼 보였고, 나는 생각을 하려고 애썼다. 상황은 아주 끔찍해 보였지만 스패클들이 공격하는 데에는 이유가 있다. 저들의 목표는 시장 하나일 수도 있다. 우리는 전에도 그를 이겼지만…….

"너의 토드가 저기 있어. 네가 아무것도 하지 않으면 그 아이는 죽을 거야." 코일 선생님이 말했다.

"내가 그걸 모를 거라고 생각해요?" 그게 중요하다. 사실 다른 모든 것보다 훨씬 더 중요하다. 나는 브래들리와 시몬에게 고개를 돌렸다. "죄송하지만 토드를 구해야 해요. 그래야 해요. 이 사태가 엉망이 되기 직전에 우리가 이 세상을 구할 수 있었는데……."

"하지만 그 아이를 구하다가 더 큰 것을 희생하게 되지 않을까? 아주 진지하게 생각해 봐. 네가 어디에 있건 거기서 처음 하는 일로 영원히 기억된다. 그것이 미래를 결정하는 거야." 브래들리는 내가 이 상황을 제대로 판단할 수 있도록 친절하지만 아주 진지하게 말했다.

"나도 이 여자를 믿고 싶지 않아, 바이올라." 시몬이 이렇게 말하자 코일 선생님이 그녀를 노려봤다. "그렇다고 해서 이 사람의 의견이 틀렸다는 뜻은 아니야. 네가 그 일이 옳다고 하면 우리가 개입할게."

"네가 이 일이 옳다고 하면, 우리는 여기서 정복자로 인생을 시작하게 돼. 너는 미래의 후손들이 짊어지고 갈 새로운 전쟁을 시작하는 거고." 브래들리가 화가 난 목소리로 말했다.

"아, 제발 좀 그만해요! 여기에 힘이 있다, 바이올라! 모든 걸 바꿀 수 있는 힘이 있어! 날 위해서가 아니라 토드를 위해, 너를 위해 말이야! 바로 여기서, 지금 너의 결정으로 이 모든 걸 끝낼 수 있어!" 코일 선생님이 불만스러워하며 소리쳤다.

"이보다 더 끔찍한 걸 네가 일으킬 수도 있고." 브래들리가 말했다.

모두 나를 보고 있었다. 나는 다시 그 영상을 돌아봤다. 스패클들이 이제 군인들 사이로 깊숙이 파고 들어갔고, 더 많은 스패클들이 몰려오고 있다……

그리고 토드가 그 안에 있다……

"네가 아무것도 하지 않으면, 네 친구가 죽는다." 코일 선생님이 다시 말했다.

토드.

단지 널 구하기 위해 내가 새로운 전쟁을 시작하게 될까?

내가 그럴까?

"바이올라? 우리가 어떻게 해야 옳지?" 시몬이 다시 물었다.

〈토드〉

나는 총을 쐈지만 너무 많은 사람들과 스패클들이 한데 섞여 있어서 아군이 맞지 않도록 높이 겨냥해야 했고, 그러다 보니 스패클도 맞추지 못했는데 갑자기 스패클 하나가 앞에 나타나 하얀 막대기로 앙가르드의 머리를 쏘려 해서 개머리판을 휘둘러 사람보다 높은 곳에 달려 있는 스패클의 귀 뒤쪽을 세게 후려쳤고, 그 스패클이 쓰러지자 또 다른 스패클이 벌써 그 자리에 들어와 내 팔을 잡아당겼고, 그 스패클의 얼굴에 대고 **바이올라**를 생각하자 그 스패클이 비틀거리며 뒤로 물러났고, 그 순간 반대편 옷소매가 찢어지면서 화살 하나가 그 틈을 통과해 턱 밑의 부드러운 살을 간발의 차로 스쳐 지나갔고, 도저히 여기서 살아 나갈 길이 없어 앙가르드의 고삐를 잡아당겨서 돌려세워 나가려 했지만 바로 옆에 서 있던 군인 하나가 하얀 막대기의 공격을 받고 피를 뿜어 내 얼굴이 피범벅이 됐고, 어디로 가야 할지 아무것도 보이지 않는 아수라장에서 몸을 돌리며 앙가르드의 고삐를 잡아당겼고, 내가 생각할 수 있는 것이라고는, 그 무수한 소음의 바다 한가운데서 내가 생각할 수 있는 것이라고는, 사람들과 스패클들이 죽어가는 소리를 듣는 와중에, 눈을 질끈 감아도 소음 속에서 그들이 죽어가는 모습이 보이는 와중에 내가 생각할 수 있는 것이라고는…….

전쟁이라는 게 이런 건가?

인간들이 그토록 열렬하게 원했던 게 바로 이런 거야?

이게 우리를 어른으로 만들어 준다고?

어마어마한 함성을 지르며 너무 빨라 미처 손을 쓸 수도 없이 죽음이 나를 덮쳐오는 이런 게 전쟁이야……?

그때 시장의 목소리가 들렸고…….

"싸워라!"

그의 목소리와 소음이 외쳤다…….

"싸워!"

나는 피를 닦아내며 눈을 떴고, 이 세계에서 우리가 죽는 순간까지 일어날 일이라곤 전쟁밖에 없다는 현실이 너무나 자명해졌고, 모페스를 타고 있는 시장이 보였고, 시장과 그의 말은 피투성이였고, 시장은 아주 격렬하게 싸우고 있어서 그의 소음을 들을 수 있었고, 그 소음은 여전히 돌멩이처럼 차가웠지만 **끝까지, 끝까지,** 라고 말했고⋯⋯.

시장과 나의 눈이 마주쳤는데⋯⋯.

그때 이제 정말 끝이란 걸 알아차렸고⋯⋯.

우리가 졌다⋯⋯.

그들이 너무 많다⋯⋯.

우리가 패배했다⋯⋯.

나는 갈기를 두 손으로 부여잡고 앙가르드를 안으며 바이올라를 생각했고⋯⋯.

그때⋯⋯.

쾅!

스패클들이 내려오는 언덕 아래가 어마어마한 소리와 함께 폭발하면서 거대한 불길과 흙과 살점들이 사방으로 날아갔고⋯⋯.

그렇게 날아온 자잘한 돌멩이들과 흙과 스패클들의 살점이 우리에게 우수수 쏟아졌고⋯⋯.

앙가르드가 비명을 질렀고, 우리 둘 다 땅바닥으로 쓰러졌고, 주위 사람들과 스패클들 모두 비명을 지르면서 사방으로 도망쳤고, 내 다리가 앙가르드 밑에 깔렸고, 앙가르드는 다시 일어서려고 애를 썼고, 그때 말을 타고 옆을 지나가는⋯⋯.

시장의 웃음소리가 들렸고⋯⋯.

"대체 저게 뭐였어요?" 나는 그에게 냅다 소리 질렀다.

카오스 워킹 3

"**선물이야!**" 시장은 그렇게 소리 지르면서 흙과 연기 사이를 뚫고 달려가며 군인들에게 소리쳤다. "**공격하라! 지금 공격해!**"

〈바이올라〉

우리는 곧바로 영상으로 고개를 돌렸다. "저게 뭐죠?" 내가 물었다.

갑자기 쾅 소리가 들렸지만 탐사 장치에는 짙게 피어오르는 연기만 보였다. 브래들리가 원격 조종 장치의 화면 다이얼을 돌리자 탐사 장치가 다시 위로 올라갔지만 연기가 모든 걸 뒤덮고 있었다.

"그거 녹화되고 있어요? 되감을 수 있나요?" 시몬이 물었다.

브래들리가 다이얼을 좀 더 돌리자 갑자기 화면이 다시 돌아가면서 구름 속으로 들어갔고, 연기가 빠르게 모여들면서…….

"저기." 브래들리가 화면을 멈추고 다시 느리게 재생했다.

전투는 아까 봤던 대로 혼란스럽고 끔찍했다. 압도적으로 많은 스패클 군대에 둘러싸여 사람들이 어찌할 바를 모르고 있는 그때…….

쾅!

언덕 밑에서 폭발이 일어나며 갑자기 흙과 돌덩이들과 스패클과 배틀모어의 시체들이 사방으로 날아갔고, 소용돌이치는 연기구름이 순식간에 모든 걸 뒤덮었다.

브래들리가 화면을 앞으로 돌려서 우리는 다시 한 번 그 장면을 봤다. 작게 뭔가 번쩍 하고 나서 언덕 밑 전체가 순간 허공으로 날아갔고, 스패클들이 죽는 모습이 화면에 비쳤다.

그들은 죽고, 죽고, 또 죽어갔다…….

수십 명의 스패클들…….

그때 강둑에 있던 그 스패클이 기억났다…….

그의 공포가 떠올랐다…….

"당신이 한 짓이에요? 당신 군대가 전쟁터에 도착했나요?" 시몬이 코일 선생님에게 물었다.

"우리에게는 미사일이 없어요. 있었다면 당신 무기를 쏘라고 부탁하지도 않았겠죠." 코일 선생님은 영상에서 눈을 떼지 않은 채 대답했다.

"그럼 저건 어디서 왔죠?" 시몬이 물었다. 브래들리가 원격 조종 장치를 조작하자 화면이 아까보다 더 크고 선명해졌다. 화면 재생 속도를 최대한 느리게 설정하자 뭔가가 언덕 밑으로 날아가고, 흙이 그보다 더 천천히 허공으로 떠오르고, 스패클들의 몸이 찢겨나가는 모습이 보였다. 그 스패클들이 어떤 인생을 살았는지, 누굴 사랑했는지, 이름이 뭐였는지는 아무 의미가 없어 보였다.

그저 산산조각 난 시체들만 허공으로 날아갔고…….

그렇게 그들의 삶이 막을 내렸다…….

우리가 그들에게 이런 짓을 저질렀다. 그들이 공격하게 만들고, 그들을 노예로 삼고 죽였다. 적어도 시장이 그렇게 했다…….

그랬는데 지금 여기서 다시 그들을 죽이고 있다…….

시몬과 코일 선생님이 논쟁을 벌였지만 내 귀에는 하나도 들어오지 않았다…….

난 이것도 알고 있었으니까.

시몬이 내게 어떻게 해야 하는지 물었을 때…….

나는 미사일을 발사하라고 말하려 했다.

내가 그러려고 했다.

내 손으로 그들에게 이런 피해를 입힐 작정이었다. 그래요, 해요, 발사해요. 그렇게 말하려고 했다…….

카오스 워킹 3

이 스패클들을 다 죽여요. 이 행성에 있는 그 누구보다 죽여도 싼 인간을 공격할 만한 합당한 이유가 있는 이 스패클들을 죽여요…….

그래서 토드를 구할 수 있다면 그건 중요하지 않았을 테니까 난 그렇게 했을 것이다…….

토드를 구하기 위해 수백, 수천 명을 죽였을 것이다.

토드를 위해 보다 큰 전쟁을 시작했을 것이다.

그 깨달음이 너무 크고 충격적이라, 쓰러지지 않기 위해 에이콘을 잡았다.

그때 시몬보다 더 크게 울리는 코일 선생님의 목소리가 들렸다. "이건 그자가 대포를 만들었다는 뜻입니다!"

〈토드〉

연기와 비명 속에서 앙가르드는 몸을 흔들며 다시 일어섰고, 이제 앙가르드의 소음은 아무 말도 하지 않았고, 그래서 앙가르드가 너무 걱정돼서 가슴이 조여들었고, 어쨌든 앙가르드가 다시 일어나서 나는 뒤를 돌아보고 그 폭발이 어디서 날아왔는지 봤고…….

또 다른 부대가 와 있었다. 테이트 아저씨와 오헤어 아저씨가 지휘하는 군대가 남은 군인들을 모으고, 시장이 말한 그 무기를 가지고 왔다.

시장에게 있는지도 몰랐던 무기.

"비밀 무기는 비밀일 때만 효과가 있지." 시장이 말을 타고 옆을 지나가며 말했다.

그는 이제 싱글거리고 있었다.

시내에서 온 수백 명의 새 병사들, 다들 팔팔하니 함성을 지르며 싸울 준비가 된 병사들이 도착했으니까…….

그리고 벌써 스패클들이 돌아서고 있었으니까…….

그들은 다시 언덕을 올려다보며 폭발해 버린 언덕 밑 말고 다른 길로 올라갈 수 있을지 보고 있었고…….

그때 또다시 빛이 번쩍하면서 우리의 머리 위로 휘파람 같은 휙 소리가 들리고 나서…….

쾅!

나는 움찔했고, 앙가르드는 비명을 질렀다. 언덕이 또다시 폭발해서 또 다른 구멍이 생겼는데 아까보다 더 많은 흙과 연기와 스패클과 뿔 달린 동물의 신체 부위들이 공중으로 날아올랐다.

시장이 태연하게 서서 마냥 행복한 표정으로 그 광경을 바라보는 동안 새로 온 군인들이 우리 주위로 밀려왔다. 스패클 군대는 혼란에 빠져 허둥대면서 돌아서서 도망치려 했지만…….

새로 도착한 우리 병사들에게 도살됐고…….

나는 거친 숨을 몰아쉬었고…….

그러면서 대세가 변하는 광경을 지켜봤고…….

이 말은 해야 할 것 같다…….

(닥쳐.)

그걸 보는데 어마어마하게 흥분됐다…….

(닥쳐.)

나는 안도했고, 기뻤고, 스패클들이 쓰러지는 모습을 보면서 피가 쿵쿵 뛰는 게 느껴졌고…….

(닥쳐 닥쳐 닥치라고.)

"걱정하고 있던 건 아니지, 토드?" 시장이 물었다.

나는 먼지와 피로 범벅이 된 채 그를 돌아봤다. 사방에 인간과 스패클의 시체들이 널려 있었다. 아까보다 더 큰 소음이 나올 수 있으리라고 생각하지 않았는데 다시 환해진 소음의 물결이 세차게 밀려들었다…….

"가자! 승자가 되는 게 어떤 건지 봐라."

그리고 시장은 새로 온 군인들을 향해 달렸다.

나는 총을 든 채 쫓아갔지만 쏘지는 않고 그냥 보면서…….

그 전율을 느꼈다…….

바로 이거다…….

이게 바로 전쟁의 추악하고도 고약한 비밀이다…….

내가 이기고 있을 때…….

내가 이기고 있을 때는 어마어마하게 황홀한 전율이 느껴진다는 것…….

스패클들이 폐허를 뛰어넘어 다시 언덕을 향해 달려갔고…….

그들은 우리를 피해 도망쳤고…….

나는 총을 들어서…….

도망치는 한 스패클의 등을 겨냥했고…….

내 손가락은 방아쇠 위에 있었고…….

당길 준비가 됐는데…….

그때 그 스패클이 비틀거리며 다른 스패클의 시체를 넘었는데, 그게 한 구가 아니라 두 구, 세 구…….

그러다가 연기가 걷히면서 더 많은 시체들이 보였고, 사방에 시체가, 사람과 스패클과 뿔 달린 짐승들의 시체가 널려 있었고…….

나는 다시 수도원으로, 스패클들의 시체가 산처럼 쌓여 있던 그 수도

원으로 돌아와 있었고…….

더 이상 전율이 느껴지지 않았다…….

"저들을 좇아 언덕으로 올라가! 저들이 태어난 것마저 후회하게 만들어 줘라!" 시장이 군인들에게 소리쳤다.

〈바이올라〉

"끝나가고 있어요. 전투가 끝나가고 있어요."

브래들리가 영상의 재생 속도를 다시 정상으로 돌려서 우리 모두 새 군대가 도착한 광경을 봤다.

두 번째 폭발을 봤다.

스패클들이 돌아서서 다시 언덕 위로 달려가려고, 언덕 밑 잔해 더미를 넘어서 가려는 모습을 봤다. 너무 혼란스러운 나머지 몇몇 스패클은 강이나 그 밑의 도로로 떨어지기도 하고, 전쟁터로 돌아가 순식간에 목숨을 잃기도 했다.

그 무수한 죽음에 속이 울렁대고 발목은 욱신거려서 다른 사람들이 말다툼을 하는 동안 에이콘에게 기대야 했다.

"저자에게 저런 짓이 가능하다면, 내가 지금까지 당신들에게 말했던 것보다 훨씬 더 위험한 인물이라고요. 이제부터 같이 살 세상을 저런 자가 지배하면 좋겠어요?" 코일 선생님이 말했다.

"난 잘 모르겠는데. 저 사람이 아니면 당신이 유일한 대안인가요?" 브래들리가 대꾸했다.

"브래들리. 저 사람 말에도 일리는 있어." 시몬이 말했다.

"일리가 있다고?"

"전쟁의 한복판에서 새 정착지를 건설할 수는 없어. 그리고 이곳이 우리의 종착지야. 우리 우주선들이 갈 수 있는 다른 곳은 없다고. 여기서 어떻게든 살아갈 수 있는 방법을 찾아야 해. 우리가 위험에 처한다면…….”

“이 행성의 다른 곳으로 갈 수도 있어.” 브래들리가 제안했다.

코일 선생님이 숨을 헉 들이마셨다. “그럴 수는 없어요.”

“우리가 이전 정착민들과 합류해서 살아야 한다는 법은 없어요. 우린 당신들과 단 한 번도 연락이 안 돼서 모두 죽었다고 추정하고 왔어요. 당신들끼리 싸우라고 놔두고 우린 그냥 떠날 수 있어요. 우리만 있을 곳을 찾아서 새 인생을 시작하는 거죠.”

“저들을 버린다고?” 시몬도 충격을 받은 목소리였다.

“당신들은 결국 스패클과 싸우게 될 겁니다. 경험이 있는 사람들의 도움도 없이 말이죠.” 코일 선생님이 말했다.

“여기 있으면 결국 스패클과 인간 둘 다와 싸우게 되겠죠. 결국엔 당신과도 싸우게 될 테고.” 브래들리가 대꾸했다.

“브래들리…….” 시몬이 입을 열었을 때…….

“안 돼요.” 나는 그들이 다 들을 수 있게 큰 소리로 말했다.

나는 아직 그 영상을 보면서 사람들과 스패클들이 죽는 모습을 지켜보고 있었고…….

나는 여전히 토드를 생각하면서 그를 위해 내가 야기했을 모든 죽음에 대해 생각했고…….

머릿속이 아찔해졌다.

다시는 그런 입장에 서고 싶지 않았다.

“무기는 안 돼요. 더 이상 누구를 폭격해서도 안 돼요. 스패클들은 후퇴하고 있어요. 우린 한 번 시장을 이겼고, 또 그래야 한다면 그렇게 할 거예요. 스패클과도 다시 휴전할 수 있어요."

나는 코일 선생님의 얼굴을 보면서 더 단호한 태도로 말을 이어갔다. "더 이상의 죽음은 안 돼요. 나는 그런 선택은 하지 않을 거예요. 스패클이든 인간이든 죽어 마땅한 군대가 있더라도 결코 그런 선택은 하지 않겠어요. 우린 평화로운 해결책을 찾을 거예요."

"아주 잘 말했다." 브래들리가 힘차게 말했다. 내겐 너무나 익숙한, 다정하고 날 자랑스러워하며 애정이 넘치는 그의 마음이 느껴져서 마음이 아플 정도였다.

나는 고개를 돌려야 했다. 아까 정말 간발의 차로 그 미사일을 발사할 뻔했으니까.

"흠, 모두 그렇게 생각이 확고하다면 난 구해야 할 사람들이 있어서 이만." 코일 선생님은 강물처럼 차가운 목소리로 말했다.

그리고 미처 말리기도 전에 서둘러 수레를 몰고 어둠 속으로 사라졌다.

〈토드〉

"저들을 죽여라! 다 몰아내!" 시장이 고래고래 소리 질렀다.

그가 뭐라고 소리 지르건 상관없었다. 그가 온갖 과일 이름을 외쳤더라도 군인들은 여전히 구불구불한 길 밑으로 몰려가서 폭탄이 떨어져 폐허가 된 곳을 올라가, 허겁지겁 앞에서 도망치는 스패클들을 칼로 베고 총으로 쐈을 테니까.

오헤어 아저씨가 새로 온 군인들로 구성된 돌격대의 선봉에 서 있었고, 시장은 테이트 아저씨를 불러 언덕 밑 빈터에서 우리가 대기하고 있는 곳으로 오게 했다.

나는 앙가르드에게서 풀쩍 뛰어내려 화살에 맞은 상처를 더 자세히 들여다봤다. 상처가 그렇게 심해 보이지는 않았지만 앙가르드의 소음은 여전히 조용했다. 소음은커녕 어떤 소리조차 내지 않은 채 완전히 침묵을 지키고 있었다. 상태가 좋지 않다는 확신이 들었다.

"앙가르드? 우리가 치료해 줄게, 알았지? 말짱하게 해줄게. 좋지, 앙가르드?" 나는 앙가르드의 옆구리를 쓰다듬으며 진정시키려고 애썼다.

하지만 고개를 푹 숙이고 있는 앙가르드의 입가 주위에 거품이 부글부글 솟아나고, 옆구리에서는 땀이 흘러내렸다.

"늦어서 죄송합니다, 대통령 각하. 저것의 기동성은 개선해야 할 것 같습니다." 테이트 아저씨가 내 뒤에서 시장에게 보고했다.

나는 그 무기 쪽을 흘끔 봤다. 몹시 지쳐 보이는 황소들이 끄는 강철 수레 뒤쪽에 커다란 대포 넉 대가 있었다. 검고 묵직한 강철 대포는 상대의 대가리를 날려버리고 싶어 하는 것처럼 생겼다. 이 비밀 무기들이 도시의 어딘가에서 만들어졌다. 무기를 만든 사람들은 소음이 들리지 않도록 따로 격리돼 있었다. 이 무기들은 해답에게 쓸 용도였을 것이다. 아무 문제 없이 그들을 날려버릴 무기였는데 이제 이것을 스패클에게 날린 것이다.

시장을 더 강하게 만드는 크고 추악한 무기들.

"그 일은 유능한 자네에게 맡기겠네, 대위. 이제 오헤어 대위를 찾아서 언덕 밑으로 돌아오라고 하게." 시장이 명령했다.

"돌아오라고요?" 테이트 아저씨가 깜짝 놀라며 물었다.

"스패클들은 도망치고 있어." 시장은 이제 스패클들이 언덕 꼭대기를 지나 위쪽 계곡으로 사라져서 거의 하나도 안 보이는 길을 향해 고개를 끄덕이며 말했다. "하지만 저 위쪽에 얼마나 많은 스패클이 기다리고 있을지 누가 알겠나? 그들은 다시 전열을 가다듬고 계획을 세울 거야. 우리도 여기서 그들을 맞을 준비를 해야지."

"알겠습니다, 각하." 테이트 아저씨는 말을 타고 출발했다.

나는 앙가르드에게 기대서 옆구리에 얼굴을 대고 눈을 감고 있었지만 소음 속에서 여전히 모든 걸 보고 있었다. 군인들, 스패클들, 전투, 불길, 죽음, 죽음, 그 무수한 죽음……

"잘해냈다, 토드. 사실 아주 잘해냈어." 시장이 말을 타고 뒤에서 다가오면서 말했다.

"그건……." 나는 말을 멈췄다.

어떻게 말을 할 수 있겠는가?

"네가 자랑스럽다."

나는 처참한 얼굴로 돌아섰다.

시장은 내 표정을 보며 웃었다. "정말이야. 넌 극도로 스트레스를 받으면서도 무너지지 않았어. 냉정을 잃지 않았지. 네 말이 다쳤을 때도 말 곁을 떠나지 않았고. 가장 중요한 점은 네가 약속을 지켰다는 거야, 토드."

나는 그의 눈을 뚫어져라 바라봤다. 강가의 돌맹이처럼 새까만 그 눈동자를.

"그건 사내다운 행동이었어. 정말 그렇단다, 토드."

그의 목소리는 진심처럼 느껴졌고, 그의 말도 진심처럼 느껴졌다.

하지만 시장은 항상 그렇지 않나?

"난 아무 느낌 없어요. 당신에 대한 증오 말고는."

시장은 씩 웃으며 나를 바라볼 뿐이었다.

"지금은 그럴 일이 없을 것 같지. 하지만 너는 훗날 오늘을 마침내 어른이 된 날로 돌이키게 될 거다. 네가 진정 변화한 날로 말이야."

〈바이올라〉

"저기는 정말 끝나가는 것 같구나." 브래들리가 영상을 보면서 말했다.

구불구불한 길에 틈이 생기고 있었다. 시장의 군대는 물러나고 있었고, 스패클들은 후퇴해서 이들 사이에 있는 언덕이 텅 비었다. 이제 시장의 전군과, 어떻게 손에 넣었는지 모르겠지만 그가 보유한 큰 대포들이 언덕 밑에 질서 정연하게 모여서 다시 싸울 준비를 하는 모습이 보였다.

그때 토드가 보였다.

내가 그의 이름을 큰 소리로 부르자 브래들리가 내가 가리키는 곳을 확대했다. 토드가 앙가르드에게 기대 있는 모습을 보자 심장이 세차게 뛰었다. 토드가 살아 있다, 살아 있어, 살아 있다고……

"쟤가 네 친구니?" 시몬이 물었다.

"네, 쟤가 토드예요. 저 아이는……."

시장이 말을 타고 오는 게 보여서 나는 말을 멈췄다.

시장은 마치 아무 일도 없던 것처럼 말을 타고 와서 아무렇지 않게 토드에게 말을 걸었다.

"저 사람 그 독재자 아니니?" 시몬이 물었다.

나는 한숨을 쉬었다. "사정이 복잡해요."

"그래, 그런 것 같구나." 브래들리가 말했다.

"아뇨. 만약 이곳에서 뭔가 의심이 생기면, 어떻게 생각해야 할지 누굴 믿어야 할지 모를 때는 토드를 믿으세요, 아셨죠? 그 점을 꼭 기억해야 해요." 나는 단호하게 말했다.

"알았다. 기억하마." 브래들리는 미소 띤 얼굴로 나를 보면서 말했다.

"하지만 더 중요한 질문이 남았다. 이제 우리가 뭘 해야 하지?" 시몬이 물었다.

"우린 최초의 정착민들이 다 죽은 상황에서 너와 너의 부모님은 살아 있기를 바랐어. 그런데 독재자와 혁명가에 원주민 군대까지 침략해 온 판국이라니." 브래들리가 말했다.

"스패클 군대의 규모가 얼마나 될까요? 탐사 장치를 더 높이 띄울 수 있어요?" 나는 영상으로 돌아서며 물었다.

"크게 다르지는 않을 것 같은데." 브래들리가 그렇게 말하면서도 다이얼을 좀 더 돌리자 탐사 장치가 언덕 위를 올라가 꼭대기로 향했다.

"맙소사." 나는 시몬이 놀라서 숨을 헉 들이키는 소리를 들으며 말했다.

두 개의 달빛과, 스패클들이 피워놓은 모닥불의 불빛과, 그들이 들고 있는 횃불 빛에 비친 그들은…….

이 행성에 있는 스패클 모두가 계곡의 폭포 위 강변도로까지 죽 늘어서 있었다. 시장의 군대보다 압도적으로 많았다. 그들을 한 번에 쓸어버릴 수 있을 정도로, 그들에게 결코 지지 않을 정도로 많았다.

수천 명의 스패클들.

수만 명의 스패클들.

"압도적인 숫자 대 압도적인 화력의 대결인데, 이러다가는 살육이 끝나지 않겠어." 브래들리가 말했다.

"코일 선생님이 전에 스패클들과 휴전했다고 했어요. 전에 한 번 했다면 또 할 수 있어요." 내가 말했다.

"지금 맞붙어서 싸우는 군대들은 어쩌고?" 시몬이 물었다.

"사실 군대라기보다는 장군들끼리 싸우는 거죠. 그 두 사람 문제를 해결할 수 있다면 일이 훨씬 쉬워질 거예요."

"그럼 너의 토드부터 만나봐야겠구나." 브래들리가 말했다.

브래들리는 다시 원격 조종 장치의 다이얼을 돌려서 말을 탄 남자들과 앙가르드 옆에 서 있는 토드를 화면에 띄웠다.

그때 토드가 고개를 들어서 탐사 장치를, 그 화면을…….

나를 들여다봤다.

시장도 눈치채고 고개를 들어 화면을 바라봤다.

"우리가 여기 있다는 걸 기억해 냈을 거야. 네 발목을 치료할 약을 좀 가져올게, 바이올라. 그다음에 모선에 연락해야겠다. 대체 어디서부터 설명해야 할지도 모르겠다만……." 시몬은 다시 경사로를 올라가 정찰기 안으로 들어갔다.

시몬이 우주선 안으로 사라지자 브래들리가 다시 다가와 손을 뻗어서 내 어깨를 부드럽게 잡았다. "부모님 일은 정말 유감이다, 바이올라. 뭐라 위로할 말이 없구나."

나는 눈물이 고이는 걸 참으려고 눈을 깜박였다. 정찰기가 추락해서 부모님이 돌아가시던 기억이 떠오르기도 했지만, 브래들리의 다정함에 눈물이 나려고 했다.

그러다가 뭔가 떠올라 소리를 지를 뻔했다. 아주 유용한 물건으로 판명된 그 선물. 불을 만들고, 어둠 속을 밝히는 빛이 되어주고, 결국 나와 토드를 구하기 위해 다리 하나를 날려버린 그 상자를 선물로 준 사람이 바로 브래들리였다.

"그건 깜박거려요." 내가 말했다.

"뭐라고?" 브래들리가 고개를 들면서 되물었다.

"전에 우주선에 있을 때 모닥불에 비친 밤하늘이 어떤지 말해달라고 하셨죠. 내가 제일 처음 보게 되니까. 밤하늘은 깜박거려요."

브래들리도 기억을 떠올리고 싱긋 웃더니 깊이 숨을 들이마셨다.

"그러니까 신선한 공기에서는 이런 냄새가 나는구나." 브래들리가 신선한 바깥 공기를 마신 건 물론 처음이었다. 그도 평생을 우주선에서 살아왔으니까. "예상했던 것과는 다른데. 훨씬 진해." 브래들리는 다시 나를 보며 말했다.

"우리가 예상했던 것과 다른 게 많죠."

브래들리는 내 어깨를 잡은 손에 힘을 주었다. "이제 우리가 왔잖니, 바이올라. 넌 더 이상 혼자가 아니야."

나는 침을 꿀꺽 삼키고 다시 그 영상을 바라봤다. "난 혼자가 아니었어요."

브래들리는 한숨을 쉬면서 나를 바라봤다. **깜박거린다고.** 브래들리가 중얼거렸다.

"직접 볼 수 있게 모닥불을 피워야겠어요."

"뭘 본다고?"

"그게 깜박거리는 거요."

브래들리는 잠시 어리둥절한 표정으로 나를 봤다. "아까 네가 한 그 말?"

"아뇨, 내가 한 말이 아니라……."

대체 얘가 뭐라는 거야?

브래들리의 입에서 나온 말이 아니었다.

순간 속이 뒤틀렸다.

안 돼.

아, 안 돼.

"그 소리 들었니? 마치 내 목소리 같았는데……." 브래들리는 아까보다 더 어리둥절한 표정으로 주위를 둘러봤다.

하지만 어떻게 그게 내……? 브래들리는 문득 생각을 멈췄다.

그가 다시 나를 바라봤다.

바이올라? 그가 날 불렀다.

그의 소음으로 불렀다.

새롭게 생긴 자신의 소음으로.

〈토드〉

나는 앙가르드의 옆구리 상처에 붕대를 대고 약이 혈관에 스며들게 놔뒀다. 앙가르드는 여전히 아무 말도 하지 않았지만 나는 앙가르드의 몸에 손을 대고, 계속 이름을 불렀다.

말들은 혼자 있는 걸 끔찍이 싫어하니 우리는 같은 무리라고 계속 말해줘야 한다.

"다시 내게 돌아와, 앙가르드. 기운을 내라고." 나는 앙가르드의 귀에 대고 속삭였다.

그리고 부하들과 이야기하는 시장을 흘끗 보고, 어쩌다가 사태가 이 지경에 이르렀는지 생각해 보려고 애썼다.

우리는 그를 이겼다. 우리가 그랬다. 그와의 대결에서 이겨서 그를 묶었다. 우리가 정말 승리했는데.

하지만 지금은.

지금 그는 이곳의 주인처럼, 이 빌어먹을 세계를 다시 완벽하게 지배하고 있는 것처럼, 마치 내가 그에게 무슨 짓을 했고 내가 그를 어떻게 이겼는지는 아무 관심 없는 것처럼 주위를 돌아다니고 있었다.

하지만 내가 그를 이겼다. 그리고 다시 그럴 것이다.

나는 바이올라를 구하기 위해 괴물을 풀어줬다.

이제는 어떻게든 다시 잡아야 한다.

"여전히 하늘에 눈이 있네." 시장이 내게 걸어와 하늘에 떠 있는 빛을 올려다보며 말했다. 시장은 그게 일종의 탐사 장치라고 강하게 확신하고 있었다. 우리는 한 시간 전에 그것이 우리 위를 맴도는 모습을 처음 발견했다. 그때 시장은 대위들에게 언덕 밑에 야영장을 설치하고, 스파이들을 보내 적의 병력을 알아보고, 다른 부대를 보내 해답 군대가 어떻게 됐는지 알아보라는 명령을 내리고 있었다.

하지만 지금까지 정찰선을 감시하기 위해서는 인력을 보내지 않았다.

"그들은 이미 우리를 볼 수 있어. 나를 만나고 싶다면 바로 여기로 오면 되잖아, 안 그래?" 시장이 계속 그걸 올려다보며 말했다.

시장은 남은 밤을 보내기 위해 쉴 준비를 하면서 흥분을 가라앉히고 있는 군인들을 천천히 돌아보며 기이한 느낌으로 속삭였다.

"목소리들을 들어봐."

대기는 여전히 군인들의 소음으로 가득 차 있었지만, 시장의 눈에 떠오른 표정을 보자 뭔가 다른 걸 말하고 있다는 생각이 들었다.

"무슨 목소리요?"

시장은 내가 아직 여기 있어서 놀란 것처럼 눈을 깜박이더니 다시 미소를 짓고 손을 내밀어 앙가르드의 갈기에 댔다.

"만지지 말아요." 나는 그가 손을 뗄 때까지 노려봤다.

"네 기분이 어떤지 안다. 토드." 시장이 부드럽게 말했다.

"아니, 당신은 몰라."

"안다니까. 내가 처음 싸웠던 스패클 전투가 기억난다. 그때는 금방이라도 죽을 것 같다는 생각이 들었어. 지금까지 본 광경 중 최악이라는 생각이 들고, 그런 처참한 장면을 목격했는데 어떻게 다시 힘을 내서 살아갈 수 있을지 모르겠다고 생각하지. 그런 참상을 보고 누군들 어떻게 살아갈 수 있을까?"

"내 머릿속에서 나가요."

"난 그냥 이야기를 하고 있는 거야, 토드. 그게 다야."

나는 대꾸하지 않고 계속 앙가르드에게 속삭였다. "내가 옆에 있어, 앙가르드."

"하지만 넌 괜찮을 거야. 너의 말도 그렇고. 너희 둘 다 더 강해질 거다. 둘 다 더 나아질 거야."

나는 그를 바라봤다. "사람이라면 어떻게 이런 일을 겪고 더 나아질 수 있어요? 어떻게 이런 일을 겪고도 인간으로 남아 있을 수 있냐고요?"

시장은 허리를 숙여 내게 얼굴을 바짝 들이댔다. "왜냐하면 그건 아주 스릴 넘치는 일이기도 하니까, 안 그러니?"

나는 아무 대꾸도 하지 않았다.

(사실 그랬으니까……)

(잠깐은 그랬으니까……)

그 죽어가던 군인이 떠올랐다. 자신의 소음 속에 보이는 갓난 아들을 향해 손을 뻗던 그 군인, 다시는 아들을 보지 못할 그 군인…….

"너는 우리가 그들을 언덕 위로 몰아냈을 때 흥분을 느꼈어. 난 봤다. 너의 소음에서 그 흥분이 불길처럼 솟구치더구나. 우리 부대 군인들 모두 같은 마음이었어, 토드. 전쟁보다 더 사람을 살아 있게 만드는 것은 없지."

"그런 후에는 더 죽을 맛이죠."

"아, 철학자 나셨구나. 너에게 그런 면이 있는 줄 몰랐는데." 시장이 싱긋 웃었다.

나는 그를 외면하고 앙가르드에게 고개를 돌렸다.

그때 그 소리가 들렸다.

나는 원이고 원은 나다.

나는 다시 시장을 돌아보면서 *바이올라*로 그를 후려쳤다.

시장은 움찔했지만 미소는 거두지 않았다. "바로 그거야, 토드. 내가 전에도 말했지. 네 소음을 통제하면 너 스스로를 통제하는 거라고. 너 스스로를 통제하면……."

"세상을 통제한다고 했죠. 그래요. 전에도 했어요. 고맙지만 나는 나 하나만 통제하고 싶어요. 세상에는 관심 없어요." 나는 시장의 말을 끊으며 덧붙였다.

"모두 그렇게 말하지. 권력의 맛을 보기 전까지는 말이야." 시장은 다시 그 탐사 장치를 올려다봤다. "바이올라의 친구들이 스패클 병력의 규모를 알려줄 수 있을지 궁금하구나."

"너무 많겠죠. 그렇잖아요. 이 행성에 사는 스패클들이 다 저 위에 있을걸요. 당신은 저들을 다 죽일 수 없어요."

"대포 대 화살의 싸움이다, 애야." 시장은 다시 나를 돌아봤다. "아무리 그 근사한 불 무기와 정체 모를 흰 막대기가 있어도, 그들에게는 대포가 없어. 그들에게는……." 시장은 정찰기가 착륙한 동쪽 지평선을 향해 고개를 끄덕이며 말을 이었다. "……날아다니는 우주선이 없어. 그러니 전력은 막상막하인 셈이지."

"전쟁을 지금 끝내야 할 이유가 하나 더 늘었군요."

"계속 싸워야 할 이유가 하나 더 늘었지. 이 행성을 지배하는 쪽은 하나일 수밖에 없다, 토드." 시장이 내 말을 받아쳤다.

"하지만 우리가 만약……."

"아니. 네가 날 풀어준 이유는 하나야. 너의 바이올라를 위해 이 행성을 안전한 곳으로 만들려고 그랬지." 시장은 좀 더 힘주어 말했다.

나는 그 말에 아무 대꾸도 하지 않았다.

"난 네 조건에 동의한다. 그러니 이제 내가 해야 할 일을 할 수 있도록 방해하지 마. 내가 바이올라와 다른 사람들을 위해 이 행성을 안전하게 만들도록 가만히 있으란 말이야. 널 위해서도. 너는 할 수 없는 일이니까."

그러자 군인들이 그의 모든 명령을 어떻게 일사분란하게 따랐는지, 단지 그가 그러라고 명령했기 때문에 몸을 사리지 않고 전투에 뛰어들어 죽어간 것이 떠올랐다.

시장의 말이 맞다. 내가 그런 일을 할 수 있을지 모르겠다.

내게는 그가 필요하다. 그 사실이 너무 싫지만 어쩔 수 없다.

난 시장에게서 고개를 돌려 눈을 감고 앙가르드에게 이마를 댔다.

난 원이고 원은 나다.

내가 내 소음을 통제할 수 있다면, 나를 통제할 수 있다.

내가 스스로를 통제할 수 있다면…….

어쩌면 그를 통제할 수 있을 것이다…….

"어쩌면 그럴 수 있겠지. 너에게는 그런 능력이 있다고 내가 항상 말했잖니."

나는 시장을 바라봤다.

여전히 싱글거리고 있다.

"자, 밤이 됐으니 말을 쉽게 해라. 너도 그리고."

시장은 코를 벌름거리며 공기 냄새를 맡았다. 매 순간 죽을 생각에서 벗어나자 추위가 느껴지기 시작했다. 그는 꼭대기 너머로 스패클들이 피워놓은 모닥불 빛이 아른거리는 언덕을 올려다봤다.

"우린 최초의 소규모 접전에서 이겼다. 하지만 전쟁은 이제 막 시작됐을 뿐이야."

제삼의 존재

땅이 기다린다. 나는 그들과 함께 기다린다.

기다리면서 나의 몸이 뜨거워진다.

우리가 적을 무찔렀으니까. 그들의 언덕 밑, 그들의 도시 변두리에서, 우리가 그들을 포위해 그들의 운명을 우리 손에 쥐고 있었다. 그들은 부러지고, 혼란에 빠지고, 정복당할 준비가 돼 있었는데…….

거의 다 이긴 전투였다. 우리가 그들을 이겼다.

하지만 그때 우리가 발을 디디고 선 땅이 폭발하면서 우리의 몸이 공중으로 던져졌다.

그래서 우리는 후퇴했다. 철수해서, 발을 헛디뎌 가며 부서진 바위덩어리들과 망가진 도로를 넘어 언덕을 올라가 우리의 상처를 치료하고, 죽은 이들을 추모하기 위해 언덕 꼭대기에 이르렀다.

하지만 승리에 그토록 가까웠는데. 너무나 가까워서 승리의 맛을 느낄 수 있었는데.

계곡 아래를 내려다보는 동안에도 여전히 그 맛을 느낄 수 있다. 빈터들이 거기에 야영장을 만들고, 부상자들을 치료하고, 우리 동족의 시체들은 아무렇게나 던져서 쌓아두고는 죽은 동료들을 땅에 묻고 있다.

또 다른 곳에 있던 또 다른 시체 더미가 떠오른다.

그 기억에 다시 몸이 뜨거워진다.

그때 내가 앉아 있는 언덕 꼭대기 가장자리에서, 그 밑 계곡으로 강물이 요란한 소리를 내며 부서지는 곳 바로 옆에서 뭔가가 보였다. 불빛 하나가 어두운 공중을 맴돌고 있었다.

그것이 우리를 지켜보고 있다. 땅을 지켜보고 있다.

나는 일어나서 하늘을 찾으러 갔다.

나는 강가 도로로 걸어가 우리의 야영장 깊숙이 들어갔다. 모닥불들이 깊은 밤의 어둠을 밀어내고 있다. 세차게 흐르는 강물에서 뿜어내는 촉촉한 물보라가 안개를 깔았고, 모닥불 불빛이 모든 것을 은은히 밝혔다. 내가 그들 사이를 지나가는 동안 땅이 나를 지켜보고 있었다. 전쟁 때문에 지치긴 해도 그들의 표정은 상냥했고, 목소리는 열려 있었다.

하늘은? 하늘에게 가려면 어느 길로 가야 하죠? 나는 걸어가면서 목소리를 보였다.

그들은 대답으로 모닥불들, 숨겨진 간이 천막들, 식당용 천막들, 배틀모어를 놔둔 방목장 사이로 가는 길을 보여줬다.

배틀모어. 보이지 않는 곳에서 속삭이는 소리가 들린다. 충격과 혐오까지 섞여 있다. 배틀모어란 말은 땅의 언어가 아니라 적의 언어, 빈터의 언어니까. 그래서 나는 그걸 숨기기 위해 목소리를 더 크게 올려 보여준다. *하늘은 어디에?*

땅이 계속 그에게로 가는 길을 보여줬다.

하지만 그렇게 전적으로 돕는 와중에도 그 이면에 서린 그들의 의심이 들리는 것 같기도 하다.

어쨌든 나는 누구인가?

영웅인가? 구원자인가?

니는 망가진 자인가? 위험한 자인가?

나는 시작인가, 끝인가?

나는 진정한 땅의 일원인가?

솔직히 말하면 나도 그 답을 모르겠다.

그래서 그들이 하늘로 가는 길을 보여주고, 내가 그들 사이를 지나 길을 가는 동안 마치 내가 강물 위를 둥둥 떠내려가는 나뭇잎처럼 느껴졌다.

하지만 강물과 하나가 된 존재는 아닐 것이다.

그때 그들이 내가 간다는 소식을 미리 보내기 시작했다.

귀환이 가고 있다. 그들은 서로에게 보여준다. **귀환이 가고 있다.**

그게 그들이 나를 부르는 이름이니까. 귀환.

하지만 내게는 또 다른 이름이 있다.

나는 땅이 부르는 사물의 이름들을 배워야 했다. 그들은 말이 없는 그들의 언어에서 단어들을 끄집어냈다. 그것은 땅의 거대한 하나의 목소리에서 나온 언어여서 그 이름들을 이해할 수 있다. 그들은 스스로를 땅이라고 부른다. 항상 그렇게 불렀다. 그들이 바로 이 세계의 땅이라서 그렇지 않겠는가? 그리고 하늘이 그들을 굽어보고 있지 않은가?

인간들은 그들을 땅이라 부르지 않는다. 그들은 처음에 의사소통을 해보려다가 착각한 것을 토대로 이름을 하나 지어냈고, 그 후로는 그 오해를 바로잡을 정도로 땅을 궁금해하지도 않았다. 아마 거기서부터 모든 문제가 시작됐을 것이다.

'빈터'는 땅이 인간들, 갑자기 나타나 이 세상을 자기 것으로 만들려고 하는 그 기생충들을 부르는 이름이다. 그들은 땅을 학살했고 마침내 땅과 빈터가 영원히 따로 떨어져 살기로 한 휴전 협정이 맺어졌다.

뒤에 남겨진 땅만 제외하고. 그 땅은 평화 협정을 맺는 대가로 빈터의 노예로 남았다. 그 땅은 더 이상 땅이라고 불리지 않았고, 더 이상 땅으로 존재하지 않았으며, 심지어 강제로 빈터의 언어를 받아들여야 했다. 뒤에 남겨진 땅은 땅에게 커다란 치욕이 되어 '짐'이라 불렸다.

어느 날 오후 빈터가 저지른 한 번의 대학살로 그 짐이 몰살되기 전까지.

그리고 나, 귀환이 있다. 나를 그렇게 부르는 이유는 내가 짐 중에서 살아 돌아온 유일한 생존자일 뿐만 아니라 나의 귀환으로 인해 땅이 여기 이 언덕 꼭대기로 돌아왔기 때문이다. 평화 협정을 맺고 수년이 지난 후에, 더 나은 무기들을 가지고 더 강한 전력을 갖추고 더 훌륭한 하늘과 함께 돌아와 침착하게 만반의 준비를 갖추고 빈터를 내려다보고 있다.

이들 모두를 여기로 데려온 것은 귀환, 바로 나다.

하지만 우리는 이제 공격을 멈췄다.

귀환이 다가온다. 내가 하늘을 발견했을 때 나를 등지고 있던 하늘이 보여졌다. 그의 앞에 반원으로 둘러앉은 길들에게 이야기하고 있었다. 땅에게 전해야 할 메시지를 그들에게 보여주고 있었는데, 너무 빨리 지나가서 나는 그것을 제대로 이해하지 못했다.

귀환은 땅의 언어를 다시 배울 것이다, 조만간. 하늘이 길들과의 이야기를 마치고 오면서 보여줬다.

그들은 제 말을 알아들어요. 그들이 내게 말할 때는 그들도 그 언어를 쓰니

다. 나는 하늘에게 이야기하는 동안 나를 지켜보는 땅을 바라보며 그렇게 보여줬다.

땅의 기억 속에 빈터의 언어가 남아 있지. 땅은 결코 잊지 않는다. 하늘은 내 팔을 잡고 나와 같이 걸으면서 보여줬다.

땅은 우리를 잊었어요. 우린 땅을 기다렸어요. 죽을 때까지 기다렸어요. 나는 도저히 참을 수 없어서 그에게 열을 냈다.

땅은 이제 여기 왔다.

땅은 후퇴했어요. 땅은 지금, 바로 이 순간, 오늘 밤 빈터를 피멸시킬 수도 있는 이때에 언덕에 그냥 앉아 있잖아요. 우리가 수적으로 우세해요. 그들에게 새 무기가 있다고 해도 우리는…… . 나는 좀 더 열을 냈다.

넌 어려. 넌 많은 걸 봤지, 너무 많은 걸. 하지만 넌 아직 다 자라지 않았어. 넌 한 번도 땅과 함께 살아본 적이 없다. 짐을 구하기 너무 늦어버렸을 때 땅의 심장이 통곡했는데…… .

그렇게 그가 보여주고 있는데 내가 끼어들었다. 땅에게서는 듣도 보도 못할 **무례한** 행동이다. 땅은 심지어 그런 일이 있는지도 **몰랐잖아요.**

하지만 땅은 키환이 살아서 대단히 기쁘다. 짐을 기리기 위해 복수할 수 있어서 대단히 기쁘다. 그는 마치 내가 아무 말도 하지 않은 것처럼 이야기를 이어갔다.

누가 무엇을 복수하고 있단 말입니까!

그 순간 내 목소리에 내 모든 기억이 왈칵 쏟아져서 흘러갔다. 지금 이곳에서 그 기억의 고통이 너무 커져버려서 도저히 짐의 언어로 말할 수 없을 때, 비로소 나는 땅의 진정한 언어를 쏟아냈다. 말이 없는 땅의 언어가 온몸으로 느껴지면서 한꺼번에 내게서 흘러나왔다. 내 상실감을 더 이상 참지 못하고 빈터가 우리를 어떻게 짐승처럼 다뤘는지, 그들의 소음과 우리의 소음을 어떻게 저주이자 치료할 수 있는 병으로 여겼는지 보여줬다. 땅에 게 빈터의 손에서 죽어가는 짐의 기억들, 그 총알들과 칼날들과 소리 없는 비명들과 시체들이 높게 쌓인 들판의 기억을 보이는 걸 멈추려 했지만 그럴 수 없었다.

특히 내가 크나큰 상실감을 느낀 한 짐의 죽음을.

하늘은 우리 주위의 모든 땅과 함께 날 위로했다. 나는 내게 다가와 달래 주고 진정시키는 목소리들의 강물에서 헤엄치고 있었다. 그때 내가 땅의 일부이며 집에 돌아왔다는 사실이 너무나 절절하게 느껴졌다. 하나가 된 땅의 목소리와 일체감을 느끼며 이토록 편안해진 적은 처음이었다.

나는 고통이 너무나 커서 스스로를 잊을 때만 이런 일이 일어난다는 점을 알아차리고 눈을 깜박였다.

하지만 그 고통도 지나갈 거야. 성장하면서 그 상처는 치유될 것이다. 땅의 일부로 살아가기는 더 쉬워질 것이고.

빈터가 이곳에서 영원히 사라질 때 쉬워지겠죠.

넌 짐의 언어로 말하는구나. 그것은 또한 빈터, 우리가 싸우고 있는 인간들의 언어이다. 너를 땅으로 돌아온 우리의 형제로 환영하지만, 네가 제일 먼저 배워야 할 점은—네가 앞으로 이해하게 될 언어로 이 이야기를 하고 있지만— 여기엔 나도 없고 너도 없다. 오직 땅만이 존재한다.

나는 아무 대꾸도 하지 않았다.

왜 하늘을 찾았지? 그가 마침내 물었다.

나는 다시 고개를 들어 그의 눈을 바라봤다. 땅치고는 작은 눈이지만— 빈터처럼 흉측하게 작고, 끊임없이 감추고 감추고 또 감추는 작고 비열한 눈은 아니다—하늘의 눈은 여전히 두 개의 달, 모닥불, 그를 바라보는 내가 비칠 정도로 컸다.

그가 날 기다리고 있었다는 걸 안다.

나는 빈터와 같이 살면서 그들에게 배운 게 많으니까.

하나의 생각을 다른 생각으로 덮어서 감추는 방법, 내가 느끼고 생각한 것을 감추는 방법. 내 목소리를 여러 겹으로 쌓아 읽기 힘들게 만드는 방법 등을 포함해서 말이다.

땅 가운데 혼자인 나는 하나가 된 땅의 목소리에 완전히 이어지지 못했다.

아직은 아니다.

나는 하늘을 좀 더 기다리게 한 후에, 목소리를 열어서 조금 전에 본 허공에서 맴돌던 그 불빛을 보여줬다. 그것의 정체에 대한 내 추측도. 그는 곧바로 이해했다.

여기 올 때 우리가 본, 땅 위를 날아가던 기계의 축소판이구나.

그래요. 나는 기억을 떠올렸다. 하늘에 있는 불빛들, 그들의 기계 하나가 도로 위로 날아갔는데 너무 높이 날아서 모습은 보이지 않고 소리만 들렸다.

그럼 땅이 응답을 할 것이다. 그는 그렇게 보여주고 다시 내 팔을 잡아 언덕 가장자리로 이끌었다.

언덕 꼭대기 주위를 맴도는 불빛을 하늘이 지켜보는 사이에 나는 빈터를 내려다봤다. 그들은 잠자리를 준비하고 있었다. 나는 병든 것처럼 피부는 분홍색과 모래색이고, 짧고 땅딸막한 체격에 비해 얼굴은 너무 작은 그들을 훑어봤다.

하늘은 내가 누굴 찾고 있는지 알았다.

넌 그를 찾는구나. 그 칼을 찾고 있지.

전투에서 그를 봤습니다. 하지만 제가 너무 멀리 있었습니다.

쥐환이 안전하게 돌아왔으니 다행이지.

그는 제 것입니……

나는 멈췄다.

그가 보였으니까.

야영장 한가운데서 그의 짐을 나르는 동물, 그들의 언어로는 말이라고 하는 동물에게 말을 걸고 있었다. 분명 격렬한 감정에 사로잡혀 오늘 본 광경에 대해 크나큰 고통을 느끼며 이야기하고 있겠지.

분명 온 마음을 다해 아주 다정하고 친절하게 이야기하고 있을 거야.

그런데 기이하게도 그게 바로 쥐환이 칼을 증오하는 이유지. 하늘이 보여줬다.

그는 다른 인간들보다 더 나쁩니다. 그는 최악입니다.

그 이유는……

그는 자기가 잘못을 저지르고 있다는 걸 알고 있었으니까요. 자신이 한 행동 때문에 괴로워했고……

그렇지만 그 잘못을 바로잡지 않았군. 하늘이 지적했다.

다른 인간들은 그들이 부리는 짐승과 다를 바가 없습니다. 허나 그 일이 나쁜 일이란 걸 알면서도 가만히 있는 인간은 가장 나쁩니다.

칼이 쥐환을 풀어줬다. 하늘은 그렇게 자신의 의견을 비쳤다.

그는 날 죽여야 했습니다. 그가 가지고 있는 칼로 전에 땅의 일원을 죽였다는 걸 자신의 목소리로 보여줬습니다. 그 목소리를 억누르지 못했죠. 하지만 칼은 너무 겁쟁이라 쥐환에게는 그런 호의를 배풀지도 못했습니다.

내가 바라는 대로 칼이 널 죽였다면, 땅은 여기 오지 않았을 거다. 평소와 다른 하늘의 어조에 나는 고개를 돌려 그를 바라봤다.

그랬죠. 그런데 우리는 여기서 아무것도 하고 있지 않습니다. 그들과 싸우는 대신 여기서 기다리면서 지켜보고만 있죠.

기다리면서 지켜보는 것도 씨움의 일부다. 빈터는 휴전이 이어지는 동안 전보다 강해졌다. 빈터의 무기만큼이나 빈터들도 더 사나워졌다.

하지만 땅도 사납잖아요. 그렇지 않나요?

하늘은 오랫동안 내 눈을 바라보다가 돌아서서 땅의 목소리로 말했다. 그의 메시지는 하나의 땅에서 또 하나의 땅으로 전달돼 마침내 그중 하나가 활에 불타는 화살을 끼웠다. 그녀가 쏜 화살이 밤하늘을 날아 언덕 꼭대기를 벗어났다.

땅 모두가 그들의 눈으로 혹은 다른 사람들의 목소리를 통해 화살이 날아가는 모습을 지켜봤다. 화살은 허공에 맴도는 그 불빛을 맞췄다. 그것은 소용돌이처럼 빙글빙글 돌면서 떨어져 강물에 처박혔다.

오늘은 전투를 치렀다. 하지만 전쟁은 수많은 전투로 이뤄져 있지. 빈터의 야영장에서 작지만 격렬한 고함이 들렸을 때 하늘이 내게 보여졌다.

그러더니 손을 뻗어서 내 팔을 잡았다. 이끼가 무성하게 자라도록 내버려 둔 팔, 아픈 팔, 영원히 낫지 않을 그 팔을 잡았다. 나는 팔을 뺐지만 그가 다시 잡았다. 이번에는 그의 길고 흰 손가락들이 손목에서부터 부드럽게 내 팔을 쓸어 올라가 팔을 덮은 이끼를 들추게 놔뒀다.

우리가 여기 온 이유를 우리는 결코 잊지 않는다.

이 말, 짐의 언어, 땅이 수치스러워한 그 언어로 하늘의 말이 땅에게 퍼져 나갔다. 모두 듣고 느끼는 걸 알 수 있었다.

모든 땅이 이렇게 말하는 게 느껴졌다. 우리는 잊지 않는다.

그들은 하늘의 눈을 통해 모두 내 팔을 보고 있었다.

빈터의 언어가 쓰여 있는 그 금속 밴드를 보고 있었다.

내 몸에 찍힌 영원히 사라지지 않는 낙인, 그들과 나를 영원히 갈라놓는 그 이름을 보고 있었다.

1017.

두 번째 기회

고요

〈바이올라〉

브래들리의 소음에서 흘러나오는 절박한 심정은 듣기만 해도 끔찍했다.

시끄러워

너무나 시끄러워

시몬과 바이올라가 날 죽어가는 사람 보듯 보고 있네
내가 지금 죽어가고 있나?
전쟁터 한가운데 착륙해서 이게 무슨
우주선이 오기까지 55일 남았어
여기 말고 다른 갈 곳은 없을까?
내가 지금 죽어가나?

"죽을 일 없어요. 브래들리." 나는 침대에 누워 시몬이 놔주는 뼈 낫는 주사를 발목에 맞으며 말했다.

"아니. 난 지금 어떤 느낌이냐면······." 벌거벗은 벌거벗은 벌거벗은

"지금 내가 얼마나 벌거벗은 느낌인지 도저히 표현할 수도 없다." 브래

들리는 두 손을 들어 대꾸하려는 나를 제지했다.

시몬은 정찰기의 수면실을 임시로 치료실로 바꿨다. 나는 한쪽 침대에, 브래들리는 다른 침대에 누워 있었는데 눈을 크게 뜨고 두 손으로 귀를 막고 있는 그의 소음이 점점 커지고 있었다.

"브래들리가 괜찮아지는 거 확실하니?" 시몬은 주사를 다 놓고 발목에 붕대를 감으면서 내게 얼굴을 가까이 대고 속삭였다. 그녀의 목소리에서 긴장한 기색이 느껴졌다.

"내가 아는 거라곤 여기 남자들은 결국 익숙해졌다는 거……." 나도 속삭이는 목소리로 대꾸했다.

"치료제가 있었는데 그 시장이라는 남자가 하나도 안 남기고 싹 다 태워버렸다지." 시몬이 갑자기 끼어들었다.

"맞아요. 하지만 적어도 그건 치료제를 만들 수 있다는 뜻이죠."

그렇게 속닥속닥 내 이야기 하지 마.

"미안해요."

"뭐가?" 브래들리는 우리를 보다가 내가 왜 사과했는지 깨달았다. "두 사람 제발 잠시라도 나 좀 혼자 있게 내버려 둘 수 없어요?" 그의 소음이 외쳤다. 맙소사 어서 썩 나가서 나 좀 편하게 해줘!

"얼른 바이올라 치료만 끝내고요." 시몬은 떨리는 목소리로 말하면서 그를 외면하려고 애쓰며 왼쪽에 감은 붕대의 마지막 매듭을 지었다.

"붕대 하나만 더 가지고 갈 수 있어요?" 내가 조용히 물었다.

"어디에 쓰려고?"

"밖에 나가서 말할게요. 브래들리를 더 이상 속상하게 하고 싶지 않아요."

시몬은 잠시 의아한 표정으로 나를 보다가 서랍에서 붕대 하나를 꺼냈다. 우리가 문에 다가갔을 때는 브래들리의 소음이 그 작은 방을 꽉 채우고 있었다.

나와 걸어가면서 시몬이 말했다. "난 아직도 이해가 안 돼. 내 귀로 듣고 있는 동시에 머릿속에서도 말들이 들리거든……." 브래들리를 보는 시몬의 눈이 커졌다. "……영상들도 보이고."

시몬의 말이 맞았다. 브래들리에게서 영상들, 그의 머릿속에 있는 영상들이나 그의 눈앞에 떠오른 영상들이 보였다.

우리가 여기 서서 그를 지켜보는 영상, 그가 침대에 누워 있는 영상…….

그러다가 탐사 장치에서 보낸 영상, 활활 불타는 스패클 화살이 그 장치를 맞혀서 신호가 끊기던 당시의 영상이 보이고…….

그 후에 정찰기가 궤도를 통과한 영상, 이들이 정찰기를 타고 오면서 본 이 행성의 영상, 수십 킬로미터에 걸쳐 넓게 뻗어 있는 숲 옆으로 보이는 파란색과 초록색이 섞인 거대한 바다 영상. 정찰기가 뉴 프렌티스 타운 위를 선회하는 동안 스패클 군대가 강둑으로 숨어든 모습을 찾아볼 생각은 꿈에도 하지 못하는 영상들…….

그러다가 또 다른 영상이 나왔다…….

시몬의 영상…….

시몬과 브래들리가 나오는…….

"브래들리!" 충격을 받은 시몬이 외치면서 한 발자국 물러섰다.

"제발! 나 좀 혼자 있게 내버려 둬! 정말 못 참겠어!" 브래들리도 소리 질렀다.

나도 충격을 받았다. 브래들리와 시몬이 나온 영상들은 정말 선명했고, 브래들리가 그걸 가리려고 할수록 더욱 뚜렷해졌다. 그래서 시몬의 팔꿈치를 잡아당기다가 우리 뒤에 있는 문에 부딪치고 말았다. 그래 봤자 그의 소음을 가리는 데는 별 효과가 없었지만.

우리는 밖으로 나왔다. **양망아지?** 에이콘이 풀을 뜯어 먹고 있다가 다가오면서 말했다.

"동물들도 말을 하고. 여긴 대체 어떤 곳이니?" 내가 에이콘의 코를 쓰다듬는 동안 시몬이 물었다.

"그건 정보예요." 나는 최초의 정착민들이 신세계에 도착했을 당시 정황을 벤 아저씨가 어떻게 묘사했는지 떠올리며 말했다. 묘지에서 그날 밤 아저씨가 나와 토드에게 그 이야기를 하던 때가 이제는 너무 먼 옛날처럼 느껴졌다. "우리가 원하건 원하지 않건 상관없이 이 정보는 24시간 내내 멈추지 않고 흘러 다녀요."

"브래들리는 굉장히 두려워하는 것 같았어. 그리고 그가 생각하는 것들은……." 시몬의 목소리가 갈라지고 있었다. 그러다가 나를 외면했고, 나도 당혹스러워서 브래들리의 영상에 나온 일이 그의 기억인지 아니면 바람인지 차마 물어볼 수 없었다.

"브래들리는 여전히 같은 브래들리예요. 그걸 잊지 마세요. 만약 밝히고 싶지 않은 혼자만의 생각을 사람들이 다 듣는다면 기분이 어떻겠어요?"

시몬은 한숨을 쉬며 하늘 높이 떠 있는 두 개의 달을 올려다봤다. "우주선에 있는 남자 정착민들은 2000명이 넘어, 바이올라. 2000명이라고. 그들이 잠에서 깨면 어떤 일이 일어나겠니?"

"적응할 거예요. 남자들은 그래요."

시몬은 코웃음을 쳤다. "여자들도 적응하니?"

"흠, 그건 또 사정이 복잡해요."

시몬은 다시 고개를 흔들다가 자기가 계속 붕대를 들고 있다는 걸 깨달았다. "이건 어디에 필요해서 그래?"

나는 순간 입술을 깨물었다. "너무 놀라지 말아요."

나는 천천히 옷소매를 걷어 올리고 팔뚝에 채워진 밴드를 보여줬다. 벌겋게 달아오른 밴드 주위의 피부 상태가 전보다 악화돼 있었다. 달빛에 비친 내 번호가 반짝였다. 1391.

"아, 바이올라. 그 남자가 이런 짓을 했니?" 시몬의 목소리가 위험할 정도로 조용해졌다.

"내게 한 건 아니지만 다른 여자들에게 했어요. 이건 내 손으로 했고." 나는 기침을 조금 하면서 대답했다.

"네가 직접 했다고?"

"그럴 만한 이유가 있었어요. 나중에 설명할게요. 하지만 지금은 그 붕대가 정말 필요해요."

시몬은 잠시 말없이 있다가 내게서 눈을 떼지 않으며 부드럽게 붕대를 감아줬다. 서늘한 약기운이 퍼지면서 한결 기분이 나아졌다. "얘야. 너 정말 괜찮니?" 그렇게 물어보는 시몬의 목소리가 너무 다정해서 차마 그녀를 볼 수 없었다.

나는 시몬의 걱정을 덜어주기 위해 미소를 지어보려고 안간힘을 썼다. "할 이야기가 아주 많아요."

"그럴 것 같구나. 어서 시작해 보자." 시몬이 붕대의 매듭을 묶으면서 말했다.

나는 고개를 저었다. "아직은 안 돼요. 토드에게 가봐야 해요."

시몬은 이맛살을 찌푸렸다. "무슨…… 지금 간다는 거야? 전쟁 중인 곳으로 들어갈 수는 없어." 시몬은 허리를 쭉 펴고 일어섰다.

"거기 상황은 진정됐어요. 우리도 봤잖아요."

"대규모 군대 두 개가 전선에서 야영 중이야. 우리 탐사 장치가 공중에서 격추되는 걸 봤잖니! 절대 가면 안 된다."

"토드가 거기 있어요. 꼭 가야 해요."

"안 돼. 이건 정찰 임무 지휘관으로서 하는 명령이야. 넌 갈 수 없어. 그 이야기는 이걸로 끝내자."

나는 눈을 깜박였다. "명령이라고요?"

그러자 놀랍게도 분노가 솟구치기 시작했다.

내 얼굴을 본 시몬이 부드러운 표정을 지었다. "바이올라, 네가 지난 5개월 동안 혼자 살아남은 건 정말 놀랍다. 하지만 이제 우리가 왔고, 너를 너무 사랑하기 때문에 그런 위험한 곳으로 보낼 수는 없어. 넌 가면 안 돼. 절대로."

"평화를 원한다면, 더 이상 전쟁이 커지게 방치할 수 없어요."

"너와 네 친구 둘이서 어떻게 그 전쟁을 막으려고?"

그때 정말 화가 나기 시작해서 시몬이 아무것도 모른다는 사실을 떠올려야 했다. 시몬은 내가 그동안 어떤 일들을 겪었는지, 나와 토드가 어떤 일을 했는지 모르고 있다. 날 막아서는 사람들을 전혀 신경 쓰지 않는다는 걸 시몬은 모른다.

내가 고삐를 잡자 에이콘이 무릎을 꿇었다.

"바이올라, 안 돼." 시몬이 쿵쿵거리면서 다가왔다.

복종하라! 에이콘이 깜짝 놀라서 소리 질렀다.

시몬이 겁을 집어먹고 한 발자국 뒤로 물러났다. 나는 욱신거리지만 서서히 낫고 있는 다리를 들어서 에이콘의 안장 위로 몸을 올렸다.

"더 이상 아무도 내게 이래라저래라 할 수 없어요. 우리 부모님이 살아 계셨다면 달랐을지도 모르지만, 부모님은 돌아가셨어요." 침착하게 말하려고 했지만 지금 느끼는 감정이 너무나 격렬해서 속으로 놀라고 말았다.

시몬은 내게 다가오고 싶은 표정이었지만 에이콘에게 겁을 내고 있었다. "부모님은 돌아가셨지만 널 아끼고 보살필 수 있는 어른들이 여기 있어."

"제발, 저를 믿어주세요."

시몬은 좌절해서 서글픈 표정으로 나를 바라봤다. "넌 너무 빨리 자라버렸구나."

"가끔은 선택의 여지가 없을 때도 있으니까요. 최대한 빨리 돌아올게요." 에이콘이 일어서서 갈 준비를 마쳤다.

"바이올라……."

"난 토드에게 가야 해요. 그게 내가 해야 할 일이에요. 이제 전투가 멈췄으니 코일 선생님도 찾아야 하고요. 선생님이 다시 폭탄을 터트리기 전에 말이죠."

"적어도 너 혼자 가선 안 돼. 내가 같이 갈게."

"나보다 브래들리 옆에 있어야죠. 내키지 않겠지만 그에게는 당신이 필요해요."

"바이올라……."

"나도 전쟁터로 들어가고 싶진 않아요." 나는 이제야 내가 두려워하고 있다는 걸 깨닫고, 사과하는 의미에서 부드럽게 말했다. 그리고 정찰기를 올려다봤다. "날 따라올 탐사 장치를 하나 보내줄 수 있어요?"

시몬은 잠시 생각해 보는 듯했다. "더 좋은 생각이 있다."

〈토드〉

"근처에 있는 민가에서 담요를 모아 왔습니다. 음식도 가져왔고요. 최대한 빨리 대령하겠습니다." 오헤어 아저씨가 시장에게 말했다.

"고맙네, 대위. 토드에게도 넉넉히 가져다줘."

오헤어 아저씨가 불만스러운 표정으로 고개를 홱 치켜들었다. "모든 물자가 굉장히 부족합니다, 각하."

"토드에게 음식을 가져다줘. 담요도 한 장 주고. 날이 점점 쌀쌀해지고 있어." 시장이 좀 더 단호하게 말했다.

오헤어 아저씨는 못마땅해하는 투로 숨을 들이마셨다. "알겠습니다, 각하."

"제 말 먹이도요."

오헤어 아저씨가 내게 눈을 부라렸다.

"토드의 말도 보살펴 줘, 대위." 시장이 말했다.

오헤어 아저씨는 고개를 끄덕이고 쿵쿵 소리를 내며 사라졌다.

시장의 부하들이 야영장 가장자리에서 우리가 쉴 수 있게 주위를 치웠다. 모닥불을 피워놓고 둘러앉을 수 있는 자리가 마련됐고, 시장과 장교들이 잘 수 있는 텐트도 몇 개 쳐놨다. 나는 그에게서 조금 떨어졌지만 계속 감시할 수 있을 정도의 거리를 두고 앉았다. 앙가르드와 같이 왔지만 앙가르드는 여전히 고개를 숙이고 있었고, 소음도 조용했다. 내가 계속 앙가르드를 토닥이고 쓰다듬었지만 아무 말도 없었다.

지금까지는 시장에게도 별로 할 말이 없었다. 테이트 아저씨와 오헤어 아저씨가 계속 부대 상황을 보고했다. 일반 병사들도 계속 와서 수줍게 그의 승리를 축하했다. 애초에 이 난리를 일으킨 장본인이 시장이라는 사실은 잊어버린 듯했다.

나는 앙가르드에게 얼굴을 기대고 속삭였다. "이제 내가 뭘 해야 할까, 앙가르드?"

정말 이제는 뭘 해야 하지? 나는 시장을 풀어줬고, 그는 첫 번째 전투에서 승리해 약속대로 바이올라를 위해 이 세상을 안전하게 지켰다.

하지만 시장에게는 그의 지시에 전적으로 따르고 그를 위해 목숨까지 바칠 군대가 있다. 내가 시장을 이길 수 있다고 해도 이 병사들이 나를 막는다면 무슨 의미가 있나?

"대통령 각하. 새 무기들에 대한 1차 보고입니다." 테이트 아저씨가 스패클의 하얀 막대기 하나를 들고 다가왔다.

"보고하게, 대위." 시장은 아주 흥미로워하는 표정으로 말했다.

"이건 일종의 산을 발사하는 총으로 보입니다. 여기 약실에 두 가지 물질을 섞은 것으로 보이는 혼합 물질이 있습니다. 아마 식물에서 추출했을 겁니다." 테이트 아저씨는 하얀 막대기에 파인 구멍을 가리켰다. "그다음에 일종의 톱니바퀴가 이 혼합 물질을 보내서 세 번째 물질과 섞여 만들어진 성분이 작은 발화 장치를 통해 젤로 나오고……." 테이트 아저씨는 막대기 끝부분을 가리켰다. "여기서 발사되면 기체가 되는데 방법은 잘 모르겠지만 목표에 맞을 때까지 응집된 상태를 유지하다가 닿는 순간……."

"타들어 가면서 팔 하나가 떨어져 나올 정도로 부식성이 강한 산이 되는군. 짧은 시간 안에 대단한 성과를 거뒀군, 대위." 시장이 말을 끝냈다.

"우리 화학자들이 빨리 알아낼 수 있도록 독려했습니다." 테이트 아저씨는 보기만 해도 불쾌해지는 흉한 미소를 지으며 말했다.

"대체 그게 무슨 뜻이에요?" 테이트 아저씨가 갔을 때 내가 시장에게 물었다.

"학교에서 화학 안 배웠니?"

"당신이 학교를 폐쇄시키고 책이란 책은 다 태워버렸잖아요."

"아, 내가 그랬지." 시장은 언덕 꼭대기 폭포에서 뿜어 나오는 수증기 속에서 은은하게 빛나는 스패클 군대의 모닥불 불빛을 바라봤다. "저들은 사냥꾼과 채집자에 지나지 않았다. 농사 기술이 조금 있지만 과학자라고 할 순 없었어."

"그게 무슨 뜻이에요?"

"우리의 적이 지난 전쟁을 치른 후 13년 동안 우리가 하는 말을 들으면서 우리에게서 배웠다는 뜻이야. 정보로 가득 찬 이 행성에서 말이다. 그들이 어떤 식으로 배우는지 궁금하구나. 그들이 모두 하나의 크고 단일한 목소리의 일부라면 말이지." 시장은 턱을 톡톡 치며 말했다.

"우리와 같이 있던 그 스패클들을 다 죽이지 않았다면 물어볼 수 있었을 텐데."

시장은 내 말을 무시했다. "이 모든 정보로 감안해 보건대 우리의 적은 점점 강력해지고 있구나."

나는 얼굴을 찌푸렸다. "어쩐지 기뻐하는 것 같군요."

오헤어 아저씨가 두 손 가득 뭔가를 들고 뚱한 표정으로 돌아왔다. "담요와 음식을 가져왔습니다." 시장이 나를 향해 고개를 끄덕여 내게도 음식과 담요를 주게 했다. 오헤어 아저씨는 그런 후에 테이트 아저씨처럼 홱 돌아서서 화난 표정으로 가버렸지만, 소음이 들리지 않아서 뭣 때문에 그렇게 화가 났는지는 알 수 없었다.

담요를 펴서 앙가르드에게 덮어줬지만 여전히 아무 말도 없었다. 상처는 아무는 중이니 아파서 그런 건 아닐 텐데. 앙가르드는 고개를 푹 숙이고 서서 땅바닥만 보며 먹지도 않고, 물도 안 마시고, 아무 반응도 보이지 않았다.

"다른 말들과 같이 매놓지 그러니, 토드. 그러면 최소한 좀 더 따뜻하게 있을 수 있을 텐데." 시장이 말했다.

"앙가르드에게는 내가 필요해요. 옆에 있어줘야 해요."

시장은 고개를 끄덕였다. "정말이지 너의 의리는 존경스럽구나. 내가 항상 눈여겨본 장점이지."

"당신은 의리라고는 하나도 없으니까?"

시장은 그 말에 미소만 지었다. 아가리를 날려버리고 싶은 미소였다. "할 수 있을 때 먹고 자둬라, 토드. 전쟁이 언제 다시 시작될지 모르니까."

"당신이 시작한 전쟁이잖아. 당신만 없어도 우린 여기 있을 필요도 없……."

"또 그 소리. 이런저런 상상만 하면서 징징거리는 건 그만둬. 이제 어떻게 해야 할지를 생각해야지." 시장의 목소리가 아까보다 날카로워졌다.

그 말에 조금 화가 나서…….

그를 바라봤고…….

그 생각을 했다…….

성당 폐허 속에서 내가 바이올라의 이름을 불러 그를 쓰러뜨린 생각, 그가 자기 아들을 망설임 없이 총으로 쏴버린 생각을…….

"토드……."

심문 본부에서 그가 바이올라를 고문하면서 바이올라가 물속에서 몸부림치는 모습을 지켜보고 있던 것을, 바이올라가 읽어준 엄마 일기장에서 엄마가 시장에 대해 했던 말과 그가 올드 프렌티스타운 여자들에게 무슨 짓을 했는지를…….

"그건 사실이 아니다, 토드. 그런 일은 일어나지 않았……."

나를 길러주고 사랑해 준 두 사람을, 내가 도망칠 시간을 벌기 위해 우리 농장에서 킬리언 아저씨가 어떻게 죽었는지를, 킬리언 아저씨처럼 나를 구하려다가 길가에서 데이비에게 총 맞아 죽은 벤 아저씨를. 나의 끝내주게 영리한 개 만시가 날 구한 후에 역시 죽어간 것을…….

"그 일들은 나와 상관없는데……."

나는 파브랜치의 몰락에 대해 생각했다. 시장이 지켜보는 동안 총에 맞아 쓰러지던 그 마을 사람들을 생각했다. 나는…….

나는 원이고 원은 나다.

시장이 내 머릿속 한가운데로 그 생각을 아주 세게 쏘아 보냈다.

"하지 마!" 나는 소리치면서 움찔해서 몸을 뒤로 뺐다.

"넌 감정을 너무 많이 드러내, 토드 휴잇. 네가 느끼는 감정을 일일이 그렇게 온 동네에 알리면서 어떻게 군대를 이끌 수 있겠어?" 시장은 마침내 화가 난 것처럼 쏘아붙였다.

"군대를 이끌 생각 없어요." 나도 쏘아붙였다.

"그때 나를 묶었을 때는 이 군대를 지휘하려고 했잖아. 그날이 다시 온다면 네 생각을 드러내지 않도록 해야 할 거야. 내가 가르쳐 준 거 제대로 연습하고 있니?"

"당신의 가르침 따위는 원하지 않아."

"아, 하지만 배워야 할걸. 네가 믿을 때까지 나는 계속 말할 거니까. 너에게는 힘이 있어, 토드 휴잇. 이 행성을 지배할 수 있는 힘이 있다고." 시장이 가까이 다가오며 말했다.

"당신을 지배할 수 있는 힘이지."

시장이 다시 씩 웃었다. 분노로 활활 타오르는 웃음이었다. "내가 어떻게 다른 사람들이 내 소음을 못 듣게 하는지 아니, 토드? 내가 어떻게 내 모든 비밀을 감추는지 알아?" 그의 목소리는 아주 낮고 격하게 뒤틀려 있었다.

"아니……."

시장은 내게 얼굴을 바짝 들이댔다. "그것도 아주 쉽게 말이야."

"저리 물러서!" 하지만…….

다시 이 말이 내 머릿속으로 들어왔다. **나는 원이고 원은 나다.**

하지만 이번에는 뭔가 달랐다…….

느낌이 아주 가벼웠다…….

마치 숨을 쉬는 것처럼 가뿐하고…….

아무 무게도 느껴지지 않아서 속이 울렁거리고…….

"선물을 하나 주마. 대위들에게 준 것과 같은 선물이지. 그걸 써서 날 이겨봐. 어디 한번 해보라고." 시장의 목소리가 불타는 구름처럼 내 머릿속으로 둥둥 흘러 들어왔다.

나는 시장의 어둡고 까만 눈을, 날 통째로 삼켜버리는 암흑 같은 눈을 들여다봤다.

나는 원이고 원은 나다.

온 세상에서 이 소리만 들렸다.

〈바이올라〉

에이콘과 내가 걸어서 지나치는 도시는 기이하게 조용했다. 아무 소리조차 들리지 않는 곳도 있었다. 뉴 프렌티스타운 사람들은 이 추운

밤에 어디로 도망친 모양이다. 그들이 얼마나 두려워하고 있을지 상상
도 할 수 없었고 그들에게 무슨 일이 일어나고 있을지, 앞으로 무슨 일
이 일어나게 될지도 알 수 없었다.

나는 에이콘을 타고 성당 폐허 앞의 텅 빈 광장을 지나치면서 뒤를
돌아봤다. 아직까지 서 있는 종탑 위 하늘에 또 다른 탐사 장치가 떠 있
었다. 그것은 스패클의 화살을 피해 멀찍이 떨어져서, 계속 나를 따라
오면서 내가 가는 모습을 지켜봤다.

하지만 내가 가지고 있는 건 그게 다가 아니었다.

광장을 빠져나와 전쟁터로 가는 도로로 들어서자 점점 군대에 가까
워졌다. 그들이 거기서 기다리고 있는 모습도 볼 수 있었다. 군인들은
모닥불 주위에 모여 앉아 말을 타고 오는 나를 지켜봤다. 지치고 충격받
은 표정으로 마치 어둠 속에서 출몰한 유령을 보듯 나를 보고 있었다.

"아, 에이콘. 여기서 어떻게 해야 할지 아무 계획 없이 왔는데." 나는
초조하게 속삭였다.

내가 다가가자 군인 하나가 일어나서 내게 소총을 겨눴다.

"거기 서." 어린 데다 머리는 지저분하게 헝클어졌고, 얼굴에 새로 생
긴 상처는 불빛에 보니 엉망으로 꿰매져 있었다.

"시장을 만나고 싶어요." 나는 침착하게 말하려고 노력했다.

"누구?"

"누구야?" 또 다른 군인이 일어났는데 그도 어렸다. 토드만큼 어려
보였다.

"테러리스트야. 여기에 폭탄을 터트리러 왔겠지." 첫 번째 군인이 말
했다.

"난 테러리스트가 아니에요." 나는 그들의 머리 너머를 힐끗 보면서

거기서 토드를 찾으려고, 요란하게 솟아나는 남자들의 소음 속에서 토드의 소음을 들으려고 안간힘을 썼다.

"말에서 내려. 당장." 첫 번째 군인이 말했다.

"내 이름은 바이올라 이드예요. 시장, 당신네 대통령이 나를 알아요." 내가 말하는 동안 에이콘은 내 밑에서 제자리걸음을 했다.

"이름이 뭐건 상관없어. 어서 내려." 그 군인이 말했다.

알망아지. 에이콘이 경고했고…….

"내가 내리라고 했잖아!"

그가 총의 공이치기를 당기는 소리가 들리자 나는 소리를 지르기 시작했고……. **"토드!"**

"두 번 경고 안 한다!" 그 군인이 다시 경고하자 다른 군인들도 일어서기 시작했다.

"토드!" 나는 다시 소리 질렀다.

두 번째 군인이 에이콘의 고삐를 낚아챘고, 다른 군인들이 다가왔다. **복종하라!** 에이콘이 이를 드러낸 채 으르렁거렸지만 한 군인이 총으로 에이콘의 머리를 갈겼다.

"토드!"

군인들이 날 움켜잡았고, 에이콘은 **복종하라, 복종하라,** 라고 계속 힝힝거렸고, 군인들이 날 안장에서 끌어내리려 했고, 나는 에이콘을 꽉 잡고 매달려…….

"그 아이를 놔줘." 그 소란의 한가운데를 뚫고 목소리 하나가 들렸다. 그 목소리의 주인은 전혀 언성을 높이지 않았는데도.

군인들이 곧바로 놔줘서 나는 다시 안장 위에 똑바로 앉았다.

"환영한다, 바이올라." 군인들이 옆으로 물러나는 사이에 시장이 내게 인사했다.

"토드는 어디 있어요? 토드를 어떻게 했어요?"

그때 그의 목소리가…….

"바이올라?"

……토드가 뒤에 있다가 시장의 어깨를 세게 밀치고 나와서 날 향해 다가왔다. 눈을 크게 뜬 채 멍한 표정이었지만 어쨌든 나를 향해…….

"바이올라." 그는 날 향해 손을 들면서 미소 지었고, 나도 그를 향해 손을 뻗었는데…….

하지만 순간, 아주 짧은 순간 토드의 소음에 이상한, 가벼우면서 어디론가 사라지는 것 같은 이상한 기운이 느껴졌고…….

그의 소음을 아주 가까스로 들을 수 있었는데…….

그러다가 그를 둘러싼 이상한 기운이 밀려 나가면서 다시 토드가 됐다. 그가 나를 힘주어 잡고 말했다. "바이올라."

〈토드〉

"그랬더니 시몬이 그러더라. 더 좋은 생각이 있다고." 바이올라는 그렇게 말하면서 가지고 온 새 가방의 덮개를 열었다. 그리고 가방 안에 손을 넣어서 납작한 금속성 물건 두 개를 꺼냈다. 물수제비를 뜨는 돌처럼 작고 동그란 그 물건은 손에 쥐기에 딱 좋아 보였다. "통신기야. 우리가 어디에 있든 이야기할 수 있어."

바이올라는 손을 뻗어서 하나를 내 손에 내려놨고…….

……그녀의 손가락이 내게 닿는 순간 그녀를 봤다는 안도감, 그녀가 여기 있다는 안도감, 여기 바로 내 앞에 있다는 안도감이 온몸으로 느껴졌다. 그녀의 침묵이 전처럼 날 강하게 끌어당겼지만, 좀 이상한 눈

빛으로 나를 보고 있긴 하지만…….

바이올라가 보고 있는 건 내 소음이다. 나는 그걸 알고 있다.

나는 원이고 원은 나다. 시장은 가볍디가볍고 금방 사라지는 그 말을 내 머릿속에 집어넣었다. 그것이 '기술'이라며, 내 소음이 그와 대위들처럼 침묵을 지킬 수 있게 연습해야 한다고 말했다.

그리고 순간 내가, 순간 내가 소음을 지워버린 것 같았는데…….

"1번 통신기." 바이올라가 자기 통신기에 대고 말하자 갑자기 내가 들고 있는 물건의 금속성 표면이 미소 짓고 있는 바이올라의 얼굴로 가득 찬 손바닥만 한 화면으로 바뀌었다.

마치 그녀를 손바닥에 쥐고 있는 것 같았다.

바이올라가 킥킥거리면서 자기 통신기를 보여줬는데, 거기에 놀란 내 얼굴이 보였다.

"탐사 장치가 통신기 신호를 중계해 줘." 그녀는 시내 쪽을 손으로 가리키며 말했다. 저쪽 도로 상공에 작은 점 같은 불빛 하나가 맴돌고 있었다. "이번 건 격추되지 않게 시몬이 멀찍이 띄워놨어."

"머리 잘 썼네. 내가 좀 봐도 될까?" 시장이 근처에 서 있다가 물었다.

"안 돼요." 바이올라는 시장을 보지도 않고 대꾸했다. "이렇게 하면." 그녀는 내게 말하면서 자기 통신기의 가장자리를 눌렀다. "정찰기와도 통신할 수 있어. 시몬?"

"그래." 내가 들고 있는 화면에서 바이올라 옆에 한 여자가 나타났다. "너 괜찮니? 조금 전에…….."

"괜찮아요. 지금 토드랑 같이 있어요. 그건 그렇고 얘가 토드예요."

"만나서 반갑다, 토드." 그 여자가 말했다.

"어, 안녕하세요?" 내가 대답했다.

"최대한 빨리 돌아갈게요." 바이올라가 그 여자에게 말했다.

"내가 지켜보고 있을게. 그리고 토드?"

"네?" 나는 그 여자의 작은 얼굴을 보면서 대답했다.

"바이올라를 잘 보살펴 줘, 알겠니?"

"걱정하지 마세요."

바이올라가 통신기를 다시 누르자 화면이 사라졌다. 그녀는 심호흡을 한 번 하고 내게 지친 미소를 지어 보였다.

"잠깐 혼자 놔뒀더니 그새 또 전쟁에 나갔어?" 바이올라는 웃기려고 하는 말이었지만 나는 궁금했다.

내가 무수한 죽음을 봤기 때문에 그녀가 조금 달라 보이는 걸까? 바이올라는 전보다 더 생생하고 선명하게 느껴졌다. 우리 둘 다 아직 살아 있다는 사실이 세상에서 가장 믿기 힘든 일 같으면서 갑자기 가슴이 조여드는 이상한 기분이 들었다. 여기 그녀가 있다, 바로 여기에, 나의 바이올라가 날 위해 왔어, 바이올라가 여기 있어…….

그러다가 그녀의 손을 잡고 다시는 놓고 싶지 않다고, 손의 감촉과 그 온기를 느끼며 꼭 잡고 싶다는 생각을 하고 있다는 걸 문득 깨달았고…….

"너 소음이 웃겨." 바이올라는 다시 이상하다는 표정으로 나를 보았다. "소음이 흐릿해. 거기 있는 감정은 느낄 수 있지만……." 바이올라는 고개를 돌렸고 나는 이유도 없이 얼굴이 빨개졌다. "선명하게 읽히지가 않아."

나는 바이올라에게 시장에 대해, 잠시 머릿속이 텅 빈 것 같았는데 다시 눈을 떴을 때 소음이 전보다 더 가볍고 조용해졌다는 이야기를 하려고…….

막 그 이야기를 하려고 했는데…….

그때 바이올라가 목소리를 낮추고 내게 얼굴을 바짝 갖다 댔다. "네 말도 그래?" 바이올라가 물었다. 그녀가 에이콘을 타고 앙가르드에게 다가갔을 때 앙가르드가 얼마나 조용했는지, 앙가르드와 같은 무리인 에이콘에게 아무 인사도 하지 않는 걸 봤기 때문이다. "오늘 본 것 때문에 그런 거야?"

바이올라의 그 말만으로도 오늘 치른 전투가 갑자기 생각 속으로 밀려 들어오면서 공포가 세차게 솟구쳐 올랐다. 내 소음이 흐릿하다 해도 바이올라는 그런 내 감정을 알아챘을 것이다. 내 손을 잡는 바이올라가 정말 다정하고 침착해서 갑자기 남은 평생 이 손길 속에 웅크리고 누워 펑펑 울고 싶어졌으니까. 내 눈이 촉촉해지자 바이올라가 지극히 다정하게 내 이름을 불렀다. "토드." 난 다시 고개를 돌리다가 모닥불 맞은 편에 서서 우리를 지켜보는 시장을 보았다.

바이올라의 한숨 소리가 들렸다. "왜 저 사람을 풀어줬어, 토드?" 그녀가 속삭였다.

"선택의 여지가 없었어. 스패클들이 쳐들어오고 있었고 군대는 시장이 지시해야만 전쟁을 하려고 했으니까." 나도 속삭이는 소리로 대답했다.

"하지만 아마 스패클이 원한 건 저 사람이었을 거야. 그들이 공격한 이유는 단지 그 학살 때문일 거라고."

"그래, 음, 그건 나도 잘 모르겠어." 나는 그렇게 대꾸하면서 처음으로 1017에 대해 다시 진지하게 생각했다. 화가 나서 내가 그의 팔을 부러뜨렸던 일, 스패클 시체 더미에서 그를 끌어냈던 일, 내가 무슨 짓을 하건, 좋은 일을 하건 나쁜 일을 하건 상관없이 그가 내 죽음을 바랐던 일을 떠올렸다.

나는 다시 바이올라를 봤다. "이제 우리는 뭘 하지, 바이올라?"

"전쟁을 막아야지. 코일 선생님이 전에 그들과 정전 협정을 맺었다고 했어. 그러니까 다시 그렇게 되도록 해봐야지. 어쩌면 브래들리와 시몬이 스패클과 이야기할 수 있을지도 몰라. 우린 이들과 다르다고 말하는 거지."

"하지만 그러기도 전에 그들이 다시 공격하면 어떻게 해?" 우리가 시장을 보자 그가 고개를 끄덕여 보였다. "그동안은 그들이 우리를 죽이지 못하도록 막는 데 시장이 필요해."

바이올라는 얼굴을 찡그렸다. "그러니까 저자는 또다시 범죄를 저지르고도 교묘하게 빠져나가는군. 우리에게 필요하니까."

"그에게는 군대가 있어. 군인들은 내가 아니라 그를 따라."

"시장은 너를 따르고?"

나는 한숨을 쉬었다. "일단 계획은 그래. 지금까지는 나와 한 약속을 지키고 있어."

"지금까지는." 바이올라가 조용히 말했다. 그러더니 하품을 하고 손으로 눈을 벅벅 문질렀다. "마지막으로 잔 게 언젠지 기억도 안 나."

나는 아까 그녀가 놓은 내 손을 내려다보며 그녀가 시몬에게 했던 말을 떠올렸다. "넌 돌아가는 거야?"

"가야 해. 더 이상 상황을 악화시키지 못하게 코일 선생님을 찾아내야 해."

나는 다시 한숨을 쉬었다. "좋아. 하지만 내가 한 말을 잊지 마. 난 널 떠나지 않아. 내 머릿속에서도 항상 그 자리에 있어."

그러자 바이올라가 다시 내 손을 잡았다. 그녀는 아무 말도 하지 않앉지만 그럴 필요도 없었다. 알고 있으니까, 나는 그녀의 마음을 알고, 그녀는 내 마음을 안다. 우리는 그렇게 잠시 같이 앉아 있었지만 이제 그녀가 가야 했다. 바이올라는 뻣뻣하게 일어났다. 에이콘은 마지막으로 앙가르드에게 코를 한 번 더 비벼대고 바이올라를 태우러 돌아왔다.

"내가 어떻게 지내는지 말해줄게. 어디 있는지도. 그리고 최대한 빨리 돌아올게." 바이올라가 통신기를 들고 말했다.

"바이올라?" 그녀가 에이콘의 안장에 올라타는 사이에 시장이 우리를 향해 다가왔다.

바이올라는 눈동자를 데굴데굴 굴렸다. "뭐죠?"

"우주선을 타고 온 사람들에게 내 말을 전해주면 좋겠구나. 그쪽이 편한 시간에 언제든 기꺼이 만날 용의가 있다고." 시장은 달걀 하나 꿔 달라고 하는 것처럼 아무렇지 않게 말했다.

"아, 확실히 전해드리죠. 그 대가로 이 말은 해야겠어요." 바이올라는 저쪽 하늘에 여전히 떠 있는 탐사 장치를 가리켰다. "우린 당신을 지켜보고 있어요. 당신이 토드에게 손 하나만 대도 우주선에 있는 무기로 당신을 박살 내버릴 거예요. 내가 그러라고 할 테니까."

그러자 시장의 미소가 더 커졌다.

바이올라는 마지막으로 나를 오랫동안 물끄러미 본 후에 출발했다. 시내를 거쳐, 코일 선생님이 어디 숨어 있건 찾아내기 위해 떠났다.

"대단한 아이야." 시장이 다가오면서 말했다.

"바이올라 이야기는 입에 올리지 말아요. 절대 하지 말아요."

시장은 내 말을 못 들은 척 딴전을 피웠다. "곧 있으면 동이 트겠다. 넌 좀 쉬어야 해. 아주 고된 날이었잖니."

"다시는 어제 같은 날이 반복되지 않았으면 좋겠군요."

"유감스럽게도 그건 우리가 어떻게 할 수 없다."

"아니, 있어요." 바이올라가 이 상황에서 빠져나올 길이 있을지도 모른다고 했기 때문에, 나는 한결 나아진 기분으로 말했다. "우리는 다시 스패클과 정전 협정을 맺을 거예요. 그러기 전까지만 당신이 그들을 막으면 돼요."

"그렇단 말이지?" 시장은 재미있다는 듯이 대꾸했다.

"그래요." 나는 조금 더 딱딱한 말투로 대답했다.

"전쟁이라는 게 그렇게 되지는 않아, 토드. 그들은 자기가 강하다고 생각하면 대화에 관심이 없을 거야. 우리를 전멸시킬 수 있다고 확신하는데 왜 평화를 원하겠니?"

"하지만……."

"걱정하지 마라, 토드. 나는 이 전쟁을 잘 안다. 여기서 이기는 법을 알아. 적을 패배시킬 수 있다는 걸 보여주면 그땐 어떤 평화든 네가 원하는 대로 가질 수 있다."

나는 반박하려고 입을 열었지만 입씨름을 하기에는 너무 피곤했다. 나도 마지막으로 잔 게 언제인지 기억이 나지 않았다.

"너 이거 아니, 토드? 확실히 너의 소음이 전보다 훨씬 조용해졌다."

그렇게 말하더니…….

나는 원이고 원은 나다.

시장은 또다시 가볍게 둥둥 떠다니는 느낌의 이 말을 내 머릿속으로 보냈다.

내 소음이 사라지는 느낌이 들었다.

바이올라에게 말하지 않은 그 느낌…….

(말하지 않은 이유는 이 느낌이 전쟁의 비명도 사라지게 해주니까, 그래서

그 모든 죽음을 거듭거듭 내 머릿속에서 보지 않아도 되니까……)

(다른 이유도 있는 거 아니야?)

(가벼움 뒤에 낮게 울리는 윙 소리……)

"내 머릿속에 들어오지 말아요. 날 조종하려 한다면 내가 어떻게 할지 이미 말했죠. 나는……."

"난 너의 머릿속에 있지 않아, 토드. 그게 바로 묘미지. 이건 다 네가 하는 거야. 연습해 봐. 너에게 주는 선물이다."

"당신에게서는 어떤 선물도 받고 싶지 않아요."

"물론 그렇겠지." 시장은 미소를 잃지 않고 말했다.

"각하?" 테이트 아저씨가 다시 끼어들었다.

"그래, 대위. 1차로 보낸 첩자의 보고가 들어왔나?"

"아직 아닙니다. 동튼 직후에 들어올 것 같습니다."

"강 위 북쪽에서는 스패클의 움직임이 별로 없다고 하겠지. 스패클 군대가 건너기에는 너무 넓은 곳이니까. 남쪽 언덕마루는 저들이 효과적으로 쓰기에 너무 멀다고 할 거고. 아니야. 스패클은 거기서 우릴 공격할 거야. 그건 내가 장담해." 시장은 다시 고개를 들어 언덕을 올려다봤다.

"제가 온 이유는 그것 때문이 아닙니다." 테이트 아저씨가 들고 있는 옷을 보여줬다. "성당 잔해 속에서 찾느라 시간이 좀 걸렸습니다만 놀랄 정도로 깨끗하고 말짱합니다."

"이거 좋은데, 대위. 정말 좋아." 옷을 받는 시장의 목소리에는 진정한 기쁨이 서려 있었다.

"그게 뭐죠?" 내가 물었다.

시장은 손을 능숙하게 움직여서 개켜져 있던 옷을 풀어 들어 올렸다.

아주 근사해 보이는 재킷과 바지 한 벌이었다.

"내 장군 제복이다."

테이트 아저씨와 나와 모닥불을 둘러싸고 있던 군인들이 지켜보는 가운데 시장은 피와 먼지로 얼룩진 재킷을 벗고 양 소매에 금줄이 박힌, 몸에 딱 맞는 진한 파란색 새 재킷을 입었다. 그는 손바닥으로 그 금줄을 쓸어내리고 다시 나를 봤다. 반짝반짝 즐거워하는 눈빛이었다.

"평화를 위한 전쟁을 시작해 보자."

〈바이올라〉

에이콘과 나는 다시 도로로 나가서 광장을 가로질렀다. 동이 트면서 머나먼 하늘이 분홍빛으로 물들어 갔다.

토드를 떠나면서 더 이상 보이지 않을 때까지 그를 지켜봤다. 그가 걱정됐고, 그의 소음이 걱정됐다. 토드를 떠난 순간에도 토드의 소음은 기이하게 흐릿했고, 그 안의 세세한 것을 보기는 힘들었지만 여전히 여러 가지 감정으로 생생했는데…….

(……그 감정, 토드가 민망해하기 전에 한동안 그 자리에 서려 있던 감정, 토드가 말없이 느끼는 육체적인 감정, 내 살갗에 집중된 그 감정, 아주 간절하게 좀 더 만지고 싶어 하던 토드, 그래서 나도 만지고 싶었던……)

……토드가 앙가르드와 같은 충격에 빠져 있는 건 아닌지, 전투에서 본 광경이 너무 참혹한 나머지 그걸 그의 소음에서 볼 수 없게 된 건 아닌지 다시 궁금해졌다. 그 생각만 해도 가슴이 찢어질 것 같았다…….

더 이상 전쟁이 일어나지 말아야 할 또 다른 이유가 생겼다.

나는 시몬이 준 코트를 좀 더 꼭꼭 여몄다. 날씨가 추워서 덜덜 떨렸지만, 그런 한편으로 몸에서 땀이 흐르는 것도 느낄 수 있었다. 힐러 교육 덕분에 지금 내 몸에 열이 나고 있는 걸 알 수 있었다. 나는 왼쪽 소매를 끌어올리고 밴드 아래를 봤다. 주위의 피부가 여전히 성이 나서 벌겠다.

그리고 거기서부터 손목까지 붉은 줄들이 죽죽 그어져 있었다.

이건 상처가 감염됐다는 뜻이다. 그것도 아주 심하게.

붕대를 감아도 치료되지 않는 감염이라니.

나는 소매를 내리고 이 생각은 하지 않으려고 애썼다. 이 상처가 얼마나 심각한지 토드에게 말하지 않았던 것도 생각하지 않았다.

어쨌거나 코일 선생님을 찾아야 하니까.

"흠, 코일 선생님은 항상 바다 이야기를 했지. 정말 선생님이 말한 대로 바다가 멀리 있는지 궁금한데." 나는 에이콘에게 말을 걸었다.

그때 갑자기 주머니에 있는 통신기가 삑삑 소리를 내며 울려서 깜짝 놀랐다.

"토드?" 나는 곧바로 응답했다.

하지만 시몬이었다.

"얼른 여기로 돌아오는 게 좋겠다."

"왜요? 무슨 일이 일어났어요?" 나는 놀라서 물었다.

"너의 해답을 찾았다."

예전에

해가 막 떠오를 무렵 불가에서 음식을 좀 가져왔다. 내가 냄비를 가져가서 거기에 스튜를 채우는 동안 땅의 일원들이 그 모습을 지켜봤다. 그들의 목소리는 열려 있어서—그 목소리는 닫혀 있는 적이 거의 없으며 그들은 여전히 땅의 일원이다—그들이 나에 대해 토론하는 소리, 그들의 생각이 하나하나 퍼져가면서 하나의 의견을 형성하고, 그것에 반대되는 의견이 나오는 소리가 들렸다. 모두 너무 빨라서 제대로 이해할 수 없었다.

그러다가 그들은 결정을 내렸다. 땅의 일원 중 하나가 일어나서 내가 스튜를 그릇째 들고 마시지 않아도 되도록 커다란 뼈 스푼 하나를 건네줬다. 그녀의 뒤쪽에서 내게 우정의 표시로 그걸 건네는 땅의 소리를 들을 수 있었다.

나는 그 스푼을 받으려고 손을 내밀었다.

고마워요. 내가 짐의 언어로 말하자……

다시 그 일이 일어났다. 내가 말하는 언어에 대한 그들의 미묘한 불쾌함, 아주 낯설고 사적이면서 수치스러운 것을 대표하는 그 언어에 대한 혐

오가 느껴졌다. 이들은 그 감정을 재빨리 밀어버리고 소용돌이치는 목소리 속에서 그런 감정은 옳지 않다고 맞섰지만, 순간적으로 그런 감정이 비친 건 사실이었다.

나는 그 스푼을 받지 않았다. 내가 그 자리를 떠나자 나를 부르며 사과하는 그들의 목소리가 들렸지만 돌아보지 않았다. 대신 내가 찾아낸 길로 걸어가 길가에 있는 바위투성이 언덕을 올라가기 시작했다.

땅은 주로 평평한 길을 따라 진을 쳤지만 언덕을 올라가는 동안 다른 이들도 보였다. 주로 산에 살아서 가파른 곳을 더 편하게 생각하는 땅이다. 마찬가지로 강 근처에 사는 땅은 강가에 급조한 보트 속에서 잠을 잤다.

하지만 땅은 모두 하나잖아, 그렇지 않은가? 땅은 그들과 다른 이들을 구분하지 않는다.

세상에는 단 하나의 땅만이 있다.

그리고 나는 그 땅 밖에 서 있는 자다.

언덕이 너무 가팔라져서 바닥에 붙어서 기어 올라가야 하는 곳에 이르렀다. 툭 튀어나온 바위가 보여 거기 앉아 아래의 땅을 내려다봤다. 땅이 언덕 가장자리 너머 아래의 빈터를 내려다볼 수 있는 것처럼.

그곳에서 나는 홀로 있을 수 있다.

나는 혼자여서는 안 되는 거였는데.

나의 특별한 이와 여기 같이 있으면서, 동이 트고 천천히 세상이 밝아오는 동안 같이 음식을 먹고 졸음을 쫓고 전쟁이 다음 국면으로 접어드는 것을 함께 기다려야 하는데.

하지만 나의 특별한 이는 여기 없다.

나의 특별한 이는 빈터가 처음 뒤뜰과 지하실과 잠긴 방과 하인 숙소에 있는 짐을 모두 끌어내서 모았을 때 살해됐다. 나의 특별한 이와 나는 정원에 있는 헛간에서 지내고 있었다. 그날 밤 헛간 문이 열렸을 때 나의 특별한 이는 싸웠다. 나를 위해 싸웠다. 그들이 나를 끌고 가지 못하게 막으려고 싸웠다.

그러다가 큰 칼에 맞아 목숨을 잃었다.

나는 그 상황에 어울리지 않게 혀 차는 소리를 내며 끌려갔다. 빈터가 우리에게 강제로 '치료제'를 먹인 후 우리에게 남은 유일한 소리였다. 그 소리는 나의 특별한 이와 강제로 헤어지는 내 심정을 하나도 표현하지 못했다. 나는 그렇게 끌려가서 한데 모여 있는 짐에게 던져졌다. 그들은 내가 다시 헛간으로 도망치지 않도록 나를 잡아야 했다.

내가 빈터의 칼을 맞지 않도록.

그것 때문에 나는 짐을 증오했다. 그때 그 자리에서 내가 죽도록 놔두지 않았기 때문에. 그들이 취한 행동에 대한 분노 때문에 슬픔만으로는 목숨이 끊어지지 않았던 그때……

우리의 운명을 받아들여서 빈터가 시키는 대로 가라면 가고, 먹으라는 것을 먹고, 자라는 곳에서 잤다. 그동안 우리는 단 한 번, 딱 한 번 빈터에 맞서서 싸웠다. 칼과 같이 있던 다른 인간, 칼보다 등치는 크고 항상 시끄러웠지만 더 어려 보였던 그 인간에 맞서서 싸웠다. 칼의 친구가 우리 중 하나의 목에 악랄한 장난으로 밴드를 채웠을 때 싸웠다.

잠시 침묵 속에서 짐은 다시 서로를 이해했다. 잠시 우리는 진정 하나가 됐다.

우리는 혼자가 아니었다.

우리는 싸웠다.

우리 중 일부가 죽었다.

두 번째 기회

그리고 다시는 싸우지 않았다.

빈터 무리가 총과 칼을 가지고 돌아왔을 때도. 그들이 우리를 줄 세우고 죽이기 시작했을 때도. 그들이 우리에게 총을 쏘고 칼로 난도질을 하면서 웃음이라고 하는 고음의 불쾌한 소리를 낼 때도. 그들은 노인과 아이, 엄마와 아기, 아버지와 아들을 죽였다. 우리가 저항하려 해도 죽였다. 저항하지 않아도 죽였다. 도망치려 해도 죽였다. 도망치려 하지 않아도 죽였다.

하나하나 차례차례 죽어갔다.

우리의 두려움을 공유할 길도 없이 죽어갔다. 조직을 만들어서 스스로를 보호할 길도 없었다. 죽어가면서 위로를 받을 길도 없었다.

그렇게 우리는 외롭게 죽었다. 우리 하나하나가 모두 다.

하나만 빼고.

1017만 빼고.

그 살육이 시작되기 전에 빈터는 우리의 밴드를 일일이 다 살펴본 후에 나를 찾아내서 벽으로 끌고 가 그 광경을 지켜보게 했다. 짐의 혀 차는 소리가 점점 줄어드는 모습을, 발밑의 잔디가 우리의 피로 붉게 물드는 모습을, 마침내 내가 이 세계에서 살아남은 유일한 짐이 되는 광경을.

그러고 나서 그들은 방망이로 내 머리를 갈겨 기절시켰다. 나는 아는 얼굴들, 나를 위로하려고 만진 손들, 음식을 나눠준 입들, 공포를 나누려고 애썼던 눈들에 둘러싸여 시체 더미 속에서 깨어났다.

나는 죽은 이들 가운데 홀로 깨어났다. 그들이 내 몸을 사정없이 누르면서 질식시키고 있었다.

그때 칼이 그 자리에 왔다.

그가 그 자리에 와서……

짐의 시체 더미에서 나를 끌어내서······.

우리는 땅바닥으로 같이 굴러떨어졌고, 나는 그에게서 몸을 뗐고······.

우리는 마주 봤고, 차가운 허공에 우리의 입김이 구름처럼 하얗게 피어올랐고······.

칼의 목소리가 그가 본 광경에 대한 고통과 두려움으로 활짝 열렸고······.

그가 항상 느끼는 고통과 두려움······.

항상 그를 무너뜨릴 조짐을 보이던 고통과 두려움······.

하지만 그는 결코 무너지지 않았다.

"넌 살았네." 그는 그 모든 시체 더미 한가운데서 나를 보고, 나 혼자, 나 혼자 영원히 살아야 할 모습을 보고 너무나 안도하고 너무나 행복해했다. 행복해하는 그를 보며 나는 그를 죽이겠다고 맹세했다.

그러더니 그가 내게 자신의 특별한 이에 대해 물었다.

내 동족이 학살을 당하는 와중에 자신의 특별한 이를 본 적이 있는지 물었다.

그러자 내 맹세는 절대 깨뜨릴 수 없는 것이 되었다.

나는 그에게 너를 죽이겠다는 맹세를 보여줬다.

다시 돌아오기 시작한 약한 목소리로 그를 죽이겠다고 보여줬다.

나는 그렇게 할 것이다.

지금이라도, 지금 당장이라도 죽일 것이다.

넌 안전하다. 목소리가 들렸다······.

나는 당황하고 겁이 나서 주먹을 휘두르며 일어섰다.

하늘은 큼지막한 손으로 아주 쉽게 내 주먹을 잡았다. 나는 조금 전에

꾼 꿈에서 깨어나면서 놀라 뒤로 물러서다가 앉아 있는 바위 위에서 떨어질 뻔했다. 날 다시 잡아야 했던 그의 손이 내 밴드를 움켜쥐었고, 내가 비명을 지르는 동안 날 똑바로 일으켜 세웠다. 그의 목소리가 곧바로 내 목소리의 고통을 부드럽게 감싸서 줄여주고 내 팔에서 느껴지는 불같은 통증이 가라앉을 때까지 잡아주었다.

아직도 그렇게 아프냐? 하늘이 짐의 언어로 부드럽게 물었다.

나는 자다 깨서 놀라고, 하늘이 옆에 있어서 놀라고, 고통이 너무 커서 놀라 거친 숨을 몰아쉬었다.

내 상처를 치료해 줄 수 없어서 미안하구나. 땅은 그 노력을 배로 늘리겠다. 하늘이 보여줬다.

땅은 그 노력을 다른 곳에 더 잘 쓸 수 있습니다. 이것은 빈터의 독으로, 원래는 그들의 짐승에게 쓰는 것입니다. 아마 그들만이 이 상처를 치료할 수 있을 겁니다.

땅은 빈터의 방식을 많이 배운다. 그들이 우리의 목소리를 듣지 않을 때도 땅은 그들의 목소리를 듣고 배운다. 우리는 귀환을 구할 것이다. 그의 목소리가 커지면서 진심 어린 감정이 배어났다.

저를 구할 필요는 없습니다.

내가 구원을 바라지 않는 건 다른 문제다. 땅은 너를 구하는 일에 힘쓸 것이다.

팔의 통증이 가라앉았다. 나는 얼굴을 문질러서 잠을 깨려고 애썼다.

나는 지려던 게 아니었어요. 빈터가 여기서 영원히 사라질 때까지 절대 지고 싶지 않습니다.

그때가 돼야 내 꿈이 평화로워지겠느냐? 하늘이 생각에 잠겼다.

당신은 이해 못 합니다. 이해할 수 없습니다.

또다시 그의 따뜻한 목소리가 내 목소리를 부드럽게 감쌌다.

지환의 말은 틀렸다. 하늘은 지환의 목소리에 있는 그 과거를 공유할 수 있다. 그것이 땅의 목소리가 지닌 본질이다. 우리의 모든 경험은 하나이며, 무엇도 잊히지 않고, 모든 것은……

그것은 그 자리에 있던 것과는 다릅니다. 나는 다시 무례를 범하고 있다는 걸 알면서도 하늘의 말에 끼어들었다. 어떤 일에 대한 간접적인 기억과 그 일을 실제로 경험한 이의 기억은 다릅니다.

하늘은 다시 입을 다물었지만 따뜻한 온기는 그대로 남아 있었다. 어쩌면 그럴지도. 그는 마침내 그런 의미를 보여줬다.

원하시는 게 뭡니까? 다정한 그에게 대드는 내가 수치스러워 조금 큰 소리로 물었다.

하늘이 내 어깨에 한 손을 올렸다. 우리는 아래에 쭉 늘어서 있는 땅을, 오른쪽으로는 빈터들이 내려다보이는 언덕 가장자리와 왼쪽으로는 시야가 미치는 곳까지 보이는 강의 굽이 너머를 바라봤다.

땅은 쉬고 있다. 땅은 기다린다. 지환을 기다리고 있다.

나는 아무 대꾸도 하지 않았다.

너는 땅의 일부다. 네가 지금 아무리 소외감을 느끼더라도 말이다. 하지만 오늘 모든 땅이 기다리는 게 그것만은 아니다.

나는 하늘을 바라봤다. 변화가 일어나나요? 우리가 공격하나요?

아직은 아니지만 전쟁을 하는 방법에는 여러 가지가 있다.

그러더니 자신의 목소리를 열어서 땅에 있는 다른 이들의 눈에 보이는 광경을 보여줬다.

새롭게 떠오르는 해가 계곡 깊은 곳에 다다르는 동안 그 햇빛 속에 있는 다른 이들의 눈에 비친 광경을.

그리고 보였다.

무엇이 오고 있는지 보였다.

그러자 내 몸에서 작은 온기가 가물거렸다.

폭풍

⟨바이올라⟩

"이보다 더 안전한 곳을 생각해 낼 수 있니, 애야?" 코일 선생님이 물었다.

시몬의 연락을 받은 후에 에이콘과 나는 세차게 달려 언덕 꼭대기로 돌아갔다.

거기 해답의 야영장이 있었다.

수레들과 사람들과 여기저기 피우는 모닥불로 가득 찬 공터에 차가운 태양이 떠올랐다. 이미 설치가 끝난 대형 텐트 안에서 나다리 선생님과 로손 선생님이 바쁘게 움직이며 물품들을 정리하고 음식을 나눠 주고 있었다. 그들이 입고 있는 옷 앞쪽과 군중 속에 흩어져 있는 몇몇 사람의 얼굴에 여전히 파란 A자가 적혀 있었다. 매그너스와 낯익은 사람들 몇 명이 텐트를 치기 시작했다. 나는 저쪽에 있는 윌프 아저씨에게 손을 흔들었다. 윌프 아저씨는 해답의 가축들을 돌보고 있었다. 아저씨의 부인인 제인 아주머니도 같이 있었는데, 손을 너무 격렬하게 흔들어서 저러다가 다칠 것 같다.

"네 친구들은 이 전쟁에 관여하고 싶지 않겠지만," 코일 선생님은 정찰기 근처에 세워 자신의 침대로 삼은 수레 뒤쪽에 앉아 아침을 먹으며 말했다. "시장이나 스패클이 여기를 공격하기로 결정하면 스스로를 보호하기 위해 뭔가 하겠지."

"정말 뻔뻔하시네요." 나는 에이콘에서 내리지 않은 채 화가 나서 말했다.

"그래, 내가 좀 뻔뻔하긴 하지. 내 사람들의 목숨을 구하려면 그래야 하거든." 선생님은 죽을 또 한 숟가락 떠먹으면서 말했다.

"당신이 그들을 희생시키기로 결심하기 전까지만 그렇겠죠."

그 말에 선생님의 눈에서 분노가 활활 타올랐다. "넌 날 잘 안다고 생각하지. 내가 나쁘고 사악한 독재자라고 말이야. 그래, 나는 지금까지 힘든 결정을 몇 번 했다. 하지만 목적은 오직 하나였어, 바이올라. 그자를 없애고 헤이븐을 예전의 헤이븐으로 돌려놓는 거야. 오로지 학살을 위한 학살이 아니었단 말이다. 아무 이유 없이 선량한 사람들을 희생시킨 게 아니야. 너처럼 평화를 위해 한 거란다, 얘야."

"굉장히 호전적인 방법으로 평화를 쟁취하려 하는군요."

"어른다운 방식으로 쟁취하려는 것뿐이다. 근사하거나 아름답진 않지만 성과는 그런 식으로 내는 거다." 선생님이 내 뒤에 있는 누군가를 보고 인사했다. "좋은 아침이에요."

"안녕하세요." 시몬이 정찰기의 경사로를 내려오면서 인사했다.

"브래들리는 어때요?" 내가 시몬에게 물었다.

"모선과 교신하고 있어. 의학적인 조언을 얻을 수 있는지 알아보려고 말이야. 아직까지는 성과가 없구나." 시몬은 팔짱을 끼었다.

"내게는 남은 치료제가 없다. 하지만 증상을 약화시킬 수 있는 천연 치료제가 있는데." 코일 선생님이 말했다.

"브래들리 근처에도 얼씬거리지 말아요." 내가 말했다.

"네 마음에 들건 안 들건 난 힐러다, 바이올라. 너도 치료해 주고 싶구나. 언뜻 봐도 열이 나는 게 분명한데."

시몬이 걱정스러운 얼굴로 나를 바라봤다. "선생님 말이 맞다, 바이올라. 너 안색이 안 좋아."

"저 여자는 절대로 내게 손댈 수 없어요. 두 번 다시는 안 돼요."

코일 선생님은 땅이 꺼져라 한숨을 쉬었다. "너에게 보상을 하게 해 줄 수 없니, 애야? 화해의 표시로 안 되겠어?"

나는 선생님을 보면서 그녀가 힐러로서 얼마나 유능했는지, 코린을 살리기 위해 얼마나 사력을 다했는지, 순전히 의지 하나로 일단의 힐러들과 낙오자들을 시장을 무너뜨릴 수도 있는 군대로 변모시켰던 일을 떠올렸다. 선생님 말처럼 스패클만 오지 않았더라면 그런 일이 일어났을지도 모른다.

하지만 나는 그 폭탄들도 기억한다.

그 마지막 폭탄도.

"당신은 날 죽이려 했어요."

"난 그자를 죽이려 했다. 그건 달라."

"여기 우리가 지낼 자리가 좀 남았을까요?" 뒤에서 어떤 목소리가 들렸다.

우리 모두 돌아섰다. 먼지투성이에 넝마가 된 군복을 입은 눈빛이 교활한 사내였다. 내가 아는 얼굴.

"이반?"

"성당에서 깨어나니 전쟁이 일어났더군요."

이반의 뒤에 서 있는 다른 남자들이 보였다. 그들은 음식을 배급해 주는 텐트로 가고 있었다. 나와 토드를 도와 시장을 무너뜨리려다가 시장의 소음 공격을 받아 의식을 잃고 쓰러진 사람들이다. 마지막으로 쓰러진 사람이 이반이었다.

그가 반가운지는 잘 모르겠다.

"당신은 항상 권력이 있는 곳으로 간다고 토드가 말했어요."

이반의 눈이 번득였다. "그래서 지금까지 살아남을 수 있었지."

"환영합니다." 코일 선생님은 마치 여기 책임자처럼 말했다. 이반은 목례를 하고 음식을 먹으러 갔다. 코일 선생님을 돌아보자 권력이라는 말을 듣고 미소 짓고 있는 얼굴이 보였다.

그가 그녀에게 왔으니까.

〈토드〉

"그게 현명한 거야. 내가 코일 선생 입장이라도 그랬을걸. 새 이주민 들을 자기편으로 만들려고 애쓰겠지." 시장이 말했다.

바이올라가 아침 일찍 연락해서 언덕 꼭대기에 나타난 해답에 대해 다 말해줬다. 나는 그 사실을 시장에게 숨길 수 있을지 보려고 소음을 가볍게 하는 시도를 해보았다.

그런데 시장은 내 소음을 들었다.

"지금 네 편 내 편이 어디 있어요. 이제 그딴 건 없어요. 우리 모두 스패클과 맞서 싸우고 있잖아요."

시장은 아무 대꾸도 없이 음 소리만 냈다.

"대통령 각하?" 오헤어 아저씨가 또 다른 전황 보고를 들고 왔다. 시장은 탐욕스러운 눈빛으로 읽었다.

아직까지 아무 일도 일어나지 않았으니까. 시장은 해가 뜨자마자 새 전투가 벌어질 거라고 예상한 모양이지만 차가운 태양이 떴는데도 아무 일도 일어나지 않았고, 정오가 가까워지는 지금도 여전히 조용했다. 어제 그 격렬한 전투는 일어나지도 않았던 것 같다.

(다만 그 일은 실제로 일어났고…….)

(내 머릿속에서는 여전히 일어나고 있고…….)

(나는 원이고 원은 나다, 나는 최대한 가볍게 생각했고…….)

"딱히 새로운 내용은 없군." 시장이 오헤어 아저씨에게 말했다.

"남쪽에서 놈들이 움직일 가능성이 있다는 보고는 들어왔습니다만…….."

시장은 그 보고서를 오헤어 아저씨의 손에 떠밀어 버리면서 말을 잘랐다. "그거 아니, 토드? 놈들이 병력을 총동원해서 공격해 오면 우리가 할 수 있는 일은 하나도 없어. 탄약은 결국 떨어질 것이고, 병사들은 결국 죽을 것이고, 그런 후에도 놈들에게는 우리를 싹 쓸어버리고도 남을 숫자가 있을 거야." 시장은 생각에 잠겨 딱딱 소리를 내며 이를 부딪쳤다. "그런데 왜 안 오지? 첩자들에게 더 가까이 가서 정찰하라고 해." 시장이 오헤어 아저씨에게 돌아서서 지시했다.

오헤어 아저씨는 놀란 표정이었다. "하지만 각하…….."

"꼭 알아내야 해."

오헤어 아저씨는 잠시 시장을 물끄러미 보다가 못마땅한 기색을 역력히 드러내며 대답했다. "알겠습니다."

"스패클은 당신과 생각이 다른가 보죠. 그들의 목표는 전쟁이 아닐지도 몰라요."

시장이 껄껄 웃었다. "미안하지만 토드, 넌 적을 몰라."

"모르긴 당신도 마찬가지죠. 어쩌면 당신 생각보다 훨씬 모르고 있는 거 아닌가요."

시장은 웃음을 그쳤다. "난 과거에 놈들과 싸워서 이겼어. 놈들이 전보다 나아졌어도, 더 영리해졌어도 다시 이길 거야." 그는 입고 있는 바지의 먼지를 털어냈다. "놈들은 공격해 올 거야. 내 말 명심해. 전투가 벌어지면 이기는 건 나야."

"그다음에 평화 협정을 맺어요." 내가 단호하게 말했다.

"그래, 토드. 너 좋을 대로 해라."

"각하?" 이번에는 테이트 아저씨였다.

"뭔가?" 시장이 그에게 돌아서며 물었다.

하지만 테이트 아저씨는 우리가 아닌 군대 맞은편을 보고 있었다. 그곳을 보는 군인들의 요란한 소음이 변하고 있었다.

시장과 나도 돌아서서 봤다.

순간 정말 내 눈을 믿을 수 없었다.

〈바이올라〉

"코일 선생님이 이 상처를 보셔야 할 것 같은데, 바이올라." 로손 선생님이 걱정스러운 표정으로 내 팔에 다시 붕대를 감으며 말했다.

"선생님이 치료를 아주 잘해주고 계신데요, 뭘."

우리는 정찰기 안에 급조한 작은 치료실에 있었다. 오전이 흘러가면서 정말 몸이 안 좋아지기 시작해서 로손 선생님을 찾아갔는데, 내 상처를 본 선생님은 너무 놀란 나머지 쓰러질 뻔했다. 그래서 선생님은 시몬에게 허락을 받는 둥 마는 둥 곧바로 날 끌고 정찰기로 들어와서 안에 있는 새로운 치료제들의 안내서를 읽기 시작했다.

"이게 여기서 찾아낸 가장 강력한 항생제들이다." 선생님은 새 붕대를 팔에 감아주고 나서 말했다. 약이 상처에 스며들면서 시원한 느낌이 들었다. 하지만 이제 그 빨간 줄들이 밴드에서부터 양쪽으로 길게 뻗어 있었다. "이제 기다리는 것 외에는 할 수 있는 게 없다."

"고맙습니다." 선생님은 내 말을 듣는 둥 마는 둥 하며 정찰기에 있는 약품 목록을 작성하는 작업으로 돌아갔다. 키가 작고 아담한 체구의 로손 선생님은 힐러들 중 가장 친절한 분으로, 헤이븐의 아이들 치료를 책임지고 있었다. 선생님은 항상 사람들의 고통을 막는 일을 최우선으로 생각한다.

나는 선생님이 작업을 계속하게 놔두고 정찰기의 경사로를 내려와서 언덕 꼭대기로 향했다. 해답의 야영장은 항상 거기 있던 것처럼, 그곳을 내려다보고 있는 정찰기의 매 모양 그늘과 함께 자리 잡고 있었다. 질서 정연하게 친 텐트들과 모닥불들이 줄줄이 늘어서 있고, 물품과 식량을 보급하는 장소와 회의하는 장소들이 있었다. 반나절 만에 광산에서 처음 본 해답의 야영장과 거의 똑같이 만들어졌다. 사람들 사이를 걸어가자 나를 보고 반가워하는 사람들도 있었지만, 내가 어느 쪽인지 알 수 없어서 아예 말을 안 거는 사람들도 있었다.

나도 지금 내가 어느 쪽인지 모르겠다.

로손 선생님에게 치료를 받은 이유는 다시 토드를 보러 가기 위해서였다. 지금은 너무 피곤해서 안장 위에서 잠이 들지도 모르겠지만. 오늘 아침에 벌써 두 번이나 토드와 이야기를 나눴다. 통신기에 흘러나오는 그의 목소리는 아주 작고 멀게 느껴졌고, 그의 소음은 주위 군인들의 소음에 묻혀 선명하지 않았다.

하지만 그의 얼굴을 보니 기분이 나아졌다.

"그럼 이 사람들이 다 네 친구니?" 브래들리가 정찰기 경사로를 내려오면서 물었다.

"와우! 기분이 어때요?" 나는 두 팔을 벌리고 선 그의 품에 안기면서 물었다.

시끄러워. 브래들리는 소음으로 대답하면서 살짝 미소 지었다. 다만 오늘은 어제보다 조금 더 침착했고, 두려움도 조금 가서 있었다.

"익숙해지실 거예요. 제가 약속할게요."

"별로 그러고 싶지 않지만, 그러겠지."

브래들리는 내 눈가에 흘러내린 머리카락 한 가닥을 쓸어 넘겨주었다. **정말 많이 컸어. 게다가 안색이 너무 창백해.** 그의 소음이 말했다. 그러더니 작년에 내가 그의 교실에서 수학을 배우고 있는 모습을 보여줬다. 아주 작고 깨끗해 보이는 나를 보자 웃지 않을 수 없었다.

"시몬이 모선에 연락했어. 그들은 평화로운 접근법에 동의했다. 우린 그 스패클들과 만나보고 여기 있는 사람들을 인간적으로 도울 수 있도록 노력하겠지만, 우리와 아무 상관 없는 전쟁에 휘말리고 싶지는 않구나. 우리가 이 전쟁에 관여하지 말아야 한다는 네 생각은 옳았어, 바이올라." 브래들리는 내 어깨를 잡은 손에 힘을 주었다.

"난 그저 이제 내가 뭘 해야 할지 알았으면 좋겠어요." 나는 전쟁을 일으키는 결정을 내릴 뻔했던 것이 떠올라 칭찬하는 그를 외면하면서 말했다. "코일 선생님이 어떻게 지난번 휴전 협정을 맺었는지 알아내려고 했는데……."

나는 말을 멈췄다. 언덕 꼭대기 맞은편에서 누군가가 달려오면서 이쪽저쪽을 보며 뭔가를 찾다가, 우주선과 나를 보고 점점 속도를 올리고 있었다.

"저 사람은 누구니?" 브래들리가 물었지만 나는 이미 그에게서 몸을 떼고 있었다.

왜냐하면 그 사람은…….

"리!" 나는 소리를 지르며 그를 향해 달려가기 시작했다.

바이올라. 바이올라, 바이올라, 바이올라. 그의 소음이 말했다. 그가 내게 달려와서 숨을 쉴 수 없을 정도로 꽉 끌어안고 한 바퀴 도는 바람에 발목이 아팠다. "하느님 감사합니다!"

"너 괜찮아? 너 어디에……?" 리가 날 놔주면서 물었다.

"강! 강에서 무슨 일이 벌어지고 있는 거야?" 리는 거친 숨을 몰아쉬면서 말을 내뱉었다.

리는 브래들리를 봤다가 다시 날 봤다. 그의 소음과 목소리가 사정없이 커지고 있었다. "너 강물 아직 안 봤어?"

〈토드〉

"하지만 어떻게?" 나는 멍하니 폭포를 올려다보면서 말했다…….

그렇게 보는 사이에 물소리가 점점 조용해졌고…….

이제 그 소리마저 사라지기 시작했다…….

스패클들이 강물을 막아버린 것이다.

"아주 영리한데. 정말 영리해." 시장이 혼잣말을 하고 있었다.

"뭐가요? 저들이 뭘 하고 있는 거죠?" 나는 그에게 소리치다시피 물었다.

이제 모든 병사가 그 광경을 지켜봤고, 그들의 소음이 믿을 수 없을 정도로 커지는 동안 폭포는 마치 누군가가 수도꼭지를 잠가버린 것처럼 수위가 줄어들면서 졸졸 흘러내렸다. 그동안 강물 역시 줄어들어서 강이 있던 자리에 기나긴 진흙 바닥이 드러나고 있었다.

"우리 첩자들에게서는 아무 소식이 없었나, 오헤어 대위?" 시장은 이제 언짢아하는 목소리로 물었다.

"없었습니다, 대통령님. 만약 저기에 댐이 있다면 아주 멀리 떨어져 있을 겁니다." 오헤어 아저씨가 대답했다.

"그렇다면 정확히 어디 있는지 알아내야겠지, 그렇지 않나?"

"지금 말입니까, 각하?"

시장이 분노가 활활 타오르는 눈으로 돌아섰다. 오헤어 아저씨는 경례만 하고 얼른 그 자리를 떠났다.

"지금 무슨 일이 벌어지고 있는 거죠?" 내가 물었다.

"저들은 우리를 포위하려는 거야, 토드. 전투 대신 우리 물을 끊어버리고, 탈진한 우리를 밟고 지나갈 수 있을 때까지 기다리겠다는 거지." 시장이 대답했다. 분노한 목소리였다. "이런 짓은 하면 안 되지, 토드. 놈들이 이런 짓을 저지르고도 무사히 빠져나가게 두면 안 된다. 테이트 대위!"

"네, 각하." 그동안 기다리면서 우리를 지켜보고 있던 테이트 아저씨가 대답했다.

"병사들에게 전투 대형을 갖추라고 해."

테이트 아저씨는 놀란 표정이었다. "네?"

"내 지시에 무슨 문제가 있나, 대위?"

"오르막 전투입니다, 각하. 각하께서도 말씀하시길……."

"그건 적이 반칙을 쓰기 전이었고." 시장의 말이 허공을 채우면서 빙글빙글 돌다가 야영장 가장자리에 있는 군인들의 머릿속으로 들어가기 시작했고…….

"모든 병사는 맡은 바 임무를 다할 것이다. 모든 병사는 이 전투에서 승리할 때까지 싸울 것이다. 그들은 우리가 이렇게까지 맹렬하게 공격해 오리라고 예상하지 않았을 거야. 그러니 기습 작전으로 승리한다. 내 말 알아듣겠나?"

"알겠습니다, 각하." 테이트 아저씨는 시장에게 대답한 후 병사들에게 가서 큰 소리로 명령했다. 우리 주위 군인들은 벌써 무기를 챙기고 전투 대형을 갖추기 시작했다.

"너도 준비해라, 토드. 오늘이 결전의 날이다." 시장은 테이트 아저씨가 가는 모습을 지켜보면서 말했다.

⟨바이올라⟩

"어떻게? 저들이 어떻게 저런 일을 해냈지?" 시몬이 말했다.

"그 탐사 장치를 다시 강 상류로 보낼 수 있나요?" 코일 선생님이 물었다.

"방금 또 격추됐어요." 브래들리가 탐사 장치의 원격 조종기 다이얼을 돌리면서 말했다. 우리가 삼차원 영상 주위로 모여드는 사이에 브래들리가 우주선 날개 그늘 밑에 영상을 띄웠다. 나, 시몬, 브래들리, 리, 코일 선생님을 비롯해 소문을 들은 많은 사람들이 몰려들었다.

"저기." 브래들리가 말한 순간 영상이 확대됐다.

여기저기서 헉 소리가 들렸다. 강물은 거의 말라버렸다. 폭포는 거의 사라졌다. 화면이 조금 더 위로 올라갔지만 보이는 거라고는 폭포 밑 강물이 말라붙고, 진흙색 갑옷을 입은 하얀 피부의 스패클 군대가 도로 옆에 모여 있는 모습이었다.

"다른 수원은 없어요?" 시몬이 물었다.

"개울과 연못이 여기저기에 몇 개 있긴 하지만……." 코일 선생님은 말끝을 흐렸다.

"문제가 생긴 거죠. 그렇죠?" 시몬이 다시 물었다.

리는 황당하다는 표정으로 시몬에게 고개를 돌렸다. "문제가 이제야 막 생겼다고 생각해요?"

"저들을 과소평가하지 말라고 말했잖아요." 코일 선생님이 브래들리 에게 말했다.

"아뇨, 당신은 저들을 폭탄으로 날려버리라고 했죠. 먼저 평화로운 해결 방법을 도모하려고 시도해 보지도 않고." 브래들리가 대꾸했다.

"지금 내가 틀렸다는 말을 하는 겁니까?"

브래들리가 원격 장치의 다이얼을 다시 돌리자 탐사 장치가 더 높이 올라가서 강을 따라 수천 명의 스패클 군인들이 늘어서 있는 모습을 띄 웠다. 사람들이 경악하는 소리가 늘어났다. 그들은 처음으로 어마어마 한 스패클 군대의 규모를 자신들의 눈으로 목격하고 있었다.

"우리가 저들을 다 죽일 순 없어요. 그건 그냥 파멸에 이르는 길이에 요." 브래들리가 말했다.

"시장은 뭐 하고 있어요?" 나는 긴장해서 딱딱해진 목소리로 물었다.

브래들리가 화면의 각도를 다시 바꾸자 군대가 전투 대형을 갖추고 있는 모습이 보였다.

"안 돼. 저럴 수는 없어." 코일 선생님이 속삭였다.

"뭘 할 수 없다는 거죠? 뭘?" 내가 물었다.

"공격하는 거야. 저건 완전 자살 작전인데." 선생님이 대답했다.

내 통신기가 삑삑 소리를 내며 울렸다.

"토드?"

"바이올라?" 수심에 찬 토드의 얼굴이 내 손바닥에 나타났다.

"대체 무슨 일이야? 너 괜찮아?"

"강물, 바이올라, 강물이······."

"우리도 보여. 지금 보고 있어."

"폭포! 그들이 폭포에 있어!"

〈토드〉

사라지고 있는 폭포수의 그늘 속으로 줄줄이 늘어선 불빛들이 바이올라와 내가 아론에게서 도망치던 그 길을 따라 뻗어나가고 있었다. 바위 선반 맞은편에서 버려진 교회까지 이어지는, 요란한 폭포 아래의 그 축축한 길 말이다. 교회 안쪽 벽에는 이 행성과 두 개의 달을 상징하는 하얀 원 하나와 그 주위를 도는 작은 원 두 개가 새겨져 있다. 폭포가 사라지자 물에 젖은 절벽만 보였고, 그 절벽을 따라 늘어선 불빛들이 벽을 환하게 비쳤다.

"저 불빛들 보여?" 나는 통신기에 대고 바이올라에게 말했다.

"잠깐만."

"너 아직 그 쌍안경 가지고 있니, 토드?" 시장이 물었다.

시장에게서 쌍안경을 뺏은 걸 잊고 있었다. 나는 앙가르드가 말없이 내 물건 옆에 서 있는 곳으로 달려갔다.

"걱정하지 마. 내가 널 지켜줄게." 나는 가방을 뒤지면서 앙가르드에게 말했다.

쌍안경을 찾은 나는 시장은 돌아보지도 않고 눈에 갖다 댔다. 그리고 버튼을 눌러서 줌인을 했더니······.

"이제 우리도 보여, 토드. 우리가 그때 갔던 그 바위 선반에 스패클들이 쭉……." 통신기에서 바이올라가 말했다.

"나도 알아. 나도 이제 보여."

"뭐가 보이니, 토드?" 시장이 내게 다가왔다.

"저들이 뭘 들고 있는 거야?" 바이올라가 물었다.

"일종의 활 같은데. 다만 생긴 게……."

"토드!" 바이올라가 소리를 질러서 나는 고개를 들고 쌍안경 위쪽을 바라봤다.

작은 불빛 하나가 폭포에 죽 늘어서 있는 스패클들을 떠나 교회 상징 밑을 날아서 천천히 곡선을 그리며 강바닥을 향해 내려왔는데…….

"저게 뭐지? 화살이라고 하기에는 너무 큰데." 시장이 말했다.

나는 쌍안경으로 시간이 지날수록 점점 더 빨라지는 그 불빛을 찾으려고 했고…….

저기 있다…….

그 불빛은 사정없이 흔들리면서 꺼질 듯 말 듯했고…….

우리 모두 강물을 향해 내려가는 불빛을 따라 고개를 돌렸고, 그것은 졸졸 흐르는 강물을 따라 날아가다가…….

"토드?" 바이올라가 불렀다.

"저게 뭐냐, 토드?" 시장이 화가 난 목소리로 다그쳤다.

쌍안경으로 그걸 보고 있는데…….

경로가 공중에서 휘어지더니…….

군대를 향해…….

우리를 향해 돌아오기 시작했고…….

이제 그 불빛은 더 이상 깜박거리지 않고…….

빙빙 돌고 있었고…….

그리고 그건 단순한 불빛이 아니라…….

활활 타오르는 불덩이였고…….

"후퇴해야 해요. 시내로 다시 돌아가야 한다고요." 나는 눈에서 쌍안경을 떼지 않은 채 말했다.

"그게 네 쪽으로 날아가고 있어, 토드!" 바이올라가 비명을 질렀다.

시장이 더 이상 참지 못하고 내 손에서 쌍안경을 뺏으려 했고…….

"놔요!" 내가 소리를 꽥 질렀고…….

그러면서 그의 옆얼굴을 주먹으로 쳤고…….

시장은 아프다기보다는 놀라서 비틀거리며 물러났고…….

그때 들리는 비명에 우리 모두 돌아섰고…….

그 빙글빙글 도는 불덩이가 군인들에게로 날아왔고…….

몰려 있던 군인들이 흩어지면서 날아오는 불덩이를 피해 도망치려 했는데…….

그것이 우리를 향해…….

나를 향해 날아왔는데…….

하지만 너무 많은 군인들이 그 사이에 있었고…….

빙글빙글 돌아가는 불덩이가 그들을 모두 불태우며…….

바로 머리 높이로 날아왔고…….

그 불덩어리에 맞은 군인들은 몸이 두 동강 났고…….

하지만 불덩어리는 멈추지 않았고…….

그 빌어먹을 것은 결코 멈추지 않았고…….

빙글빙글 도는 속도마저 그대로였고…….

마치 한 줌의 성냥에 불을 붙이는 것처럼 군인들의 몸에 불을 붙이며 나아갔고…….

앞을 막고 있는 사람들을 모조리 죽이면서 돌진했고…….

양옆에 서 있는 군인들을 끈적끈적한 하얀 불길로 집어삼키면서…….

계속해서 날아왔고…….

속도는 전혀 줄어들지 않은 채…….

바로 나를 향해…….

바로 나와 시장을 향해…….

도망칠 곳이 없어서…….

"바이올라!" 나는 소리 질렀다…….

〈바이올라〉

"토드!" 내가 통신기에 대고 소리를 지르는 동안 그 불덩어리가 허공에서 뱅글뱅글 돌아가며 군인들을 후려쳤고…….

그것이 군인들 사이를 무서운 속도로 가로질렀고…….

우리 뒤에서 그 영상을 보는 사람들이 비명을 지르기 시작했고…….

그 불덩어리는 마치 누군가가 펜으로 줄을 좍 긋는 것처럼 아주 쉽게 군인들 사이를 가르고 지나가면서 자유자재로 방향을 틀어가며 사람들을 갈기갈기 찢어서 허공으로 날리고, 불길이 가는 근처에 있는 모든 것을 집어삼켰다…….

"토드! 거기서 **빠져나와!**" 나는 통신기에 대고 소리쳤다.

하지만 이제 그의 얼굴은 보이지 않았고, 영상 속에는 그저 불덩어리가 거침없이 나아가며 마주치는 모든 것을 죽이다가…….

그게 둥실 떠올랐고…….

"저게 대체 뭐야?" 리가 옆에서 말했고…….

불덩어리는 군인들을 벗어나 그들의 머리 위로 떠올라서…….

"계속 방향을 틀고 있는데." 브래들리가 말했다.

"저게 뭐죠?" 시몬이 코일 선생님에게 물었다.

"나도 처음 봐요. 스패클이 그동안 빈둥거리고 있진 않았네요." 코일 선생님은 영상에서 눈을 떼지 않으며 대답했다.

"토드?" 나는 통신기에 대고 불렀다.

하지만 대답이 없었다.

브래들리가 원격 조종 장치에 엄지를 대고 사각형을 그리자 영상 속에서 상자 하나가 나타나 그 불덩이를 둘러쌌다. 그 상자가 불덩어리를 영상 한쪽으로 가져와 확대했고, 다이얼을 조금 더 돌리자 불덩이가 슬로모션으로 돌아갔다. 그 불덩이는 빙글빙글 돌아가는 S자 모양 칼날 위에서 타오르고 있었는데, 불길이 너무 밝고 세게 타올라서 제대로 쳐다볼 수도…….

"저게 폭포로 돌아가고 있어요!" 리가 영상을 다시 가리켰다. 그 불덩이가 군대 위로 올라와서, 여전히 빙글빙글 돌아가며 무시무시하게 빠른 속도로 날아가고 있었다. 우리는 그것이 공중으로 높이 날아가 한 바퀴 길게 돈 후, 지그재그 길이 뻗은 언덕 위로 올라가 이제 물이 다 말라버린 폭포 아래의 바위 선반을 향해 날아가는 모습을 지켜봤다. 그것은 여전히 빙글빙글 돌면서 활활 불타고 있었다. 거기 있는 스패클들이 보였다. 수십 명의 스패클들이 들고 있는 활 끝에 그 불타는 칼이 장전돼 있었다. 그들은 불타는 칼이 그들을 향해 날아오는데도 움찔하지도 않았다. 텅 빈 활을 가진 스패클, 가장 먼저 화살을 쏜 그 스패클이 보였다.

그가 활을 높이 치켜들자 활시위에 달린 휘어진 고리가 보였다. 그는 완벽한 타이밍으로 날아오는 S자 모양 칼날을 아주 능숙하게 허공에서 낚아채 자신의 키만큼이나 큰 활에 다시 장전했다. 다시 쏠 준비가 됐다.

불덩어리에 반사된 불빛에 그 스패클의 손과 팔과 몸이 화상을 입지 않도록 두껍고 탄성이 좋은 진흙에 뒤덮여 있는 모습이 보였다.

"토드? 너 거기 있어? 도망쳐야 해, 토드! 도망쳐!" 나는 통신기에 대고 외쳤다.

확대된 영상에서 모든 스패클이 활을 들고…….

"토드! 대답해!" 나는 힘껏 소리를 질렀다.

모두 하나가 되어…….

화살을 당겼다…….

〈토드〉

"**바이올라!**" 나는 비명을 질렀다…….

하지만 이제 내게는 통신기도, 쌍안경도 없고…….

비명을 지르며 정신없이 도망치는 군인들에게 부딪치고, 밀치고, 잡아당겨지는 와중에 둘 다 날아가 버렸고…….

군인들이 불탔고…….

빙글빙글 도는 불덩이가 이리저리 휘면서 군인들을 불길로 찢어놓으며 무시무시한 속도로 날아들어 한 무리씩 태워버렸는데…….

그게 막 내 머리를 내리치려다가…….

허공으로 둥실 올라가더니…….

더 올라가서…….

방향을 틀어…….

원래 왔던 바위 선반을 향해 돌아갔고…….

나는 도망칠 곳이 있는지 보려고 그 자리에서 한 바퀴 돌았고…….

군인들의 비명 너머로…….

앙가르드의 비명이 들렸고…….

나는 사람들을 밀치고, 주먹으로 치고, 옆으로 밀어대면서 내 말을 향해 달려갔고…….

"앙가르드! **앙가르드!**" 나는 목청껏 소리를 질렀다.

하지만 앙가르드는 보이지 않았고…….

너무나도 겁에 질린 앙가르드의 울부짖음만이 들렸고…….

나는 조금 더 세게 사람들을 밀면서 앞으로 나갔고…….

누군가 내 옷깃을…….

"안 돼, 토드!" 시장이 고함을 지르면서 날 뒤로 끌어당겼고…….

"앙가르드에게 가야 해요!" 나도 소리를 지르면서 그의 손을 뿌리치려 했는데…….

"우린 도망쳐야 해!" 그가 소리를 질렀고…….

시장의 입에서 그런 말이 나오리라고는 미처 예상 못 했던 터라 휙 돌아서서 그를 봤는데…….

시장은 폭포를 보고 있었고…….

나도 봤다…….

그리고…….

그리고…….

맙소사…….

그 바위 선반에서 불덩어리들이 곡선을 점점 크게 그리며 날아왔다…….

스패클들이 일제히 활을 쐈다…….

수십 명의 스패클이…….

우리 군인들을 재와 시체 더미로 만들 수십 개의 화살을 날렸다…….

"어서! 시내로 가야 해!" 시장이 소리 지르면서 날 다시 잡아당겼다.

하지만 그때 사람들 사이로…….

앙가르드가 겁이 나서 뒷발로 서 있는 모습이 보였고…….

앙가르드는 주변 군인들이 서로 자기를 잡으려고 손을 뻗어대는 통에 눈을 동그랗게 뜨고 있었고…….

나는 시장의 손에서 벗어나…….

앙가르드를 향해 돌진했고…….

군인들이 그 사이 틈을 다시 메우기 시작했고…….

"나 여기 있어, 앙가르드!" 나는 그렇게 소리를 지르며 앞으로 밀고 나갔지만…….

앙가르드는 계속 비명만 질러댔고…….

나는 앙가르드에게 도착해서 안장 위로 올라타려고 애쓰고 있는 군인 하나를 주먹으로 쳐서 떨어뜨렸고…….

불덩어리들이 점점 가까이…….

좌우로 빙글빙글 돌아가며…….

양쪽에서 다가왔고…….

군인들은 사방으로, 시내로 통하는 도로로 달려가고, 물이 점점 줄어들고 있는 강으로 뛰어들고, 심지어 다시 언덕을 향해 달려가고…….

"도망쳐야 해, 앙가르드!"

그때 빙글빙글 돌아가는 불덩어리들이 우리에게 왔다…….

〈바이올라〉

"토드!" 나는 다시 비명을 질렀다. 그 불덩어리들이 줌인되면서 반대쪽에서 출발한 몇 개가 계곡 위 언덕을 따라 날아가는 모습이 보였고…….

그것들은 양쪽에서 군대를 향해 날아가고 있었는데…….

"토드는 어디 있어요? 토드를 볼 수 있어요?" 내가 소리를 질렀다.

"이 난장판에서는 아무것도 안 보여." 브래들리가 말했다.

"우리가 뭔가 해야 해요!" 내가 외쳤다.

코일 선생님과 나의 눈이 마주쳤다. 선생님은 내 얼굴을 찬찬히 살펴보고 있었다.

"토드? 대답해, 제발!" 나는 통신기에 대고 외쳤다.

"불덩어리들이 군인들이 있는 곳까지 왔어!" 리가 소리 질렀다.

모두 다시 영상으로 고개를 돌렸고…….

빙글빙글 돌아가는 불덩어리들이 도망치는 군인들을 사방에서 베고 있었다…….

저 불덩어리들이 토드에게 갈 것이다…….

저것들이 토드를 죽일 것이다…….

지나가는 길에 있는 사람을 죄다 죽일 것이다…….

"저걸 막아야 해요!"

"바이올라." 브래들리가 경고하는 목소리로 나를 불렀다.

"저걸 어떻게 막아?" 시몬의 목소리에는 고민이 어려 있었다.

"그래, 바이올라. 저걸 어떻게 막지?" 코일 선생님이 내 눈을 뚫어져라 보면서 물었다.

나는 다시 그 영상을, 군인들이 불에 타서 죽어가는 영상을 바라봤고…….

"그들이 네 남자 친구를 죽일 거야. 이번에는 확실해." 코일 선생님은 내 마음을 읽은 것처럼 말했다.

그리고 내 얼굴을 봤다…….

내가 생각하는 모습을…….

그걸 다시 생각하고 있는…….

그 모든 죽음에 대해 생각하고 있는 모습을 봤다.

"안 돼. 그럴 수는 없어……."

그럴 수 있을까?

〈토드〉

쉬이익!

빙글빙글 돌아가는 불덩어리 하나가 우리 왼쪽을 휙 날아갔다. 순간 그걸 피하려던 군인의 머리가 날아가는 모습이 보였다.

나는 고삐를 잡아당겼지만 앙가르드는 공황에 빠져 다시 뒷발로 일어섰다. 크게 뜬 눈은 흰자만 보였다. 앙가르드의 소음에서 차마 들을 수 없는 고음의 비명이 들렸다.

그때 또 다른 불덩이가 하나 *쉭* 소리를 내며 우리 앞을 지나 사방에 불길을 퍼뜨렸다. 앙가르드가 앞발을 치켜드는 바람에 고삐를 잡고 있던 나까지 순간 위로 올라갔다가 앙가르드와 함께 몰려 있는 군인들 속으로 쓰러졌다.

"이쪽이다!" 뒤에서 소리가 들렸다.

시장이 외치는 순간 빙글빙글 돌아가는 불덩이 하나가 나와 앙가르드 바로 뒤에 있는 군인들을 불의 벽으로 휘감아 버렸고…….

시장이 지르는 비명이 내 발을 잡아끄는 것처럼 느껴져서 돌아서서 그를 마주 볼 뻔했지만…….

억지로 마음을 다잡고 다시 앙가르드에게 돌아서서…….

"어서 가자, 앙가르드!" 나는 소리를 지르면서 어쨌든, 어떻게든 앙가르드를 움직이게 하려고 애를 썼고…….

"토드! 말은 그냥 놔둬!"

나는 돌아섰고, 어떻게 했는지 모르지만 시장은 빙글빙글 돌아가는 불덩이를 피해 모페스를 타고 두 남자 사이를 달려가고 있었고, 불덩이는 다시 하늘로 올라가…….

"시내로 가라!" 그가 군인들에게 소리 질렀고…….

그들의 소음 속에 그 말을 꽂았고…….

내 소음 속에도…….

그것이 낮게 윙 소리를 내며 울렸고…….

나는 내 머릿속에 들어온 그를 다시 물리쳤고…….

하지만 시장 가까이 있는 군인들은 이제 전보다 더 빠르게 달리고 있었고…….

나는 고개를 들고 빙글빙글 돌아가는 불덩어리들이 여전히 하늘을 덮쳐오는 새들처럼 날고 있는 모습을 봤고…….

하지만 그 불덩어리들은 다시 바위 선반을 향해 돌아가고 있었고…….

사방에서 사람들이 불타고 있었지만 아직 살아 있는 군인들은 불덩어리들이 돌아가고 있다는 것을 눈치챘다…….

그들이 다시 돌아오기 전까지 몇 초 남았다는 것도…….

제일 먼저 도로로 달려갔던 군인들은 이제 시장이 가라고 소리치고 있는 시내에 도착했고…….

"토드! 너도 달려!"

하지만 앙가르드는 여전히 비명을 지르면서, 계속 내 손길을 뿌리치며, 겁이 나서 소리를 질러댔고…….

가슴이 찢어질 것 같았고…….

"어서 가자, 앙가르드!"

"토드!" 시장이 소리쳤고…….

하지만 앙가르드를 두고 가지 않을 것이다…….

"앙가르드를 두고 가지 않을 거예요!" 나는 시장에게 소리쳤다…….

빌어먹을, 나는 가지 않을 것이다…….

나는 만시를 버렸다…….

만시를 두고 갔다…….

다시는 그러지 않을 거야…….

"토드!"

나는 뒤를 돌아봤다…….

시장이 나를 두고 시내로 달려가고 있었다.……

남은 군인들과 함께…….

나와 앙가르드만이 텅 비어가는 야영장에 덩그러니 남겨졌다…….

〈바이올라〉

"우리가 미사일을 쏘는 일은 없어. 이미 결정된 사항이야." 그렇게 말하는 브래들리의 소음이 사정없이 커지고 있었다.

"미사일이 있어요? 그런데 왜 안 쏘겠다는 겁니까?" 리가 물었다.

"이 종족과 평화를 이루고 싶으니까! 미사일을 쏘면 재앙 같은 결과를 초래하게 돼!" 브래들리가 외쳤다.

"그들이 지금 재앙을 일으키고 있어요." 코일 선생님이 말했다.

"당신이 우리와 함께 물리치기를 바랐던 군대에게 재앙을 일으키고 있잖아요. 애초에 이 전쟁을 자초한 그 군대 말예요!"

"브래들리." 시몬이 조용히 그를 불렀다.

브래들리가 시몬에게 홱 돌아섰다. 그의 소음은 믿을 수 없을 정도로 무례한 말들로 가득 차 있었다. "우리는 거의 5000명에 달하는 사람들을 책임지고 있어요. 당신은 정말 그 사람들이 깨어나서 우리가 그들을 이길 수도 없는 전쟁에 몰아넣었다고 알게 되길 원해요?"

"당신들은 이미 이 전쟁의 한복판에 있다고요!" 리가 말했다.

"아니, 그렇지 않아! 그리고 어쩌면 당신들도 이 전쟁에서 끌어낼 수 있을지 몰라요." 브래들리는 아까보다 더 큰 목소리로 말했다.

"저들이 걱정해야 할 게 대포만은 아니란 것만 보여주면 돼요." 코일 선생님은 이상하게도 브래들리나 시몬이 아닌 나를 보며 말했다. "과거에 저들과 평화 협상을 할 수 있었던 이유는 우리가 저들보다 강했기 때문이다, 얘야. 전쟁은 그런 거야. 평화 협정도 그렇게 맺는 거고. 그들이 상상하는 것보다 훨씬 막강한 힘이 우리에게 있다는 걸 보여주면 기꺼이 평화 협정을 맺는 거라고."

"그러면 그들은 5년 후에 그보다 더 강해져서 돌아와 여기 있는 사람들을 몰살하겠죠." 브래들리가 말했다.

"5년 후면 그동안 관계를 개선시켜서 새로운 전쟁을 벌이지 않아도 되게 하겠죠." 코일 선생님이 반박했다.

"지난번의 그 관계 개선 작업은 참 끝내줬군요!"

"대체 뭘 기다리고 있어요? 어서 그 미사일 쏘라고!" 이반이 군중 속에서 외치자 많은 사람이 호응했다.

"토드." 나는 다시 영상으로 고개를 돌렸다.

그 불덩이들은 다시 폭포로 날아갔고, 스패클들이 그걸 잡아 재장전해서…….

그때 그가 보였다…….

"토드가 혼자 있어요! 저들이 토드를 버리고 가고 있어요!" 내가 소리질렀다.

군인들이 토드를 지나쳐 서로 밀치면서 시내로 향하는 도로로 미친듯이 도망치고 있었다.

"토드는 자기 말을 구하려는 거야!" 리가 말했다.

나는 다시 통신기 버튼을 누르고 또 눌렀다. "빌어먹을, 토드! 응답하라고!"

"애야! 이제 다시 중요한 순간이 왔다. 너와 너의 친구들이 중요한 결정을 내릴 수 있는 두 번째 기회가 온 거야." 코일 선생님이 큰 소리로 내 관심을 끌었다.

브래들리의 소음에서 화난 소리가 나면서 시몬에게 도움을 청하기 위해 돌아섰지만, 시몬은 미사일을 쏘라고 요구하는 주위 사람들을 둘러보고 있었다. "우리에게 선택의 여지가 있는 것 같지 않아요. 우리가 아무것도 안 하면 저 사람들이 죽을 텐데."

"우리가 뭔가 하면, 저 사람들 역시 죽을 거예요. 그리고 우리와 모선을 타고 도착하는 사람들도 모두 죽고요. 이건 우리가 나설 전쟁이 아니에요!" 브래들리의 놀란 심정이 그대로 드러났다.

"언젠가는 우리 힘을 보여주게 되겠죠. 그걸 지금 보이면 저들이 협상하려 들지도 몰라요." 시몬이 말했다.

"시몬!" 브래들리가 소리 질렀고, 그의 소음에서 정말 무례한 말이 나왔다. "우주선에 있는 사람들은 우리가 평화를 추구하기를 바라고 있어요."

"그 사람들은 지금 이 광경을 못 보잖아요."

"저들이 다시 쏘고 있어요!" 내가 말했다.

폭포 밑의 바위 선반에서 또다시 불화살이 발사됐다.

나는 생각했다. 토드라면 어떻게 하기를 바랄까?

그는 무엇보다 먼저 내가 안전하기를 바랄 것이다…….

토드는 내가 안전한 세상을 원할 것이다…….

그는 그럴 것이다. 나는 그의 마음을 너무나 잘 안다…….

설사 그가 그 세상에 없다 해도…….

하지만 그는 지금도 전쟁터 한가운데 있다…….

불덩어리가 날아오는 와중에 저렇게 혼자 있다…….

도저히 내 머릿속에서 몰아낼 수 없는 이 사실 또한 진실이라는 것도 알고 있다…….

진실이지만 옳지 않은…….

진실이지만 너무나 위험한…….

만약 저들이 토드를 죽이면…….

저들이 토드를 다치게 하면…….

이 행성의 모든 스패클이 대가를 치르도록 이 우주선에 있는 무기들을 다 써도 부족할 것이다.

내가 시몬을 바라보자, 그녀는 내 표정을 아주 쉽게 읽어냈다.

"내가 미사일을 준비할게." 시몬이 말했다.

〈토드〉

"제발 앙가르드, 제발 가자."

사방에 시체들이 널려 있다. 수많은 사람이 불타고, 그중 일부는 지금도 비명을 지르고 있고…….

"어서!" 나는 소리를 질렀고…….

하지만 앙가르드는 머리를 흔들면서, 불과 연기와 시체들과 우리 옆을 지나쳐 도망치는 병사들을 피해 몸을 뒤로 빼며 저항했고…….

그러다가 앙가르드가 쓰러졌다…….

옆구리를 그대로 바닥에 깔고 넘어졌다…….

나는 앙가르드와 함께 바닥으로 떨어져…….

앙가르드의 머리 옆에 쓰러졌고…….

"앙가르드. *제발*, 일어나!"

그러자 앙가르드가 목을 돌렸고…….

귀도 쫑긋했고…….

그러면서 눈을 돌려 나를 바라봤고…….

그때 처음으로 나를 봤고…….

그리고…….

수망아지?

덜덜 떠는 아주 작은 목소리로…….

아주 작고 조용하고 겁에 질린 목소리로…….

나를 불렀다…….

"나 여기 있어, 앙가르드!"

수망아지?

그러자 희망이 샘솟았고…….

"어서 가자, 앙가르드! 일어나, 일어나, 일어나, 일어나……."

나는 무릎을 꿇고 몸을 뒤로 기울인 채 고삐를 잡아당겼다.

"제발, 제발, 제발, 제발, 제발……."

그러자 앙가르드가 고개를 들었고…….

앙가르드의 시선이 다시 폭포로 돌아가서…….

수망아지! 앙가르드가 소리 질렀고…….

나는 뒤를 돌아봤다…….

뱅글뱅글 도는 불화살이 또다시 우리를 향해 날아오고 있었다…….

"어서!"

앙가르드는 흔들거리며 일어서서, 불타고 있는 시체 한 구를 피해 비틀비틀 뒷걸음쳤고…….

수망아지! 앙가르드는 계속 비명을 질렀고…….

"어서 가자, 앙가르드!" 난 그녀의 옆으로 가려고 애썼고…….

안장에 올라타려고 했는데…….

그때 불덩이들이 날아왔고…….

마치 불타는 독수리들처럼…….

그중 하나가 바로 앙가르드 위로…….

내가 앙가르드를 타고 있었다면 내 머리가 있었을 바로 그 자리로 날아왔고…….

겁에 질린 앙가르드가 갑자기 앞으로 달아났고…….

나는 앙가르드의 고삐를 꽉 잡은 채…….

금방이라도 넘어질 듯 비틀거리며 쫓아갔다…….

반은 달리고, 반은 끌려가며…….

불타는 화살들이 사방에서 우리를 향해 날아와…….

온 하늘이 활활 불타오르고 있는 듯했고…….

내 두 손은 고삐에 엉켜 있었고…….

앙가르드는 비명을 질러댔다. **수망아지!**

나는 쓰러졌고…….

고삐가 날 잡아끌었고…….

수망아지!

"앙가르드!"

그때 그 소리가 들렸다. **복종하라!**

또 다른 말이 지르는 소리가…….

그리고 내가 땅바닥에 쓰러지는 동안 또 다른 말발굽 소리, 또 다른 말 소리가…….

시장이 모페스를 타고 나타나서…….

천을 휘둘러 앙가르드의 머리에 감았고…….

그렇게 앙가르드의 눈을 가려서 우리 주위에 폭풍처럼 쏟아지는 불길들을 보지 못하게 했고…….

허리를 숙여서 내 팔을 세게 잡아당겨…….

날 허공으로 끌어 올려서…….

방금 내가 쓰러져 있던 자리를 태운 불덩어리를 피해 다른 곳으로 던졌고…….

"서둘러!" 시장이 외쳤고…….

나는 허겁지겁 앙가르드에게 가서 고삐를 잡았고…….

그때 시장이 모페스를 타고 우리 주위를 한 바퀴 돌면서…….

하늘에서 쏟아지는 불화살들을 피하며…….

나를 지켜보았다…….

내가 안전해지는 모습을 보려고…….

그가 날 구하러 돌아왔다…….

그가 날 구하러 돌아왔다…….

"시내로 돌아가, 토드! 이 불화살들은 멀리 갈 수 없어! 거기까지는 갈 수 없…….""

그때 빙글빙글 도는 불화살이 모페스의 넓적한 가슴을 정통으로 때렸고, 순간 시장이 사라져 버렸다…….

〈바이올라〉

"지금 무슨 짓을 저지르려는지 잘 생각해 봐요." 그렇게 말하는 브래들리의 소음이 어마어마하게 큰 소리로 ~~멍청하고 이기적인~~ 여자라고 외쳐댔다. 그는 조종석에 앉은 시몬 뒤에 있었다. "미안해요. 하지만 우리가 이럴 필요는 없어요!" 브래들리는 이를 악물고 바로 이렇게 말했다.

브래들리와 코일 선생님이 나와 리 뒤에 비집고 들어와서 안이 몹시 비좁았다.

"원격 측정 장치를 작동시킬게." 시몬이 말했다. 작은 계기판 하나가 열리면서 네모난 파란 버튼 하나가 나타났다. 무기를 발사하려면 화면만 눌러서는 안 된다. 물리적인 장치가 있어야 한다. 실제로 발사할 의지를 가지고 버튼을 눌러야 한다는 뜻이다. "목표 조준."

"군인들이 떠나고 있어요! 그 불화살들이 멀리까지 갈 수 없는 것 같아요!" 브래들리가 조종석 위에 있는 큰 화면을 가리키며 말했다.

시몬은 대꾸하지 않았지만 그녀의 손가락이 파란 버튼 위에서 망설이며 맴돌았다.

"네 남자 친구가 아직 저기 있다, 얘야." 코일 선생님은 내가 이 상황의 책임자인 것처럼 계속 나에게 말했다.

하지만 그 말은 사실이다. 토드는 아직 저기서 앙가르드를 일으켜 세우려 애쓰고 있다. 뒤틀린 연기와 불길 속에 혼자 있는 그가 보였다. 아주 작아 보이는 그는 여전히 내게 응답하지 않았다.

"네가 무슨 생각하는지 알아, 바이올라. 하지만 한 사람을 살리자고 수천 명을 희생시켜서는 안 돼." 격노로 소음에서 요란한 소리가 나는 중에도 브래들리는 침착하게 말하려고 애를 썼다.

"이야기는 그만하고! 어서 그 빌어먹을 걸 쏴요!" 리가 소리 질렀다.

하지만 화면에서 정말 군인들이 다 전쟁터를 떠나고 토드와 몇 명의 낙오자만 남아 있는 게 보였다. 토드가 빠져나갈 수 있다면, 때맞춰 저기를 벗어날 수만 있다면 그 말이 맞을지도 모른다. 어쩌면 시장은 자신이 저 정도로 강력한 무기에 상대가 되지 않는다는 사실을 깨달을지 모른다. 누가 이런 무기에 맞서 싸우고 싶겠는가? 누가 그러겠는가?

하지만 토드가 살아남아야 한다…….

그래야 한다…….

토드의 말이 이제 그를 질질 끌면서 달리고 있다…….

그리고 불화살들이 쉭쉭 소리를 내며 그들을 덮친다…….

안 돼, 안 돼.

시몬의 손가락들은 여전히 망설이며 버튼 위를 맴돌고 있었다.

"토드." 나는 큰 소리로 그의 이름을 불렀다.

"바이올라." 브래들리가 단호한 목소리로 내 주목을 끌었다.

나는 그를 돌아봤다.

"저 소년이 너에게 얼마나 큰 의미가 있는지 잘 안다. 하지만 이러면 안 돼. 너무 많은 목숨이 위기에 처해 있어."

"브래들리……." 내가 입을 열었지만…….

"단 한 사람을 위해 그래선 안 돼. 개인적인 전쟁을 시작해서는……."

"저기 봐!" 코일 선생님이 소리쳤고…….

나는 돌아서서 화면을 봤다…….

나는 봤다…….

빙글빙글 도는 불덩어리가 달리는 말의 앞쪽을 정통으로…….

"안 돼! 안 돼!" 나는 비명을 질렀다.

화면에서 커다란 불길이 치솟았고…….

나는 소리 지르며 시몬 앞으로 몸을 날려 주먹으로 그 파란 버튼을 내리쳤다…….

〈토드〉

모페스는 비명을 지를 시간조차 없었고…….

커다란 불덩어리가 그의 몸 앞쪽을 휙 베면서 지나가자 무릎이 푹 꺾였고…….

나는 펄쩍 뛰어 그 폭발을 피하면서 다시 앙가르드의 고삐를 잡아당겼고, 우리 앞에 불길이 거세게 치솟고…….

앙가르드는 이제 눈이 가려져서 좀 더 쉽게 따라왔다. 그녀의 소음은 계속해서 달릴 수 있는 평평한 땅바닥을 찾으려고 애썼고…….

온몸에 불이 붙은 모페스에게서 사방으로 불꽃이 날아갔고…….

거기서 또 다른 불덩어리가 하나 튀어나와서…….

한쪽 옆으로 굴러 땅바닥에 떨어져…….

시장이 정신없이 나를 향해 굴러왔다…….

나는 앙가르드의 머리를 가린 담요를 벗겨서 그걸로 시장의 몸을 내리쳐 그의 장군 제복에 붙은 불을 껐다.

그는 흙바닥을 몇 번 더 굴렀고, 나는 이리저리 뛰면서 그의 몸에 남은 불씨들을 손바닥으로 쳤다.

나는 그 불화살들이 바위 선반으로 돌아가고 있다는 걸 희미하게 의식했다.

달아날 수 있는 몇 초가 또다시 생겼다.

시장은 온몸에서 연기가 나고, 얼굴은 시커멓고, 머리는 조금 그슬렸지만 별반 다치지 않은 채 비틀거리며 일어섰다.

하지만 모페스의 몸은 알아볼 수 없을 정도로 활활 타고 있었다.

"놈들은 반드시 대가를 치르게 될 거다." 연기를 잔뜩 들이마신 그의 목에서 쇳소리가 났다.

"서둘러요! 지금 달리면 여기서 빠져나갈 수 있어요!" 내가 소리쳤다.

"원래는 이럴 수 없었는데, 토드." 도로를 향해 가는 동안 그가 성난 목소리로 말했다. "그 불화살들은 시내까지 날아올 수 없다. 거기다가 수직적인 한계도 있을 거야. 그래서 언덕 꼭대기에서 쏘지 않았던……."

"그냥 닥치고 뛰어요!" 나는 다음 불화살들이 날아올 때까지 도망치지 못할 것 같다는 생각을 하면서 앙가르드를 끌고 갔다.

"우리가 졌다는 생각을 하지 말라고 이런 말을 하는 거야. 그들이 이긴 게 아니야. 그저 일시적인 좌절일 뿐이야. 우린 놈들을 쫓아갈 거다. 우린 여전히……."

그때 갑자기 우리 위 공중에서 쉭 소리가 나면서 총알이 날아간 것 같은 소리가 들리더니……

콰아아앙!

……먼지와 불길을 토해내는 화산이 폭발한 것처럼 언덕 전체가 폭발하면서 폭풍파가 나와 시장과 앙가르드를 무시무시한 힘으로 후려쳐서 땅바닥으로 집어던졌고, 자갈이 비처럼 우수수 떨어졌고, 우리를 납작하게 으스러뜨릴 만한 커다란 돌덩어리들도 근처에…….

"뭐지?!" 시장이 다시 위를 바라봤다.

바짝 말라버린 폭포가 무너져서 아래의 텅 빈 웅덩이로 떨어지면서 거기 서서 불화살을 들고 있던 스패클들도 함께 떨어졌다. 먼지와 연기가 하늘로 풀썩풀썩 피어오르는 동안 구불구불한 언덕길 역시 우리 눈앞에서 사라져 버렸다. 언덕 앞부분이 통째로 무너져 내리면서 길의 흔적만 꼭대기에 간신히 걸려 있었다.

"당신 부하들이 한 짓이에요? 그 대포를 쐈나요?" 나는 폭파 충격 때문에 아직도 귀가 윙윙 울리는 상태에서 소리쳤다.

"그럴 시간이 없었어! 게다가 우리에게는 저런 강력한 무기가 없다." 시장은 처참하게 파괴된 상황을 찬찬히 훑어보면서 소리를 질러 대답했다.

소용돌이치는 연기가 조금씩 걷히기 시작하면서 언덕 가장자리가 있던 곳에 커다란 깔때기 모양으로 파인 구덩이가 드러났다. 사방에 삐쭉삐쭉하게 부서진 바위들이 보였고, 언덕이 찢겨나간 거대한 상처가 드러났다.

바이올라.

"정말 그러네." 시장도 그 사실을 깨닫고 갑자기 추악한 기쁨이 어린 목소리로 말했다.

병사들의 시체가 널려 있는 들판에서, 불과 10분 전만 해도 걸어 다니고 이야기를 하고 있던 사람들, 그를 위해 싸우고 죽은 사람들, 그가 일으킨 전쟁에서 죽은 이들 앞에서…….

이 참극의 현장에서…….

"네 친구들도 전쟁에 뛰어들었군."

시장이 씩 웃었다.

전쟁의 무기

그 폭발이 우리 모두를 강타했다.

계곡을 내려다보는 언덕이 땅에서 찢겨 나갔다. 땅의 궁수들이 그 자리에서 목숨을 잃었고, 언덕 가장자리에 있던 땅도 다 죽었다. 하늘과 나만이 가까스로 목숨을 구했다.

폭발의 여파가 계속되면서 땅의 목소리가 강 아래까지 퍼져가며 점점더 커져 폭발이 계속 일어나고 있는 것처럼 느껴졌다. 그 충격이 우리들속에서 끝도 없이 거대한 소리로 울려 퍼졌고, 땅은 하나가 되어 넋을 잃은 채 그 어마어마한 위력에 대해 생각했다.

언제 또 그런 공격이 날아들 것인지.

그것이 우리 모두를 몰살시킬 정도로 큰 폭발일지.

하늘은 해가 뜬 직후 강물을 막았다. 그는 길들을 통해 강 상류 쪽에 댐을 쌓고 있는 땅에게 전갈을 보냈다. 마지막 돌을 떨어뜨려 최후의 벽을세워서 강물을 그 안에 가두라고. 강물은 천천히 줄어들기 시작하다가, 시간이 조금 흐른 후에 점점 속도가 붙어 마침내 폭포를 없앴다. 그 위에 피어오르던 무지개도 모습을 감췄고 드넓게 흐르던 강물은 진흙투성이 땅바닥으로 변했다. 세차게 흐르던 물소리가 사라지자 언덕 밑에서 당황하고 두려워하며 점점 커지는 빈터들의 목소리가 들렸다.

그 후에 궁수들의 시간이 시작됐고, 우리의 시선은 그들을 좇았다. 궁수들은 어둠을 틈타 폭포 밑으로 숨어들어 해가 뜨고 강물이 끊길 때까지 기다렸다.

그때 무기를 들어 쐈다.

그 일이 일어났을 때, 모든 땅이 궁수들의 눈을 통해 그 광경을 지켜봤다. 불타는 칼날들이 빈터의 몸을 찢어발기면서 날아가는 모습, 빈터들이 여기저기로 도망치고 비명을 지르며 죽어가는 모습을 지켜봤다. 우리는 하나가 되어 우리가 승리하는 광경을, 그들이 철저하게 무력해져서 보복은 꿈도 꾸지 못하는 모습을 지켜봤다.

그러다가 갑자기 뭔가가 쉭 소리와 함께 허공을 가르며 날아왔다. 너무 빨라서 미처 눈에 보이지는 않았지만 뭔가가 느껴졌고, 마침내 쿵 하는 소리와 함께 번쩍이는 섬광이 모든 땅의 마음과 영혼과 목소리를 가득 채워버렸다. 그것은 우리의 명명백백한 승리에 대가가 따를 거라는, 빈터에게 우리가 생각한 것보다 훨씬 강력한 무기들이 있었다는, 이제 그들이 우리를 전멸시키기 위해 그걸 쓸 거라는 신호였다.

하지만 더 이상 폭발은 일어나지 않았다.

우리 머리 위로 날아간 우주선이라고 내가 하늘에게 보여줬을 때 땅은 비틀거리며 다시 일어나기 시작했다. 하늘은 폭발의 충격 때문에 쓰러져 있던 내가 일어서는 걸 도와줬다. 우리 둘 다 몸의 여기저기가 긁히는 정도의 경미한 부상만 입었지만 주위는 땅의 시체들로 뒤덮여 있었다.

그 우주선이군. 하늘도 동의했다.

우리는 금방이라도 다시 폭발이 일어날까 봐 두려워하며 곧바로 다음 단계에 착수했다. 하늘은 즉시 땅에게 다시 모이라는 명령을 보냈고, 나는 다친 이들을 치료소로 옮기는 일을 도왔다. 벌써 새로운 야영지가 그 폭발이 일어난 후 바로 말라버린 강바닥 위쪽에 설치되고 있었다. 땅의 목소리가 다시 모일 수 있도록, 다시 하나가 될 수 있는 곳을 준비하라고 하늘이 지시를 내렸기 때문이다.

하지만 강에서 너무 멀리 올라간 곳은 안 된다. 이제 언덕이 파괴돼서 모두 한 줄로 내려오지 않는 한 군대가 행군할 수 있는 길은 사라져 버렸지만, 하늘은 여전히 빈터가 눈에 보이는 곳에 있기를 원했다.

다른 길이 있다. 그가 내게 보여준 그 메시지는 벌써 길에게 전달되고 있었다. 땅이 머물 곳을 다시 정하고, 빈터가 모르는 길로 움직이라는 메시지였다.

참 묘한 일이야. 한 번 발사했지만 또 쏘진 않았어. 몇 시간 후에 마침내 하던 일을 멈추고 식사하고 있을 때 하늘이 보여졌다.

아마 그 무기가 하나밖에 없었나 보죠. 아니면 그런 무기들은 막아놓은 강물을 상대로 쓰기에는 무력하다는 걸 알고 있는지도 모르고요. 그들이 우리를 피멸시키면 우리는 댐을 열어서 그들을 피멸시킬 테니까.

공멸이 보장된 셈이군. 하늘의 말이 마치 외국어처럼 낯설게 들렸다. 그의 목소리는 오랫동안 스스로에게 침잠해 땅의 목소리 깊숙이 파고들면서 답을 찾았다.

그러더니 일어섰다. 하늘은 당분간 키환 옆을 떠나야겠다.

떠나요? 하지만 해야 할 일이……

먼저 해야 할 일들이 있다. 황혼이 질 무렵 나의 딸 곁에서 만나도록 하지.
그는 당황해하는 나를 내려다봤다.

당신의 딸이오? 내가 보여줬지만 그는 이미 가고 있었다.

오후가 저물어 가는 동안 나는 하늘이 시킨 대로 말라버린 강을 거슬러
올라가서 요리용 모닥불들과 치료소들을 지나고, 땅의 군인들을 지나쳤
다. 그들은 폭발의 충격에서 회복하면서 무기를 손질하고 다음 공격을 준
비하며 세상을 떠난 땅을 애통해하고 있었다.

하지만 땅은 계속 살아가야 한다. 폭발 현장에서 멀찍이 떨어진 강 상류
에 도달하는 동안 나는 새로운 야영지를 짓기 위해 필요한 재료를 모으고,
이미 오두막집을 몇 채 지은 땅의 모습을 보았다. 저녁이 되었지만 아직까
지 폭발로 인한 연기가 피어오르고 있었다. 우리가 식용으로 기르는 흰 새
와 스크리본을 돌보는 땅도 보였다. 곡물과 물을 뺀 강바닥에서 잡은 생선
들을 보관하는 창고로 쓰는 야영지들도 지나쳤다. 화장실로 쓸 새 구덩이
들을 파고 있는 땅도 지나쳤고, 노래를 부르는 어린 땅의 무리도 지나쳤
다. 그 노래는 모든 목소리에서 땅의 역사를 구별하는 법과 무수한 소리를
돌리고 비틀고 엮어서 하나의 목소리로 만들어 그들이 누구인지, 그들이
영원히 어떤 존재인지 가르쳐 준다.

내가 여전히 힘겹게 구사하는 언어, 땅이 아이들에게 말하듯 아주 천천
히 말해줄 때조차 알아듣기 힘든 언어로 부르는 노래.

노랫소리를 들으며 걷다가 마침내 배틀모어들의 방목장에 도착했다.

배틀모어.

배틀모어는 커가면서 짐의 목소리에서, 우리를 빈터에게 놔두고 간 전쟁에 대한 꿈과 이야기와 역사에서만 볼 수 있던 전설 속 동물이었다. 나는 환상일 뿐이고 상상 속의 괴물을 과장한 것이니, 실제로 배틀모어를 보면 대단히 실망하게 될 거라고 반쯤 믿고 있었다.

내가 틀렸다. 배틀모어는 대단히 아름답고 근사하다. 거대한 몸에 진흙으로 만든 갑옷을 입고 있을 때를 제외하면 온몸이 하얗고, 갑옷을 걸치지 않아도 그들의 가죽은 두껍고 단단하다. 배틀모어의 몸집은 내 키와 비등비등할 만큼 넓적한 데다 우리가 아주 쉽게 딛고 일어설 수 있을 정도로 등이 넓다. 땅은 전통적인 발 안장을 써서 배틀모어 위에 똑바로 설 수 있다.

하늘의 말은 배틀모어들 중에서도 가장 크다. 코를 뚫고 나온 뿔은 내 키보다 더 길고, 무리의 대장에게만 자라는 아주 희귀한 두 번째 뿔이 돋아 있다.

키환. 내가 방목장 울타리로 다가가자 그것이 나를 불렀다. 그가 아는 유일한 짐의 말로. 분명 하늘이 가르쳤을 것이다. **키환.** 그 배틀모어는 아주 부드럽고 반갑게 날 맞았다. 나는 손을 뻗어서 두 개의 뿔 사이를 한 손으로 부드럽게 문질러 줬다. 그것은 기분이 좋아져서 눈을 스르륵 감았다.

그것이 바로 하늘의 말이 지닌 약점이지. 아니야, 계속 해. 뒤에서 하늘이 나타났다.

새로운 소식이 있나요? 결정하셨습니까? 나는 손을 치웠다.

내가 성급하게 재촉하자 그는 한숨을 쉬었다. **빈터의 무기는 우리의 것보다 강력하다. 만약 그런 무기들이 더 많이 있다면 땅은 계속 목숨을 잃을 것이다.**

그들은 이미 과거에 수천 명을 살해했습니다. 우리가 가만히 있으면 더 많은 살생을 저지를 겁니다.

우리는 원래 계획을 계속해서 실행할 것이다. 우리는 새로 생긴 우리의 힘을 보여줘서 그들을 물리쳤다. 우리는 그들이 물을 쓸 수 없도록 강물을 통제해서 댐을 여는 순간 언제든 그들을 익사시킬 수 있다는 점을 알릴 것이다. 우리는 이제 그들이 어떻게 대응하는지 볼 것이다.

나는 허리를 똑바로 펴고 일어섰다. 내 목소리가 점점 커지고 있었다. "그들이 어떻게 대응하는지" 본다고요? 그게 대체 무슨 소용이…….

그러다가 한 가지 생각, 다른 모든 생각을 일시에 멈추게 하는 생각이 떠올라 입을 다물었다.

설마. 설마 그들이 평화로운 해결 방안을 제안할지 두고 보겠다는 뜻은 아니겠죠……? 나는 하늘에게 한 발짝 다가섰다.

그는 자세를 바꿨다. 하늘은 그런 뜻을 보인 적이 없다.

그들을 피몰시킬 거라고 약속했잖아요! 짐의 물살이 당신에게는 아무 의미가 없습니까?

진정해라. 내가 녀의 조언과 경험은 받아들이겠지만, 땅을 위해 최선의 결정을 내릴 것이다. 여기 와서 처음으로 내게 명령하는 목소리였다.

전에 내린 최선의 결정은 짐을 버리고 떠난 거였어요! 노예로 두고 갔잖아요!

우린 그때 다른 하늘 아래 다른 기술과 무기를 가진 다른 땅이었다. 이제 우리는 나아졌다. 더 강해지고, 많은 걸 배웠다.

그런데도 여전히 그들과 화해하려는…….

나는 그런 말도 하지 않았어, 젊은 친구. 하지만 앞으로 더 많은 우주선들이 올 거야, 안 그런가? 그의 목소리가 고요해지면서 나의 마음을 점점 달래주었다.

나는 눈을 깜박이며 그를 바라봤다.

네가 전에 말했잖아. 칼의 목소리로 하는 말을 직접 들었다고. 오늘 발사된 그런 무기들을 더 많이 싣고 있는 우주선들이 오고 있다고. 땅이 오랫동안 살아가려면 그런 점도 반드시 고려해야 한다.

나는 아무 대꾸도 하지 않고, 아무 소리도 내지 않았다.

그래서 우리는 당분간 땅의 시체들을 안전한 곳으로 옮기고 기다릴 것이다. 그들은 곧 물 없이는 살 수 없다는 사실을 알게 될 것이다. 그들은 수를 쓸 것이고, 그것이 오늘 본 그런 무기라 해도 우린 대비가 돼 있을 것이다. 하늘은 자신의 말에게 다가가 코를 쓰다듬어 주고 내게 돌아섰다. **지환은 결코 실망하지 않을 것이다.**

황혼마저 사라지고 어두운 밤이 찾아오자 우리는 하늘을 위해 피워놓은 모닥불로 돌아갔다. 땅과 하늘이 잠드는 동안, 우리 아래쪽에 있는 빈터가 공격할 기미를 보이지 않은 채 가만히 있는 동안, 나는 빈터와 살면서 배운 대로 내 목소리를 겹겹이 쌓은 목소리 속에 감추고 그 속에서 두 가지를 곰곰이 생각했다.

공멸이 보장된 방법이군, 이라고 하늘이 보여줬다.

우주선들, 이라고 하늘이 보여줬다.

짐의 언어로, 빈터의 언어로.

하지만 그건 내가 모르는 구절이고 내가 한 번도 쓰지 않은 단어였다.

땅의 오랜 기억에서 나온 말들이 아니었다.

그것들은 새로운 단어들이었다. 그 말들의 신선하고 풋풋한 냄새를 맡을 수 있을 것 같았다.

밤이 깊어지고, 빈터 봉쇄 작전이 시작되는 동안 나는 그 생각을 내 목소리 속에 감췄다.

오늘, 하늘은 가끔 그러듯 혼자 있기 위해 내 곁을 떠났다. 그것은 하늘에게 꼭 필요한 일이다. 모든 하늘이 그렇게 한다.

하지만 하늘은 새로운 말들을 가지고 돌아왔다.

하늘은 대체 어디서 그 말들을 들었을까?

너 스스로를
통제하라

계곡 아래에서

〈바이올라〉

"나는 네가 맞은 줄 알았어. 그 불덩어리가 말과 기수에게 떨어지는 걸 보고 너라고 생각했어." 나는 두 손으로 머리를 감싸 쥐면서 말했다. 그리고 다시 고개를 들어 그를 바라봤다. 나는 지칠 대로 지쳤고, 온몸이 덜덜 떨렸다. "그들이 널 죽였다고 생각했어, 토드."

그가 내민 두 팔에 다가가서 안기자 그는 날 꼭 끌어안고 내가 흐느껴 우는 동안 가만히 있었다. 우리는 시장이 광장에 피워놓은 모닥불 옆에 앉아 있었다. 군대가 거기에 새 야영지를 만들었다. 빙글빙글 돌아가는 불덩어리들의 공격을 받고 살아남은 군인들은 절반도 안 됐다.

내가 미사일을 쏜 후에 중단된 그 공격 말이다.

나는 미사일이 폭발한 후 곧장 에이콘을 타고 광장으로 달려가 큰 소리로 토드의 이름을 부르고 다녔고, 그를 발견했다. 거기에 그가 있었다. 소음은 여전히 충격에서 헤어나지 못한 데다 전보다 더 흐릿해져 있었지만 어쨌든 살아 있었다.

살아 있었다.

나는 토드를 살리려고 온 세상을 바꿔버렸다.

"나라도 그렇게 했을 거야." 토드는 내 머리에 대고 말했다.

"아니, 넌 이해 못 해. 만약 그들이 널 다치게 했다면, 그들이 널 죽였다면…… 그랬다면 나는 그들을 하나도 안 남기고 다 죽여버렸을 거야." 나는 그에게서 조금 물러서서 힘겹게 침을 삼키며 말했다.

"나도 그랬을 거야, 바이올라. 두 번 생각하지도 않고." 토드는 다시 그렇게 말했다.

나는 소매로 코를 쓱 문질러 닦았다. "나도 알아, 토드. 우리가 위험한 사람이 되어버린 걸까?"

흐릿한 와중에도 그의 소음에서 혼란스러워하는 감정이 비쳤다. "그게 무슨 뜻이야?"

"브래들리가 개인적인 이유로 전쟁을 일으켜서는 안 된다고 계속 그랬어. 하지만 난 너 때문에 그들을 이 전쟁에 끌어들였어."

"그 사람들이 네가 말한 것의 절반만큼이라도 선량한 사람들이라면 결국 무슨 수든 써야 했을 거……."

"하지만 나는 그들에게 선택할 기회를 주지 않았어……." 내 언성이 올라갔다.

"그만해." 토드가 다시 나를 끌어안았다.

"너희 괜찮니?" 시장이 우리에게 다가오면서 물었다.

"저리 가요." 토드가 말했다.

"적어도 바이올라에게 고맙다는 인사는 하게 해줘."

"내가 말했……."

"바이올라가 우리의 목숨을 구했다, 토드. 단순한 행동 하나로 모든 걸 바꿔놨어. 내가 얼마나 고맙게 생각하는지 말로 다 표현할 수 없다."

시장은 우리에게 바짝 다가서서 말했다.

난 토드의 품속에서 미동도 하지 않았다.

"우릴 방해하지 말아요. 저리 가라고요." 토드가 말했다.

잠시 침묵이 흐른 후에 시장이 말했다. "좋다, 토드. 난 저기 있을 테니까 필요하면 불러라."

시장이 간 후에 나는 고개를 들어 토드를 바라봤다. "필요하면 부르라고?"

토드는 어깨를 으쓱했다. "시장은 내가 죽게 내버려 둘 수도 있었어. 내가 옆에 없다면 시장은 훨씬 편해졌겠지. 하지만 날 구했어."

"그럴 만한 이유가 있겠지. 분명 좋은 이유도 아닐 거야."

토드는 아무 대꾸도 하지 않고 오랫동안 시장을 바라봤다. 시장은 부하들에게 뭐라고 말하면서 내내 우리를 보고 있었다.

"너의 소음은 여전히 읽기가 어려워. 전보다 더 힘들어졌어."

토드는 나와 눈을 마주치려 하지 않았다. "그 전투 때문에 그래. 그 끔찍한 비명들……."

그의 소음 속 깊은 곳에서 무언가, 원에 대한 어떤 소리가 들렸다.

"너 괜찮아? 안색이 안 좋아 보여, 바이올라." 토드가 물었다.

이제 고개를 돌린 쪽은 나였다. 나는 무의식적으로 옷소매를 끌어내렸다. "잠이 부족해서 그래."

묘한 순간이었다. 우리 사이에 진실하지 못한 분위기가 흐르는 것 같았다.

나는 가방에서 통신기를 꺼내 토드에게 건넸다. "이거 받아. 내 거 대신 써. 난 돌아가면 새 걸 받을 거야."

토드는 놀란 표정이었다. "돌아간다고?"

"그래야 해. 이제 전쟁은 전면전이 됐어. 다 내 잘못이야. 내가 그 미사일을 쐈으니까 내가 이 상황을 바로잡아야 해."

그 장면이 계속 마음속에 떠올라 다시 속상해졌다. 화면에서 본 토드는 안전했다. 죽지 않았다. 그리고 군인들은 그 빙글빙글 돌아가는 불덩어리들의 공격에서 벗어나 있었다.

공격은 끝났다.

그랬는데도 나는 미사일을 발사했다.

그렇게 시몬과 브래들리와 우주선을 타고 오는 이주민들 모두를 전쟁에 휘말리게 했다. 이제 이 전쟁은 전보다 열 배는 더 악화될지도 모른다.

"나라도 그렇게 했을 거야." 토드가 다시 말했다.

그의 말이 진실이라는 걸 알고 있다.

하지만 떠나기 전에 그가 다시 날 안았을 때, 이 생각을 지울 수 없었다.

만약 토드와 내가 서로를 위해 이런 행동을 한다면, 그게 올바른 것일까?

어쩌면 우리는 위험한 사람이 된 걸까?

〈토드〉

그 후로 며칠 동안은 무시무시하게 조용했다.

빙글빙글 돌아가는 불덩어리 공격이 일어난 후 밤이 지나가고 또 하루가 찾아와 밤이 저물었지만 아무 일도 일어나지 않았다. 어둠 속에서 그들이 피운 모닥불들이 은은하게 빛나는 모습이 보였지만, 언덕 위 스패클들은 전혀 움직이는 기색을 보이지 않았다. 정찰기에서도 아무 연락이 없었다. 바이올라가 그들에게 시장이 어떤 사람인지 다 말했다. 그들은 시장이 자신들을 찾아올 때까지 기다릴 것이고, 어떤 메시지든 나를 통해 보내리라고 짐작했다. 그러나 시장은 전혀 서두르지 않는 것처럼 보였다. 왜 그러겠는가? 부탁도 안 하고 자신이 원하는 걸 손에 넣었는데.

그동안 시장은 광장 바로 옆 골목길에 있는 뉴 프렌티스타운의 커다란 물탱크에 보초를 세웠다. 그리고 군인들을 시켜서 시내에 있는 식량을 징집해 물탱크 옆에 있는 오래된 마구간을 식량 창고로 만들었다. 모든 것을 그의 새 야영지 옆에 두고 직접 통제했다.

광장도 사정은 마찬가지였다.

나는 그가 근처에 있는 집을 차지할 거라고 생각했지만 시장은 텐트와 모닥불이 더 좋다며, 주위 군대의 소음이 요란하게 들리는 야외에서 지내야 더 전쟁다운 전쟁을 치르는 느낌이 든다고 말했다. 그는 심지어 테이트 아저씨의 제복 하나를 받아서 자신의 몸에 맞게 고쳐 다시 세련된 장군 제복으로 갈아입었다.

그는 또한 자신과 대위들의 텐트 맞은편에 나를 위한 텐트를 치게 했다. 마치 내가 그에게 중요한 부하 중 하나인 것처럼. 마치 구하기 위해 다시 돌아올 만한 가치가 있는 사람처럼. 그는 내 텐트 속에 간이침대까지 넣어줬다. 이틀 내내 전투를 치르느라 깨어 있다가 마침내 그 위에서 잠을 잘 수 있었다. 잠을 잔다는 게 이제 창피하게 느껴질 정도였고, 사실 전투를 치르는 와중에 잠을 잔다는 건 불가능했다. 하지만 너무 피곤해서 어쨌든 잤다.

그리고 바이올라의 꿈을 꿨다.

폭발이 일어난 후 날 찾으러 와서 속상해하는 바이올라를 안아준 꿈이었다. 그녀의 머리에서 조금 냄새가 나고, 옷이 조금 땀에 젖어 있는 것 같았고, 몸에서 어쩐지 조금 열이 나면서도 동시에 차가운 듯이 느껴지는, 하지만 내 품에 있는 그녀의 꿈을 꿨다.

"바이올라." 나는 그렇게 외치다가 잠에서 깨버렸다. 차가운 공기 속에서 내 입김이 허옇게 피어올랐다.

나는 1, 2초 정도 거칠게 숨을 몰아쉰 후 텐트 밖으로 나와 곧바로 앙가르드에게 가서 따뜻한 옆구리에 얼굴을 대고 물었다.

"좋은 아침입니다." 누군가가 인사했다.

나는 고개를 들었다. 우리가 여기 야영한 후로 앙가르드에게 계속 사료를 가져다준 젊은 군인이 아침 일찍부터 먹이를 들고 왔다.

"좋은 아침이에요." 나도 인사했다.

그는 나보다 나이는 많았지만 낯을 가려서 내 얼굴을 똑바로 보지 못했다. 그는 사료 주머니를 앙가르드에게 하나 걸어주고 또 하나는 줄리엣의 기쁨이라는 말에게 걸어줬다. 원래는 모건 아저씨의 말이었지만 모페스가 죽었기 때문에 시장이 차지했는데, 지나가는 이에게 항상 으르렁거리면서 우두머리 행세를 하는 암말이었다.

복종하라! 그 말이 젊은 군인에게 말했다.

"너나 복종해." 군인의 중얼거림이 들렸다. 나도 줄리엣의 기쁨에게 그렇게 대꾸하기 때문에 저절로 웃음이 나왔다.

나는 앙가르드의 옆구리를 쓰다듬어 주고, 춥지 않도록 담요를 다시 제대로 덮어줬다. **수망아지. 수망아지.**

앙가르드는 아직도 원래 상태로 돌아오지 않았다. 내가 가도 고개를 제대로 들지도 않았다. 시내로 돌아온 후 앙가르드를 타려는 시도조차

하지 않았다. 하지만 앙가르드는 적어도 이제 다시 말을 하고 있었다. 더 이상 소음에서 비명도 들리지 않았다.

전쟁에 대한 비명만큼은.

나는 눈을 감았다.

(나는 원이고 원은 나다. 나는 깃털처럼 가볍게 생각한다⋯⋯.)

(나 스스로 소음을 잠재울 수 있으니까⋯⋯.)

(비명, 죽어가는 이들의 고통스러운 절규를 잠재우고⋯⋯)

(내 눈으로 봤지만 더 이상 보고 싶지 않은 모든 것을 잠재우고⋯⋯)

(그 배경에서 여전히 윙 소리가 들린다. 그보다는 느껴진다⋯⋯.)

"곧 무슨 일이 벌어질 것 같아요?" 군인이 물었다.

나는 눈을 떴다. "아무 일도 일어나지 않는다면, 아무도 죽지 않겠죠."

그는 고개를 끄덕이고 다시 시선을 돌리며 통성명을 했다. "제임스."

그의 소음을 통해 친구들이 다 죽어버린 사람으로서 나와 친해지기 바라는 마음을 알 수 있었다.

"토드예요." 내가 대꾸했다.

그는 순간 내 눈을 보다가 다시 내 뒤를 보더니 할 일을 찾아 얼른 가버렸다.

시장이 텐트에서 나오고 있었으니까.

"좋은 아침이다, 토드." 시장이 기지개를 켜며 인사했다.

"좋을 게 뭐가 있죠?"

그는 멍청한 미소만 지었다.

"기다림이 어렵다는 건 안다. 특히 우리가 강물에 빠져 익사할 수도 있는 위험한 상황에서는 말이지."

"그럼 왜 그냥 여기를 떠나지 않아요? 바이올라가 전에 말해줬는데 이주민들이 바다 근처에 마을을 세운 적이 있다고 했어요. 거기 다시 모여서……."

"여긴 나의 도시니까, 토드. 그리고 여길 떠난다는 건 그들이 이겼다는 뜻이야. 이 게임은 이런 식으로 하는 거다. 그들은 강물을 풀지 못한다. 우리가 미사일을 더 많이 쏘아댈 테니까. 그러니까 모두 전쟁을 계속할 다른 방식을 찾아낼 게다." 시장은 모닥불에서 끓고 있는 커피를 한 잔 따르며 말했다.

"그건 당신의 미사일이 아니에요."

"바이올라의 미사일이지. 그 아이가 널 보호하기 위해 무슨 짓을 할지 우리 모두 봤잖니." 그는 싱글싱글 웃으면서 날 쳐다봤다.

"각하? 대표가 만나 뵙기를 청하고 있습니다." 야간 정찰을 마친 테이트 아저씨가 처음 보는 노인을 모닥불가로 데리고 와서 보고했다.

"대표라고?" 시장은 놀란 척하는 표정을 지으며 말했다.

"그렇습니다, 각하. 시민 대표로 왔습니다." 노인은 모자를 손에 든 채 정확히 어디다 시선을 둘지 몰라 당황스러운 표정으로 대답했다.

나와 시장은 반사적으로 광장과 거기서 뻗어나간 거리들을 둘러싼 건물들을 바라봤다. 시내는 스패클들이 처음에 공격해 온 후 모두 떠나고 텅 비어 있었다. 하지만 이제 보니 달라졌다. 폐허가 된 성당 너머 큰길 멀리 사람들이 한 줄로 서 있었다. 대부분 노인들이었지만 젊은 여자도 한두 명 보였고, 그중 하나는 아이를 안고 있었다.

"우린 사실 무슨 일이 벌어지고 있는지 잘 모릅니다. 전투 중에 폭발소리를 듣고 정신없이 달렸는데……." 노인이 말했다.

"지금 전쟁이 벌어지고 있습니다. 우리 모두의 미래를 결정할 전쟁이 일어나고 있죠." 시장이 대답했다.

"음, 그렇죠. 하지만 강이 말라버려서……."

"지금 여러분은 시내가 과연 안전할지 궁금해하고 있겠죠. 대표님 성함이 어떻게 되시나요?"

"쇼입니다."

"쇼 선생님. 지금은 아주 절박한 시기입니다. 시민들과 군대가 당신을 필요로 하고 있어요."

노인은 긴장한 눈빛으로 나와 테이트 아저씨, 시장을 차례로 둘러본 후 쥐고 있는 모자를 비틀면서 대답했다. "우리는 물론 전쟁에서 용감하게 싸우는 용감한 군인들을 지원할 준비가 됐습니다."

시장은 노인을 격려하듯 고개를 끄덕였다. "하지만 시내에 전기가 안 들어오죠? 시민들이 피난을 간 후로 전기도 안 들어오고, 난방도 안 되고, 요리할 방법도 없고."

"그렇습니다, 대통령 각하."

시장은 잠시 입을 다물었다. "이렇게 합시다, 쇼 선생님. 제 부하들을 시켜서 발전소를 재가동하도록 하겠습니다. 적어도 도시 일부에는 불이 들어올 수 있게 해보죠."

노인은 경악한 표정이었다. 나는 그가 지금 어떤 심정일지 알았다.

"고맙습니다, 대통령 각하. 전 그저……."

"아닙니다, 아니에요. 여러분을 지키지 않는다면 우리가 이 전쟁에서 싸울 이유도 없지 않습니까? 전기가 다시 들어오면, 최전선에 있는 우리를 시민들이 도와주실 수 있을까요? 주로 식량이 필요하지만 물도 배급을 해야 할 것 같습니다. 우리 모두 이 난관을 함께 헤쳐 나가야 합니다. 그리고 군대는 후방의 지원 없이는 힘을 쓸 수 없죠."

"아, 물론입니다. 대통령 각하. 감사합니다." 노인은 너무 놀라서 대답도 간신히 했다.

"테이트 대위? 쇼 선생님이 가실 때 기술자 몇 명을 같이 보내서 우리가 지키고 있는 시민들이 얼어 죽지 않도록 조처해." 시장이 명령했다.

내가 경이로워하는 표정으로 시장을 보는 동안 테이트 아저씨가 쇼 노인을 데리고 갔다.

"우리에게 있는 건 모닥불뿐인 상황에서 어떻게 난방을 할 수 있어요? 어떻게 저들에게 그런 걸 내줄 수 있죠?" 내가 물었다.

"왜냐하면 토드, 지금 내가 싸우는 전투는 하나가 아니기 때문이야. 그리고 나는 이 모든 전투에서 다 이길 작정이거든." 시장은 쇼 노인이 희소식을 가지고 시민들에게 돌아가는 모습을 지켜보며 대답했다.

〈바이올라〉

"그래. 우리는 이 밴드가 원래는 이걸 채운 동물의 피부를 파고 들어가서 살과 완전히 결합된다고 알고 있었어. 이걸 벗기려고 하면 그 속에 있는 화학 물질 때문에 출혈이 멈추지 않지. 이걸 그대로 차고 있으면 원래는 저절로 나아야 하고. 하지만 너는 그렇지 않아." 로손 선생님이 다시 내 팔에 붕대를 감으며 말했다.

나는 정찰기의 치료실에 있는 침대에 누워 있었다. 토드를 보고 돌아온 후 뜻하지 않게 주로 이곳에서 지내게 되었다. 로손 선생님의 치료는 감염이 더 악화되지 않도록 하는 게 전부였다. 나는 계속 열이 났고, 팔에 찬 밴드 주위에서 타는 듯한 통증이 느껴져 어쩔 수 없이 계속 이 침대로 돌아왔다.

지난 며칠 동안 다른 일만으로도 힘들어 죽을 것 같았는데 이것까지 속을 썩이고 있다.

카오스 워킹 3

나는 언덕 꼭대기로 돌아왔다가 사람들의 열렬한 환영을 받고 깜짝 놀랐다. 에이콘을 타고 왔을 때는 어두워져 가고 있었지만, 해답 사람들은 피워놓은 모닥불 불빛으로 내가 오는 모습을 지켜봤다.

그들은 환호했다.

매그너스와 나다리 선생님과 이반 등이 와서 에이콘의 옆구리를 툭툭 치면서 내게 말을 걸었다. "놈들에게 본때를 보여줬어! 아주 잘했어!" 그들은 미사일 발사가 우리가 내릴 수 있는 최선의 선택이라고 생각했다. 시몬조차도 내게 걱정하지 말라고 했다.

리도 마찬가지였다.

"우리도 반격할 수 있다는 걸 보여주지 않으면 놈들은 계속 쳐들어올 거야." 리는 그날 밤 나와 함께 나무 그루터기에 앉아 저녁을 먹으며 말했다.

나는 코트 칼라에 닿을 정도로 텁수룩하게 자란 그의 금발, 달빛이 반사되는 크고 파란 눈, 목 아래 보드라운 피부를 바라봤고……

어쨌든.

"하지만 그들이 열 받아서 전보다 더 거세게 밀고 들어올 수도 있어." 나는 지나치게 큰 소리로 대꾸했다.

"넌 해야만 했어. 너의 토드를 구하기 위해 그렇게 해야만 했다고."

그리고 리의 소음 속에서 내 어깨에 팔을 두르고 싶어 하는 마음이 보였다.

실제로 그러지는 않았지만.

반면 브래들리는 나와 말도 섞지 않으려고 했다. 그럴 필요도 없었다. 이기적인 계집애, 수천 명의 목숨, 아이 하나가 우리를 전쟁에 휘말리게 했어 같은 온갖 거친 말들이 가까이 갈 때마다 그의 소음에서 쏟아졌으니까.

"내가 좀 화가 나서 그래. 이런 소리를 들려주다니 미안하구나." 브래들리는 이렇게 말했다.

하지만 그런 생각을 해서 미안하다는 말은 하지 않았고, 그다음 날은 내내 모선에 있는 사람들에게 여기서 일어난 일을 보고하면서 날 피해 다녔다.

어쨌든 그날은 원치 않았지만 침대에 종일 누워 있어야 해서 코일 선생님과 이야기를 할 수 없었다. 시몬이 나가서 코일 선생님과 만나보려고 했다가 결국 그날 내내 선생님이 수원을 찾는 수색대를 조직하고, 지금 보유하고 있는 식량 목록을 작성하고, 사람들이 쓸 수 있는 화장실을 설치하는 일을 돕기만 하다가 끝났다. 1차로 도착할 이주민들을 위해 정찰기에 싣고 온 화학 소각로가 거기 쓰이고 말았다.

코일 선생님은 그렇게 어떤 식으로든 상대방으로부터 이용할 수 있는 건 모조리 이용하는 사람이다.

그날 밤 열이 더 올라서 아침에도 여전히 침대를 벗어날 수 없었다. 이 비뚤어진 세상을 바로잡기 위해 해야 할 일이 너무 많은 이 판국에 말이다.

"저 때문에 이렇게 시간 낭비하시면 안 돼요, 로손 선생님. 이 밴드를 차기로 한 건 제 선택이었어요. 위험하다는 사실도 알고 있었고요."

"너에게 이런 일이 일어나고 있다면, 애초에 선택의 여지도 없이 강제로 이걸 차고 아직도 숨어 있는 수많은 여자들은 어떻겠니?"

나는 눈을 깜박였다. "저만 이런 게 아니라는 말인가요?"

바이올라, 바이올라 미사일 바이올라 시몬 멍청한 소음. 복도에서 소음이 들려왔다.

브래들리가 치료실 안으로 고개를 쓱 들이밀었다. "좀 나와봐야 할 것 같은데. 두 사람 다."

나는 일어나 앉았다가, 너무 어지러워서 조금 기다린 후에 다시 일어섰다. 마침내 일어설 수 있게 됐을 때 브래들리는 이미 앞장서서 치료실을 나가고 있었다.

"약 한 시간 전부터 언덕으로 오기 시작했어요. 처음에는 두세 명씩 왔는데 이제는……." 브래들리가 로손 선생님에게 말하고 있었다.

"누가 어쨌다고요?" 나는 그렇게 물으면서 그들을 따라 경사로를 내려갔다. 정찰기 밑에 리와 시몬과 코일 선생님이 있었다. 나는 언덕 꼭대기 맞은편을 바라봤다.

거기에 어제보다 세 배쯤 많은 사람들이 있었다. 해진 옷을 입은 다양한 연령대의 사람들이었는데, 일부는 스패클이 처음 쳐들어왔을 때 입고 있던 잠옷 바람이었다.

"저 사람들 중에 치료가 필요한 사람이 있나요?" 로손 선생님이 물어보더니 대답을 기다리지도 않고 새로 온 사람들에게 다가갔다.

"사람들이 왜 여기로 오는 거죠?" 내가 물었다.

"내가 몇 사람과 이야기해 봤는데, 사람들은 정찰기의 보호를 받는 편이 안전한지 시내에 남아서 군대의 보호를 받는 쪽이 나은지 모르고 있어." 그러면서 리는 코일 선생님을 흘끗 봤다. "그러다가 해답이 여기 왔다는 말을 들었을 때 결심한 거지."

"무슨 결심?" 나는 얼굴을 찌푸리며 물었다.

"여기 사람들은 한 500명 되겠는데, 우리에게는 이들을 먹여 살릴 음식이나 물이 없어." 시몬이 말했다.

"당분간은 해답이 이 사람들을 감당하겠지만 점점 더 많은 사람들이

올 겁니다." 코일 선생님은 그렇게 말하고 브래들리와 시몬에게 돌아섰다. "당신들의 도움이 필요해요."

부탁하면 다 될 것처럼 말하는군. 브래들리의 소음이 덜거덕거렸다. "우주선 본부도 우리의 가장 중요한 임무는 사람들을 보살피는 것이라는 점에 동의했습니다." 브래들리는 나와 시몬을 흘끗 봤다. 그러자 소음이 더욱 요란해졌다.

코일 선생님이 고개를 끄덕였다. "그렇게 할 수 있는 최선의 방법을 의논해야 할 것 같군요. 제가 선생님들을 다 모아서……."

"거기에 스패클과 어떻게 새 평화 협정을 맺을지에 대한 의논도 포함시켜야겠죠."

"그건 아주 까다로운 문제다, 얘야. 다짜고짜 찾아가서 화해하자고 할 순 없어."

"그렇다고 가만히 앉아서 전쟁이 또 일어나기를 기다릴 수는 없죠. 이 세계가 협력할 수 있는 방법을 찾아야 해요." 브래들리의 소음으로 그가 내 말을 듣고 있다는 걸 알 수 있었다.

"그건 이상에 지나지 않아. 현실을 직시하기보다는 이상을 믿는 쪽이 항상 더 쉬운 법이지." 선생님이 말했다.

"하지만 이상을 실현해 보려는 시도조차 하지 않는다면 사는 의미도 없죠." 브래들리가 대꾸했다.

코일 선생님이 교활한 눈빛으로 그를 바라봤다. "그 또한 또 다른 이상일 뿐입니다."

"실례합니다." 한 여자가 정찰기 쪽으로 다가와 우리를 긴장한 눈빛으로 둘러보다가 코일 선생님을 봤다. "선생님은 힐러죠?"

"그런데요." 코일 선생님이 대답했다.

"여러 힐러 중 하나죠." 내가 말했다.

"절 도와주실 수 있나요?"

그리고 여자는 소매를 걷어서 밴드를 찬 팔을 보여줬다. 감염이 너무 심해서 나조차도 그녀의 팔을 구할 수 없다는 걸 알 수 있었다.

〈토드〉

"사람들이 밤새 몰려왔어. 이제 여기 사람들은 세 배로 늘어났어." 통신기 너머에서 바이올라가 말했다.

"여기도 마찬가지야."

쇼 노인이 시장과 이야기를 나눈 다음 날 동 트기 직전, 시민들이 바이올라의 언덕에 나타나기 시작한 다음 날, 더 많은 사람들이 사방에서 나타났다. 남자들은 주로 시내로 왔고, 여자들은 주로 언덕으로 갔다. 다 그런 건 아니지만 대부분 그랬다.

"그러니까 시장은 원하던 걸 손에 넣었군. 남자들과 여자들을 갈라놨잖아." 바이올라가 한숨을 쉬었다. 통신기의 작은 화면으로 봐도 그녀의 안색은 안 좋았다.

"너 괜찮아?"

"난 괜찮아. 나중에 다시 연락할게, 토드. 오늘도 바쁠 것 같아." 바이올라는 너무 빨리 대답했다.

바이올라와 통신을 끝내고 텐트 밖으로 나오자 시장이 벌써 커피 두 잔을 들고 나를 기다리고 있었다. 그가 내게 한 잔을 내밀었고, 나는 조금 후에 받아 들었다. 우리 둘은 서서 커피를 마시면서 하늘이 서서히 핑크색으로 물들어 가는 동안 속을 조금이나마 데우려고 애썼다. 이렇게 이른 시간에도 시민들이 따뜻한 곳에 모여 있을 수 있도록 시장의 부하들이 전기를 넣은 큰 건물 몇 채가 환하게 불을 밝히고 있었다.

시장은 항상 그러듯 스패클이 있는 언덕 꼭대기를 바라봤다. 아직 어둠 속에 잠겨 있는 그곳은 보이지 않는 군대를 그 너머에 숨기고 있었다. 시장의 군대가 자고 있는 몇 분 동안, 그들이 자면서 내는 소음 외에 멀리서 무슨 소리가 희미하게 들려왔다.

스패클의 소음이었다.

"그들의 목소리지. 나는 저들의 목소리가 하나의 큰 소리라고 생각한다. 이 세계에 맞도록 완벽하게 진화해서 모두를 하나로 이어주는 거지. 고요한 밤이면 가끔 그 소리를 들을 수 있단다. 그 모든 이가 하나의 목소리로 이야기해. 마치 이 세상의 목소리가 바로 내 머릿속에 있는 느낌이지." 시장이 커피를 홀짝거리며 말했다.

시장은 계속 좀 으스스한 표정으로 언덕을 바라봤다. 그래서 내가 물었다. "저들이 뭘 계획하고 있는지 첩자들에게서 하나도 못 들었나요?"

시장은 커피를 또 한 모금 마셨지만 내 말에는 대답하지 않았다.

"그들은 스패클에게 가까이 가지 못했죠? 그러면 그들이 우리의 계획을 듣게 되니까."

"바로 그렇다, 토드."

"오헤어 아저씨와 테이트 아저씨는 소음이 없잖아요."

"난 이미 대위를 둘이나 잃었다. 더 이상은 안 돼."

"음, 치료제를 정말 다 태운 건 아니겠죠? 그걸 첩자들에게 줘요."

시장은 아무 대꾸도 하지 않았다.

"다 태웠어요?" 그리고 난 진실을 깨달았다. "정말 태워버렸군요."

시장은 여전히 묵묵부답이었다.

"왜요?" 나는 주위의 군인들을 둘러보며 물었다. 그들이 깨어나면서 벌써 소음이 커지고 있었다. "스패클은 우리 소리를 확실하게 들을 수 있어요. 치료제만 있어도 이득을 볼 수 있는데 왜……."

"내게는 다른 이득이 있으니까. 게다가 곧 최고의 정탐 전문가가 나올 것 같은데."

나는 얼굴을 찌푸렸다. "난 절대 당신을 위해 일하지 않을 거예요. 절대로."

"넌 이미 날 위해 일했다, 얘야. 내 기억이 정확하다면 몇 달 동안이나."

그 말에 울화가 치밀었지만 제임스가 앙가르드에게 줄 아침 사료를 가지고 와서 입을 다물었다. "제가 할게요." 나는 커피 잔을 내려놓고, 그가 건넨 사료 주머니를 앙가르드의 머리에 부드럽게 걸어줬다.

수망아지?

"괜찮아. 먹어, 앙가르드." 나는 앙가르드의 귀에 대고 말하면서 손가락으로 부드럽게 그녀를 쓰다듬어 줬다. 한참 지나서야 앙가르드는 사료를 입에 넣고 씹기 시작했다. "잘 먹네."

제임스는 계속 그 자리에 서서 멍하니 날 바라봤다. 그는 내게 사료 주머니를 건넨 자세 그대로 손을 계속 올리고 있었다. "고마워요, 제임스."

하지만 그는 눈 하나 깜박이지 않고 멍하니 손을 든 채 날 봤다.

"내가 고맙다고 했잖아요."

그러다가 내 귀에도 그 소리가 들렸다.

다른 사람들의 무수한 소음 속에서 제임스의 소음을 알아채기란 쉽지 않았다. 그는 지금 아버지와 형과 함께 강 상류 쪽에서 어떻게 살았는지, 행군하던 군대가 그들을 지나쳤을 때 그가 어떻게 입대하게 됐는지 생각하고 있었다. 그러지 않았으면 군대에 저항하다가 죽었을 것이다. 여기서 스패클과 전쟁을 치르고 있지만 이제 그는 행복하다. 싸울 수 있어서, 대통령을 위해 일할 수 있어서…….

"그렇지 않나, 병사?" 시장이 그렇게 말하면서 커피를 또 한 모금 마셨다.

"그렇습니다. 아주 행복합니다." 제임스는 여전히 눈을 깜박이지 않으며 대답했다.

그의 소음 밑에 작게 윙 소리를 내며 울리는 시장의 소음이 깔려 있었다. 그 소리가 제임스의 소음 속으로 들어가 뱀처럼 그걸 휘감은 채, 제임스의 생각과 크게 다르지 않지만 그렇다고 그의 것도 아닌 생각을 만들고 있었다.

"그만 가도 좋다." 시장이 말했다.

"감사합니다, 대통령 각하." 제임스가 눈을 깜박이면서 두 손을 떨어뜨렸다. 그리고 내게 묘한 미소를 슬쩍 지어 보이더니 다시 야영장 한가운데로 돌아갔다.

"그럴 순 없어요. 저들 모두를 조종할 수는 없다고요. 이제 막 그런 능력이 생기기 시작했다면서요. 당신 입으로 그렇게 말했잖아요."

시장은 대답하지 않고 언덕을 향해 시선을 돌렸다.

나는 그를 빤히 보면서 추측을 더 해봤다. "하지만 당신이 점점 강해지고 있는데 사람들이 치료되면……." 나는 말을 멈췄다.

"알고 보니 그 치료제는 모든 소음을 가려버렸다. 치료제 때문에 사람들의 마음에 다가가기가 더 힘들어졌다고 해야겠지. 사람의 마음을 움직이려면 지렛대가 필요해. 그런데 알고 보니 소음이 아주 쓸 만한 지렛대였지."

나는 다시 주위를 둘러봤다. "하지만 당신은 그럴 필요가 없어요. 이들은 이미 당신을 따르고 있잖아요."

"그건 그렇지, 토드. 그렇다고 해서 그들이 내 말을 다 따르진 않아. 군인들이 전투에서 내 명령에 얼마나 신속하게 복종하는지 너도 봤잖아."

"당신은 군대 전체를 조종하려고 노력 중이군요. 온 세상을 조종하려고."

"넌 그게 아주 사악한 일이라는 듯이 말하는구나. 난 그저 모두를 위해 좋은 일만 할 거란다." 그는 예의 그 미소를 지었다.

그때 우리 뒤에서 빠르게 다가오는 발소리가 들렸다. 오헤어 아저씨가 얼굴이 벌겋게 달아오른 채 헉헉거리며 왔다.

"놈들이 우리 첩자들을 공격했습니다. 북쪽과 남쪽에 보낸 첩자 중한 명씩만 생환했습니다. 무슨 일이 있었는지 우리에게 보고하라고 일부러 남긴 겁니다. 나머지는 다 죽었습니다." 오헤어 아저씨는 가쁜 숨을 몰아쉬며 보고했다.

시장은 얼굴을 찡그리면서 다시 언덕 꼭대기를 바라봤다. "그러니까 이제 이런 식으로 게임을 한다 이거지."

"그게 대체 무슨 뜻이에요?" 내가 물었다.

"북쪽 도로와 남쪽 언덕에서 공격해 온다는 거야. 피할 수 없는 사태를 향한 첫 단계라고 해두지."

"피할 수 없는 사태라뇨?"

시장이 눈썹을 치켜올렸다. "그들이 우리를 포위하고 있어."

〈바이올라〉

앙앙아지. 내가 식량 텐트에서 슬쩍한 사과 하나를 주자 에이콘이 날 이렇게 부르면서 맞았다. 에이콘은 윌프 아저씨가 해답의 모든 동물을 데려다 놓은 숲 근처에 있었다.

"에이콘이 아저씨를 귀찮게 하는 거 아니에요?"

"아녀." 윌프 아저씨는 그렇게 대꾸하면서 에이콘 옆에 있는 황소 한 쌍에게 사료 주머니를 걸어줬다. 황소들은 사료를 먹으며 윌프 아저씨를 불렀다. **윌프, 윌프. 윌프.**

에이콘이 사과를 하나 더 달라고 내 주머니를 머리로 쿡쿡 찌르면서 말했다. **윌프.**

"제인 아줌마는 어디 있어요?" 나는 주위를 둘러보며 물었다.

"슨상님들이랑 사람들에게 음식을 나눠주고 있제." 윌프 아저씨가 대답했다.

"아줌마답네요. 혹시 시몬 보셨어요? 시몬이랑 이야기를 해야 하는데."

"매그너스랑 사냥하러 갔어. 코일 슨상님이 그러자고 하더만."

시민들이 나타나기 시작한 후로 식량은 우리의 가장 절박한 문제가 됐다. 항상 그렇듯 로손 선생님이 남은 식량을 파악하고 여기 도착하는 사람들에게 정해진 시간에 음식을 제공하는 역할을 맡았다. 해답이 가지고 있는 식량으로는 얼마 버틸 수 없다. 매그너스는 부족한 식량을 보충하기 위해 사람들을 데리고 사냥을 다니고 있다.

한편 코일 선생님은 의료 텐트에 틀어박혀서 팔 상처가 감염된 여자들을 치료하고 있다. 상처가 악화된 정도는 다양했다. 아주 심하게 악화돼서 고통에 서 있지도 못하는 여자들도 있는 반면, 좀 심한 발진에 지나지 않는 여자들도 있었다. 토드 말로는 시장이 거기 온 몇 명 안 되는 여자들도 치료해 주고 있다면서, 자신이 채운 밴드 때문에 걱정을 이만저만 하는 게 아니었다. 시장은 이런 일이 일어나기를 의도한 건 결코 아니었고, 어떤 대가를 치르든 자기가 할 수 있는 일은 다 하겠다고 했다고 토드가 전했다.

속이 울렁거리고 있는데 그 말을 들으니 더 토할 것 같았다.

"시몬이 갈 때 전 치료실에 있었나 봐요. 그럼 브래들리와 이야기를 해야 할 것 같은데." 팔이 타는 것처럼 뜨거워서 다시 열이 나는 거 아닌가 싶은 생각이 들었다.

정찰기를 향해 다시 발걸음을 옮기는데 윌프 아저씨의 목소리가 들렸다. "행운을 비마."

나는 여전히 여기 있는 그 누구보다 소리가 큰 브래들리의 소음을 찾아서 귀를 기울이다가 정찰기 앞쪽 바깥으로 삐져나온 그의 발을 봤다. 땅바닥에 우주선의 금속판 한 장이 놓여 있고, 사방에 공구가 널려 있었다.

엔진, 엔진, 전쟁, 미사일, 식량 부족, 시몬은 이제 날 보려고도 하지 않아, 거기 누가 있어?

"거기 누구요?" 브래들리는 서둘러 우주선 밑에서 빠져나오면서 물었다.

"나예요."

바이올라. 그가 생각했다. "무슨 일이니?" 브래들리는 섭섭하게도 아주 퉁명스럽게 물었다.

나는 토드가 말해준 스패클과 시장의 첩자들에 대해 전하고, 스패클이 아무래도 움직이고 있는 것 같다는 말도 했다.

"탐사 장치들의 기능을 개선할 수 있을지 한번 보마." 브래들리는 한숨을 쉬며 말했다. 그리고 이제 완전히 정찰기를 둘러싼 야영장을 내다봤다. 빈터는 텐트들로 꽉 차서 너머의 숲까지 급조한 텐트들이 늘어서

너 스스로를 통제하라

있었다. "이제 우리는 저들을 보호해야 해. 우리 때문에 일이 커졌으니 그게 우리의 의무지."

"죄송해요. 도저히 다른 선택을 할 수 없었어요."

브래들리가 고개를 홱 치켜들었다. "아니, 넌 그럴 수 있었어. 넌 그럴 수 있었다고. 믿을 수 없을 정도로 힘든 상황이었지만 불가능한 선택이란 없어." 그는 허리를 꼿꼿이 펴고 다시 말했다.

"그 자리에 토드가 아니라 시몬이 있었다면 어땠을까요?"

그러자 브래들리의 소음에 곧바로 시몬이 떠올랐다. 시몬에 대한 그의 깊은 감정, 아무래도 브래들리 혼자만 느끼는 것 같은 감정. "네 말이 맞다. 나도 모르겠어. 내가 올바른 선택을 하길 바라지만 바이올라, 이것도 선택이야. 너에게 선택의 여지가 없었다는 말을 하면 책임을 지지 않겠다는 뜻이 되는 거야. 그건 고결한 사람이 해서는 안 될 행동이야." 그때 그의 소음이 들렸다. *아이야, 아직 아이라고.* 그리고 목소리가 조금 부드러워졌다. "난 네가 고결한 사람이라고 믿는다."

"그렇게 믿으세요?"

"물론 그렇단다. 중요한 건 자신이 한 행동에 책임을 지는 거야. 거기서 배우고, 그렇게 상황을 개선시키는 거야."

그러자 토드가 예전에 한 말이 떠올랐다. *쓰러지는 게 문제가 아니야. 다시 일어서는 게 중요한 거야.*

"알아요. 저도 상황을 개선시키려고 노력 중이에요."

"널 믿는다. 나도 그러려고 노력 중이야. 미사일을 쏜 건 너지만 네가 그럴 수 있게 만든 건 우리니까." 다시 브래들리의 소음에서 **시몬**이 들렸다. 곤혹스러운 심정이 섞여 있었다.

그때 피로 얼룩진 앞치마를 입은 코일 선생님이 의료 텐트 안에서 나왔다.

"유감스럽게도 평화로 가는 길은 저 사람을 통해야 할 것 같구나." 브래들리가 말했다.

"네, 하지만 선생님은 항상 바쁜 척해요. 너무 바빠서 얘기할 틈도 없는 것처럼."

"그럼 너도 그렇게 바빠야 할 것 같은데. 네가 그럴 기분이라면 말이다."

"이건 기분 문제가 아니죠. 내가 꼭 해야 하는 일이니까." 나는 가축을 돌보고 있는 월프 아저씨 쪽을 돌아봤다. "누구에게 도와달라고 해야 할지 알겠어요."

〈토드〉

나의 사랑하는 아들. 나의 사랑하는 아들아. 나는 읽었다.

엄마가 일기장의 페이지마다 제일 위쪽에 적은 말, 내가 태어나기 직전과 직후에 내게 쓴 말, 엄마와 아빠에게 벌어진 모든 일을 이야기해주는 말. 나는 텐트 속에서 그 말을 읽으려고 애썼다.

나의 사랑하는 아들.

하지만 이 글에서 내가 알아볼 수 있는 말은 이 말 하나다. 나는 손가락으로 그 페이지에 있는 말들을 죽 쓸어 내리고 다음 페이지에 갈겨쓴 글들을 바라봤다.

엄마가 이야기를 하고 또 했다.

그런데 나는 한 마디도 들을 수 없다.

여기저기서 내 이름이 보였다. 그리고 킬리언 아저씨도. 벤 아저씨도. 그러자 마음이 조금 아팠다. 엄마가 벤 아저씨, 날 키워준 분, 내가 두 번이나 잃어버린 사람에 대해 하는 이야기를 듣고 싶다. 다시 아저씨 목소리를 듣고 싶다.

하지만 그럴 수 없다…….

(멍청한 빌어먹을 바보.)

그때 **먹을 거?** 소리가 들렸다.

나는 일기장을 내려놓고 머리를 텐트 밖으로 내밀었다. 앙가르드가 날 보고 있었다. **먹을 거, 토드?**

나는 곧바로 일어나서 앙가르드에게 갔다.

그때 그 일이 일어난 후 처음으로 앙가르드가 내 이름을 불렀으니까…….

"물론이지, 아가씨. 지금 당장 가져다줄게."

앙가르드는 장난치듯 내 가슴에 코를 대고 쿡쿡 찔렀다. 너무 안도한 나머지 눈물이 다 나왔다. "금방 올게." 난 그렇게 말하고 주위를 둘러봤지만 제임스는 어디에도 보이지 않았다. 모닥불이 있는 곳으로 가봤지만 거기서는 시장이 오만상을 찌푸린 채 테이트 아저씨의 보고를 듣고 있었다.

시장에게는 이제 남은 부하가 많지 않았지만 오늘 아침 첩자들이 공격을 받은 후로 어쩔 수 없이 소규모 분대들을 남쪽과 북쪽으로 보내, 스패클의 소음이 들리는 먼 곳까지 가서 야영하라고 지시하는 수밖에 없다고 했다. 그래서 스패클이 멋대로 쳐들어와서 우리를 짓밟을 수 없다는 걸 알려줘야 한다고. 그 병사들이 스패클의 공격을 막을 순 없겠지만 적어도 그들이 언제 쳐들어오는지는 말해줄 것이다.

나는 군대가 있는 곳으로 가서 광장 건너편을 흘끗 봤다. 거기 있는 식량 창고 너머로 물탱크 위쪽이 보였다. 식량과 물에 우리의 생사가 걸리기 전까지는 그런 건물들이 있는지도 몰랐다.

제임스가 거기서 나와 광장으로 들어오는 모습이 보였다.

"안녕, 제임스. 앙가르드에게 사료를 좀 더 줘야겠어요."

"더 준다고요? 오늘 이미 먹었는데?" 제임스는 놀란 표정을 지었다.

"네. 하지만 앙가르드는 이제야 전투의 충격에서 벗어나고 있어요. 게다가 그때 이후 처음으로 먹을 걸 달라고 말을 하기 시작했고." 나는 귀를 긁적이며 말했다.

제임스는 다 안다는 미소를 지어 보였다. "그건 조심해야 해요, 토드. 말들은 사람 심리를 이용해야 할 때를 잘 알아요. 달라는 족족 먹이를 주면 버릇 나빠져요."

"네, 하지만⋯⋯."

"누가 주인인지 확실히 보여줘야죠. 오늘 사료는 이미 먹었으니까 내일 아침에 주겠다고 말해요."

제임스는 여전히 미소를 짓고 있었고 소음도 싹싹했지만 나는 점점 짜증이 났다. "사료가 어디 있는지 알려주면 내가 직접 갖다 줄게요."

제임스가 조금 얼굴을 찌푸렸다. "토드⋯⋯."

"앙가르드에게는 사료가 필요하다고요. 다쳤다가 지금 회복 중이고⋯⋯." 내 목소리가 점점 커졌다.

"나도 그래요." 그는 셔츠 단을 들어 올렸다. 배를 가로지르는 큰 화상 흉터가 보였다. "그래도 난 하루에 한 끼만 먹고 있어요."

그의 말이 무슨 뜻인지도, 아주 친절한 의도라는 것도 알았지만 내 소음 속에서 앙가르드의 **수망아지?** 소리가 계속 들렸다. 그리고 그 불덩어리가 날아왔을 때 앙가르드가 어떻게 비명을 질렀는지, 그 후에 얼마나 입을 꾹 다물어 버렸는지가 떠올랐다. 전에 비하면 말수가 확연히 줄어버린 앙가르드가 사료를 먹고 싶어 하는데 주지 않는 상황은 상상할 수도 없다. 나는 원이고 원은 나니까 이 빌어먹을 인간은 내가 시키는 대로 가져와야 하고…….

"시키는 대로 가져오겠습니다." 제임스가 말했는데…….

그는 나를 보고 있었고…….

그런데 눈을 깜박이지 않았고…….

그때 뭔가 뒤틀리는 것을, 뭔가가 공기 중에서 빙글빙글 돌아가며 보이지 않는 뭔가를 꼬아가는 것을 느낄 수 있었고…….

그것이 내 소음과 그의 소음 사이에 있었고…….

희미하게 윙 소리가 들렸고…….

"당장 대령하겠습니다." 제임스는 눈 하나 깜박이지 않고 말했다.

그리고 돌아서서 식량 창고로 향했다.

그 윙 소리가 여전히 내 소음 속에서 울리고 있는 게 느껴졌다. 그것은 따라가기도 힘들고 구체적으로 콕 집어낼 수도 없는, 어딜 돌아보든 그 순간 사라져 버리는 그림자 같았지만…….

상관없다…….

나는 제임스가 그 일을 하길 원했고, 그 일이 일어나길 원했다…….

그리고 그렇게 됐다.

내가 그를 조종했다. 시장처럼.

나는 제임스가 식량 창고를 향해 본인이 원해서 가는 듯이 움직이는 모습을 바라봤다.

내 손이 덜덜 떨렸다.

이런 빌어먹을.

"휴전 협정에 대해 가장 잘 아는 사람은 선생님이잖아요. 그때 뉴 프렌티스타운의 지도자였고, 또…….."

"난 헤이븐의 지도자였다, 얘야. 나는 뉴 프렌티스타운과는 아무 상관도 없는 사람이야." 코일 선생님은 나와 함께 길게 줄을 선 사람들에게 음식을 나눠주면서 고개도 들지 않고 말했다.

"자, 여기요!" 제인이 옆에서 소리를 지르다시피 하면서 사람들이 가져온 용기에 채소와 말린 고기를 조금씩 담아줬다. 언덕 꼭대기 저쪽까지 줄을 선 사람들로 가득 차 있었다. 여기는 사실상 겁에 질리고 굶주린 사람들의 마을이 됐다.

"하지만 정전 협정에 대해 알고 있다고 했잖아요."

"물론 알고 있지. 협상하는 걸 내가 도왔으니까."

"그럼 다시 할 수 있잖아요. 적어도 어떻게 시작했는지, 그걸 말해줘요."

"말만 하덜 말고 음식을 나눠줘야지?" 제인 아줌마가 걱정스러운 표정으로 우리를 돌아봤다.

"죄송해요." 내가 말했다.

"말이 많다고 성질 부리는 건 슨상님들뿐이여." 제인은 어린 딸의 손을 잡고 서 있는 엄마에게 고개를 돌리면서 말했다. "항상 골이 아프니께."

코일 선생님이 한숨을 쉬고 목소리를 낮췄다. "우리가 스패클을 압도적으로 이겼기 때문에 그들이 어쩔 수 없이 협상에 응했던 거야, 얘야. 협상은 그렇게 하는 거다."

"하지만……."

"바이올라. 스패클이 쳐들어왔다는 소식을 처음 들었을 때 사람들이 얼마나 무서워했는지 기억하니?" 코일 선생님이 고개를 돌려서 물었다.

"네, 기억나요. 하지만……."

"지난 전쟁 때 우리가 전멸당할 뻔했기 때문에 그런 거야. 그런 일은 결코 잊지 못해."

"그러니까 더더욱 다시는 그런 일이 일어나지 않게 막아야죠. 우리의 힘이 얼마나 막강한지 스패클에게 보여줬으니……."

"스패클에게도 그에 못지않게 강물을 풀어서 시민들을 몰살시킬 수 있는 힘이 있어. 그러면 남은 우리를 아주 쉽게 공격할 수 있지. 이건 간단하게 승부가 나는 싸움이 아니야."

"그렇다고 두 손 놓고 앉아서 또다시 전쟁이 벌어지기만을 기다릴 순 없잖아요. 그러면 스패클만 더 유리해지고, 시장만 더……."

"그런 일은 일어나지 않아, 애야."

그 말을 하는 선생님의 목소리가 묘했다.

"그게 무슨 뜻이에요?"

그때 옆에서 작게 투덜거리는 소리가 들렸다. 음식 배분을 멈춘 제인 아줌마의 표정이 짜증 나 보였다. "너 그러다 야단맞어." 그녀는 큰 소리로 내게 으름장을 놨다.

"죄송해요, 아줌마. 하지만 분명 제가 이렇게 말을 걸어도 코일 선생님은 괜찮으실 거예요."

"코일 슨상님이 화를 제일 많이 내는디."

"그래, 바이올라. 내가 화를 제일 많이 낸다."

나는 입을 꽉 다물었다가 제인 아줌마를 생각해서 아주 작은 소리로 물었다. "그게 무슨 뜻이에요? 시장에게 무슨 일이 있는 거죠?"

"넌 그냥 기다려 봐. 잠자코 기다리면서 무슨 일이 일어나는지 두고 보라고." 선생님이 대꾸했다.

"사람들이 죽어가고 있는데 저더러 무작정 기다리면서 두고 보라고요?"

"사람들은 죽어가지 않아." 선생님은 줄을 선 사람들을 가리켰다. 굶주린 표정으로 우리를 보고 있는 사람들은 대체로 여자였지만 남자도 몇 명 있고 아이들도 있었다. 모두 전보다 초췌하고 지저분했지만 코일 선생님의 말이 맞았다. 이들은 죽어가지는 않는다. "오히려 그 반대야. 사람들은 살아가고 있고, 서로에게 의지하면서 함께 살아남으려 하고 있어. 그게 바로 시장에게 필요한 거지."

나는 눈을 가늘게 떴다. "대체 무슨 뜻이에요?"

"주위를 둘러봐. 여기 이 행성 인구의 절반이 있어. 시장과 같이 있지 않은 나머지 절반이 여기 있다고."

"그런데요?"

"시장은 우리를 여기에 마냥 내버려 두진 않을 거야. 그렇잖니. 완벽한 승리를 거두려면 우리가 필요해. 너희 우주선에 있는 무기뿐 아니라 전쟁이 끝난 후에 다스릴 시민들도 필요해. 물론 우주선으로 올 새 이주민들도 마찬가지고. 시장은 저 밑에서 우리가 찾아오길 기다리고 있어. 두고 봐라, 곧 시장이 우리를 찾아올 거다. 조만간 그럴 거야, 얘야." 선생님은 주위를 휘휘 둘러보며 말했다.

그리고 씩 웃더니 다시 사람들에게 음식을 나눠줬다.

"그 사람이 찾아올 때, 나는 기다리고 있을 거다." 선생님이 덧붙였다.

〈토드〉

한밤중에 수없이 뒤척이다가 일어나 모닥불로 가서 불을 쬈다. 제임스와의 그 이상한 일이 일어난 후 도저히 잠을 잘 수 없었다.

내가 그를 조종했다.

아주 잠깐이기는 했지만, 내가 그랬다.

어떻게 했는지는 나도 모르겠다.

(하지만 그게 느껴졌다…….)

(내가 힘 있게 느껴졌고…….)

(기분이 좋았고…….)

(닥쳐.)

"잠이 안 오니, 토드?"

나는 짜증스러운 소리를 내며 모닥불에 손을 쬈다. 시장이 모닥불 건너편에서 날 지켜봤다.

"잠깐이라도 날 그냥 좀 내버려 둘 수 없어요?"

그는 하하 소리를 내서 웃었다. "그러다가 내 아들이 받았던 걸 나는 놓치라고?"

순간 놀라서 내 소음에서 꽥 소리가 났다. "감히 내 앞에서 데이비 이야기는 하지 말아요. 꿈도 꾸지 말아요."

시장은 화해하자는 의미로 두 손을 들어 보였다. "난 그저 네가 데이비를 구원해 줬다는 뜻으로 한 말이다."

나는 여전히 화가 머리끝까지 났지만 그 말에 호기심이 생겼다. "구원이라고요?"

"네가 데이비를 바꿔놨다. 그 누구도 할 수 없는 일이었는데 말이야. 빈둥거리는 건달에 지나지 않던 데이비를 네가 거의 사나이로 만들었어.”

“그거야 모를 일이죠. 당신이 데이비를 죽여버렸으니.” 나는 으르렁거리듯 말했다.

“전쟁이 원래 그래. 가끔 어쩔 수 없는 결정을 내려야 할 때가 있어.”

“당신은 그런 결정을 할 필요가 없었어.”

시장은 내 눈을 들여다봤다. “그랬을지도 모르지. 하지만 내가 그러지 않았다 해도, 그걸 보여주는 건 너야. 네가 나에게 좋은 영향을 주고 있단다, 토드.” 그는 미소를 지으며 말했다.

나는 오만상을 찌푸렸다. “이 세상에서 당신을 구원할 수 있는 건 아무것도 없어요.”

바로 그때 시내의 모든 불빛이 동시에 꺼졌다.

우리가 서 있는 곳에서 광장을 가로지른 맞은편에 시민들을 안전하게 지키기 위해 켜져 있던 불들이…….

갑자기 전부 꺼져버렸다.

그런 후에 다른 방향에서 총성이 들렸다…….

어떻게 된 일인지 총 한 자루가 외롭게 발사되는 소리…….

탕. 그리고 좀 있다가 다시…… 탕.

시장은 이미 총을 치켜들었고, 난 바로 그의 뒤를 따라갔다. 그 총소리는 발전소 뒤, 텅 빈 강둑 근처 골목길에서 나고 있었다. 벌써 몇몇 군인이 오헤어 아저씨와 함께 그쪽으로 달려가고 있었다. 우리 모두가 야영장에서 달려 나왔을 때 주위는 점점 더 어두워졌고, 더 이상은 아무 소리도 들리지 않았고…….

마침내 거기 도착했다.

원래 발전소에는 보초만 두 명 있었다. 사실 그들은 군인이 아니라

기술자들이었다. 발전소와 스패클 사이에 전군이 버티고 있으니 감히 누가 공격하겠냐 싶어서 그렇게 배치한 것이다.

하지만 발전소 문 밖의 땅바닥에 스패클의 시체 두 구가 누워 있고, 그들 옆에는 몸이 크게 세 동강이 난 보초 하나가 있었다. 산을 뿜어내는 스패클의 총에 맞아 몸이 조각난 것이다. 발전소 안은 장비들이 산에 녹아 난장판이었다. 스패클의 산은 사람뿐만 아니라 장비를 파괴하는 데도 효과가 뛰어났다.

거기서 100미터쯤 떨어진 말라버린 강바닥을 반쯤 건너간 곳에서 두 번째 보초를 발견했다. 도망치는 스패클들에게 총을 쏘다가 죽은 모양이었다.

보초는 머리 위쪽 절반이 사라져 있었다.

시장은 열 받은 기색이 역력했다. 그는 부글부글 끓는 목소리로 낮게 말했다. "이런 식으로 싸우는 건 아니지. 쥐새끼처럼 몰래 숨어들다니. 대낮에 대놓고 싸우는 게 아니라 야간 기습을 하다니."

"우리가 보낸 소대원들에게 어디서 방어막이 뚫렸는지 보고하라고 지시하겠습니다, 대통령 각하." 오헤어 아저씨가 말했다.

"그렇게 해, 대위. 하지만 그들도 스패클의 움직임을 전혀 보지 못했을 거야."

"그들은 우리의 관심이 다른 곳으로 쏠리길 원했어요. 우리 내부가 아니라 외부를 보길 원한 거죠. 그래서 첩자들을 죽인 거예요." 내가 말했다.

시장은 나를 주의 깊게 바라봤다. "바로 그거다, 토드." 그러더니 돌아서서 아까보다 더 어두워진 시내를 바라봤다. 시민들이 무슨 일이 일어났는지 보러 잠옷 바람으로 나와 있었다.

"어디 한번 해보라고 해. 이런 식으로 전쟁을 하고 싶다면 상대해 주겠어." 시장의 혼잣말이 들렸다.

땅의 포옹

땅의 일부를 잃었지만 그 일을 해냈다. 하늘이 눈을 뜨며 보여줬다.

빈터의 중심을 치는 소규모 공격을 감행했던 이들을 잃고 허허로워하는 마음이 땅 사이에서 메아리쳤다. 그들은 결국 돌아오지 못할 운명임을 알면서도 갔고, 그들 덕분에 땅의 목소리는 계속 노래를 부르게 될 것이다.

빈터의 종말이 올 수 있다면 제 목소리를 기꺼이 내놓겠습니다. 추운 밤 모닥불이 우리를 따뜻하게 해주는 동안 내가 하늘에게 보여줬다.

하지만 키환이 목소리를 잃는다면 그 얼마나 큰 손실이 되겠는가. 키환은 우리에게 오기 위해 이토록 멀리까지 왔지 않은가. 하늘의 목소리가 날 부드럽게 감쌌다.

아주 멀리 왔지.

정말 아주 멀리까지 왔다.

칼이 날 짐의 시체 더미 속에서 끌어낸 후, 내가 그를 죽이겠다는 맹세를 보여준 후, 도로를 달려오는 말발굽 소리들을 듣고 그가 내게 제발 도망치라고 애걸한 후······.

　나는 도망쳤다.

　그때 시내는 불길에 활활 타오르면서 혼란스럽기 그지없어서 그 혼란과 연기를 틈타 아무에게도 들키지 않고 남쪽 끝까지 갈 수 있었다. 그다음 밤이 올 때까지 숨어 있다가 구불구불한 언덕길을 올라가서 시내를 빠져나왔다. 나는 덤불 밑으로만 기어가면서 더 이상 숨을 덤불이 없을 때까지 올라갔다. 그다음에는 사방에 내 모습을 드러낸 채 밑의 계곡에서 언제 총알이 날아와 내 뒤통수에 박힐지 모른다고 생각하며 정신없이 달렸다.

　그토록 갈망하면서 동시에 두려워했던 나의 죽음······.

　하지만 나는 무사히 언덕 꼭대기를 넘어갔다.

　그리고 또 달렸다.

　나는 짐의 목소리 속에 살아 있던 소문이자 전설을 향해 달렸다. 우리는 땅의 일원이지만 우리 중에는 땅을 한 번도 보지 못한 이들도 있다. 나 같은 젊은이들, 전쟁이 끝나고 땅이 다시는 여기로 돌아오지 않겠다고 빈터와 약속하고 버리고 간 짐에게서 태어난 이들이 그렇다. 그런 우리에게 땅이란 그들이 키우는 배틀모어처럼 그림자이자 우화이며, 이야기이자 속삭임이었다. 우리는 그들이 언젠가 돌아와 우리를 해방시켜 줄 날을 꿈꿨다.

　그런 희망을 포기한 이들도 있었다. 애초부터 그런 희망이 없던 이들, 애초에 우리를 그곳에 버리고 간 땅을 결코 용서하지 않는 이들도 있었다.

　나의 특별한 이처럼 말이다. 그는 나보다 불과 몇 달 먼저 태어났고 한 번도 땅을 본 적이 없지만 그들이 우리를 구해줄 거라는 희망은 내려놓으라고, 빈터의 목소리들 속에서 살아가는 운명 외에 다른 삶은 꿈꾸지 말라고 부드럽게 보여주곤 했다. 그는 내가 두려워하던 밤이면 우리의 시대가 올 거라고, 그럴 거라고, 하지만 그건 우리의 시대이지 우리를 잊어버린 땅의 시대는 아닐 거라고 말했다.

그랬던 나의 특별한 이가 잡혀갔다.

나머지 짐도 잡혀갔다.

오직 나만 탈출할 기회를 남겨놓고.

그러니 내가 소문을 향해 달리는 것 말고 어떤 선택을 할 수 있겠는가?

나는 잠도 안 잤다. 나는 숲과 평야를 거쳐, 언덕을 오르내리며, 개울과 강을 건너서 달려갔다. 나는 불타고 버려진 빈터의 마을들을 통과했다. 빈터의 손길이 스친 곳은 세상 어디든 흉터가 남아 있었다. 해가 떴다가 지는 사이에도 나는 자지 않았고, 두 발이 물집으로 뒤덮이고 피범벅이 되어도 멈추지 않았다.

하지만 아무도 보이지 않았다. 빈터도, 땅도 보이지 않았다.

아무도 없었다.

내가 짐의 최후의 생존자일 뿐만 아니라 땅의 최후의 생존자가 아닐까 하는 생각이 들기 시작했다. 빈터가 이 세상에서 땅을 죄다 쓸어버리겠다는 목적을 달성한 건 아닐까.

그래서 나는 혼자라고.

이 생각을 하며 아침 강둑에 서서 다시 주위를 둘러봤지만 오직 나, 팔에 타들어 가는 1017이라는 영원한 낙인이 찍힌 나만 보여서……

나는 울었다.

땅바닥에 쓰러져서 울었다.

그때 그들이 나를 발견했다.

그들은 길 건너편 나무들 사이에서 나왔다. 처음에는 넷이었다가 여섯, 그다음에는 열 명으로 불어났다. 그들보다 먼저 그들의 목소리가 들렸지만 그때 나는 막 돌아오기 시작한 내 목소리, 빈터가 빼앗은 후 다시 돌아온 그 목소리가 부르는 것이라고, 나의 죽음이 스스로를 부르는 목소리라고 생각했다.

나는 기꺼이 죽었을 것이다.

그때 그들이 보였다. 그들은 짐이 자랄 수 있는 이상으로 크고 듬직했다. 그들은 창을 들고 있었다. 나는 여기에 전사들이, 나를 도와 빈터에게 복수할 수 있는 군인들이 있음을, 짐이 당한 부당한 일들을 전부 바로잡아줄 이들이 있음을 알았다.

그때 그들이 인사했는데, 제대로 이해하기 힘들었지만 그들의 무기는 단순히 물고기 잡을 때 쓰는 창이고 그들은 그저 어부에 불과하다는 말인 것 같았다.

어부들.

그러니까 전사들이 아니었다. 빈터를 사냥하러 나온 이들이 아니었다. 짐의 죽음을 복수하러 온 것도 아니었다. 그들은 어부로 빈터가 이곳을 버렸다는 소식을 듣고 강에 온 것이었다.

나는 그들에게 짐의 언어로 내가 누군지 말했다.

그들은 모두 대단히 큰 충격을 받았고, 놀란 한편으로 역겨워하며 움츠러들었으며, 무엇보다……

내 목소리가 너무 높고 날카로워서 싫어했다.

그들은 잠시 망설이다가 나를 도와주러 길을 건너왔다. 그들이 먼저 나서서 나를 일으켜 세우고 어떻게 된 일인지 물었다. 나는 짐의 언어로 대답했다. 그들은 걱정과 공포와 분노를 느끼며 내 이야기를 들으면서 나를 어디로 데려갈지, 그다음에는 어떻게 할 것인지 계획을 세웠다. 그런 내내 나는 그들의 일원이며, 이제 그들에게 돌아왔으니 안전하다고 안심시켰다.

나는 혼자가 아니라고.

하지만 그런 말을 하기 전에 그들은 먼저 충격을 받았고, 나란 존재를 불쾌해했고, 두려움과 동시에 수치심을 느꼈다.

나는 마침내 땅을 만났다. 그런데 땅은 날 건드리는 것조차 두려워했다.

그들은 남쪽 깊숙이 있는 울창한 숲과 산마루를 지난 곳에 위치한 야영지로 날 데려갔다. 거기에 숨겨진 동글납작한 천막들에 가득 찬, 너무나 많고 시끄럽고 호기심에 찬 땅을 보고 돌아서서 도망칠 뻔했다.

나는 그들과 외모가 달랐다. 나는 그들보다 더 작았고, 더 말랐고, 내 흰 피부는 그들과 색조가 달랐고, 내 몸에 자란 이끼도 그들과 종류가 달랐다. 그들이 먹는 음식이나 다 같이 부르는 노래, 같이 자는 방식 등 모든 게 처음 보는 것이었다. 짐의 목소리에 있던 희미한 기억들을 떠올리며 마음을 가다듬으려 했지만 난 그들과 달라서 소외감을 느꼈다.

무엇보다 언어가 달랐다. 이들의 언어는 말은 거의 없이 서로의 생각이 너무나 빨리 공유돼서 이해하기 굉장히 힘들었다. 그들은 마치 하나의 마음을 조금씩 나뉘 가진 것 같았다.

물론 그들은 하나였다. 그들에게는 땅이라고 하는 단 하나의 영혼이 있었다.

짐은 그런 방식으로 말하지 않았다. 어쩔 수 없이 빈터와 의사소통을 해야 하고 그들의 명령을 따라야 했기 때문에 그들의 언어를 썼다. 그뿐 아니라 자신의 목소리를 위장하고 따로 분리시켜서 몰래 간직하는 그들의 능력까지 받아들였다. 그건 혼자 있기 싫어지고, 다가갈 다른 이들이 있을 때는 좋은 능력이었다.

하지만 이제 다가갈 수 있는 짐이 하나도 남아 있지 않다.

그리고 땅에게는 어떻게 다가가야 할지 모른다.

내가 쉬면서 음식을 먹고 1017 밴드에서 생긴 타는 듯한 통증을 제외한 모든 상처들이 다 나았을 때 땅의 목소리로 메시지 하나가 길에게 전달됐고, 그것이 곧바로 하늘에게 전달됐다.

며칠 후에 그는 배틀모어 위에 우뚝 서서 야영지에 도착했다. 그는 백 명의 군사들을 거느리고 있었고, 그 뒤로 더 많은 군사들이 따라오고 있었다.

하늘은 귀환을 보러 여기 왔다. 그는 그 순간 내 이름을 지어주고, 그렇게 날 직접 보기도 전에 내가 땅과 다른 존재라는 점을 확실히 밝혔다.

그다음에 나를 바라봤다. 그 눈은 전사이자 장군이자 지도자의 눈이었다. 그 눈은 하늘의 눈이었다.

그는 내가 누군지 알아본 눈빛으로 날 바라봤다.

우리는 특별히 우리의 만남을 위해 은밀하게 숨겨놓은 천막 안으로 들어갔다. 구불구불한 곡선으로 이루어진 천막의 머리 위 한참 높은 곳 한 점이 천장이었다. 나는 하늘에게 그간의 사정을 내가 아는 대로, 짐에게서 태어났을 때부터 나만 빼고 모든 짐이 학살당한 이야기까지 하나도 빼놓지 않고 말했다.

내가 이야기를 하는 동안 그의 목소리가 눈물과 비탄이 배어나는 슬픈 노래로 부드럽게 날 감쌌다. 천막 밖의 모든 땅이 그 노래를 같이 불렀고, 내가 아는 한 이 세상의 모든 땅이 그 노래를 불렀다. 나는 그 노래에 안겼고, 땅은 하나의 목소리로 부르는 노래로 나를 품었다. 그 순간, 아주 짧은 순간……

나는 더 이상 외롭지 않았다.

우리가 너를 위해 복수할 것이다. 하늘이 내게 보여줬다.

그 말을 들으니 기분이 더 좋아졌다.

그리고 하늘은 약속을 지킨다.

그렇죠. 감사합니다.

이건 시작에 불과하다. 더 많은 일들이 일어날 것이고, 더 많은 일들이 지환을 기쁘게 할 것이다.

전쟁터에서 칼을 만날 기회까지 포함해서요?

하늘은 한동안 찬찬히 나를 바라봤다. 때가 되면 다 만나게 된다.

내가 그 자리에 서서 그를 바라보는 동안에도, 마음 한구석에는 그가 빈터의 전면적인 대학살을 피하는 평화로운 해결책을 위한 가능성을 열어둔 게 아닐까 하는 의문이 들었지만 그의 목소리는 내 의심에 대답하기를 거부했다. 나는 무엇보다 땅의 일원들이 목숨을 잃은 공격을 감행한 후에 잠시 그런 생각을 한 내가 부끄러워졌다.

지환은 또한 내게 다른 정보원이 있는 건 아닌지 궁금해했지.

나는 고개를 홱 치켜들었다.

넌 많은 걸 알아채지. 하지만 그건 하늘도 마찬가지다.

어디에 있죠? 어떻게 다른 땅은 그걸 모르고 있습니까? 어떻게 빈터가……?

하늘에게는 이제 지환의 믿음이 필요하다. 그의 목소리에 불편한 기색이 비쳤다. 하지만 그것은 또한 경고이기도 했다. 그리고 너는 그 약속을 지켜야 한다. 앞으로 뭘 보건, 뭘 듣건 하늘을 믿겠다고 약속해야 한다. 지금 네 눈에는 잘 보이지 않는 더 원대한 계획이 있음을 믿어야 한다. 지환 너를 포함한 더 큰 목적이 있다.

하지만 하늘의 내면에 있는 더 깊은 소리도 들을 수 있었다.

나는 평생 감정을 감추는 빈터의 목소리들, 생각보다 진실은 항상 노출되어 있는데도 자신의 감정을 왜곡하는 이들의 목소리를 들어왔다. 그래서 다른 땅의 일원보다 그렇게 조작된 진실을 알아낼 수 있는 경험이 훨씬 많다.

그런데 겹겹으로 쌓인 하늘의 목소리 속에서 하늘이 귀환처럼 자신의 목소리를 감출 수 있을 뿐만 아니라, 그렇게 감추고 있는 일부도 볼 수 있었다.

날 믿어야 한다. 하늘이 다시 말하면서 며칠 후 실행할 계획을 보여줬다.

하지만 정보원이 누군지는 보여주지 않을 것이다.

그러면 내가 얼마나 큰 배신감을 느낄지 알고 있으니까.

다가가다

〈토드〉

사방이 피범벅이었다.

앞뜰의 잔디 너머, 집으로 이어지는 작은 길, 실내 바닥에 사람의 몸에서 나올 수 있을 거라고는 생각도 못할 만큼 많은 피가 묻어 있었다.

"토드? 너 괜찮니?" 시장이 물었다.

"아뇨. 이걸 보고 대체 어떤 사람이 괜찮을 수 있겠어요?" 나는 그 피를 빤히 보면서 대답했다.

나는 원이고 원은 나다.

스패클의 공격이 계속됐다. 처음 발전소를 공격한 후로 여덟 밤 연속 쉬지 않고 와서 우리에게 절실하게 필요한 물을 구하기 위해 우물을 파려고 애쓰는 군인들을 죽이고 있다. 그들은 밤마다 마을 외곽 곳곳에 나타나 보초들을 살해했다. 심지어 한 거리에 줄줄이 늘어선 집들을 죄다 불태우기도 했다. 인명 피해는 내지 않았지만, 시장의 부하들이 처음 일어난 불을 끄려고 안간힘을 쓰는 사이에 또 다른 거리에 불을 놓앉다.

그동안 북쪽과 남쪽으로 파견한 분대들에서는 아무 보고도 오지 않았다. 두 부대 모두 배치된 곳에 가만히 앉아서 지루한 나머지 엄지손가락이나 빙빙 돌리고 있었다. 마을에 몰래 숨어들거나 성공적으로 공격을 마치고 돌아가는 스패클은 하나도 발견하지 못했다. 바이올라의 탐사 장치에도 아무것도 잡히지 않았다. 마치 우리가 어딜 보건 그때마다 그들은 다른 곳에 있는 것 같았다.

그런데 이제 그들이 새로운 일을 저질렀다.

그동안 시민들은 군인 한두 명과 함께 무리 지어 시내 외곽에 있는 집들을 다니면서 식량 창고에 넣어놓을 식량을 찾아 뒤지고 다녔다.

그런데 그 무리가 스패클과 마주친 것이다.

그것도 환한 대낮에.

"그들이 우리를 시험하고 있는 거야. 무슨 꿍꿍이가 있으니까 이런 짓을 하는 거다. 내 말 명심해라, 토드." 폐허가 된 성당에서 동쪽으로 조금 떨어진 곳의 어떤 집 문간에 서 있을 때 시장이 얼굴을 찌푸리며 말했다.

그 집과 마당에 스패클 시체 열세 구가 여기저기 흩어져 있었다. 우리 옆에 있는 거실에 군인의 시체가 하나 있었고, 죽인 민간인도 둘 보였다. 둘 다 나이가 지긋한 노인으로 식료품 저장실 문지방 위에 쓰러져 있었다. 여자와 사내아이 하나는 욕조에 숨어 있다가 살해됐다. 정원에 쓰러져 있던 또 다른 군인 하나는 의사의 치료를 받고 있지만 이미 다리 하나를 잃었고, 오래 버티지 못할 것 같았다.

시장이 그에게 걸어가서 무릎을 꿇고 앉았다. "뭘 봤지, 이등병? 무슨 일이 있었는지 말해봐." 시장은 내가 아는 아주 다정하게 들리는 낮은 목소리로 물었다.

그는 숨을 헐떡이며 눈을 크게 떴고, 소음은 차마 볼 수 없는 광경으로 가득 차 있었다. 스패클이 그에게 달려드는 모습, 군인들과 시민들이 죽어가는 모습, 무엇보다 이제 다리 하나가 없어졌고 다시는, 다시는, 다시는 원래대로 돌아갈 수 없다는 참담한 심경으로…….

"진정해라." 시장이 말했다.

낮게 윙 소리가 들렸다. 그것이 이등병의 소음을 비집고 들어가 그를 진정시키고 정신을 집중하게 하려고 애쓰고 있었다.

"놈들이 계속 왔습니다. 우리가 총을 쏘면 놈들이 쓰러졌죠. 그러면 또 다른 놈이 나타났습니다." 그 이등병은 한 마디 한 마디 하는 사이에 숨을 헐떡였지만, 그래도 계속 말을 이었다.

"하지만 분명 뭔가 조짐이 있었을 텐데, 이등병. 분명 그들이 오는 소리가 들리지 않았나?"

"사방에서요." 이등병은 보이지 않는 새로운 고통에 고개를 뒤로 젖히면서 숨을 헐떡이며 대답했다.

"사방에서? 그게 무슨 뜻이야?" 시장은 여전히 침착한 목소리로 물었지만 윙 소리가 점점 더 커지고 있었다.

"사방에서 들렸어요." 병사는 그렇게 말하면서 숨을 쉬려고 안간힘을 썼다. 마치 자신의 의지에 반해 이야기를 하고 있는 것 같았다. 아마도 그랬을 것이고. "그들이 사방에서 쳐들어왔어요. 너무 빨랐어요. 사방에서 전속력으로 달려와서 우리에게 그 막대기를 쏴댔어요. 내 다리! **내 다리!**"

"이등병." 시장은 다시 말을 걸며 이번에는 윙 소리를 내는 데 더 힘을 줬다.

"그들이 무작정 계속 쳐들어왔어요! 계속 쳐들어왔……."

그러다가 숨을 거뒀다. 그의 소음이 순식간에 희미해지다가 멈춰버렸다. 그는 우리 눈앞에서 죽었다.

(나는 원이고…….)

시장이 잔뜩 짜증 난 표정으로 일어섰다. 그는 이 광경을, 시체들을, 그가 예측하거나 멈출 수 없는 것처럼 보이는 공격 현장들을 오랫동안 바라봤다. 주위에 부하들이 있었다. 그들은 시장이 명령을 내리기를 기다리며 시간이 흐를수록 점점 초조해하고 있었다. 그들이 싸울 수 있는 전투는 보이지 않았다.

"따라와라, 토드!" 마침내 시장이 그렇게 쏘아붙이고 말들을 매어놓은 곳을 향해 쿵쿵 소리를 내며 걸어갔다. 그가 내게 지시를 내릴 권리가 없다는 생각이 미처 들기도 전에 나는 그를 쫓아 달려갔다.

〈바이올라〉

"정말 하나도 안 보이는 거 확실해?" 토드가 통신기로 물었다. 토드는 시장 뒤에서 앙가르드를 타고 따라가고 있었다. 스패클의 공격을 받은 시내 외곽의 집을 보고 나오는 길이었다. 그 공격은 여드레간 지속됐고, 이렇게 작은 화면으로도 그의 얼굴에 서린 근심과 피로를 또렷이 볼 수 있었다.

"그들은 추적하기가 힘들어." 나는 또다시 치료실의 침대에 누워서 말했다. 다시 열이 났는데 좀처럼 떨어지질 않아서 토드도 보러 가지 못하고 있었다. "가끔 슬쩍 스쳐 지나가는 게 보이긴 하는데 추적할 수 있을 만큼 쓸 만한 정보는 없어. 게다가 시몬과 브래들리가 이제 그 탐사 장치들을 언덕 꼭대기 가까이 두고 있어. 사람들이 그렇게 해달라고

요구했거든." 나는 이제 목소리를 낮췄다.

그들은 정말 그랬다. 이제 이곳은 사람들로 꽉 차서 움직일 수도 없을 정도였다. 담요부터 쓰레기봉투에 이르기까지 손에 잡히는 모든 걸 써서 아주 엉성하게 만든 텐트들이 여기서부터 물이 다 말라버린 강바닥 옆 큰길까지 내려갔다. 게다가 모든 물자가 점점 부족해지고 있었다. 근처에 개울이 몇 개 있고, 윌프 아저씨가 하루에 두 번씩 물을 통에 담아 와서 물 부족 문제는 토드가 전한 시내 상황보다는 덜 심각했다. 하지만 우리에게는 해답이 조직원들을 위해 보유한 식량, 그러니까 200명분의 식량밖에 없는데 먹여야 할 사람은 1500명에 달했다. 리와 매그너스가 계속 사냥을 다니고 있지만 뉴 프렌티스타운에서 군인들이 철통같이 지키고 있는 식량에 비할 수준이 아니었다.

저들은 식량은 충분하지만 물이 부족하다.

우리는 물은 충분하지만 식량이 부족하다.

하지만 시장이나 코일 선생님이나 자신이 가장 큰 힘을 발휘할 수 있는 본거지를 떠날 생각은 아예 하지 않고 있었다.

그보다 더 심각한 것은 이렇게 사람들이 밀집된 곳에서는 소문이 순식간에 퍼져나간다는 것이다. 시내에서 스패클의 공격이 시작된 후로 사람들은 스패클이 그다음에 우리를 공격할 거고, 이미 그들이 언덕 꼭대기를 포위해서 언제고 포위망을 좁혀와 우리를 죄다 죽일 거라고 생각하기 시작했다. 사실은 그렇지 않은데. 우리 주위에는 스패클의 흔적도 보이지 않는다. 하지만 사람들은 안전을 지키기 위해 뭘 하고 있느냐고 우리에게 계속 물으면서 언덕 위에 있는 사람들을 먼저 보호하고, 그다음에 아래 사람들을 보호하는 것이 우리 책임이라고 말했다.

우리 정찰기의 문 근처에 반원형으로 둘러앉아서, 아무 말도 하지 않고 그냥 우리가 하는 일을 지켜보면서 그걸 다시 언덕 꼭대기에 있는 사람들에게 전하기 시작하는 사람들도 생겼다.

대개 그런 무리의 제일 앞에 이반이 앉아 있었다. 더군다나 그는 이제 브래들리를 '인도주의자'라고 부르기 시작했다.

물론 좋은 뜻으로 하는 말은 아니었다.

"네 말이 무슨 뜻인지 알아. 여기도 상황이 비슷하거든."

"무슨 일이 생기면 연락할게."

"나도 그럴게."

"무슨 소식 있니?" 토드와 통신을 끝냈을 때 코일 선생님이 치료실에 들어와 물었다.

"사적인 대화를 엿들으면 안 되죠."

"이 행성에 사적인 대화란 존재하지 않는다, 애야. 그게 바로 이 행성의 문제지." 내가 다시 침대에 눕자 선생님이 날 찬찬히 살펴봤다. "팔은 좀 어떠니?"

팔은 아팠다. 항생제는 더 이상 듣지 않았고, 빨간 줄이 다시 퍼지기 시작했다. 로손 선생님이 내 팔에 새로운 약을 합성한 붕대를 감아줬지만, 선생님이 걱정하고 있는 걸 나도 알 수 있었다.

"신경 쓰지 말아요. 로손 선생님이 아주 잘 치료해 주고 계시니까."

코일 선생님은 자신의 발치를 내려다봤다. "너도 알겠지만 나는 여러 번 감염 치료에 성공했는데……."

"로손 선생님도 때가 되면 그렇게 하시리라고 확신해요. 뭐 용건이 있나요?" 나는 선생님의 말을 자르고 끼어들었다.

코일 선생님은 마치 나에게 실망한 것처럼 길게 한숨을 쉬었다. 이런 식으로 지난 여덟 밤이 흘러갔다. 코일 선생님은 자신이 원하는 일 말고는 아무것도 하지 않으려 했다. 사람들에게 음식을 나눠주고, 여자들을 치료하고, 시몬과 우라지게 오랜 시간을 같이 보내는 식으로 이곳을 운영하느라 바쁘지만 평화 협정에 대한 이야기를 나눌 기회는 전혀 없는 것처럼 보였다. 내가 이 멍청한 침대에 틀어박혀 있지 않은 아주 드문 때가 찾아와 이 문제에 대한 이야기를 꺼내면 선생님은 기다리고 있다고, 평화는 적절한 때가 돼야 온다고 말했다. 그리고 스패클이 움직이고 시장이 움직인 후에야 우리가 나서서 평화 협정을 맺을 거라는 말만 했다.

하지만 어쩐지 그 말은 우리 모두를 위한 평화가 아니라 우리 중 일부만을 위한 평화처럼 들렸다.

"너랑 이야기를 좀 하고 싶구나, 얘야." 선생님은 내 눈을 보면서, 내가 눈을 피할지 보면서 말했다.

하지만 난 피하지 않았다. "나도 그러고 싶어요."

"그럼 내가 먼저 말하게 해주렴."

그리고 결코 예상하지 못했던 말을 꺼냈다.

〈토드〉

"불이 났습니다, 대통령 각하." 바이올라와 통신을 끝낸 지 채 1분도 안 지나서 오헤어 아저씨가 말했다.

"내게도 눈이 있어, 대위. 하지만 뻔한 일을 알려줘서 고맙군." 시장이 말했다.

우리는 피투성이가 된 집을 떠나 시내로 돌아가던 도중에 길가에 멈춰 섰다. 지평선에 불길이 활활 타오르고 있었다. 계곡의 북쪽 언덕에 버려진 농가 몇 채가 타고 있었다.

적어도 거기가 버려진 곳이기를 바랐다.

오헤어 아저씨는 약 스무 명 정도 되는 군인들을 이끌고 우리를 따라잡았다. 군인들은 피로를 느끼는 나만큼이나 지쳐 보였다. 나는 그들을 보고, 그들의 소음을 읽었다. 노인과 젊은이 등 다양한 연령대였지만 눈은 모두 나이가 들어 보였다. 여기 있는 사람 중 자원해서 군인이 된 사람은 거의 없다. 다들 시장이나 가족이 억지로 시켜서 농장과 상점과 학교에서 끌려 나왔다.

그 후에 매일 죽음을 보기 시작한 것이다.

나는 원이고 원은 나다. 나는 다시 생각했다.

나는 이제 이 연습을 항상 하고 있다. 소음을 멈추고 조용히 있고 싶을 때, 모든 생각과 기억을 사라지게 하려고 노력했다. 대체로 내면뿐만 아니라 외부로도 효과를 봤다. 사람들은 내 소음을 듣지 못했다. 테이트 아저씨와 오헤어 아저씨처럼 사람들이 내 소음을 듣지 못하는 게 느껴졌다. 그래서 시장이 나를 부하로 만들려고 이걸 가르쳤다는 생각이 들었다.

하지만 절대 그런 일은 일어나지 않으리라.

바이올라에게는 이 일에 대해 말하지 않았다. 이유는 나도 모르겠다.

아마 그동안 그녀를 만나지 못해서 그럴 것이다. 지난 8일 동안 그게 제일 싫었다. 바이올라는 코일 선생님을 감시하기 위해 언덕 꼭대기를 떠나지 않았지만, 매번 연락할 때마다 똑같은 침대에 누워 있었다. 안색이 점점 창백하고 약해지고 있다. 병세가 심해진다는 걸 알았지만 바이올라는 아무 말도 하지 않았다. 내가 걱정하지 않기를 바라서 그러겠지만 그래서 더 걱정됐다. 만약 바이올라에게 안 좋은 일이 생긴다면, 무슨 일이 일어난다면······.

나는 원이고 원은 나다.

그러자 다시 마음이 조금 진정됐다.

나는 그녀에게 말하지 않았다. 걱정시키고 싶지 않으니까. 내가 다 알아서 잘 통제하고 있다.

수망아지? 앙가르드가 초조하게 내 이름을 불렀다.

"괜찮아, 앙가르드. 곧 집에 도착할 거야." 그 집의 광경이 그토록 처참한 걸 알았더라면 앙가르드를 데리고 나오지 않았을 것이다. 앙가르드가 날 다시 태우기 시작한 지는 이틀밖에 안 됐고, 여전히 나뭇가지가 부러지는 소리만 들어도 깜짝깜짝 놀랐다.

"부하들을 보내서 불을 끄게 할까요?" 오헤어 아저씨가 시장에게 물었다.

"그럴 필요 없어. 그냥 타게 내버려 둬."

복종하라! 갑자기 줄리엣의 기쁨이 특별히 누구에게랄 것도 없이 소리 질렀다.

"다른 말을 구하든지 해야지, 원."

시장이 중얼거리더니 갑자기 고개를 홱 들어서 내 눈길을 끌었다.

"뭐예요?" 내가 물었다.

하지만 그는 그 피투성이 집이 있는 쪽을 돌아보더니 시내로 가는 길을 바라봤다. 달라진 건 하나도 없는데.

시장의 표정이 돌변했다.

"왜요?" 나는 다시 물었다.

"저 소리 안 들리니?"

시장이 다시 멈췄다.

그때 내 귀에도 들렸다.

소음이…….

인간의 것이 아닌 소음이…….

사방에서 들려왔다…….

아까 그 병사가 말했던 것처럼, 사방에서…….

"그럴 리 없어. 설마 놈들이 감히 그럴 리가." 시장의 얼굴은 화가 나서 잔뜩 굳어버렸다.

이제 그 소리가 분명히 들렸다.

놈들은 눈 깜짝할 사이에 우리를 포위했다.

스패클들이 사방에서 우리를 향해 달려오고 있었다.

〈바이올라〉

"성당에서 일어난 그 폭발에 대해 너에게 사과한 적이 없구나."

나는 아무 대꾸도 하지 않았다.

너무 놀라서.

"널 죽이려고 그런 건 아니다. 네 목숨이 다른 사람의 목숨보다 가치가 없다고 생각해서 그런 것도 아니고."

나는 침을 꿀꺽 삼켰다. "당장 나가요." 내가 말하고도 깜짝 놀랐다. 아마 열이 나서 그런 모양이다.

"난 대통령이 네 가방을 뒤져보기를 바랐다. 그가 직접 그 폭탄을 꺼내면 그걸로 우리 문제는 해결되는 거였어. 하지만 그런 일은 네가 잡히는 상황에서만 일어날 거라고 생각했다. 그리고 네가 잡혔다면 이미 죽은 목숨이나 마찬가지니까."

"그건 당신이 결정할 일이 아니죠."

"내가 내려야 할 결정이었어, 애야."

"당신이 내게 물어봤다면 난 아마도……."

"넌 남자 친구에게 해가 될 일이라면 아무것도 하지 않으려 하잖아." 선생님은 내가 반박할 때까지 기다렸다. 하지만 나는 하지 않았다. "지도자들은 가끔 말도 안 되는 잔인한 결정을 내려야 할 때가 있다. 내가 내린 잔인한 결정은, 네가 가겠다고 고집을 부린 그 심부름에서 목숨을 잃게 된다면 적어도 모험을 해봐야 한다고 생각한 거야. 아무리 가능성이 적더라도 네 죽음을 헛되이 하지 않을 수 있는 그런 모험을 해야 한다고 말이야."

얼굴이 시뻘겋게 달아오르는 게 느껴졌고 열과 분노 때문에 온몸이 덜덜 떨리기 시작했다. "그럴 가능성이 있다 해도 다른 일이 일어날 가능성도 얼마나 많았는데. 나와 리가 산산조각이 날 가능성이 얼마나 많았는데……."

"그랬다면 너는 대의를 위한 순교자가 됐겠지. 우리는 네 이름을 걸고 싸웠을 것이고. 순교자가 얼마나 강력한 힘을 발휘하는지 보면 놀랄 거다." 선생님은 날 뚫어져라 보면서 말했다.

"그건 테러리스트가 할 말이죠."

"그렇지만 바이올라, 난 네가 옳았다는 말을 하고 싶구나."

"이 정도면 충분히……."

"내 말을 끝까지 들어줘. 그건 실수였다. 그 폭탄 말이야. 어떻게든 대통령을 치고 싶은 필사적인 마음에 한 행동이고, 그럴듯한 이유였지만 그래도 남의 목숨을 가지고 그런 위험한 모험을 해서는 안 되는 거였어."

"그야 당연한……."

"그 점은 미안하다."

너 스스로를 통제하라

선생님이 실제로 미안하다는 말을 하자 침묵이 흘렀다. 침묵이 한없이 길어지자 선생님은 가려고 일어섰다.

"원하는 게 뭐예요? 정말 평화를 원해요? 아니면 그냥 시장을 이기고 싶은 거예요?" 내가 묻자 선생님이 멈춰 섰다.

그러더니 한쪽 눈썹을 치켜올렸다. "그 둘은 따로 떼어서 생각할 수 있는 게 아니다."

"하지만 둘 다 가지려다가 하나도 못 얻으면 어떡할 건데요?"

"살아갈 만한 가치가 있는 평화라야 해, 바이올라. 만약 우리의 삶이 예전으로 돌아간다면 거기에 무슨 의미가 있겠니? 왜 우리가 그토록 많이 죽어야 했는데?"

"거의 5000명에 달하는 사람들이 우주선을 타고 이곳으로 오고 있어요. 그런데 어떻게 상황이 전과 똑같아질 수 있겠어요."

"나도 그건 안다, 애야."

"새로운 평화 협정을 맺을 수 있도록 도와준다면 선생님이 얼마나 큰 영향력을 발휘하는 자리에 서게 될지 생각해 보세요. 평화로운 세상을 만드는 데 일조한 사람이 된다고요."

선생님은 한동안 생각에 잠겨 있다가 날 보지 않으려고 문틀 옆을 한 손으로 쓸어 올렸다.

"전에 내가 너에게 감탄했다는 말을 한 적이 있지. 기억나니?"

그 말에 나는 침을 꿀꺽 삼켰다. 그 일을 떠올리면 매디도 같이 떠오르니까. 내가 감탄을 자아내는 사람이 되는 일을 돕다가 총을 맞은 매디. "기억나요."

"난 아직도 그래. 전보다 그런 마음이 더 커졌다. 너도 알겠지만 나는 어렸을 때 여기 온 게 아니야. 여기 착륙했을 때 이미 성인이었어. 나는 다른 사람들과 함께 어촌을 세우려고 노력했지." 선생님은 여전히 내 눈을 피하면서 입술을 오므렸다. "하지만 실패했어. 우리가 고기를 잡은 것보다 고기가 우리를 더 많이 잡아먹었지."

"다시 시도할 수 있잖아요. 새 이주민들과 함께. 바다가 그리 멀지 않은 곳에 있다면서요. 말을 타고 이틀만 가면……."

"사실 하룻길이야. 빠른 말을 타고 가면 두어 시간 안에 도착하고. 이틀이라고 말한 이유는 네가 따라오지 않기를 바랐기 때문이다."

나는 얼굴을 찌푸렸다. "또 거짓말을 했군요."

"하지만 난 그때도 틀렸다, 얘야. 넌 한 달이 걸렸더라도 거기 왔을 테니까. 그래서 감탄하는 거야. 넌 지금까지 아주 훌륭하게 살아남았고, 세상에 실질적인 영향을 미칠 수 있는 자리를 지켜냈고, 혼자 힘으로 평화를 이루려고 이토록 애쓰고 있으니 말이다."

"그럼 절 도와주세요."

선생님은 생각에 잠긴 것처럼 손바닥으로 문틀을 한두 번 툭툭 쳤다.

"난 고민 중이다. 네가 준비가 됐는지 고민 중이야."

"뭘 할 준비요?"

하지만 선생님은 돌아서서 대꾸도 하지 않고 나가버렸다.

"무슨 준비냐고요?" 나는 선생님의 등에 대고 소리를 친 후에 침대에서 몸을 돌려 발을 바닥에 내리고 일어서려다가…….

순간적으로 너무 어지러워서 다시 침대에 쓰러져 버렸다.

나는 빙글빙글 도는 세상을 멈추기 위해 몇 번 깊게 숨을 쉬고…….

다시 일어서서 선생님을 쫓아 나갔다.

〈토드〉

군인들이 총을 들고 사방을 둘러보기 시작했다. 스패클의 거대한 소음이 사방에서 들려오며 무시무시하게 빠른 속도로 다가오고 있었다.

시장도 총을 치켜들었다. 나도 한 손으로는 총을 들고, 다른 손은 앙가르드를 진정시키기 위해 그녀에게 대고 있었다. 아직은 아무것도 보이지 않았다.

그때 길가 쪽에 서 있던 군인 하나가 비명을 지르면서 가슴을 움켜쥐며 땅바닥으로 쓰러졌다.

"저기다!" 시장이 소리 질렀다.

갑자기 스패클 한 소대, 수십 명의 스패클들이 길 아래쪽 숲에서 뛰쳐나와 그 하얀 막대기들을 쏘아댔다. 군인들은 그에 맞서서 총을 쏘다가 쓰러지기 시작했다.

시장은 말을 타고 내 옆을 지나가면서 총을 쏘다가 그를 향해 날아오는 화살 하나를 피했다.

수망아지! 앙가르드가 비명을 질렀고 나는 앙가르드를 타고 여기를 빠져나가기를, 앙가르드를 이 사태 속에서 빼내고 싶었지만…….

스패클들이 사방에서 총을 맞아 쓰러졌고…….

하나가 쓰러지자 곧바로 그 뒤에 또 다른 스패클이 나타났고…….

후퇴하라! 소음 속에서 그 소리가 들렸다…….

시장이 그 말을 군인들에게 전하고 있었다…….

내 뒤로 오라!

크게 소리를 지르는 것도 아니고 윙 소리조차 나지 않은 채, 바로 머릿속에 들어왔고…….

그리고 그게 보였다…….

도저히 믿을 수 없었지만…….

살아남은 병사들, 열두 명 정도 되는 병사들이 일사불란하게 움직여…….

내 뒤로 오라!

마치 개가 짖는 소리를 따라 움직이는 양 떼처럼…….

병사 전원!

그들은 계속 총을 쏘면서 시장을 향해 후퇴했다. 리듬에 따라 발까지 맞추면서, 모두 갑자기 한 사람이 된 것처럼 땅바닥에 널려 있는 전우의 시체들을 무심한 표정으로 넘어가며…….

내게로!

내게로!

나조차 시장의 뒤에 서기 위해 앙가르드의 고삐를 쥔 손이 움직이는 것이 느껴졌고…….

다른 군인들처럼 움직이려고…….

수망아지!?

나는 그런 스스로에게 욕을 퍼부으며 격렬한 전투가 벌어지는 곳을 피해 앙가르드를 돌려세우려 했지만…….

군인들은 하나둘씩 쓰러지는 와중에도 계속 둘씩 줄을 맞춰 움직이면서 총을 쐈고…….

스패클들은 총을 맞고 땅바닥에 쓰러져 죽어갔고…….

인간들은 뒤로 움직였고…….

오헤어 아저씨는 말을 타고 바로 내 옆으로 오면서 다른 군인들과 정확하게 보조를 맞춰 총을 쐈다. 그때 스패클 하나가 가까이 있는 숲에서 뛰어나와 오헤어 아저씨를 향해 하얀 막대기를 치켜올려서…….

고개 숙여요! 나는 생각했고…….

말은 내뱉지 않았고…….

내게서 아저씨에게로 윙 소리가 쏜살같이 날아갔고…….

아저씨가 고개를 홱 숙이는 바람에 스패클은 아저씨 바로 위쪽을 쐈고…….

오헤어 아저씨가 다시 허리를 펴고 일어나서 그 스패클을 총으로 쏜 후에 돌아서서 나를 봤는데…….

고맙다는 인사 대신 격노한 아저씨의 눈이 활활 타올랐고…….

갑자기 침묵이 흘렀다.

스패클들이 가버렸다. 그들이 달려가는 모습은 보이지도 않았다. 그들은 그냥 연기처럼 사라져 버렸고, 공격이 끝났다. 사방에 죽은 군인들과 스패클들의 시체가 널려 있었다. 이 모든 일이 채 1분도 안 되는 시간에 일어났다.

살아남은 군인들은 한 치의 어긋남도 없이 두 줄로 서서, 모두 총을 치켜들고, 스패클이 제일 먼저 쳐들어왔던 곳을 바라보면서 대기했다.

모두 시장이 내릴 다음 명령을 기다리고 있었다.

나는 그의 얼굴을 바라봤다. 온 정신을 집중하고 있는 시장의 표정이 너무 험악해서 보기 민망할 정도였다.

나는 그게 무슨 뜻인지 알고 있다.

그의 통제력이 향상되고 있다는 뜻이다.

점점 빨라지고, 강해지고, 날카로워지고 있다.

(하지만 나도 그래, 나도 그렇다고.)

"그래, 정말 그렇다, 토드." 시장이 말했다.

내 소음에서 아무 소리도 나지 않았지만 그는 여전히 내 소리를 들을 수 있다는 걸 잠시 후에야 알아차렸다.

"시내로 돌아가자, 토드. 뭔가 새로운 걸 시도해 볼 때가 된 것 같구나." 시장이 오랜만에 활짝 미소를 지으며 말했다.

〈바이올라〉

"정말 대단해요, 윌프." 정찰기에서 나왔을 때 브래들리가 하는 말이 들렸다. 나는 코일 선생님을 찾아 주위를 둘러봤다. 윌프 아저씨가 깨끗한 물이 든 커다란 통들이 실린 수레를 정찰기 근처로 가져와서 사람들에게 나눠줄 준비를 하고 있었다.

"별거 아니유. 그냥 해야 할 일을 하는 것뿐인디 뭐."

"누군가는 그래주니 고맙군요." 등 뒤에서 리의 목소리가 들렸다. 오늘 사냥을 일찍 마치고 돌아오는 길이었다.

"코일 선생님이 어느 쪽으로 갔는지 봤어?" 나는 리에게 물었다.

"안녕, 바이올라." 그는 웃으면서 들고 있던 암탉 몇 마리를 보여줬다. "너랑 먹으려고 가장 통통한 놈들을 남겨뒀어. 시몬과 저 인도주의자는 작은 걸 먹으라고 하고."

"브래들리를 그렇게 부르지 마." 나는 얼굴을 찡그렸다.

리는 다시 정찰기로 돌아가는 브래들리를 흘끗 봤다. 정찰기의 선실 문 밖에 반원으로 모여 앉아 우리를 지켜보는(오늘은 더 많이 모인) 사람들이 자기들끼리 쑥덕거렸다. 이반을 포함한 몇 안 되는 남자들의 소음 속에서 그 소리가 다시 들렸다. **인도주의자.**

"브래들리는 우리를 구하려고 노력하고 있어요. 그렇게 해서 여기 오는 사람 모두가 스패클과 평화롭게 살 수 있게 하려는 거라고요." 나는 그들에게 말했다.

"그래. 그런데 그 사람은 인도주의적인 노력보다는 자기 무기가 평화를 겁나 더 빨리 가져올 거라는 건 모르는 것 같더군." 이반이 말했다.

"브래들리의 인도주의적인 노력 덕분에 당신이 오래 살 수 있는 거라고요, 이반. 그리고 남 일에는 신경 좀 꺼요."

"난 우리가 생존에 신경 써야 한다고 믿는데." 이반이 큰 소리로 말하자 옆에 있는 여자가 그 말에 동의하면서 지저분한 얼굴에 우쭐한 미소를 띠었다. 그 여자도 나처럼 밴드를 차고 있어서 열이 나고 안색이 창백했지만, 그래도 다시는 그런 재수 없는 표정으로 나를 보지 못하게 얼굴을 사정없이 후려치고 싶었다.

하지만 리가 내 팔을 잡고 정찰기 옆을 돌아 엔진이 있는 쪽으로 갔다. 엔진은 꺼져서 차가웠지만 언덕에서 아무도 텐트를 치지 않은 유일한 곳이었다.

"이 멍청하고 옹졸한……." 나는 소리를 빽 질렀다.

"미안해, 바이올라. 하지만 나도 저 사람들 생각에 동의해."

"리……."

"프렌티스 시장이 우리 엄마와 누나를 죽였어. 스패클과 그를 막기 위해 뭐든 할 수 있다면 나는 좋아."

"넌 코일 선생님만큼이나 나빠. 널 죽이려고 했던 바로 그 사람 말이야."

"난 그저 우리에게 무기가 있다면 좀 더 강력한 힘을 보여줄 수 있다는……."

"그럼 앞으로 몇 년 동안 대학살이 일어나겠지!"

리는 벌컥 화를 내며 나를 비웃었다. "넌 꼭 브래들리처럼 말하는구나. 여기서 그런 식으로 말하는 사람은 그 사람밖에 없어."

"그래, 겁에 질리고 굶주리는 사람들로 가득 찬 언덕에서 정말 이성적인 해결책을……."

리가 나를 빤히 바라봐서 나는 말을 멈춰버렸다. 그는 내 코를 보고 있었다. 그의 소음 속에 내가 보였다. 나는 소리치면서 화를 낼 때면 항상 코에 주름이 잡히는데, 그 주름을 보는 그의 따뜻한 감정이…….

그리고 순간적으로 소음 속에서 그와 내가 보였다. 우리 둘은 발가벗은 채 서로를 꼭 껴안고 있었다. 현실에서는 한 번도 보지 못한 그의 가슴에 난 금빛 털이 보였다. 보송보송하고 부드럽고 놀랄 정도로 숱이 많은 그 털이 가슴에서 배꼽을 지나 밑으로 더 밑으로…….

"아, 이런." 리는 뒤로 한 발짝 물러섰다.

"리?" 내가 불렀지만 리는 이미 돌아서서 엄청 빨리 가고 있었다. 그의 소음에서 당혹스러워하는 환한 노란색이 세차게 흘러나왔다. 그는 큰 소리로 말했다. "나 다시 사냥하러 간다." 그리고 더욱 빠른 속도로 사라졌다.

나는 코일 선생님을 다시 찾으러 나섰다. 마치 전신이 새빨갛게 달아오르는 것처럼 피부가 정말 뜨겁다는 느낌이 들었다.

<토드>

수망아지? 수망아지? 스패클의 공격을 받은 후 시내로 돌아가는 내 내 앙가르드가 굉장히 빨리 움직이면서 나를 불러댔다.

"거의 다 왔어, 앙가르드."

나는 시장의 뒤를 따라 야영장으로 앙가르드를 타고 들어왔다. 시장은 좀 전에 길가에서 자기가 병사들을 완전히 조종했다는 사실에 아직도 들떠서 얼굴이 붉게 상기돼 있었다. 그는 줄리엣의 기쁨에서 내려 우리를 기다리고 있는 제임스에게 고삐를 넘겨줬다. 나도 제임스에게 다가가 앙가르드의 안장에서 뛰어내렸다.

"앙가르드에게 사료 좀 주세요. 물도 주고요." 내가 재빨리 말했다.

"사료는 준비해 뒀습니다만 물은 부족해서 배급을 하는 터라……." 앙가르드를 내 텐트로 데려가는 동안 제임스가 말했다.

"아뇨. 이해를 못 하시네요. 앙가르드에게는 당장 물이 필요해요. 우린 방금 막……." 나는 앙가르드에게서 최대한 빨리 안장을 벗기면서 말했다.

"앙가르드가 또 당신을 쥐고 흔드나 보죠?"

나는 눈을 크게 뜨고 그에게 돌아섰다. 방금 우리가 어떤 일을 겪었는지 모르는 제임스는 내가 말에게 휘둘리고 있다고 생각하며 싱글싱글 웃고 있었다. 내가 내 말을 보살피는 법 정도는 알고 있다는 것도 모르고, 앙가르드에게 내가 필요한 것도 모르고…….

"앙가르드는 잘생긴 말이죠. 하지만 주인은 당신이에요." 제임스는 앙가르드의 갈기에 엉켜 있는 털을 한 가닥 떼어내면서 말했다.

제임스의 생각이 보였다. 그는 자신의 농장, 그와 아버지가 키우던 말들을 생각하고 있었다. 세 마리인데 모두 황갈색 털에 코는 흰색이었다. 그는 군대에게 그 말들을 뺏겼고, 그 후로 한 번도 보지 못했으니 아마 전투에서 다 죽었을 거라고 생각하고 있었다.

제임스의 그런 생각을 본 앙가르드가 다시 걱정스러운 얼굴로 **수망아지?** 라고 나를 불렀고…….

그러자 나는 더 화가 나서…….

"아니라니까. 당장 가서 물 떠 와요."

나는 제임스에게 말하면서 무의식중에 그를 뚫어져라 보며, 내 소음으로 밀어대며, 그의 소음으로 뻗어가 움켜잡았고…….

그의 소음을 꽉 잡고…….

그를 꽉 잡고…….

나는 원이고 원은 나다…….

"뭐 하고 있는 겁니까, 토드?" 제임스는 마치 눈앞을 날아다니는 파리를 쫓는 것처럼 손으로 허공을 휘저으며 말했다.

"물. 지금 당장."

윙 소리, 허공에서 그 소리가 사정없이 진동하는 것이 느껴졌고…….

나는 이렇게 추운 날씨에도 땀을 흘리고 있었고…….

제임스도 땀을 흘렸고…….

땀을 흘리면서 어리둥절한 표정으로…….

이맛살을 찌푸렸다. "토드?"

그가 너무나 슬프게 나를 불러서, 마치 내가 그의 마음속으로 들어가 엉망으로 휘저어 놓은 것 같은 목소리여서 순간 그 자리에서 멈출 뻔했다. 집중을 중단하고 그의 마음속에서 나갈 뻔했지만…….

그러지 않았다.

"물을 넉넉히 가져다줄게요. 당장 가져오겠습니다." 제임스는 멍해진 눈으로 말했다.

그리고 물탱크를 향해 갔다.

나는 잠시 숨을 돌렸다.

내가 했다.

또다시 해냈다.

기분이 좋다.

강력해진 느낌이다.

"맙소사." 나는 작은 소리로 속삭이며 온몸이 너무 심하게 떨려서 주저앉고 말았다.

〈바이올라〉

나는 치료용 텐트 근처에 모여 있는 몇 명의 여자들 속에서 코일 선생님의 뒷모습을 찾아냈다.

"저기요!" 나는 선생님을 부르면서 쿵쿵거리며 다가갔다. 리와 있었던 일 때문에 목소리가 아주 크게 나왔지만, 동시에 도저히 어쩌지 못할 정도로 어지러워서 이러다가 땅바닥에 얼굴을 박고 쓰러지는 건 아닌가 하는 생각이 들었다.

코일 선생님이 고개를 돌렸다. 같이 있는 여자 셋이 보였다. 나다리 선생님과 브레이스웨이트 선생님은 해답이 언덕 꼭대기로 올라온 후로 내게 인사도 하지 않았지만 내 눈에는 그들이 들어오지도 않았다.

나는 시몬을 보고 있었다.

"넌 누워 있어야지, 애야." 코일 선생님이 말했다.

나는 선생님을 노려봤다. "내게 준비됐냐고 물어보고 그게 뭔지 말도 안 하고 휙 가버리면 어떡해요?"

코일 선생님이 시몬을 포함한 세 사람을 바라보자 시몬이 고개를 끄덕였다. "좋아, 애야. 그렇게 꼭 알아야겠다면 어쩔 수 없지."

여전히 숨이 찼다. 선생님의 어조로 봐서 무슨 이야긴지 모르겠지만 어쩐지 마음에 들지 않을 것 같다는 느낌이 들었다. 그때 선생님이 내 팔을 잡아도 되냐는 뜻으로 손을 내밀었다. 나는 거절했지만 어쨌든 선생님과 함께 치료용 텐트를 떠나 다른 곳으로 걸어갔다. 두 선생님과 시몬이 마치 경호원처럼 우리 뒤를 따라왔다.

"우린 한 가지 이론을 고려 중이다." 코일 선생님이 말했다.

"우리요?" 나는 다시 시몬을 보며 물었다. 시몬은 여전히 아무 말도 하지 않았다.

"유감스럽게도 하루하루 갈수록 점점 더 그럴듯해 보이는 이론이구나."

"제발 요점만 말해줄래요? 오늘 하루는 길었고, 난 몸이 좋지 않아요."

선생님은 고개를 한 번 끄덕였다. "좋다, 얘야. 그 밴드에 대한 치료제가 없는 것 같다." 선생님은 멈춰 서서 나를 똑바로 보며 말했다.

나는 무의식중에 내 팔에 손을 댔다. "뭐라고요?"

"우린 그 밴드를 몇십 년 동안 가지고 있었어. 맙소사, 구세계에도 밴드가 있었지. 물론 인간에게 밴드를 채운 잔인한 사례도 있었다. 하지만 이런 종류의 감염이 일어난 사례는 찾을 수 없었어. 시몬이 너희 우주선에서 보유하고 있는 아주 광범위한 데이터베이스를 뒤져봤지만 역시 찾지 못했다."

"하지만 어떻게……?"

그러다 말을 멈췄다. 선생님이 지금 어떤 암시를 하는지 알아차렸기 때문이다.

"시장이 거기에 뭔가를 집어넣었다고 생각하는군요."

"그 사람에게 어떤 속셈이 있는지 아무도 모른 채 무수한 여자들을 해칠 수 있는 방법이었겠지."

"하지만 그랬다면 우리가 들었겠죠. 그 수많은 남자들의 소음에서 분명 소문이 났을 텐데……."

"잘 생각해 봐, 얘야. 그자의 내력을 생각해 봐. 올드 프렌티스타운 여자들을 몰살시킨 일을 생각해 보라고."

"그 사람은 여자들이 자살했다고 했어요." 나는 이게 얼마나 설득력 없는 말인지 알면서도 그렇게 대꾸했다.

"밴드에서 나조차도 정체를 알아낼 수 없는 화학물질들을 발견했어. 이건 정말 위험해. 우린 정말 엄청난 일에 연루된 거야."

시몬이 엄청난 일에 연루됐다고 심각하게 말하는 걸 보자 속이 울렁거렸다. "언제부터 선생님들이 하는 말을 그렇게 열심히 들었어요?"

"너와 밴드를 찬 여자들 모두 그자 때문에 정말 위기에 처했을지도 모른다는 말을 들은 후부터."

"조심하세요. 코일 선생님은 자기 뜻대로 사람들을 조종하는 재주가 있거든요. 사람들을 모아놓고 우리를 비판하게 만드는 재주도 있고." 나는 코일 선생님을 보며 말했다.

"얘야, 나는 그런……." 코일 선생님이 입을 열었다.

"내게 뭘 원해요? 내가 어쩌길 바라냐고요?"

코일 선생님은 화가 난 듯 한숨을 쉬었다. "우린 그저 네 친구 토드가 아는 게 있는지 알고 싶다. 그 아이가 우리에게 말하지 않은 게 있다면 말이다."

나는 이미 고개를 절레절레 젓고 있었다. "토드가 알았다면 말했겠죠. 내 팔을 본 순간 말했을 거라고요."

"하지만 그 아이가 알아낼 수도 있잖아, 그렇지? 그걸 알아내도록 토드가 우릴 도와줄까?" 코일 선생님의 목소리는 긴장돼 있었다.

그 말을 이해하는 데 잠시 시간이 걸렸다.

"아, 이제야 무슨 속셈인지 알았어요."

"속셈이라니 무슨 뜻이니?" 코일 선생님이 물었다.

"스파이를 원하는 거잖아요. 선생님이 항상 쓰던 수법요, 안 그래요?

항상 하던 대로 조금이라도 더 권력을 차지하기 위해 유리한 구석이 없나 찾아다니고 있잖아요." 화가 난 내 목소리가 점점 더 거세졌다.

"아니다, 애야. 우리가 화학물질들을 발견……." 코일 선생님이 반박했다.

"뭔가 다른 속내가 있겠죠. 그동안 어떻게 첫 번째 평화 협정을 맺었는지 말해주지도 않고 시장이 먼저 움직이기만 기다리고 있었잖아요. 이젠 토드까지 이용하려 들고요. 나를 이용했던 것처럼……."

"그건 치명적이다, 애야. 그 감염 때문에 죽을 수도 있어."

〈토드〉

"그 수치심은 사라진다, 토드." 제임스가 야영장을 가로질러 앙가르드에게 줄 물을 가지러 가는 모습을 지켜보고 있는 사이에 시장이 내 뒤에 슥 나타나 말했다.

"당신이 내게 이런 짓을 했어. 당신이 그걸 내 머릿속에 집어넣어서 날 이렇게 만들었어……." 난 여전히 온몸을 덜덜 떨며 말했다.

"그런 짓은 하지 않았다. 나는 그저 그 길을 보여줬을 뿐이야. 너 스스로 거기로 걸어간 거고."

나는 아무 말도 하지 않았다. 그 말이 사실이니까.

(하지만 내 귀에 들리는 그 윙 소리는…….)

(내가 못 들은 척했던 그 윙 소리는…….)

"난 널 조종하고 있지 않아, 토드. 그게 우리가 맺은 계약의 일부였고, 나는 계속 지키고 있다. 지금까지 일어난 일은 전부 네 안에 있다고 그동안 내가 계속 말한 그 힘을 네가 발견한 거야. 그건 욕망이야. 넌 그 일이 일어나길 원했어. 그게 바로 그 힘의 비결이지."

"아니, 그렇지 않아. 사람에게는 다 욕망이 있지만 그렇다고 다른 사람들을 조종할 수 있지는 않아."

"평범한 사람들의 욕망은 남의 지시를 듣는 거라서 그래." 시장은 광장 건너편에 몰려 있는 천막과 군인, 시민 들을 바라봤다. "사람들은 자유를 원한다고 하지만 실제로 그들이 원하는 건 걱정에서 자유로워지는 거지. 만약 내가 그들의 문제들을 해결해 준다면, 그들은 내 명령을 따르는 것에 개의치 않아."

"그건 일부지 다 그렇지는 않아요."

"그렇지. 너는 아니지. 그래서 역설적으로 네가 그만큼 다른 사람들을 잘 조종하는 거야. 세상에는 두 종류의 사람이 있어, 토드. 저들." 시장은 군대를 가리켰다. "그리고 우리."

"우리란 없어요. 괜히 나를 거기 넣지 말아요."

하지만 시장은 씩 웃을 뿐이었다. "그거 확실하니? 난 스패클이 소음으로 연결돼 있다고 믿는다. 모두 하나의 목소리로 연결돼 있는 거지. 인간이라고 다를 것 같아? 너와 내가 하나로 이어져 있는 건 바로 우리가 그 목소리를 쓰는 법을 알기 때문이야."

"난 당신과 달라. 난 절대로 당신 같은 사람은 되지 않아."

"그렇지. 넌 나보다 훨씬 나은 사람이 될 거라고 생각한다." 시장은 눈을 번득이며 말했다.

그때 갑자기 빛이 번쩍였다…….

시내에 있는 그 어떤 전깃불보다 환한 빛이…….

광장을 가로지르며…….

군대 근처에서…….

"물탱크야. 놈들이 물탱크를 습격했다!" 시장이 벌써 움직이면서 외쳤다.

〈바이올라〉

"죽을 수도 있다고요?"

"지금까지 네 명이 죽었어. 다른 일곱 명도 이번 주를 넘기지 못할 거야. 사람들이 공황에 빠지지 않게 쉬쉬하고 있을 뿐이야." 코일 선생님이 말했다.

"그럼 천 명 중에서 사망자는 고작 열 명 정도잖아요. 어쨌든 원래 몸도 약하고 다른 병이 있어서 그랬던 건……."

"넌 네 목숨을 걸고 그렇게 믿을 수 있겠니? 여기 있는 밴드 찬 여자들의 목숨을 걸고? 그 사람들의 팔을 잘랐는데도 아무 효과가 없었어, 바이올라. 네가 보기에는 그게 평범한 감염 같니?"

"지금 선생님 뜻대로 날 조종하려고 거짓말하는 것 같으냐고 묻는다면 내가 어떻게 대답할 것 같아요?"

코일 선생님은 화를 참으려고 애쓰는 듯 천천히 심호흡을 했다.

"난 여기 최고의 힐러다, 애야. 그런 나마저도 그 여자들의 죽음을 막지 못했어." 감정에 복받친 선생님의 목소리가 사나웠다. 그녀가 내 팔에 감긴 붕대를 내려다봤다. "아마 누가 되더라도 밴드를 찬 사람의 죽음은 막을 수 없을지도 몰라."

다시 내 팔에 손을 살짝 대자 욱신거리는 느낌이 들었다.

"바이올라. 그 여자들의 상태는 정말 위중해." 시몬이 조용히 말했다.

아니야. 아니야…….

"시몬은 이해 못 해요. 이 사람은 항상 이런 식이에요. 작은 진실을 커다란 거짓말로 부풀려서 멋대로 타인을 조종하죠." 나는 고개를 절레절레 흔들며 말했다.

"바이올라." 코일 선생님이 날 불렀고…….

"아뇨. 난 당신이 옳다는 생각은 못 하겠어요. 만약 당신의 말이 거짓이라면, 정말 영리한 거짓말이에요. 내 생각이 틀리다면 우리 모두 죽을 테니까. 좋아요. 토드가 뭘 알아낼 수 있을지 한번 보죠." 나는 계속 생각하며 큰 소리로 말했다.

"고맙다." 코일 선생님은 흥분했다.

"하지만 당신을 위해 토드에게 스파이가 되라고 부탁하진 않겠어요. 그리고 대가로 해줄 일이 있어요."

코일 선생님은 내 얼굴을 슬쩍 훑어보면서 내 말이 진심인지 살펴봤다.

"뭔데?" 선생님이 마침내 물었다.

"계속 딴청 피우는 건 그만하고 말해요. 스패클과 평화 협정을 맺기 위해 했던 일을 하나도 빠트리지 말고요. 그리고 그걸 다시 시작할 수 있게 도와주세요. 더 이상 미루지 말고, 날 기다리게 하지도 말아요. 내일 당장 시작해요."

나는 선생님이 머리를 굴리면서 거기서 자신이 얻을 수 있는 이익이 뭔지 궁리하는 모습을 찬찬히 바라봤다. "이렇게 하자……."

"거래는 없어요. 내가 원하는 대로 하지 않으면 이걸로 끝내요."

이번에는 선생님도 주저하지 않고 대답했다. "좋다."

그때 정찰기에서 고함이 들렸다. 경사로를 달려 내려오는 브래들리의 소음이 요란했다. "시내에서 일이 생겼어!"

〈토드〉

우리는 물탱크를 향해 달렸다. 앞에 있는 군인들은 우리가 오는 걸 못 봤는데도 옆으로 비켜줬다.

시장이 그들의 머릿속으로 들어가 그들에게 움직이라고, 비키라고 하는 소리가 들렸다.

거기 도착했을 때…….

물탱크가 금방이라도 넘어질 것처럼 흔들거리고 있었고…….

탱크의 한쪽 다리는 폭발로 거의 날아갔는데, 아마 빙글빙글 돌며 불타오르는 그 무기에 당한 것 같았다. 탱크의 목재판 위에 끈적거리는 하얀 불길이 물 흐르듯 흘러가고 있었다.

그리고 사방에 스패클이 쫙 깔려 있었다.

군인들은 정신없이 총을 쏴댔고, 스패클도 하얀 막대기 총을 쏘며 반격했다. 사람들이 쓰러지고 스패클들도 쓰러졌지만 정말 심각한 문제는…….

"불! 저 불부터 꺼!" 시장이 소리를 꽥 질러서 주위에 서 있는 모든 군인들의 머릿속에 박아 넣었다.

그러자 남자들이 움직이기 시작했는데…….

다만 그때 뭔가가 정말 심각하게 잘못됐다…….

제일 앞에 서서 싸우던 군인들이 총을 떨어뜨리고 물을 떠 오려고 양동이를 들기 시작했고…….

한참 총을 쏘고 있던 군인들, 스패클 바로 옆에 있던 군인들이…….

갑자기 홱 돌아서서 조금 전까지 싸우고 있던 전투가 보이지 않는 것처럼 그 자리를 떠나버렸고…….

스패클들은 눈이 멀지 않아서 더 많은 군인들이 죽기 시작했지만, 군인들은 심지어 누가 자기들을 죽이고 있는지 보지도 않았고…….

잠깐만! 계속 싸워라! 시장의 생각이 들렸다.

하지만 다들 이제 그 명령에 혼란스러워져서 총을 떨어뜨린 군인 몇 명은 다시 총을 들기도 했지만 다른 군인들은 멍하니 서서 어찌할 바를 몰라 했고…….

나는 시장의 얼굴을 봤다. 집중하느라 온 정신을 쏟으면서 몇몇 병사들에게는 이 일을 시키고 다른 병사들에게는 저 일을 시키려고 애쓰느라 그의 얼굴이 쪼개질 것 같았고, 그래서 모든 일이 얽히고설켜 아무도 움직이지 않은 채 계속 사람들이 죽어갔고, 물탱크는 금방이라도 쓰러지려고…….

"각하?!" 오헤어 아저씨가 소리 지르면서 소총을 들고 달려왔다가 엉망이 된 시장의 소음에 걸려들어 곧바로 그 자리에 멈춰 섰고…….

스패클들은 군인들이 혼란스러워하며 마땅히 해야 할 일을 안 하면서 몇몇은 총을 쏘고 나머지는 멀거니 서서 불이 곡식 창고로 번지게 놔두는 모습을 봤고…….

그때 스패클의 소음이 느껴졌다. 그들의 언어는 모르지만, 스패클은 예상보다 훨씬 큰 승리의 예감을 느끼고 있었다. 어쩌면 최후의 승리를 거둘 수도 있다고 생각했고…….

그런 내내 나는 멍하니 정신을 놓고 있지 않았고…….

이유는 모르겠지만 시장의 조종을 받지 않은 사람은 나 하나인 것 같은데…….

어쨌든 그는 내 머릿속에는 들어오지 않은 모양이다…….

하지만 그게 무슨 의미인지는 생각할 겨를이 없었고…….

나는 총신을 움켜잡고 시장의 귀에 대고 세게 후려쳤다.

시장은 비명을 지르면서 비틀거리며 옆으로 한두 발짝 걸어갔고…….

시장 근처에 있는 병사들도 누군가에게 주먹으로 맞은 것 같은 소리를 질렀고…….

시장은 한쪽 무릎을 꿇고 한 손을 머리에 댔다. 손가락 사이로 피가 흘러내렸고, 소음에서 신음이 흘러나왔다.

하지만 나는 이미 오헤어 아저씨에게 돌아서서 소리를 질렀다. "어서 군인들을 일렬로 세워서 사격해요. 당장, 당장, **당장!**"

그때 조그맣게 윙 소리가 나는 게 느껴졌지만 내 말이 아저씨에게 효과를 발휘한 것인지, 아니면 아저씨가 뭘 해야 할지 깨달아서 그러는 건지는 알 수 없었다. 하지만 오헤어 아저씨는 벌써 펄쩍펄쩍 뛰면서 근처에 있는 병사들에게 어서 줄 맞춰 서서 빌어먹을 총을 들고 쏘라고 소리를 지르고 있었다.

그렇게 다시 총성들이 공기를 찢기 시작했고, 스패클들은 쓰러지거나 뒤로 물러나면서 갑작스러운 상황 변화에 당황하며 자기들끼리 걸려 넘어졌다. 그때 테이트 아저씨가 달려오는 모습이 보였고, 나는 아저씨가 입을 열 겨를조차 주지 않았다.

"저 불 **꺼요!**" 내가 소리 질렀다.

테이트 아저씨는 여전히 무릎을 꿇은 채 피를 흘리고 있는 시장을 한 번 보더니 내게 고개를 끄덕이고, 다른 병사들에게 양동이를 가져와서 우리의 물과 식량을 구하라고 외쳤다.

세상은 아수라장이 됐다. 세상이 비명을 지르면서 갈기갈기 찢기는 동안 이제 일렬로 선 군인들이 앞으로 밀고 나가면서 스패클들을 물탱크 뒤로 밀어냈다.

나는 무릎을 꿇은 채, 머리를 잡고 피를 줄줄 흘리고 있는 시장을 내려다봤다. 그의 옆에 가서 무릎을 꿇고 상태가 괜찮은지 살펴보지 않았고, 그를 돕기 위해 아무것도 하지 않았다.

하지만 내가 그의 옆을 떠나지 않을 거라는 사실을 깨달았다.

"네가 날 쳤다, 토드." 줄줄 흐르는 피만큼이나 굵은 목소리가 들렸다.

"그래야 했어요, 바보 같으니라고! 당신 때문에 다들 죽을 뻔했다고 요!"

시장은 그 말에 고개를 들어 나를 바라봤다. 여전히 머리에 손을 댄 채. "내가 그랬지. 네가 날 막길 잘했다."

"당연하죠."

"네가 해냈다, 토드. 필요한 순간이 닥쳤을 때 잠시나마 넌 지도자가 됐어." 시장이 거칠게 숨을 몰아쉬며 말했다.

그때 물탱크가 쓰러졌다.

〈바이올라〉

"군대가 큰 습격을 받았다." 우리가 그를 향해 달려갔을 때 브래들리 가 말했다.

"얼마나 큰데요?" 나는 곧바로 통신기를 꺼내면서 물었다.

"탐사 장치에 번쩍하면서 섬광이 일더니……."

그때 또 다른 소리가 들려서 브래들리가 입을 다물었다.

숲 가장자리에서 비명이 들렸다.

"이번에는 또 뭐야?" 시몬이 말했다.

숲과 야영장 경계에서 목소리들이 들렸고, 사람들이 야영장에서 일 어서는 모습이 보였고, 또다시 더 많은 비명들이…….

그리고 리…….

리…….

리가 비틀거리면서 사람들 속에서 나왔는데…….

온몸이 피범벅이고…….

얼굴에 두 손을 대고…….

"리!"

나는 정신없이 리를 향해 달려갔지만 열 때문에 속도가 느려지며 숨을 쉴 수 없었다. 그 사이에 브래들리와 코일 선생님이 날 앞질러 달려가서 리를 잡고 땅바닥에 눕혔다. 코일 선생님이 피투성이 얼굴을 잡고 있는 리의 손을 억지로 떼어내야 했다.

그걸 보고 있던 사람 중 누가 비명을 질렀고…….

우리의 눈에 보였다…….

리의 눈이…….

리의 눈이 사라졌다…….

정말 사라져 버렸다…….

피범벅이 돼서 타버렸다…….

마치 산에 녹아버린 것처럼…….

"리! 리, 내 말 들려?" 나는 그의 옆에 무릎을 꿇으며 물었다.

"바이올라? 네가 안 보여! 안 보여!" 리가 피투성이 손을 내밀며 외쳤다.

"나 여기 있어! 나 여기 있어!" 나는 그의 두 손을 움켜쥐었다.

"무슨 일이 있었니, 리? 사냥하러 갔던 다른 사람들은 어디 있어?" 브래들리가 낮고 침착한 목소리로 물었다.

"죽었어요. 아, 맙소사, 죽었어요. 매그너스가 죽었어요."

우리는 리가 이제 무슨 말을 할지 알았다. 그의 소음에 다 보였다.

"스패클. 스패클들이 오고 있어요."

〈토드〉

물탱크 다리들이 무너지면서 물이 담긴 거대한 철제 탱크가 현실이라기에는 너무 천천히 굴러떨어졌고…….

그렇게 탱크는 그 밑에 있던 군인 하나를 으스러뜨리며 바닥으로 떨어져 박살 났고…….

우리가 마셔야 할 물 한 방울 한 방울이 단단한 벽처럼 세차게…….

곧장 우리를 향해 밀려왔고…….

시장은 여전히 비틀거리면서 정신이 멍한 상태였고…….

"도망쳐!" 나는 소리 지르면서 그것을 내 소음에 실어 사방으로 보내는 사이에 허겁지겁 시장의 소중한 제복을 움켜쥐고 한쪽으로 끌어냈고…….

거대한 물 벽이 거리를 치고 우리를 쫓아 광장으로 밀려와 군인들과 스패클들을 쓰러뜨리고, 텐트들과 침대들을 휙 쓸어가서 거대한 수프처럼 모두 뒤죽박죽 섞어버렸고…….

그 거대한 물살이 식량 창고에 난 불을 껐지만, 그것으로 남은 물도 사라져 버렸고…….

나는 물살을 피해 군인들을 헤치면서 시장을 질질 끌고 가다시피 데려가며 계속 다가오는 군인들에게 **"움직여!"**라고 소리 질렀고…….

그들은 움직였고…….

우리는 어떤 집의 현관까지 간신히 올라왔고…….

세찬 물살이 무시무시한 기세로 우리 옆을 지나가면서 철벅이는 물방울에 우리의 무릎까지 젖었지만, 어쨌든 지나가면서 점점 수위가 낮아져 땅바닥으로 스며들었고…….

그렇게 우리의 미래도 사라져 버렸다.

카오스 워킹 3

그렇게 물살은 순식간에 사라지고 온갖 시체들과 사정없이 망가진 물건들로 뒤덮인, 물에 흠뻑 젖은 광장만 남았다.

내가 잠시 숨을 돌리면서 그 난리판을 내다보는 사이에 시장은 옆에서 정신을 차렸다.

그때 보였다.

아, 안 돼…….

저기, 땅바닥에서, 물살에 옆으로 밀려난…….

안 돼…….

제임스…….

제임스가 땅바닥에 누워 얼굴을 위로 한 채 하늘을 올려다보고 있었는데…….

그의 목에 구멍이 하나 생겼고…….

나는 총을 떨어뜨린 것도 의식 못 한 채 물살을 헤치고 달려가 그의 옆에 무릎을 꿇고 앉았다.

내가 조종한 제임스. 별다른 이유도 없이 그저 내 욕심 때문에 그를 이쪽으로 보냈는데…….

내가 그를 사지로 내몰았다.

아, 안 돼.

아, 제발, 안 돼.

"음, 그거 참 안타까운 일이군. 네 친구는 정말 안됐다. 하지만 네가 날 살렸어, 토드. 두 번이나. 내 어리석음으로부터 한 번 구했고, 한 번은 물에 빠지지 않게 구해줬어." 뒤에서 들리는 시장의 목소리는 진심인 것 같았고, 다정한 것도 같았다.

나는 아무 대꾸도 하지 않았다. 나는 제임스의 얼굴에서 눈을 떼지 못했다. 여전히 순수하고, 착하고, 다정하고, 마음이 열려 있는 제임스. 이제 그에게서는 아무 소리도 흘러나오지 않았다.

전투가 끝나가고 있었다. 오헤어 아저씨의 권총이 멀리 떨어진 거리에서 불을 뿜었다. 하지만 그게 무슨 소용이 있겠는가?

그들이 물탱크를 박살내 버렸다.

그들이 우릴 죽였다.

시장의 한숨 소리가 희미하게 들렸다. "이제 너의 이주민 친구들을 만날 때가 된 것 같구나, 토드. 마침내 코일 선생님과 길고 유쾌한 대화를 나눠야 할 것 같아."

나는 손으로 제임스의 눈을 쓸어 감기면서 데이비 프렌티스의 눈을 감겨줬을 때를 떠올렸다. 그때와 똑같이 내 소음은 더없이 공허했고, 미안하다는 생각조차 할 수 없었다. 그런 말로는 부족한 것 같았고, 남은 평생 미안하다고 용서를 빌어도 부족할 것 같았다.

"스패클들이 테러리스트로 변해버렸다. 아무래도 테러리스트 상대로는 테러리스트가 제격이지" 시장이 그런 말을 했지만 나는 듣는 둥 마는 둥 했다.

그때 그 소리가 들렸다. 광장에서 일어나는 아비규환 너머로 또 다른 거대한 소리, 소음으로 이루어진 세상에서 일어나는 또 다른 종류의 거대한 소리가 들렸다.

우리는 동쪽, 폐허가 된 성당 너머, 금방이라도 무너질 것 같지만 여전히 서 있는 종탑 너머를 바라봤다.

멀리서 정찰기가 하늘로 날아올랐다.

전쟁 전야

나는 땅의 목소리에 잠겨 있었다.

나는 빈터를 공격하고 있었고, 내 손에서 무기가 발사되는 걸 느끼고, 빈터의 병사들이 죽는 모습을 내 눈으로 보고, 전투의 함성과 비명들을 내 귀로 듣고 있었다. 나는 언덕 꼭대기에서 그 밑의 계곡이 내려다보이는 바위투성이 언덕의 가장자리에 서 있었지만, 그 전투 한가운데서 싸우고 있는 이들의 목소리를 통해 땅을 위해 목숨을 바치고 있는 이들을 통해 싸우고 있었다.

나는 물탱크가 쓰러지는 모습을 지켜봤다. 그것이 쓰러지는 게 보일 정도로 가까이 있던 땅은 빈터의 손에 금방 목숨을 잃었다. 하나하나 죽을 때마다 땅의 목소리가 끔찍하게 찢겨나가면서 그 갑작스러운 부재에 끔찍한 고통이 느껴졌다.

하지만 어쩔 수 없이 필요한······.

필요하지만 오직 소수로 끝내야 할 일이지. 땅 전체를 구하기 위해 필요한 일이야. 하늘도 그 모습을 지켜보면서 보여줬다.

이주민들이 오기 전에 이 전쟁을 끝내기 위해 필요한 일이죠. 나도 그에게 보여주면서 그에게 가르쳐 주지 않은 낯선 단어를 사용했다.

때가 됐다. 그는 여전히 밑에 있는 도시, 저 밑에서부터 우리에게 도달하는 목소리들, 아까보다 싸우는 이들의 수가 줄어들고 좀 더 많은 이들이 도망치고 있는 그 목소리들에 집중하면서 보여줬다.

그런가요? 그가 어떻게 확실히 아는지 궁금하기도 하고 놀라기도 하면서 물었다.

하지만 내 궁금증은 제쳐놓았다. 하늘의 목소리가 열려서 이제 물탱크를 엎는 첫 번째 목적을 달성했으니 오늘 밤 일어날 일들을 일깨워 줬기 때문이다.

오늘 밤에는 전쟁의 양상이 달라질 것이다.

물 공격이 1단계였다.

2단계는 전면전이다.

땅은 지난 며칠을 허투루 보내지 않았다. 땅의 일원들이 매번 다른 시각에 다른 곳, 외딴곳에서 빈터를 기습해 허를 찌르며 세찬 공격을 퍼부었다. 땅은 빈터보다 이곳의 토양과 나무들과 훨씬 끈끈하게 연결돼 있기 때문에 아주 쉽게 위장할 수 있었고, 밝게 빛나면서 허공에 둥둥 떠다니는 빈터의 장치들은 땅에게 격추될까 봐 감히 가까이 오지 못했다.

빈터는 물론 큰 무기들을 발사해서 하늘까지도 저격할 수 있었다. 다만 하늘이 그렇게 가까운 곳에서 그들을 지켜보고 있는 건 모르겠지만.

하지만 그들이 그런 짓을 한다면 강물에 빠져 죽게 될 것이다.

어쩌면 또 다른 이유가 있을지도 모른다. 왜 빈터는 그토록 강력한 무기가 있는데도 쓰지 않을까? 왜 그들은 점점 강도를 더해가는 거센 공격을 받으면서도 반격하지 않을까?

우리가 처음에 감히 바랐던 것처럼 그들에게 쏠 무기가 더 이상 남아 있지 않는 이상 말이다.

나도 저기 밑에 있고 싶어요, 나도 저기서 총을 쏘고 싶어요. 칼에게 쏘고 싶어요. 나는 그 광경을 지켜보며 땅의 목소리로 보여졌다.

아니. 저들은 이제 필사적이 될 것이다. 우리가 이 정도로 진군할 수 있었던 이유는 저들이 힘을 합쳐 반격하지 않았기 때문이다. 하늘은 생각에 잠긴 낮은 목소리로 보여졌다.

저들이 힘을 합치길 바라는군요.

하늘은 빈터가 본색을 드러내기를 바란다.

우린 지금 공격할 수 있습니다. 저들은 혼란에 빠져 있어요. 우리가 지금 움직인다면…… 나는 점점 흥분했다.

우리는 저 머나먼 언덕 위에서 목소리들이 돌릴 때까지 기다릴 것이다.

저 머나먼 언덕 위. 멀리 떨어져 있는 우리의 목소리들, 정보를 수집하러 간 땅의 일원들이 빈터가 어떻게 두 진영으로 분열돼 있는지 보여줬다. 한 무리는 저 밑의 시내에 있었고, 또 한 무리는 멀리 위치한 언덕 위에 있었다. 우리가 지금까지 언덕 위에 있는 무리를 내버려 둔 이유는 그들이 전투에서 도망친 이들, 싸움에 관심이 없는 이들처럼 보였기 때문이다. 하지만 우리는 또한 우주선이 거기 착륙했고, 그 대단한 무기가 아마도 거기서 발사됐을 가능성이 크다는 사실도 알고 있었다.

우리는 그들에게 그런 무기가 더 많이 있는지 볼 수 있을 만큼 가까이 접근하지 못했다.

너 스스로를 통제하라　　　　　　　　　　　　　　　　269

하지만 오늘 밤 확실히 알아낼 것이다.

땅은 준비됐습니다. 땅은 공격할 준비가 됐습니다. 나는 흥분을 감추지 못한 채 보여줬다.

그래. 땅은 준비가 됐다.

하늘의 목소리에서 그들이 보였다.

빈터가 모르는 길을 따라 무수한 땅의 일원들이 시내 북쪽과 남쪽으로 천천히 모여들어서 그들의 소리가 들리지 않는 적당한 거리에 떨어져 있었다.

그리고 하늘의 목소리에서 또 다른 무수한 땅의 일원들이 멀리 떨어져 있는 언덕 위 근처에 숨어서 대기 중인 모습도 보였다.

바로 지금, 지금 이 순간 땅은 빈터를 상대로 전면전을 벌일 준비가 됐다.

그리고 그들을 다 쓸어버릴 것이다.

우리는 저 머나먼 언덕 위에서 오는 소식을 기다릴 것이다. 인내심을 가져라. 너무 일찍 공격하는 전사는 패배한다. 하늘이 이번에는 좀 더 단호하게 보여줬다.

만약 그 목소리들이 우리가 원하는 모습을 보여주면 어떻게 되는 겁니까?

하늘은 눈을 반짝이며 나를 바라봤다. 그 빛이 그의 목소리로 퍼져가서 나를 둘러싼 세상만큼 커져 앞으로 다가올 일, 앞으로 일어나게 될 일, 내가 정말 그러길 바라는 모든 일을 보여줬다.

만약에 언덕 위에 있는 빈터가 정말 그 대단한 무기들을 다 써버렸다는 소식이 들어오면……

그러면 전쟁은 오늘 밤 끝나죠, 우리의 승리로.

그는 내 어깨를 한 손으로 잡고, 그의 목소리로 날 감싸고 그 안에서 날 따뜻하게 안아주면서 모든 땅의 목소리 속으로 날 끌어당겼다.

카오스 워킹 3

만약 그렇다면. 그가 보여줬다.

만약 그렇다면. 나도 대구했다.

아주 낮은 목소리로, 아마 나만 들을 수 있는 그런 목소리로 하늘이 보여줬다. 귀환은 이제 하늘을 믿느냐?

믿습니다. 하늘을 의심해서 죄송합니다. 나는 망설이지 않고 대답했다.

그러자 미래에 대한 예감, 오늘 밤 반드시 일어나게 될 일에 대한 확신이 들면서 설레었다. 내가 그토록 원하던 빈터의 운명이 이제 내 앞에서, 우리 모두의 앞에서 일어나게 될 것이다. 짐의 희생을 복수하고, 내 특별한 이의 죽음도 복수하고, 나도 복수하고……

그때 갑자기 어마어마한 소음이 밤을 두 쪽으로 쪼개버렸다.

저게 뭐죠? 내가 물었다. 하늘의 목소리도 그것의 정체를 찾고 있었다. 저 어두운 하늘 너머로 뻗어가는 그의 목소리뿐만 아니라 눈으로도 그 소리를 찾으면서 빈터에게 또 다른 무기가 있으며 우리가 착각했다는 공포가 점점 차오르는 것이 느껴지는 그때……

저기. 그가 보여줬다.

멀리서, 아주 먼 언덕 위에서 아주 조그만 것이……

그들의 우주선이 하늘로 솟아오르고 있었다.

우리는 그것이 마치 육중한 날갯짓을 처음 해보는 강의 백조처럼 밤하늘로 천천히 떠오르는 모습을 지켜봤다.

좀 더 가까이서 볼 수 없나? 좀 더 가까이 있는 목소리는 없나? 하늘이 목소리를 넓고 멀리 보냈다.

멀리 있는 한 점의 빛에 지나지 않는 그 우주선이 천천히 언덕 위를 한 바퀴 돌다가 기울어졌고, 섬광들이 그 아래의 숲으로 떨어졌다. 나무에 닿은 그 빛들이 갑자기 엄청나게 환해졌고, 몇 초 후에 쾅 소리들이 계곡 저편에서부터 우리를 향해 굴러오기 시작했다.

그리고 언덕 위에서 목소리들이 들려왔다⋯⋯.

하늘이 비명을 질렀다. 우리는 갑자기 우주선에서 떨어뜨리는 섬광들, 무시무시한 기세로 나무들을 찢어발기는 강력한 폭탄들의 폭발을 맞게 됐다. 사방에서 섬광이 터져 도망칠 수도 없었다. 온 세상이 폭발하면서 땅의 눈들이 그 섬광들을 보고 고통을 느끼다가 급하게 꺼져버린 불길처럼 생명이 사라져 갔다.

그때 하늘이 즉시 후퇴하라는 명령을 보내는 소리가 들렸다.

안 돼요! 나는 소리 질렀다.

하늘이 날 사납게 노려봤다. 그럼 너는 저들이 학살되게 놔두자는 건가?

그들은 기꺼이 목숨을 바치려 하고 있습니다. 지금이 우리의 기회⋯⋯.

하늘이 손등으로 내 뺨을 세게 후려쳤다.

나는 경악해서 비틀거리며 뒤로 물러났다. 얼굴이 통증으로 찌릿찌릿 울렸다.

넌 하늘을 믿는다고 하지 않았나? 하늘의 목소리에 서린 분노가 날 와락 움켜쥐어서 아플 정도였다.

날 때렸어요.

그렇게 말하지 않았어? 그의 커다란 목소리가 내 머릿속에 있던 모든 생각을 일거에 몰아내 버렸다.

나는 그를 마주 봤고, 화가 치밀어 오르기 시작했다. 하지만 대답했다. 그렇습니다.

그럼 이제 날 믿어라. 하늘은 뒤에서 그를 반원 모양으로 둘러싸고 기다리고 있는 길들에게 돌아섰다. 저 머나먼 언덕 위에 있는 땅들을 데려와라. 북쪽과 남쪽에 있는 땅은 내 지시를 기다리고.

길들은 즉시 하늘의 명령을 기다리는 땅에게 전하기 위해 출발했다.

그 지시들은 나도 분명하게 알아들을 수 있도록 짐의 언어로 전달됐다.

후퇴 명령이었다.

공격 명령이 아니라.

하늘은 날 보지 않으려고 돌아서 있었지만, 나는 다시 한 번 이 땅의 누구보다 그의 마음을 더 잘 읽어냈다. 땅보다 더 잘 읽는지도 모른다.

이 사태를 예상했군요. 무기가 더 있을 거라고 예상했어요.

하늘은 여전히 날 보려 하지 않았지만 목소리의 변화로 내 짐작이 옳았음을 알 수 있었다. 하늘은 키환에게 거짓말하지 않았다. 저들에게 그 무기가 더 없었다면 우리는 바로 이 순간 그들을 무찌르고 있었을 것이다.

하지만 당신은 무기가 있을 거라는 점을 알고 계셨어요. 제가 그렇게 믿도록 봐두시다니…….

넌 너의 바람을 믿었을 뿐이다. 내가 무슨 말을 해도 그 믿음은 사라지지 않았을 거야.

내 목소리는 아까 맞은 통증 때문에 아직도 울리고 있었다.

때려서 미안하구나.

그의 사과에서 그게 보였다. 찰나의 순간이지만 나는 봤다.

마치 짙은 구름 사이로 언뜻 비친 햇살처럼, 도저히 오해의 여지가 없는 한 줄기 빛이 보였다.

나는 평화를 사랑하는 그의 본성을 봤다.

너 스스로를 통제하라

당신은 그들과 화해하고 싶군요. 그들과 평화 협정을 맺고 싶어 해요.

하늘의 목소리가 굳어졌다. 내 마음은 그 반대라는 사실을 보여주지 않았니?

당신은 그 가능성을 열어두고 계십니다.

현명한 지도자라면 그래야 한다. 너도 그걸 배울 것이다. 반드시 그래야 한다.

나는 이해할 수 없는 그 말에 눈을 깜박였다. 왜요?

하지만 그는 그저 계곡 건너편, 그 우주선이 여전히 날아다니고 있는 머나먼 언덕 위를 바라봤다.

우리가 짐승을 깨웠다. 그 짐승이 얼마나 분노하게 될지 앞으로 보게 될 거야.

동맹

적과의 대화

〈바이올라〉

통신기에서 삐 소리가 났다. 토드가 연락했다는 걸 알지만 나는 정찰기 치료실에서 리의 머리를 무릎에 올려놓고 있어서 당장은 다른 생각을 할 수 없었다.

"리 꽉 잡고 있어라, 바이올라." 정찰기가 다시 한쪽으로 기울어지자 코일 선생님이 중심을 잡으려고 애쓰면서 당부했다.

"고개 하나만 더 지나서 착륙합니다." 정찰기의 통신 시스템에서 시몬의 목소리가 흘러나왔다.

시몬이 폭탄 여러 개가 자기로 연결된 후퍼들을 투하하자 정찰기 바닥 밑으로 쾅쾅 폭발하는 소리가 들렸다. 이 폭탄들은 아래 숲을 불바다로 만들고 있었다.

우리는 다시 한 번 스패클들을 폭격하고 있었다.

리가 그들이 쳐들어오고 있다는 말을 한 후에 나는 다른 사람들과 함께 그를 정찰기 안으로 옮겼다. 거기서 코일 선생님과 로손 선생님이 즉시 치료를 시작했다. 우주선 문을 닫아놓긴 했지만 바깥의 언덕 위에 있는 사람들이 지르는 고함 소리가 다 들렸다. 두려워서, 또한 분노해서 지르는 소리이기도 했다. 정찰기 밖에서 반원 모양으로 둘러앉아 우리를 감시하는 이반 무리가, 이제 우리가 공격받고 있는 상황에서 시몬과 브래들리가 어떻게 할 것인지 알려달라고 떠드는 모습이 아주 쉽게 떠올랐다.

"놈들이 어디에 있을지 아무도 **모른다고!**" 이반의 고함이 들렸다.

그래서 코일 선생님이 리에게 진정제를 놓고 로손 선생님이 그의 망가진 눈구멍에서 끝도 없이 흘러나오는 피를 닦는 동안, 시몬과 브래들리가 쿵쿵거리면서 논쟁을 벌이며 정찰기 안으로 들어왔다. 시몬은 조종실로 가고, 브래들리는 치료실로 와서 말했다. "우린 이륙합니다."

"지금 수술 중입니다." 코일 선생님은 고개도 들지 않고 말했다.

브래들리가 벽의 패널 하나를 열어서 작은 기구를 꺼냈다. "회전식 메스예요. 이 우주선이 뒤집히더라도 메스는 흔들리지 않을 겁니다."

"대단한 기구군요." 로손 선생님이 말했다.

"밖에 무슨 일 있어요?" 내가 물었다.

브래들리는 말없이 얼굴만 찡그렸는데, 소음에서 사람들이 그에게 덤벼들면서 인도주의자라고 부르는 모습이 보였다.

개중에는 그에게 침을 뱉는 사람도 있었다.

"브래들리." 내가 말했다.

"리나 잘 잡고 있어." 그는 그렇게 말하고 조종실에 있는 시몬에게 가지 않고 우리 옆에 머물렀다.

코일 선생님과 로손 선생님은 정신없이 치료를 계속했다. 나는 코일 선생님이 치료하는 모습이 얼마나 멋있었는지 잊고 있었다. 선생님은 리를 살리는 데 온 정신을 집중해서 맹렬하게 움직였다. 그동안 정찰기 엔진들이 점화되고, 천천히 이륙해 언덕 꼭대기를 돌면서 한쪽으로 기울어지다가 밑에서 폭탄들이 터지기 시작했다.

그런 와중에도 코일 선생님은 치료를 멈추지 않았다.

이제 시몬이 마지막 고개를 넘었다. 정찰기 문을 열었을 때 언덕 꼭대기에서 어떤 광경이 기다리고 있을지 생각하는 브래들리의 소음에서 뿜어 나오는 열기가 느껴졌다.

"그렇게 상황이 심각한가요?" 코일 선생님이 마지막으로 꿰맨 부분에 조심스럽게 매듭을 지으면서 물었다.

"그들은 살해된 사람들의 시체를 찾으러 가는 데도 관심이 없어요. 그냥 무력을, 그것도 지금 당장 쓰길 원해요." 브래들리가 말했다.

코일 선생님은 벽에 붙은 세면대로 가서 손을 씻기 시작했다. "그들은 만족할 겁니다. 당신은 의무를 다했어요."

"이제 이게 우리의 의무가 됐나요? 한 번도 만나본 적도 없는 적을 폭격하는 게?" 브래들리가 말했다.

"일단 이 전쟁에 발을 들여놨으니 그냥 빠져나갈 수는 없어요. 수많은 사람의 목숨이 달렸어요." 코일 선생님이 말했다.

"물론 그게 당신이 원하는 거였죠."

"브래들리. 그들이 우릴 공격했어요." 내가 말했다. 통신기가 다시 삐삐 울렸지만 아직은 리를 잡고 있는 손을 놓을 수 없었다.

"우리가 먼저 그들을 공격했지. 그들이 우리를 공격한 후에 우리가 그들을 공격하고, 이런 식으로 우리 모두 죽을 때까지 끝나지 않겠지." 브래들리가 말했다.

나는 다시 리의 얼굴을 내려다봤다. 칭칭 감은 붕대 밑으로 코끝이 살짝 삐져나왔고, 벌어져서 거칠게 숨을 내쉬는 입과 내 손에 잡히는 그의 금발이 보였다. 피가 굳어서 끈적거리는 머리카락. 다친 피부에서 뿜어져 나오는 온기와 의식을 잃은 몸의 무게도 느낄 수 있었다.

리는 다시는, 결코 다시는 예전으로 돌아갈 수 없다. 그 생각을 하자 목이 메면서 가슴이 답답해졌다.

이게 바로 전쟁의 현실이다. 전쟁이란 현실이 바로 내 손 안에 있다.

주머니에 있는 통신기가 다시 한 번 삐 소리를 내며 울렸다.

〈토드〉

"중립지대라고? 그럴 만한 곳이 어디 있나?" 시장은 눈썹을 치켜올리며 물었다.

"코일 선생님의 예전 치유의 집이오. 바이올라가 그렇게 말했어요. 코일 선생님과 정찰기를 타고 온 사람들이 거기서 새벽에 만나자고 하던데요."

"거긴 정확히 말해서 중립지대는 아니잖아. 아무튼 머리 하나는 잘 썼네."

시장은 잠시 생각에 잠긴 표정으로 지금 상황이 얼마나 심각한지에 대해 테이트 아저씨와 오헤어 아저씨가 작성한 보고서를 다시 흘끗 내려다봤다.

꽤 심각했다.

광장은 엉망진창이 됐다. 텐트 절반은 물탱크에서 쏟아져 나온 물에 쓸려가 버렸다. 다행히 내 천막은 뒤쪽 멀리 있었고 앙가르드도 무사했지만, 나머지는 물에 흠뻑 젖어 쓸 수 없게 돼버렸다. 물살에 밀려 식량 창고도 한쪽 벽이 무너졌다. 시장이 부하들을 그곳에 보내서 남은 식량

카오스 워킹 3

을 챙기고 그것이 바닥날 때까지 얼마나 걸릴지 알아보게 했다.

"놈들이 정말 한 건 했구나, 토드. 한 번의 작전으로 우리가 보유하고 있던 물의 95퍼센트를 날려버렸어. 아무리 물 배급량을 제한해도 딱 나흘 버틸 수 있다. 우주선들이 도착하려면 거의 6주나 남았는데." 시장은 얼굴을 잔뜩 찌푸린 채 보고서를 보면서 말했다.

"식량은 어때요?"

"그건 좀 운이 좋았다." 시장이 보고서를 내게 내밀었다. "네가 직접 봐라."

나는 그가 내민 보고서들을 물끄러미 바라봤다. 하얀 종이 위에 테이트 아저씨와 오헤어 아저씨가 여기저기 갈겨쓴 글씨들이 보였다. 마치 옛날에 농장 헛간에서 봤던 아주 작고 검은 생쥐들처럼 보였다. 헛간 뒤쪽 나무판자를 들어 올리면 놈들이 어찌나 빨리 도망치는지 한 마리도 제대로 보이지 않았다. 나는 그걸 보면서 모든 글자가 제각각 다른 곳에 있어서 달라 보이는 동시에 또 어찌 보면 다 똑같아 보이는데 대체 누가 이런 걸 읽을 수 있는지 궁금해했다.

"미안하다, 토드. 내가 깜박했다." 시장이 보고서를 내리며 말했다.

나는 앙가르드에게 돌아섰다. 시장 성격에 뭘 잊어버리다니 어림없는 소리지.

"있지, 내가 읽는 법을 가르쳐 줄 수도 있는데." 그의 목소리는 친절했다.

그래서 더 화가 나고 곤혹스럽고 창피해지면서 또다시 화가 나서 누구든 대가리를 찢어버리고 싶어졌다.

"네 생각보다 훨씬 쉬울 거야. 나는 소음을 이용해서 배우는 방법을 연구 중인데……."

"뭐죠? 당신 목숨을 구해준 대가인가요? 내 신세는 지고 싶지 않다, 뭐 그런 건가요?" 나는 큰 소리로 말했다.

"그 점에서 우리는 비긴 것 같은데, 토드. 게다가 그건 전혀 부끄러워할 일이……."

"그냥 닥쳐요, 알았어요?"

시장은 오랫동안 말없이 날 빤히 바라봤다. "알았다." 그는 마침내 부드럽게 말하며 일어섰다. "널 기분 나쁘게 할 생각은 없었다. 바이올라에게 그들이 원하는 대로 만나겠다고 전해라. 그리고 난 너만 데리고 가겠다."

〈바이올라〉

"뭔가 꺼림칙한데." 나는 통신기에 대고 말했다.

"나도 알아. 시장은 반대하려다가 그냥 모든 조건에 동의한 것 같아."

"코일 선생님은 처음부터 시장이 자기를 찾아올 거라고 했어. 선생님 생각이 맞았네."

"왜 그 사람 생각이 맞았다는데 내 기분은 별로지?"

토드의 말에 웃다가 기침이 나왔다.

"너 괜찮아?"

"그럼, 그럼. 리가 걱정이지 뭐." 나는 얼른 그렇게 대답했다.

"리는 어때?"

"상태는 안정됐지만 아직도 안 좋아. 밥 먹을 때 빼고는 로손 선생님이 계속 진정제를 놓고 있어."

"맙소사. 안부 전해줘." 토드가 오른쪽을 흘끗 보는 게 보였다. "알았어요, 잠깐만 기다려요!" 그리고 다시 나를 봤다. "이만 가야겠어. 시장이 내일 일에 대해 이야기하고 싶대."

"코일 선생님도 그럴 거야. 내일 아침에 보자."

토드가 수줍은 미소를 지었다. "널 만나게 되다니 좋다. 직접 얼굴을 볼 수 있잖아. 널 못 본 지 너무 오래됐어. 너무너무 오래됐어."

나는 작별 인사를 하고 통신을 끝냈다.

리는 내 옆에 있는 침대에서 깊이 잠들어 있었다. 로손 선생님은 침대 한쪽 구석에 앉아서 5분 간격으로 모니터에 뜨는 그의 상태를 체크하고 있었다. 선생님은 내 상태도 체크하면서 내 팔의 상처를 치료하기 위해 코일 선생님이 고안한 치료법을 시간 맞춰 시행해 보고 있었다. 이제 감염 부위가 폐까지 퍼지고 있는 것 같았다.

코일 선생님은 이 감염이 치명적이라고 말했다.

죽을 수도 있다고.

만약 선생님 말이 사실이라면, 자기를 돕게 하려고 과장한 게 아니라면 나는 어떻게 되는 걸까?

그래서 토드에게 내가 얼마나 아픈지 말하지 않은 것 같다. 토드가 그 말을 듣고 속상해하면, 당연히 그러겠지만, 그 말이 사실일지도 모른다고 생각하게 될 테니까.

코일 선생님이 들어왔다. "몸은 좀 어떠니, 애야?"

"나아졌어요." 나는 거짓말을 했다.

선생님은 고개를 끄덕이고 침대로 가서 리를 살펴봤다. "그쪽에서 연락 왔니?"

"시장이 모든 조건에 동의한대요. 그리고 혼자서 오겠대요. 토드만 데리고." 나는 그렇게 말하다가 다시 기침을 시작했다.

코일 선생님은 어이없다는 듯 웃었다. "정말 거만하기 짝이 없는 남자라니까. 우리가 자길 해치지 않을 게 뻔하니까 쇼를 하는 거지."

"우리도 그렇게 하겠다고 했어요. 당신이랑 나랑 시몬과 브래들리만 가겠다고. 정찰기를 잠가놓고 말을 타고 가요."

"훌륭한 계획이다, 애야. 물론 눈에 안 띄는 곳에 무장한 여자 대원들을 좀 배치해 두고." 선생님은 모니터들을 살펴보면서 말했다.

나는 얼굴을 찡그렸다. "그럼 처음부터 선의 따위 없이 시작하겠다는 건가요?"

"넌 대체 언제 철이 들래? 힘이 받쳐주지 않는 선의는 아무 의미가 없어."

"그래서 전쟁이 끝나지 않는 거라고요."

"그럴지도 모르지. 하지만 그것이 평화로 가는 유일한 길이야."

"난 그렇게 믿지 않아요."

"계속 그렇게 믿지 마라. 누가 아니? 언젠가는 네 말이 맞는 날이 올지. 내일 보자, 애야." 선생님은 일어날 채비를 하면서 말했다.

선생님의 목소리에서 내일을 얼마나 고대하고 있는지 알 수 있었다.

시장이 그녀에게 오는 날.

〈토드〉

시장과 나는 동이 트기 전에 쌀쌀한 어둠 속에서 말을 타고 치유의 집으로 향했다. 가는 길에 데이비와 함께 말을 타고 매일 수도원에 갈 때 봤던 나무와 건물 들을 지나쳤다.

데이비 없이 말을 타고 여기 온 건 처음이다.

수망아지. 앙가르드의 소음에서 에이콘이 보였다. 데이비가 항상 타고 다니면서 데드폴이라고 부르던 에이콘, 이제는 바이올라가 타고 다니는 그 에이콘도 아마 오늘 올 것이다.

하지만 데이비는 오지 않는다. 이제 다시는 그 어디에도 오지 않는다.

"내 아들 생각을 하고 있구나."

"데이비 이야기는 입에 올리지도 말아요." 나는 반사적으로 말했다가 잠시 후에 다시 입을 열었다. "어떻게 아직도 내 마음을 읽을 수 있어요? 다른 사람들은 못 하는데."

"나는 그냥 다른 사람이 아니잖니, 토드."

그 말은 맞지. 나는 그가 듣는지 보려고 마음속으로 생각했다.

"하지만 네 말이 맞아. 넌 아주 탁월하게 해냈다. 대위들보다 대단히 빠른 속도로 익혔어. 네가 나중에는 뭘 할 수 있을지 누가 알겠니?" 시장은 줄리엣의 기쁨의 고삐를 잡아당기면서 말했다.

그는 의기양양해 보이는 미소를 지어 보였다.

우리가 가는 길 끝자락에 해는 아직 뜨지 않았고, 하늘은 어렴풋하게 분홍빛으로 물들어 있었다. 시장은 우리가 먼저 가서 기다리고 있어야 한다고 고집을 부렸다.

시장과 내 뒤를 한 무리의 군인들이 따라왔다.

우리는 치유의 집으로 가는, 갈림길이 보이는 창고 두 개가 있는 곳에 도착해 강물이 다 말라버린 강을 향해 갔다. 모퉁이를 도는 순간에도 하늘은 여전히 어두웠지만 그곳이 보였다.

우리가 기대하던 모습은 아니었다. 안에 들어가서 회의를 할 수 있는 장소가 아니라 불타버리고 목재 골조만 남아 있는 곳이었다. 지붕은 사라졌고 까맣게 탄 건물 잔해들이 앞뜰에 흩어져 있었다. 처음에는 스패클이 태운 줄 알았는데, 해답이 시내로 행군해 들어오면서 자기들 건물까지 포함해서 죄다 폭파해 버린 기억이 났다. 시장이 이곳을 교도소로 바꿔버려서 더 이상 사람들이 치료받고 싶은 곳이 아니게 된 이유도 컸을 것이다.

또 하나 예상치 못했던 점은 그들이 이미 도착해서 진입로에서 우리를 기다리고 있다는 것이었다. 바이올라는 에이콘을 탄 채 황소가 끄는 수레 옆에 있었다. 피부가 가무잡잡한 남자 하나와 튼실해 보이는 여자가 있었는데 분명 코일 선생님일 것이다. 시장만 먼저 여기에 오고 싶었던 게 아니었다.

시장이 발끈하는 게 느껴졌지만 그는 재빨리 그런 감정을 감췄다. 우리는 말을 세우고 그들을 마주 봤다.

"좋은 아침입니다. 바이올라는 내가 알고, 물론 그 유명한 코일 선생님도 알지만, 저 신사를 만나는 기쁨은 누리지 못한 것 같은데." 시장이 인사했다.

"무장한 여자들이 나무들 뒤에 있어요." 바이올라는 인사도 하기 전에 불쑥 말했다.

"바이올라!" 코일 선생님이 소리쳤다.

"우리는 도로 저쪽에 군인 50명을 배치했어. 스패클에 대비해 보호하는 차원에서 그런 거라나." 내가 말했다.

바이올라가 코일 선생님에게 고개를 끄덕여 보였다. "선생님이 거짓말을 해야 한다고 했어."

"그건 쉽지 않았을걸. 저 신사의 소음에서 아주 선명하게 보이거든. 다시 말하지만 아직 소개를 못 받았는데." 시장이 말했다.

"브래들리 텐치입니다." 그 남자가 말했다.

"데이비드 프렌티스 대통령입니다. 잘 부탁합니다."

"네가 토드겠구나." 코일 선생님이 말했다.

"당신이 나와 바이올라를 죽이려고 한 사람이군요." 나는 그녀의 눈을 똑바로 보며 말했다.

그녀는 미소만 지어 보였다. "오늘 아침에는 나만 그런 생각을 한 것 같지 않은데."

그녀는 내 예상보다 훨씬 작았다. 아니면 그냥 내가 더 키가 자란 건지도. 바이올라에게서 이 사람이 군대를 이끌고, 도시 절반을 폭탄으로 날려버리고, 이 도시의 차기 지도자가 되려 한다는 말을 들었을 때 나는 거인을 상상했다. 이 행성 사람 대부분이 그렇듯 체격이 다부지고 튼튼했지만, 이곳에서 일해서 먹고 살아가려면 그게 당연했다. 눈빛이 무척 강렬했다. 어떤 논쟁도 용납하지 않을 것처럼 보였고, 자신에 대한 회의를 품어야 할 때조차 그러지 않을 것처럼 보였다. 결국 그녀의 눈은 거인의 눈일지도 모른다.

나는 바이올라에게 제대로 인사하려고 앙가르드를 타고 에이콘에게 다가갔다. 바이올라를 볼 때면 언제나 그렇듯 온몸에서 따뜻한 기운이 올라왔지만, 동시에 그녀가 얼마나 아프고 창백한지도 다 보였고…….

날 마주 보는 바이올라는 곤혹스러운 표정을 지으며 고개를 갸우뚱했다.

바이올라가 내 마음을 읽으려 애를 쓰고 있다는 사실을 알아차렸다.

그런데 그녀는 읽을 수 없었다.

〈바이올라〉

나는 토드를 빤히 바라봤다. 보고 또 봤다.

하지만 토드의 소리는 들리지 않았다.

하나도 안 들렸다.

나는 그게 전쟁의 참상을 목격해 트라우마가 생겨서, 너무 큰 충격을 받아서 소음이 흐릿해진 것이라고 생각했는데 이번에는 달랐다. 이제 그에게서는 침묵만 흘러나오고 있었다.

마치 시장 같았다.

"바이올라?" 토드가 속삭였다.

"또 한 사람이 나오는 걸로 알고 있었는데요?" 시장이 물었다.

"시몬은 우주선에 남아 있기로 했어요." 브래들리가 대답했다. 나는 토드만 뚫어져라 보고 있었지만, 브래들리의 소음에 가득 찬 이반과 다른 사람들의 말이 들려왔다. 그들은 우리가 그들을 무방비 상태로 내버려 두고 가면 폭력을 행사하겠다며 노골적으로 협박했고, 결국 시몬이 남아 있겠다고 동의해야 했다. 물론 자기가 남아야 했다고 브래들리가 소음에서 끊임없이 외쳤지만 이반이 이끄는 무리는 인도주의자의 보호는 받지 않으려 했다.

"정말 안타깝군요. 시민들은 분명 더 강력한 지도력에 목말라 있는 겁니다." 시장이 말했다.

"그건 그저 그 상황을 보는 한 가지 시각일 뿐입니다." 브래들리가 대꾸했다.

"그래서 우리가 이 세상이 나아갈 방향을 정하기 위해 여기 이렇게 모였죠." 시장이 말했다.

"이렇게 왔으니 어서 시작합시다." 코일 선생님도 동의했다.

그러고 나서 선생님이 이야기를 시작했는데, 그 놀라운 말에 토드를 멍하니 보던 나조차 고개를 돌려 선생님을 바라봤다.

"당신은 범죄자이자 살인자야. 당신은 스패클을 집단 학살해서 우리가 이 전쟁으로 고통받게 만들었어. 당신은 잡아들일 수 있는 여자란 여자는 다 잡아서 가두고, 노예로 만들고, 그것도 모자라서 영원히 지워지지 않는 낙인을 찍었어. 당신은 스패클의 공격을 막을 능력이 없다는 점을 확실하게 입증했고, 그 결과 병력의 반을 잃었어. 나머지 군인들이 당신의 리더십에 반기를 들고 봉기할 날도 머지않았지. 그들은 대신 압도적인 화력을 보유한 정찰기에 합류하려고 할 거야. 이주단이 도착할 때까지 남은 몇 주 동안 살아남기 위해서라도 말이야." 선생님은 아주 침착하게 시장에게 말했다.

브래들리와 내가 경악한 표정으로 보는데도, 토드도 그런 눈빛으로 보고 있는데도 선생님은 시종일관 미소를 지으며 이 연설을 끝냈다.

그러다가 시장 역시 얼굴에 미소를 띠고 있는 것이 보였다.

"그러니 우리가 가만히 앉아서 당신이 자멸하게 놔두지 말아야 할 이유가 뭐죠?" 코일 선생님이 말을 끝맺었다.

〈토드〉

긴 침묵이 흐른 후에 시장이 코일 선생님에게 반박하기 시작했다. "당신은 범죄자이자 테러리스트지. 나와 힘을 합쳐서 뉴 프렌티스타운을 곧 도착할 이주민들을 환영하는 천국으로 만드는 대신 그곳을 날려 버리려 했어. 당신 마음대로 좌지우지할 수 없다면 차라리 파괴시켜 버리는 쪽을 선택한 거지. 당신은 군인과 무고한 시민을 죽였고, 여기 있는 어린 바이올라까지 희생시키려 했어. 날 몰아내고 새로운 코일 왕국의 지배자가 되려고 말이야." 시장은 여기까지 말하고 브래들리에게 고개를 끄덕여 보였다. "정찰기를 타고 온 사람들은 분명 마지못해 당신을 지지하고 있겠지. 아마 당신이 바이올라를 조종해서 그 미사일을 쏘게 한 후로 말이야. 어쨌든 저 사람들에게 미사일이 몇 개나 있지?

우리를 다 죽일 때까지 끝없이 쳐들어올 스패클들을 다 무찌를 수 있을 정도인가? 이봐요, 선생. 당신도 나만큼이나 책임질 일이 많잖아."

시장과 코일 선생님은 서로를 마주 보며 계속 미소 지었다.

브래들리가 큰 소리로 한숨을 쉬었다. "맙소사, 참 재미있는 대화군요. 이제 제발 우리가 여기 온 이유에 대해 이야기할 수 없나요?"

"정확한 이유가 뭘까요?" 시장은 마치 아이에게 말하는 것처럼 브래들리에게 물었다.

"완벽한 전멸을 피하는 건 어떤가요? 당신 둘을 포함한 모두가 같이 있을 수 있는 행성을 만드는 건 어떻습니까? 이주민들이 도착하기까지 40일이 남았습니다. 그러니까 그들이 착륙해서 살아갈 평화로운 세계를 만드는 건 어때요? 우리 모두에게는 힘이 있습니다. 코일 선생님은 당신의 군대보다 수적으로 적고 장비는 열악할지 모르지만 아주 헌신적인 그룹의 지지를 받고 있습니다. 우리는 현재 쉽게 방어할 수 있는 위치에 있지만 매일매일 불안해하면서 안절부절못하는 사람들을 수용하기에는 무리입니다. 반면 당신은 맞서 싸울 수 없는 공격을 매일 받고 있으니……."

"그래요. 우리의 힘을 합치는 것이 군사적으로 현명하고 당연한……." 시장이 브래들리의 말을 끊고 끼어들었다.

"제 이야기는 그게 아닙니다." 브래들리의 목소리에 열기가 더해졌다. 아주 날것에 아직은 어색한 그의 소음 역시 자신이 지금 옳은 일을 하고 있고, 거기에 큰 힘을 보탤 거라는 확신으로 윙윙 울리고 있었다.

나는 브래들리가 마음에 들었다.

"두 군대를 합치자는 말이 아닙니다. 내게는 미사일과 폭탄이 있는데, 지금 확실히 말해두지만 난 아주 기쁜 마음으로 당신들끼리 여기서

카오스 워킹 3

싸우라고 내버려 두고 떠날 수 있습니다. 우리의 의제가 모두 힘을 모아 전쟁에서 이기는 것이 아니라 이 전쟁을 끝내는 것이라는 점에 동의하지 않는다면 말입니다."

순간 시장의 얼굴에서 미소가 보이지 않았다.

"그건 쉬울 텐데요. 우리에게는 물이 있고, 당신에게는 식량이 있어요. 우리가 가진 것과 필요한 것을 바꿔요. 스패클에게 우리가 힘을 합쳤다는 걸, 우리는 어디에도 가지 않을 것이고 평화를 원한다는 걸 보여줘요." 바이올라가 기침을 하며 말했다.

내 눈에 보이는 거라고는 그 이야기를 하면서 추워서 덜덜 떠는 바이올라뿐이었다.

"동의해요. 그럼 협상의 첫 단계로 대통령이 밴드의 독을 뺄 수 있는 방법을 알려주겠어요? 물론 당신은 처음부터 밴드를 찬 여자들을 모두 죽일 작정이었겠지만." 코일 선생님이 지금까지 진행된 상황에 기뻐하는 목소리로 말했다.

〈바이올라〉

"뭐라고요?" 토드가 소리 질렀다.

"대체 저 사람이 무슨 이야기를 하는지 모르겠다." 시장이 재빨리 말했지만 토드의 얼굴은 이미 험악해져 있었다.

"이론에 지나지 않아. 아직 입증된 건 없어." 내가 말했다.

"그리고 넌 아픈 데가 하나도 없다 이거지?" 코일 선생님이 말했다.

"그렇진 않지만 그렇다고 죽어가지도 않아요."

"그건 네가 젊고 강하기 때문이야. 모든 여자가 그렇게 운이 좋진 않아."

"그 밴드들은 헤이븐의 가축들에게 채우던 일반적인 겁니다. 만약 내가 밴드를 찬 여자들을 죽이기 위해 그걸 개조했다는 뜻이라면 완전히 오해예요. 이거 굉장히 불쾌한데……." 시장이 입을 열었다.

"그렇게 잘난 척하지 말아요. 당신이 올드 프렌티스타운의 여자들을 다 죽였잖아." 코일 선생님이 말했다.

"올드 프렌티스타운 여자들은 자살했어요. 자기들이 시작한 전쟁에서 지고 있었기 때문에 그런 거요." 시장이 대꾸했다.

"뭐라고요?" 토드가 핵 돌아서서 시장을 봤다. 나는 토드가 지금 처음으로 시장의 입장에서 그 사건에 대한 이야기를 들었다는 사실을 깨달았다.

"미안하다, 토드. 하지만 네가 알고 있는 이야기는 진실이 아니라고 이미……."

"벤 아저씨가 무슨 일이 있었는지 우리에게 이야기해 줬어요! 이제 와서 은근슬쩍 빠져나가려고 하지 말아요! 당신이 어떤 사람인지 난 하나도 잊지 않았어. 만약 바이올라를 다치게 하면……." 토드는 악을 썼다.

"그럴 일 없다. 난 의도적으로 그 어떤 여자도 다치게 한 적 없어. 코일 선생의 테러가 시작된 후에야 내가 그 밴드를 채우기 시작한 걸 너도 기억할 거다. 저 사람이 무고한 시민들을 죽이기 시작해서 누가 우리를 공격하는지 추적해야 해서 그랬잖니. 애초에 누구 때문에 신원 확인 팔찌를 차게 했는지 굳이 탓을 하자면……." 시장은 강경하게 말했다.

"신원 확인 팔찌라고?" 코일 선생님이 버럭 소리 질렀다.

"……저 사람을 탓해야지. 내가 여자들을 죽이고 싶었다면, 그런 마음도 없지만, 군대가 시내에 들어가자마자 그렇게 했을 거다. 하지만 난 그때도 그런 걸 바라지 않았고 지금도 아니야!"

"나는 이 행성 최고의 힐러인데 그 밴드 때문에 생긴 감염을 치료할 수 없었어. 그게 있을 법한 일이라고 생각해요?"

"좋아요. 그럼 우리의 첫 합의를 하도록 합시다. 그 밴드에 대해 내가 가진 모든 정보를 다 공개하리다. 그리고 시내에 있는 여자 환자들을 우리가 어떻게 치료하고 있는지도 보여주고. 다만 당신이 암시한 것처럼 위독한 사람은 그중 하나도 없지만." 시장이 코일 선생님을 노려보며 말했다.

나는 토드를 봤다. 그는 분명 시장이 한 말 중에 어떤 게 진실인지 전혀 모르고 있었다. 이제 그의 소음이 아주 조금 들렸다. 주로 나에 대한 걱정과 나를 향한 감정이었지만, 과거에 들리던 소음처럼 선명하지는 않았다.

마치 내가 아는 토드는 여기 없는 것 같았다.

〈토드〉

"너 정말 괜찮은 거 확실해? 정말 확실해?" 나는 계속 이야기하고 있는 다른 사람들은 무시하고 말을 타고 바이올라에게 다가가 물었다.

"걱정할 거 없어." 바이올라가 대답했지만 날 걱정시키지 않으려는 거짓말이란 걸 알 수 있었다. 그래서 더 마음이 안 좋았다.

"바이올라, 만약에 네가 잘못되면, 만약에 너에게 무슨 일이 생기면……."

"코일 선생님이 날 겁줘서 자기 일을 돕게 하려고 하는 거야. 그게 다야."

하지만 그녀의 눈을 들여다보자 그게 다가 아니라는 걸 알 수 있었다. 만약 무슨 일이 생긴다면, 바이올라를 잃게 된다면 어떨지 가슴이 철렁해져서…….

나는 원이고 원은 나다.

그러자 그 느낌이 사라지면서 불안하던 마음이 진정됐다. 눈을 감고 있었다는 걸 깨닫고 다시 뜨자 바이올라가 끔찍해하는 표정으로 날 빤히 보고 있었다.

"방금 뭐 한 거야? 내가 들을 수 있던 아주 작은 소음마저 막 사라져버렸어."

"난 이제 소음을 멈출 수 있게 됐어." 나는 바이올라를 외면하며 대답했다.

놀란 바이올라가 미간을 찌푸렸다. "그게 네가 원했던 거야?"

"이건 좋은 일이야, 바이올라. 마침내 나도 비밀을 한두 개 정도 간직할 수 있게 됐다고." 내 얼굴이 조금 달아올랐다.

하지만 바이올라는 고개를 내젓고 있었다. "난 네가 너무 참혹한 것들을 봐서 소음이 조용해졌다고 생각했어. 일부러 그렇게 하고 있을 줄은 상상도 못 했어."

나는 침을 꿀꺽 삼켰다. "난 정말 참혹한 것들을 봤어. 이렇게 하면 그게 더 이상 보이지 않아."

"하지만 대체 어디서 그런 걸 배웠어? 그걸 할 줄 아는 사람은 시장 하나뿐이잖아, 안 그래?"

"걱정하지 마. 내가 알아서 다 통제하고 있어."

"토드……."

"이건 그냥 도구일 뿐이야. 이 말을 주문처럼 읊으면 집중할 수 있게 돼. 거기에 욕망을 더하면……."

"그건 시장이 하는 말 같은데. 시장은 네가 특별하다고 생각해, 토드.

항상 그랬지. 시장이 널 꼬여서 네가 원하지 않는 위험한 일을 하게 만드는 걸지도 몰라." 바이올라가 목소리를 낮춰서 말했다.

"시장이 믿을 수 없는 사람이란 걸 내가 모를 것 같아? 시장은 날 조종할 수 없어, 바이올라. 난 그와 싸워서 이길 만큼 강해." 나는 조금 사납게 말했다.

"너, 사람들을 조종할 수 있어? 네가 그렇게 소음을 멈출 수 있다면, 다음 단계는 바로 그거 아니야?" 바이올라도 사납게 대꾸했다.

그러자 광장에 시체로 누워 있는 제임스의 이미지가 다시 떠올랐다. 순간 그걸 떨쳐버릴 수 없었고, 마치 토할 것처럼 수치심이 솟아나서 다시 내가 원이고 원은 나를 읊었고…….

"아니, 아직 그건 못 해. 어쨌든 그건 나쁜 짓이잖아. 그런 건 하고 싶지 않아."

바이올라는 에이콘을 몰아서 내게 얼굴을 바짝 들이댔다.

"넌 그를 구원할 수 없어, 토드. 넌 못 해. 그가 원치 않으니까." 바이올라의 목소리가 조금 부드러워졌지만 구원이란 말에 나도 모르게 움찔했다.

"나도 알아. 안다고." 난 여전히 바이올라를 외면한 채 말했다.

그 후로 잠시 우리 둘은 코일 선생님과 프렌티스 시장이 말다툼하는 모습을 지켜보기만 했다.

"당신에게는 그보다 많이 있잖아! 우리 탐사 장치로 당신 창고에 있는 식량의 규모를 볼 수 있는데……." 코일 선생님이 따졌다.

"당신 탐사 장치로 창고 안을 볼 수 있다고, 선생? 그런 기술이 있다니 나조차도 놀라운데……."

바이올라가 손으로 입을 가리며 기침했다. "너 정말 괜찮아, 토드?"

그에 대한 대답으로 나도 물었다. "너 정말 그 밴드 때문에 위험하지 않아?"

우리 둘 다 대답하지 않았다.

새벽 공기가 아까보다 더욱 차갑게 느껴졌다.

〈바이올라〉

이른 아침부터 시작된 회의는 해가 하늘 중턱에 걸릴 때까지 몇 시간 동안 계속됐다. 토드는 별말이 없었고, 나는 매번 회의에 끼어들려고 할 때마다 사정없이 기침이 터져 나왔다. 브래들리와 시장과 코일 선생님은 끝도 없이 논쟁을 벌였다.

하지만 결국 많은 일들이 결정됐다. 의료 정보 교환에 덧붙여 하루에 두 번씩 서로 오가며 한쪽은 물을 보내고 다른 쪽은 식량을 보내기로 했다. 해답이 보유한 수레에 시장이 추가로 운송 수단을 보태고, 오가는 이들을 보호하기 위해 군인들도 지원하기로 했다. 우리가 한데 모여서 생활하는 것이 훨씬 더 합리적이겠지만, 시장은 시내를 떠나기를 거부했고 코일 선생님도 언덕 꼭대기에서 나오지 않으려 했다. 그래서 어쩔 수 없이 물을 싣고 한쪽으로 10킬로미터를 갔다가 식량을 지고 또다시 그 반대쪽으로 10킬로미터를 가는 생활을 하게 됐다.

어쨌든 이제부터 시작이라는 생각이 들었다.

브래들리와 시몬은 스패클을 위협해서 움직이지 못하도록 시내와 언덕 위를 매일 비행하기로 했다. 하루 내내 기나긴 협상을 한 끝에 마침내 도출된 최종 합의에 따라 코일 선생님은 해답 최고의 여자 전사들이 보유한 전쟁 기술을 스패클의 기습 공격에 맞서 시장을 돕는 데 제공하기로 했다.

"하지만 방어용으로만 쓰세요. 두 사람 다 스패클에게 평화를 제안해야 해요. 안 그러면 이런 조치들은 아무 소용 없어요." 내가 주장했다.

"싸움을 멈췄다고 그걸 평화라고 할 순 없다, 애야. 전쟁은 적과 협상을 하는 순간에도 계속되는 거야." 코일 선생님이 말했다.

그녀는 그 말을 하면서 시장을 보고 있었다.

"하긴 그렇지. 전에도 그런 식으로 했거든." 시장도 선생님을 똑바로 보면서 대꾸했다.

"이번에는 어떻게 할 건데요? 약속을 해주시겠습니까?" 브래들리가 물었다.

"평화를 위한 거래라면 그 정도는 나쁘지 않죠. 그리고 평화를 이루었을 때 우리가 어떤 위치에 서게 될지 누가 알겠습니까?" 시장은 예의 그 기분 나쁜 미소를 지어 보였다.

"특히 이주민들이 착륙하기 직전에 전쟁을 종식시킨 평화 중재자로 당신이 자리매김을 해낸다면, 그 사람들이 얼마나 감동받겠어요?" 코일 선생님이 말했다.

"당신이 나를 그 협상 테이블로 아주 능숙하게 이끌어 낸다면 그들이 당신에게 또 얼마나 감동을 받겠습니까, 코일 선생?"

"그들이 누군가에게 감동을 받는다면, 그 사람은 여기 있는 바이올라예요." 토드가 말했다.

"아니면 토드겠지. 두 사람이 이 협상을 실현시킨 장본인들이니까. 하지만 솔직히 앞으로 두 사람 중 하나라도 미래에 실질적인 역할을 맡고 싶다면, 당장 그렇게 행동하는 게 좋을 겁니다. 지금 객관적인 시선으로 보기에 시장은 대학살을 저질렀고, 코일 선생님은 테러리스트니까요." 내가 미처 입을 열기도 전에 브래들리가 불쑥 끼어들었다.

"난 장군입니다." 시장이 말했다.

"난 자유를 위해 싸우고 있어요." 코일 선생님이 말했다.

브래들리는 서글픈 미소를 지었다. "협상은 이제 끝난 것 같군요. 우린 오늘부터 시작해야 할 일들과 내일 해야 할 일들에 대해 합의했습니다. 이 약속을 40일 동안 지킬 수 있다면, 이 행성에도 미래가 있을 것 같네요."

〈토드〉

코일 선생님이 고삐를 잡고 황소들을 세게 내려치자 그들이 **윌프**를 불렀다. "안 가니?" 코일 선생님이 바이올라를 돌아보며 소리쳤다.

"먼저 출발하세요. 토드랑 할 이야기가 있어요." 바이올라가 말했다.

코일 선생님은 그럴 줄 알았다는 표정이었다. "마침내 만나게 돼서 반가웠다." 코일 선생님은 수레가 떠나는 동안 나를 오랫동안 보면서 인사했다.

시장은 코일 선생님 일행에게 고개를 끄덕여 인사하고 말했다. "언제든 준비되면 출발해라, 토드." 시장이 줄리엣의 기쁨의 고삐를 당겨서 천천히 출발해 나와 바이올라만 남았다.

"이게 잘될 거라고 생각해?" 바이올라는 손으로 입을 막고 격렬하게 기침을 하면서 물었다.

"우주선들이 도착할 때까지 6주 남았어. 그 정도도 아니지. 5주 반이니까." 내가 말했다.

"5주 반만 기다리면 다시 모든 게 변하겠지."

"5주 반만 기다리면 우린 같이 있을 수 있어."

하지만 바이올라는 그 말에 아무 대꾸도 하지 않았다.

"너 시장과 무슨 일을 하고 있는지 잘 알고 있는 거야, 토드?" 바이올라가 물었다.

"시장은 나와 있을 때는 사람이 달라져, 바이올라. 예전처럼 광기 넘치는 악마는 아니야. 저 사람이 우리를 다 죽이지 않도록 내가 단속할 수 있을 것 같아."

"저 사람이 네 머릿속에 들어오게 두지 마. 저 사람은 그 부분을 가장 심하게 망가뜨리잖아." 바이올라는 아주 심각하게 말했다.

"그런 일 없어. 나도 내 앞가림은 할 수 있고. 너나 몸 잘 챙겨." 나는 바이올라에게 웃어 보이려 했지만 마음대로 되지 않았다. "꼭 살아 있어야 해, 바이올라 이드. 더 건강해지고. 코일 선생님이 널 낫게 할 수 있다면 무슨 수를 써서라도 그렇게 만들어."

"난 죽지 않아. 죽는다면 너에게 말할 거고."

우린 잠시 아무 말도 하지 않았다. 바이올라가 먼저 입을 열었다. "내게 중요한 사람은 너야, 토드. 이 행성에서 유일하게 중요한 사람이 바로 너라고."

나는 침을 꿀꺽 삼켰다. "나도 너야."

우리 둘 다 서로의 마음이 진심이란 걸 알고 있지만 작별을 고했다. 그녀가 말을 타고 한쪽으로 가고 내가 반대쪽으로 가는 사이에 우리 둘 다 서로가 거짓말을 하고 있지는 않은지 생각할 것 같았다.

"오늘 회의에 대해 어떻게 생각하니, 토드?" 말을 타고 시내로 가는 시장을 따라잡았을 때 그가 물었다.

"만약 바이올라가 밴드 때문에 감염됐다면 당신은 내게 죽여달라고 애원하게 될 거야."

"네 말을 믿는다. 그래서 내가 절대 그런 짓은 하지 않았다고 믿어야 해." 시내에서 들려오는 사람들의 소음이 점점 커지며 우리를 맞았을 때 시장이 말했다.

시장의 말이 진실처럼 들렸다고 맹세라도 할 수 있다.

"오늘 한 약속들도 지켜야 해요. 우리의 목표는 이제 평화예요. 진짜로."

"넌 내가 전쟁광이라고 생각하지, 토드. 하지만 그렇지 않아. 난 승리를 원한다. 가끔은 승리가 평화를 의미할 때도 있어. 새로 오는 이주민들이 내가 한 일들을 마음에 안 들어 할 수도 있지만, 이렇게 압도적으로 불리한 상황에서 평화를 이뤄낸 사람의 말은 들을 것 같은 감이 온다."

그 압도적으로 불리한 상황이 당신 작품이잖아. 나는 생각했다.

하지만 아무 말도 하지 않았다.

어쨌든 그는 진실을 말하고 있는 것 같아서.

어쩌면 내가 그에게 좋은 영향을 미치고 있는지도 모른다.

"이제 가서 평화로운 세상을 만들 수 있는지 한번 보자." 시장이 말했다.

길의 끝

나는 팔에 찬 밴드 위로 새로 자란 이끼를 부드럽게 쓸어내렸다. 또 하루가 저물어 가는 지금 나는 혼자 자주 오는 바위 위에 앉아 있다. 밴드에서 느껴지는 통증은 여전히 내가 누구인지, 내가 어디서 왔는지를 매일 생생하게 일깨워 준다.

이 상처가 낫지 않는다 해도 나는 더 이상 땅의 약을 먹지 않는다.

터무니없는 짓이지만 빈터가 이 행성에서 영원히 사라져야 이 고통이 멈출 것이라고 최근에 믿게 됐다.

아니면 그대가 돼야 비로소 귀환은 스스로가 낫는 걸 허락하게 될지도 모르고. 하늘이 언덕을 올라와 내 옆에 섰다. **가자. 때가 됐다.**

무슨 때요?

하늘은 적대적인 내 어조에 한숨을 쉬었다. **우리가 왜 이 전투에서 이기는지 보여줄 때다.**

빈터의 우주선이 땅을 폭격해서 하늘이 후퇴를 지시한 후로 일곱 밤이 흘러갔다. 우리가 아무것도 안 하고 그냥 지켜보는 동안 멀리서 들려오는 땅의 목소리가 빈터의 두 무리가 서로 돕기 위해 물품 교환을 시작했으며, 멀리 떨어진 언덕 위 우주선이 다시 이륙해서 계곡 전체를 돌아다니며 모든 군대 위를 매일 날아다니고 있다고 보고했다.

빈터가 점점 더 강해지도록 하늘이 냐둔 지도 일곱 밤이 흘러갔다.

그가 평화를 기다리는 동안 일곱 밤이 흘러갔다.

키환은 하늘이 홀로 다스린다는 사실을 모른다. 그와 함께 땅 사이를 지나가는 동안 하늘이 보여줬다.

나는 땅 사이를 지나가면서 그들의 얼굴을 바라봤다. 그들은 하나의 목소리를 이루기 위해 서로의 목소리를 연결했는데, 그들이 그토록 쉽게 만드는 연결 고리를 나는 여전히 따라 하기 힘들었다. **아뇨. 그건 나도 알고 있어요.**

그가 멈췄다. **아니. 넌 몰랐고, 지금도 모른다.**

그리고 목소리를 열어서 그게 무슨 뜻인지 보여주고 '하늘'이라 불리는 것은 '귀환'이라고 불리는 것처럼 유배됐다는 뜻이며, 그도 자의로 그런 생활을 선택하지 않았고 하늘로 선택되기 전에는 그저 땅의 일원에 지나지 않았다는 사실을 보여줬다.

즉 그는 하늘이 되기 위해 땅의 목소리에서 분리됐다고.

그의 목소리에서 하늘이 되기 전에 그가 얼마나 행복했는지 보였다. 그와 가까운 이들, 가족, 사냥 동료들, 그가 땅의 목소리와 하나가 되자고 약속했던 그의 특별한 이와 있을 때 얼마나 행복했는지 보였다. 하지만 그가 그녀에게서, 사랑하는 모든 이에게서 강제로 끌려나와 따로 떨어져 고귀한 존재가 되는 모습을 봤다. 그때 그가 얼마나 어렸는지, 거의 지금······.

키환 또래였지. 하늘은 햇빛에 달궈져 단단해진 갑옷을 입고, 넓적한 목과 어깨를 무겁게 짓누르는 투구를 강인한 근육으로 떠받치고 있었다. 땅은 새로운 하늘을 찾기 위해 자신의 속을 깊이 들여다본다. 그렇게 선택된 자는 거부할 수 없다. 과거는 지나갔고 돌아보지 말아야 하지. 땅에게는 자기를 지켜줄 하늘이 필요하고, 하늘은 땅 외에 다른 무엇도 가질 수 없으니까.

그의 목소리에서 그가 '하늘'이란 이름을 받아들이면서 그 역할에 맞는 의복을 입고, 그가 지배하는 이들로부터 떨어져 나오는 모습이 보였다.

당신은 홀로 다스리는군요. 나는 그 무게를 느끼며 보여줬다.

하지만 항상 혼자였던 건 아니야. 귀환도 마찬가지고.

갑자기 하늘의 목소리가 내게 뻗어왔고, 미처 알아차리기도 전에……

나는 그때로 돌아갔다……

……우리가 살던 창고에서 나의 특별한 이가 보였다. 우리 주인인 빈터가 밤마다 우리를 그곳에 가뒀다. 우리는 그녀의 잔디밭을 관리하고, 꽃이 활짝 피도록 가꾸고, 채소를 키웠다. 나는 나를 낳아준 이들은 보지도 못했고 그들에 대한 어떤 기억도 없을 정도로 아주 어렸을 때 주인에게 넘겨졌다. 내가 알고 지낸 이는 내게 특별한 이 하나뿐이었다. 그는 나보다 나이가 많지도 않았지만 주인에게 매를 덜 맞도록 일을 잘하는 법을 보여줬고, 요리를 하기 위해 불을 피우는 방법을 보여주고, 우리가 따뜻하게 지낼 수 있는 유일한 방법인 부싯돌을 부딪쳐서 불을 피우는 방법도 보여주고……

……우리 주인의 채소를 가지고 시장에 가서 다른 짐의 일원을 만날 때, 나의 특별한 이는 내가 조용히 있을 수 있도록 배려해 줬다. 짐의 다른 일원들의 목소리가 다가와 다정하게 인사하며 이리저리 밀어대서 내가 쑥

스러워하면 내 특별한 이가 나서서 그들의 관심을 끌면서 낯을 가리는 내가 혼자 있을 수 있게 해줬고…….

……나의 특별한 이는 감염돼서 기침을 하면서 몸을 웅크린 채 열이 펄펄 끓고 있었다. 그것은 짐에게 나타나는 가장 심각한 증상으로, 그렇게 되면 빈터의 수의사에게 끌려가 다시는 돌아오지 못한다. 나는 내 특별한 이에게 몸을 꼭 붙인 채 진흙, 바위, 헛간에게 제발 열이 떨어지게 해달라고, 제발 열이 내려가라고 빌고 또 빌었고…….

……내 특별한 이와 나는 어린 시절을 같이 보낸 후 어느 여름 밤 주인이 일주일에 한 번 내주는 양동이 물에 몸을 씻고 있었다. 우리는 자기 몸을 씻고, 서로의 몸을 씻겨주면서 그때까지와는 다른 종류의 친밀함을 나눌 수 있다는 걸 알아차리며 놀랐고…….

……빈터에게 우리의 목소리를 빼앗긴 후 우리가 서로에게 단절돼서 아주 먼 물가에 떨어져 있게 된 것처럼, 마치 아주 큰 틈을 사이에 두고 너무 멀어서 들을 수도 없는 곳에서 서로를 부르는 것처럼 돼버린 후 내 특별한 이는 나와 같이 조용히 있었다. 내 특별한 이는 천천히, 부드럽게 혀 차는 소리와 몸짓으로 내게 그의 생각을 이해시키려 애를 썼고…….

……내 특별한 이는 헛간 문이 열리고 빈터들이 총과 칼을 들고 서 있었을 때 내 앞에 서서 마지막 순간까지 나를 보호하려…….

하늘은 내가 소리를 지르도록 놔뒀다. 내 목소리에서 그 참상이 다시 생생하게, 마치 지금 일어나고 있는 일처럼, 또다시 일어난 일처럼 살아났다……

넌 그를 그리워하는구나. 그를 사랑했어.

그들은 내 특별한 이를 죽였어요. 내게서 그를 뺏어 갔어요. 나는 온몸이 분노로 활활 타올랐으며, 죽어가다가, 다시 활활 타올랐다.

그래서 내가 널 처음 본 날 알아본 것이다. 우리, 하늘과 귀환은 똑같다. 하늘은 땅을 대변하고, 귀환은 짐을 대변한다. 이 일을 하기 위해 우린 둘 다 혼자여야 한다.

나는 여전히 숨을 거칠게 몰아쉬고 있었다. 왜 지금 이 일을 기억하게 만든 겁니까?

하늘이 어떤 존재인지 네가 이해해야 하니까. 기억해야 하니까.

나는 고개를 치켜들었다. 왜요?

하지만 하늘은 이렇게만 대답했다. 날 따라와라.

우리는 야영장을 거쳐 나무들 사이로 난 평범하고 작은 길에 이르렀다. 거기로 들어서자 얼마 못 가 두 명의 길 보초와 마주쳤다. 둘은 고개를 깊이 숙여 하늘에게 경의를 표하며 우리를 통과시켰다. 경사가 급한 비탈길을 올라가다가 곧바로 풀이 웃자라 그 속에 들어가면 아무것도 보이지 않는 곳이 나왔다. 우리는 둘이 나란히 걸을 수 없을 정도로 좁은 길을 따라 아마 계곡 꼭대기인 듯한 곳까지 올라갔다.

땅은 스스로에게 비밀을 간직해야 할 때가 있다. 어렵지만 필요한 일이지. 이것만이 희망을 실현시킬 수 있는 유일한 길이야. 걸어가면서 하늘이 보여졌다.

그래서 땅이 하늘을 선택하는 겁니까? 꼭 해야 할 일의 무게를 견디기 위해? 나는 그를 따라 계단식으로 놓여 있는 바위들을 올라가며 물었다.

그래. 바로 그래서야. 그리고 우리는 다른 면도 같아. 우리는 비밀을 간직하는 법을 배웠지. 그는 나를 힐끗 돌아봤다.

우리는 나뭇가지에서 커튼처럼 축 늘어진 담쟁이덩굴을 맞닥뜨렸다. 하늘은 긴 팔을 뻗어서 그걸 걷어내고 그 너머에 있는 빈터를 드러냈다.

빈터에 길들이 동그랗게 서 있었다. 그 길들은 특히 아주 잘 열려 있는 목소리를 가진 땅의 일원으로, 어렸을 때 어마어마하게 많은 땅의 일원들 중에서 하늘의 메시지를 가장 빨리 전하는 사자들로 뽑혔다. 하지만 지금 그들은 모두 원 안쪽을 향해 서서 목소리를 모으고, 닫힌 원 안에서 하나하나가 연결 고리를 이루고 있었다.

길의 끝이다. 이들은 평생 여기서 살고, 이들의 목소리는 태어날 때부터 이 목적 하나로 훈련됐다. 일단 저 안에 들어가면 하나의 목소리에서 비밀이 떨어져 나와 다시 필요할 때까지 안전하게 보관된다. 하늘은 널리 알려지면 너무 위험해질 생각들을 여기에 남겨둔다. 그가 내게 보여줬다.

그리고 내게 돌아섰다. 저기에는 다른 것들도 있다.

그가 길의 끝을 향해 목소리를 높이자 그 원이 살짝 움직여서 틈을 만들어 냈다.

그 순간 안에 있는 것이 보였다.

그 원의 한가운데에 돌침대가 하나 있었다.

그 위에 한 남자가 누워 있었다.

빈터 남자가 의식을 잃고 있었다.

꿈을 꾸고 있었다.

당신의 정보원. 나는 조용히 말했다. 우리가 그 안으로 들어가자 원은 다시 닫혔다.

군인 하나가 길가에서 발견됐다. 몸에 있는 상처들 때문에 우리는 그가 죽었다고 생각했다. 하지만 그때 그의 목소리가 흘러나왔다. 침묵의 아주 머나먼 가장자리에서 무방비 상태로 활짝 열려 있는 목소리였다. 우리는 그 소리가 완전히 사라지지 않도록 맞았다. 하늘이 보여줬다.

맞았다고요? 나는 그 남자를 빤히 바라봤다. 길들은 자신의 목소리로 이 군인의 목소리를 덮어서 이 비밀이 결코 이 원 밖으로 나가지 못하게 했다.

어떤 목소리건 들리기만 한다면 치유할 수 있다. 설사 그것이 육신에서 아주 멀리 떨어져 있더라도. 그는 정말 아주 멀리 떨어져 있었다. 우리는 그의 상처들을 치료하고, 그의 목소리를 불러와 다시 그의 육신에 불어넣기 시작했다.

그를 다시 살려냈군요. 내가 대구했다.

그래. 그러는 동안 그의 목소리가 우리에게 여러 가지를 말해줬다. 빈터에 맞서 우리가 아주 유리해지도록 해준 이야기들, 귀환이 땅에 돌아온 후로 더 귀중해진 이야기들이었다.

나는 하늘을 힐끗 올려다봤다. 당신은 이미 내가 돌아오기 전부터 빈터를 공격할 생각을 하고 있었군요?

땅에게 위협이 될 수 있는 상대에 대비하는 일은 하늘의 의무다.

나는 다시 정보원을 내려다봤다. 그래서 우리가 이길 거라고 말했군요.

정보원의 목소리가 우리에게 빈터의 지도자는 누구와도 진정한 동맹은 맺지 않는 남자라고 했다. 그가 저 머나먼 언덕 위에 있는 이들과 뭔가를 함께한다고 해도 결국 혼자 지배할 거라고 했다. 위기에 처하면 망설이지 않고 곧바로 상대를 배신할 거라고. 이것이 그들의 약점이자 땅이 이용할 수 있는 맹점이기도 하지. 동이 트면 다시 우리의 공격이 시작된다. 그들이 맺은 동맹이

위기에 어떻게 대처하는지 볼 것이다.

나는 그를 노려봤다. 하지만 당신은 여전히 그들과 화해할 것입니다. 당신의 그런 마음이 보입니다.

그렇게 해서 땅을 구할 수 있다면, 그래, 하늘은 그렇게 할 거야. 그리고 귀환도 그렇게 할 것이고.

하늘은 내 생각이 어떤지 묻지 않았다. 그는 나에게 그렇게 하라고 명령하고 있었다.

그래서 너를 여기 데려온 거야. 하늘은 내 목소리를 다시 그 남자에게 돌리면서 보여줬다. 평화가 온다면, 그렇게 모든 문제가 해결된다면 그때 너에게 저 정보원을 내주겠다. 네 마음대로 처분하라는 뜻이다.

나는 그 말을 이해할 수 없어서 멍하니 고개를 들어 하늘을 바라봤다. 그를 나에게 준다고요?

그는 거의 다 나았다. 우리는 그의 경계하지 않는 목소리를 들으려고 그동안 재워놨지만 언제고 깨울 수 있다.

나는 다시 그 남자를 돌아봤다. 하지만 그게 어떻게 제게 복수가 됩니까? 왜 그게······.

하늘이 길의 끝을 향해 손짓하자 그들의 목소리가 멈췄다.

내가 그의 목소리를 들을 수 있도록.

그의 목소리······.

나는 그 돌침대에 가서 고개를 숙이고 그 남자의 지친 얼굴, 빈터의 얼굴 절반을 흉하게 만들어 버리는 수염이 덥수룩하게 자란 얼굴을 내려다봤다. 그의 가슴에 땅이 발라놓은 연고들과 그가 입고 있는 누더기 옷이 보였다.

그런 내내 그의 소리가 들렸다.

프렌티스 시장. 그가 말했다.

그리고 무기들.

그리고 양들.

그리고 프렌티스타운.

그리고 어느 이른 아침.

그리고 그가 말했다…….

그가 말했다…….

로드…….

나는 홱 돌아서서 하늘을 봤다. 이 남자는…….

맞아. 하늘이 보여줬다.

칼의 목소리에서 이자를 본 적이 있습니다…….

맞아. 하늘이 다시 보여줬다.

이 남자의 이름은 벤입니다. 칼에게 특별한 이와 같은 존재입니다. 내 목소리는 놀라서 크게 벌어졌다.

만약 평화가 우리가 맞게 될 결과라면, 빈터가 네게 가한 모든 고통에 대한 대가로 그는 네 것이 된다.

나는 다시 그에게 고개를 돌렸다.

벤에게로.

이 남자는 내 거야. 만약 평화 협정이 맺어진다면, 이자는 내 거야.

내가 마음대로 죽일 수 있는 내 것.

평화로 나아가는 과정

〈토드〉

멀리서 그들이 나무 사이로 오는 소리가 점점 커져갔다.

"기다려라." 시장이 속삭였다.

"그들이 바로 우릴 칠 거예요." 내가 말했다.

시장이 내 쪽으로 돌아섰을 때 첫새벽의 흐릿한 햇살이 그의 얼굴을 비췄다.

"미끼가 되는 게 그래서 위험한 거야, 토드."

수망아지? 앙가르드가 내 아래에서 초조하게 나를 불렀다.

"괜찮아, 앙가르드." 정말 그런지는 알 수 없지만 그렇게 달랬다.

복종하라! 우리 옆에 있는 줄리엣의 기쁨이 생각했다.

"닥쳐." 시장과 내가 동시에 말했다.

시장이 나를 보고 씩 웃었다.

순간적으로 나도 같이 웃었다.

과거와 비교해 보면 지난주는 좋았다고도 할 수 있었다. 식량과 물

교환은 약속대로 진행됐고, 시장이나 코일 선생님 모두 꼼수는 쓰지 않았다. 그리고 마실 물 걱정을 하지 않아도 되면 자동적으로 사는 게 행복해지기 마련이다. 난장판이 된 야영장도 정리돼서 도시는 거의 예전 모습을 되찾았고, 언덕 꼭대기도 전보다 진정돼서 거의 정상으로 돌아갔다고 바이올라가 전했다. 바이올라는 기분도 훨씬 나아졌다는 말까지 했지만 통신기 화면으로는 그 말이 사실인지 분간할 수 없었다. 바이올라는 매일 우리가 만날 수 없는 이유들을 찾아내서 어쩔 수 없이 걱정이 됐고, 또 어쩔 수 없이 바이올라 생각만 하다가…….

(나는 원이고 원은 나다.)

하지만 나도 시장과 바빴다. 시장은 아주 상냥해졌다. 그는 야영장에 있는 군인들을 찾아가서 그들의 가족과 고향과 전쟁이 끝난 후에 뭘 하고 싶은지, 새로 오는 이주민들과는 어떻게 지내고 싶은지 물어보는 습관이 생겼다. 그는 시민들에게도 그렇게 했다.

그리고 내게도 온갖 좋은 물건들을 줬다. 시장은 투덜거리는 오헤어 아저씨를 시켜서 더 푹신한 야전 침대와 추위를 막을 수 있는 담요를 여러 장 가져다줘서 내 텐트를 훨씬 안락하게 만들었다. 그리고 매일 자기가 데리고 있는 의사들이 밴드로 인한 상처를 치료하기 위해 어떤 시도를 하고 있는지 말해주면서 바이올라는 이제 위험하지 않다고 안심시켜 줬다.

이상한 일이었다.

하지만 좋았다.

사실 이렇게 좋은 일들이 일어날 수 있던 이유는 한 주 내내 스패클이 단 한 번도 공격하지 않았기 때문이다. 그렇다고 해서 우리가 그들의 공격에 대비한 계획을 세우지 않았다는 뜻은 아니다. 탐사 장치들을 이용해서 브래들리와 시몬은 스패클이 시내로 몰래 들어올 수 있는 몇 가지 다른 길들을 추려냈고, 시장은 그 길들을 훌륭한 표적으로 삼았다. 그리고 소음이 없어서 밤에 숲 주위를 살금살금 돌아다녀도 소리가 들리지 않는 새 동맹의 도움을 받아 여러 준비를 했다.

그래서 지금은 그렇게 준비한 것이 아주 좋은 생각처럼 보였다.

우리는 숲을 통과해서 시내 남쪽으로 이어지는 작은 도로를 보고 있었는데 예상대로 그 길로 스패클이 오는 소리를 들을 수 있었다.

소리가 점점 요란해지고 있었다.

"걱정할 거 없다. 모두 계획대로 진행되고 있어." 시장은 내게 그렇게 말하면서 뒤쪽 하늘에 떠 있는 탐사 장치를 흘끗 올려다봤다.

스패클의 소음이 조금 더 시끄럽고 규칙적으로 들렸는데, 너무 빨라서 뭔가를 읽기는 불가능했다.

토드, 토드! 앙가르드가 점점 초조해하면서 나를 불렀다.

"말을 진정시켜, 토드."

"괜찮아, 앙가르드." 나는 그녀의 옆구리를 쓰다듬어 주며 달래면서, 고삐를 옆으로 조금 더 잡아당겨서 시장과 내가 지키고 있는 척하는 우물 파는 장비 뒤로 살짝 물러났다.

그리고 통신기를 들어 올렸다. "탐사 장치에 뭐가 보여?"

"화면이 선명하질 않아. 뭔가 움직이긴 하는데 너무 흐릿해서 바람이 부는 것일 수도 있고." 바이올라가 대답했다.

"바람은 아니야."

"나도 알아. 마음 단단히 먹고 있어." 바이올라가 손으로 입을 가리고 기침하면서 말했다.

스패클의 소음이 점점 커지고⋯⋯.

더 요란해졌고…….

"드디어 시작됐다, 토드. 놈들이 왔어."

"우린 준비됐어요." 통신기에서 목소리가 흘러나왔는데 바이올라가 아니라 코일 선생님이었다.

그때 스패클이 세찬 물살처럼 그늘 속에서 쏟아져 나와…….

길로 진입해 우리를 향해 곧장 달려오면서…….

무기를 들어 겨냥했고…….

"기다려." 시장이 총을 들어 올리면서 내게 말했고…….

그들은 계속 길로 쏟아져 들어왔고…….

20, 30, 40, 50명…….

그런데 나는 시장과 단둘이었고…….

"기다려." 시장이 다시 말했고…….

그들의 소음이 허공을 가득 채웠고…….

그들이 계속 오고 있는데…….

우리 무기의 사정권에 들어올 때까지 계속…….

그들이 가진 하얀 막대기 하나가 발사되면서 쉭 소리가 났고…….

"바이올라!" 내가 고함을 질렀고…….

"지금이야!" 코일 선생님이 외치는 소리가 통신기로 들렸고…….

쾅!

도로 양쪽 나무들이 폭발해서 백만 개의 불타는 나뭇조각이 되어 스패클들의 살을 찢어버렸고, 나와 시장은 비틀거리며 뒤로 물러났고, 나는 앙가르드가 그 자리에서 미친 듯이 도망치거나 날 던져버리지 않게 하려고 무진 애를 썼고……

내가 앙가르드를 탄 채로 그 자리에서 한 바퀴 돌았을 때 연기는 이미 걷히고 있었고 쓰러진 나무들과 불타는 나무토막들이 보였고…….

스패클의 흔적은 하나도 보이지 않았고…….

도로에는 그들의 시체만 있었다…….

아주 많은 시체들이.

"이게 대체 뭐예요? 이건 당신이 말했던 것보다 폭발력이 훨씬 더 세잖아요!" 나는 통신기에 대고 소리 질렀다.

"혼합할 때 실수가 있었던 모양인데. 브레이스웨이트 선생님에게 한마디 해야겠네."

하지만 화면 속 코일 선생님의 얼굴은 웃고 있었다.

"아무래도 좀 과하게 열정을 쏟은 것 같긴 하다만, 어쨌든 평화로 가는 여정이 시작됐다." 시장 역시 함박웃음을 지으며 내게 다가왔다.

그때 뒤에서 또 다른 소리가 들렸다. 혹시 일이 잘못돼서 우리에게 도움이 필요할 경우에 대비해 도로 저쪽에서 대기하고 있던 군인들 소리였다. 그들은 아주 빠른 속도로 행복하게 우리 쪽으로 걸어오며…….

환호했다.

시장은 마치 처음부터 이런 상황을 예상한 것처럼 승리감에 도취돼 그들 사이를 돌아다녔다.

〈바이올라〉

"저건 학살이었어요. 저게 어떻게 평화의 서곡이 됩니까?" 브래들리가 화를 내며 말했다.

"혼합물을 너무 익혔나 봐요. 처음 만들어 보는 거라서. 이번 실수로

부터 배워서 다음번에는 잘 만들어 봐야죠." 코일 선생님은 어깨만 으쓱했다.

"다음번에는……." 브래들리가 이야기를 시작했지만 선생님은 이미 중앙 화면으로 전투 상황을 지켜보고 있던 조종실을 벗어나 바깥으로 나가고 있었다. 시몬은 밖에서 원격 프로젝터로 삼차원 영상을 쏴서 언덕 꼭대기에 모인 사람들에게 전투 상황을 보여주고 있었다.

폭발이 일어났을 때 크게 환호성이 일었다. 코일 선생님이 정찰기 밖으로 나가자 그 소리가 더 커졌다.

"저 사람은 일부러 그랬어." 브래들리가 말했다.

"당연하죠. 코일 선생님은 그런 사람이에요. 사과를 주면 사과나무째 뺏으려 들죠."

나는 의자에서 일어났다가…….

순간 너무 어지러워서 바로 다시 앉아야 했다.

"너 괜찮니?" 그렇게 물어보는 브래들리의 소음이 근심으로 가득 차 있었다.

"항상 똑같죠 뭐." 사실 그렇진 않지만. 코일 선생님이 시간 맞춰 해주는 치료는 그럭저럭 효과가 있었지만, 오늘 아침에는 열이 심하게 올라서 도통 내려가지를 않았다. 여자 여섯 명이 또 숨을 거뒀다. 모두 나이가 많고 몸도 약했지만, 병세가 악화되는 여자들이 늘어나고 있었다. 가끔은 얼굴만 봐도 밴드 유무를 구분할 수 있을 정도였다.

"시장이 준 정보에서 뭐 찾아낸 거 없니?" 브래들리가 물었다.

나는 고개를 저으며 기침하기 시작했다. "정보를 다 줬는지도 의심스럽죠."

"의료 병동이 있는 우주선이 도착하기까지 33일 남았다. 그때까지 버틸 수 있겠어?"

기침이 너무 터져 나와서 말을 할 수 없어 고개만 끄덕였다.

지난주는 불안할 정도로 순조롭게 흘러갔다. 윌프 아저씨가 물탱크들을 실은 수레를 끌고 갔다가 아무 문제 없이 식량을 싣고 돌아왔다. 시장은 아저씨를 지켜줄 군인들과 물을 긷는 과정을 개선시킬 기술자들까지 보냈다. 그는 또한 나다리 선생님과 로손 선생님이 식량 재고를 파악하고 배급 시스템을 감독하는 일을 돕겠다는 제안을 받아들였다.

한편 코일 선생님은 엄청 행복해 보였다. 그녀는 심지어 어떻게 평화 협상을 맺을지에 대해 말하기 시작했다. 보아하니 그러자면 폭파 작전을 아주 많이 수행해야 하는 모양이었다. 아주 오래전에 내게 군사 훈련을 시킨 브레이스웨이트 선생님은 숲속에 폭탄을 설치해서 스패클들에게 우리가 그들보다 한 수 위라는 걸 보여주고, 폭발할 때 숨지지 않은 스패클을 하나 생포할 수 있기를 바라고 있었다. 그다음에 생포한 스패클을 그들에게 돌려보내서 우리와 평화 협상을 하지 않는다면 계속 이렇게 날려버리겠다는 말을 전하라고 할 작정이었다.

코일 선생님은 지난번에는 이런 식의 협상이 효과가 있었다고 맹세했다.

내 통신기에서 삐 소리가 났다. 토드가 공격을 받은 후 상황을 전해주기 위해 연락한 것이다.

"살아남은 스패클은 하나도 없지?" 나는 기침을 하면서 물었다.

"없어. 바이올라, 너 괜찮아?" 토드는 걱정스러운 표정이었다.

"괜찮아. 그냥 기침이 좀 나와서 그래." 나는 기침을 참으려고 애쓰면서 대답했다.

지난주에 예전 치유의 집에서 그 거창한 회의를 한 후에는 통신기로

만 토드의 얼굴을 봤다. 나는 그쪽에 가지 않았고 토드도 여기로 오지 않았다. 할 일이 너무 많아서 그렇다고 나는 스스로에게 말했다.

소음이 없는 토드를 보면 기분이 정말 이상해져서 그런 건 아니라고……

하지만 그런 토드를 보면 기분이 정말…….

"내일 다시 시도해 보자. 효과가 있을 때까지 계속 해봐야지."

"그래. 협상을 일찍 시작하면 할수록 이 모든 게 더 빨리 끝나겠지. 네 건강도 빨리 되찾고."

"네가 시장에게서 더 빨리 떨어지면 더 좋고." 나는 무의식중에 머릿속 생각을 말해버렸다는 사실을 깨달았다. 이 멍청한 열 때문이다.

토드는 얼굴을 찡그렸다. "난 괜찮아, 바이올라. 그 사람 요즘은 꽤 괜찮아."

"괜찮다고? 시장이 언제 괜찮은 사람인 적 있었어?"

"바이올라……."

"33일 남았어. 우리는 33일만 버티면 돼. 딱 33일만."

하지만 솔직히 말해서 그 33일이 영원처럼 느껴졌다.

〈토드〉

스패클의 공격은 계속됐다. 우리는 계속 그들을 막았다.

복종하라! 복종하라! 줄리엣의 기쁨이 도로 저쪽에서 외치는 소리가 들렸다.

그러면 시장이 웃는 소리도 들렸다.

어둠 속에서 묵직한 말발굽 소리들이 길바닥을 내리치며 흘러나왔고, 시장의 이가 달빛을 받아 반짝 빛났다. 시장의 재킷 소매에 붙은 금실이 번쩍이는 모습까지 볼 수 있었다.

"지금이야, **지금!**" 시장이 외쳤다.

브레이스웨이트 선생님은 역겨워서 혀를 차며 원격 조종 장치의 버튼을 눌렀다. 그러자 시장 뒤의 도로가 거대한 불길과 함께 폭발하면서 시장을 쫓던 스패클들이 바로 그 불길에 타올랐다. 그 스패클들은 우리가 또 다른 길에 놓은 아주 뻔해 보이는 덫에서 혼자 빠져나와 돌아다니는 군인을 자기들이 쫓고 있다고 생각했지만…….

그 덫은 덫이 아니다. 혼자 돌아다니는 군인이 바로 덫이다.

이것이 닷새 동안 우리가 막은 다섯 번째 공격이었다. 매번 스패클들은 더 영리하게 쳐들어왔고, 그에 맞선 우리 역시 더욱 영리해져서 가짜 덫과 가짜의 가짜 덫을 놓고 매번 다른 공격로를 설정하는 식으로 대응했다.

이건 사실 기분이 꽤 좋아지는 일이었다. 우리가 마침내 정말 뭔가하고 있는 것 같은, 우리가 마침내…….

(이기고 있는…….)

(전쟁에서 이기고 있는…….)

(우라지게 스릴 있고…….)

(닥쳐.)

(하지만 정말 그렇잖아…….)

줄리엣의 기쁨이 헐떡거리면서 앙가르드 옆에 와서 멈췄다. 모두가 지켜보는 동안 불길들이 뭉쳐 위로 올라가면서 나무들 사이로 연기가 피어올랐다가 차가운 밤하늘에 부딪쳐 사라졌다.

"전진!" 시장이 외치자 윙윙거리는 소리가 로켓처럼 우리 뒤에 모여 있는 군인들의 소음 속으로 휙 들어갔다. 그들은 대형을 갖춰 앞으로 달려 나가 아직 살아 있을지 모르는 스패클을 쫓았다.

하지만 불길의 크기로 볼 때 이번에도 살아남은 스패클은 없을 듯했다. 처참하게 파괴된 도로 저편 상황을 보자 시장의 미소가 사라졌다.

"이번에도 이 모양이네." 시장은 그렇게 말하면서 브레이스웨이트 선생님에게 고개를 돌렸다. "당신 폭탄은 이상하게도 폭발력이 너무 세서 생존자가 나오질 않는군요."

"그럼 저들이 당신을 죽였으면 좋겠어요?" 그녀는 부디 그랬으면 좋겠다는 표정으로 물었다.

"당신은 그저 우리가 먼저 스패클을 잡는 게 싫은 거잖아요. 코일 선생님을 위해 하나 잡고 싶겠죠." 내가 말했다.

브레이스웨이트 선생님은 날 잡아먹을 기세로 노려봤다. "어른에게 그런 식으로 버릇없이 말하는 거 아니다, 애야."

그 말에 시장이 큰 소리로 웃었다.

"내가 내 맘대로 말도 못 하나요? 내가 당신 조직의 지도자를 아는데, 그 사람에게 다른 속셈이 없을 것 같아요?"

브레이스웨이트 선생님은 시장을 돌아보며 못마땅한 표정을 지었다. "아주 똑부러지는 아이군요."

"항상 그렇듯이 맞는 말만 한답니다."

예상치 못했던 시장의 칭찬에 내 소음이 살짝 분홍색으로 물드는 게 느껴졌다.

"코일 선생에게 평소대로 성공했고, 평소대로 실패했다고 전하세요." 시장이 브레이스웨이트 선생님을 내려다보며 말했다.

그녀는 나다리 선생님과 함께 우리를 사정없이 쏘아보며 시내를 향해 출발했다.

"내가 코일 선생이라도 이렇게 했을 거다, 토드. 내 적수가 우위를 차지하게 놔둘 수는 없지." 시장이 말했다. 군인들이 그 불길에서 돌아오기 시작했고, 살아남은 스패클은 물론 하나도 없었다.

"우리는 힘을 합치기로 했잖아요. 평화를 위해 협력해야 한다고요."

시장은 그 점도 별로 걱정하지 않는 듯 그냥 우리 옆을 지나가는 군인들을 바라봤다. 그들은 웃으며 농담을 주고받고 있었다. 그들은 그동안 수많은 패배를 당한 후에 또다시 승리를 거뒀다고 생각했다. 우리가 광장으로 돌아가면 더 많은 사람들이 모여 그를 찬양하겠지.

바이올라 말로는 코일 선생님도 정찰기 옆에 모인 사람들에게 똑같이 영웅 대접을 받고 있다고 했다.

이들은 누가 더 평화로울 수 있는지를 놓고 전쟁을 벌이고 있는 셈이었다.

"아무래도 네 말이 맞는 것 같구나, 토드."

"뭐가요?"

"우리가 힘을 합쳐야 한다는 거 말이다." 시장은 싱긋 웃으며 날 향해 돌아섰다. "이제 다른 접근 방법을 써볼 때가 된 것 같다."

〈바이올라〉

"지금 무슨 일이 일어나고 있는 거야?" 리가 붕대 밑을 벅벅 긁으면서 물었다.

"하지 마." 나는 그의 손을 장난스럽게 찰싹 때렸다. 순간 내 팔에 엄청난 통증이 올라왔다.

우리는 정찰기의 치료실에 있었다. 벽에 설치된 화면들에 계곡 여기저기에 떠 있는 탐사 장치들이 보였다. 어제 브레이스웨이트 선생님이 터트린 지나치게 폭발력이 강한 폭탄 공격 이후로 시장이 다음번 작전은 시몬이 주도하는 게 어떻겠느냐는 제안을 해서 모두를 놀라게 했다. 코일 선생님이 동의해서 시몬은 스패클 한 명을 생포해 평화 메시지를 가지고 다시 돌려보내는 목표에 전적으로 집중한 작전 계획을 세웠다.

무수한 스패클을 죽인 후에 그런 계획을 세운다는 것이 뭔가 이상했지만 전쟁이 시작된 후로 이치에 맞는 일은 하나도 없었다. 상대를 그만 죽이고 싶다는 말을 전하자고 또 상대를 죽이는 게 전쟁이다.

괴물 같은 남자들. 괴물 같은 여자들.

오늘 시몬은 전보다 더 큰 규모의 교란 작전을 기획해서 대낮에 탐사 장치들을 띄워 스패클들이 남쪽 도로로 올 것을 예상하고 있는 것처럼 보이게 만들었다. 브레이스웨이트 선생님이 유인용 폭탄을 설치한 후 마치 실수한 것처럼 일찍 터지게 해놓고, 그동안 북쪽에서 오는 다른 길을 터놨다. 그 길에 시몬이 지휘하는 무장한 해답 여성들이 숨어서 기다리고 있기로 했다. 그들은 소음이 없으니까 스패클들을 기습할 수 있을 것이라고 생각한 작전이었다.

"아무 말도 안 해주기야." 리가 다시 붕대 밑을 긁으면서 투덜댔다.

"나보다 브래들리가 옆에 있는 게 더 쉽지 않아? 그럼 그의 소음으로 무슨 일이 일어나고 있는지 볼 수 있잖아."

"아니, 너랑 있을래."

리의 소음에서 내 모습이 보였다. 지나치게 사적인 뭐 그런 모습이 아니라 그저 현실의 나보다 훨씬 더 좋아 보였다. 열에 시달리는 데다 비쩍 마르고 아무리 씻어도 꾀죄죄해 보이는 현실의 내가 아니라 깨끗하고 말쑥하며 건강해 보였다.

리는 앞을 보지 못하는 현실에 대해 농담으로만 언급했다. 소음이 나는 사람이 옆에 있으면 그걸 통해 볼 수 있고, 자기 눈으로 보는 것과 다를 바 없다고 말했다. 하지만 요즘은 이 갑갑한 치료실에 늘 우리 둘만 있다. 그의 소음 속에서 갑자기 사라져 버린 그의 인생과, 이제 보이는 거라고는 추억과 다른 사람이 보는 세상뿐인 것이 보였다.

리는 눈에 입은 화상이 너무 심해서 울 수도 없었다.

"그렇게 조용히 있으면 내 생각을 읽고 있는 거 다 알게 돼."

"미안해." 나는 고개를 돌리고 또 기침했다. "그냥 좀 걱정이 돼서. 이 작전이 효과가 있어야 하는데."

"네 책임이란 생각은 그만 좀 해. 너는 토드를 지키려고 했어, 그게 다야. 전쟁을 일으켜서라도 우리 엄마와 누나를 구할 수 있었다면 나도 망설이지 않고 그렇게 했을 거야."

"하지만 개인적인 이유로 전쟁을 일으킬 순 없어. 그러면 올바른 결정을 내리지 못하게 돼."

"개인적인 결정을 내리지 않는다면, 넌 **사람**도 아니야. 모든 전쟁은 어떤 면에서는 개인적인 셈이야, 안 그래? 누군가를 위해 전쟁이 벌어지기도 하잖아? 대개는 증오 때문이지만."

"리······."

"난 그저 누가 토드를 너무 사랑해서 기꺼이 온 세상과 전쟁을 벌일 각오를 하다니, 그가 얼마나 행운아냐는 말을 하고 있는 거야. 내 말은 그게 다야." 내가 그 말에 어떤 표정을 짓고 있을지, 내가 어떻게 반응할지 몰라서 리의 소음은 불편해하고 있었다.

"토드도 날 위해서 그렇게 했을 거야." 나는 조용히 말했다.

나도 널 위해 그렇게 했을 거야. 리의 소음이 들렸다.

리가 그러리라는 건 나도 안다.

하지만 우리가 그러기 때문에 죽는 사람들에게는 또 그들 나름대로 그들을 위해 살인을 불사할 사람들이 있지 않을까?

그러니까 대체 누가 옳은 걸까?

나는 두 손에 머리를 파묻었다. 머리가 정말 무겁게 느껴졌다. 매일 코일 선생님은 새로운 감염 치료법을 시도해 봤지만, 내 상태는 한동안 좀 나아졌다가 다시 나빠지기를 반복했다.

치명적이라.

이주단이 도울 수 있다 해도 그들이 도착하려면 아직도 몇 주 남았다.

그때 갑자기 우주선의 통신 시스템에서 크게 지지직거리는 소리가 들려서 우리는 깜짝 놀랐다. "그들이 해냈어." 브래들리의 놀란 목소리가 들렸다.

나는 고개를 들었다. "뭘 했다는 거죠?"

"그들이 하나 잡았어. 북쪽 도로에서 말이야."

"하지만 너무 이르잖아요. 아직……." 나는 이 화면에서 저 화면을 보면서 말했다.

"시몬이 아니었어. 프렌티스야. 우리 계획을 시작하기도 전에 그가 스패클을 하나 잡았어." 브래들리의 목소리는 나만큼이나 혼란스러웠다.

〈토드〉

"코일 선생님이 펄펄 뛸 텐데요." 내가 말하는 사이에 시장은 그에게 축하하기 위해 다가온 군인들과 계속 악수하고 있었다.

"그 점에 대해서는 이상하게 별로 걱정되지 않는구나." 시장이 승리를 마음껏 즐기면서 대꾸했다.

알고 보니 시장이 오래전에 파견한 분대가 여전히 북쪽 도로에 있었다. 그들은 지루해서 손가락을 비비 꼬면서, 규칙적으로 시내에 몰래 숨어들어 공격한 스패클들에게 비웃음을 사고 있었다.

코일 선생님은 그 군인들에 대해 잊고 있었다. 브래들리와 시몬도 마찬가지. 나도 그랬다.

시장만 달랐다.

그는 오늘 밤의 대작전을 시몬이 실행하는 모습을 통신기로 지켜보고, 브레이스웨이트 선생님이 교란용 폭탄들을 설치할 시간과 장소에 동의했다. 우리가 남쪽 도로를 감시하느라 바쁜 척을 하면 스패클이 북쪽 도로가 지나가는 계곡 한쪽이 공격에 취약하다는 사실을 알아낸다. 바로 그게 우리가 의도한 바였다. 그들은 한 무리의 스패클을 보내 평소처럼 우리 병사들 옆을 몰래 지나치려 했다. 전에 수십 번도 더 했던 것처럼.

하지만 이번에는 우리 군인도 그렇게 호락호락 넘어가지 않았다.

시장은 부하들을 스패클이 지나가는 바로 그 길목에 배치시켰다. 그들은 도로 양옆에서 튀어나와 스패클의 이동 경로를 차단하고, 지금 무슨 일이 벌어지고 있는지 그들이 미처 알아차리기도 전에 총격을 퍼부어 대부분의 스패클을 사살했다.

그중 단 두 명의 스패클이 살아남았고, 공격을 시작한 지 20분도 안 돼 그 두 명을 끌고 시내로 오는 동안 지켜보던 군인들의 소음에서 함성이 일었다. 테이트 아저씨와 오헤어 아저씨가 그들을 성당 뒤 마구간으로 끌고 가서 대기시키는 사이, 시장은 나와 함께 몰려 있는 사람들 사이를 천천히 걸으며 뉴 프렌티스타운의 모든 이로부터 악수와 환호, 찬사와 축하를 받았다.

"나한테 미리 말해줄 수 있었잖아요." 요란한 시민들의 함성에 묻히지 않게 내가 큰 소리로 말했다.

"네 말이 맞다, 토드. 미리 말했어야 했는데 미안하다. 다음번에는 귀 띔해 주마." 사람들이 계속 우리에게 몰려드는 사이에 시장이 잠시 멈춰 서서 날 보며 말했다.

놀랍게도 그는 진심으로 미안해하는 것 같았다.

우리는 모여 있는 사람들 속을 계속 지나 마침내 마구간에 도착했다.

거기에 정말 화가 머리끝까지 난 여자 선생님들이 기다리고 있었다.

"어서 우리를 들여보내 줘요!" 나다리 선생님이 말하자 옆에 서 있는 로손 선생님이 동조하면서 헛기침을 했다.

"안전을 먼저 챙겨야죠, 숙녀 여러분. 생포된 스패클이 얼마나 위험 할지 알 수 없잖아요." 시장이 그들에게 미소 지으며 말했다.

"당장 들어가게 해달라니까." 나다리 선생님이 재촉했다.

하지만 시장은 여전히 미소만 짓고 있었다.

그리고 그의 뒤에 싱글벙글 웃고 있는 군인들이 구름처럼 몰려와 있 었다.

"두 분을 들여보내기 전에 상황이 안전한지 먼저 확인부터 하겠습니 다, 괜찮죠?" 시장은 선생님들 옆으로 다가서며 말했다. 시장이 들어가 는 동안 선생님들은 한 줄로 늘어선 군인들에게 붙잡혀 있었다. 나는 시장을 따라 안으로 들어갔다.

순간 가슴이 철렁 내려앉았다.

스패클 두 명이 의자에 앉은 채 내게 너무나 익숙한 방식으로 두 팔 이 뒤로 묶여 있었다.

(하지만 둘 다 1017은 아니었는데 그걸 보고 내가 안도했는지 아니면 속 상했는지는 나도 모르겠다…….)

한 스패클은 입고 있던 이끼를 군인들이 다 뜯어내 바닥에 던져버려서 벌거벗은 하얀 피부가 온통 피범벅이었다. 그래도 그는 고개를 당당하게 치켜들고 눈을 크게 뜨고 있었다. 그의 소음에는 우리가 한 짓에 대해 대가를 치르는 온갖 종류의 이미지들이 떠오르고 있을 것이다.

하지만 그 옆에 있는 스패클……

그 스패클은 더 이상 스패클처럼 보이지 않았다.

내가 소리를 지르려 했지만 시장이 먼저 소리쳐서 나를 놀래켰다.

"대체 이게 무슨 짓이야?"

부하들도 놀랐다.

"심문을 했습니다, 대통령님. 덕분에 아주 짧은 시간에 꽤 많은 정보를 알아냈습니다." 오헤어 아저씨는 피범벅이 된 손으로 만신창이가 된 스패클을 가리켰다. "이놈이 유감스럽게도 심문을 받다가 뒈져버리기 전에……"

한동안 듣지 못했던 쉬익 소리가 나더니 시장에게서 찰싹 후려치는 것 같은, 주먹으로 치는 것 같은, 총알 같은 소음이 날아갔다. 오헤어 아저씨는 머리를 뒤로 홱 젖히며 바닥으로 쓰러지더니 발작이 일어난 것처럼 덜덜 떨었다.

"우린 지금 평화 협상을 맺으려 하고 있어! 나는 고문하라고 허락하지 않았고." 시장이 다른 부하들에게 소리를 질렀다. 그들은 놀란 양떼 같은 표정으로 시장을 바라봤다.

테이트 아저씨가 헛기침을 했다. "이놈은 심문에 더 잘 버티더군요. 아주 독한 놈입니다."

"운 좋은 줄 알아, 대위." 시장은 여전히 열 받은 목소리로 말했다.

"제가 선생님들을 모셔 올게요. 그분들이 치료할 수 있을 거예요." 내가 말했다.

"아니, 그럴 것 없어. 놈을 놔줄 거니까."

"뭐라고요?"

"뭐라고요?" 테이트 아저씨도 물었다.

시장은 스패클 뒤로 걸어갔다. "우리의 계획은 원래 스패클을 하나 잡아서 우리가 평화를 원한다는 소식을 가지고 돌려보내기로 하는 거였다. 그러니까 그렇게 하겠다." 시장은 칼을 꺼냈다.

"대통령 각하……."

"뒷문 열어." 시장이 말했다.

테이트 아저씨는 망설였다. "뒷문요?"

"얼른, 대위."

테이트 아저씨가 가서 마구간의 뒷문을 열었다. 거기로 나가면 광장을 거치지 않고 여기서 벗어날 수 있다…….

여자 선생님들과도 마주치지 않고.

"저기요! 그렇게 하면 안 되잖아요! 저쪽과 합의했……."

"난 지금 그 합의를 지키는 거다, 토드." 시장은 고개를 숙여서 스패클의 귀에 입을 바짝 댔다. "목소리는 우리말을 할 수 있겠지?"

목소리라고?

하지만 이미 시장에게서 스패클로 저음의 소음이 정신없이 오가고 있었다. 어둡고 깊으며 세찬 소음의 흐름이 둘 사이를 너무 빨리 오가서 마구간에 있는 그 누구도 이해할 수 없었다.

"지금 뭐라고 하는 거예요? 지금 그에게 뭐라고 말했어요?" 나는 앞으로 다가가서 물었다.

시장이 다시 고개를 들어 나를 바라봤다. "난 이자에게 우리가 얼마나 간절히 평화를 원하는지 말하고 있다, 토드." 그러더니 고개를 갸웃 거렸다. "넌 날 안 믿니?"

나는 침을 꿀꺽 삼켰다.

그리고 다시 삼켰다.

나는 시장이 그 공을 차지하기 위해 평화를 원한다는 걸 알고 있다.

그 물탱크 사건에서 내가 그를 구한 후로 그가 나아졌다는 걸 안다.

하지만 또한 그가 구원을 받은 건 아니라는 사실도 알고 있다.

그는 구원을 받을 수 있는 사람이 아니다.

(그렇지 않나?)

하지만 그는 그런 것처럼 행동하고 있다.

"너도 이자에게 하고 싶은 말이 있으면 해." 시장이 말했다.

시장은 내게서 눈을 떼지 않으면서 들고 있는 칼날을 튕겼다. 스패클 은 갑자기 묶여 있던 두 팔이 풀리자 놀라서 몸을 앞으로 기울였다. 그 는 잠시 주위를 둘러보면서 앞으로 어떤 일이 일어날지 궁금해하다가 나를 봤다.

순간 나는 내 소음을 무겁게, 크게 하려고 시도했다. 오랫동안 안 쓰 던 근육을 쓰는 것처럼 아팠지만 시장이 뭐라고 말했건 나와 바이올라, 우리는 정말 평화를 원한다고, 이 전쟁이 빨리 끝나길 바란다는 마음을 실어 그 스패클에게 보냈는데……

그 스패클이 쉭쉭 소리를 지르는 바람에 멈췄고…….

그의 소음 속에서 내 모습이 보였다…….

그리고 소리가 들렸다…….

내가 알아들을 수 있는 소리인가?

그리고 단어들이 들렸다…….

카오스 워킹 3

우리말에 있는 단어들…….

그 소리가…….

칼.

"칼이라고?"

하지만 그 스패클은 다시 쉭쉭거리더니 문을 향해 달려가서…….

대체 무슨 메시지를 전할지 아무도 알지 못한 채 그의 종족에게 가버렸다.

〈바이올라〉

"정말 뻔뻔하기 짝이 없는 자야. 게다가 군대는 그를 찬양하느라 거품을 물어대고. 그자가 뉴 프렌티스타운을 지배하던 그 끔찍한 시절과 다를 바가 없군." 코일 선생님은 이를 악물고 말했다.

"적어도 내가 그 스패클과 말할 기회라도 있었으면 좋았을 텐데. 그들에게 모든 인간이 다 같지는 않다고 말했을 텐데." 다른 선생님들과 함께 열을 내며 수레를 타고 돌아온 시몬이 말했다.

"토드가 그 스패클에게 우리가 정말 평화를 원한다는 메시지를 전할 수 있었대요. 그러니까 그게 전해지길 바라야죠." 나는 격렬하게 기침을 해대며 말했다.

"그게 전해진다 해도 프렌티스가 또 모든 걸 자기 공으로 돌리겠지." 코일 선생님이 말했다.

"이건 누가 점수를 더 많이 따느냐가 중요한 게임이 아닙니다." 브래들리가 말했다.

"과연 그럴까요? 당신은 정말 새 이주민들이 도착했을 때 그자가 권력을 쥐고 있길 바라나요? 그게 당신이 추구하는 공동체인가요?" 코일 선생님이 물었다.

"당신은 마치 우리가 누군가를 쫓아낼 수 있는 권한이 있는 것처럼 말하는군요. 우리가 이곳에 마음대로 들어와서 우리 의사를 강요할 수 있는 것처럼 말입니다." 브래들리가 대꾸했다.

"왜 그럴 수 없죠? 그는 살인자예요. 내 누나와 엄마를 죽였어요." 리가 말했다.

브래들리가 대답하려고 했지만 시몬이 나섰다. "나도 그 말에는 동의해요." 브래들리가 충격을 받자 천둥 같은 소리가 나는 소음이 잠시 멈췄다. "만약 그자의 행동이 모든 사람의 목숨을 위태롭게 한다면 말입니다."

"우린 여기에 5000명에 달하는 사람들을 위한 정착지를 건설하러 왔어요. 그 사람들이 전쟁의 한복판에서 깨어나게 할 수는 없다고요." 브래들리가 끼어들었다.

코일 선생님은 두 사람을 아랑곳하지 않고 땅이 꺼지게 한숨을 쉬었다. "나가서 사람들에게 왜 저들이 스패클을 생포했는지 설명해 줘야겠어요. 이반이 또 뭐라고 떠들어 대면 그 촌스러운 얼굴에 한 방 먹여야지." 그녀는 작은 치료실을 나가며 말했다.

브래들리는 시몬을 흘끗 봤다. 그의 소음은 불만과 그녀에게 물어보고 싶은 수많은 질문으로 가득 차 있었다. 그 와중에 그녀의 이미지들이 떠오르더니, 그녀를 만지고 싶어 하는 간절한 마음이 보였다.

"제발 그만 좀 해요." 시몬이 고개를 돌리며 말했다.

"미안해요." 브래들리는 한 발자국 물러서더니, 또 한 발자국 뒤로 갔다가 더 이상 아무 말도 하지 않고 나가버렸다.

"시몬." 내가 입을 열었다.

"난 정말이지 익숙해지질 않아. 그래야 한다는 건 알지만 그래도 정말이지……."

"소음은 좋은 일일 수도 있어요. 그런 식으로 가까워질 수도 있으니까." 나는 토드를 생각하며 말했다.

(하지만 나는 더 이상 그의 소리를 들을 수 없어…….)

(그리고 그는 가깝게 느껴지지도 않고…….)

다시 기침이 터져 나왔는데 이번에는 폐에서 보기 흉한 초록색 분비물이 나왔다.

"너 기운이 하나도 없어 보인다, 바이올라. 푹 잘 수 있게 가벼운 진정제 하나 줄까?" 시몬이 물었다.

나는 고개를 끄덕였다. 시몬은 서랍에 가서 작은 거즈 하나를 가져와 내 턱 밑에 조심스럽게 붙였다. "브래들리에게 기회를 좀 주세요. 좋은 사람이잖아요." 약효가 돌기 시작했을 때 내가 말했다.

"나도 알아. 안다고." 내 눈이 감기기 시작했을 때 시몬이 대답했다.

나는 진정제로 끌어낸 어둠 속으로 빠져들면서 오랫동안 아무것도 느끼지 못한 채, 그 끝도 없이 텅 빈 느낌을 음미했다.

그러나 그것도 끝났고…….

나는 여전히 잠든 채로…….

꿈을 꿨다…….

토드 꿈을 꿨다…….

토드는 저기 내 손이 닿을 수 없는 곳에 있었고…….

그의 소리도 들을 수 없고…….

그의 소음도 들을 수 없고…….

그가 무슨 생각을 하는지 들을 수 없었다.

그는 마치 속이 텅 빈 껍데기처럼 나를 물끄러미 바라봤다…….

마치 속이 텅 빈 조각상처럼…….

마치 죽은 사람처럼…….

마치, 안 돼…….

그가 죽었다…….

그가 죽었다…….

"바이올라." 날 부르는 소리가 들렸다. 나는 눈을 번쩍 떴다. 리가 날 흔들어 깨우고 있었다. 그의 소음은 나에 대한 걱정으로 가득 차 있었지만 그 외에 다른 것도 있었다.

"무슨 일이야?" 나는 열 때문에 땀이 사정없이 흘러 옷과 이불까지 축축하게 젖은 걸 느끼며 물었다.

(토드가 내게서 사라지고 있어…….)

브래들리가 침대 발치에 서 있는 모습이 보였다. "그 여자가 일을 저질렀어. 코일 선생이 슬쩍 빠져나가서 일을 벌였다."

〈토드〉

그것은 작은 소리였다. 원래라면 야영장에서 자고 있는 군인들이 내는 소음 때문에 들리지 않았을 것이다.

하지만 그건 내가 아는 소리였다.

윙 소리.

허공에서 들리는 소리.

수망아지? 앙가르드가 초조하게 날 부르는 사이에 나는 텐트에서 나와 하루가 다르게 차가워지는 밤공기 속으로 들어섰다.

"예광탄이야." 나는 앙가르드와 주위 사람들에게 말한 뒤 추위에 떨면서 그 소리를 찾아 주위를 돌아봤다. 아직까지 안 자고 있던 군인들도 그 소리가 어디서 나는지 찾고 있었다. 그것이 폭포 근처 말라버린 강바닥으로부터 흔들거리면서 공중으로 호를 그리며 솟아오르는 모습을 본 군인들이 늘어나, 그들의 소음도 함께 커졌다. 그 예광탄은 스패클 군대 일부가 아직까지 숨어 있을 가능성이 많은 북쪽 언덕으로 날아가고 있었다.

"대체 무슨 생각으로 저런 짓을 했지?" 시장이 갑자기 내 옆에 와서 그 예광탄을 뚫어져라 쳐다봤다. 그는 텐트에서 자다가 나와 눈이 게슴츠레한 오헤어 아저씨에게로 돌아섰다. "브레이스웨이트 선생을 찾아. 당장."

오헤어 아저씨는 옷도 다 못 입은 채로 뛰어갔다.

"예광탄은 실질적인 피해를 가하기에는 너무 느려. 이건 분명 교란 작전이야." 시장의 시선이 폭격으로 파괴된 언덕길로 향했다.

"바이올라에게 연락 좀 해볼래, 토드?"

내가 통신기를 가지러 텐트로 갔다가 나오는 순간 멀리서 예광탄이 북쪽 어딘가에 있는 숲을 **쾅** 때리는 소리가 들렸다. 하지만 시장의 말이 맞다. 황소들조차 예광탄을 피해 달아날 수 있을 정도니 그것의 목적은 하나밖에 없다.

스패클의 주의를 딴 곳으로 돌리는 것.

하지만 무엇으로부터?

시장은 예전에 스패클들이 내려왔던 그 언덕의 들쭉날쭉한 가장자리를 보고 있었다. 더 이상 군대가 내려올 수 없고……

올라갈 수도 없는……

하지만 한 사람은 갈 수 있다……

한 사람은 그 폐허가 된 길을 올라갈 수 있다…….

소음이 없는 사람…….

시장의 눈이 더 커졌고, 나는 그가 무슨 생각을 하는지 알았다.

그때 그 일이 일어났다…….

콩!

지그재그 모양의 언덕 꼭대기에서.

〈바이올라〉

"어떻게 그런 짓을 할 수 있지? 어떻게 우리 몰래 이런 짓을 꾸밀 수가 있어?" 예광탄이 호를 그리며 하늘을 날아가는 모습을 치료실 화면을 통해 지켜보는 동안 브래들리가 탄식했다. 리는 브래들리의 소음을 통해 그 광경을 보고 있었다.

내 통신기에서 삐 소리가 났다. 나는 곧바로 받았다. "토드?"

토드가 아니었다.

"내가 너라면 당장 탐사 장치를 언덕 꼭대기로 보낼 거다." 코일 선생님이 화면에서 싱글거리는 얼굴로 날 보며 말했다.

"토드는 어디 있어요? 어떻게 선생님이 통신기를 갖고 있어요?" 나는 기침을 하며 물었다.

브래들리의 소음에서 무슨 소리가 나서 그에게로 고개를 돌렸다. 시몬이 여분의 물품을 넣어두는 캐비닛에서 통신기 두 개를 더 꺼내 만지작거리고 있다가 그냥 비품 목록을 작성하는 거라고 브래들리에게 말하는 모습이 보였다.

"시몬이 줬을 리가 없어. 나에게 말도 안 하고?" 브래들리가 말했다.

"언덕 꼭대기를 지금 봐야 해요." 내가 말했다.

브래들리는 화면을 눌러서 조종 장치를 켠 후에 탐사 장치를 언덕 꼭대기로 가도록 조종하고, 화면을 야간 모드로 바꿨다. 이제 모든 것이 초록색과 검은색으로 보였다.

갑자기 좋은 생각이 떠올랐다. "체열을 찾아봐요."

브래들리가 다시 화면을 눌렀다.

"저기요."

인간의 형체 하나가 덤불 속에 몸을 숨긴 채 살금살금 언덕을 내려오고 있었다. 하지만 들키더라도 개의치 않다는 듯 움직임이 꽤 빨랐다.

"저렇게 할 수 있는 사람은 여자 선생님밖에 없어요. 남자라면 스패클들이 소리를 들었을 테니까." 내가 말했다.

브래들리가 다이얼을 돌려서 탐사 장치를 조금 더 올리자 언덕 가장자리가 보였다. 스패클들이 무너진 언덕 가장자리에 줄줄이 서서 예광탄이 떨어진 북쪽 숲을 보고 있었다.

그 아래에서 도망치고 있는 여자가 아니라.

그때 화면에 뭔가 번쩍하더니 열 센서들이 과부화됐고, 1초 후에 탐사 장치의 스피커에서 쾅 소리가 흘러나왔다.

우주선 밖에서 요란하게 환호성이 울려 퍼지는 소리도 들을 수 있었다.

"사람들이 보고 있어?" 리가 물었다.

다시 브래들리의 소음에서 시몬의 모습과 함께 무례한 말들이 쏟아졌다. 나는 통신기를 집었다. "대체 무슨 짓을 했어요?"

하지만 코일 선생님은 더 이상 보이지 않았다.

브래들리가 스크린의 다이얼을 돌려서 통신기를 통해 우주선 밖으로 방송이 나가게 했다. 그의 소음은 시간이 흐를수록 점점 더 크고 단호해져 갔다.

"브래들리. 대체 지금 뭘……?"

"정찰기 가까이 있는 사람들은 물러나세요. 지금 이륙합니다." 브래들리가 통신기에 대고 말하는 소리가 바깥으로 크게 울려 퍼졌다.

〈토드〉

"나쁜 년." 시장의 목소리가 들렸다. 그는 주위 군인들의 소음을 읽고 있었다. 광장은 혼란스러웠고, 무슨 일이 일어났는지 누구도 모르고 있었다. 나는 계속 바이올라에게 연락하려 했지만 신호가 잡히지 않았다.

"대개 남자가 여자를 나쁜 년이라고 부를 때는," 야영장 가장자리에서 우리 옆으로 와서 멈춘 수레에서 목소리가 들렸다. "여자가 뭔가를 제대로 했기 때문이야."

코일 선생님이 생글거리는 얼굴로 우리를 보고 있었다. 마치 똥물이 가득 찬 양동이를 발견한 개처럼 의기양양한 표정이었다.

"우린 이미 평화의 메시지를 보냈어요. 그런데 어떻게 당신이 감히……?" 시장이 천둥처럼 큰 소리로 외쳤다.

"내게 감히 같은 소리 하지 말아요. 내가 한 일이라곤 소음이 없는 우리는 언제고 공격할 수 있고, 그들의 뒷마당까지 칠 수 있다는 점을 스패클에게 보여준 것뿐이니까." 코일 선생님도 지지 않고 외쳤다.

시장은 잠시 숨을 거칠게 몰아쉬더니 갑자기 섬뜩하게 부드러운 목소리로 말했다. "혼자 수레를 타고 시내로 온 겁니까, 선생?"

"아뇨, 혼자는 아니죠." 선생님은 야영장 높은 곳을 맴도는 탐사 장치를 손으로 가리켰다. "저 위에 제 친구들이 있거든요."

그때 머나먼 언덕 동쪽에서 이제는 익숙해진 우르르 소리가 들렸다.

정찰기가 천천히 상공으로 올라갔다. 코일 선생님은 뒤늦게 놀란 표정을 감추려고 했지만 실패했다.

"당신의 그 소소한 계획에 친구들이 다 가담한 건 아닌가 봐요, 선생?" 시장은 다시 기분 좋아진 목소리로 물었다.

통신기가 삐 울렸고, 이번에는 바이올라의 얼굴이 제대로 보였다.

"바이올라……."

"잠깐만 기다려. 우리가 지금 가는 중이야."

바이올라가 통신기를 껐고, 그때 군인들 사이에서 소란이 일어났다. 오헤어 아저씨가 브레이스웨이트 선생님을 밀면서 광장으로 들어오고 있었다. 그녀는 몹시 불쾌하게 반응했다. 그와 동시에 테이트 아저씨가 나다리 선생님과 로손 선생님과 함께 식량 창고를 돌아 나왔다. 쭉 뻗은 아저씨의 팔에 배낭이 하나 들려 있었다.

"부하들에게 저 여자들에게서 손을 떼라고 해요. 당장." 코일 선생님이 명령했다.

"다들 자기 본분에 충실한 것뿐인데요. 어쨌든 우리는 다 같은 편이잖아요." 시장이 말했다.

"이 사람들은 언덕 밑에서 딱 걸렸습니다. 손이 피투성이더군요." 오헤어 아저씨가 가까이 다가오면서 큰 소리로 말했다.

"이 두 사람이 자기 숙소에 폭발물을 감추고 있었습니다." 테이트 아저씨가 다가와 시장에게 가방을 건넸다.

"너희를 도와주려고 사용하는 폭발물이야, 이 얼간아." 코일 선생님이 아저씨에게 침을 뱉었다.

"우주선이 착륙해요." 정찰기가 하강을 시작하자 나는 몰아치는 바람을 피해 눈 위에 손을 올렸다. 그것이 착륙할 곳은 광장뿐인데 거기는 군인들로 가득 차 있었다. 군인들은 이미 허둥지둥 비키고 있었다. 어마어마한 열기 같은 건 나오진 않았지만 그래도 정찰기는 무지막지하게 거대했다. 그것이 땅에 내려앉는 순간 세차게 빠져나오는 공기를 피해 돌아섰다.

그때 나도 모르게 지그재그 모양 언덕을 슬쩍 올려다봤다.

거기에 불빛들이 모여들고 있었다…….

정찰기가 완전히 착륙하기도 전에 문이 열리면서 바이올라가 떨어지지 않으려고 출구를 붙들고 있는 모습이 바로 보였다. 그녀는 걱정했던 것보다 훨씬 아파 보였다. 기운이 하나도 없는 데다 비쩍 말라서 제대로 서 있지도 못했다. 밴드를 찬 팔은 아예 쓰지도 못하고 있었다. 바이올라를 혼자 보내지 말아야 했는데. 혼자 놔두면 안 되는 거였어. 그런지가 너무 오래됐다. 나는 시장 옆을 지나쳐서 달렸다. 시장은 나를 잡으려고 손을 뻗었지만 얼른 피해서…….

나는 바이올라에게 도착했고…….

그녀의 눈이 나와 마주쳤고…….

내가 도착하자…….

그녀가 말했다…….

"그들이 오고 있어, 토드. 그들이 언덕을 내려오고 있어."

소리 없는 이들

이 상황은 눈에 보이는 것과 다르다. 기이하게 힘이 없는 발사체가 공중으로 천천히 날아올라 계곡 북쪽을 향해 날아오는 모습을 보고 있는 사이에 하늘이 보여줬다. 그쪽에 있는 땅은 이미 그것이 떨어질 자리를 피해 나오고 있었다.

지켜보라. 모두 경계를 풀지 말고 지켜보라. 하늘이 땅에게 보여줬다.

빈터가 힘을 드러내기 시작했다. 우리가 다시 그들을 공격하기 시작한 아침에, 그들은 이미 우리가 어디서 올지 알고 있었다. 우리 모두 첫 공격을 감행한 땅의 눈을 통해 그 광경을 지켜봤다. 우리는 빈터가 새로 맺은 연합 속에서 어떻게 병력을 재정비했는지, 그들의 힘이 어디에 집중됐는지 지켜봤다.

그러다가 갑자기 불길이 확 솟구치더니 나뭇조각들이 사방으로 날아가면서 땅의 목소리가 끊겼다.

그로부터 몇 시간이 흐른 후에 하늘이 보여줬다. 일이 이렇게 된 원인은 하니다.

소리 없는 빈터들. 내가 대꾸했다.

하늘과 나는 길의 끝으로 돌아갔다.

길의 끝은 그 속으로 들어오는 이들의 목소리가 밖으로 새어 나가지 못하게 한다.

정보원이 누구인지, 그가 칼의 사실상 아버지라는 걸, 그가 바로 칼이 아무도 듣는 사람이 없다고 생각할 때 그리워하던 그 사람인 것을 알게 된 목소리, 내내 그 사람이 손이 닿는 곳에 있었다는, 칼의 심장을 갈기갈기 찢어버릴 수 있는 방법을 알게 된 목소리……

온갖 감정들이 내 속에서 너무나도 환하고 세차게 불타올라서 도저히 땅에게 숨기지 못했을 것이다. 그러나 하늘은 길의 끝에게 우리 목소리들을 원으로 둘러싸고 하나의 목소리로 말하라고 지시해서 이 문제에 관한 우리 생각이 밖으로 빠져나가지 못하게 했다. 이 생각은 다른 생각처럼 우리 목소리 밖으로 흘러나가겠지만, 결코 땅의 목소리로 들어가진 않는다. 이 생각은 길의 끝에서 안으로 다시 돌아온다.

우리는 소리 없는 이들이 최근 그지에게 탄압을 받았다는 사실을 알고 있었다. 하지만 이제 그들은 전투에 참가했다. 빈터가 처음으로 반격했던 날 밤 정보원 옆에 서 있을 때 하늘이 보여줬다.

그들은 위험합니다. 소리가 있는 빈터는 그들과 같이 살 때도 소리 없는 이들을 불신했습니다. 나는 소리 없이 뒤에 숨어 있다가 갑자기 나타나 우리를 두들겨 패던 옛 주인을 생각하며 보여줬다.

하늘은 정보원의 가슴에 한 손을 댔다. **이제 우리는 반드시 알아야 한다.**

하늘의 목소리가 뻗어 나와 정보원의 목소리를 둘러쌌다.

끝도 없는 잠에 빠져 있는 정보원이 말하기 시작했다.

그날 밤 우리는 말없이 길의 끝을 떠나 다시 언덕을 내려와 빈터가 내려다보이는 언덕 꼭대기 위의 야영장으로 들어갔다.

그건 내가 예상한 것과 다르군. 하늘이 마침내 자신의 생각을 비쳤다.

다르다고요? 그들은 위험한 전사들이라고 정보원이 말했잖아요. 그들이 지난 대전에서 땅의 무릎을 꿇리는 데 일조했다면서요. 내가 대꾸했다.

그는 또한 그들이 전쟁을 끝내려 애쓰는 중재자들이라고 했다. 그들은 목소리가 있는 빈터에게 배신당해서 살해됐다고. 하늘이 턱을 쓰다듬으며 생각했다. 그리고 나를 봤다. 그걸 어떻게 이해해야 할지 모르겠구나.

이제 빈터가 그 어느 때보다 위험해졌다고 이해하세요. 이제 그들을 완전히 전멸시킬 때가 됐다고, 강물을 터서 그들이 이곳에 없었던 것처럼 쓸어버릴 때가 됐다고요.

그렇다면 이곳으로 오는 빈터는? 그런 일이 벌어진 후에 분명 또 다른 빈터가 올 텐데? 지금까지 두 번이나 이런 일이 있었으니 앞으로도 더 많이 일어날 것이다.

그럼 그들에게 땅을 무시하면 어떻게 되는지 우리가 보여주면 되죠.

그럼 그들은 우리가 손을 쓸 수 없는 하늘에서 우리를 죽이기 위해 그 압도적인 무기들을 쓸 것이다. 해결된 문제는 하나도 없다는 거지. 하늘은 빈터를 다시 내려다봤다.

그래서 우리는 매일 그들을 습격해서, 그들의 새로운 힘을 시험했다.

그때마다 그들에게 속고 패배했다.

그러다가 오늘 빈터에게 땅이 잡히기까지 했고.

그리고 돌아왔다. 각기 다른 두 개의 메시지를 들고.

공허.

그것이 바로 우리에게 돌아온 땅이 보여준 메시지였다. 그 땅은 그들에게 고문당하고, 옆에 있는 또 다른 땅이 살해되는 모습을 강제로 지켜본 후에 빈터의 지도자가 전하라는 메시지를 가지고 돌아왔다.

공허, 침묵, 모든 소리를 막아버린 침묵의 메시지였다.

그자가 너에게 이걸 보여줬느냐? 하늘은 돌아온 땅을 면밀하게 지켜보면서 물었다.

땅이 우리에게 그 메시지를 다시 보여줬다.

그 완전한 공허와 끝없는 침묵을.

하지만 그게 그가 원하는 것인가? 아니면 자신이 그렇다는 걸 우리에게 보여주는 걸까? 하늘이 나에게 돌아섰다. **넌 그들이 자신의 소리를 저주로, 반드시 '치유되어야' 할 것으로 여긴다고 했지. 아마 이게 정말 그가 원하는 전부일지도 모르겠구나.**

그는 우리의 전멸을 원하고 있습니다. 이게 바로 그가 보낸 메시지의 의미입니다. 우리는 그들을 공격해야 합니다. 그들이 너무 강해지기 전에 패배시켜야만⋯⋯.

너는 의도적으로 또 다른 메시지는 잊어버리고 있구나.

나는 얼굴을 찡그렸다. 또 다른 메시지. 칼이 보낸 메시지. 분명 그 '치료제'를 먹기 시작해서 겁쟁이처럼 스스로의 목소리를 숨긴 칼의 메시지를 다시 보여달라고, 하늘이 돌아온 땅에게 요청했다.

땅이 그동안 겪은 잔혹한 대우에 대한 칼의 공포, 오래된 공포, 내가 너무나 잘 알고 있는 아무짝에도 쓸모없는 공포와 우주선에서 온 이들과 칼에게 특별한 이까지 포함해서 칼은 그들이 전쟁을 원하지 않으며, 무엇보다 모두 환영받으며 함께 살 수 있는 세상을 원한다는 메시지였다.

평화로운 세상.

칼은 그들의 의견을 대변하지 않습니다. 그는 그럴 수…….

하지만 평화로운 세상이란 생각이 하늘의 목소리 속에서 솟아나는 걸 볼 수 있었다.

하늘은 따라가려는 내게 남아 있으라고 말하고 혼자 떠났다.

나는 그가 우리를 배신하고 평화 협상을 맺을 방법을 생각해 보려고 길의 끝에 갔다는 걸 알고 몇 시간 동안 부글부글 속을 끓였다. 차가운 어둠 속에서 마침내 돌아온 하늘의 목소리는 여전히 격렬하게 흔들리고 있었다.

자, 이제 우리는 뭘 해야 하죠? 화가 난 내가 물었다.

그때 공중에서 윙윙거리는 소리를 내며 이상하게 아주 느린 속도로 로켓 하나가 날아왔다.

모두 경계를 풀지 말고 지켜보라. 하늘이 다시 보여줬다. 우리가 지켜보는 동안 그 로켓은 허공에서 활 모양을 그리더니 휘어져서 땅바닥을 향해 떨어졌다. 우리는 더 큰 미사일이 날아오거나 우주선이 오지는 않는지 언덕 위도 지켜보고, 계곡에서 뻗어나가는 길도 지켜보고, 군대가 행군해 오는지도 살피고 기다리면서 이것이 사고인지, 아니면 그들이 보내는 신호인지, 아니면 그들이 오판한 공격인지 생각했다.

우리는 우리 발밑의 언덕만 빼고 사방을 지켜봤다.

그 폭발이 모든 감각에 충격을 줘서 눈과 귀와 입과 코와 피부가 엄청난 타격을 받았다. 언덕 가장자리가 다시 한 번 폭발하는 와중에 땅의 일원들이 산산조각 나면서 죽어가는 동안 목소리를 활짝 열어 그들의 죽음을 우리에게 알렸다. 우리 모두는 그들과 함께 죽고, 그들과 함께 다쳤으며, 모두 같은 연기에 뒤덮였고, 똑같이 비처럼 쏟아지는 흙과 돌덩어리에 맞았고, 그 충격 때문에 쓰러졌다.

하늘. 나는 소리를 들어봤고…….

하늘? 맥박이 사정없이 빠르게 뛰기 시작했다. **하늘?** 그 맥박이 땅 전체로 퍼져 나갔다. 순간, 아주 짧은 순간…….

하늘의 목소리가 들리지 않았다.

하늘? 하늘?

내 심장이 쿵쿵 뛰고, 내 목소리가 올라가 다른 이들과 하나로 합쳐졌다. 나는 비틀거리며 일어나서 힘겹게 연기를 헤치고 공황 상태에 빠지려는 정신을 붙들며 외쳤다. **하늘! 하늘!**

그러다가…….

하늘은 여기 있다. 그가 보여줬다.

나는 그의 몸을 덮은 돌무더기 위로 손을 뻗었고, 다른 이들도 와서 돌을 들어냈다. 하늘의 얼굴과 두 손에서 피가 철철 흘렀지만 갑옷이 그를 살렸다. 그가 일어서자 먼지와 연기가 날렸다.

전령을 데려와라.

하늘이 빈터에게 전령을 보냈다.

나를 보내달라고 애원했지만 하늘은 들어주지 않았다.

하늘은 잡혔다가 돌아온 이를 보냈다. 길들이 그를 따라 바위투성이 언덕을 내려갔고, 우리 모두는 전령을 통해 그 광경을 지켜봤다. 길들은 중

간중간 멈춰서 선택된 자를 통해 땅의 목소리가 빈터에 전해질 수 있게 했다.

우리는 전령이 빈터로 들어갈 때 그의 눈을 통해 봤고, 뒤로 물러나는 빈터의 얼굴들을 보고, 그렇게 길이 열리는 모습을 지켜봤다. 빈터는 그를 거칠게 움켜잡지도 않고, 지난번처럼 그를 보며 환호성을 지르지도 않았다. 그들의 목소리 속에서 전령은 그들의 지도자가 그를 건드리지 말고 놔두라는 지시를 내린 걸 들을 수 있었다.

이제 강물을 방출해야 합니다.

하지만 하늘의 목소리가 내 목소리를 밀어냈다.

그래서 전령으로 간 그 땅은 빈터의 거리를 지나 마지막 길을 뒤에 남겨두고 빈터의 광장 한가운데로, 그들의 지도자를 향해, 빈터의 언어로 프렌티스라고 하는 남자를 향해 혼자 걸어갔다. 그자는 마치 빈터의 하늘처럼 우리를 맞이하기 위해 거기 서서 기다리고 있었다.

하지만 거기에는 다른 이들도 있었다. 칼의 특별한 이까지 포함해서 소리 없는 빈터가 셋 있었다. 칼이 그 특별한 이를 너무도 자주 마음속에 떠올려서 내 얼굴만큼이나 낯익은 얼굴이었다. 칼은 그녀 옆에 있었다. 전처럼 아무 소리도 나지 않았지만, 그렇다 해도 아무짝에도 쓸모없는 근심을 하고 있는 건 여전했다.

"안녕하세요." 목소리가 들렸는데…….

지도자의 목소리는 아니었다.

소리가 없는 이 중 하나였다. 입으로 소리를 내면서 그녀는 빈터의 지도자 앞으로 나와 우리의 전령을 향해 손을 내밀었다. 하지만 그때 빈터의 지도자가 그녀의 팔을 낚아채서 잠시 둘이 몸싸움을 했다.

그때 칼이 앞으로 나와 그들을 지나쳤다.

그는 전령에게 다가갔다.

지도자와 소리 없는 이가 서로의 팔을 잡은 채 칼을 지켜봤다.

칼이 입을 열어 말했다. "평화. 우리는 평화를 원합니다. 이 두 사람이 당신에게 무슨 말을 하건 상관없이 우리는 평화를 원합니다."

그러자 내 옆에 있는 하늘이 칼이 한 말을, 그가 그 말을 하는 방식을 받아들이는 게 느껴졌다. 하늘은 아주 멀리 있는 전령을 통해 목소리를 뻗어서 빈터에게, 칼의 고요한 소리 아주 깊숙이 뻗어갔다.

칼이 헉 소리를 냈다.

그리고 하늘은 들었다.

땅은 칼이 하는 말을 듣지 못했다.

뭐 하고 계시는 겁니까? 내가 물었다.

하지만 하늘은 이미 길을 통해 답변을 보내고 있었다⋯⋯.

하나로 말하는 땅의 목소리가 언덕을 내려가 길을 따라 광장을 건너 전령의 목소리로 들어가고 있었다.

하늘이 마치 처음부터 계획하고 있었던 것처럼 너무나 빠르게⋯⋯.

단 한 마디⋯⋯.

참을 수 없는 분노에 불타 내 소리가 사정없이 커지게 만든 그 단어⋯⋯.

평화. 하늘이 빈터에게 보여줬다. **평화.**

하늘이 그들에게 평화를 제안했다.

나는 하늘로부터, 모든 땅으로부터 쿵쿵 소리를 내며 떨어져서 걸어가다가 혼자 있을 수 있는 바위를 향해 달려갔다.

하지만 땅을 벗어나 도망칠 수 있는 곳은 어디에도 없다. 땅은 온 세상이니 이곳을 떠날 수 있는 유일한 방법은 이 세상을 떠나는 것이다.

나는 팔에 찬 밴드를 보며, 나를 땅과 영원히 갈라놓는 그 물건을 보며 맹세했다.

칼의 벤을 죽이는 걸로는 충분하지 않다. 물론 그렇게 하고 내가 그랬다는 걸 칼이 알게 하겠지만……

거기서 끝나지 않을 것이다.

나는 이 평화를 막을 것이다. 그러다가 내가 죽는 한이 있더라도 막을 것이다.

빈터에게 복수할 것이다.

내 복수를 할 것이다.

평화는 찾아오지 않으리라.

사절단

대표단

〈토드〉

"그야 물론 내가 가야죠." 시장이 말했다.

"내 눈에 흙이 들어가기 전에는 어림없어요." 코일 선생님이 쏘아붙였다.

시장은 히죽히죽 웃었다. "그런 조건이라면 언제든지 받아들이겠습니다."

우리는 모두 정찰기의 작은 방에 비좁게 몰려 있었다. 나, 시장, 코일 선생님, 시몬과 브래들리와 리까지. 리는 얼굴에 무시무시해 보이는 붕대를 칭칭 감고 한쪽 침대를 차지하고 있었고, 안색이 몹시 안 좋아 보이는 바이올라가 다른 쪽 침대에 있었다. 바로 여기서 우리는 신세계의 인간 역사상 가장 중요한 회의를 하고 있다. 질병과 땀 냄새가 밴 이 작은 방에서.

평화. 그 스패클이 우리에게 말했다. **평화**란 메시지가 마치 횃불처럼, 요구처럼, 우리가 묻고 있던 질문에 대한 답처럼 크고 선명하게 왔다.

평화.

하지만 거기에는 뭔가 다른 것도 있었다. 뭔가가 잠시 시장이 그러듯 내 머릿속을 파고 들어왔는데, 그보다 좀 더 빠르고 매끄러웠다. 게다가 그것은 우리 앞에 서 있는 스패클에게서 나온 것이 아니라 그의 뒤에 있는 일종의 마음이 그를 통해 다가와 내 마음을, 내 진심을 읽는 것 같았다. 내 소음에서 아무 소리도 나지 않는다 해도 아랑곳하지 않고.

마치 이 세상에 존재하는 단 하나의 소리가 내게만 말하고 있는 것처럼 느껴졌고…….

그 소리는 내 말이 진심이라는 것을 알아차렸다.

그러자 그 스패클이 말했다. *내일 아침, 언덕 꼭대기에서, 둘을 보내라.* 그는 우리들을 차례대로 둘러보다가, 시장 앞에서 잠시 멈췄다. 시장도 그를 노려봤다. 그러고 나서 그 스패클은 우리가 그 메시지에 동의하는지 살펴보지도 않고 돌아서서 가버렸다.

그때부터 이 입씨름이 시작됐다.

"당신도 너무나 잘 알잖아요, 데이비드. 정찰기를 타고 온 사람 중 하나는 가야 한다는 거. 그러니까 남은 자리는 하나뿐인데……." 코일 선생님이 말했다.

"그 자리가 당신 건 아니죠." 시장이 대꾸했다.

"어쩌면 이건 함정일지도 몰라요. 어쨌든 난 대통령이 가는 쪽에 한 표 던지겠어요." 그렇게 말하는 리의 소음이 굉장히 요란했다.

"토드가 가야 할 것 같은데요. 그들이 말한 상대는 토드였으니까." 브래들리가 말했다.

"아뇨. 토드는 여기 남습니다." 시장이 말했다.

나는 홱 돌아섰다. "당신이 내게 이래라저래라 할 권리는 없어요."

"네가 여기 없다면 토드, 우리의 선량한 여선생들이 내 텐트에 폭탄을 설치하는 걸 어떻게 막을 수 있겠니?"

"아주 훌륭한 아이디어인데요." 코일 선생님이 싱긋 웃었다.

"말다툼은 그만해요. 코일 선생님과 내가 가는 게 완벽할 것 같은데……." 시몬이 입을 열었다.

"내가 갈게요." 바이올라가 조용한 목소리로 말하자 모두 입을 다물었다.

우리 모두 바이올라를 봤다. "절대 안 돼." 내가 입을 열었지만 바이올라는 이미 고개를 흔들고 있었다.

"그들은 우리 중 단 두 명만 오길 바라잖아요. 그런데 시장이나 코일 선생님이 가면 안 된다는 건 우리 모두 알고 있고." 바이올라는 침대에서 기침을 심하게 하면서 말했다.

시장이 한숨을 쉬었다. "왜 너희 둘은 아직까지 날 그렇게 부르는 거냐?"

"그리고 너도 안 돼, 토드. 이 두 사람이 우리를 몰살시키지 않게 누군가 막아야 하잖아."

"하지만 넌 아프잖아……."

"그들에게 미사일을 날린 사람은 나야. 그러니까 내가 해결해야 해." 바이올라가 조용히 말했다.

나는 침을 꿀꺽 삼켰다. 하지만 바이올라의 얼굴을 보니 결심이 아주 단호하다는 걸 알 수 있었다.

"나도 저 말에는 동의해요. 바이올라는 우리가 이루기 위해 싸우고 있는, 평화로운 미래의 좋은 상징이 될 겁니다. 시몬이 같이 가서 협상을 이끌 수 있겠죠." 코일 선생님이 말했다.

시몬이 그 말에 허리를 꼿꼿이 세웠지만 바이올라가 다시 기침하면서 말했다. "아뇨. 브래들리랑 가겠어요."

깜짝 놀란 브래들리의 소음이 불꽃 튀듯 번쩍였다. 시몬에게도 소음이 있었다면 그랬을 것이다.

"그건 네가 선택할 수 있는 문제가 아니다, 바이올라. 난 이 임무를 맡은 지휘관이자 책임자……."

"그들이 브래들리의 생각을 읽을 거예요."

"내 말이 그거야."

"우리가 소음이 없는 두 사람을 보내면 그들 눈에 어떻게 보이겠어요? 그들은 브래들리의 소음을 읽고, 진심으로 평화를 원하는 마음을 보게 되겠죠. 토드는 여기서 시장과 남아 있고. 시몬과 코일 선생님은 평화 협상을 하는 동안 상공에 정찰기를 띄워서 우리를 안전하게 지켜줄 수 있잖아요. 나와 브래들리는 그 언덕으로 올라가고요."

그러더니 바이올라는 다시 기침하며 말했다. "내일 아침에 일찍 일어나려면 쉬어야 하니까 모두 나가주세요."

우리 모두 바이올라의 의견에 대해 생각하느라 잠시 침묵이 흘렀다.

나는 너무 싫었다.

하지만 그런 나조차도 이 방법이 합리적이라는 것을 알 수 있었다.

"흠. 그럼 이렇게 합의된 걸로 알겠습니다." 브래들리가 말했다.

"좋아요. 다른 곳으로 자리를 옮겨서 협상 조건에 대해 이야기해 보죠." 시장이 말했다.

"그래요. 그렇게 합시다." 코일 선생님이 말했다.

모두 한 줄로 서서 나가기 시작했다. 시장은 나가기 전에 마지막으로 실내를 둘러보며 말했다. "아주 튼튼하고 멋진 우주선인걸." 리도 브래들리의 소음에 의지해 나갔다. 리는 남아 있어도 된다고 바이올라가 말하려 했지만 내 생각에 리는 우리 둘이 있게 해주려고 일부러 나간 것 같았다.

"너 이렇게 하고 싶은 거 확실해? 그 위에 뭐가 있을지 모르잖아." 모두 나갔을 때 내가 물었다.

"나도 가고 싶지 않아. 하지만 이렇게 해야만 해."

바이올라는 조금 사납게 대꾸하면서 내 얼굴을 보더니 더 이상 아무 말도 하지 않았다.

"뭐야? 무슨 일 있어?"

바이올라는 고개를 흔들기 시작했다.

"뭔데?"

"네 소음, 토드. 너무 싫어. 미안해. 하지만 너무 싫어."

〈바이올라〉

그는 영문을 모르겠다는 표정으로 나를 바라봤다.

하지만 그의 소리는 달랐다. 사실 어떤 소리도 나지 않았으니까.

"내게서 소리가 나지 않는 건 좋은 일이야, 바이올라. 우리에게 도움이 될 거야, 내게 도움이 된다고. 만약 내가……." 토드는 말을 멈췄다.

내 표정을 보고 입을 다물어 버린 것이다.

나는 그를 외면했다.

"난 여전히 나야. 난 여전히 토드라고." 그가 조용히 말했다.

하지만 그렇지 않았다. 자신이 하는 모든 생각을 아주 크고 다채로운 덩어리로 사방에 쏟아내던 토드, 자신의 목숨이 달린 일이라고 해도 거짓말을 할 수 없던 토드, 여러 번 여러 가지 방식으로 내 목숨을 구해준 토드, 그 어떤 불편한 생각이라도 다 들을 수 있던 토드, 내가 믿고 의지할 수 있던 토드가 아니었고…….

내가…….

"난 변하지 않았어. 그저 너와 더 비슷해졌을 뿐이야. 네가 자라면서 알고 지낸 모든 남자, 과거의 브래들리와 같아졌을 뿐이라고."

나는 계속 그를 외면한 채 내가 얼마나 지쳤는지, 숨을 쉴 때마다 팔이 얼마나 욱신거리는지, 열 때문에 얼마나 온몸이 칼로 도려내듯 아픈지 알아차리지 못하기를 빌었다. "나 정말 피곤해, 토드. 내일 아침에 출발해야 하니까 이만 쉬어야겠어."

"바이올라……."

"넌 어쨌든 나가서 저 사람들과 같이 있어야 하잖아. 시장과 코일 선생님이 서로 이 과도기에 지도자가 되겠다고 나서지 못하게 말려야지."

토드가 나를 빤히 바라봤다. "과도기가 무슨 뜻이야?"

그러자 예전의 토드 같아서 살짝 웃음이 나왔다. "난 괜찮을 거야. 그냥 잠 좀 자면 돼."

그는 여전히 내게서 눈을 떼지 않았다. "너 죽어가는 거니, 바이올라?"

"뭐라고? 아니. 아니야, 난 아니……."

"죽어가고 있는데 나에게 말 안 하는 거 아니야?" 수심으로 가득 찬 그의 눈이 이제 나를 뚫어져라 보고 있었다.

하지만 여전히 그의 소리는 들리지 않았다.

"더 나아지고 있는 건 아닌데 그렇다고 금방 죽지도 않아. 코일 선생님이 치료 방법을 찾아낼 거야. 선생님이 찾아내지 못해도 우주선에 온갖 좋은 약이 있으니까, 그때까지 버티면 돼."

토드는 여전히 날 뚫어져라 바라봤다. "난 도저히 견딜 수 없어. 정말 견딜 수 없다고, 바이올라. 만약 네가······. 난 정말 못 참아." 그의 목소리는 잔뜩 잠겨 있었다.

바로 그때······.

그의 소음이 이제는 너무 작지만 그의 마음속 아주 깊은 곳에서 타오르고 있었다. 아주 진실한 그의 마음, 나 때문에 한없이 걱정하는 그 마음이 아주 희미하지만 내 귀에 들렸다.

그때 그 소리가 들렸다. **나는 윈이고······.**

그러자 다시 돌멩이처럼 모든 소리가 사라져 버렸다.

"난 죽지 않아." 나는 토드를 외면하며 말했다.

토드는 그 자리에 잠시 서 있었다. "난 밖에 나가 있을게. 뭐 필요하면 불러. 부르면 다 가져올게." 토드가 마침내 말했다.

"그럴게."

토드는 입을 꼭 다문 채 고개를 끄덕이고 또 끄덕였다.

그리고 가버렸다.

나는 한동안 가만히 앉아서 바깥 광장에서 나는 군인들의 요란한 소음, 시장과 코일 선생님과 시몬과 브래들리와 리가 아직까지 언성을 높여서 말다툼하는 소리들을 들었다.

하지만 토드의 소리는 들리지 않았다.

〈토드〉

모닥불 주위에 모두 둘러앉아 몇 시간처럼 느껴지는 긴 시간 동안 얼어 죽을 것 같은 밤의 추위에 덜덜 떨면서 입씨름을 벌이다가, 결국 브래들리가 크게 한숨을 쉬었다. "그러니까 이제 다 동의한 거죠? 지금까지 일어난 일들은 더 이상 거론하지 않고 양쪽이 즉시 휴전을 하자고 제안하는 겁니다. 그 후에 강 문제를 해결하고 모두 어울려 살 수 있는 준비를 시작하는 겁니다."

"동의합니다." 시장이 피곤한 기색도 없이 대답했다.

"그래요, 좋아요. 벌써 날이 밝으려고 하네. 우린 돌아가야 해요." 코일 선생님이 툴툴거리면서 뻣뻣하게 말했다.

"돌아간다고요?" 내가 물었다.

"언덕에 있는 사람들도 상황이 어떻게 돌아가는지 알아야지, 토드. 게다가 윌프에게 바이올라의 말을 여기 갖다 달라고 해야 해. 바이올라가 걸어서 그 언덕을 올라갈 순 없을 테니까. 저렇게 열이 펄펄 끓는 몸으로는 무리야."

나는 정찰기를 돌아보며 적어도 바이올라는 저 안에서 자기를, 아침에 일어나면 몸이 나아지기를 빌었다.

그리고 그녀가 죽지 않는다고 한 말이 거짓말은 아닌지 생각했다.

"바이올라 몸은 정말 어때요? 얼마나 심각하죠?" 나는 코일 선생님을 따라 일어나면서 물었다.

코일 선생님은 나를 아주, 아주 오랫동안 바라봤다. "바이올라의 상태는 좋지 않아. 난 정말 모두가 그 아이를 도울 수 있는 일은 다 하고 있기를 바라고 있다." 그녀는 아주 심각한 목소리로 말했다.

그리고 돌아갔다. 나는 시장을 돌아봤다. 그는 코일 선생님이 가는 모습을 지켜보고 있다가 내게 왔다. "바이올라 걱정을 하고 있구나. 내가 보기에도 바이올라가 전보다 안 좋아 보이던데." 그는 내게 묻는 게 아니라 단정 짓고 있었다.

"그 밴드 때문에 바이올라에게 무슨 일이 생긴다면, 맹세코 당신을……." 나는 힘이 들어간 낮은 목소리로 말했다.

시장은 한 손을 들어 내 말을 막았다. "나도 안다, 토드. 네가 생각하는 이상으로 잘 알고 있어." 그의 목소리는 또다시 진심처럼 들렸다. "우리 의사들에게 두 배로 노력하라고 하마. 걱정하지 마라. 바이올라에게 아무 일도 일어나지 않게 할 테니까."

"나도 그럴게. 바이올라는 투사란다, 토드. 바이올라가 내일 저 언덕을 올라갈 수 있을 정도로 자신이 강하다고 생각하면 우린 그 아이를 믿어야 해. 그리고 아무 일도 일어나지 않게 내가 책임질게. 내 말을 믿어." 우리가 하는 이야기를 우연히 들은 브래들리가 말했다. 그의 소음에 그가 하는 말 한 마디 한 마디가 진심이라는 것이 보였다. "나도 말이 한 마리 필요할 것 같은데." 그런데 난 말 탈 줄 모르는데. 그렇게 덧붙이는 그의 소음에 살짝 걱정이 어려 있었다.

"앙가르드에게 당신을 태워달라고 부탁할게요. 앙가르드가 두 사람을 지켜줄 수 있을 거예요." 나는 건초를 우적우적 씹어 먹고 있는 앙가르드를 보며 말했다.

브래들리가 씩 웃었다. "있지, 만약 여기서 일어나는 일에 의심이 든다면, 다른 사람은 몰라도 너는 믿을 수 있을 거라는 말을 바이올라가 전에 한 적이 있단다."

얼굴이 달아오르는 게 느껴졌다. "아, 그런가요."

그는 다정하고 힘 있게 내 어깨를 다독였다. "우린 새벽에 다시 여기로 날아올게. 누가 아니? 어쩌면 오늘 하루가 끝났을 때 평화가 찾아올지. 그때는 어떻게 그렇게 조용히 있을 수 있는지 방법을 좀 가르쳐 주렴." 그는 내게 윙크했다.

브래들리와 리, 시몬, 코일 선생님은 다시 정찰기로 들어갔다. 코일 선생님이 여기까지 타고 온 황소 수레는 윌프 아저씨가 가져가게 두고 갔다. 브래들리는 정찰기 스피커로 모두 물러나라고 방송했다. 군인들이 흩어지자 엔진이 부웅 소리를 내며 떠올랐다.

정찰기가 언덕까지 반도 못 갔을 때 시장의 목소리가 들렸다.

"여러분!" 시장이 소리를 질렀다. 그의 목소리가 휘어지면서 근처의 남자들 속으로 들어가다가 광장에 있는 모든 남자의 머릿속에서 울려 퍼졌다.

"여러분께 전하겠습니다, 우리가 **승리했습니다!**"

그러자 환성이 터져 나왔다. 아주, 아주 오랫동안.

〈바이올라〉

정찰기가 다시 언덕 꼭대기에 쿵 소리를 내면서 착륙하고 선실 문들이 열리는 사이에 나는 잠을 깼다.

코일 선생님이 기다리던 군중에게 외치는 소리가 들렸다. "우리가 **승리했습니다!**"

그러자 정찰기의 두꺼운 벽을 뚫고 거대한 환호성이 들렸다.

"저건 좋은 징조가 아닌데." 옆 침대에 있는 리가 말했다. 그의 소음에서 코일 선생님이 허공으로 두 팔을 번쩍 올리는 장면과 사람들이 그녀를 어깨에 떠받치고 승리를 축하하기 위해 언덕을 한 바퀴 도는 모습을 상상하는 장면이 떠올랐다.

"아마 네 상상이 맞을 것 같은데." 나는 살짝 웃으면서 말했다. 다시 사정없이 기침이 터져 나왔다.

문이 열리고 시몬과 브래들리가 들어왔다.

"너희는 밖에서 벌어지는 축제도 못 봤구나." 브래들리가 비꼬듯이 말했다.

"코일 선생에게도 저런 순간을 즐길 권리가 있죠. 여러모로 대단한 사람이야." 시몬이 말했다.

나는 그 말에 반박하려 했지만 다시 기침이 나왔다. 너무 심해서 브래들리가 약 성분이 있는 패드를 꺼내서 내 목에 붙여야 했다. 시원한 그 느낌에 곧바로 기침이 잦아들었다. 나는 그 약 기운이 폐까지 들어가게 천천히 몇 번 숨을 들이쉬었다.

"그래서 어떻게 할 계획이에요? 시간이 얼마나 남았어요?" 내가 물었다.

"두어 시간. 우린 정찰기를 타고 시내로 갈 거고, 시몬이 이쪽과 저쪽 사람들이 다 볼 수 있게 영사기를 설치할 거야. 그다음에는 우리가 회의하는 내내 공중에 이 정찰기를 띄울 거고." 브래들리가 대답했다.

"내가 널 지켜줄게. 두 사람 다." 시몬이 말했다.

"그런 말을 들으니 좋네요." 브래들리가 조용히, 하지만 따뜻하게 말했다. "네가 타고 갈 수 있게 월프가 에이콘을 거기 데려다 놓을 거다. 토드가 내게 자기 말을 빌려주기로 했고."

나는 씩 웃었다. "정말 그런데요?"

브래들리도 미소 지었다. "날 믿는다는 표시겠지?"

"우리가 살아 돌아올 걸 믿는다는 뜻이죠."

그때 바깥의 경사로를 올라오는 발소리와 환호성이 들렸다. 다만 전처럼 사람이 많지는 않았다. 그리고 정찰기로 다가오는 목소리들은 언쟁을 하고 있었다.

"난 받아들일 수 없어요, 선생." 이반이 말하는 사이에 코일 선생님이 먼저 문 안으로 들어왔다.

"당신이 받아들일 수 있든 없든 그게 무슨 상관이에요?" 코일 선생님이 쏘아붙였다. 대부분의 사람은 기가 죽을 만큼 사나운 목소리였다.

하지만 이반은 아니었다. "난 사람들을 대신해서 말하는 겁니다."

"사람들을 대변하는 건 나예요, 이반. 당신이 아니라." 선생님이 반박했다.

이반이 나와 브래들리를 흘끗 봤다. "당신은 쪼그만 여자애 하나와 저 인도주의자가 우리를 전멸시킬 수 있는 적과 만나게 하려는 거잖아요. 대다수의 사람들이 그런 선택을 할 것 같진 않은데요, 선생."

"가끔 사람들은 자기에게 뭐가 제일 좋은지 모른답니다, 이반. 그래서 가끔은 그들에게 필요한 게 뭔지 납득시켜야 하고요. 그게 바로 지도력이라는 겁니다. 사람들의 비위를 맞춘답시고 죽어라 소리 지르는 게 아니라."

"당신이 옳기를 바랍니다, 선생. 당신을 위해서 하는 말이요."

이반은 마지막으로 우리를 둘러보더니 나갔다.

"거기 괜찮아요?" 시몬이 물었다.

"좋아요, 좋아." 코일 선생님이 대답했지만 정신은 딴 데 가 있는 눈치였다.

"사람들이 다시 환호하기 시작했어." 리가 말했다.

우리 모두 그 소리를 들었다.

하지만 코일 선생님에게 보내는 환호는 아니었다.

〈토드〉

수망아지. 앙가르드가 내게 코를 비벼며 말했다. **수망아지, 알았어.**

카오스 워킹 3

"이건 정말 바이올라를 위한 거야. 만약 무슨 일이 생기면 그 사람이 바이올라를 데리고 나올 수 있으면 해. 그 사람이 바이올라를 안고서라도 말이야, 알겠어?"

수망아지. 앙가르드는 다시 내게 코를 문질렀다.

"하지만 넌 괜찮아? 정말 괜찮겠어? 네가 싫다면 아무 데도 보내지 않을 거야."

토드. 토드를 위해서.

그러자 울컥하면서 목이 메어 몇 번이나 침을 삼킨 후에야 다시 말할 수 있었다.

"고마워, 앙가르드." 나를 위해 용기를 내달라고 부탁한 짐승에게 마지막으로 무슨 일이 일어났는지 생각하지 않으려고 안간힘을 써야 했다.

"넌 아주 훌륭한 청년이다, 그거 아니?" 뒤에서 목소리가 들렸다.

나는 한숨을 쉬었다. 시장이 또 나를 지켜보고 있었다. "난 그냥 내 말하고 이야기하고 있어요."

"아니다, 토드. 전부터 너에게 하고 싶던 말이 있었다. 세상이 변하기 전에 그 말을 꼭 하게 해다오." 그가 내 쪽으로 오면서 말했다.

"세상은 항상 변해요. 적어도 내 세상은 그랬어요." 나는 앙가르드의 고삐를 잡아 올리면서 말했다.

"내 말 잘 들어, 토드. 내가 얼마나 널 존경하게 됐는지 말하고 싶다. 네가 내 옆에서 싸우는 모습을 보며 존경하게 됐어. 그래. 모든 도전과 위험에 맞서 매 순간 피하지 않고 네 자리를 지키는 모습도 존경스러웠지만 아무도 감히 그러지 못했을 때 내게 맞서고, 이 평화를 이뤄낸 것도 존경스럽다. 네 주위의 모든 이가 이성을 잃어가는 상황에도 말이다." 시장은 아주 진지하게 말했다.

그러더니 앙가르드의 옆구리를 부드럽게 쓰다듬었다. 앙가르드는 살짝 몸을 움직였지만 그래도 가만히 있었다.

그래서 나도 가만히 있었다.

"이주민들이 이야기하고 싶어 할 사람은 너라는 생각이 든다, 토드. 난 잊어라. 코일 선생도 잊고. 그들은 너를 여기 지도자로 보게 될 것이다."

"아, 뭐. 누가 잘했느니 못했느니 그런 말 하기 전에 먼저 평화 협정부터 맺어야죠."

시장은 차가운 콧김을 뿜어냈다. "너에게 주고 싶은 게 있다, 토드."

"당신에게서는 아무것도 받고 싶지 않아요."

하지만 이미 종이 한 장을 내밀고 있었다.

"받아라."

나는 잠깐 기다렸다가 받았다. 거기에 알 수 없는 까만 글씨가 촘촘히 적혀 있었다.

"읽어라."

벌컥 화가 치밀어 올랐다. "한 대 맞고 싶어요?"

"제발 읽어봐." 그의 목소리가 굉장히 부드럽고 진실하게 들려서 화가 난 와중에도 다시 종이를 흘끗 내려다봤다. 시장이 쓴 것 같은, 빽빽하게 얽혀 있는 글자 덩어리만 보였다. 마치 결코 가까이 다가갈 수 없는 지평선을 보는 것 같았다.

"단어들을 보고 그게 무슨 내용인지 말해봐." 시장이 말했다.

모닥불 빛을 받은 종이가 흔들렸다. 단어들 중 너무 긴 단어는 없었고, 적어도 두 개는 내 이름인 것을 알아볼 수 있었다.

나 같은 바보도 그 정도는 안다.

그 첫 번째 단어는⋯⋯.

내 이름은 토드 휴잇이고 나는 뉴 프렌티스타운 남자다.

나는 눈을 깜박였다.

종이에 적힌 말은 바로 그것이었다. 단어 하나하나가 마치 태양처럼 선명하게 활활 타오르고 있었다.

내 이름은 토드 휴잇이고 나는 뉴 프렌티스타운 남자다.

나는 다시 고개를 들었다. 시장은 온 정신을 집중한 표정으로 날 지긋이 들여다보고 있었다. 나를 조종하는 소리는 나지 않았고, 그저 희미하게 윙 소리가 들렸다.

(내가 원이라고 생각할 때 듣는 바로 그 윙 소리⋯⋯.)

"거기에 뭐라고 적혀 있니?" 그가 물었다.

나는 종이를 내려다봤다⋯⋯.

그리고 읽었다⋯⋯.

소리 내어 읽었다⋯⋯.

"내 이름은 토드 휴잇이고 나는 뉴 프렌티스타운 남자다."

시장은 길게 숨을 내쉬었고 윙 소리는 서서히 사라졌다. "지금은?"

나는 그 말들을 다시 봤다. 그 글자들은 여전히 종이에 적혀 있었지만 의미가 내게서 빠져나가고 있었다.

하지만 다 그런 건 아니었다.

내 이름은 토드 휴잇이고 나는 뉴 프렌티스타운 남자다.

종이에 그렇게 적혀 있다.

여전히 그렇게 적혀 있다.

"내 이름은 토드 휴잇이고," 나는 읽었다. 그 글자들을 보려 애쓰는 중이었기 때문에 점점 읽는 속도가 느려졌다. "나는 뉴 프렌티스타운 남자다."

"분명 그렇지."

나는 고개를 들어 시장을 봤다. "이건 진짜로 내가 읽은 건 아니에요. 당신이 내 머릿속에 이 말들을 집어넣었잖아요."

"아니야. 그동안 스패클이 어떻게 배우고, 어떻게 정보를 전달하는지 생각해 봤다. 그들에게는 문자 언어가 없지만 항상 서로 연결돼 있다면 그럴 필요도 없지. 그냥 서로의 지식을 직접 교환하는 거다. 그들은 소음 속에 자신의 정체성과 지식을 보유하고 그걸 단 하나의 목소리 속에서 공유하고 있다. 아마 이 세계에 존재하는 유일한 목소리일 거야."

나는 그 말을 듣고 고개를 들었다. 유일한 목소리. 광장에 왔던 그 스패클. 그 하나의 목소리는 온 세상이 말하는 것 같았다. 온 세상이 내게 말하는 것 같았다.

"난 너의 머릿속에 글자들을 집어넣지 않았다, 토드. 난 너에게 읽는 방법에 대한 지식을 전달했고 너는 그걸 받았어. 내가 소음을 잠재우는 방법에 대한 지식을 공유한 것과 같은 방식이지. 그게 내가 상상한 것보다 더 큰 연결의 시작이라고 생각한다. 스패클처럼 연결되는 거지. 지금 이 과정은 좀 무디고 세련되지 못하지만 개선할 수 있다. 우리가 그 방법을 완벽하게 익히면 뭘 할 수 있는지 한번 생각해 봐, 토드. 우리가 얼마나 많은 지식을 얼마나 쉽게 공유할 수 있겠니."

나는 그 종이를 다시 봤다. "내 이름은 토드 휴잇이다." 나는 조용히 그 글을 읽었다. 여전히 대부분의 단어를 알아볼 수 있었다.

"네가 허락해 준다면 새로운 이주민들이 도착할 무렵이면 네 엄마가 남긴 일기장을 읽을 수 있을 만큼 충분한 지식을 전할 수 있을 거다." 그의 목소리는 열려 있고 솔직하게 들렸다.

나는 그의 제안을 생각해 봤다. 우리 엄마의 일기장. 아직도 아론의 칼자국 때문에 구멍이 나 있는 책, 내가 여전히 숨겨놓고 있는 책, 딱 한 번 바이올라가 읽어준……

나는 시장을 믿지 않는다. 절대 믿지 않는다. 그는 구원받을 수 없는 사람이다.

하지만 그가 조금 달라 보인다. 괴물이 아닌 사람으로 보인다.

우리가 어떤 식으로든 연결된다면, 하나의 목소리로 연결된다면…….

(그 윙…….)

어쩌면 이건 서로에게 영향을 미치는 일인지도 모른다.

어쩌면 그가 내게 이런저런 일을 할 수 있는 방법을 보여주고…….

어쩌면 그 대가로 내가 그를 더 나은 사람으로 만들고…….

멀리서 큰 소리가 들렸다. 정찰기가 이륙하는 익숙한 소리였다. 동쪽 하늘에서 정찰기와 해 둘 다 떠오르기 시작했다.

"이 이야기는 나중에 다시 하자, 토드. 이제 평화를 이뤄야 할 때다."

〈바이올라〉

"중요한 날이다, 애야. 너와 우리 모두에게." 치료실에 모두 모여 있을 때 코일 선생님이 내게 말했다. 시몬은 정찰기를 조종해서 시내로 가고 있었다.

"오늘이 얼마나 중요한 날인지 알아요." 나는 조용히 말했다. 브래들리는 화면으로 정찰기가 어디쯤 가고 있는지 지켜보고 있었다. 리는 언덕 꼭대기에 남아 오늘 하루 동안 이반이 어떻게 처신하는지 들어보기로 했다.

코일 선생님의 웃음소리가 들렸다. "뭐죠?" 내가 물었다.

"아, 그냥 내 모든 희망을 나를 끔찍하게 증오하는 아이에게 걸어야 하는 아이러니가 웃겨서 말이야."

"난 당신을 증오하지 않아요." 그렇게 말하면서 문득 깨달았다. 지금까지 우리 둘 사이에 많은 일이 있었지만 이 말이 사실이라는 것을.

"아마 그러겠지. 하지만 넌 나를 믿지 않잖아."

그 말에는 아무 대꾸도 하지 않았다.

"평화를 이뤄내라, 바이올라. 아주 좋은 평화를 이뤄내. 훌륭한 평화를 이끌어 내서 그자가 아니라 네가 그 일을 했다는 걸 모든 사람이 알도록 해. 내가 이끄는 세상은 원하지 않는다는 걸 나도 안다. 그렇다고 그자가 지도자가 되게 놔둬도 안 돼." 선생님은 좀 더 진지하게 말하고 나를 봤다. "무슨 일이 있더라도 이걸 목표로 해야 한다."

그 말에 긴장이 됐다. "난 내가 할 수 있는 일을 할 거예요."

선생님은 천천히 고개를 내저었다. "너도 알겠지만 넌 행운아야. 아주 젊고, 무한한 가능성이 열려 있어. 넌 그걸 이용해서 나보다 더 나은 사람이 될 수 있어. 나처럼 어쩔 수 없이 무자비한 일을 하지 않아도 되는 사람 말이다."

그 말에 대체 뭐라고 대꾸해야 할지 알 수 없었다. "선생님……."

"걱정하지 마라, 애야." 선생님은 정찰기가 착륙하는 사이에 일어나면서 말했다. "내 친구가 될 필요는 없어." 그때 선생님의 눈이 살짝 번득였다. "그냥 그자의 적이기만 하면 돼."

정찰기가 착륙하면서 덜컹거리는 충격이 느껴졌다.

때가 됐다.

나는 침대에서 내려와 선실 문으로 갔다. 광장으로 향한 문이 열렸을 때 제일 처음 보인 건 수많은 군인들 앞에 서 있는 토드였다. 토드의 양

옆에 앙가르드와 에이콘과 윌프 아저씨가 서 있었다.

우리를 지켜보는 군인들에게서 어마어마한 소음의 함성이 흘러나왔다. 시장도 우리를 지켜보고 있었다. 그의 군복은 날이 빳빳하게 서도록 다려져 있었고, 한 대 후려쳐서 뭉개버리고 싶은 뻔뻔스러운 표정을 짓고 있었다. 공중에 떠 있는 탐사 장치들은 그 장면들을 언덕 꼭대기에 있는 사람들이 볼 수 있도록 영사기로 전송하고 있었다. 그리고 경사로 위에 선 내 뒤로 정찰기 사람들이 늘어서 있었다. 우리 모두 이 거대하고도 위대한 일을 시작할 준비가 됐다.

그 한복판에서 토드가 날 불렀다. "바이올라."

그제야 비로소 우리가 하려는 이 일의 무게가 실감됐다.

나는 인간 세계의 시선과 아마도 스패클 세계의 시선을 받으며 정찰기에서 내려왔다. 시장이 내민 손을 내가 슥 지나치는 바람에 시장은 다른 사람들에게 인사해야 했다.

나는 말들 사이에 있는 토드에게로 곧장 갔다.

"바이올라. 준비됐어?" 토드는 어색한 미소를 지으며 물었다.

"더 이상 준비할 수 없을 정도지." 내가 대답했다.

말들이 우리 머리 위에서 이야기를 나눴다. **수당아지, 암당아지, 이끌어라, 따르라**. 그들의 대화에는 무리 지어 살아가는 동물들이 같은 무리에 있는 서로에게 느끼는 따뜻한 마음이 있었다. 그 순간 행복해하는 그 둘이 군중 속에서 우리 둘만 있을 수 있게 해줬다.

"바이올라 이드. 평화 중재자." 토드가 말했다.

나는 긴장해서 웃음을 터트렸다. "너무 겁이 나서 숨도 제대로 못 쉬겠어."

지난번 그런 이야기를 나눈 후에 토드가 조금 낯을 가린다는 생각이 들었지만 그는 내 손을 잡았다. 그게 다였다. "넌 어떻게 해야 할지 알게 될 거야."

"그걸 네가 어떻게 알아?"

"항상 그랬으니까. 중요한 일이 있을 때면 넌 항상 옳은 일을 했어."

미사일을 쐈을 때는 아니었지. 나는 생각했다. 토드도 내 얼굴을 보고 내 생각을 알아차린 게 분명했다. 토드가 내 손을 다시 꼭 잡았는데, 갑자기 그거로는 부족했다. 여전히 그의 생각이 들리지 않아서 너무나 싫지만, 마치 토드를 찍은 사진에게 이야기하는 느낌이 들지만, 토드에게 몸을 기대자 그가 날 안았다. 토드는 내 머리에 얼굴을 묻었다. 열 때문에 사정없이 땀을 흘려댔으니 내 머리에서 대체 무슨 냄새가 날지 모르겠지만 그냥 이렇게 가까이 있는 것만으로도, 그가 이렇게 안아주는 것만으로도, 그의 소음을 들을 순 없지만 그의 품에 있는 것만으로도…….

그냥 이 속에 토드가 아직도 있다고 믿어야 했다.

그때 근처 어딘가에서 시장이 그 망할 연설을 시작했다.

〈토드〉

시장이 정찰기 근처에 있는 수레에 올라가 군중을 내려다보고 섰다.

"오늘은 지금까지 있던 시대의 정점이자 새로운 시대의 시작입니다!" 그의 목소리가 광장에 모여 있는 군인들과 민간인 남자들의 소음을 통해 우렁차게 울려 퍼졌다. 소음이 그의 목소리를 증폭시켜서 여기 모인 모든 사람이 그의 연설을 들을 수 있었다. 모두 지쳤지만 희망찬 얼굴로 시장을 바라봤다. 군중의 가장자리에서 아이를 안고 있는 여자도 몇 명 있었다. 그들은 평소에는 숨어 있으려고 사력을 다했지만 나이에 상관없이 모두 시장이 한 말이 진실이길 바라고 있었다.

"우리는 대단한 지략과 용기를 가지고 적과 싸워서 놈들을 무릎 꿇렸습니다!"

사실 그런 일은 일어나지 않았지만 어쨌든 그 말에 환호성이 일었다.

코일 선생님이 팔짱을 끼고 보다가 시장의 수레 쪽으로 다가가기 시작했다.

"저 사람 뭐 하는 거지?" 브래들리가 우리에게 다가와서 물었다.

우리가 지켜보는 동안 그녀는 수레 위에 올라가 시장 옆에 섰다. 시장은 그녀를 죽일 듯이 노려봤지만 연설을 멈추지 않았다.

"여러분의 자손은 오늘을 대대손손 기억할 것입니다!"

"**선량한 시민 여러분!**" 코일 선생님이 시장의 머리 위에 대고 크게 소리쳤다. 하지만 그녀는 광장에 모여 있는 군중이 아니라 언덕으로 영상을 전송하는 탐사 장치를 올려다보고 있었다. "**오늘은 우리가 남은 생 내내 기억하게 될 날입니다!**"

시장이 지지 않으려고 언성을 높였다. "**여러분의 용기와 희생을 통해……**"

"**여러분은 힘든 시기를 불굴의 의지로 견뎌냈습니다.**" 코일 선생님이 맞서 소리쳤다.

"**우리는 불가능한 일을 이뤄냈고……**"

"**이곳으로 오고 있는 이주민들은 우리가 그들을 위해 만들어 낸 세상을 볼 것이며……**"

"**우리는 우리의 피와 의지로 이 신세계를 만들었으며……**"

"우리는 그만 출발하죠." 바이올라가 말했다.

나와 브래들리는 깜짝 놀라서 바이올라를 봤다. 그때 브래들리의 소음에서 반짝이는 장난기가 보였다. 나는 앙가르드와 에이콘에게 무릎을 꿇어달라고 부탁하고 바이올라가 에이콘에 올라타는 걸 도와줬다. 윌프 아저씨가 손을 내밀어 브래들리가 딛고 앙가르드에게 탈 수 있게 도와줬다. 하지만 앙가르드를 탄 브래들리는 자신 없는 표정이었다.

"걱정하지 마세요. 앙가르드가 아저씨를 잘 보살펴 줄 테니까."

수망아지.

"앙가르드." 나도 화답했다.

"토드." 바이올라가 앙가르드를 따라 날 불렀다.

나는 바이올라를 돌아봤다. "바이올라."

그게 다였다. 그냥 그녀의 이름만 불렀다.

그리고 우리는 깨달았다.

이제 때가 되었음을.

"우리 시대의 빛나는 평화의 상징⋯⋯."

"제가 여러분을 위대한 승리로 이끌었⋯⋯."

두 사람이 탄 말이 광장을 가로질러 연설자들이 있는 수레를 지나, 옆으로 비켜주는 군인들 사이를 지나쳤다. 그들은 스패클 언덕으로 이어지는 도로를 향해 걸어갔다.

그 모습을 본 시장의 목소리가 조금 흔들렸다. 코일 선생님은 공중에 있는 탐사 장치만 보느라 그들이 떠나는 것을 알아채지 못한 채 계속 고래고래 소리 지르고 있었다. 그때 시장이 재빨리 말했다. **"이제 우리의 뜻을 잘 전해줄 평화 사절단을 그들에게 보냅니다!"**

그에 맞춰 사람들이 환호성을 질러서 코일 선생님이 하던 말이 잘려 버렸다. 선생님은 아주 못마땅한 표정이었다.

"바이올라는 괜찮을 거여. 항시 어떤 어려움이건 잘 극복해 낸 아이니께." 길 저쪽으로 점점 작아지는 그녀를 보고 있는 동안 윌프 아저씨가 말했다.

사람들이 계속 환호하는 사이에 시장이 수레에서 훌쩍 뛰어내려 나와 윌프에게 왔다. "말도 없이 가버렸군. 예상보다 빨리 출발했네." 조금 화가 난 목소리였다.

"당신이 오전 내내 연설할 기세였잖아요. 저들은 어떤 위험이 기다리고 있을지 모를 언덕을 올라가는데." 내가 대꾸했다.

"대통령님. 이만 갑니다." 코일 선생님은 정찰기 경사로로 돌아가는 길에 오만상을 찌푸리며 우리를 지나쳤다.

나는 바이올라와 브래들리가 광장 너머로 사라질 때까지 계속 보고 나서 모두 장황하게 연설을 해대는 동안 시몬이 설치한 큰 영사기로 시선을 돌렸다. 폐허가 된 성당 위에 떠 있는 거대한 영상, 언덕 꼭대기에 있는 사람들에게도 전송되는 영상에 전투가 벌어졌다가 이제는 중립 지역이 된 곳으로 바이올라와 브래들리가 말을 타고 들어가는 모습이 보였다.

"나라면 걱정하지 않을 거다, 토드." 시장이 말했다.

"나도 알아요. 조금이라도 이상한 낌새가 보이면 정찰기가 하늘에서 스패클들을 폭격해 버릴 테니까."

"그래, 정말 그렇지." 시장이 대꾸했지만 어쩐지 느낌이 이상해서 그를 돌아봤다. 내가 모르는 다른 의중이 숨어 있는 것 같았다.

"뭐죠? 또 무슨 짓을 했어요?"

"넌 왜 항상 내가 뭔가 한다고 의심하는 거니, 토드?"

하지만 시장은 예의 그 기분 나쁜 미소를 짓고 있었다.

〈바이올라〉

우리는 시내를 벗어나 불탄 시체들이 널려 있는 들판을 지났다. 불타는 화살 공격에 당한 군인들의 시체가 쓰러진 나무처럼 사방에 널려 있었다.

"이렇게 아름답고 무한한 가능성이 있는 곳에서 우린 계속 같은 실수를 반복하고 있구나. 인간은 천국을 너무 증오해서 그곳을 쓰레기 더미로 만들어야 안심을 하는 존재일까?" 브래들리가 사방을 둘러보며 탄식했다.

"지금 그 말 내게 힘내라는 뜻이에요?"

브래들리가 웃었다. "더 잘해보겠다는 맹세로 생각해 주렴."

"보세요. 저들이 우리를 위해 길을 닦아놨어요."

우리는 스패클의 야영장으로 올라가는 언덕 밑에 이르렀다. 큰 돌덩어리들과 돌멩이들, 스패클들의 시신과 언덕이 허물어지면서 쌓인 흙더미도 옆으로 치워져 있었다. 시장이 쏜 대포, 내가 쏜 미사일, 코일 선생님이 설치한 폭탄 때문에 벌어진 일들이니 우리 모두 이 사태를 초래한 장본인인 셈이다.

"이건 좋은 징조일 거야. 환영한다는 표시로 우리가 좀 더 쉽게 올라오게 배려한 거지."

"덫으로 들어가기 쉽게 한 건 아니고요?" 나는 초조하게 에이콘의 고삐를 꼭 움켜쥐었다.

브래들리가 먼저 올라가려고 했지만 앙가르드가 망설이는 걸 느끼자 에이콘이 먼저 나서서 자신 있는 태도로 앙가르드의 마음을 편하게 해주려고 했다. **따라와. 따라와.** 에이콘의 소음은 다정했다.

앙가르드는 에이콘을 따라갔다. 그렇게 우리는 올라갔다.

올라가는 동안 우리 뒤에 있는 계곡에서 엔진이 윙윙 울리는 소리가 들렸다. 시몬이 정찰기를 공중에 띄워 매처럼 위에서 맴돌며 우리를 지켜보다가 협상이 어그러질 것 같으면 곧바로 무기를 사용할 준비를 하고 있었다.

통신기에서 삐 소리가 났다. 주머니에서 꺼내자 토드가 날 마주 봤다. "괜찮아?"

"나 방금 떠났잖아. 그리고 시몬이 우리 위에 있어."

"그래. 네 모습이 보여. 실물보다 아주 크게 보여. 마치 비디오 스타 같아." 나는 웃으려고 했지만 기침만 나왔다.

"위험한 기색이 보이면, 조금이라도 그런 기색이 보이면 당장 거기서 빠져나와." 토드는 좀 더 심각하게 말했다.

"걱정하지 마." 나는 그렇게 대꾸했다. "토드?"

토드는 통신기로 날 바라보며 내가 무슨 말을 하려는지 짐작했다. "넌 괜찮을 거야."

"만약 내게 무슨 일이 생기면……."

"그럴 일 없어."

"하지만 생기면……."

"그럴 일 없다니까. 난 너에게 작별 인사 따윈 하지 않을 거야, 바이올라. 그러니까 아예 생각도 하지 마. 넌 거기 올라가서 평화 협정을 맺고 여기로 내려와. 그러면 우리가 널 다시 건강하게 만들 거야." 토드는 화난 목소리로 말했다. 그리고 통신기에 얼굴을 더욱 가까이 댔다. "곧 보자, 알았지?"

나는 침을 조금 삼켰다. "알았어."

토드가 통신기를 껐다.

"몸은 괜찮니?" 브래들리가 물었다.

나는 고개를 끄덕였다. "어서 이 일을 끝내죠."

우리는 임시로 만든 길로 올라가 언덕 꼭대기에 점점 가까워졌다. 정찰기가 높이 떠 있어서 언덕 위에서 뭐가 우리를 기다리는지 볼 수 있었다. "환영 파티처럼 보이는데. 탁 트인 빈터에 지도자 같아 보이는 이가 배틀모어에 앉아 있어요." 시몬이 브래들리의 통신기로 전했다.

"위험해 보이는 건 없어요?" 브래들리가 물었다.

"딱히 눈에 보이진 않는데. 하지만 스패클이 굉장히 많아요."

우린 계속 말을 타고 폐허가 된 언덕을 올라갔다. 토드와 내가 아론에게서 도망쳤던 그 지점까지 온 것 같았다. 그때 우리는 폭포 밑에 있는 선반 모양의 툭 튀어나온 바위로 점프해서 뛰어내렸다. 스패클은 바로 그 바위 위에 한 줄로 서서 불타는 화살을 쐈다. 그 바위는 이제 없다. 내가 그걸 날려버렸으니까……

우리는 내가 총 맞았던 곳을 지나 토드가 데이비 프렌티스 주니어를 물리쳤던 곳을 지나쳐……

마지막 오르막길에 가까워졌다. 원래 언덕에 비해 남아 있는 땅도 거의 없지만 토드와 내가 안전하다고 생각했던 마지막 장소에 가까워졌다. 우리는 그곳에 서서 헤이븐이라고 생각했던 곳을 내려다봤다.

하지만 결국 이런 상황에 봉착했다.

"바이올라? 너 괜찮니?" 브래들리가 낮은 목소리로 물었다.

"다시 열이 나는 것 같아요. 잠깐 머리가 멍해졌어요."

"거의 다 왔다. 내가 그들에게 인사할게. 그들도 우리에게 그렇게 할 거다." 브래들리가 부드럽게 말했다.

그러고 나서 어떻게 될지 봐야지. 그의 소음이 말했다.

우리는 망가진 지그재그 도로의 마지막 부분을 넘어 언덕 꼭대기로 올라갔다.

거기에 스패클 진영이 있었다.

〈토드〉

"거의 다 도착했어요." 내가 말했다.

나와 윌프 아저씨, 시장, 광장에 있는 다른 사람들은 성당의 폐허 위에 떠 있는 큰 화면으로 바이올라와 브래들리와 말 두 마리를 지켜보고 있었다. 그들은 갑자기 아주 작아져서 반원 모양으로 늘어서서 기다리고 있는 스패클들 속으로 들어갔다.

"저이가 지도자인 모양이군." 시장이 한 줄로 서서 그들을 기다리고 있는 배틀모어 중에서 가장 큰 놈 위에 서 있는 스패클을 손으로 가리켰다. 바이올라와 브래들리가 말을 타고 언덕을 넘어서 다가오는 모습을 그 지도자가 지켜보고 있었다. 반원 모양으로 둘러서 있는 스패클들은 그 둘이 들어온 길 외에는 달리 빠져나갈 틈을 주지 않았다.

"먼저 인사부터 주고받을 거야. 그렇게 협상이 시작되지. 그다음에 양측이 자기의 힘을 과시하고, 그러다가 마침내 의도를 드러낼 거다. 이런 일은 으레 그런 식으로 진행되지." 시장은 화면에서 눈을 떼지 않은 채 말했다.

우리는 브래들리를 지켜봤다. 그는 시장의 예측대로 하는 것 같았다.

"그 스패클이 내려오고 있어요." 내가 말했다.

스패클 지도자는 천천히, 하지만 우아하게 그 동물의 등 위에서 한쪽 다리를 옆으로 넘겨 내려온 후 머리에 쓰고 있는 헬멧 같은 것을 벗어서 옆에 있는 스패클에게 건넸다.

이제 빈터를 가로질러 오기 시작했다.

"바이올라도 말에서 내리고 있구먼." 월프 아저씨가 말했다.

에이콘이 무릎을 꿇자 바이올라는 조심스럽게 땅바닥으로 내려섰다. 그리고 돌아서서 스패클의 지도자를 만날 준비를 했다. 그는 손을 내민 채 바이올라를 향해 천천히 다가가고 있었다.

"일이 잘되고 있는데, 토드. 정말 아주 잘되고 있어." 시장이 말했다.

"그런 말 좀 하지 말아요." 내가 대꾸했다.

"저기!" 월프 아저씨가 갑자기 소리치면서 앞으로 다가앉았고…….

내 눈에도 보였고…….

그 장면을 보고 있는 군인들도 술렁거렸고…….

반원 모양으로 늘어서 있는 스패클 중 하나가 달려 나왔다…….

무리에서 떨어져 스패클의 지도자를 향해…….

곧바로 지도자를 향해…….

그때 스패클 지도자가 돌아섰는데…….,

놀란 듯했고…….

그리고 차가운 아침 햇살에, 그 모습이 비쳤다…….

달려오는 스패클이 들고 있는 칼이…….

"저 스패클이 지도자를 죽이겠어요." 나는 벌떡 일어섰고…….

군중의 소음이 우르르 커져갔고…….

그 달려오는 스패클이 칼을 들고 지도자에게 다다라…….

그에게 다가가서…….

그 옆을 지나쳐…….

지도자가 팔을 움직여서 그를 막으려 했지만…….

그 스패클은 지도자를 피해…….

계속 달려서…….

바이올라를 향해서 달려갔고…….

그때 나는 그를 알아봤다…….

"안 돼. 안 돼!" 내가 외쳤다.

1017이었다…….

그가 바이올라를 향해 미친 듯이…….

칼을 든 채 달려갔고…….

그가 그녀를 죽일 것이다…….

날 벌하기 위해 그녀를 죽일 것이다…….

"바이올라!" 나는 소리를 질렀다…….

"바이올라!"

특별한 이

동이 트고 있다. 그들이 곧 여기 도착할 것이다. 하늘이 보여졌다.

하늘은 가슴과 팔뚝을 덮은, 정교하게 조각된 진흙 갑옷을 다 갖춰 입고 나를 내려다보고 있었다. 전투에서 입기에는 너무 아름답고 섬세한 갑옷이었다. 끝이 뾰족한 오두막처럼 생긴 의식용 투구가 그의 머리 위에서 흔들거렸고, 거기에 어울리는 투구만큼 묵직한 의식용 석검을 허리에 차고 있었다.

우스꽝스러워 보입니다.

나는 지도자처럼 보인다. 그는 화내지 않고 대구했다.

그들이 올지 안 올지도 알 수 없습니다.

그들은 온다. 올 것이다.

그는 평화를 막겠다는 내 맹세를 들었다. 그랬다는 걸 나는 안다. 너무 화가 나서 숨기려고 하지도 않았다. 어차피 그래도 들었겠지만. 그런데도 그는 계속 나를 옆에 뒀다. 내가 너무 시시한 존재라 위험하다는 생각조차 하지 않은 것이다.

내가 아무 대가도 없이 평화를 내준다고 생각하지 마라. 그들이 자기 뜻대로 이 세상을 휘두를 수 있는 무한한 자유를 가지게 될 거라는 생각도 하지 말고. 내가 하늘인 한 짐의 역사가 반복되는 일은 없다.

그리고 그의 목소리에서 뭔가, 아주 깊은 곳에서 뭔가가 깜박였다.

당신에게는 계획이 있군요. 나는 비웃었다.

내가 만일의 사태에 대한 대비도 없이 이런 협상에 들어가지는 않는다는 말을 해두마.

당신은 그저 날 조용히 있게 하려고 그런 말을 하는 거잖아요. 저들은 자기들이 차지할 수 있는 걸 다 차지하고, 그 후에 무력으로 더 뺏을 겁니다. 저들은 우리의 모든 것을 빼앗아 가기 전까지 멈추지 않을 거예요.

그는 한숨을 쉬었다. 하늘은 다시 한 번 쥐환의 믿음을 바란다. 그 점을 입증하기 위해 빈터가 우리에게 올 때 쥐환이 하늘 옆에 있기를 원한다.

나는 놀라서 고개를 들고 그를 바라봤다. 그의 목소리는 진실했고…….

(……내 목소리가 그의 목소리에 닿기를 열망하고, 그가 나를, 짐을, 땅을 공정하게 대하는지 알기를 열망하고, 그를 믿고 싶은 마음이 너무 커서 가슴이 에일 지경이지만…….)

너에게 한 내 약속은 그대로 남아 있다. 정보원은 내 것이 될 것이고, 내 바음대로 정보원을 처분할 수 있다.

나는 계속 그를 보면서 그의 목소리를 읽고, 그 안에 있는 모든 걸 읽었다. 매 순간, 잘 때나 깨어 있을 때나 그의 어깨를 짓누르는, 땅에 대해 그가 느끼는 그 막대한 책임감, 나에 대한 걱정, 증오와 복수심이 좀먹어 들어가는 내 마음에 대한 걱정, 오늘 무슨 일이 벌어진다 해도 끊임없이 염려되는 앞으로 다가올 날들에 대한 걱정이 읽혔다. 땅은 영원히 바뀔 것이고, 이미 바뀌고 있었다. 그리고 여차하면 그는 나 없이 행동할 것이고, 땅의 이익을 위해 나를 두고 갈 것이라는 점도 알 수 있었다.

하지만 그로 인해 그가 얼마나 슬퍼할지도 보였다.

그리고 의심할 여지없이 길의 끝에 그의 계획이 숨겨져 있는 것도 보였다.

따라가겠어요. 내가 대답했다.

분홍빛 햇살이 머나먼 지평선에서부터 서서히 모습을 드러냈다. 하늘은 배틀모어의 안장 위에 서 있었다. 역시 의식용 의복을 갖춰 입은 그의 일급 전사들이 그처럼 의식용 석검을 차고 폭격당한 언덕 가장자리에 넓게 반원형으로 둘러섰다. 빈터는 여기까지만 들어올 수 있다.

땅의 목소리가 열려서 그들 모두가 하늘을 통해 언덕 가장자리를 지켜보았다. **우리는 하나가 되어 말한다. 우리는 땅이고 우리는 하나의 목소리로 말한다.** 하늘이 땅에게 보여주었다.

땅이 되풀이하는 그 구호가 그들을 하나로 단결시켜 적에 맞서게 했다.

우리는 땅이고 우리는 한 목소리로 말한다.

귀환만 빼고. 팔에 찬 밴드가 다시 아프기 시작했다. 나는 밴드 위에 자란 이끼를 밀어내고 거길 들여다봤다. 주변 피부가 밴드에 들러붙으면서 흉터가 생긴 곳이 퉁퉁 부어 있었다. 밴드를 처음 찬 후로 잠시도 아프지 않은 순간이 없었다.

하지만 내 목소리 속에 있는 고통과 비교하면 육체적인 고통은 아무것도 아니다.

빈터가 내게 이런 짓을 했기 때문이다. 칼이 내게 이런 짓을 했다. 이 상처가 바로 나를 귀환으로 낙인찍어서 땅으로부터 영원히 분리되게 만들었다. 이들이 내 주위에서 하나가 된 목소리로 빈터가 이해할 수 있는 언어로 외쳤다.

우리는 땅이며 우리는 하나가 되어 말한다.

혼자 말하는 귀환만 제외하고.

너는 혼자 말하지 않는다. 귀환이 땅이고 땅이 귀환이다. 하늘이 배틀모어에 앉아 나를 내려다봤다.

땅이 귀환이다. 우리 주위에서 땅의 목소리가 들려왔다.

말하라. 빈터에게 그들의 상대가 누구인지 알 수 있도록 말하라. 그래서 우리 다 같이 말할 수 있도록 말하라.

하늘은 나를 어루만지려는 것처럼 손을 뻗었지만 배틀모어 위에 있어서 너무 높고 너무 멀었다. **내가 땅이 될 수 있도록 이렇게 말하라.**

그의 목소리가 내게 다가와 날 둘러싸고 그와 함께하자고, 땅과 함께하자고, 내가 좀 더 크고 위대한 것의 일부가 되도록 허용하라고 말했다.

갑자기 빈터의 우주선이 우리 맞은편 공중으로 솟아올라 거기 멈춰서 우리를 지켜봤다.

하늘이 그것을 바라봤고, 우리 뒤에서 땅의 목소리가 계속 흘러나왔다.

때가 됐다. 그둘이 온다.

나는 그녀를 곧바로 알아봤다. 내 놀라움이 너무 격렬해서 하늘이 순간 나를 내려다봤다.

그둘이 그녀를 보냈습니다. 내가 보여줬다.

그들이 칼의 특별한 이를 보냈다.

내 목소리가 올라갔다. 그도 같이 올 수 있을까요? 그가……?

하지만 아니었다. 그 남자는 또 다른 빈터로 그의 목소리는 다른 빈터들처럼 크고 혼란스러웠다. 그리고 평화로 혼란스러웠다. 평화에 대한 그의

카오스 워킹 3

염원, 희망, 두려움, 용기가 마음에 가득 차 있었다.

저들은 평화를 원한다. 하늘이 보여줬다. 땅의 목소리에 기뻐하는 기색이 어렸다.

나는 고개를 들어 하늘을 봤다. 그에게도 평화가 보였다.

빈터가 말을 타고 반원 안으로 들어와서 멀찍이 떨어져 긴장한 표정으로 우리를 바라봤다. 그의 목소리는 크고 희망에 차 있었고, 그녀의 목소리는 소리 없는 이의 침묵으로 가득 차 있었다.

"내 이름은 브래들리 텐치입니다. 이쪽은 바이올라 이드고요." 빈터 남자는 입과 목소리를 통해 말했다.

그는 우리가 그의 언어를 이해하는지 보려고 잠깐 기다렸다. 하늘이 머리를 짧게 끄덕이자 빈터 남자가 다시 말했다. "우리는 평화를 이루고, 더 이상 피를 흘리지 않고 이 전쟁을 끝내기 위해 왔습니다. 과거의 과오를 바로잡고 두 종족이 함께 살아갈 수 있는 새로운 미래를 만들 수 있을지 보러 왔습니다."

하늘은 오랫동안 아무것도 보여주지 않았다. 그의 뒤에서 땅의 끝없는 구호만 울려 퍼지고 있었다.

나는 하늘입니다. 하늘이 짐의 언어로 보여줬다.

빈터 남자는 놀란 표정이었지만 이해했다는 걸 목소리로 알 수 있었다. 나는 칼의 특별한 이를 지켜봤다. 그녀도 우리를 물끄러미 보고 있었다. 그녀는 창백한 얼굴로 새벽의 추위 속에서 덜덜 떨고 있었다. 그녀가 낸 첫 소리는 자기 주먹에 대고 기침하는 소리였다. 그리고 입을 열었다.

"우리는 모든 이들의 지지를 받고 왔습니다." 그녀는 입만 사용해서 딱딱거리는 말소리를 냈다. 하늘은 자신의 목소리를 조금 열어서 그녀의 말을 이해한다는 걸 보여줬다. 그녀는 계속 언덕 위 공중에서 맴돌고 있는 우주선을 가리켰다. 그것은 분명 여기서 문제가 생길 조짐만 보여도 무기를 쏘아댈 것이다. "다시 평화를 이루도록 사람들의 지지를 받고 있습니다."

평화라. 나는 비통한 마음으로 생각했다. 우리 모두 노예가 되기를 요구하는 평화.

조용히 하라. 하늘이 내게 보여줬다. 부드럽지만 단호하게 내린 명령이었다.

그리고 하늘은 배틀모어에서 내려왔다. 다리를 한쪽으로 돌려서 쿵 소리를 내며 땅바닥에 내려선 후에 투구를 벗어서 가장 가까이 있는 전사에게 건네주고, 빈터를 향해 걷기 시작했다. 그 남자, 이제 좀 더 선명하게 내가 목소리를 읽을 수 있게 된 빈터 남자는 이 땅에 새로 도착한 자로 앞으로 오게 될 많은 인간들의 선구자였다. 땅을 이 세상에서 밀어내기 위해 오는 자들. 우리 모두를 짐으로 만들려고 오는 자들. 분명 더 많은 인간들이 올 것이다. 그 후로 더 많이 오겠지.

그런 일이 벌어지게 놔두느니 차라리 죽는 게 낫다는 생각이 들었다.

내 옆에 서 있는 전사 하나가 충격을 받은 목소리로 내게 조용히 하라고 했다.

나는 그가 차고 있는 의식용 칼을 바라봤다.

하늘이 천천히, 아주 묵직하게, 지도자답게 위엄 있는 걸음걸이로 빈터에게 다가가고 있었다.

칼의 특별한 이에게 다가가고 있었다.

칼은 분명 조바심치며 평화에 대해 걱정하고 있을 것이다. 그는 물론 옳은 일을 하려고 마음먹었겠지만, 직접 우리와 대면하기에는 너무 겁이 나서 대신 특별한 이를 보냈을 것이다.

나는 짐의 시체 더미에서 날 끌어내던 그를 생각했다……

그를 죽이겠다는 내 맹세를 생각했다……

그러다가 내가 이런 생각을 하는 걸 알아차렸다. 안 돼.

땅의 목소리가 내게 다가와 중요한 순간이니 조용히 하라고 하는 게 느껴졌다.

나는 다시 생각했다. 안 돼.

안 돼, 이럴 순 없어.

칼의 특별한 이가 하늘을 맞이하기 위해 말에서 내렸다.

나는 내가 무슨 짓을 저지를 작정인지 알지도 못한 채 몸을 움직였다.

나는 옆에 있는 전사가 차고 있던 의식용 검을 와락 낚아챈다. 내가 너무 빨라서 그는 저항도 못 한 채 놀라서 꺅 소리만 지른다. 나는 검을 치켜들고 달린다. 내 목소리는 기이하게도 맑고 오직 내 앞에 있는 풍경, 가는 길에 있는 돌멩이들, 말라버린 강바닥, 옆을 지나칠 때 나를 막으려고 뻗는 하늘의 손만 보인다. 하지만 그는 묵직하고 정교한 갑옷을 입고 있어서 날 잡기엔 동작이 너무 느리고……

나는 그녀를 향해 점점 가까이 다가가서……

내 목소리가 점점 커져서 고함이, 짐과 땅의 언어인 뜻 없는 고함이 터지고……

나는 우주선에서 우리를 지켜보는 이들이 있다는 사실을 알고 있다……

나는 칼이 이 광경을 볼 수 있기를 바란다……

내가 그의 특별한 이를 죽이기 위해 있는 힘껏 앞으로 달려가는 동안 이 모습을 볼 수 있기를 바란다……

묵직한 칼을 높이 든 내 모습을……

그녀는 내가 오는 걸 보고 비틀거리며 자신의 말을 향해 뒷걸음쳤고……

빈터 남자가 뭐라고 소리쳤고, 그 남자의 말이 움직여서 나와 칼의 특별한 이 사이에 끼어들려고 했지만……

나는 너무 빨랐고, 우리 사이의 간격은 너무 짧았고……

하늘도 내 뒤에서 소리 지르고 있었고……

그의 목소리, 땅 전체의 목소리가 내 뒤에서 큰 소리를 내면서 뻗어와 나를 막으려 했지만……

목소리가 몸을 막을 수는 없는 법이다……

그녀는 점점 뒤로 쓰러졌고……

그러다가 타고 온 말의 다리에 걸렸고, 그 말 역시 그녀를 보호하려고 애쓰다가 그녀와 엉켰고……

시간이 없다……

오직 나만 있다……

오직 나의 복수만……

나는 칼을 높이 치켜들어……

손을 뒤로 젖히고……

모든 준비가 다 된 그 묵직한 칼은 어서 꽂히길 갈망하고 있고……

나는 최후의 발걸음을 디뎠다……

칼을 잡은 손에 힘을 주고 끝을 보려고 치켜들었고……

그녀는 스스로를 보호하기 위해 팔을 치켜들었다……

협상

〈바이올라〉

느닷없이 공격이 시작됐다. 스패클의 지도자, 스스로를 하늘이라고 부르는 이가 인사하며 우리에게 다가오고 있었다.

하지만 갑자기 또 다른 스패클이 그를 향해 달려왔다. 윤기가 흐르는 묵직하고 잔인해 보이는 석검을 들고…….

그가 하늘을 죽일 것이다…….

자신의 지도자를 죽일 것이다…….

평화 협상을 하는 자리에서 이런 일이 벌어지려 하고 있다…….

하늘이 돌아서서 칼을 든 스패클이 달려오는 모습을 보고 손을 뻗어 그를 막으려 하는데…….

검을 든 스패클은 아주 쉽게 그를 피해서…….

나와 브래들리를 향해…….

나를 향해…….

"바이올라!" 브래들리의 외침이 들렸다.

그는 우리 사이에 끼어들려고 앙가르드를 돌려세웠지만 그들은 적어도 두 걸음 뒤에 있었다.

나와 달려오는 그 스패클 사이에는 아무도 없었다.

나는 비틀거리며 뒷걸음치다가 에이콘의 다리와 엉켰고…….

암망아지!

나는 바닥으로 쓰러졌고…….

시간이 없었고…….

스패클이 나를 내려다보고 섰다…….

검을 높이 치켜든 채…….

나는 스스로를 보호하기 위한 절망적인 시도로 팔을 올렸고…….

그런데…….

검은 내려오지 않았다.

검은 내려오지 않았다.

나는 위를 힐끗 올려다봤다.

그 스패클은 물끄러미 내 팔을 보고 있었다.

옷소매가 아래로 흘러내리고, 좀 전에 넘어지는 바람에 붕대가 벗겨지면서 드러난 내 밴드…….

감염돼서 벌건 데다 아파 보이는 피부에 1391이란 숫자가 새겨진 밴드…….

그러다가 그게 보였다…….

그의 팔뚝을 반쯤 올라간 곳에 나처럼 흉터가 생기고 엉망이 되어버린 피부와…….

1017이라는 밴드가…….

그가 바로 토드의 스패클, 수도원에서 시장이 학살을 저지른 후 토드가 풀어준 스패클이었다. 밴드를 보니 그도 감염된 게 분명했다.

그는 검을 허공에 치켜든 채, 언제라도 내려칠 수 있지만 그러지 않은 채 그대로 얼어붙어서 내 팔만 빤히 내려다보았다.

그때 한 쌍의 말발굽이 그의 가슴을 세게 걷어차서 저 뒤쪽 땅바닥으로 날려버렸다.

〈토드〉

"바이올라!"

나는 머리가 떨어져 나가게 소리를 지르면서 말, 자동차, 뭐든 날 저 언덕으로 데려가 줄 것을 찾았는데…….

"괜찮다, 토드! 괜찮아! 네 말이 놈을 걷어차 버렸다." 시장이 영상을 보며 소리 질렀다.

내가 영상으로 고개를 돌린 순간 때맞춰 1017이 방금 전까지 서 있던 곳에서 몇 미터 떨어진 땅바닥을 데굴데굴 굴러가는 모습이 보였다. 그리고 앙가르드가 치켜들었던 뒷다리를 다시 내려놨다.

"아, 앙가르드 잘했어! 아주 착한 말이구나!" 나는 통신기를 부여잡고 소리쳤다. "바이올라! 바이올라! 내 말 들려?"

이제 브래들리가 바이올라 옆에 무릎을 꿇고 살펴보는 모습과 스패클의 지도자가 1017을 들어 올려서 다른 스패클에게 던져버리는 모습이 보였다. 1017은 질질 끌려갔다. 바이올라가 통신기를 찾아 주머니 속을 뒤지는 모습도 보였다.

"토드?"

"너 괜찮아?"

"너의 스패클이었어, 토드! 네가 풀어준 그 스패클!"

"나도 알아. 놈을 다시 만나면 그때는 정말이지……."

"내 팔에 찬 밴드를 보고 멈췄어."

"바이올라?" 시몬이 정찰기에서 우리의 통신에 끼어들었다.

"쏘지 말아요! 쏘지 말아요!" 바이올라가 재빨리 말했다.

"널 거기서 빼내야겠어."

"**안 돼요!** 저들도 예상치 못했던 일이란 걸 보고도 모르겠어요?" 바이올라가 쏘아붙였다.

"시몬이 하자는 대로 해, 바이올라! 거긴 안전하지 않아. 네가 거기 가게 놔두지 말았어야 했는데……."

"둘 다 내 말 들어요. 이제 그 일은 끝났어요. 제발 좀……."

바이올라가 말을 멈췄고, 영상 속에서 스패클 지도자가 그들에게 다시 다가오는 모습이 보였다. 그는 평화롭게 두 손을 내밀고 있었다.

"그는 미안하다고 사과하고 있어. 이건 그들이 원한 일이 아니었다고……." 바이올라는 잠시 말을 멈췄다. "그의 소음은 말이라기보다는 주로 영상이지만 그 스패클이 정신 나갔다는 뭐 그런 말을 하고 있는 것 같아."

그 말에 조금 뜨끔했다. 1017이 정신 나가다니. 1017이 미쳐버렸다니.

당연히 그럴 것이다. 그런 일을 겪고도 안 그럴 수 있겠는가?

하지만 그렇다고 해서 바이올라를 공격해도 된다는 뜻은 아니다.

"그는 평화 협상을 계속하길 바란다고 말하고 있어. 그리고……."

영상에서 스패클 지도자가 바이올라의 손을 잡고 그녀가 일어설 수 있도록 도왔다. 그리고 빙 둘러서 있는 스패클들에게 손짓하자 그들이 갈라지더니 또 다른 스패클들이 나무를 가늘게 쪼개서 엮어 만든 의자를 거기 있는 이들의 수에 맞춰 하나씩 들고 왔다.

"뭐가 어떻게 되어가는 거야?" 내가 통신기에 대고 물었다.

"내 생각에 그는……." 바이올라가 말을 멈췄을 때 반원이 다시 열리더니 또 다른 스패클이 들어왔다. 그는 과일과 생선을 한 아름 안고 왔고, 옆에 있는 스패클은 나무로 엮은 테이블을 하나 들고 왔다.

"우리에게 음식을 권하고 있어." 바이올라가 말하는 순간 브래들리가 건네는 인사도 배경에서 들렸다. "고맙습니다."

"평화 협상이 다시 시작된 것 같아."

"바이올라……."

"안 돼. 난 진심이야, 토드. 이런 기회가 몇 번이나 오겠어?"

나는 잠시 씩씩거렸지만 바이올라의 목소리는 고집스러웠다. "음, 어쨌든 통신기는 켜놔, 알았지?"

"나도 토드와 같은 생각이다. 그리고 저들의 지도자에게 방금 내가 미사일을 날릴 뻔한 아주 아슬아슬한 상황이었다는 말도 꼭 하고." 시몬이 다른 채널로 말했다.

잠시 침묵이 흘렀고, 영상에서 스패클의 지도자가 의자에서 허리를 똑바로 펴고 앉는 모습이 보였다.

"그도 안다고 말했어요. 그리고……."

그때 우리는 들었다. 말들이 들렸는데, 우리의 언어였다. 우리와 비슷하지만 마치 백만 개의 목소리가 정확히 같은 말을 하는 것 같은 그런 느낌이었다.

땅은 귀환의 행동을 유감스럽게 생각하고 있습니다.

나는 시장을 봤다. "저게 대체 무슨 뜻이래요?"

〈바이올라〉

"솔직히 말해서 우리는 떠날 수 없습니다. 우리는 돌아갈 수 없는 여행을 수십 년간 해왔습니다. 우리의 선조들은 이 행성을 우리가 이주할 수 있는 최적의 후보로 봤습니다. 그리고 심우주 탐사 장치……." 브래들리는 불편한 마음을 감추려고 헛기침을 했지만 무슨 말을 할지 소음에 다 보였다. "심우주 탐사 장치들에서는 여기에 지능이 있는 생명체가 있다는 조짐이 하나도 보이지 않았습니다. 그래서……."

그래서 빈터는 떠날 수 없다는 말이군요. 빈터는 떠날 수 없다. 하늘이 그렇게 말하면서 공중에서 맴돌고 있는 정찰기를 바라봤다.

"죄송합니다만 무슨 뜻인지?" 브래들리가 물었다.

하지만 빈터는 책임져야 할 일이 많습니다. 하늘의 소음에서 검을 들고 우리에게 달려오던 그 스패클, 팔에 밴드를 찬, 토드가 알고 있는 그 스패클의 모습이 보였다.

그 소음 너머에 그의 감정이 서려 있었고, 그것이 언어를 넘어선 감정으로 우리에게 직접 전달됐다. 그것은 아주 깊은 슬픔이었으며 우리에 대한 슬픔이 아닌, 평화 협상이 중단돼서 느끼는 슬픔이 아닌, 우리를 공격한 스패클에 대한 슬픔이었다. 이제 스패클 학살에 대한 영상, 거기서 살아남은 1017이 다른 스패클을 찾아다니는 영상, 그가 얼마나 망가졌는지에 대한 안타까움, 우리가 그를 얼마나 망가뜨렸는지에 대한 영상들과 함께 그 슬픔이 우리에게 전해졌다.

"변명하려는 건 아니지만 그건 우리가 한 짓이 아닙니다." 내가 끼어들었다.

하늘이 소음을 멈추고 나를 바라봤다. 마치 이 행성에 있는 모든 스패클이 나를 바라보는 것 같은 느낌이었다.

나는 아주 신중하게 말을 골랐다.

"브래들리와 나는 여기 새로 왔습니다. 우리는 첫 번째 이주민들이 저지른 실수를 반복하지 않겠다는 결심을 굳게 하고 있습니다."

실수라고? 하늘이 묻더니 그의 소음이 다시 열리면서 1차 스패클 전쟁에서 일어난 일 같은 영상을 보여줬다.

나는 상상조차 할 수 없는 어마어마하게 많은 죽음…….

수천 명의 스패클들이 죽어가는 장면…….

인간이 저지르는 잔혹 행위들…….

아기들, 갓난아기들이 나오는 장면…….

"이미 일어난 일에 대해 우리가 할 수 있는 일은 아무것도 없습니다." 나는 그 장면들을 보지 않으려고 애썼지만 그의 소음은 사방에 있었다. "하지만 그런 일이 다시 일어나지 않도록 뭔가 할 수 있습니다."

"즉각적인 휴전부터 시작하는 겁니다." 그 참혹한 장면을 보고 충격을 받은 표정으로 브래들리가 덧붙였다. "거기서부터 협상을 진행하시죠. 우리는 더 이상 여러분을 공격하지 않을 것이고, 여러분도 더 이상 우리를 공격하지 않는 겁니다."

하늘은 다시 소음을 열어서 인간보다 열 배는 높은 물의 벽이 우리가 앉아 있는 강둑에서 세차게 흘러나가 모든 것을 쓸어버리고, 그 아래 계곡으로 내려가 뉴 프렌티스타운을 지도에서 흔적도 없이 지워버리는 장면을 보여줬다.

브래들리는 한숨을 쉬고 난 후 자신의 소음을 열어서 정찰기에서 발사한 미사일들이 이 언덕 꼭대기를 깡그리 불태우고 궤도에서 쏜 또 다른 미사일들, 스패클이 보복할 희망조차 품을 수 없이 높은 곳에서 쏜 미사일들이 불과 연기구름 속에서 스패클 종족을 몰살하는 광경을 보여줬다.

하늘의 소음은 마치 그가 이미 알고 있는 점을 우리가 방금 확인시켜 준 것처럼 만족스러운 기색을 띠었다.

"그러니까 이게 바로 우리가 현재 처한 상황입니다. 이제 어떻게 해야 할까요?" 나는 기침을 하면서 말했다.

긴 침묵이 흐르고 나서 다시 하늘의 소음이 열렸다.

우리는 협상을 시작했다.

〈토드〉

"벌써 몇 시간째 저러고 있네. 뭐가 저렇게 오래 걸린대요?" 나는 모닥불 앞에 앉아 그 영상을 바라보며 말했다.

"제발 좀 조용히 해라, 토드. 저기서 하는 의논을 우리가 다 알아야 한다." 시장은 내 통신기로 나오는 대화를 한 마디도 놓치지 않으려고 애쓰면서 말했다.

"의논할 게 뭐가 있어요? 모든 전투를 다 멈추고 그냥 평화롭게 살면 되지."

시장이 날 노려봤다.

"아, 알았어요. 하지만 바이올라는 몸이 안 좋아요. 추운데 하루 종일 저렇게 밖에 나와 있으면 안 되는데."

나는 시장과 테이트 아저씨와 오헤어 아저씨와 함께 모닥불을 둘러싸고 앉아 영상을 보고 있었다. 시민들도 모두 영상을 쳐다봤지만 시간이 흐르면서 점점 흥미를 잃어갔다. 여러 사람이 몇 시간씩 이야기하는 모습을 지켜보는 건 아무리 중요한 일이더라도 지루하기 마련이니까. 윌프 아저씨가 마침내 제인 아주머니에게 가봐야겠다며 코일 선생님의 수레를 타고 다시 언덕 위로 돌아갔다.

"바이올라?" 통신기에서 소리가 들렸다. 시몬의 목소리였다.

"네?" 바이올라가 대답했다.

"우리 연료 상황에 대해 알려주려고, 얘야. 여기 있는 연료 전지로 초저녁까지는 버틸 수 있을 것 같지만, 슬슬 내일 계속 이야기하는 것으로 계획을 잡는 게 좋을 것 같다."

나는 통신기의 버튼을 눌렀다. "바이올라를 거기 두고 가지 말아요." 스패클 지도자와 브래들리 둘 다 놀라는 모습이 영상에서 보였다. "바이올라가 안 보이는 곳으로 가지 말라고요."

하지만 내 말에 대답한 사람은 코일 선생님이었다. "걱정하지 마라, 토드. 우리가 이 우주선에 있는 미사일을 다 써버려야 할 일이 생기면 이들은 우리가 얼마나 강력하고 단호한지 알게 될 테니까."

나는 그 말에 당혹스러워서 잠시 시장을 바라봤다.

"지금 언덕에 있는 사람들을 위해 그렇게 말하는 거죠. 안 그래요, 선생?" 시장은 통신기를 통해 그쪽 사람들도 들을 수 있도록 큰 소리로 말했다.

"제발 다들 입 좀 다물어 줄래요? 안 그러면 이걸 꺼버리겠어요." 바이올라가 쏘아붙였다.

그리고 다시 격렬하게 기침을 시작했다. 영상에서 보이는 바이올라는 안색이 아주 창백하고 마르고 조그맣게 보였다. 너무 조그맣게 보여서 마음이 아팠다. 체격으로 보면 사실 항상 나보다 작은 편이긴 했지만.

그렇지만 그녀를 생각하면 언제나 세상만큼 크게 느껴진다.

"뭐 필요하면 언제든 연락해. 뭐든 말이야." 나는 바이올라에게 말했다.

"그렇게."

그러고 나서 삐 소리가 들린 후에 조용해졌다.

시장은 놀란 얼굴로 영상을 올려다봤다. 브래들리와 바이올라는 그 스패클 지도자와 다시 이야기하고 있었지만 우리는 아무 소리도 들을 수 없었다. 바이올라가 통신기를 꺼버렸기 때문이다.

"아주 고맙구나, 토드." 코일 선생님의 짜증 섞인 목소리가 통신기에서 흘러나왔다.

"바이올라는 나 때문에 끈 게 아니에요. 당신들이 다 끼어들려고 하니까 그러잖아요."

"멍청한 계집." 모닥불 맞은편에서 오헤어 아저씨가 중얼거렸다.

"방금 **뭐라고** 했어요?" 나는 소리를 지르면서 벌떡 일어나서 아저씨를 죽어라 노려봤다.

오헤어 아저씨도 일어서서 숨을 거칠게 쉬며 싸울 기세를 보였다.

"이제 저기서 무슨 일이 일어나고 있는지 못 듣게 됐잖아, 안 그래? 네가 저런 쪼그만 여자애를 보내니까 이런 일이 생기는 거 아니겠어?"

"닥치라고!"

오헤어 아저씨는 콧구멍이 벌름거리며 주먹을 꽉 쥐었다.

"그래서 네가 어쩔 건데, 이 새끼야?"

그러자 시장이 우리 둘을 말리려고 몸을 움직였다.

하지만 그때 내가 말했다. "앞으로 나와."

내 목소리는 침착했고, 내 소음은 가벼웠다.

나는 원이고…….

그러자 오헤어 아저씨는 망설이지 않고 앞으로 나왔다.

바로 모닥불 속으로.

아저씨는 아무것도 눈치채지 못한 채 잠시 그 자리에 서 있다가 아파서 꺅 소리를 지르더니 펄쩍펄쩍 뛰었다. 그는 바짓단에 불이 붙은 채 벌써 물을 찾아 달려가고 있었다. 시장과 테이트 아저씨가 정신없이 웃었다.

"음, 토드. 아주 인상적인걸." 시장이 말했다.

나는 눈을 깜박였다. 온몸이 덜덜 떨렸다.

내가 아저씨를 정말 다치게 할 수도 있었다.

그냥 생각만으로도 그렇게 할 수 있었다.

(그런데 고소하긴 하다…….)

(닥쳐…….)

"협상이 진행되는 동안 시간을 때워야 하게 생겼으니 가볍게 독서를 해보는 건 어떨까?" 시장은 여전히 웃으면서 말했다.

나는 이제야 막 숨을 돌리던 참이라 시장의 말이 무슨 뜻인지 한참 지나서야 알아차렸다.

〈바이올라〉

"안 됩니다. 평화를 이뤄가는 과정을 처벌로 시작할 순 없습니다. 첫 시작이 그 후에 일어나는 모든 일의 분위기를 결정하게 됩니다." 브래들리는 다시 고개를 저으면서 말했다. 해가 저물어 가면서 그의 입김이 하얗게 피어올랐다.

나는 눈을 감고 그가 정확히 똑같은 말을 하던 때를 떠올렸다. 그때가 전생의 일처럼 느껴진다. 브래들리의 말이 맞다. 우리는 재앙을 일으켰고, 그 후로도 계속 재앙 같은 일들이 이어졌다.

나는 두 손으로 머리를 감쌌다. 이제 지칠 대로 지쳤다. 약을 많이 가져왔지만 다시 열이 나고 있었다. 날이 점점 추워져서 스패클이 우리 가까이에 모닥불을 피워줬지만 여전히 온몸이 덜덜 떨리고 기침이 나왔다.

하지만 오늘 협상은 기대 이상으로 순조롭게 진행되고 있다. 우리는 다양한 조건에 동의했다. 협상이 진행되는 동안 완전히 휴전하기로 했고, 모든 분쟁을 대화로 해결할 위원회를 구성하기로 했다. 어쩌면 이 주민들이 살 땅에 대한 합의까지 시작될지도 모른다.

하지만 하루 종일 풀리지 않는 걸림돌이 하나 있었다.

범죄. 범죄는 빈터의 언어입니다. 땅에게 저지른 범죄. 하늘이 우리의 언어로 말했다.

우리는 땅이 그들이고 빈터는 우리이며, 그들에게는 우리의 이름조차 죄악임을 알아차렸다. 하지만 좀 더 구체적인 내용이 있었다. 그들은 시장과 그의 측근들이 짐이라고 부르는 스패클들에게 저지른 범죄를 벌하기 위해 그들을 넘겨줄 것을 요구하고 있었다.

"하지만 당신들도 인간을 죽였습니다. 수백 명을 죽였죠." 내가 말했다.

이 전쟁을 시작한 건 빈터입니다.

"하지만 스패클도 죄가 없진 않아요. 양쪽 다 잘못을 저질렀어요." 내가 말했다.

그러자 즉시 하늘의 소음에서 시장이 저지른 학살 영상들이 나타났고……

토드가 스패클 시체 더미 사이를 지나 1017을 향해 걸어가는 장면도……

"**안 돼요!**" 내가 소리를 꽥 지르자 하늘이 놀라서 뒤로 물러나 앉았다. "토드는 이 일과 아무 상관 없어요. 당신은 몰라요."

"자, 자. 시간이 많이 늦었습니다. 오늘 아주 생산적인 첫날이었다는 점에 우리 모두 동의할 수 있죠? 우리가 얼마나 멀리 왔는지 보세요. 같은 테이블에 앉아 같은 음식을 먹으면서 같은 목적을 향해 노력하고 있잖습니까." 브래들리가 두 손을 들어 올리며 말했다.

하늘의 소음이 평정을 되찾았지만 다시 모든 스패클이 우리를 지켜보고 있는 느낌이 들었다.

"내일 다시 만나죠. 우린 우리 사람들에게 이야기하고, 당신은 당신 동족들에게 이야기하고. 모두 내일 새로운 시각으로 사안을 보게 될 겁니다." 브래들리가 이야기를 이었다.

하늘은 잠시 생각에 잠겼다. *빈터와 하늘은 오늘 여기 묵을 겁니다. 빈터는 우리의 손님이 될 겁니다.*

"뭐라고요? 안 돼요. 우리는 그럴 수가……." 나는 놀라서 말했다. 하지만 스패클들이 벌써 텐트 세 개를 가져오기 시작했다. 처음부터 이렇게 할 계획이었던 모양이다.

브래들리가 내 팔에 한 손을 대면서 낮은 소리로 말했다. "아무래도 여기서 자야 할 것 같구나. 저들에 대한 믿음을 보여줘야 할 것 같아."

"하지만 정찰기는……."

"정찰기는 공중에 떠 있지 않아도 무기를 발사할 수 있잖아." 브래들리는 하늘도 들을 수 있게 조금 큰 소리로 말했다. 하늘의 소음에서 그가 듣고 있다는 걸 알 수 있었다.

나는 브래들리의 눈과 그의 소음을 들여다보고, 항상 그 자리에 있는 다정함과 희망을 바라봤다. 그의 그런 장점은 이 행성이나, 소음이나,

전쟁이나, 지금까지 일어났던 그 어떤 고난을 겪고도 사라지지 않았다. 브래들리의 말에 정말로 동의하기보다는 그의 그런 다정함을 지켜주기 위해 대답했다. "알았어요."

스패클들은 촘촘하게 짠 이끼로 만든 것처럼 보이는 텐트들을 금방 쳤고, 하늘이 우리에게 격식을 갖춰 잘 자라는 인사를 아주 길게 한 후 그의 텐트로 들어갔다. 브래들리와 나는 일어나서 말들을 보살폈다. 그들은 힝힝거리는 소리와 함께 아주 따뜻하게 우리를 맞았다.

"오늘 일이 꽤 잘됐네요."

"네가 공격을 받은 일이 우리에게 유리하게 작용한 것 같구나. 그들이 좀 더 적극적으로 협상에 임하게 됐어." 브래들리가 이어서 목소리를 낮춰 말했다. "너도 그런 느낌이 들었니? 살아 있는 모든 스패클이 우리를 지켜보는 그런 느낌?"

"네. 나도 하루 종일 그 생각을 했어요." 나도 작은 소리로 대답했다.

"내 생각에 저들의 소음은 단순한 의사소통 수단이 아닌 것 같아. 목소리 자체가 그들의 정체성인 것 같아. 그들이 목소리인 거지. 만약 우리도 그들처럼 말하는 방법을 배울 수 있다면, 만약 우리가 정말 그들의 목소리와 하나가 되는 법을 배울 수 있다면……." 브래들리는 경이로워하는 목소리로 말했다.

말을 잠시 멈춘 그의 소음이 희미하게 빛나면서 생기로 넘쳤다.

"뭐예요?" 내가 물었다.

"음, 그러면 우리도 한 민족 같은 존재가 되지 않을까 하는 생각이 들었다."

〈토드〉

나는 바이올라가 잠든 모습을 영상으로 지켜봤다. 나는 그녀가 저 위에서 자는 것에 반대했고, 시몬과 코일 선생님도 같은 생각이었다. 하지만 바이올라는 어쨌든 거기 머물렀고, 정찰기는 밤이 되자 언덕 위로 돌아갔다. 바이올라가 모닥불을 향한 텐트 앞쪽을 열어놔서 그 안에 있는 그녀를 볼 수 있었다. 바이올라는 기침을 하면서 뒤척였고, 내 마음은 그런 그녀를 향해 **뻗어나가** 거기에 같이 있고 싶었다.

바이올라가 무슨 생각을 하고 있을지 궁금했다. 내 생각을 하고 있을까? 이 협상을 얼마나 해야 우리 모두 평화롭게 살고, 바이올라가 건강해지고, 내가 그녀를 보살필 수 있을지 궁금했다. 통신기를 통해서가 아니라 그녀가 직접 내게 하는 이야기를 듣고, 바이올라가 우리 엄마의 일기장을 내게 읽어줄 수 있을까?

아니면 내가 바이올라에게 읽어줄 수도 있고.

"토드? 난 준비됐는데 넌 어떠냐?" 시장이 물었다.

나는 고개를 끄덕이고 내 텐트로 들어갔다. 배낭에서 엄마의 일기장을 꺼내서 항상 하는 것처럼 표지를, 아론의 칼에 찔렸을 때 나를 구했던 이 책에 생긴 칼자국을 쓰다듬었다. 일기장을 펼쳐서 엄마가 쓴 글씨들을 바라봤다. 엄마는 내가 태어나기 전 스패클 전쟁 때 혹은 시장에게 살해되기 전에 일기를 썼다. 시장은 계속 엄마가 자살했다고 거짓말하는데 그 생각을 하자 또다시 화가 났고, 일기장에 쏟아져 나오는 깨알 같은 글자들을 보자 또 화가 났다. 일기장에 촘촘하게 적혀 있는 글자들을 보자 시장에게 글을 배울 마음이 사라지기 시작했다.

나의 사랑하는 아들. 내가 읽었다. 갑자기 종이에 적힌 글자가 아주 선명하게 읽혔다. 넌 아직 한 달도 안 됐는데 벌써 삶이 너를 위한 시련을 준비하고 있구나!

나는 침을 꿀꺽 삼켰다. 심장이 세차게 뛰고 목이 메었지만 눈을 뗄 수 없었다. 엄마가 여기 있으니까, 엄마가 여기 있으니까…….

옥수수 농사가 실패했다, 아들아. 2년 연속 이렇게 돼버려서 타격이 크구나. 이 옥수수로 벤과 킬리언이 키우는 양을 먹이고, 벤과 킬리언의 양이 우리 모두를 먹여 살리니까 말이야.

낮게 울리는 윙 소리와, 텐트 입구에 서서 내 등을 보고 있는 시장의 시선이 느껴졌다. 그는 자신의 지식을 내 머릿속에 넣어서 나와 공유하고 있었다.

설상가상으로 아론 목사가 스패클들을 탓하기 시작했어. 항상 제대로 먹지도 못하는 것처럼 보이고 낯을 많이 가리는 그 종족 말이야. 헤이븐에도 스패클에 관련된 문제들이 생겼다는 이야기가 들려오고 있단다. 하지만 우리 군대의 지휘관인 데이비드 프렌티스는 그들을 존중해야 한다고, 단순한 농사 실패에 대한 희생양을 찾으려 해선 안 된다고 말했어.

"정말 그렇게 말했어요?" 나는 책에서 눈을 떼지 않고 말했다.

"내가 그랬다고 네 엄마가 썼다면 사실이겠지. 이렇게 계속할 수는 없단다, 토드. 미안하지만 이 효과는 오래 못……." 시장의 목소리를 들어보니 힘든 것 같았다.

"조금만 더요."

옆방에서 네가 다시 깼구나. 네가 저기서 날 불러서, 여기서 너에게 이야기하는 걸 멈춰야 하다니 너무 우습다. 하지만 이런 식으로 난 항상 너에게 이야기를 하고 있는 거잖아, 그렇지? 이러니 내가 어떻게 이보다 더 행복할 수 있겠니? 항상 그렇듯이 나의 힘센 꼬마 왕자님, 너는…….

그리고 단어들이 페이지에서, 내 머릿속에서 미끄러져 나갔다. 나는 그 충격에 숨을 헉 들이켰다. 그다음에 무슨 말이 나오는지 볼 수 있었지만(내 모든 사랑을 담아, 엄마는 이렇게 말한다. 내가 엄마의 모든 사랑을 다 가지고 있다고) 갈수록 힘들어지고 말이 점점 꼬이면서 단어로 이루어진 숲이 점점 울창하고 단단해지다가 내 앞에서 닫혀버렸다.

나는 시장에게 고개를 돌렸다. 그의 이마에 땀이 맺혀 있었고, 나도 그렇다는 걸 깨달았다.

(또다시 공중에서 희미하게 윙 소리가 흐른다······.)

(하지만 이제는 그 소리가 거슬리지 않는다, 전혀······.)

"미안하다, 토드. 아직은 여기까지가 한계야. 하지만 난 점점 나아지고 있어." 시장이 말했다.

나는 아무 말도 하지 않았다. 내 호흡은 무거웠고, 가슴도 무거웠고, 엄마가 한 말들이 폭포수처럼 내 머리를 두들기고 있었다. 엄마가 내 머릿속에서 끝도 없이 나를 위한 희망과 나에 대한 사랑을 말했다.

나는 침을 꿀꺽 삼켰다.

그리고 또 삼켰다.

"고마워요." 나는 마침내 말했다.

"음, 괜찮아, 토드. 정말 괜찮아." 시장은 계속 낮은 목소리로 말했다.

우리가 그렇게 텐트 속에 서 있는 동안 나는 그 사이에 키가 얼마나 컸는지 깨달았다.

난 이제 그의 눈을 똑바로 볼 수 있을 정도로 컸다······.

나는 다시 한 번 앞에 서 있는 남자를 봤다······.

(희미하게 들리는 윙 소리가 기분 좋게 느껴질 정도다······.)

그는 괴물이 아니다.

시장이 헛기침을 했다. "있지, 토드. 나도······."

"대통령 각하?" 밖에서 소리가 들렸다.

시장이 뒷걸음쳐서 텐트에서 나갔고, 나도 무슨 일이 일어났을까 싶어 얼른 따라 나갔다.

"시간이 됐습니다." 테이트 아저씨가 차렷 자세로 서서 말했다. 나는 영상을 돌아봤지만 변한 건 하나도 없었다. 바이올라는 여전히 텐트에서 자고 있었고, 달라진 건 없었다.

"무슨 시간요?" 내가 물었다.

"논쟁에서 이길 시간." 시장이 허리를 쭉 펴면서 말했다.

"뭐라고요? 논쟁에서 이기다니 무슨 뜻이에요? 만약 바이올라가 위험에 처한다면……."

"알고 있다, 토드." 시장은 미소를 지으며 말했다. "하지만 내가 바이올라를 구해낼 거야."

〈바이올라〉

"바이올라" 나를 부르는 소리가 들려서 눈을 뜨고 잠시 여기가 어딘가 생각했다.

발치에 있는 모닥불 빛이 아주 보기 좋았다. 나는 나무를 깎아내서 만든 것처럼 보이는 침대 위에 누워 있었는데 촉감이 얼마나 부드러운지 말로 다 할 수 없었다.

"바이올라. 뭔가 일어나고 있어." 브래들리가 속삭였다.

그 말에 너무 급하게 일어나 앉는 바람에 머리가 빙 돌았다. 숨을 제대로 쉬기 위해 눈을 감고 머리를 앞으로 숙여야 했다.

"하늘이 10분 전에 일어났는데 아직까지 돌아오지 않았어."

"화장실에 간 거겠죠. 저들도 화장실엔 갈 텐데." 이 말을 하는데 머리가 욱신거리기 시작했다.

모닥불 빛 때문에 눈이 부셔서 그 너머에서 반원 모양으로 둘러싼 스패클들이 잘 보이지 않았다. 대부분은 임시로 만든 잠자리에서 자고 있었다. 나는 담요를 끌어당겨 꼭꼭 여며 덮었다. 담요는 이들의 몸에서 자라는 이끼와 같은 종류로 만든 것처럼 보였지만 가까이서 들여다보니 달랐다. 이끼보다는 천과 비슷했는데 더 묵직하고 아주 따뜻했다.

"그게 다가 아니야. 저들의 소음에서 뭔가 보였어. 후다닥 스쳐가는 영상이었지만 꽤 선명했어."

"그게 뭐였는데요?"

"완전무장한 스패클 한 무리가 시내로 몰래 숨어들어가는 장면."

"브래들리. 소음이 항상 현실만 보여주지는 않아요. 환상과 기억과 소망과 현실이 뒤섞여서 현실처럼 보이는 거죠. 그게 사실인지 아니면 그 사람이 사실이길 바라는 건지 가려내는 데도 연습을 아주 많이 해야 해요. 그야말로 온갖 생각과 감정이 복잡하게 섞여 있다고요."

브래들리는 아무 말도 하지 않았지만 그가 본 영상이 다시 그의 소음에 나타났다. 그의 말대로였다. 그의 소음은 또한 세상으로, 반원을 넘어 스패클들에게로 흘러가고 있었다.

"분명 아무 일도 아닐 거예요. 우리를 공격한 스패클이 있었잖아요. 평화를 원하지 않는 스패클이 하나만 있던 건 아니겠죠."

그때 내 통신기에서 요란하게 삐 소리가 나서 우리 둘 다 깜짝 놀랐다. 나는 담요 밑에서 통신기를 꺼냈다.

"바이올라! 너 지금 위험해! 얼른 거기서 나와야 해!" 내가 받자마자 토드가 외쳤다.

〈토드〉

순간 시장이 내가 들고 있던 통신기를 쳐서 떨어뜨렸다.

"그러면 바이올라가 더 위험해져." 내가 허겁지겁 그걸 주우러 가는 사이에 시장이 말했다. 통신기가 깨진 것 같진 않지만 통신이 이미 끊겨 있었다. 나는 버튼을 눌러서 다시 그녀와 연락하려고 애썼다. "지금 농담하는 거 아니야, 토드." 시장의 말이 너무 강경해서 버튼을 누르던 손을 멈추고 그를 바라봤다. "무슨 일이 일어나고 있는지 우리가 안다는 걸 놈들이 조금이라도 눈치채면 바이올라의 안전을 보장할 수 없다."

"그럼 지금 무슨 일이 일어나고 있는지 말해요. 만약 바이올라가 위험하다면……."

"바이올라는 위험해. 우리 모두 그렇다. 하지만 네가 날 믿는다면 토드, 내가 모두를 구할 수 있다." 시장은 테이트 아저씨 쪽으로 고개를 돌렸다. 아저씨는 여전히 대기하고 있었다. "다 준비됐나, 대위?"

"네, 각하."

"무슨 준비요?" 나는 두 사람을 번갈아 보며 말했다.

"이제 아주 흥미로운 일이 벌어질 거다." 시장이 돌아서서 날 보며 말했다.

그때 들고 있던 통신기에서 삐 소리가 났다. "토드? 토드, 내 소리 들려?"

"날 믿니, 토드?" 시장이 말했다.

"무슨 일인지 말해요."

하지만 그는 묻기만 했다. "날 믿니?"

"토드?" 바이올라의 목소리가 들렸다.

카오스 워킹 3

〈바이올라〉

"바이올라?" 마침내 토드가 대답했다.

"토드, 무슨 일이야? 우리가 위험하다니, 무슨 뜻이야?" 나는 걱정스러운 얼굴로 브래들리를 올려다보며 물었다.

"잠깐만······." 침묵이 흘렀다. "잠깐만 기다려 봐." 그러더니 토드는 통신을 끊었다.

"내가 가서 말을 가져올게."

"기다려요. 토드가 기다리라고 했어요."

"토드는 우리가 위험하다는 말도 했어. 그리고 내가 본 게 사실이라면······."

"그들이 정말 우리를 해칠 생각이라면 우리가 어디까지 갈 수 있을 것 같아요?"

이제 가물거리는 모닥불 빛에 반원을 이룬 스패클 중 몇 명이 우리를 보고 있는 모습이 보였다. 위험하게 느껴지지는 않았지만 나는 통신기를 꽉 움켜쥐고 토드가 지금 무슨 짓을 하고 있는지 잘 알고 있기를 빌었다.

"이게 처음부터 이들의 계획이었다면 어쩌지? 우리를 협상에 끌어들이고 그들이 무슨 짓을 할 수 있는지 보여줄 계획이었다면?" 브래들리가 목소리를 낮춰서 물었다.

"하늘에게서는 우리가 위험해질 수 있다는 느낌을 전혀 못 받았어요. 단 한 번도. 그가 왜 그런 짓을 하겠어요? 왜 그런 위험을 무릅써요?"

"더 큰 영향력을 갖기 위해서지."

나는 브래들리의 말이 무슨 뜻인지 알아차리고 입을 다물었다. "처벌 말이군요."

브래들리는 고개를 끄덕였다. "어쩌면 그들은 대통령을 잡으러 갔는지도 몰라."

나는 하늘이 보여준 대학살 영상을 떠올리고 허리를 곧추세워 앉았다. "그렇다면 그들은 토드를 노리겠군요."

〈토드〉

"최후의 대비를 하라, 대위."

"네, 각하." 테이트 아저씨가 경례했다.

"그리고 제발 오헤어 대위를 깨우고."

"알겠습니다." 테이트 아저씨는 피식 웃으며 대답하고 떠났다.

"이제 무슨 일인지 말해요. 안 그러면 내가 직접 저기 올라가서 바이올라를 데려올 테니까. 지금은 당신을 믿지만 영원히 그렇지는……."

"내가 이 상황을 완벽하게 장악하고 있다, 토드. 내가 얼마나 철저하게 대비했는지 알면 너도 기뻐할 거야."

"뭘 장악하고 있다는 거죠? 대체 앞으로 무슨 일이 벌어질지 무슨 수로 아는데요?"

"이런 식으로 표현하마. 우리가 잡았던 스패클이 자기 생각보다 더 많은 정보를 말해줬다." 시장이 눈을 번득이며 말했다.

"뭐라고요? 그가 뭐라고 했는데요?"

시장은 자신도 그 행운을 믿을 수 없다는 듯이 싱긋 웃으며 아주 재미있어 하는 목소리로 말했다. "그들이 우리를 잡으러 오고 있다, 토드. 너와 날 잡으러 오고 있다고."

〈바이올라〉

"우리가 뭘 찾아야 하는 거니?" 시몬이 아직 언덕 꼭대기에 세워져 있는 정찰기에서 물었다.

"뭐든 이상한 거요. 브래들리가 소음에서 공격하러 가는 스패클들을 봤대요." 나는 브래들리를 보며 말했다.

"힘을 보여주려고 쇼하는 거지. 자기들이 여전히 우리보다 우위에 있다는 걸 입증하려는 거야." 코일 선생님이 말했다.

"저들은 시장을 잡으러 가는 것 같아요. 계속 시장이 저지른 범죄를 벌할 수 있게 그를 넘기라고 요구했어요."

"그게 그렇게 나쁜 일일까?" 코일 선생님이 대꾸했다.

"저들이 시장을 잡으러 간다면, 토드가 바로 시장 옆에 있을 텐데." 브래들리가 나와 눈을 마주치며 말했다.

"아, 그건 좀 문제군." 코일 선생님이 말했다.

"아직 확실한 건 하나도 없어요. 이건 그저 오해일지도 몰라요. 그들의 소음은 우리와 다르니까……." 내가 말했다.

"잠깐만. 뭔가 보여." 시몬이 말했다.

내가 언덕 꼭대기에서 내려다보자 시내 남쪽을 향해 날아가는 탐사 장치 하나가 보였다. 내 뒤에 있는 스패클들의 소음에서 그들도 그걸 본 소리를 들을 수 있었다. "시몬?"

"불빛들이야. 뭔가가 행군하고 있어."

〈토드〉

"대통령 각하! 시내 남쪽에서 불빛들이 포착됐습니다! 스패클들이 우리를 향해 오고 있습니다!" 오헤어 아저씨는 이제 막 깬 사람처럼 얼굴이 퉁퉁 부어 있었다.

"그런가? 그럼 적을 맞으러 군사들을 보내야 하지 않겠나, 대위?" 시장은 놀란 척하며 대답했다.

"이미 준비하라고 지시를 내렸습니다." 오헤어 아저씨는 기뻐하는 표정으로 대답하면서 내게 비웃음을 날렸다.

"잘했어. 자네 보고를 간절히 기다리고 있겠네." 시장이 대답했다.

"네, 각하!" 아저씨는 경례를 하고 전투를 이끌기 위해 얼른 부하들을 만나러 갔다.

나는 얼굴을 찡그렸다. 뭔가 이상했다.

그때 통신기에 바이올라의 목소리가 들렸다. "토드! 시몬이 그러는데 남쪽 도로에 불빛들이 보이는데! 스패클들이 가고 있어!"

"그래. 시장이 그들과 싸울 병력을 보냈어. 너 괜찮아?" 나는 여전히 시장에게서 눈을 떼지 않은 채 대답했다.

"우리를 괴롭히는 스패클은 하나도 없어. 하지만 아직 그들의 지도자가 보이지 않아." 바이올라는 목소리를 낮췄다. "시몬이 정찰기를 다시 이륙시킬 준비를 하고 있어. 무기를 쏠 준비도 하고. 결국 평화는 이뤄지지 않을 모양이야." 그녀의 목소리에서 실망한 기색이 느껴졌다.

내가 막 대답하려고 했을 때 시장의 목소리가 들렸다. "자, 대위." 그는 끈기 있게 기다리고 있던 테이트 아저씨에게 말했다.

테이트 아저씨는 모닥불로부터 횃불 하나를 집어 들었다.

"이제 어떻게 되는 거죠?" 내가 물었다.

테이트 아저씨가 횃불을 높이 치켜들었다.

"이제 어떻게 되냐고요?"

그때 세상이 두 쪽으로 갈라졌다.

〈바이올라〉

쾅!

거대한 폭발음이 계곡을 따라 울려 퍼지며 계속 메아리쳤다. 천둥처럼 큰 소리였다. 나는 브래들리의 도움을 받아 일어서서 그와 함께 밖을 내다봤다. 밤하늘에서 흐릿한 은색으로 빛나는 두 개의 달과 도시에 피워놓은 모닥불들 외에 다른 건 잘 보이지 않았다.

"무슨 일이 일어난 거지? 저게 뭐였을까?" 브래들리가 다그쳐 물었다.

갑자기 소음이 몰려와 뒤를 돌아봤다. 반원으로 모여 있던 스패클들이 이제 모두 일어나 언덕 가장자리에서 계곡을 내다보고 있었다.

그곳에서 연기가 피어오르고 있었다.

"하지만······." 브래들리가 입을 뗐다.

갑자기 우리 뒤에 있는 스패클들을 헤치고 하늘이 왔다. 그의 소리가 먼저 들렸고, 그의 소음은 세차게 밀려오는 소리와 영상으로 가득 차 있었고, 그리고······.

놀란 기색도 있었다······.

그가 놀랐다······.

그는 엄청난 기세로 우리 옆을 지나 언덕 가장자리로 가서 시내를 내려다봤다.

"바이올라?" 통신기에서 시몬의 목소리가 들렸다.

"거기서 쐈어요?"

"아니, 아직 준비가 안 됐어."

"그럼 누가 쏜 거죠?" 코일 선생님이 끼어들었다.

"그리고 어디서?" 브래들리가 말했다.

연기는 남쪽에서 난 게 아니었기 때문에 한 말이었다. 남쪽 숲속에서는 여전히 불빛들이 보였고, 그들을 맞이하기 위해 시내에서 또 다른 불빛 한 무리가 그쪽으로 가고 있는 게 보였다.

연기와 폭발은 강의 북쪽, 버려진 과수원들이 있는 언덕 위에서 일어났다.

그때 또 다른 폭발이 일어났다.

〈토드〉

콰!

두 번째 폭발은 첫 번째만큼 크고 요란하게 시내 북서쪽 하늘을 환하게 밝혔다. 그 소리에 군인들은 텐트에서 나와 연기가 하늘로 올라가는 모습을 멍하니 바라봤다.

"한 발 더 쏘면 될 것 같은데, 대위." 시장이 말했다.

테이트 아저씨가 고개를 끄덕이고 다시 횃불을 치켜들었다. 금방이라도 무너질 것 같은 성당 종탑 위에 있는 한 남자, 테이트 아저씨의 횃불 신호를 보고 자기 횃불에 불을 붙였던 남자가 강둑에 있는 군인들에게 그 메시지를 전달했다…….

여전히 시장의 지휘 아래 있는 포병대에게…….

갑자기 정찰기가 나타나 더 크고 화력이 강한 무기들을 써서 우리를 보호하면서 대포는 그 쓸모를 잃었지만…….

고맙게도 대포는 여전히 작동이 잘되고…….

쾅!

나는 다시 통신기를 들었다. 통신기는 바이올라를 포함해서 모두 무슨 일이 일어나고 있는지 알아내려는 사람들의 목소리로 요란했다.

"시장이 한 일이야." 나는 거기 대고 말했다.

"어디서 발사하고 있는데? 불빛들이 가는 곳은 아닌데……." 바이올라가 물었다.

그때 갑자기 시장이 내 통신기를 낚아챘다. 모닥불 빛에 비친 그의 얼굴에는 득의양양한 미소가 가득했다.

"그래, 하지만 저기가 바로 스패클들이 정말 있는 곳이란다, 얘야. 너의 친구인 하늘에게 물어봐. 그가 말해줄 게다." 그는 통신기를 다시 뺏으려는 나를 피해 홱 돌아서면서 말했다.

그리고 통신기를 돌려줬지만 얼굴에 떠오른 그의 미소가 너무 강렬해서 제대로 쳐다볼 수도 없었다.

마치 뭔가 차지한 것 같은 미소, 세상에서 가장 큰 걸 쟁취한 듯한 그런 미소였다.

〈바이올라〉

"그게 무슨 뜻이지? 바이올라, 저 사람 말이 무슨 뜻이니?" 공황 상태에 빠진 코일 선생님이 통신기 너머에서 물었다.

하늘이 이제 우리 쪽으로 돌아섰다. 그의 소음은 무수한 영상과 감정으로 세차게 소용돌이치고 있어서 아무것도 읽히지 않았다.

하지만 결코 기분 좋아 보이지는 않았다.

"대통령이 발사한 곳에 탐사 장치들을 띄웠어. 아, 맙소사." 시몬의 목소리가 들렸다.

"이리 줘봐." 브래들리가 내게서 통신기를 뺏으면서 말했다. 그가 버튼을 몇 개 누르자 통신기에서 작은 삼차원 영상이 떠올랐다. 저 밑에 있는 사람들이 보는 커다란 원격 조종 영상과 똑같은데 크기만 더 작은 영상이 밤하늘에 떴고…….

시체들이 보였다.

스패클의 시체들. 브래들리의 소음 속에서 언뜻 보이던 온갖 무기들이 거기 있었다. 시내에 온갖 재앙을 일으키기에 충분했던 수십 명의 스패클들이 죽었다…….

토드와 시장을 잡을 수 있을 정도로, 그들을 잡아 올 수 없다면 죽일 수 있을 정도의 규모였고…….

어디에도 불빛은 보이지 않았다.

"시체들이 북쪽 언덕에 있다면, 남쪽으로 가는 불빛들은 뭐야?" 내가 물었다.

〈토드〉

"아무것도 없습니다! 거기에는 아무것도 없었습니다! 땅바닥에 횃불만 몇 개 타고 있었어요!" 오헤어 아저씨가 소리치면서 야영장으로 달려서 들어왔다.

"그래, 대위. 알고 있어." 시장이 말했다.

오헤어 아저씨가 달려오다가 홱 멈춰 섰다. "알고 계셨다고요?"

"당연히 알고 있었지." 시장이 내게 돌아서서 말했다. "그 통신기 좀 다시 쓸 수 있을까, 토드?"

그가 손을 내밀었지만 나는 주지 않았다.

"내가 바이올라를 구하겠다고 했잖아. 난 약속을 지켰다. 스패클들이 오늘 밤 작은 승리를 거둘 수 있었다면 바이올라에게 어떤 일이 일어났을 것 같니? 우리에게 무슨 일이 일어났을 거라고 생각해?"

"그들이 공격할 걸 어떻게 알았죠? 어떻게 그게 속임수인 걸 알았어요?"

"내가 어떻게 우리 모두를 구했냐는 뜻이겠지? 다시 한 번 묻겠다, 토드. 넌 나를 믿니?" 시장은 손을 내민 채 말했다.

나는 그의 얼굴, 믿을 수 없고 구제불능인 그 얼굴을 바라봤다.

(그리고 아주 작게 윙 소리가 들렸다…….)

(안다, 나도 안다…….)

(그가 내 머릿속에 있다는 걸…….)

(난 바보가 아니다…….)

(하지만 그가 우리를 구하긴 구했다…….)

(그리고 엄마의 글을 읽을 수 있게 해줬다…….)

나는 그에게 통신기를 건넸다.

〈바이올라〉

하늘의 소음은 마치 폭풍우가 치는 것처럼 소용돌이쳤다. 우리 모두 무슨 일이 일어났는지 영상으로 봤다. 저 아래 군인들의 환호성이 여기까지 들렸다. 우리 모두 멀리서 정찰기가 이륙해 계곡을 다시 건너오는 큰 소리를 들을 수 있었다.

나와 브래들리에게 무슨 일이 생길지 궁금했다. 금방 무슨 일이 일어날지도 모른다.

브래들리는 여전히 하늘과 언쟁하고 있었다. "당신이 우리를 공격했어요. 우리는 믿음을 가지고 이곳에 왔는데 당신이……."

그때 통신기에서 평소보다 더 크게 삐 소리가 들렸다.

"이제는 내가 말을 할 때인 것 같소, 브래들리."

다시 시장이 나왔는데 이번에는 그의 얼굴도 보였다. 허공에 둥둥 뜬 영상에서 득의만만한 미소를 짓고 있는 얼굴이 크게 나타났다. 그는 마치 하늘을 보고 있는 것처럼 하늘에게 고개를 돌리기까지 했다.

"당신은 뭔가 알아냈다고 생각했지, 그렇지? 생포된 당신네 군인이 내 속을 들여다보고, 내가 당신만큼이나 깊이 소음을 읽을 수 있는 걸 봤다고 생각했겠지. 그렇지 않나? 그래서 당신은 생각했겠지. '이거 내가 써먹을 수 있겠는데'라고."

"저자가 어떻게 이걸 해냈지? 그의 얼굴이 우리 언덕에도 방송되고 있어……." 코일 선생님의 목소리가 통신기로 들렸다.

"그래서 당신은 다시 그를 평화 사절로 우리에게 보낸 거야." 시장은 코일 선생님의 말은 들리지도 않은 것처럼 이야기를 계속했다. "그리고 당신이 남쪽에서 우리를 공격할 계획인데, 그걸 내가 알아냈다고 생각하게 만들 만큼만 보여주라고 시켰지. 하지만 그 밑에 또 다른 계획이 있었어, 그렇지 않나? 너무 깊숙이 숨겨서 어느……." 시장은 극적인 효과를 주려고 잠시 입을 다물었다. "……빈터도 읽을 수 없도록 말이야."

하늘의 소음이 순간 환하게 타올랐다.

"그 통신기를 뺏어! 통신을 끊어버리라고!" 코일 선생님이 외쳤다.

"하지만 당신은 내 능력을 잘 몰랐어. 당신은 내가 그 어떤 스패클보다 더 깊이 마음을 읽을 수 있다는 걸, 그 진짜 계획을 볼 수 있다는 걸 몰랐지."

하늘의 얼굴은 무표정했지만 그의 소음은 활짝 열린 채 분노로 사정 없이 흔들리고 있었다.

시장의 말이 진실이기 때문이다.

"난 당신이 보낸 평화 사절의 눈을 들여다봤다. 그렇게 당신의 눈을 들여다보고 다 읽어냈지. 거기서 말하는 목소리를 듣고 당신이 오는 걸 봤어." 시장은 통신기를 앞으로 갖다 대서 자기 얼굴이 영상에 더 크게 나오게 했다. "그러니까 이 점을 알아둬. 단단히 명심해야 할 거야. 만약 당신과 나 둘 사이에 전쟁이 벌어진다면 승리는 내 것이야."

그리고 시장은 사라졌다. 그의 영상이 깜박이다가 꺼졌고, 하늘은 말없이 우리만 바라봤다. 정찰기의 엔진 소리가 들렸지만 아직 절반밖에 오지 못했다. 여기 있는 스패클들은 중무장하고 있지만 그건 중요하지 않았다. 그럴 마음만 있다면 나와 브래들리를 하늘이 직접 없애버릴 수 있으니까.

하지만 하늘은 그 자리에 그대로 서 있었고, 그의 소음이 음산하게 소용돌이치고 있었다. 또다시 그를 통해 모든 스패클이 우리를 지켜보는 듯한 느낌이 들었다. 그는 오늘 밤에 일어난 일을 곰곰이 생각하는 것 같았다.

그리고 이제 어떻게 해야 할지 결정하고 있었다.

그가 한 발자국 앞으로 다가왔다.

나는 무의식중에 뒤로 물러섰다가 브래들리와 부딪쳤다. 그는 내 어깨에 한 손을 올려놨다.

그렇게 합시다. 하늘이 말했다.

그리고 말했다. 평화.

〈토드〉

평화. 스패클 지도자의 소음에서 그 말이 들렸다. 방금 시장의 목소리가 그랬던 것처럼 그 말이 광장 전체로 크게 울려 퍼졌고, 그의 얼굴이 영상을 가득 채우고…….

우리 주위에서 거대한 함성이 터져 나왔다.

"어떻게 그렇게 했죠?" 나는 통신기를 내려다보며 물었다.

"넌 가끔 세상 모르고 자더구나. 내가 신기술에 호기심을 가졌다고 해서 날 탓할 수 있니?" 시장이 말했다.

"축하드립니다, 대통령 각하. 놈들에게 본때를 보여주셨습니다." 테이트 아저씨가 시장과 악수를 하며 말했다.

"고맙네, 대위." 시장은 그렇게 말하고 오헤어 아저씨에게로 돌아섰다. 아저씨는 가짜 임무로 한밤중에 뛰어다녔다고 부루퉁해 있었다.

"자네는 아주 잘해줬어. 우리 작전이 그럴듯해 보여야 했거든. 그래서 미리 말해줄 수 없었네."

"괜찮습니다, 각하." 오헤어 아저씨는 여전히 불만스러운 목소리로 대답했다.

그때 군인들이 몰려와서 서로 대통령과 악수를 하고 싶어 안달하면서 모두 그가 어떻게 스패클의 허를 찔렀는지 궁금해하고, 평화를 쟁취한 사람은 시장이며, 정찰기의 도움도 없이 해냈고, 그가 정말 본때를 보여주지 않았냐는 말을 정신없이 해댔다.

시장은 그들의 그런 찬사를 받으면서 기뻐하고 있었다.

그가 거둔 승리에 대한 모든 찬사를.

그리고 잠깐, 아주 잠깐…….

나도 살짝 뿌듯했다.

나는 칼을 들었다

나는 칼을 들었다. 여기 오는 길에 요리용 막사에 들러 훔친 칼, 사냥감을 도축할 때 쓰는 길고 묵직하며 날카롭고 무시무시한 칼.

나는 그 칼을 정보원 위로 들어 올렸다.

내가 평화를 불가능하게 만들 수 있었다. 이 전쟁이 끝나지 않게 할 수 있었고, 칼에게 특별한 이의 목숨을 뺏고 심장을 도려낼 수 있었다.

하지만 그렇게 하지 않았다.

내 눈에 그녀의 밴드가 보였다.

소리가 없는 빈터지만 그녀에게서 너무나 분명한 고통을 봤다.

그녀에게도 낙인이 찍혀 있었다. 마치 그들이 짐에게 낙인을 찍은 것처럼, 그리고 그녀 역시 같은 고통에 시달리고 있는 듯이 보였다.

낙인이 찍힐 때의 고통이 느껴졌다. 내 팔에 느껴지는 육체적인 고통뿐만 아니라 밴드가 내 존재 자체를 둘러싸고 구속하면서 원래 나였던 것을 앗아가 버리고, 날 더 작게 만들어 버렸다. 그래서 모든 빈터의 눈에 보이는 건 나도 아니고, 내 얼굴도 아니고, 마찬가지로 빼앗겨 버린 내 목소리도 아닌 오직 밴드뿐이었다.

빈터는 우리를 소리 없는 빈터들처럼 만들려고 우리의 목소리를 빼앗아 갔다.

그래서 그녀를 죽일 수 없었다.

그녀는 나와 같았다. 그녀는 나와 같은 밴드를 차고 있었다.

그때 그 짐승이 뒷다리를 들어서 날 날려버렸다. 그때 가슴뼈가 몇 개 부러진 것 같은데 지금도 거기가 아프다. 하늘은 날 움켜쥐고 들어 올려서 땅에게 내던지며 보여줬다. *내가 땅과 이야기하지 않는다면, 그건 내가 그렇게 선택했기 때문이다.*

나는 이해했다. 난 이제 완전히 추방됐다. 귀환은 돌아가지 않을 것이다.

땅은 날 평화 협상 장소에서 끌어내 야영장 깊숙한 곳으로 거칠게 떠밀고 갔다.

하지만 나는 하늘의 마지막 약속 없이는 떠나지 않을 것이다.

나는 칼을 하나 훔쳐서 여기 왔고…….

정보원을 죽일 준비를 하고 여기 섰다.

빈터를 몰래 공격하려던 하늘의 시도에 대한 소식이 길의 끝을 통해 전해지자 나는 고개를 들었다. 그러니까 그게 계획이었구나. 빈터에게 우리가 얼마나 유능한 군대인지, 평화 협상을 하는 동안 우리가 어떻게 놈들의 본거지로 들어갈 수 있는지, 우리가 원하는 적들을 잡아 와서 그들이 마땅히 받아야 할 정의의 심판을 내리는 모습을 보여주려고 했구나. 그때부터 흐르게 될 평화, 만약 그걸 평화라고 한다면, 우리가 원하는 방향으로 흘러갔을 것이다.

그래서 나에게 그를 믿으라고 했구나.

하지만 그는 실패했다. 그는 패배를 인정했다. 그는 평화를 청했다. 땅은 빈터에게 고개를 숙일 것이고, 그 평화는 땅이 강해지는 평화가 아니라 약해지는 평화가 될 것이다.

나는 칼을 들고 정보원을 내려다보고 서 있다. 오랫동안 내게 거부된 복수를 할 준비가 됐다.

나는 그를 죽일 준비가 됐다.

네가 여기로 오리라는 걸 알고 있었다. 내 뒤에서 하늘이 길의 끝으로 들어오며 보여줬다.

지금 평화 협상을 해야 할 때가 아닙니까? 땅을 배신하고 있을 때가 아닙니까? 나는 꼼짝도 하지 않고 서서 그렇게 대꾸했다.

넌 지금 이 사람을 죽일 때가 아니냐?

당신은 내게 이자를 약속했어요. 내 마음대로 이자를 처리할 수 있도록 내 것으로 주겠다고 약속했지요. 그래서 그렇게 하고 떠날 겁니다.

그러면 우리는 귀환을 잃게 된다. 귀환도 자신을 잃게 된다.

나는 그를 돌아보며 칼로 내 밴드를 가리켰다.

그들이 내게 이걸 채웠을 때 나를 잃었습니다. 그들이 짐을 다 죽였을 때 나를 잃었습니다. 하늘이 내 인생에 대한 복수를 거부했을 때 나를 잃었습니다.

그러면 지금 죽여라. 널 막지 않겠다.

나는 그를, 그의 목소리를, 그의 실패를 물끄러미 들여다봤다.

그리고 여기, 비밀이 사는 길의 끝에서 더 큰 실패를 봤다.

당신은 내게 칼을 주려고 했군요. 그게 당신이 날 위해 준비한 놀라운 일이었어요. 당신은 내게 칼을 주려고 했어요. 경이로운 깨달음이었다.

그걸 깨닫고 내 목소리가 활활 타오르기 시작했다. 칼을 가질 수 있었는데, 정보원이 아닌 칼을 가질 수 있었는데……

하지만 그것마저도 실패했군요. 나는 격노했다.

그래서 넌 이 정보원에게 복수하게 될 것이다. 다시 말하지만 나는 널 막지 않겠다.

그래요. 나는 그에게 침을 뱉을 기세로 반박했다. 그래요, 당신은 그러지 않겠죠.

그리고 나는 다시 정보원에게로 돌아섰다.

그리고 칼을 들었다.

그는 거기 누워서 꿈을 꾸느라 알아듣지 못할 말을 중얼거리고 있었다. 그는 여기 이 길의 끝에서 모든 비밀을 스패클에게 내주었다. 여기서 그동안 모든 소리를 활짝 열고 유용한 존재가 됐다. 그는 침묵의 끝에서 돌아와 땅의 목소리에 잠겨 있었다.

정보원. 칼의 아버지.

칼이 이 사실을 듣게 되면 얼마나 통곡할까. 얼마나 울부짖고 괴로워하며 스스로를 탓하고 나를 증오할까. 내가 그에게서 사랑하는 이를 빼앗아 갔으니……

(내 뒤에서 하늘의 목소리가 나의 특별한 이를 보여주는 걸 느낄 수 있었다. 하지만 왜 지금……?)

나는 복수할 것이다……

내가 당한 것처럼 칼에게 상처를 줄 것이다……

나는 그럴 것이다……

지금 그렇게 할 것이다……

그리고…….

그리고…….

나는 소리 지르기 시작했다…….

내 목소리를 통해 올라와 세상에 내지르는 소리, 내 온 존재, 목소리, 모든 감정과 흉터, 모든 상처와 아픔, 모든 기억과 상실감에서 나오는 소리, 나의 특별한 이를 위한 소리를 지르고…….

나를 위해 소리를 지르고…….

나의 약한 성격 때문에 소리를 질렀다…….

왜냐하면…….

난 할 수 없으니까…….

난 할 수 없으니까…….

난 칼만큼이나 한심한 놈이다.

나는 할 수 없다.

나는 허물어지듯 땅바닥으로 쓰러졌다. 길의 끝에서, 하늘의 목소리에서, 내가 지르는 고함이 메아리처럼 울려 퍼졌다. 아마 그 소리는 밖에 있는 땅에게까지 들렸다가 내 안에 입을 벌린 공허로, 날 통째로 삼켜 버릴 만큼 큰 공허 속으로 돌아왔는지도 모른다…….

날 내려다보고 서 있는 하늘의 부드러운 목소리가 느껴졌다…….

그가 내 어깨 아래에 손을 넣어 날 일으켰다…….

나를 둘러싼 따뜻함이 느껴졌다. 날 이해하는 그의 마음이 느껴졌다.

사랑이 느껴졌다.

나는 그의 손을 뿌리치고 물러섰다. 당신은 알고 있었어요.

하늘은 몰랐다. 하지만 이러길 바랐다.

당신은 나의 실패로 나를 고문하려고 이런 짓을 한 겁니다.

이건 실패가 아니라 성공이다.

나는 고개를 들었다. 성공이라고요?

이제 너의 귀환이 완성됐으니까. 너의 이름이 진실이 된 바로 그 순간 거짓이 됐으니까. 넌 땅으로 돌아왔으니 더 이상 귀환이 아니다.

나는 불신으로 가득 찬 표정으로 그를 바라봤다. 대체 무슨 말을 하는 겁니까?

오직 빈터만이 증오 때문에 살인을 저지르고, 개인적인 이유로 전쟁을 일으킨다. 만약 내가 그런 짓을 저질렀다면 너는 그들과 같은 존재가 됐을 것이다. 넌 결코 땅으로 돌아오지 못했을 것이다.

당신은 빈터를 죽였습니다. 당신은 그들을 수백 명 죽였습니다.

땅의 목숨이 위태로울 때만 그랬다.

하지만 당신은 그들의 평화 협상에 동의했습니다.

나는 땅을 위해 최선의 선택을 하길 바란다. 하늘은 항상 그걸 원해야 한다. 빈터가 우리를 죽였을 때 나는 그들과 맞서 씨웠다. 그게 땅을 위한 최선이었기 때문이야. 빈터가 평화를 원했을 때 내가 평화를 준 이유는 그게 땅을 위해 최선이었기 때문이고.

당신은 오늘 밤 그들을 공격했습니다.

너에게 칼을 주고 너에게 그들의 지도자를 줘서 짐에 대해 그가 저지른 짓 값을 치르게 하기 위해서였다. 또한 땅을 위한 최선이었고.

나는 그를 보며 생각했다. 하지만 빈터가 그 지도자를 내놓을지는 아직 모릅니다. 그들의 의견이 일치하지 않는 걸 우리 눈으로 봤습니다. 그가 저지른 범죄 때문에 어쩌면 그들이 그를 당신에게 내줄지도 모릅니다.

하늘은 내가 지금 무슨 부탁을 하고 있는지 궁금해하고 있을 것이다. 아니, 그럴지도 모르지.

하지만 칼, 그들은 칼을 지키기 위해 싸울 겁니다. 당신이 그를 여기에 데려왔다면…….

넌 그를 죽이지 않았을 거야. 방금 행동으로 보여줬잖느냐.

하지만 죽였을지도 모릅니다. 그러면 전쟁은 끝나지 않겠죠. 날 위해 왜 이렇게까지 위협을 무릅쓰는 겁니까? 나를 위해 왜 모든 걸 거는 겁니까?

칼을 살려주면 빈터에게 우리의 자비를 보여주게 되니까. 그럴 만한 합당한 이유가 있는데도 우리가 죽이지 않는 쪽을 선택할 수 있다는 걸 보여주게 되니까. 그것은 아주 강력한 표현이 될 것이다.

나는 하늘을 빤히 바라봤다. 하지만 내가 어떻게 했을지 당신은 모릅니다.

하늘은 여전히 잠들어 있는, 여전히 살아 있는 정보원을 바라봤다. 나는 네가 그러지 않을 거라고 믿었다.

왜요? 내가 무슨 선택을 하건 그게 왜 그렇게 중요합니까? 나는 다그쳐 물었다.

왜냐하면 내가 하늘이 될 때 이런 너의 본성에 대해 스스로 알고 있어야 하니까.

뭐라고 하셨습니까? 아주 길고 묵직한 순간이 지나간 후에 내가 물었다.

하지만 하늘은 정보원에게 가서 그의 머리를 두 손으로 부드럽게 잡고 얼굴을 내려다봤다.

내가 언제 하늘이 됩니까? 그게 무슨 뜻입니까? 나는 크게 물었다.

정보원은 제 할 일을 다했다고 생각한다. 이제 그를 깨울 때가 됐다. 하늘이 나를 돌아보며 말했다. 그의 목소리에서 빛이 반짝였다.

하지만 당신이 하늘이십니다. 어디 가시나요? 어디 아프세요? 나는 더듬거렸다.

아니. 하지만 나도 언젠가는 죽겠지. 그는 정보원을 돌아보며 대답했다.

나는 입을 떡 벌렸다. 그러면 그때……

일어나라. 하늘은 마치 물속에 돌멩이를 떨어뜨리는 것처럼 그의 목소리를 정보원의 귀에 떨어뜨렸다.

잠깐만요!

하지만 정보원은 크게 숨을 내쉬면서 눈을 깜박이며 뜨기 시작했다. 그의 목소리가 다시 빨라지면서 의식이 돌아오며 환해졌다. 그는 눈을 몇 번 더 깜박이더니 놀란 표정으로 나와 하늘을 봤다.

하지만 두려운 표정은 아니었다.

잠이 깨자마자 일어나 앉으려 하자 하늘이 그를 도와 팔꿈치를 바닥에 대고 윗몸을 일으키게 했다. 정보원은 오랫동안 우리를 바라봤다. 그는 한 손을 가슴의 상처에 댔고, 그의 목소리는 도저히 이해할 수 없는 기억을 떠올리며 우리를 다시 바라봤다.

아주 이상한 꿈을 꾸었습니다. 그가 보여줬다.

빈터의 언어로 보여준 것이지만.

또한 완벽하게 선명한 땅의 언어로도 보여줬다.

평화로운
시기의 삶

영광의 날들

〈바이올라〉

"저 소리 좀 들어봐. 마침내 좋은 일에 환호하고 있구나." 브래들리가 말했다. 이렇게 멀리 떨어져 있는데도 시내에서 들려오는 함성 때문에 큰 소리로 말해야 했다.

"눈이 올 것 같나요?" 나는 에이콘의 안장에서 고개를 들어 하늘에 밀려든 구름을 봤다. 내내 춥고 맑았던 겨울 날씨에 모처럼 보는 구름이었다. "눈은 한 번도 본 적이 없는데."

브래들리가 싱긋 웃었다. "나도 없어." 느닷없는 눈 이야기에 그의 소음도 미소 짓고 있었다.

"미안해요. 열 때문에 그래요."

"거의 다 왔다. 얼른 가서 따뜻한 곳에서 포근하게 있게 해줄게."

우리는 언덕을 내려와 광장으로 이어지는 길을 가고 있었다.

대포 공격이 일어난 어젯밤 후의 아침이다.

우리가 평화를 이뤄낸 아침. 이번에는 진짜다.

우리가 해냈다. 시장이 야무지게 마무리를 한 셈이고—코일 선생님은 못마땅해하겠지만—정말 우리가 해냈다. 이틀 후에 인간과 스패클로 구성된 첫 회의에서 세부 사항을 논의하기 시작할 것이다. 나, 브래들리, 시몬, 토드, 시장과 코일 선생님 이렇게 여섯 명이 위원이 돼서 어떻게든 힘을 합쳐 스패클과 평화롭게 살아가는 신세계를 만들어 갈 것이다.

우리가 실제로 協力하게 될 새 프로젝트.

다만 몸 상태가 좀 나아지면 좋을 텐데. 아쉽다. 평화, 진짜 평화, 바라던 모든 것이 이뤄졌지만 머리가 사정없이 욱신거리고 기침이 너무 심하게 나와서…….

"바이올라?" 브래들리가 걱정스러운 목소리로 날 불렀다.

그때 도로 저쪽에서 토드가 우리를 맞으러 달려오는 모습이 보였다. 열이 너무 심해서 토드가 마치 환호의 물결을 타고 오는 것처럼 보였고, 세상이 순간 너무 환해 보여서 눈을 감아야 했다. 토드가 내 옆에 와서 손을 들어 올렸는데…….

"네 소리가 들리지 않아." 내가 말했다.

그리고 에이콘의 안장에서 미끄러져 그의 품으로 떨어졌다.

〈토드〉

"이 영광스러운 새날, 우리가 적을 물리치고 새 시대를 시작하는 이 날!" 시장의 목소리가 우렁차게 울려 퍼졌다.

그러자 군중이 함성을 질렀다.

"이 소리도 정말 지겨워 죽겠어요." 나는 긴 의자에 앉아 바이올라를 붙잡고 있으면서 브래들리에게 중얼거렸다. 우리는 사람들로 가득 찬

카오스 워킹 3

광장 앞 수레의 긴 의자에 앉아 있었다. 시장의 얼굴은 우리 뒤 공중에 떠 있는 영상뿐만 아니라 건물 두 채의 옆면에도 비치고 있었다. 시장이 또 혼자서 알아낸 신기술이었다. 브래들리가 얼굴을 찌푸리는 동안 시장은 끝도 없이 연설했다. 맞은편에 앉아 있는 코일 선생님과 시몬의 인상은 더 구겨져 있었다.

바이올라가 고개를 돌리는 게 느껴졌다. "정신 차렸구나."

"내가 잤어? 왜 침대에 눕혀주지 않고?"

"그러게 말이야. 시장이 네가 여기 있어야 한다고 고집을 부렸어. 좀만 더 떠들면 내가 가서……"

"우리의 평화 중재자가 의식을 되찾았습니다!" 시장이 우리를 보고 말했다. 그의 앞에 마이크가 있지만 분명 필요 없을 것이다. "우리 목숨을 구하고 이 전쟁을 끝낸 공을 세웠으니 고맙다는 인사를 합시다!"

그러자 해일처럼 일어난 군중의 함성 속에 우리가 파묻힐 것 같았다.

"대체 무슨 일이 벌어지고 있는 거야? 저 사람이 왜 나를 저런 식으로 말해?"

"내가 아닌 다른 영웅이 필요하니까." 코일 선생님이 씩씩거리며 대답했다.

"물론 우리의 든든한 코일 선생님도 잊으면 안 됩니다. 선생님 또한 스패클의 반란에 맞선 제 작전을 아주 많이 도와주셨습니다."

코일 선생님의 얼굴이 너무나 시뻘게져서 그 위에 대고 달걀 프라이도 할 수 있을 것 같았다. "도움을 줬다고?" 선생님은 침을 튀길 기세로 내뱉었다.

하지만 시장의 목소리가 커서 그 목소리는 들리지도 않았다.

"코일 선생님이 나와서 연설하시기 전에 발표할 게 하나 있습니다. 특히 바이올라가 들어줬으면 합니다."

"무슨 발표?" 바이올라가 내게 물었다.

"나도 모르겠는데."

나는 정말 모른다.

"우리가 획기적인 돌파구를 찾아냈습니다. 바로 오늘 우리가 신원 식별 밴드로 인한 끔찍하고 예상치 못했던 문제의 획기적인 돌파구를 만들어 냈습니다."

나도 모르게 바이올라를 잡은 손에 힘을 꽉 줬다. 갑자기 찬물을 끼얹은 것처럼 사방이 조용해졌다. 탐사 장치를 통해 이 장면이 언덕 꼭대기에도 방송되고 있었다. 시장의 말을 이 행성에 있는 모든 사람이 듣고 있었다.

"우리가 치료제를 발견했습니다."

"**뭐라고?**" 내 고함은 다른 사람들의 요란한 함성에 묻히고 말았다.

"우리가 평화를 이룬 날 때맞춰 이런 경사가 일어났습니다. 새 시대의 문턱에서 밴드로 발생한 질병의 고통이 끝났다는 기쁜 소식을 발표합니다."

시장은 이제 탐사 장치에 대고, 대부분의 여자들이 병들어 있지만 힐러들이 그동안 치료할 수 없었던 곳에 대고 말하고 있었다.

"이제 낭비할 시간이 없습니다. 신속하게 치료제 배포를 시작하겠습니다."

그리고 나와 바이올라에게로 다시 돌아섰다. "우리의 평화 중재자부터 치료를 시작하겠습니다."

〈바이올라〉

"저 인간이 공을 다 차지해 버렸어! 이제 모두 그가 시키는 대로 하게 생겼다고." 코일 선생님은 언덕으로 돌아가는 정찰기의 치료실 안을 쿵쿵 돌아다니며 말했다.

"그 치료제를 시험해 보지도 않을 겁니까?" 브래들리가 말했다.

코일 선생님은 브래들리가 방금 자기에게 옷을 다 벗으라는 말을 한 것처럼 그를 바라봤다.

"당신은 그자가 이제 막 그걸 발견했다고 생각해요? 그자는 처음부터 그걸 가지고 있었어요! 만약 그게 또 다른 시한폭탄이 아니라 진짜 치료제라고 해도 말이죠."

"그가 왜 그런 짓을 하겠어요? 여자들을 다 치료해 주면 인기가 더 올라갈 텐데?"

"그자는 천재라고요. 나도 그건 인정해요. 그자는 망할, 끔찍하고 야만적이고, 잔인한 천재라니까!" 코일 선생님은 여전히 고래고래 소리를 지르며 대답했다.

"어떻게 생각해, 바이올라?" 리가 옆 침대에서 물었다.

나는 기침으로 대답을 대신했다. 시장이 새 치료제가 들어 있는 거즈를 내게 주려고 했을 때, 코일 선생님이 시장을 막으며 먼저 그걸 철저하게 검사하기 전까지는 날 건드리지 말라고 했다.

그러자 군중이 선생님에게 야유를 보냈다. 정말 우우우 소리를 질렀다.

시장이 밴드를 찬 세 여자를 단상에 올라오게 했을 때, 소란은 더 커졌다. 여자들 모두 감염된 기미는 전혀 보이지 않았다. "아직 밴드를 안전하게 제거할 방법은 찾지 못했지만 효과가 있는 건 확실합니다."

그때부터 상황이 난장판이 돼서 코일 선생님은 연설할 기회조차 얻지 못했다. 그래 봤자 사람들은 계속 그녀에게 야유를 해댔겠지만. 우리가 수레에서 내린 후 토드는 자기도 전혀 몰랐던 일이라고 말했다.

"코일 선생님에게 테스트를 해보라고 해. 나도 좀 알아볼게."

하지만 토드가 내 팔을 꽉 잡고 있는 게 희망에 차서인지, 두려워서인지는 알 수 없었다.

나는 여전히 토드의 소리를 들을 수 없으니까.

남은 우리는 마침내 정찰기로 돌아갔고, 로손 선생님이 시장의 치료제 검사를 돕기 위해 우리와 함께했다.

"뭘 믿어야 할지 모르겠어요. 우리를 구하면 그가 이득을 볼 거라는 점 외에는 말예요." 난 이렇게 말했다.

"그러니까 그자에게 가장 이득이 되는 것을 판단의 근거로 삼아야 한단 말이야? 대단하군, 정말이지 대단해." 코일 선생님이 말했다.

"이제 착륙합니다." 통신기에서 시몬의 목소리가 흘러나왔다.

"한 가지는 말할 수 있어. 다 같이 그 위원회에 참석하게 되면, 그자가 교활한 술책으로 나를 이기던 시절은 끝났다는 걸 보여주겠어." 코일 선생님이 말했다. 쿵 소리가 나면서 정찰기가 착륙했다. "이제 내 연설을 할 때가 됐군." 열띤 선생님의 목소리가 활활 타올랐다.

엔진이 제대로 꺼지기도 전에 선생님은 치료실을 나가서 우리를 기다리는 군중, 모니터에 보이는 군중을 향해 나갔다.

하지만 선생님을 환호하며 맞는 사람은 몇 명 안 됐다.

고작 몇 명이었다.

시내에서 시장을 맞이한 어마어마한 군중과는 하늘과 땅 차이였다.

그리고 이반이 이끄는 무리가 선생님을 향해 야유하기 시작했다.

카오스 워킹 3

〈토드〉

"내가 왜 여자들을 해치겠어?" 시장이 모닥불 맞은편에서 내게 말했다. 그가 실컷 영광을 누렸던 날도 저물고 밤이 다가오고 있었다. "설사 내가 모든 여자를 죽일 작정이라고 네가 아직까지 믿고 있다 해도, 내가 가장 큰 승리를 거둔 순간에 왜 그런 짓을 하겠니?"

"그럼 왜 내게 말하지 않았어요? 곧 치료제가 나올 거란 말을 왜 안 했죠?"

"실패했다가 네가 실망하게 될 위험을 무릅쓰고 싶지 않았다."

시장은 내 얼굴을 빤히 보면서 내 생각을 읽으려 했지만, 난 이제 아주 능숙해져서 그조차도 그러지 못할 것 같았다.

"네가 무슨 생각을 하고 있는지 한번 맞춰볼까?" 시장이 마침내 입을 열었다. "넌 가능한 한 빨리 그 치료제를 바이올라에게 가져다주고 싶어 해. 내가 옳은데 코일 선생이 원치 않아서 검사를 느릿느릿할까 봐 걱정하고 있고."

난 정말 그렇게 생각했다. 그랬다.

시장의 치료제가 진짜이기를 너무나 간절히 바라서 숨이 막힐 정도였다.

하지만 그건 시장의 치료제다.

하지만 그게 바이올라를 구할 수도 있다.

하지만 그건 시장의 치료제고…….

"네가 날 믿고 싶어 할 거란 생각도 든다. 내가 정말로 이 일을 해냈기를 바라는 마음이란 거 알아. 바이올라를 위해서가 아니라면 너를 위해서 말이야."

"나요?"

"너의 특별한 재능이 뭔지 알아낸 것 같아, 토드 휴잇. 내 아들의 행동을 보니 처음부터 명백했던 그 재능 말이다."

데이비의 이름이 나오면 항상 그런 것처럼 분노와 슬픔 때문에 속이 뒤틀린다.

"넌 그 아이를 더 나은 사람으로 만들었지. 전보다 더 똑똑하고 더 친절하게 만들었고, 세상과 거기서 차지하는 자신의 자리에 대해 알 수 있게 해줬다." 그는 부드러운 목소리로 이야기를 계속하며 커피 잔을 내려놨다. "그리고 네가 싫건 좋건 나에게도 같은 힘을 발휘했어."

또다시 희미하게 윙 소리가 들렸다.

그 소리가 우리를 하나로 이어줬고…….

(하지만 나는 그 소리가 나는 것도 알고, 그것이 내게 아무런 영향을 미치지 못하는 것도 안다…….)

(절대 영향을 미치지 못한다…….)

"데이비에게 일어난 일은 유감이다."

"당신이 데이비를 쐈어요. 그냥 일어난 일이 아니라고요."

시장은 고개를 끄덕였다. "매일매일 후회가 더 커지고 있다. 내가 너와 같이 있는 매일매일 말이다. 너는 나를 더 나은 사람으로 변화시키고 있어, 토드. 내가 하는 일을 네가 다 지켜보고 있기 때문이지." 시장은 한숨을 쉬었다. "오늘만 해도, 내가 지금까지 거둔 것 중 가장 위대한 승리를 거두고도 이런 생각이 제일 먼저 들었다. 토드는 어떻게 생각할까?"

시장은 점점 어두워져 가는 하늘을 가리켰다. "이 세상 말이다, 토드. 이 세상이 말하는 방식, 그 소리가 얼마나 요란하냔 말이지." 그는 눈에 초점을 잃고 잠시 멍해졌다. "가끔 내 귀에는 그 소리만 들린다. 그 소리가 널 빨아들여서 아무것도 아닌 존재로 만들어 버리려고 해. 그러다가 네 소리가 들려, 토드. 그러면 다시 현실로 돌아오게 돼." 그는 이제 속삭이다시피 말하고 있었다.

시장이 대체 무슨 소리를 하는지 몰라서 나는 이렇게만 물었다. "처음부터 밴드 치료제를 가지고 있었어요? 지금까지 숨기고 있었냐고요?"

"아니야. 널 위해 바이올라를 구하려고 밤낮으로 연구하라고 시켰다. 네가 나에게 어떤 의미가 있는지 보여주려고 말이다." 그의 목소리는 이제 단호함을 넘어 감정적으로 변하고 있었다. "네가 날 구원한 거야, 토드 휴잇. 어느 누구도 가능하다고 생각하지 않았을 때 네가 그렇게 한 거다. 물론 그걸 원한 사람도 없었지만." 시장은 다시 미소 지었다.

나는 아무 말도 하지 않았다. 그는 구원받을 수 없는 사람이니까. 바이올라조차 그렇게 말했다.

하지만……

"힐러들이 그 치료제를 검사할 거다. 그게 치료제로 밝혀지면 내가 진실을 말했다는 걸 너도 알게 되겠지. 이건 아주 중요한 일이다. 날 믿어달라는 부탁조차 하지 않으마."

시장은 또다시 내가 무슨 말이든 하길 기다렸다. 나는 여전히 입을 열지 않았다.

"자, 이제 우리의 첫 번째 위원회를 준비할 때가 됐다." 시장이 자기 허벅지를 탁 치며 말했다.

그리고 마지막으로 나를 한 번 더 보더니 자기 텐트로 향했다. 나는 잠시 후에 일어나서 앙가르드에게 갔다. 앙가르드는 줄리엣의 기쁨과 함께 내 텐트 옆에 묶인 채 열심히 건초와 사과를 먹고 있었다.

앙가르드는 그 언덕에서 바이올라의 목숨을 구했다. 그건 결코 잊지 않을 것이다.

그리고 이제 시장이 그 일을 하겠다고 한다.

그를 믿을 수 있으면 좋겠는데. 그를 믿고 싶다.

(구원받았다니…….)

(하지만 얼마나……?)

수망아지. 앙가르드가 내 가슴에 코를 문지르며 말했다.

복종하라! 줄리엣의 기쁨이 눈을 크게 뜨고 쏘아붙였다.

내가 뭐라고 하기도 전에 앙가르드가 더 큰 소리로 반박했다. **복종하라!**

그러자 줄리엣의 기쁨이 고개를 숙였다.

"와우! 아주 잘했어, 앙가르드." 나는 놀라며 말했다.

수망아지. 앙가르드가 다시 말했다. 나는 앙가르드를 꼭 끌어안아 몸의 온기를 느끼며 퀴퀴한 말 냄새가 콧속으로 들어오는 걸 느꼈다.

나는 앙가르드를 꼭 껴안고 구원에 대해 생각했다.

〈바이올라〉

"당신은 스패클과 하는 회의에 들어올 수 없어요, 이반. 여기 들어와도 안 되고." 이반이 쿵쿵 소리를 내며 정찰기 안으로 따라 들어오자 코일 선생님이 말했다.

오늘은 우리가 시내에서 돌아온 다음 날인데 난 여전히 침대에 누워 있었다. 몸 상태는 더 악화됐고, 로손 선생님이 새로 조제한 항생제를 써도 열은 끈질기게 떨어지지 않았다.

이반은 잠시 거기 서서 코일 선생님, 나, 다른 침대에 있는 리, 리의 붕대를 제거하고 있는 로손 선생님을 반항적으로 둘러봤다. "당신은 아직도 여기 책임자인 것처럼 행동하는군요, 선생."

"내가 이곳 책임자예요, 패로우 씨. 내가 아는 한 당신을 새 여자 힐러로 임명한 적이 없는데요." 코일 선생님은 부글부글 끓어오르는 소리로 말했다.

"그래서 사람들이 떼거지로 시내로 가고 있나요? 그래서 여기 여자들 절반이 벌써 시장의 치료제를 받았나요?"

코일 선생님이 로손 선생님에게로 홱 돌아섰다. "뭐라고?"

"난 그저 죽어가는 환자들에게만 그걸 줬어요, 니콜라. 목숨이 경각에 달렸는데 선택의 여지가 없잖아요." 로손 선생님은 조금 민망해하면서 대답했다.

"이제는 죽어가는 여자들만이 아니죠. 그 치료제 효과를 다른 사람들이 보면 어떻게 될지 모르니까." 이반이 끼어들었다.

코일 선생님은 이반을 무시하며 말했다. "내게 말 한 마디 안 하고?"

로손 선생님이 고개를 숙였다. "당신이 얼마나 속상해할지 알고 있으니까. 다른 환자들은 못 쓰게 하려고 말려봤는데……."

"당신의 힐러들도 당신 권위를 의심하고 있잖아요."

"그 입 닫아, 이반 패로우." 로손 선생님이 경고했다.

이반은 입술을 핥으면서 다시 우리를 둘러보고, 바깥의 군중에게 돌아갔다.

로손 선생님이 곧바로 사과하기 시작했다. "니콜라, 정말 미안……."

"아니. 물론 당신이 맞아요. 위독한 사람, 더 이상 잃을 게 없는 사람들은……." 코일 선생님이 로손 선생님을 제지하며 이마를 문질렀다. "사람들이 정말 시내로 돌아가고 있어요?"

"저 사람이 말한 것처럼 많지는 않아요." 로손 선생님이 대답했다.

평화로운 시기의 삶   441

코일 선생님이 고개를 흔들었다. "그자가 이기고 있군."

우리 모두 선생님이 말하는 그자가 시장이란 걸 알았다.

"선생님에게는 위원회가 있잖아요. 거기서 그 사람보다 훨씬 잘하실 거예요." 내가 말했다.

코일 선생님은 다시 고개를 내저었다. "그 인간은 지금도 뭔가 꾸미고 있을 거야." 선생님은 크게 한숨을 내쉬더니 말없이 나가버렸다.

"시장만 뭔가 꾸미고 있을 것 같진 않은데." 리가 말했다.

"선생님이 세운 계획들이 과거에 얼마나 효과가 있었는지 우리 다 봤잖아." 내가 말했다.

"너희 둘 다 조용히 해. 코일 선생님 덕분에 많은 사람들이 오늘까지 살아 있는 거야." 로손 선생님이 사납게 쏘아붙였다.

그리고 리의 얼굴에 붙어 있던 마지막 붕대를 거칠게 뜯어내고는 아랫입술을 깨물면서 나를 힐끗 올려다봤다. 리의 콧날 위쪽, 그의 눈이 있던 자리에는 이제 옅은 분홍빛 흉이 진 살만 있었다. 눈구멍은 시퍼런 피부에 덮여 있었고, 날 마주 보던 파란 눈은 영원히 사라져 버렸다.

리는 우리가 침묵하는 소리를 들었다. "그렇게 안 좋아요?"

"리……." 내가 입을 뗐지만 리의 소음에서 아직 준비가 안 됐다는 말이 흘러나왔다. 그리고 그는 화제를 바꿨다.

"너 그 치료제 써볼 거야?"

그러자 리의 소음 가장 앞쪽에서 나에 대한 모든 감정이 보였다. 내 모습도 물론 보였다. 실물보다 훨씬 더 아름다운 나.

리는 이제 영원히 나를 그렇게 볼 것이다.

"나도 모르겠어."

사실 정말 나도 모르겠다. 내 상태는 전혀 호전되지 않았고, 우주선이 오려면 아직도 몇 주나 남았다. 그들이 도착했을 때 날 도울 수 있다 쳐도 말이다. 죽을 수 있다. 그 말이 계속 떠올랐다. 이제는 코일 선생님이 날 겁주려고 한 말처럼 느껴지지 않았다. 나도 로손 선생님이 아까 말한 것처럼 목숨이 경각에 달려서 선택의 여지가 없게 된 건 아닐까 하는 생각이 들었다.

"나도 모르겠어." 다시 그렇게 말했다.

"바이올라?" 월프 아저씨가 문간에 나타나서 날 불렀다.

"아." 리가 대답하면서 그의 소음이 월프 아저씨에게 다가갔다. 월프 아저씨의 눈에 비치는 자신의 얼굴을 보는 게 내키지 않는 것처럼 느껴졌다.

자신의 망가진 눈을 보는 게…….

"휴우." 리는 휘파람을 불었지만 용감한 척해도 긴장한 마음이 읽혔다. "그렇게까지 나쁘진 않네. 너랑 로손 선생님이 하도 낙심해서 내가 스패클처럼 보이는 줄 알았어."

"시내에서 에이콘을 데려왔다. 내 황소들과 같이 마구간에 넣어놨어." 월프 아저씨가 내게 말했다.

"고마워요, 아저씨."

아저씨가 고개를 끄덕였다. "그리고 리 총각. 날 통해 뭔가 보고 싶음 언제든 말만 혀."

리의 소음에서 놀람과 동시에 감동이 세차게 밀려왔다. 아주 환한 그 감정의 물결에서 월프 아저씨는 리의 대답을 들었다.

"있죠, 월프 아저씨?" 나는 좋은 생각이 하나 떠올라 아저씨를 불렀다. 시간이 흐를수록 점점 더 근사하게 느껴지는 생각이었다.

"응?"

"새 위원회에 들어가고 싶지 않으세요?"

〈토드〉

"엄청나게 좋은 생각인데. 그들이 뭔가 멍청한 짓을 하려 들 때마다, 윌프 아저씨가 딱 잘라 반대하는 대신 우리가 꼭 해야 할 일을 말할 것 같아." 나는 통신기에 뜬 바이올라의 얼굴을 보며 말했다.

"내 생각이 바로 그거야." 바이올라는 몸을 웅크리면서 다시 격렬하게 기침했다.

"검사는 어떻게 되고 있어?"

"그 치료제를 쓴 여자들은 아직까지 아무 문제가 없어 보이지만 코일 선생님은 좀 더 확인하고 싶어 해."

"그 선생님은 절대 허락하지 않을 것 같아, 안 그래?"

바이올라도 내 말에 반박하지 않았다. "넌 어떻게 생각해?"

나는 길게 숨을 내뱉었다. "난 시장을 믿지 않아. 자기가 아무리 구원 받았다고 주장해도 말이야."

"그 사람이 그런 말을 해?"

나는 고개를 끄덕였다.

"음, 정말 그 사람다운 말이긴 하네."

"그렇지."

바이올라는 내가 더 말하길 기다렸다. "그런데?"

나는 통신기를 통해 언덕 위에 있는 바이올라의 눈을, 나와 같은 세상에 있지만 너무나 멀리 있는 그녀를 다시 바라봤다.

"시장은 나를 필요로 하는 것 같아, 바이올라. 이유는 모르지만, 어쩐지 내가 그에게 중요한 존재 같아."

"우리가 싸우고 있을 때 그 사람이 너보고 아들이라고 부른 적이 있잖아. 너에게 힘이 있다고 하면서."

나는 고개를 끄덕이며 침을 꿀꺽 삼켰다. "나는 그 사람이 선의에서 그 일을 했다고는 믿지 않아. 어차피 그런 선의 자체가 없는 사람이고. 하지만 날 자기편으로 만들려고 그 일을 할 수는 있다고 생각해."

"그 정도 이유로 내가 그 치료제를 쓰는 모험을 해야 해?"

"넌 죽어가고 있어." 난 그렇게 말했고, 바이올라가 벌써 끼어들려고 했지만 틈을 주지 않았다. "넌 죽어가고 있는데 아니라고 거짓말을 하고 있어. 만약 너에게 무슨 일이 생긴다면 바이올라, 만약 무슨 일이 생긴다면……."

더 이상 숨을 쉴 수 없을 것처럼 순간 가슴이 컥 막혔다.

나는 잠시 아무 말도 할 수 없었다.

(나는 원이고…….)

"토드?" 바이올라는 처음으로 자신이 말한 것보다 병세가 훨씬 심각하다는 걸 부인하지 않았다. "토드, 네가 그걸 쓰라고 한다면 그럴게. 코일 선생님이 허락할 때까지 기다리지 않을 거야."

"하지만 난 모르겠어." 내 눈에는 눈물이 가득 고여 있었다.

"우리는 내일 아침 첫 회의에 참석하러 정찰기를 타고 갈 거야."

"그런데?"

"내가 치료제를 쓰길 원한다면, 거즈는 네가 직접 붙여줘."

"바이올라…….""

"네가 그렇게 한다면, 아무것도 잘못될 수 없어. 네가 그걸 붙여주면 나는 안전할 거야."

나는 오랫동안 기다렸다.

그런데 뭐라고 해야 할지 알 수 없었다.

어떻게 해야 할지도 알 수 없었다.

〈바이올라〉

"그러니까 너도 그걸 쓰겠다는 거구나?" 내가 토드와 통신을 끝내자 코일 선생님이 문간에 서서 말했다.

또 사적인 대화를 엿듣는다고 항의하려고 했지만 선생님에게는 일상 다반사라 이젠 화도 안 났다. "아직 결정된 건 아니에요."

난 선생님과 단둘이 있었다. 시몬과 브래들리는 내일 회의를 준비하고 있고, 리는 밖에서 윌프 아저씨에게 황소들에 대해 배우고 있었다. 황소들의 소음을 볼 수 있으니까.

"검사는 어떻게 되어가나요?" 내가 물었다.

"잘되고 있다. 아주 공격적인 항생제에 알로에를 섞었더구나. 프렌티스 말로는 스패클의 무기에서 그 알로에를 발견했는데, 우리가 쓰던 것보다 열 배에서 열다섯 배 정도 약물이 더 빨리 퍼지는 효과가 있다더라. 순식간에 세균을 공격하는 거지. 사실 약효는 아주 좋다." 선생님은 팔짱을 풀지도 않은 채 말했다. 그리고 내 눈을 똑바로 바라봤는데 거기에 슬픔이 어려 있었다. "진정으로 획기적인 돌파구야."

"하지만 선생님은 여전히 믿지 않으시는 거죠?"

선생님은 내 옆에 앉으면서 땅이 꺼져라 한숨을 쉬었다. "내가 어떻게 믿을 수 있겠어? 그자가 지금까지 한 짓들을 생각해 보면 말이다. 여자들이 그 치료제를 받아보겠다고 기를 쓰고 있는데 내가 어떻게 여기 퍼질러 앉아 절망에 빠져 있을 수 있겠니? 그게 다 제 발로 함정에 들어가는 것 같은데 말이야. 게다가 이젠 너까지." 선생님은 입술을 깨물면서 말했다.

"어쩌면요." 내가 말했다.

선생님은 길게 심호흡을 했다. "너도 알겠지만 여자들 모두가 그걸 쓰는 건 아니야. 아직까지 꽤 많은 사람들이 내가 더 나은 치료제를 찾아낼 거라고 믿고 있어. 난 찾아낼 거다. 반드시."

"선생님을 믿어요. 하지만 제때에 찾을 수 있을까요?"

선생님이 순간 아주 묘한 표정을 지었다. 시간이 조금 흐른 후에야 그게 뭔지 알아차릴 수 있었다.

선생님은 거의 진 것 같은 표정을 짓고 있었다.

"넌 그동안 이 작은 방에 갇혀서 앓고 있느라 밖에서 얼마나 대단한 영웅이 됐는지 모르지?"

"전 영웅이 아니에요." 내가 놀라서 대답했다.

"겸손할 것 없다, 바이올라. 넌 스패클을 제압해서 이겼어. 넌 사람들이 되고 싶어 하는 그런 사람이야. 미래에 대한 완벽한 상징이지. 과거 속에 버려진 우리 같은 사람들과는 달라." 선생님은 자세를 고치면서 말했다.

"그렇지 않아요……."

"넌 어린아이로 언덕에 올라갔다가 어른이 돼서 내려왔다. 사람들은 내게 하루에도 몇 백 번씩 우리 평화 중재자의 상태가 어떤지 물어본단다."

그제야 선생님이 하는 말의 중요성을 깨달았다.

"내가 그 치료제를 쓰면, 다른 사람들도 다 날 따라 할 거라고 생각하시는 거죠?"

코일 선생님은 아무 대답도 하지 않았다.

"그러면 시장의 완승이 될 거고요. 선생님은 그렇게 생각하는 거죠?"

선생님은 여전히 아무 말 없이 바닥만 보고 있다가 입을 열어 뜻밖의 이야기를 꺼냈다. "바다가 그립구나. 빨리 달리는 말을 타고 당장 떠나면 해 질 녘에 도착할 수 있지. 하지만 어촌을 이루려다가 실패한 후로 다시는 그곳을 보지 못했다. 헤이븐으로 가서 다시는 과거를 돌아보지 않았어." 선생님의 목소리는 그 어느 때보다 조용했다. "그곳에서의 삶은 끝났다고 생각했다. 헤이븐에는 싸울 만한 가치가 있는 것들이 있다고 생각했지."

"선생님은 여전히 사람들을 위해 싸울 수 있어요."

"난 아무래도 진 것 같구나, 바이올라."

"하지만⋯⋯."

"아니야. 전에도 힘을 잃었던 적이 있어, 얘야. 그게 어떤 느낌인지 알아. 하지만 항상 내가 돌아올 거라는 건 알고 있었다." 선생님은 고개를 돌려 나를 바라봤다. 슬픈 눈빛이었지만 한편으로는 무슨 생각을 하는지 알 수 없는 눈빛이기도 했다. "하지만 넌 지지 않을 거지, 얘야? 아직은 아니다."

선생님은 마치 스스로에게 말하는 것처럼 고개를 끄덕이다가 일어났다.

"어디 가세요?"

선생님은 돌아보지 않고 계속 걸었다.

〈토드〉

나는 엄마의 일기장을 들어 올렸다. "끝부분을 읽고 싶어요."

시장이 보고서를 보고 있다가 고개를 들었다. "끝부분이라고?"

"엄마에게 무슨 일이 있었는지 알아내고 싶어요. 엄마가 하는 이야기를 읽고 싶어요."

시장이 허리를 뒤에 기댔다. "네가 그 부분을 읽는 걸 내가 두려워할 거라고 생각하는구나?"

"그런가요?" 나는 그의 눈을 똑바로 보면서 물었다.

"단지 네가 너무 슬퍼질 것 같아서 두려운 거야, 토드."

"내가 슬퍼한다고요?"

"그때는 참혹한 시절이었다. 그리고 그 시절의 역사는 내 이야기든, 벤의 이야기든, 네 엄마의 이야기든 어디에도 해피엔딩은 없어."

나는 계속 시장을 바라봤다.

"좋다. 끝부분을 펼쳐라."

나는 시장을 조금 더 보다가 일기장을 넘겨서 마지막 부분을 폈다. 거기서 알게 될 내용을 생각하니 가슴이 두근거렸다. 단어들이 평소처럼 여기저기 뭉쳐진 채 마치 산사태가 난 것처럼 사방에 쏟아져 있었다(다만 이제 그 단어 중 일부는 훨씬 능숙하게 알아볼 수 있다, 정말이라니까). 나의 시선은 맨 끝부분, 맨 마지막 단락, 엄마가 내게 쓴 이야기의 끝부분으로 갔고…….

갑자기, 내가 준비가 되기도 전에…….

이 전쟁을, 나의 사랑하는 아들아…….

(엄마가 나왔다…….)

이 전쟁을 나는 증오한다. 앞으로 다가올 너의 미래를 위협하기 때문이지, 토드. 이 전쟁은 우리가 스패클과 싸울 때도 처참했지만, 지금은 데이비드 프렌티스와 우리의 작은 군대의 지휘관이자 시장인 제시카 엘리자베스로 편이 갈리면서 더 악화됐다. 엘리자베스는 여자들과 벤과 킬리언을 포함한 많은 남자를 자기편으로 규합했어. 두 편이 갈라진 이유는 전쟁 방식에 대한 생각이 달라서란다.

"당신이 마을 사람들을 갈라놨어요?" 내가 물었다.

"나만 그런 게 아니야." 시장이 대답했다.

아, 토드. 우리가 이런 식으로 분열되는 모습, 평화가 이뤄지기도 전에 우리끼리 분열하는 모습을 보니 마음이 너무 안 좋아. 우리가 여기서 하는 일이라고는 예전처럼 싸우는 것뿐이니 어떻게 이곳을 진정한 신세계로 만들 수 있을지 모르겠구나.

시장의 호흡은 가벼웠다. 왠지 모르겠지만 전과 달리 별로 애쓰지 않고 이 일을 해내고 있는 것 같았다.

(그 희미하게 울리는 윙 소리도 여전하고…….)

(그것이 시장과 나를 연결시키고 있다는 것도 알고…….)

하지만 이제 네가 있다, 아들. 현재 마을에서 가장 어린 사내아이, 아마 이 세계에서 가장 어린 아이일지도 몰라. 네가 이 모든 것을 바로잡을 사람이 되어야 한다, 알겠니? 넌 신세계에서 태어난 아이야. 그러니까 우리가 저지른 실수들을 반복할 필요가 없어. 넌 과거를 떨쳐버리고, 어쩌면, 정말 어쩌면 이곳을 천국으로 만들지도 모르겠구나.

이 말에 가슴이 아팠다. 엄마는 이 일기장의 첫 페이지부터 그런 바람을 품고 있었으니까.

하지만 그건 아마도 언젠가 네가 컸을 때 감당할 수 있는 책임이겠지? 난 이제 엘리자베스 시장이 소집한 비밀회의에 가봐야 한단다.

아, 나의 잘생긴 아들, 시장이 무슨 제안을 할지 두렵구나.

그게 다였다.

그 뒤로는 텅 빈 페이지들만 이어졌다.

더 이상 아무것도 없었다.

나는 고개를 들어 시장을 봤다. "엘리자베스 시장이 뭘 제안했죠?"

"나와 우리 군대를 공격하자는 제안을 했다, 토드. 그리고 패배했지. 우린 위험하게 싸우지 않으려고 애썼다만. 그다음에 우리를 확실히 파멸시키려고 모두 자살해 버렸지. 유감스럽지만 그게 진실이야."

"아뇨, 그렇지 않아요. 엄마가 내게 그런 짓을 할 리가 없어요. 벤 아저씨 말로는⋯⋯." 나는 속이 부글부글 끓어오르는 걸 느끼며 말했다.

"난 널 설득할 수 없다, 토드. 앞으로도 영원히 그럴 수 없을 거라는 거 알아. 나도 그때는 분명 실수를 했다. 그래서 의도치 않게 끔찍한 결과가 나왔는지도 모르고. 그래, 이 말이 더 맞을 것 같구나." 시장은 서글프게 얼굴을 일그러뜨리며 말했다. 그리고 내게 몸을 기울이며 말을 이었다. "하지만 그건 과거야, 토드. 이미 지나간 일이라고."

내 눈은 젖어 있었다. 편지를 끝맺고 있는 엄마를 상상했다.

앞으로 일어날 일을 두려워하는 엄마.

그 일이 뭐건 간에.

일기장에 답은 없었다. 그때 정말로 일어난 일은 여기 적혀 있지 않다. 시장에 대해 새롭게 알게 된 사실은 없었다.

"난 나쁜 놈이다, 토드. 하지만 나아지고 있어."

나는 손가락 끝으로 일기장 표지를 쓸어내리면서 칼자국을 더듬었다. 난 시장이 한 이야기를 믿지 않는다. 정말 안 믿고, 앞으로도 그럴 일은 없을 것이다.

하지만 시장은 믿고 있다는 생각이 들었다.

심지어 미안해하고 있을지도 모른다.

"바이올라를 해치면, 내가 당신을 죽일 거라는 거 알죠."

"내가 절대 그러지 않을 수많은 이유 중 하나지."

나는 침을 꿀꺽 삼켰다. "치료제가 바이올라를 낫게 할까요? 그게 바이올라를 살릴까요?"

"그래, 토드. 그럴 거야." 시장은 그렇게만 말했다.

나는 고개를 들어 하늘을 바라봤다. 또다시 얼어붙을 것처럼 차가운 밤하늘에 여전히 구름이 끼어 있었지만 아직 눈은 내리지 않았다. 또다시 잠 못 이루게 될 밤, 위원회의 중요한 첫 모임을 앞둔 밤. 우리가 진정으로 신세계를 만들게 될 전날 밤.

바로 엄마가 말했던 것처럼.

"그 붕대를 갖다 줘요. 내가 바이올라에게 직접 감아주겠어요."

시장은 마치 소음에서 나는 듯한 낮은 소리를 냈다. 그의 얼굴에 미소, 진심에서 우러난 미소를 참는 표정이 떠올랐다.

"고맙다, 토드."

그 말도 진심처럼 들렸다.

나는 한동안 가만히 있다가 말했다.

마침내 그 말을 했다.

"천만에요."

"대통령 각하?" 오헤어 아저씨가 우리에게 다가왔다. 아저씨는 우리 대화에 끼어들 틈을 기다리고 있었다.

"뭔가, 대위?" 시장은 여전히 나를 보며 물었다.

"남자가 하나 찾아와서 대통령 각하를 만나게 해달라고 밤새 군인들을 귀찮게 굴고 있습니다. 각하를 지지한다는 맹세를 하고 싶답니다."

시장은 짜증 난 기색을 감추려 하지 않았다. "날 지지한다고 맹세하는 인간들의 말을 내가 다 들어줘야 하나?"

"자기 이름이 이반 패로우라고 전해달라고 합니다."

그러자 시장의 얼굴에 놀란 표정이 떠올랐다.

그러더니 이어서 다른 종류의 미소를 떠올렸다.

이반 패로우. 항상 힘이 있는 곳을 쫓아다니는 남자.

〈바이올라〉

"얼마나 아름다운지 한번 봐." 통신기에서 시몬의 목소리가 흘러나오는 사이에 정찰기가 천천히 공중으로 떠오르는 게 느껴졌다. 찰칵 소리가 난 후 치료실의 모든 화면에 저 멀리 바다에서 떠오르는 분홍색 해가 비쳤다.

잠깐 보이다가 다시 구름에 덮여버렸지만.

"일출이네." 브래들리가 말했고, 그의 소음이 리에게 그 광경을 보여주려고 뻗어갔다.

"좋은 징조네요. 우중충한 아침 하늘에 햇살이 한 줄기 비치다니." 리가 말했다.

"우리는 정찰기를 타고 가서 신세계를 만들 거야. 이번에는 진짜로 말이야." 브래들리의 소음은 따뜻하고 잔뜩 흥분해 있었다. 그의 미소가 방 안을 가득 채웠다.

여기 없는 사람은 윌프 아저씨 하나였다. 아저씨는 나를 위해 에이콘을 타고 시내로 가서, 거기서 우리와 만나기로 했다. 코일 선생님은 내 침대 옆에 있는 의자에 앉아 있었다. 선생님은 밤새 보이지 않았는데 분명 시장과의 싸움에서 다시 우위를 차지할 최선의 방법을 생각하고 있었으리라.

아니면 패배를 받아들이거나.

그 생각을 하자 놀라울 정도로 마음이 아팠다.

"그 치료제를 쓸지 결정했니, 바이올라?" 선생님이 나만 들을 수 있게 목소리를 낮춰 물었다.

"모르겠어요. 먼저 토드랑 이야기해 보려고요. 하지만 선생님을 괴롭히려고 치료제를 쓰진 않아요. 그걸 쓴다 해도 바뀌는 건 아무것도 없고……."

"하지만 그렇게 될 거다, 얘야. 내 말을 오해하지 마. 난 이미 받아들였다. 지도자의 덕목 중 하나는 권력의 고삐를 넘겨줘야 할 때를 아는 거란다." 선생님은 날 보며 말했다.

나는 일어나 앉으려고 애를 썼다. "난 누구의 고삐도 받고 싶지 않아요."

"넌 사람들의 호감을 사고 있어, 바이올라. 조금만 손을 쓰면 아주 쉽게 그걸 네 힘으로 바꿀 수 있고."

난 기침을 했다. "난 정말 그럴 생각도 없고……."

"세상이 널 필요로 하고 있다, 얘야. 네가 저항군의 얼굴이 된다면 난 좋다. 저항군에 얼굴이 있는 한 말이다."

"난 그저 좋은 세상을 만들기 위해 노력할 뿐이에요."

"음, 계속 그렇게 해라. 그러면 모든 게 괜찮아질 거야."

선생님은 더 이상 아무 말도 하지 않았다. 정찰기가 착륙해서 경사로가 광장으로 내려갔고, 우리를 맞는 사람들의 소음에서 흘러나온 함성이 점점 커져갔다.

"스패클과는 정오에 만날 거야. 대통령이 우리 모두가 쓸 말을 마련해 준다고 했어. 오전에는 회의 의제에 대해 의논하기로 했고." 내가 브래들리의 도움을 받으며 나가는 사이에 시몬이 말했다.

"토드가 그러는데 시장이 군중에게 하는 연설을 짧게 하겠다고 했대요. 이번에는 선생님에게도 말할 수 있는 기회를 꼭 주려고 말이죠." 나는 코일 선생님을 돌아보며 말했다.

"아주 고맙구나, 애야. 다만 너도 무슨 말을 할 계획인지 미리 생각해 두는 게 좋겠다."

"저요? 하지만 나는 안 하는데……."

"저기 토드가 있구나." 코일 선생님이 경사로 밑을 보면서 말했다.

토드가 군중 속에서 우리를 향해 다가오고 있었다.

붕대 한 뭉치를 품에 안고서.

코일 선생님이 아주 작은 소리로 말했다. "어쩔 수 없지."

〈토드〉

"정말 어떻게 해야 할지 모르겠어." 나는 시장이 준 돌돌 말린 붕대를 풀면서 말했다.

"그냥 천처럼 감으면 돼. 너무 세게 감지 말고, 그렇다고 너무 헐렁하게 하지도 말고." 바이올라가 말했다.

우리는 내 텐트 안의 침상에 앉아 있었다. 바깥세상은 요란한 소리를 내며 평소처럼 돌아가고 있다. 시장과 코일 선생님과 브래들리와 시몬과 윌프 아저씨와 리(아무에게도 묻지 않고 은근슬쩍 위원회에 들어왔다)는 스패클에게 누가 제일 먼저 이야기할지, 그리고 무슨 이야기를 할지 같은 문제를 놓고 논쟁을 벌이고 있었다.

"무슨 생각을 그렇게 해?" 바이올라가 나를 빤히 보면서 물었다.

나는 살짝 미소 지었다. "정말 지금 뭐 하고 있는지 모르겠다는 생각."

바이올라도 조금 미소를 지었다. "지금 이게 너라면, 아무래도 내가 익숙해져야겠구나."

"이젠 끔찍하게 싫지 않아?"

"아직도 싫긴 해. 하지만 그건 내 문제야. 네가 걱정할 건 아니지."

"난 여전히 나야. 난 여전히 토드라고."

바이올라는 나를 외면하며 붕대로 눈길을 돌렸다.

"너 정말 확신해? 이게 거짓이 아니라고 확신하냐고?"

"널 해치면 내가 자길 죽일 거라는 건 시장도 알아. 그리고 그동안 시장이 한 행동으로 봐서……."

바이올라가 고개를 들었다. "하지만 그건 아마도 연기 같은데……."

"난 내가 그 사람을 변화시키고 있다고 생각해, 바이올라. 어쨌든 날 위해 널 구하고 싶을 정도로는 말이야."

바이올라는 계속 내 얼굴을 뚫어져라 보면서 내 마음을 읽으려고 안간힘을 썼다.

바이올라의 눈에 뭐가 보이는지는 나도 모르겠다.

잠시 후에 바이올라가 팔을 내밀었다.

"오케이. 시작한다." 내가 말했다.

나는 아직까지 바이올라의 팔에 감겨 있는 낡은 붕대를 풀기 시작했다. 하나, 두 개를 벗기자 1391 숫자가 찍힌 밴드가 드러났다. 바이올라의 상태는 내가 예상한 것보다 훨씬 안 좋았다. 밴드 주위의 피부 껍질이 벗겨져서 벌건 생살이 드러난 채 보기 흉하게 당겨져 있었고, 밴드 밑의 피부는 보라색과 노란색으로 짙은 멍이 들어 있는 데다 냄새도 났다. 아주 안 좋은 냄새였다.

"맙소사, 바이올라."

바이올라는 아무 대꾸 없이 침을 꿀꺽 삼켰다. 나는 새 붕대를 꺼내서 밴드 바로 위에 감았다. 붕대에 있는 약 기운이 그녀의 몸속으로 들어가는 순간 바이올라가 작게 헉 소리를 냈다.

"아파?"

바이올라는 입술을 깨물면서 고개를 끄덕이더니 계속하라고 손짓했다. 나는 두 번째 붕대를 풀고, 세 번째도 풀어서 시장이 말한 것처럼 처음 감은 붕대 가장자리를 다시 한 번 감았다. 바이올라가 다시 헉 소리를 냈다.

"있지, 토드." 바이올라는 헉헉 숨을 내쉬면서 말했다. 팔에 있는 짙은 멍 자국과 어두운 피부가 벌써 옅어지고 있었다. 실제로 그 치료제가 그녀의 몸으로 퍼져나가면서 피부 밑 세균과 싸우고 있는 모습이 보였다.

"느낌이 어때?"

"마치 불타는 칼로 쑤시는 것 같아." 바이올라의 눈에서 눈물이 흘러내렸고…….

나는 손을 뻗어서…….

그녀의 뺨에 엄지를 대고…….

아주 부드럽게…….

그녀의 눈물을 닦아냈다…….

그녀의 피부가 느껴졌고…….

그 따뜻함과 부드러움이 느껴졌고…….

계속 그렇게 바이올라를 영원히 만지고 싶었고…….

이런 생각을 하다니 창피해졌는데…….

바이올라가 내 생각을 들을 수 없다는 걸 깨달았고…….

바이올라의 기분이 얼마나 끔찍할까 하는 생각이 들었고…….

그때 바이올라가 내 손에 대고 뺨을 더 세게 밀어붙이는 게 느껴졌는데…….

바이올라가 고개를 돌려서 내 손바닥이 그녀의 얼굴을 잡게 했고…….

그렇게 그녀의 얼굴을 잡고…….

또다시 눈물이 한 방울 흘러내렸고…….

바이올라가 다시 고개를 돌리자…….

그녀의 입술이 내 손바닥을 눌렀다…….

"바이올라…….."

"갈 준비가 됐다." 시몬이 텐트 안으로 고개를 들이밀고 불렀다.

우린 아무런 나쁜 짓도 하지 않고 있었다는 걸 알면서도 나는 재빨리 손을 뺐다.

잠시 어색한 침묵이 흐른 후에 바이올라가 말했다. "벌써 좀 좋아진 느낌이야."

〈바이올라〉

"올라갈까요?" 시장이 활짝 미소를 지으며 말했다. 그가 입고 있는 금색 줄무늬 소매 제복은 어쩐지 새것 같아 보였다.

"꼭 그래야 한다면야." 코일 선생님이 대꾸했다.

윌프 아저씨가 와서 우리 셋은 폐허가 된 성당 앞에 모였다. 뒤에 있는 수레에는 코일 선생님의 연설을 다 들을 수 있게 마이크가 설치돼 있었다. 이곳의 영상이 언덕 꼭대기로 전송돼 이번에도 두 건물의 옆면에 비춰지고 있었다. 우리 뒤의 성당 폐허 위에도 영상이 떠 있었다.

사람들은 이미 환호하고 있었다.

"바이올라?" 시장이 손을 내밀어 내 손을 잡고 무대로 이끌었다. 토드도 올라와서 날 따라왔다.

"다들 괜찮다면 오늘 아침 연설은 프렌티스 대통령과 나만 짧게 하면 좋을 것 같은데." 코일 선생님이 말했다.

시장은 놀란 표정이었지만 내가 먼저 말했다. "그거 좋은 생각이에요. 그러면 훨씬 빨리 끝나겠죠."

"바이올라……." 시장이 입을 열었다.

"치료제 약효가 더 빨리 돌도록 난 좀 앉아 있을게요."

"고맙다, 넌 아주 훌륭한 지도자가 될 거야, 바이올라 이드." 선생님은 목소리에 무게를 실어서 말했다. 그리고 혼잣말처럼 덧붙였다. "그럼, 그렇고말고."

시장은 여전히 자기 뜻대로 행사를 진행할 방법을 찾고 있었지만 시몬과 브래들리가 동조하지 않아서 마침내 동의했다. "그렇다면 좋아요. 이제 연설을 시작해 볼까요?" 그는 코일 선생님이 팔짱을 끼도록 팔꿈치를 내밀었다.

코일 선생님은 시장을 무시하고 무대를 향해 걸어가기 시작했다. 시장은 재빨리 코일 선생님을 앞질러 가서 첫 무대를 양보한 것처럼 보이려고 했다.

"왜들 저런대요?" 토드가 그들이 가는 모습을 지켜보며 물었다.

"그러게. 넌 언제부터 코일 선생님이 뜻대로 하게 내버려 뒀니?" 그렇게 말하는 브래들리의 소음에서 놀리는 기색이 풍겼다.

"제발 코일 선생님에게 좀 더 잘해드릴 수 없어? 바이올라가 무슨 생각으로 저러는지 난 알겠는데." 시몬이 말했다.

"왜 그러는데요?"

"선량한 신세계 시민 여러분. 우리는 먼 길을 왔습니다." 코일 선생님의 목소리가 스피커를 통해 크게 울려 퍼지기 시작했다.

"코일 선생님은 지도자로서 자신의 시간이 끝나간다고 생각하고 계셔. 이건 선생님 방식으로 하는 작별 인사야." 시몬이 말했다.

윌프 아저씨의 얼굴에 기묘한 표정이 떠올랐다. "작별 인사?"

"프렌티스 대통령은 우리를 아주 먼 곳으로, 우리는 있는 줄도 몰랐던 곳으로 데려왔습니다." 코일 선생님의 연설이 이어졌다.

"하지만 선생님은 여전히 지도자예요. 여전히 아주 많은 사람, 아주 많은 여자들이 선생님을……." 리가 우리 뒤에 앉으면서 말했다.

"하지만 세상은 변하고 있어. 그리고 세상을 바꾼 사람은 선생님이 아니야." 내가 말했다.

"그래서 선생님은 지금 자기 방식으로 물러나고 있는 거야. 그런 점에서 나는 선생님을 존경해. 무대를 떠나야 할 때를 아는 거지." 시몬은 감정이 조금 북받친 목소리로 말했다.

"대통령은 우리를 심연의 가장자리에서 또 다른 심연의 가장자리로 데려왔습니다."

"작별 인사?" 윌프 아저씨의 어조가 좀 더 강해졌다.

나는 고개를 돌려 아저씨를 바라봤다. 아저씨의 소음에 걱정이 어려 있었다.

"왜 그래요, 윌프 아저씨?"

하지만 이제 토드도 선생님의 의중을 알아차리고 눈이 크게 뜨고 있었다.

"대통령은 우리를 보호한답시고 살인을 저질렀습니다. 죽이고, 죽이고, 또 죽였습니다."

이제 사람들이 불편해하면서 웅성거리는 소리가 점점 커졌다.

"선생님은 지금이 끝이라고 생각하고 있어, 바이올라. 지금 끝내려고 하는 거야." 그렇게 말하는 토드의 목소리에 불안이 스며들고 있었다.

나는 다시 무대를 돌아봤다.

그리고 너무 늦게 코일 선생님이 어떤 계획을 세웠는지 알아차렸다.

〈토드〉

나는 정확한 이유를 알기도 전부터 달리고 있었다. 그저 무대에 가야 한다고, 늦기 전에 거기 도착해야 한다는 것만 알고…….

"토드!" 뒤에서 바이올라가 날 불렀다. 달리면서 슬쩍 돌아보자 브래들리가 바이올라의 어깨를 잡아 못 가게 막고 있고, 시몬과 윌프 아저씨가 나를 따라 무대로 달려오고 있었다.

코일 선생님의 연설이 별 호응을 얻지 못하고 있는 곳을 향해…….

"피로 물든 평화. 여자들의 시체로 길을 닦은 평화…….."

이제 사람들은 선생님에게 대놓고 야유를 퍼부었고, 나는 연단 뒤쪽 가장자리에 이르렀다.

시장은 코일 선생님을 보고 빙그레 미소 짓고 있었다. 그건 위험한 미소, 내가 너무나 잘 아는 미소, 선생님이 연설을 계속해서 점점 자멸하게 만들려고 하는 미소였다.

하지만 그 생각은 미처 못 한 채…….

나는 무대 뒤쪽으로 펄쩍 뛰어 올라갔다. 코일 선생님은 내 오른쪽에, 시장은 왼쪽에 있었고…….

시몬이 바로 내 뒤를 따라와서 무대 위로 뛰어올랐고, 윌프 아저씨가 그 뒤에…….

"평화, 대통령이 피투성이 두 주먹으로 장악한 그 평화…….."

그때 내가 뭘 하고 있는지 보려고 시장이 고개를 돌렸고…….

그 순간 코일 선생님이 우리를 향해 돌아서서…….

"하지만 그런 일이 일어나게 놔두기에는 이 세계를 아주 많이 아끼는 사람들도 아직 남아 있습니다……."

그리고 코트 단추들을 풀기 시작했고…….

선생님의 허리에 찬 폭탄이 드러났다…….

〈바이올라〉

"놔줘요!" 내가 소리를 지르면서 계속 브래들리에게서 빠져나오려고 애쓰는 사이에 토드가 무대 위로 펄쩍 뛰어 올라갔고, 시몬과 윌프 아저씨가 바로 그 뒤를 따랐다.

이제 나도 이 상황을 이해했다…….

순교자가 얼마나 큰 힘을 발휘할 수 있는지 놀라게 될 거다. 코일 선생님이 전에 이런 말을 한 적이 있다.

사람들이 죽음의 이름으로 얼마나 힘차게 싸울 수 있는지…….

영상을 보며 놀란 군중이 뱉어내는 소리들이 들렸고…….

브래들리와 나도 그걸 보고 있었고…….

실물 크기로 영상에 나온 코일 선생님은 지극히 평온한 얼굴로 코트를 벌려서 몸에 두른 폭탄을 보여줬다. 코르셋처럼 허리에 찬 그 폭탄은 선생님을 죽이고, 시장을 죽이고…….

토드를 죽이기에 충분한 양이고…….

"**토드!**" 나는 비명을 질렀다.

〈토드〉

"**토드!**" 바이올라의 비명이 뒤에서 들렸지만……

우리는 코일 선생님에게서 너무 멀리 떨어져 있었고……

그녀를 막기에는 거리가 너무 멀었고……

코일 선생님이 폭탄 버튼에 손을 대려는 순간……

"**뛰어내려! 수레에서 뛰어내려요!**"

나는 소리를 지르면서……

그곳을 피해……

옆으로 뛰어내리면서……

나와 함께 떨어지도록 시몬의 재킷을 잡았고……

"신세계를 위해. 더 나은 미래를 위해." 코일 선생님의 목소리는 마이크를 통해 계속해서 쩌렁쩌렁 울려 퍼졌다.

그리고 버튼을 눌렀고……

〈바이올라〉

콰아아아앙

코일 선생님에게서 터져 나온 불길들이 사방으로 퍼져나갔고, 그 열기가 너무 **빠르게** 퍼져서 나는 쓰러지면서 뒤통수로 브래들리의 턱을 치고 말았고, 브래들리는 고통스러워서 신음했고, 나는 다시 똑바로 서서 그 폭풍파를 뚫고 힘겹게 나아가며 폭포수처럼 흐르는 불길을 보며 소리 질렀고, "**토드!**", 왜냐하면 그가 수레에서 뛰어내리는 걸, 누군가를 질질 끌고 같이 뛰어내리는 걸 봤으니까, 아 제발 아 제발 아 제발, 폭발에서 일어난 연기와 불꽃이 공중으로 올라가고 수레는 활활 타고 사람들은 비명을 지르고 그 모든 소음이 한데 뒤엉키고 나는 브래들리에게 풀려나 달리기 시작했고…….

"**토드!**"

〈토드〉

"**토드!**" 날 부르는 소리가 다시 들렸고, 귀가 윙윙 울렸고, 내 옷은 군데군데 뜨겁게 타고 있었고…….

나는 시몬 생각을 하고 있었고…….

불길이 쉬익 소리를 내며 우리를 둘러싸는 순간 나는 그녀의 옷자락을 움켜쥐고 함께 수레 옆으로 뛰어내렸는데, 우리가 돌아서서 뛰어내리려고 하는 순간 불길이 시몬을 덮쳐서 온몸에 불이 붙었다. 나는 그녀의 옷을 두들겨서 불을 껐고, 연기 때문에 아무것도 보이지 않아서 계속 소리를 질렀다. "시몬! 괜찮아요? 시몬!"

그러자 고통스러워 신음하는 목소리가 들렸다. "토드?"

그런데…….

그런데 그 목소리는 시몬의 것이 아니었다.

연기가 걷히기 시작했다.

그 사람은 시몬이 아니었다.

"네가 날 구했다, 토드. 네가 내 목숨을 구했어." 시장이 얼굴과 손에 심하게 화상을 입은 채 땅바닥에 누워 있었고, 그의 옷에서 모락모락 연기가 피어올랐다.

그의 눈은 경이로움에 가득 차 있었다.

그 폭발 순간에 내가 구하려고 택한 사람이……

아무 생각 없이 내가 선택한 사람이……

(그가 날 조종할 시간조차 없었는데…….)

(그가 내게 그러라고 시킬 시간도 없었는데…….)

바로 시장이었다.

"토드!" 바이올라의 고함이 들렸다.

내가 돌아서서 보자…….

윌프 아저씨가 수레 뒤쪽에서 뛰어내린 곳에서 비틀거리며 일어서고 있었고…….

바이올라가 날 향해 달려왔고…….

나는 바닥에 누운 시장, 여전히 숨을 쉬고, 여전히 말을 하고 있는 시장을 봤다…….

"내게 힐러가 필요한 것 같구나, 토드." 시장이 말했고…….

시몬은 어디에서도 찾을 수 없었고…….

폭탄이 터질 때 코일 선생님 바로 앞에 서 있던 시몬…….

내가 손을 뻗으면 닿을 거리에 있던 시몬…….

"토드?" 바이올라가 우리에게서 조금 떨어진 자리에 서서 날 불렀다. 윌프 아저씨도 기침을 하면서 우리를 빤히 바라봤다. 브래들리가 그들 뒤를 따라 달려왔다.

모두 내가 시장을 구한 모습을 보고 있었다…….

시몬이 아니라…….

바이올라가 다시 날 불렀다…….

"토드?"

그리고 바이올라의 시선이 내게서 한없이 멀어져 갔다.

정보원

동쪽에서 떠오르는 분홍색 해가 우리를 동그랗게 둘러싼 길의 끝에서 슬쩍 보였다가 지난 이틀 동안 하늘을 뒤덮고 있는 회색 구름 뒤로 사라졌다.

우리, 나와 정보원은 평화 회의가 열리길 기다리고 있었다.

하늘은 평화 위원회 회의를 준비하는 동안 내가 여기 있으면서 정보원에게 음식을 가져다주고, 그가 일어설 수 있도록 도와서 다시 걸을 수 있는 힘을 회복하게 해주고, 그가 씻고 옷을 입고 빈터의 방식대로 면도할수 있도록 도와주길 원했다. 그러면서 그가 땅의 정보원 노릇을 하는 동안 지금까지 세상에 일어난 일을 다 보여주길 바랐다.

그가 땅으로 변모하는 동안.

정보원은 목소리를 열어서 그가 본 또 다른 일출 광경들을 보여줬다. 들판이 황금색으로 변하고, 정보원과 그의 특별한 이가 아침 일찍 일하다가 허리를 펴고 서서 해가 뜨는 광경을 지켜보는 모습. 그것은 단순한 기억이었지만 아주 큰 기쁨과 상실감과 사랑과 비탄······.

그리고 희망에 젖어 있었다.

정보원은 땅의 목소리로 그 장면을 아주 완벽하게 보여줬고, 깨어난 이후 죽 그랬던 것처럼 이상하게도 아주 유쾌한 기운이 흘렀다.

그러다가 그의 목소리에서 희망을 품은 이유가 보였다. 정보원은 오늘 하늘이 보낸 선의의 표시이자 깜짝 선물로 빈터로 돌아가게 될 것이다.

그는 다시 칼을 만날 것이다.

나를 보는 그의 목소리에서 따뜻한 마음이 흘러넘쳤다. 나 역시 어쩔 수 없이 그 온기를 느꼈다.

나는 그걸 피해 얼른 물러났다. 아침을 가져올게요.

고마워요. 내가 음식을 요리하는 모닥불로 가는 사이에 그가 보여줬다. 나는 아무런 대꾸도 하지 않았다.

우리는 요 몇 달 간 그의 목소리를 들어왔다. 우리가 정보원을 깨운 첫날 밤 하늘이 보여줬다. 그는 우리의 목소리를 들으면서 우리와 같은 방식으로 말하는 법을 배우고, 거기에 적응하고, 마침내 받아들였다. 하늘의 목소리가 내 주위에서 형태를 바꾸어 갔다. 하늘이 치환에게 바랐던 것처럼 말이다.

난 받아들였습니다. 할 수 있는 한 최선을 다해. 내가 대꾸했다.

정보원은 땅의 언어를 자신의 언어처럼 말하지만 넌 여전히 짐의 언어로만 말하고 있어.

그것이 나의 첫 언어니까요. 그것은 내게 특별한 이의 언어입니다. 난 그렇게 대답하고 그를 외면해 버렸다.

난 그때도 요리용 불가 앞에 서서 몇 달 동안 목에 끼운 작은 관을 통해 액체만 공급받던 정보원이 먹을 제대로 된 첫 끼를 만들고 있었다.

그리고 그가 우리의 목소리로 말한다고 해도 우리와 같은 존재라는 뜻은 아닙니다.

그런가? 그럼 목소리가 없는 땅은 대체 뭘까? 하늘이 물었다.

나는 그를 돌아봤다. 설마 지금 그 의미는…?

내 말은 그저 이자가 이토록 땅을 잘 이해하고, 땅과 하나가 되면서, 또한 자신을 땅의 일부로 느낀다면…….

그럼 그는 위험한 존재가 되지 않나요? 그는 우리에게 위협이 되지 않습니까?

혹은 우리의 조력자가 될지도 모르지. 우리가 가능하다고 생각했던 것보다 미래에 대해 훨씬 많은 희망을 품게 될 수 있지 않을까? 만약 그가 해낼 수 있다면, 다른 이들도 할 수 있지 않을까? 이보다 우리를 더 많이 이해할 수 있을까? 하늘이 대꾸했다.

내가 아무 대답도 하지 않자 그는 갈 준비를 했다.

내가 하늘이 된다는 말은 무슨 뜻입니까? 많고 많은 땅 중에 왜 하필 접니까?

처음에는 그가 대답하지 않을 거라고 생각했다. 하지만 그는 대답했다.

왜냐하면 많고 많은 땅 중에서도 네가 빈터를 가장 잘 이해하기 때문이다. 앞으로 그런 날이 오게 된다면 그들을 우리의 목소리로 초대한다는 것이 무슨 뜻인지 아직 잘 이해하고 있으니까. 그리고 너는 그 누구보다 아직 쉽게 전쟁을 택할 테니까. 그런 네가 평화를 택한다면 그 의미는 한층 더 깊어지겠지. 그의 목소리에 점점 힘이 들어갔다.

나는 정보원에게 아침 식사로 생선 스튜를 가져다줬다. 빈터가 그런 음식을 먹는 건 한 번도 본 적이 없지만 정보원은 불평하지 않았다.

그는 그 어떤 것에 대해서도 불평하는 법이 없다.

지금까지 우리가 그를 잠자는 죄수로 잡고 있었는데도 우리에게 불평하는 대신 고마워했다. 내가 그렇게 한 것도 아닌데 내게도 고맙다고 했다. 그는 가슴에 입은 총상을 치료해 줘서 고맙다고 했다. 경악스럽게도 그 총알은 칼의 시끄러운 친구, 내 팔에 밴드를 채운 그자가 쏜 것이었다.

그는 또한 우리가 가능한 한 모든 이익을 얻어내기 위해 그의 목소리를 읽은 것도 불평하지 않았다. 전쟁에서 그의 종족이 아주 많이 죽은 건 슬프지만 빈터의 지도자에 맞서서 승리를 거두는데 일조해서 기쁘고, 그 결과 평화 협상에 이르게 돼서 더 기쁘다고 했다.

내가 불평하지 않는 이유는 내가 달라졌기 때문입니다. 내 귀에는 땅의 목소리가 들립니다. 그건 아직 기묘한 일입니다. 난 여전히 나고, 여전히 한 개인이니까요. 하지만 난 동시에 아직 많은, 나보다 더 큰 뭔가의 일부입니다. 내가 아침 식사를 건네주자 그가 이렇게 보여줬다. 그리고 스튜를 한 입 먹었다. 나는 우리 종족이 진화한 다음 단계가 바로 나와 같은 존재가 아닐까 생각합니다. 당신이 그런 것처럼.

나는 깜짝 놀라서 허리를 곧추세우고 앉았다. 저요?

당신은 땅의 일원이지만 인간처럼 당신의 생각을 감추고 흐릿하게 만들 수 있어요. 당신은 땅의 일원이지만 나보다, 내가 지금까지 만난 그 어떤 사람보다 더 나의 언어를 잘 구사합니다. 우리는 두 종족을 이어주는 다리와 같습니다. 당신과 내가요.

나는 그 말에 발끈했다. 세상에는 절대 건너지 말아야 할 다리도 있는 법이에요.

그래도 그의 얼굴에 떠오른 미소는 가시지 않았다. 바로 그런 생각 때문에 우리는 그토록 오랫동안 싸워왔습니다.

그렇게 행복해하지 말아요.

아, 네. 하지만 오늘, 오늘 나는 토드와 다시 만날 겁니다.

칼. 그가 그동안 내게 칼을 하도 많이 보여줘서 길의 끝에 칼이 우리와 함께 서 있는 느낌이 들 정도였다. 정보원의 목소리에 있는 칼은 아주 똑똑하고, 아주 어리고, 순수하고, 강해 보였다. 칼은 아주 많이 사랑받고 있었다.

나는 정보원에게 그가 깨어날 때까지 있었던 모든 일을 이야기했다. 칼이 한 행동과 하지 않은 행동까지 포함해서. 하지만 정보원은 실망하기는커녕 오히려 자랑스러워했다. 칼이 역경을 헤치고 나와서 뿌듯해했다. 칼이 지금까지 겪은 모든 시련과 실수를 이해하고 마음 아파했다. 정보원이 칼을 생각할 때면 매번 거기에 기이한 빈터의 멜로디가 같이 떠올랐다. 그것은 칼이 어렸을 때 그가 불러준 노래, 칼과 정보원을 하나로 묶어주는 노래였다.

"부디 날 벤이라고 불러줘요. 그리고 칼의 이름은 토드라고 해요." 정보원은 입술을 움직여서 말했다.

땅은 이름을 쓰지 않습니다. 당신이 우리를 이해한다면 그 점을 알고 있을 텐데요. 내가 대꾸했다.

귀환은 그렇게 생각하나요? 그는 스튜를 한 입 먹다가 미소 지었다.

그러자 또다시 내 목소리는 따뜻함과 유머로 가득 찼다. 사실 그러고 싶지 않는데.

당신은 날 싫어하기로 단단히 마음먹었죠, 그렇죠?

내 목소리가 굳어졌다. *당신들은 우리 종족을 죽였어요. 그들을 죽이고 노예로 만들었습니다.*

빈터에게서는 한 번도 느껴보지 못한 아주 부드러운 방식으로 그의 목소리가 내게 뻗어왔다. *우리 중 일부만 그랬습니다. 당신이 맞서서 싸우고 있는 그자가 내게 특별한 사람을 죽였어요. 그래서 나는 당신과 함께 그에게*

맞서서 싸울 겁니다.

내가 가려고 일어서는데 그가 나를 불렀다. 잠깐만요, 제발. 나는 멈춰 섰다. 우리 인간은 당신들에게 아주 큰 잘못을 저질렀습니다. 난 그 사실을 알고 있어요. 그리고 누군가는 당신들이 나를 여기 잡아두는 잘못을 저질렀다고 주장하겠죠. 하지만 나 개인적으로는 당신들에게 아무 잘못도 하지 않았습니다. 그리고 당신도 내게 아무 잘못도 하지 않았고.

나는 칼을 든 채 잠든 그를 내려다보던 때를 내 목소리에 떠올리지 않으려고 애썼다.

그러다가 그러지 않기로 했다. 그에게 내가 무슨 짓을 할 수 있었는지 보여줬다. 내가 하고 싶었던······.

하지만 당신은 멈췄죠. 그리고 지금 여기서 우리가 서로 이해하는 것, 인간의 목소리가 땅의 목소리에게 다가가는 이것이 진정한 평화의 시작입니다.

정말 그렇습니다. 그것이 가장 근사한 시작입니다. 하늘이 길의 끝으로 들어오면서 보여줬다.

정보원은 그릇을 내려놨다. 이제 때가 됐나요?

그렇습니다. 하늘이 대답했다.

정보원은 기쁨에 찬 한숨을 내쉬었고, 그의 목소리는 다시 칼의 모습으로 가득 찼다. "토드" 그가 빈터의 언어로 소리 내서 말했다.

그때 멀리서 폭발이 일어나는 소리가 들렸다.

우리 모두 재빨리 고개를 돌려 지평선을 바라봤다. 하지만 지금 우리의 눈으로는 아무것도 볼 수 없었다.

무슨 일이 일어난 거죠? 우리가 공격당했나요? 정보원이 물었다.

잠깐만요. 곧 소식이 올 겁니다. 하늘이 보여줬다.

잠시 후에 길의 목소리들이 저 밑에 있는 땅의 목소리들을 받아서 우리에게 도시 한가운데서 일어난 폭발, 아주 많은 빈터가 모여 있는 앞에서 일어난 폭발을 보여줬다. 다만 그 광경을 본 땅은 높은 언덕 위에서 시내를 내려다본 것이라 우리 눈에 보이는 거라고는 거세게 치솟는 불길과 연기 기둥뿐이었다.

땅입니까? 땅이 이런 일을 벌였습니까? 정보원이 물었다.

그렇지 않아요. 하늘이 보여줬다. 그는 재빨리 길의 끝을 빠져나오면서 우리에게 따라오라고 손짓했다. 우리는 가파른 비탈길로 갔다. 나는 아직도 기운이 없는 정보원이 이 길을 내려갈 수 있도록 도와야 했다. 거기 도착했을 때 정보원의 목소리는 오직 하나의 감정으로 가득 차 있었다.

두려움.

자신에 대한 두려움도, 평화 협상에 대한 두려움도 아닌······.

칼에 대한 두려움이었다. 그의 목소리에 보이는 거라곤 그들이 다시 만나게 될 바로 그날 아침 칼을 잃게 될까 봐, 최악의 일이 일어났을까 봐, 그의 아들, 그가 가장 사랑하는 아들을 잃었을까 봐 두려워하는 마음이었다. 아들에 대한 사랑과 걱정 때문에 아파하는 그의 마음이 느껴졌다.

내가 아는 아픔, 내가 느낀 고통······.

비탈길을 내려가는 동안 그 고통이 정보원에게서 내게로 전해졌다.

칼······.

토드······.

그는 내 목소리 속에 서 있었다. 다른 모든 이와 마찬가지로 살아 있고 언제라도 다칠 수 있으며 그럼에도 살 가치가 있는 존재로······.

난 그걸 원하지 않는다.

결코 원하지 않는다.

이별

〈토드〉

로손 선생님이 보기에도 끔찍한 화상을 입은 뒤통수에 붕대를 대고 누르자 시장은 짧게 헉 숨을 들이마셨다.

"화상이 심하긴 하지만 상처가 깊진 않네요. 불길이 순식간에 지나가서. 흉터는 남겠지만 나을 겁니다." 로손 선생님이 말했다.

"고맙습니다." 시장이 인사하는 사이에 선생님은 그의 얼굴에 입은 화상에 투명 젤을 발랐다. 얼굴은 뒤통수만큼 상태가 심하지는 않았다.

"난 그냥 내 일을 하는 것뿐이에요. 이제 다른 사람들을 치료하러 가야겠어요." 로손 선생님이 냉정하게 말했다.

선생님은 붕대를 한 아름 안고 정찰기의 치료실을 나갔다. 나는 시장 가까이 있는 의자에 앉아 있었다. 내 손에도 화상 연고를 발랐다. 윌프 아저씨는 또 다른 침대에 누워 있다. 가슴에 화상을 입었지만 폭탄이 터졌을 때 이미 수레에서 뛰어내리던 중이라 살 수 있었다.

밖은 또 사정이 달랐다. 리는 군중의 소음을 이용해 코일 선생님이 자살했을 때 다치고 화상을 입은 수십 명을 돕고 있었다.

죽은 사람들도 있었다. 광장에 모여든 사람 중 최소한 남자 다섯과 여자 하나가 목숨을 잃었다.

물론 코일 선생님도 숨졌다.

시몬도.

폭탄이 터진 후 바이올라는 나에게 말을 걸지 않았다. 그녀와 브래들리는 밖에 나가서 뭔가를 하고 있었다.

나와 떨어져서 뭔가를 하고 있었다.

"다 괜찮아질 거야, 토드. 네가 순간적으로 결정을 내려야 했는데 내가 가장 가까이 있던 거겠지." 내가 계속 문을 바라보자 시장이 말했다.

"아니, 그건 사실이 아니에요. 당신을 잡으려면 팔을 더 멀리 뻗어야 했어요." 나는 순간 주먹을 쥐었다가 불에 덴 곳이 아파서 움찔했다.

"그리고 넌 실제로 날 잡았지." 시장이 조금 경이로워하면서 말했다.

"그래요, 그래. 맞아요."

"네가 날 구했어." 시장은 혼잣말을 하듯 중얼거렸다.

"그래요, 알아……."

"아니, 토드. 넌 날 구했다. 그럴 필요가 없었을 때에. 그게 내게 얼마나 큰 의미가 있는지 말로 다 표현할 수 없구나." 시장은 침대에서 일어나 앉으며 말했는데 표정을 보니 고통스러운 모양이었다.

"계속 말하고 있잖아요."

"절대로 잊지 않으마. 네가 나를 구해줄 가치가 있다고 생각한 거 말이야. 난 정말 그럴 가치가 있다, 토드. 날 그렇게 만든 사람이 바로 너야."

"그런 이야긴 그만 좀 해요. 다른 사람들이 죽었어요. 내가 구하지 못한 사람들요."

시장은 고개만 끄덕여서 나 혼자 시몬을 구하지 못한 것을 자책하게 내버려 뒀다.

그리고 다시 입을 열었다. "시몬의 죽음은 헛되지 않을 거야, 토드. 우리가 그렇게 만들 거다."

항상 그렇듯 진심으로 하는 말처럼 들렸다.

(확실히 진심으로 느껴진다…….)

(그리고 희미하게 윙 소리가…….)

(기뻐서 환하게 빛나고 있다…….)

나는 윌프 아저씨를 봤다. 아저씨는 천장을 물끄러미 보고 있었다. 하얀 붕대 밑으로 그을음이 묻은 피부가 삐져나와 있었다.

"내 생각에 네가 나도 구한 것 같아. 네가 그러더라. 뛰어내려. 수레에서 뛰어내려, 라고."

나는 헛기침을 했다. "그건 정말로 구한 게 아니죠, 윌프 아저씨. 난 시몬을 구하지 못했어요."

"넌 내 머릿속에 있었어. 네가 내 머릿속에 들어와서 뛰어내리라고 하더만. 그래서 네가 말하기도 전에 난 뛰어내리고 있더라니께. 네가 날 뛰어내리게 만든 거여. 어떻게 그렇게 한 겨?" 아저씨는 나를 보고 눈을 껌벅이며 말했다.

그 생각이 떠오르자 아저씨를 외면했다. 아마 내가 아저씨의 머릿속으로 들어가 조종했을 것이다. 시몬은 소음이 없으니 아저씨와 달리 거기 반응하지 못했을 것이고.

하지만 시장은 그랬을 수 있다. 그를 붙잡을 필요도 없었을지 모른다.

시장은 바닥에 두 발을 내려놓고 천천히, 아주 고통스럽게 일어섰다.

"어디 가려는 거예요?" 내가 물었다.

"사람들에게 이야기하러. 코일 선생의 행동 때문에 평화 협상이 끝나지 않는다는 점을 사람들에게 말해야 한다. 내가 아직 살아 있고, 바이올라도 살아 있다는 사실을 그들에게 보여줘야 해." 시장은 조심스럽게 자신의 목덜미에 손을 갖다 댔다. "평화란 깨지기 쉽다. 사람들도 마찬가지고. 희망을 포기할 이유는 없다는 말을 꼭 해줘야 한다."

나는 그의 마지막 말에 살짝 움찔했다.

테이트 아저씨가 옷을 한 무더기 안고 들어와 시장에게 건넸다. "지시하신 대로 가져왔습니다."

"새 옷으로 갈아입는 건가요?" 내가 물었다.

"너도 갈아입어라. 불타버린 누더기 바람으로 나갈 순 없잖니." 시장은 옷 뭉치의 반을 내게 건네며 말했다.

나는 지금 입고 있는, 로손 선생님이 내 피부에 들러붙은 불타버린 천 조각들을 다 잘라내고 남은 옷을 내려다봤다.

"입어라, 토드. 그러면 기분이 얼마나 좋아지는지 놀랄 거다."

(그리고 희미한 윙 소리가⋯⋯.)

(거기 서린 기쁨이⋯⋯)

(내 기분도 썩 나쁘진 않게 느껴졌고⋯⋯)

나는 옷을 갈아입기 시작했다.

〈바이올라〉

"저기다. 토드는 시몬과 더 가까이 서 있었고, 시장은 무대 가장자리에 더 가까이 있었어." 브래들리가 조종실의 화면을 가리키며 말했다.

브래들리는 녹화된 영상의 재생 속도를 줄이다가 코일 선생님이 폭탄의 버튼을 누르려는 그 순간 정지시켰다. 시몬이 여전히 코일 선생님을 향해 달려가고, 윌프 아저씨가 수레에서 뛰어내리려고 뒷걸음치던 순간이었다.

그 순간 토드는 이미 시장을 향해 손을 뻗고 있었다.

"토드는 생각할 기회도 없었을 거야, 뭘 선택하는 건 고사하고 말이다." 그렇게 말하는 브래들리의 목소리가 잠겨 있었다.

"토드는 곧바로 시장을 향해 갔어요. 생각할 필요도 없이요."

우리는 다시 그 폭발 장면을 봤다. 그 장면은 밖에 있는 사람들과 언덕 꼭대기에서 기다리고 있는 사람들에게 전송됐다. 그 사람들이 지금 무슨 생각을 하고 있을지는 아무도 모를 일이지만.

우리는 또다시 시장이 구조되는 장면을 봤다.

시몬은 그렇지 못했고.

브래들리의 소음이 너무나 슬프고 너무나 절망에 빠져 있어서 차마 바라볼 수도 없었다.

"네가 나에게 말했지. 이 행성에서 누군가를 의심하게 될 일이 생긴다 해도 토드만은 믿을 수 있다고. 네가 그렇게 말했어, 바이올라. 그리고 넌 지금까지 항상 옳았다." 브래들리는 눈을 감으며 말했다.

"이번은 아니에요. 브래들리도 토드 잘못이라고 생각하잖아요." 난 브래들리의 소음을 읽을 수 있었고, 사실 무슨 생각을 하는지 읽을 수 있었다.

브래들리는 날 외면했고, 그의 소음이 몹시 속을 끓이고 있는 게 보였다.

"하지만 토드는 분명히 후회하고 있어. 얼굴에 훤히 보이잖니." 브래들리가 말했다.

"하지만 소리는 들을 수 없죠. 그의 소음은 들을 수 없잖아요. 진실이 들리지 않아요."

"토드에게 물어봤니?"

난 다시 화면을, 코일 선생님이 자폭한 후에 일어난 혼란과 불길을 바라봤다.

"바이올라……."

"선생님은 왜 그런 짓을 했을까요? 이제 막 평화로워지려고 하는데 왜?" 나는 갑자기 세상에서 사라져 버린 시몬의 빈자리를 무시하려고 애쓰면서 지나치게 큰 소리로 물었다.

"아마 두 사람이 사라지면 이 행성 사람들이 너 같은 사람 주위로 모여들기를 바랐나 보지." 브래들리는 서글프게 말했다.

"난 그런 큰 책임은 원하지 않아요. 그래달라고 부탁한 적도 없고."

"하지만 넌 아마 그걸 받아들이고 현명하게 행동할 거야." 브래들리가 말했다.

"그걸 어떻게 알아요? 나조차도 모르겠는데. 개인적인 전쟁은 일으키지 말아야 한다면서요. 하지만 내게 이 전쟁은 계속 개인적인 전쟁이었어요. 내가 그 미사일을 쏘지 않았다면 우리는 여기 있지도 않았을 테고, 시몬도 아직……."

"그러지 마." 브래들리는 내가 더 속상해하는 모습을 보고 나를 제지했다. "난 우주선에 연락해야 한다. 무슨 일이 있었는지 보고해야 해. 시몬을 잃었다고 말해야지." 그의 소음이 비탄에 젖었다.

나는 고개를 끄덕였고, 또 눈물이 났다.

"그리고 너, 너는 남자 친구와 이야기 좀 해봐. 토드를 구해야 한다면 네가 구해줘야지. 너희 둘이 서로에게 그렇게 해줬다고 말하지 않았니?" 브래들리가 내 턱을 치켜올리며 말했다.

나는 말없이 눈물만 흘리다가 고개를 끄덕였다. "여러 번 그랬죠."

브래들리는 나를 꼭 안아줬다. 슬픈 포옹이었다. 브래들리가 우주선에 연락할 수 있도록 조종실을 나와 치료실로 향하는 짧은 복도를 최대한 느리게 걸어가면서, 나는 몸이 둘로 쪼개지는 듯한 감정에 휩싸였다. 시몬의 죽음을 믿을 수 없다. 코일 선생님의 죽음도 믿을 수 없다.

토드가 시장을 구한 것도 믿을 수 없다.

하지만 그게 토드다. 글자 그대로 내 목숨을 걸고 믿는 사람. 나는 그를 믿어서 내게 이 붕대를 감게 했다. 솔직히 몇 달 만에 처음으로 몸이 좋아진 느낌이다.

토드가 시장을 구했다면 그럴 만한 이유가 있을 것이다. 분명 그럴 것이다.

나는 치료실 문 밖에서 심호흡을 한 번 했다.

토드가 그랬던 이유는 착해서다. 토드는 근본적으로 그런 사람이지 않나? 여러 가지 실수를 하고 강변에서 스패클을 죽이긴 했지만, 시장을 위해 일하긴 했지만, 근본적으로 선한 사람이다. 난 그걸 알고, 내 눈으로 봤고, 그의 소음에서 느꼈다.

하지만 이제는 더 이상 그걸 느낄 수 없다.

"아니야. 그래도 토드야. 토드라고." 나는 다시 혼잣말을 했다.

그리고 버튼을 눌러서 문을 열었다.

그러자 똑같은 제복을 입은 시장과 토드가 보였다.

〈토드〉

아주 건강해 보이는 바이올라가 문간에 서서……

나와 시장이 재킷 소매에 있는 금줄까지 똑같은 옷을 입은 광경을 바라봤다.

"이건 네가 생각하는 그런 게 아니야. 내 옷이 다 타버려서……."

하지만 바이올라는 이미 뒷걸음쳐서 문에서 멀어졌고…….

"바이올라. 지금이 너에게 힘든 시기라는 건 안다. 하지만 우리는 사람들에게 반드시 말해야 해. 평화 협상이 계획대로 진행된다고 안심시켜야 한다. 최대한 빨리 그렇게 한 후에 스패클들에게 대표단을 보내서 그들도 안심시켜야 하고." 시장은 바이올라를 멈춰 세울 정도로 단호하게 말했다.

바이올라가 시장의 눈을 똑바로 봤다. "당신은 반드시, 라는 말을 너무 쉽게 하는군요."

시장은 화상 입은 얼굴로 미소를 지으려고 애썼다. "지금 사람들에게 말하지 않으면, 지금까지 우리가 이뤄낸 모든 게 결딴날 거다. 코일 선생이 저지른 일을 끝까지 마무리하고 싶어 하는 해답 조직이 이 혼란스러운 순간을 이용할지도 모르지. 스패클도 같은 이유로 우리를 공격할 수 있어. 내 부하들도 내가 힘을 못 쓰게 됐다고 생각해서 쿠데타를 일으킬지도 모르고. 너도 그런 결과를 바라지는 않을 거라고 믿는다."

바이올라도 그 말에 공감하는 걸 볼 수 있었다.

시장에게서 섬뜩한 환희가 흘러나왔다.

"사람들에게 뭐라고 할 거죠?" 바이올라가 물었다.

"내가 뭐라고 했으면 좋겠니? 내게 말해주면 가서 그대로 하마."

바이올라는 눈을 가느다랗게 떴다. "또 무슨 꿍꿍이죠?"

"그런 거 없다. 난 오늘 죽었을 수도 있는데 살아났어. 토드가 날 구해줬기 때문이야." 시장은 바이올라에게 다가가면서 간절한 목소리로 말했다. "너는 원치 않았을 상황이겠지만, 토드가 날 구했다면 난 구할 만한 가치가 있는 사람이다. 모르겠니? 내가 구할 만한 가치가 있는 사람이라면 우리 모두, 여기, 이 세계가 구할 만한 가치가 있다는 뜻이야."

바이올라는 도와달라는 표정으로 나를 봤다.

"아무래도 충격에 빠진 것 같아." 내가 말했다.

"네 말이 맞을지도 모르겠다만 사람들에게 이야기해야 한다는 내 생각은 틀리지 않아, 바이올라. 우린 말해야 한다. 그것도 빨리."

바이올라는 이제 나를, 내가 입고 있는 제복을 보면서 진실을 찾고 있었다. 나는 소음을 묵직하게 만들어서 지금 내 감정이 어떤지 보여주려고 노력했다. 이 모든 상황이 얼마나 걷잡을 수 없게 돼버렸는지, 절대 이런 일이 일어나게 할 의도는 없었지만 이렇게 돼버렸으니, 아마도 이젠…….

"네 소리가 들리지 않아." 바이올라가 조용히 말했다.

나는 다시 소음을 열어보려고 안간힘을 썼지만 뭔가가 나를 막고 있는 것 같은 느낌이 들었고…….

바이올라는 윌프 아저씨를 힐끗 보더니 얼굴을 한층 일그러뜨렸다.

"좋아요. 사람들에게 이야기하러 가죠." 바이올라는 날 외면하며 말했다.

〈바이올라〉

"바이올라. 바이올라, 미안해. 왜 미안하다고 말할 기회도 안 주는 거야?" 토드가 나를 따라 경사로를 내려오며 불렀다.

나는 거기 멈춰 서서 그의 마음을 읽어보려고 노력했다.

카오스 워킹 3

하지만 그에게서는 여전히 침묵만 흘러나왔다.

"너 정말 미안하긴 해? 다시 선택해야 한다면 그때는 똑같이 하지 않을 자신이 있어?"

"어떻게 그런 걸 물어볼 수 있어?" 토드는 얼굴을 찡그렸다.

"너 요즘 네가 입고 다니는 옷을 보기는 했어?" 나는 고개를 들어 시장을 돌아봤다. 그는 경사로 위쪽에서 천천히 내려오고 있었다. 부상을 입어서 조심스럽게 걸어오긴 했지만 화상 젤을 바른 얼굴에 미소를 지으며, 여전히 지나치게 깨끗한 제복을 입고 있었다.

토드처럼.

"마치 아버지랑 아들 같다."

"그런 말 하지 마!"

"하지만 사실이야. 널 좀 보라고."

"바이올라, 넌 나를 알잖아. 이 행성에 살아남은 모든 사람 중에 유일하게 날 아는 사람이 너야."

하지만 나는 고개를 세차게 흔들고 있었다. "아무래도 이젠 아닌 것 같아. 내가 더 이상 너의 소리를 들을 수 없게 된 후로……."

토드는 이 말에 정말 심하게 얼굴을 찡그렸다. "그러니까 그게 바로 네가 원하는 거란 말이지? 네가 내 모든 생각을 들을 수 있는 동안은 괜찮지만 그 반대는 안 된다는 거잖아? 네가 힘을 갖고 있어야 우리가 친구란 소리잖아."

"이건 힘의 문제가 아니야, 토드. 이건 신뢰……."

"내가 그동안 널 위해 한 일들로는 날 믿기에 부족하다는 거야?" 토드는 경사로에 있는 시장을 가리켰다. "시장은 지금 평화를 지키기 위해 싸우고 있어, 바이올라. 나 때문에 그러고 있는 거야. 내가 그를 변화시켰으니까."

"그래?" 나는 그의 소매에 있는 금줄을 손가락으로 튕기며 말했다. "저 사람은 너를 어떻게 변화시켰는데? 시몬이 아닌 저 사람을 구할 정도로?"

"그는 날 변화시키지 않았어, 바이올라……."

"너 윌프 아저씨를 조종해서 수레에서 뛰어내리게 했니?"

토드가 눈을 동그랗게 떴다.

"아저씨의 소음에서 봤어. 아저씨가 그것 때문에 신경이 쓰인다면 그건 좋은 게 아니야."

"난 아저씨의 목숨을 구했어! 아저씨를 위해 그랬다고." 토드가 소리쳤다.

"그러면 그게 괜찮아져? 넌 그런 건 못 한다고 거짓말했던 것도 괜찮아지고? 넌 절대 그렇게 안 할 거라며? 그들을 위한답시고 얼마나 많은 사람들을 조종했어?"

토드는 잠시 할 말을 찾아내려고 애썼다. 이제 그의 눈에서 진심으로 후회하는 기색이 떠올랐다. 나에게 말하지 않았던 뭔가에 대한 후회. 하지만 여전히 소음이 들리지 않아서 그의 마음을 읽을 수 없었다.

"난 이 모든 걸 널 위해서 하고 있어! 너를 위해 이곳을 안전한 세상으로 만들려고 애쓰고 있다고." 토드가 마침내 소리쳤다.

"나도 널 위해 그랬어, 토드! 그랬는데 넌 더 이상 네가 아닌 것 같아." 나도 같이 소리 질렀다.

토드는 화가 머리끝까지 난 표정이었지만, 동시에 크나큰 두려움과 충격과 상처를 받은 것처럼 보였는데…….

왜냐하면 순간적으로 내가 거의…….

"그분이다!"

정찰기 주위에 모여든 사람들의 요란한 함성을 뚫고 한 목소리가 들렸다.

"대통령이다!"

그 목소리에 이어 또 한 사람, 백 명, 이어서 천 명이 소리를 지르면서 그들이 뿜어내는 소음이 커지고 높아져 마침내 우리가 소리의 바다에 있고, 파도가 경사로 위로 밀려와 시장을 그 위에 태우는 것처럼 느껴졌다. 시장은 고개를 빳빳이 치켜들고 환한 미소를 지으며 천천히 내려오면서 군중에게 손을 내밀어 괜찮다고, 그는 살아남았으며 여전히 그들의 지도자라는 걸 보여줬다.

여전히 권력자이자 승리자라고.

"가자, 토드, 바이올라. 세상이 우리를 기다리고 있다." 시장이 말했다.

〈토드〉

"세상이 우리를 기다리고 있다." 그렇게 말하면서 시장은 내 팔을 잡아 바이올라에게서 떨어지게 했다. 그는 환호하는 군중, 그를 위해 요란한 소음을 발산하는 군중을 보고 있었다. 영사기들이 돌아갔고 탐사 장치들이 계속 우리를, 그를 따라오도록 프로그램돼 있는 게 보였다. 우리 모습은 광장 주위 건물들의 벽에 비치고 있었다. 시장이 앞장서서 가고, 내가 그에게 끌려가고, 바이올라는 아직 경사로에 서 있었다. 이제 브래들리와 윌프 아저씨가 내려와 그녀와 나란히 섰다.

"저들의 소리를 들어봐라, 토드." 시장이 말하는 사이에 또다시 희미하게 윙 소리가 들렸다.

기쁨이 서린 윙…….

심지어 군중에게서 흘러나오는 소음에도 그게 느껴졌다.

"우린 정말 할 수 있다." 사람들이 우리 앞에서 갈라져서 테이트 아저씨와 오헤어 아저씨가 급조해 놨을 새 연단으로 걸어갈 수 있도록 길을 터주는 사이에 시장이 말했다. "우린 정말 이 세상을 지배할 수 있다. 정말 이곳을 더 나은 곳으로 만들 수 있어."

"놔줘요."

하지만 시장은 나를 놓지 않았다.

날 보지도 않았다.

나는 고개를 돌려 바이올라를 찾아봤다. 그녀는 경사로에서 한 발짝도 움직이지 않고 있었다. 리가 군중 속에서 빠져나와 바이올라에게 가 있었다. 모두 내가 시장에게 끌려가는 모습을, 우리 둘 다 똑같은 제복을 입은 모습을 보고만 있었다.

"놔요." 나는 다시 말하면서 팔을 잡아당겼다.

시장이 돌아서서 내 어깨를 와락 움켜쥐었고, 사람들이 몰려와 나와 바이올라 사이의 길을 메웠다.

"토드. 토드, 네 눈에는 안 보이니? 네가 해냈어. 네가 날 구원의 길로 이끌어서 이렇게 도착한 거야." 시장의 얼굴에서 햇살처럼 환한 기쁨의 윙 소리가 흘러나왔다.

군중에게서 나오는 소음은 여전히 요란한 데다 시장이 같이 있어서 더 크게 들렸다. 시장은 허리를 펴고 똑바로 서서 군인과 시민 그리고 여자들까지 우리 주위에 모여들어 환호하는 모습을 둘러봤다. 그는 미소 띤 얼굴로 말했다. "모두 조용히 해주세요."

〈바이올라〉

"대체 이게 뭐야?" 군중에게서 흘러나오는 우레와 같은 소음이 순식간에 사라지면서, 사람들의 목소리와 소음에 있는 환성도 멈추며 정적이 흘렀다. 여자들도 남자들이 그렇게 빠르게 조용해지는 모습을 보고 놀라서 입을 다물었다.

"나도 들었어." 브래들리가 속삭였다.

윌프 아저씨도 속삭였다. "나도 들었는디."

"뭘 들어요?" 갑자기 조용해진 분위기에서 내가 너무 큰 소리를 내자 몇몇 사람들이 나를 돌아보고 쉿 하고 눈치를 줬다.

"모두 조용히 해주세요, 말이야. 그 말이 내 머릿속에서 들렸어. 그러니까 내 소음도 조용해지더라고." 브래들리가 속삭였다.

"나도 그래요. 마치 다시 눈이 멀어버린 것 같은 느낌이에요." 리가 말했다.

"어떻게? 어떻게 저자에게 그런 큰 힘이 있을 수 있죠?" 내가 말했다.

"폭발이 일어난 후로 시장에게 뭔가 이상한 기운이 느껴졌다." 윌프 아저씨가 말했다.

"바이올라. 만약 그가 한 번에 천 명의 사람에게 이런 일을 할 수 있다면……." 브래들리가 내 팔에 한 손을 대며 말했다.

나는 고개를 돌려서 시장이 토드 앞에 서서 그의 눈을 똑바로 들여다보는 모습을 봤다.

나는 군중을 향해 움직이기 시작했다.

〈토드〉

"나는 평생 이 순간을 기다려 왔다." 시장이 내게 말하는 동안 고개를 돌릴 수 없었다.

사실은 그리고 싶은 생각도 없었다.

"나도 몰랐다, 토드. 난 그저 이 행성을 내 마음대로 하고 싶었고, 실패하면 완전히 파괴해 버리려고 했다. 내가 가질 수 없다면 아무도 가질 수 없게 하려고 했지."

우리 주위의 소음은 완전히 멈춰 있었다. "이건 어떻게 한 거죠?" 내가 물었다.

"하지만 내가 틀렸어, 알겠니? 코일 선생에게 무슨 일이 일어날지 봤을 때, 난 그걸 예측하지 못했지만 너는 한 걸 봤을 때, 그리고 네가 날 구했을 때……." 시장은 말을 멈췄다. 분명 감정이 복받쳐서 그런 거라고 내 장담한다. "네가 날 구했을 때, 토드, 그때 모든 게 변했다. 모든 게 제대로 맞아떨어졌어."

(내 머릿속에서 그 윙 소리가 마치 등대처럼 환하게 빛나고…….)

(그 기쁨도…….)

(기분이 좋아지고…….)

"우리는 이 세상을 더 좋은 곳으로 만들 수 있다. 너와 내가 같이 그렇게 할 수 있어. 너의 선한 마음, 감정을 느끼고 상처받고 후회하고 네가 무슨 일을 했건 타락하길 거부하는 네 마음과 사람들을 이끌고 통제하는 내 능력을 합친다면……."

"그들은 통제되고 싶어 하지 않아요." 내가 말했다.

그의 눈, 도무지 그의 눈을 외면할 수 없고…….

"그런 종류의 통제가 아니야, 토드. 평화로운 통제, 자비로운 통제……."

그리고 그 기쁨이…….

느껴지고…….

"스패클 지도자가 자기 종족에게 행사하는 그런 통제 말이다. 난 그동안 그 목소리를 들어왔다. 하나의 목소리. 그들이 그이고 그가 그들이다. 스패클은 그렇게 그동안 살아남았고, 그렇게 배우고 성장하고 존재한다." 시장은 계속 말했다. 호흡이 거칠어졌고, 얼굴에 바른 화상 젤때문에 방금 물속에서 올라온 사람처럼 보였다. "난 여기 있는 사람들에게 그런 지도자가 될 수 있다, 토드. 난 그들의 목소리가 될 수 있어. 그리고 넌 날 도울 수 있고. 넌 내가 더 나은 사람이 되게 도울 수 있어. 넌 내가 선한 사람이 되게 도울 수 있다."

나는 생각했다…….

내가 그를 도울 수 있어…….

내가 할 수 있어…….

(아니야…….)

"놔줘요."

"프렌티스타운에 있을 때부터 네가 특별하다는 걸 알고 있었다. 하지만 오늘에서야, 네가 날 구한 오늘에서야 그 이유를 정확히 깨달았다."

시장은 내 어깨를 잡은 손에 힘을 더 줬다.

"넌 나의 영혼이야, 토드." 우리 주위의 군중은 너무나도 강력한 시장의 그 말에 넋을 잃었다. 그들의 소음이 그 말이 사실이라고 화답했다. "넌 나의 영혼이야. 난 그걸 깨닫지 못한 채 그동안 계속 널 찾았던 거야. 이제 난 널 찾았다, 토드. 널 찾아냈어." 시장은 감탄하는 표정으로 내게 미소를 지었고…….

그때 소리, 다른 소리가 몰려 있는 사람들 끄트머리 어딘가에서 들려왔다. 웅성거리는 소음이 광장 앞 우리에게까지 물결처럼 퍼졌다.

"스패클이야." 내가 그걸 보기 직전에 시장이 속삭였다. 군중의 소음 속에서 놀랄 정도로 선명한 그 모습이 보였다.

배틀모어를 탄 스패클이 오고 있었다.

"그리고……." 시장은 살짝 얼굴을 찡그리면서 까치발로 섰다.

"그리고 뭐요?" 내가 물었고…….

하지만 그때 군중의 소음에서 그 모습이 보였다…….

스패클은 혼자가 아니었다…….

배틀모어는 두 마리였고…….

그 소리가 들렸고…….

온 세상이 거꾸로 뒤집혔다…….

〈바이올라〉

나는 사람들을 헤치고 가면서 내가 사람들의 발을 밟는지, 그들을 밀어내는지 점점 신경 쓰지 않게 됐다. 대부분은 멍해져서 아무 눈치도 못 채는 것 같았다. 여자들까지도 그 분위기에 푹 빠져서 다른 사람들처럼 기이한 기대를 품은 표정으로 연단을 쳐다봤다.

"비켜요." 나는 이를 악물고 사람들을 헤치고 가면서 말했다.

이제야 깨달았다. 너무 늦게, 너무 늦게 알아차렸다. 시장이 토드의 머릿속에 들어왔다. 그가 그렇게 토드를 조종한 것이다. 아마 토드가 시장을 보다 나은 쪽으로 변화시켰겠지만 시장은 항상 토드보다 강하고, 더 영리했다. 그리고 더 낫게 변한다고 해서 그가 선한 사람이 된다는 뜻은 아니다. 그동안 시장이 계속 토드를 변화시키고 있었는데 난 어쩜 바보같이 그걸 못 보고 토드에게 아무 말도 해주지 못했을까…….

토드를 구해내지도 못하고…….

"토드!" 내가 불렀지만…….

군중의 소음이 갑자기 커지면서 내 소리는 묻혀버렸다. 저쪽 멀리서 어떤 영상들이 사람들을 통해 계속 전파됐다.

이쪽으로 다가오는 스패클 두 명이 보였다.

배틀모어를 탄 두 스패클, 그중 하나는 서 있다기보다 앉아 있었고…….

배틀모어 위에 서 있는 스패클이 바로 날 공격한 스패클이란 걸 깨닫자 정신이 번쩍 들었지만…….

지금은 그런 생각에 빠져 있을 틈이 없다. 소음에 보이는 영상이 갑자기 정정됐으니까…….

배틀모어에 앉아 있는 스패클은 스패클이 아니라…….

인간이다…….

그리고 마치 달리기 경주를 하면서 배턴을 전달하는 것처럼 사람들에게 전해지는 영상 속에서 그 소리가…….

그 남자가 노래를 부르고 있었다…….

〈토드〉

가슴이 철렁하고, 숨이 막힐 것처럼 가빠지고, 다리가 움직이면서 나는 시장의 손을 뿌리쳤고, 그가 날 놓으려 하지 않아서 어깨에 멍이 드는 게 느껴졌지만…….

나는 뛰었고…….

아, 맙소사, 난 뛰었고…….

"토드!" 나를 부르는 시장의 목소리에 진정한 충격과 내가 그를 놔두고 달려가는 현실에 대한 고통이 느껴졌지만…….

난 달려갔고…….

날 막을 수 있는 것은 아무것도 없었고…….

"비켜!" 나는 소리를 꽥 질렀고…….

내 앞의 군인들과 남자들은 미처 생각을 하기도 전에 움직인 것처럼 옆으로 물러났고…….

그들은 정말 스스로 생각할 수 없었고…….

"토드!" 뒤에서 시장이 부르는 소리가 들렸지만 점점 멀어지고 있었고…….

왜냐하면 앞에…….

아, 맙소사, 믿을 수 없다, 믿을 수 없어…….

"비키라고!"

나는 들어보려고, 그 소리를 다시 들어보려고, 그 노래를 들어보려고 안간힘을 썼고…….

사람들은 마치 내가 그들을 태워버리고 지나갈 불덩이라도 되는 것처럼 비켰고…….

사람들의 소음 속에서 스패클의 얼굴이 보였고…….

1017이다…….

그 스패클은 1017이다…….

"안 돼!" 나는 소리를 지르며 더 죽어라 달려갔고…….

1017이 여기 있다는 게 무슨 의미인지 난 모르겠으니까…….

하지만 군중의 소음 속에 그가 있다…….

가까이 갈수록 더욱 환하고 선명하게 보인다…….

평소 소음보다 훨씬 선명하게…….

"토드!" 뒤에서 날 부르는 소리가 들렸지만…….

나는 멈추지 않았고…….

내가 점점 가까워지자 군중의 커지는 소음으로도 그걸 가릴 수 없었으니까…….

그 노래…….

공기처럼 맑고…….

내 심장을 두 쪽으로 쪼개는…….

저 노래, 나의 노래…….

어느 이른 아침, 해가 떠오르고 있을 때…….

내 눈은 젖어들었고, 군중은 줄어들었고, 그들이 날 위해 비켜준 길이 스패클이 오는 길과 이어졌고…….

거기에는 몇 사람 없었다…….

단지 몇 사람…….

그들도 뒤로 물러서면서…….

거기에 그가 있다…….

내 눈 앞에 그가 있다…….

멈춰야 한다…….

더 이상 서 있을 수도 없을 것 같아서 멈춰야 했다…….

내가 그의 이름을 불렀을 때 그 소리는 속삭임에 지나지 않았지만…….

그는 그 소리를 들었고…….

그랬다는 걸 나는 안다…….

"벤 아저씨."

〈바이올라〉

벤 아저씨다.

마치 바로 내 앞에 서 있는 것처럼 군중의 소음에서 또렷하게 아저씨가 보였다. 나를 죽이려 했던 스패클 1017이 배틀모어를 타고 있었고, 벤 아저씨는 그의 뒤에서 또 다른 배틀모어 위에 앉아 있었다. 아저씨가 부르는 노랫소리가 또렷하게 들렸다. *저 아래 계곡에서 한 아가씨가 날 부르는 소리를 들었지……*

하지만 아저씨의 입은 움직이지 않았다…….

분명 군중의 소음이 착각했을 것이다…….

하지만 아저씨가 배틀모어를 타고 오고 있고, 여기 있는 그 누구도 아저씨를 알 리 없으니 그들의 소음에 나타난 그의 얼굴은 정확할 것이고, 그렇다면 분명 진짜 벤 아저씨가…….

순간 시장의 치료제 효과가 온몸으로 올라오는 걸 느낄 수 있었다. 나는 새롭게 힘을 내서 사람들을 좀 더 힘껏 밀치기 시작했다.

사람들의 소음 속에서, 시장도 나보다 앞에서 사람들을 밀치고 가는 모습이 보였으니까…….

토드가 벤 아저씨에게 도착한 모습도 보였고…….

마치 내가 그 자리에 있는 것처럼 선명하게…….

마치 내가 거기 있는 것처럼 느껴졌는데 토드의 소음이 마침내 열렸기 때문이고, 토드가 시장에게서 멀어지고 벤 아저씨에게 가까워지면서 소음이 예전처럼 활짝 열렸고, 커다란 놀라움과 기쁨과 너무나 큰 애정으로 활짝 열려서 제대로 바라볼 수도 없을 정도였고, 토드의 그런 감정들이 군중에게 물결처럼 세차게 퍼져가서 사람들은 그 감정 속에서 휘청거렸다…….

마치 시장이 사람들에게 그랬던 것처럼…….

〈토드〉

난 뭐라고 말도 할 수 없었다. 정말 할 수 없었다. 아저씨에게 달려가
는 동안, 1017 옆을 바로 지나쳐서 달려가는 동안 그 어떤 말도 할 수
없었다. 벤 아저씨가 배틀모어에서 내렸고 그의 소음이 솟구쳐 올라 내
가 그에 대해 아는 모든 걸 품은 채 날 맞이했다. 내가 어릴 때부터 알
았던 모든 것, 그가 정말 벤 아저씨라는 걸 의미하는 모든 걸 품고…….

아저씨도 아무 말 하지 않았다.

벤 아저씨는 두 팔을 활짝 벌렸고, 나는 그 품속으로 뛰어들다가 너
무 세게 부딪쳐 아저씨를 뒤로 쓰러트리면서 아저씨가 타고 온 짐승과
충돌했다.

아주 많이 컸구나. 아저씨가 말했다.

"벤 아저씨! 아, 맙소사, 아저씨…….'' 나는 헉헉거리며 아저씨를 불
렀다.

너만큼 컸구나. 이제 어른이 다 됐어.

아저씨가 조금 이상하게 말한다는 건 눈치채지도 못했다. 난 아저씨
를 꽉 끌어안고 눈물을 흘렸고, 여기, 바로 여기서 살아 있는 아저씨를
느끼느라 제대로 말도 할 수 없었다.

"어떻게?'' 나는 마침내 입을 열면서 여전히 아저씨에게 안긴 채 몸을
조금 뒤로 뺐다. 그 이상 말을 잇지 못했지만 아저씨는 내 말이 무슨 뜻
인지 안다.

스패클들이 날 발견했다. 데이비 프렌티스가 날 총으로 쐈어.

"나도 그건 알아요.'' 그렇게 말하는데 가슴이 한층 무거워졌다. 그러

면서 내 소음도 무거워졌다. 이런 기분을 느끼는 건 아주 오랜만이었다. 벤 아저씨도 그걸 알아차리고 말했다.

내게 보여주렴.

그래서 그렇게 했다. 아저씨에게 해야 할 적당한 말을 찾기 전에, 우리가 아저씨와 헤어진 후 일어난 그 모든 끔찍한 이야기를 다 보여줬다. 아저씨는 그러는 나를 도와줬다. 나는 아론의 죽음을, 바이올라가 다치고, 우리가 헤어지고, 해답에게 공격을 받고, 스패클에게 밴드를 채우고, 여자들에게 밴드를 채우고, 스패클들이 학살당하는 모든 장면을 보여줬다. 나는 잠깐 고개를 들어 배틀모어 위에 서 있는 1017을 봤다. 그리고 벤 아저씨에게 그 후에 일어난 일도 모두 보여줬다. 데이비 프렌티스가 인간적으로 변했지만 시장의 손에 죽어버린 사연과 더 많은 죽음들을……

괜찮아, 토드. 이제 다 끝났다. 전쟁은 끝났어.

나는 알 수 있었다…….

아저씨가 날 용서하는 걸 알 수 있었다…….

아저씨는 나의 모든 걸 용서하고, 나는 용서받을 필요도 없다고 말해줬고, 나는 할 수 있는 최선을 다했고, 실수를 몇 번 하긴 했지만 인간이기에 그런 실수도 하는 거라고. 중요한 건 그것에 어떻게 대처하느냐라는 걸 아저씨에게서, 아저씨의 소음에서 느낄 수 있었고, 이제 내가 어떻게 실수를 그만할 수 있을지, 어떻게 모든 일이 다 괜찮아질지 말해줬고…….

문득 아저씨가 이런 이야기를 말로 하고 있는 게 아니란 걸 깨달았다. 아저씨는 내 머릿속으로 그걸 곧바로 보내고 있었다. 아니, 사실 그게 아니라 그 이야기로 나를 둘러싸고, 나를 그 한가운데 앉혀놓고, 아저씨가 하는 용서가 진실하다는 걸 알게 해줬다. 그리고 나는 몰랐다가 갑자기 알게 된 단어가 아저씨에게서 흘러나왔다. 면죄라는 말. 내가 원한다면 모든 일에 대한 면죄를 아저씨에게서 받을 수 있다고…….

"아저씨?" 나는 어리둥절해서, 아니, 그보다 더 큰 감정을 느끼며 물었다. "대체 어떻게 된 거예요? 아저씨 소음이……."

할 이야기가 아직 많단다. 아저씨는 이번에도 입으로 말하지 않았다. 슬슬 그게 이상하게 느껴지기 시작했지만 그 말에서 흘러나오는 따뜻한 기운이 나를 감쌌다. 그것은 온통 벤 아저씨로 가득 차 있었다. 내 가슴이 다시 무너져서 열렸다. 나는 나를 보며 미소 짓는 아저씨를 보며 같이 미소 지었다.

"토드?" 뒤에서 소리가 들렸다.

우리가 돌아봤다.

시장이 군중 끝에 서서 우리를 지켜보고 있었다.

〈바이올라〉

"토드?" 내가 시장 바로 옆에서 멈췄을 때 시장이 토드를 부르는 소리가 들렸다.

그 사람은 벤 아저씨였다. 정말 아저씨였다. 어떻게 이런 일이 일어났는지 모르겠지만 정말 벤 아저씨였다.

고개를 돌려 우리를 바라보는 아저씨와 행복에 취해 멍해진 토드의 소음이 두 사람 주위를 빙빙 돌다가 점점 커져서 아직까지 그들 옆의 배틀모어 위에 서 있는 스패클까지 포함해 사방으로 퍼져갔다. 나는 가슴이 뛰는 걸 느끼며 벤 아저씨를 향해 나아갔고…….

그렇게 달려가다가 시장 옆을 지나치면서 그의 얼굴을 슬쩍 봤는데⋯⋯.

그의 얼굴에서 고통이 보였다. 아주 잠깐이었지만 젤을 발라 번들거리는 얼굴 위로 고통이 스쳐 지나갔다. 그러다가 우리가 너무나 잘 아는 원래 시장의 얼굴, 생각에 잠겨 모든 것을 통제하는 그 얼굴로 돌아갔고⋯⋯.

"벤 아저씨!" 내가 부르자 아저씨는 한 팔을 벌려서 나를 안았다. 토드는 옆으로 물러났지만 벤 아저씨에게서 흘러나오는 기운이 너무 좋고 강력해서 토드는 우리 두 사람을 같이 껴안았다. 난 너무 행복해서 울기 시작했다.

"무어 씨. 당신이 사망했다는 보고는 과장된 것이었나 보군요." 시장이 멀리서 외쳤다.

당신이 죽었다는 소식도 마찬가지죠. 벤 아저씨는 입이 아니라 내가 지금까지 들어봤던 그 어떤 방식보다 직접적으로 소음을 사용해 말했다.

"정말 뜻밖이군요. 물론 경사네요. 정말 아주 큰 경사." 시장은 토드를 슬쩍 보면서 말했다.

하지만 그의 미소는 어두웠다.

토드는 눈치채지 못한 것 같았다.

"아저씨 목소리가 왜 그래요? 왜 그런 식으로 말해요?" 토드가 벤 아저씨에게 물었다.

"왜 그런지 난 알 것도 같은데." 시장이 대답했다.

하지만 토드는 들은 척도 안 했다.

"내가 다 설명하마." 아저씨는 처음으로 입을 움직여 말했지만 마치 아주 오랫동안 쓰지 않은 것처럼 목소리가 서걱거리고 어딘가 막혀 있었다. **하지만 먼저 이 말부터 하겠습니다.** 아저씨는 소음을 통해 시장과 그 뒤에 서 있는 사람들에게 말했다. 평화는 여전히 우리와 함께 있습니다. 땅은 여전히 평화를 원하고 있습니다. 진정한 신세계는 여전히 우리 모두에게 열려 있습니다. 저는 그 말을 전하러 여러분에게 왔습니다.

"그렇단 말이죠." 시장은 차가운 미소를 띤 채 말했다.

"그럼 쟤는 여기서 뭘 하고 있는 거죠? 저놈은 바이올라를 죽이려고 했어요. 평화에는 관심도 없다고요." 토드는 1017에게 고개를 까닥해 보이면서 말했다.

귀환은 실수를 저질렀지만 그를 용서해야 한다. 벤 아저씨가 말했다.

"누가 뭘 했다고요?" 토드가 어리둥절해져서 물었다.

하지만 1017은 우리를 아는 척도 하지 않고 도시에서 빠져나가기 위해 벌써 배틀모어를 돌려서 사람들 사이를 빠져나가기 시작했다.

"자, 자." 시장은 여전히 미소 띤 얼굴로 말했다. 벤 아저씨와 토드는 서로에게 기대서 있었다. 그 둘의 감정이 파도처럼 내게 밀려와 온갖 걱정에 시달리는 나까지 기분이 아주 좋아졌다. "자, 자." 시장이 모두 자기 말을 듣게 하려고 조금 더 큰 소리로 다시 말했다. "벤의 이야기를 어서 듣고 싶군요."

물론 그러겠죠, 데이비드. 하지만 먼저 내 아들과 할 이야기가 아직 많아요. 벤 아저씨는 소음을 이용한 그 이상한 방식으로 말했다.

그러자 토드에게서 벅찬 감정이 흘러나왔고…….

순간 시장의 얼굴에 또다시 고통이 언뜻 비치는 걸 토드는 보지 못했다.

〈토드〉

"하지만 이해가 안 돼요. 그럼 아저씨는 이제 스패클이 됐나요?" 나는 했던 질문을 또 던졌다.

아니. 스패클은 이 행성의 목소리로 말한다. 그들은 그 속에서 살아가지. 난 아주 오랫동안 그 목소리에 잠겨 있었기 때문에 이제 나도 그렇게 말하게 된 거야. 난 그들과 연결됐어. 벤 아저씨는 보통 인간의 소음보다 훨씬 선명하게 말했다.

연결됐다는 말이 또 나왔다.

우리는 내 텐트에 있었다. 아저씨와 나 둘만. 아무도 들어오지 못하게 앙가르드를 텐트 입구에 묶어놨다. 시장과 바이올라와 브래들리를 비롯한 모두가 밖에서 기다리며 우리가 나와서 대체 무슨 일인지 말해주길 바라고 있었다.

하지만 모두 실컷 기다리라지.

벤 아저씨를 되찾았으니 다시는 내 눈 밖으로 나가지 않도록 할 것이다.

나는 침을 꿀꺽 삼키고 잠시 생각했다. "이해가 안 돼요." 나는 또 그렇게 말했다.

"난 이게 우리 모두가 미래로 나아갈 길이 될 수 있다고 생각해." 아저씨는 잔뜩 쉰 목소리로 입을 움직여서 말했다. 그러다가 기침이 나오자 다시 소음으로 말했다. 우리 모두 이렇게 말하는 법을 배울 수 있다면, 우리와 스패클 사이에 더 이상 분열은 없을 거야. 사람들도 피가 갈리는 일이 없을 거고. 이게 바로 이 행성이 품은 비밀이란다, 토드. 아주 진실하고 활짝 열려 있는 의사소통 방식. 그렇게 우리는 마침내 서로를 이해할 수 있게 되는 거지.

나는 헛기침을 했다. "여자들은 소음이 없잖아요. 그럼 그들은 어떡해요?"

아저씨는 잠시 생각했다. 내가 여자들을 잊어버렸구나. 여자들 옆에 있어

본 지가 하도 오래돼서, 아저씨의 얼굴이 다시 환해졌다. 스패클 여자들은 소음이 있단다. 만약 남자들이 소음을 멈출 방법이 있다면—아저씨는 나를 봤다—여자들이 소음을 낼 방법도 분명 있을 거야.

"지금까지 여기 상황을 보면 아저씨의 그런 이야기가 별로 호응을 받지 못할 것 같은데요."

우리는 잠시 조용히 앉아 있었다. 뭐 그렇다고 완벽하게 조용한 건 아니었다. 아저씨의 소음이 계속 우리 주위를 빙글빙글 돌면서 내 소음을 받아들여 마치 그게 세상에서 가장 자연스러운 일인 것처럼 섞어버렸다. 그래서 나는 언제고 아저씨에 대한 모든 걸 알 수 있었다. 예를 들어 데이비에게 총을 맞은 후 죽을 곳을 찾아 아저씨가 덤불 밑으로 비틀거리며 들어가서 꼬박 하루 동안 누워 있었던 일. 그때 사냥하러 나온 스패클 무리에게 발견된 후에 거의 빈사 상태로 몇 달 동안 꿈을 꿨던 일, 이상한 목소리들로 이뤄진 세계에서 몇 달 동안 지내면서 스패클이 아는 모든 지식과 역사를 알게 되고, 새로운 이름들과 감정과 이해를 배웠던 일.

그다음에 아저씨는 변화된 상태로 잠에서 깼다.

하지만 여전히 벤 아저씨이기도 했다.

나는 소음을 최대한 활용해서 아저씨에게 말했다. 몇 달 동안 쓰지 않았던 것처럼 내 소음은 오랜만에 아주 활짝 열리고 자유롭게 느껴졌다. 여기서 일어났던 모든 일과 어쩌다가 이 제복을 입게 됐는지 아직도 이해가 잘 안 된다는 그런 말을 다 했다.

하지만 벤 아저씨는 이렇게만 물었다. 왜 바이올라는 우리랑 같이 여기 있지 않는 거니?

〈바이올라〉

"소외된 느낌이 들지 않니?" 시장은 다시 한 번 모닥불 주위를 서성이면서 물었다.

"별로요. 토드는 아빠랑 같이 있는데 뭘." 나는 그를 지켜보며 대답했다.

"진짜 아빠는 아니지." 시장이 오만상을 찡그리며 말했다.

"그 정도면 진짜 아빠죠."

시장은 차갑게 굳은 얼굴로 계속 서성거렸다.

"다만 당신이 한 말의 의미가……." 내가 입을 열었다.

"저 두 사람 나오면," 시장은 벤 아저씨와 토드가 이야기하고 있는 텐트를 향해 고갯짓을 해 보이며 말했다. 평범한 사람들의 것보다 훨씬 밀도가 진하고 복잡한 소음이 텐트 주위를 빙빙 돌고 있는 모습을 듣고 볼 수 있었다. "토드를 내게 보내라."

시장은 가버렸고, 오헤어 대위와 테이트 대위가 그를 따라갔다.

"왜 저런대?" 시장이 가는 모습을 지켜보며 브래들리가 물었다.

월프 아저씨가 대답했다. "자기 아들을 잃었다고 생각하는 거여."

"자기 아들요?"

"어쩌다 그렇게 됐는지 모르겠지만 시장은 토드가 데이비를 대신하는 아들이라고 생각해요. 저 사람이 토드에게 이야기하는 모습 봤잖아요." 내가 말했다.

"사람들 속에 있다가 들은 이야기가 좀 있어. 토드가 그를 변화시켰다는 이야기." 월프 아저씨 옆에 앉아 있는 리가 말했다.

"그런데 이제 토드의 진짜 아빠가 왔으니." 내가 말했다.

"최악의 순간에 온 셈이네." 리가 말했다.

"아니면 아슬아슬하게 때맞춰 온 건지도 모르고." 내가 대꾸했다.

텐트 입구가 벌어지면서 토드가 머리를 바깥으로 내밀었다.

"바이올라?"

나는 고개를 돌려서 토드를 봤고…….

그러자 토드가 하는 모든 생각을 들을 수 있었다.

모든 것.

전보다 더 선명하게, 그럴 수 있을 거라고 생각하지도 못할 만큼 아주 선명하게…….

이래도 되는지 모르겠지만 그의 눈을 보자 그게 보였다…….

토드가 느끼는 모든 감정의 한가운데에…….

우리가 싸운 후에도…….

내가 그를 의심한 후에도…….

내가 그에게 상처를 준 후에도…….

그가 얼마나 날 사랑하는지.

그리고 더 많은 게 보였다.

〈토드〉

"그래서 이제 어떻게 되는 거예요?" 내 침상 위에 나와 나란히 앉은 바이올라가 벤 아저씨에게 물었다. 나는 그녀의 손을 잡았다. 말없이 그냥 잡았고, 바이올라는 가만히 있었다. 그렇게 우리는 나란히 앉았다.

평화가 찾아오는 거지. 하늘이 그 폭발에 대해 알아보라고, 평화가 아직 가능한지 보라고 날 보냈다. 아저씨는 미소를 지었는데 또다시 소음으로 전해지는 그 미소가 우리의 마음을 건드려서 나도 모르게 마주 미소 지었다. 그리고 *평화는 가능하다. 귀환이 지금 하늘에게 그 말을 하고 있을 거다.*

"왜 1017이 믿을 만하다고 생각해요? 걔는 바이올라를 공격했어요."

나는 바이올라를 잡은 손에 힘을 주었다.

바이올라도 그에 화답해 힘을 줬다.

내가 그를 알기 때문이야. 난 그의 목소리를 들을 수 있고, 그 안에서 일어나는 갈등을 들을 수 있고, 밖으로 나오고 싶어 하는 선한 마음을 들을 수 있어. 그는 너와 같아, 토드. 그는 살인을 할 수 없어.

그 말에 나는 바닥을 내려다봤다.

"시장과 이야기를 해보셔야 할걸요. 아저씨가 돌아온 걸 못마땅해하는 것 같아요." 바이올라가 벤 아저씨에게 말했다.

그래. 나도 그런 인상을 받았다. 하지만 시장의 소음은 읽기가 아직 어렵구나. 벤 아저씨는 그렇게 말하면서 일어섰다. "하지만 그도 전쟁이 끝났다는 걸 알아야 해." 아저씨는 쉰 목소리로 말했다.

아저씨는 나란히 앉아 있는 나와 바이올라를 보고 살며시 미소 짓더니, 우리를 텐트 안에 남겨놓고 나갔다.

우리는 한동안 아무 말도 하지 않았다.

더 오랫동안 그러고 있었는지도 모른다.

그리고 나는 벤 아저씨를 본 후로 계속 머릿속에 떠돌던 생각을 바이올라에게 말했다.

〈바이올라〉

"프렌티스타운으로 돌아가고 싶어." 토드가 말했다.

"뭐라고?" 토드의 소음에서 소용돌이치는 그 생각을 보긴 했지만 그래도 나는 놀랐다.

"꼭 프렌티스타운은 아니더라도. 여기 말고 다른 곳."

나는 똑바로 앉았다. "토드, 여긴 이제 겨우 시작하려고 하는데······."

"하지만 곧 본격적으로 시작하겠지. 우주선들이 올 거고 이주민들이 깨어날 거고 그다음에는 새 도시가 생길 거야. 새로운 사람들이 들어오고. 도시에서 한동안 살아봤는데, 난 도시가 별로 마음에 안 들어." 토드는 여전히 내 손을 잡은 채 말했다. 그리고 고개를 돌렸다.

벤 아저씨가 나간 후로 그의 소음은 점점 조용해지고 있었지만 그가 이주민들이 도착한 후의 삶을 상상하는 걸 볼 수 있었다. 사람들의 일상이 원래대로 돌아가고, 강의 상류를 따라 다시 흩어져 사는 모습을.

"넌 떠나고 싶구나."

토드가 다시 나를 바라봤다. "너도 같이 갔으면 좋겠어. 벤 아저씨도. 그리고 아마 월프 아저씨랑 제인 아줌마도. 브래들리도 원한다면 같이 가고. 로손 선생님도 좋은 사람처럼 보이던데, 우리가 마을을 하나 만들 순 없을까? 이 모든 것에서 멀리 떨어진 마을 말이야. 시장에게서 멀리 떨어진 마을." 그는 한숨을 쉬었다.

"하지만 시장을 감시해야 하잖아······."

"새로 오는 사람들이 5000명이나 되잖아. 그들은 시장이 어떤 사람인지 전부 다 알게 될 거야. 게다가 내가 그를 위해 할 수 있는 건 다 했다는 생각이 들어. 이제 지쳤어." 토드는 다시 땅바닥을 내려다봤다.

토드의 말을 듣다 보니 나도 얼마나 지쳤는지 깨달았다. 이 모든 일을 겪느라 진이 다 빠졌다. 그러니 토드가 얼마나 지쳤을지, 얼마나 지쳐 보이는지 알아차리자 마음이 아파서 목이 메기 시작했다.

"난 여기를 떠나고 싶어. 너도 나랑 같이 갔으면 좋겠어."

우리는 아주 오랫동안 말없이 앉아 있었다.

"그 사람이 네 머릿속에 있어, 토드. 내가 봤어. 어떻게 했는지는 모르겠지만 마치 두 사람이 연결돼 있는 것 같았어." 내가 마침내 말했다.

토드는 연결돼 있다는 말에 다시 한숨을 쉬었다. "나도 알아. 그래서 가고 싶은 거야. 위험할 뻔한 적도 있지만 난 내가 누군지 잊지 않을 거야. 벤 아저씨가 내가 알아야 할 모든 것을 다시 일깨워 줬어. 맞아. 나는 시장과 연결돼 있어. 하지만 내가 그를 이 전쟁으로 끌어들였어."

"그 사람이 사람들에게 무슨 짓을 하는지 봤어?"

"이제 거의 끝났어. 우린 평화를 갖게 될 거고, 그는 승리하게 될 거야. 그럼 나는 필요 없어지겠지. 그 사람은 그렇게 생각하지 않겠지만. 이주민들이 오면 시장은 영웅이 되겠지만 그 많은 사람들을 상대로 이길 순 없어. 그때 우린 빨리 여기를 떠나자, 알았지?"

"토드……."

"거의 다 끝났어. 그때까진 나도 버틸 수 있어." 토드는 다시 그렇게 말했다.

그리고 날 다른 눈빛으로 바라봤다.

그의 소음은 계속 조용해졌지만 나는 볼 수 있었다…….

그의 손에 닿은 내 피부를 어떻게 느끼고 있는지, 그가 얼마나 내 손을 들어 거기에 입술을 대고 싶은지, 얼마나 나의 체취를 들이마시고 싶어 하는지, 그의 눈에 내가 얼마나 아름답게 보이는지, 그렇게 심하게 아프고 난 후에 얼마나 강해졌는지, 얼마나 내 목을 가볍게 만져보고 싶어 하는지, 바로 여기, 그가 얼마나 날 안고 싶어 하는지…….

"아, 맙소사. 바이올라, 미안해. 난 그럴 생각이……." 토드가 갑자기 나를 외면하며 말했다.

하지만 나는 그의 뒷목에 내 손을 갖다 댔다.

"바이올라……?"

나는 그에게 다가가서…….

그에게 키스했다.

마침내 키스를 했다는 그런 느낌이었다.

〈토드〉

"전적으로 동의합니다." 시장이 벤 아저씨에게 말했다.

그래요? 벤 아저씨가 놀라서 대답했다.

우리는 모두 모닥불을 둘러싸고 모여 있었고, 바이올라는 내 옆에 앉아 있었다.

다시 내 손을 잡고 있었다.

다시는 놓지 않을 것처럼 꼭 잡고 있었다.

"그렇다니까요. 내가 수도 없이 말했듯이 난 평화를 원합니다. 그게 내가 진정으로 원하는 겁니다. 못 믿겠으면 내게 이익이 되니까 그런다고 생각하세요."

그럼 좋습니다. 우린 계획대로 평화 협상을 계속할 겁니다. 다만 당신은 부상당했는데 회의에 참가할 수 있나요?

시장의 눈이 순간 번득였다. "무슨 부상을 말하는 겁니까, 무어 씨?"

우리 모두 시장의 얼굴을 뒤덮은 화상 젤과 뒷목과 머리를 감고 있는 붕대를 보는 동안 침묵이 흘렀다.

하지만 시장의 얼굴로 봐선 아무 고통도 느끼지 않는 것처럼 보였다.

"그동안 당장 해야 할 일들이 있습니다. 확인시켜야 할 것들도 있고." 시장이 말했다.

"누구에게 확인을 시킨다는 거죠?" 바이올라가 물었다.

"우선 언덕 꼭대기에 있는 사람들부터. 아직까지는 순교자의 군대로 집결하지 않았겠지만, 코일 선생이 실패할 경우에 대비해 브레이스웨이트 선생에게 어떻게 하라는 지시를 내리지 않았다면 그거야말로 놀랄 일이지. 누가 거기 가서 그 문제를 해결해야 해."

"내가 가죠. 선생님들도 내 말은 들을 겁니다." 로손 선생님이 얼굴을 찡그리며 말했다.

"나도 갈게요." 리가 자신의 소음이 나와 바이올라에게 가지 않게 피하면서 지원했다.

"우리의 친구 윌프가 수레로 모셔다 드리면 되겠군요." 시장이 정리했다.

우리 모두 그 말에 고개를 들었다. "내가 정찰기로 모두 태우고 갈 건데요." 브래들리가 말했다.

"그래서 밤새 거기 가 있겠다고요?" 시장이 그렇게 물어보면서 브래들리를 노려봤다(윙 소리가 들린 것 같기도 하다……). "시내에 있는 이들보다 훨씬 뛰어난 화상 치료사들을 데리고 내일 아침에나 오려고요? 게다가 내 생각에 브래들리 당신은 지금 당장 벤과 바이올라와 함께 스패클에게 가봐야 합니다."

"뭐라고요? 하지만 우리는 내일 만나기로 약속했는데……." 바이올라가 말했다.

"내일이 되면 코일 선생이 원했던 분열이 더 깊어질 거다. 1차 평화 회담의 영웅인 네가 오늘 밤 모든 문제를 해결한 후에 돌아온다면 상황이 얼마나 더 좋아지겠니? 예를 들어 막혀 있던 강물이 다시 흐르게 된다면?"

"나도 벤 아저씨랑 같이 가고 싶어요. 난 여기서……." 내가 말했다.

"미안하다, 토드. 정말 미안하지만 넌 평소 하던 대로 여기서 나랑

있으면서 내가 다른 사람이 싫어할 만한 일을 저지르지 않도록 지켜
봐야 하잖니."

"안 돼요." 바이올라가 놀랍도록 큰 목소리로 저지했다.

"지금까지 아무 소리 안 해놓고 이제 와서 걱정되니? 고작 몇 시간
떨어져 있는 거야, 바이올라. 그리고 코일 선생이 사망했으니 이 전쟁
에서 승리한 공은 전적으로 내가 차지하게 된다. 내가 똑바로 처신해야
할 이유가 차고 넘치는 셈이지. 내 말을 믿어라. 이주민들이 내게 왕관
을 씌워줄지도 모르잖니." 시장은 싱글거리는 얼굴로 바이올라를 보며
말했다.

모두 서로의 얼굴을 보면서 시장의 제안을 고려해 보는 동안 긴 침묵
이 흘렀다.

다 합리적으로 들리는군요. 물론 왕관만 빼놓고 말입니다. 벤 아저씨가 마
침내 말했다.

모두 그 계획에 대해 이야기하는 동안 나는 시장을 찬찬히 지켜봤다.
그는 곧바로 나를 봤다. 시장이 내게 화를 낼 줄 알았는데.

내 눈에 보이는 건 슬픔이었다.

그제야 나는 깨달았다…….

시장은 지금 작별 인사를 하고 있었다.

〈바이올라〉

"벤이라는 사람의 소음은 대단하더라. 마치 그 속에 온 세상이 들어
있는 것 같아. 그리고 모든 것이 너무나 또렷해." 내가 언덕 꼭대기로
우리를 싣고 갈 수레에 리가 올라타는 것을 돕는 동안 그가 말했다.

우리는 좀 더 의논한 후에 시장의 계획을 받아들이기로 결정했다. 나

와 브래들리와 벤 아저씨는 말을 타고 스패클에게 가기로 했다. 리와 월프 아저씨와 로손 선생님은 언덕 위로 올라가서 사람들을 진정시키기로 했다. 토드와 시장은 여기 시내에 남아서 현재 상황을 유지하고, 우리 모두 최대한 빨리 돌아오려고 노력할 것이다.

토드는 이제 벤 아저씨가 돌아왔으니 둘만 있을 때 시장이 그에게 작별 인사를 하고 싶어 하는 것 같다고 말했다. 그러니까 이런 때에 토드가 시장 옆에 있지 않는다면 더 위험한 일이 일어날 것 같다고. 나는 그래도 반대했지만 벤 아저씨가 토드의 말에 동의해서 할 수 없이 포기했다. 아저씨는 진짜 평화가 오기까지 얼마 안 남았고, 토드가 시장에게 어떤 선한 영향력을 발휘하건 그게 가장 필요한 때가 지금이라고 말했다.

그래도 나는 여전히 걱정이 됐다.

"아저씨가 그러는데 스패클들은 다 그렇게 대화한대. 이 행성에 완벽하게 적응하기 위해 그렇게 진화했다나." 나는 리에게 말해줬다.

"그럼 우리는 적응을 잘 못한 거네?"

"아저씨 말로는 아저씨가 했으니 우리도 배울 수 있다고 했어."

"여자들은? 여자들은 어쩌고?"

"시장은? 시장도 이젠 소음이 없잖아."

"토드도 그래." 리의 말이 맞았다. 토드가 벤 아저씨에게서 멀어질수록 그의 소음은 더욱 조용해졌다. 그때 리의 소음에서 토드가 보였다. 나와 토드가 텐트에서……

"아니야! 그런 일은 없었어!" 나는 얼굴을 붉히며 말했다.

"뭔가 있었어. 너희 둘은 거기에 오랫동안 있었잖아." 리가 중얼거렸다.

나는 아무 대꾸도 하지 않고 월프 아저씨가 황소들에게 멍에를 씌워 수레 앞에 매고, 로손 선생님이 언덕으로 챙겨 가고 싶은 물건들을 가지고 수선을 피우는 모습을 바라봤다.

"토드가 같이 떠나자고 했어." 시간이 좀 흐른 후에 내가 말했다.

"언제? 어디로?" 리가 물었다.

"이 일이 다 끝나면 최대한 빨리."

"갈 거야?"

나는 대답하지 않았다.

"토드는 널 사랑해, 이 바보야. 장님이라도 그건 볼 수 있어." 리는 다정하게 말했다.

"나도 알아." 나는 속삭이면서 브래들리가 타고 갈 수 있도록 토드가 앙가르드에게 안장을 얹고 있는 모닥불 옆을 돌아봤다.

"다 준비됐다." 월프 아저씨가 와서 알렸다.

나는 아저씨를 껴안았다. "행운을 빌어요, 아저씨. 내일 만나요."

"너도 행운을 빈다, 바이올라."

나는 리도 껴안았는데 그때 리가 내 귀에 대고 속삭였다. "네가 떠나면 그리울 거야."

나는 리에게서 몸을 떼고 로손 선생님까지 껴안았다. "넌 아주 건강해 보이는구나. 마치 새 사람 같아."

월프 아저씨가 고삐를 내리치자 수레는 폐허가 된 성당을 돌아, 그 오랜 시간이 지났는데도 아직까지 서 있는 종탑을 돌아갔다.

나는 그들이 보이지 않을 때까지 지켜봤다.

그때 내 코끝에 눈송이가 하나 내려앉았다.

〈토드〉

떨어지는 눈송이를 잡으려고 손을 내밀면서 나는 미친놈처럼 큰 소리로 웃었다. 작고 완벽한 크리스털 같은 눈송이는 내 손바닥에 닿자마자 바로 녹아버렸다. 불에 덴 손바닥은 여전히 벌겠다.

"몇 년 만에 처음으로 보는 눈이구나." 시장도 다른 사람들처럼 고개를 들어 온 세상에 내리는 하얀 깃털 같은 눈을 바라봤다.

"근사하지 않아요? 벤 아저씨!" 나는 여전히 웃으면서 벤 아저씨가 자기가 타고 온 배틀모어에게 앙가르드를 소개시키고 있는 곳으로 가려고 했다.

"잠깐만 기다려라, 토드." 시장이 말했다.

"왜요?" 나는 시장보다는 벤 아저씨와 같이 눈 구경을 하고 싶은 마음에 조금 짜증스럽게 대꾸했다.

"벤에게 무슨 일이 일어났는지 알 것 같다." 우리는 다시 벤 아저씨를 봤다. 아저씨는 여전히 말들과 이야기하고 있었다.

"아저씨에게는 아무 일도 일어나지 않았어요. 아저씨는 여전히 같은 사람이에요."

"과연 그럴까? 스패클이 벤의 소음을 열어났다. 그게 인간에게 어떤 영향을 미칠지 우린 사실 모르잖아."

나는 얼굴을 찌푸렸다. 뱃속이 부글부글 끓는 게 느껴졌다. 그건 분노였다.

하지만 약간의 두려움도 있었다.

"아저씨는 괜찮아요."

"네가 걱정돼서 이런 말을 하는 거야, 토드. 벤을 되찾아서 네가 얼마나 행복해하는지 안다. 아버지가 돌아온 게 얼마나 큰 의미인지 안다고." 시장의 말은 진심처럼 들렸다.

나는 시장을 빤히 보면서, 대체 무슨 속셈인지 알아내려고 시도하며 내 소음을 가볍게 유지했다. 우리는 서로에게 절대 자신의 생각을 드러내지 않는 두 개의 돌멩이 같았다.

두 개의 돌이 천천히 눈에 덮여가고 있었다.

"아저씨가 위험에 빠진 것 같아요?" 내가 마침내 물었다.

"이 행성은 정보 그 자체야. 정보는 절대 멈추지 않고 항상 흘러 다니지. 이 행성이 너에게 주고 싶어 하는 정보, 다른 이들과 공유하고 싶어서 너에게서 가져가려는 정보. 너는 거기에 두 가지 방식으로 반응할 수 있다고 생각한다. 네가 얼마나 많은 정보를 내줄 건지를 스스로 통제하는 거지. 그동안 너와 내가 우리의 소음을 차단해 왔던 것처럼."

"혹은 거기에 완전히 자신을 열 수도 있겠죠." 나는 벤 아저씨를 돌아보며 말했다. 아저씨는 나와 눈이 마주치자 미소를 지었다.

"어느 쪽이 맞는 방식일지는 두고 봐야 알겠지. 하지만 네가 너라면 벤에게서 눈을 떼지 않을 거다. 벤을 위해 말이야."

"그건 걱정할 필요 없어요. 아저씨의 남은 평생을 내가 지켜볼 거니까." 나는 다시 고개를 돌려 시장을 보며 말했다.

벤 아저씨의 미소를 보고 따뜻해진 마음에 나도 미소를 지으며 한 말이지만 순간 시장의 눈이 번득였다.

그것은 고통의 번득임이었다.

하지만 금방 사라졌다.

"나도 그렇게 지켜봐 주면 좋을 텐데. 내가 올바르게 살아갈 수 있도록 말이야." 시장은 항상 짓는 그 미소를 보이며 말했다.

나는 침을 꿀꺽 삼켰다. "당신은 잘 지낼 거예요. 내가 있건 없건."

그러자 그의 눈에 다시 고통이 비쳤다. "그래, 그래. 그럴 것 같다."

〈바이올라〉

"너 밀가루 위에서 한바탕 구른 것 같아." 토드가 다가왔을 때 내가 말했다.

"너도 그래."

내가 머리를 흔들자 눈가루가 조금 떨어졌다. 나는 이미 에이콘을 타고 있었는데, 말들이 토드에게 인사하는 소리가 들렸다. 브래들리를 태우고 있는 앙가르드는 더욱 토드를 반겼다.

참 예쁜 말이구나. 그런데 사랑에 빠진 것 같아. 배틀모어를 타고 있는 벤 아저씨가 말했다.

수망아지. 앙가르드는 그렇게 말하면서 배틀모어에게 고개를 숙이고 나서 머리를 돌렸다.

"여러분이 제일 먼저 해야 할 일은 스패클을 안심시키는 겁니다. 그들에게 우리는 평화에 전념하고 있다고 전해줘요. 그리고 눈에 보이는 성과를 얻어낼 수 있는지 한번 협상해 보세요." 시장이 다가오며 말했다.

"예를 들면 강물을 열어주는 것 말이죠. 나도 동의해요. 사람들에게 희망을 가질 만한 이유가 있다는 걸 보여줘야죠." 브래들리가 말했다.

"최선을 다할게요." 내가 말했다.

"물론 그러리라 믿는다, 바이올라. 넌 항상 그래 왔으니까." 시장이 말했다.

하지만 그런 와중에도 시장은 작별 인사를 나누는 토드와 벤만 뚫어져라 보고 있었다.

몇 시간만 떨어져 있으면 돼. 벤 아저씨의 말이 들렸다. 아저씨의 소음은 언제나 환하고 따뜻하고 듣는 사람의 마음을 편안하게 해준다.

"몸조심해야 해요. 세 번씩이나 아저씨를 잃지는 않을 거니까."

음, 그런 일은 결코 없을 거야. 벤 아저씨는 미소를 지었다.

두 사람은 부자지간처럼 따뜻하고 강한 포옹을 했다.

나는 계속 시장의 얼굴을 지켜봤다.

"행운을 빌어." 토드는 내게 다가와서 말하더니 목소리를 낮췄다. "내가 한 말 잘 생각해 봐. 미래에 대해 잘 생각해 보라고. 이제 우리에게 진짜 미래가 생겼으니까." 그는 수줍게 웃었다.

"너 정말 괜찮아? 내가 여기 남을 수도 있어. 브래들리가……."

"내가 말했잖아. 시장은 그저 나에게 작별 인사를 하고 싶은 것 같아. 그래서 이상하게 구는 거야. 이제 정말 다 끝났어."

"정말 너 혼자 괜찮겠어?"

"괜찮아. 지금까지 시장과 그럭저럭 잘 지냈잖아. 몇 시간 더 버틸 수 있어."

우리는 다시 손을 꼭 잡고 잠시 그대로 있었다.

"그렇게 할게, 토드. 너랑 같이 갈게." 나는 속삭였다.

토드는 아무 대꾸도 하지 않고, 그저 내 손을 더 세게 쥐고 자신의 얼굴에 댔다.

〈토드〉

"눈이 점점 많이 오고 있어요." 내가 말했다.

바이올라와 벤 아저씨와 브래들리가 떠난 지 좀 됐다. 나는 영상으로 그들이 눈을 맞으며 스패클이 있는 언덕을 천천히 올라가는 모습을 지켜봤다. 바이올라는 도착하면 연락하겠다고 했지만 그래도 그들이 가는 모습을 확인한다고 해서 나쁠 것 없으니까.

"함박눈이니 걱정하지 않아도 된다. 눈송이가 작고 비처럼 쏟아질 때는 눈보라가 오니 조심해야 하지만, 이건 별거 아니야." 시장은 소매에 쌓인 눈을 털어냈다.

"그래도 눈은 눈이죠." 나는 멀리 있는 말들과 배틀모어를 지켜보며 대꾸했다.

"가자, 토드. 네 도움이 필요하다."

"도움이라고요?"

그는 자신의 얼굴을 가리켰다. "내 입으로 다친 곳이 없다고 했다만 그게 다 화상 젤 덕분인 것 같다."

"하지만 로손 선생님은……."

"선생은 언덕으로 돌아갔지. 내게 약을 발라주고 네 손에도 발라라. 효과가 좋더구나."

나는 내 손을 내려다봤다. 약 기운이 가시자 다시 쓰라리기 시작했다.

"좋아요."

우리는 광장 한쪽 구석에 착륙해 있는 정찰기로 가서 경사로를 올라가 치료실로 들어갔다. 시장은 침대에 앉아 제복 재킷을 벗어서 옆에 개켜놓고 뒤통수와 목에 붙인 거즈들을 떼어내기 시작했다.

"그건 그대로 놔둬요. 아직 쓸 만한데."

"너무 당긴다. 새 걸로 좀 더 느슨하게 붙여줘."

나는 한숨을 쉬었다. "알았어요." 나는 약장 서랍에 가서 화상용 거즈들과 그의 얼굴에 바를 화상 젤이 들어 있는 통을 꺼냈다. 그리고 거즈 껍질을 벗기고 시장의 고개를 앞으로 숙이게 한 후에 뒤통수에 생긴 끔찍한 화상 위에 살짝 붙였다. "상태가 안 좋아 보이는데요."

"네가 날 구해주지 않았다면 더 안 좋았겠지, 토드." 약 기운이 상처 속으로 들어가 몸 전체로 퍼져가는 동안 시장은 안도의 한숨을 내쉬었다. 그리고 일어나 앉아서 젤을 바를 수 있도록 얼굴을 내밀었다. 그가 짓고 있는 미소가 어쩐지 슬퍼 보였다. "내가 너에게 거즈를 붙여줬던 때를 기억하니, 토드? 몇 달 전 말이다."

"잊을 리가 있겠어요." 나는 시장의 이마에 젤을 바르면서 말했다.

"난 그때 처음 우리가 진정으로 서로를 이해했다고 생각한다. 내가 그렇게 나쁜 사람은 아니란 걸 네가 봤을 때 말이야."

"아마도요." 나는 손가락 두 개로 그의 불그스름해진 광대뼈에 조심스럽게 젤을 문지르면서 대꾸했다.

"그때가 바로 이 모든 일이 정말로 시작된 순간이었어."

"나에게는 그보다 훨씬 전에 시작됐어요."

"그런데 이제 너는 그 보답으로 내게 거즈를 붙여주고 있구나. 이 모든 게 끝나는 순간에 말이다."

나는 손을 치켜든 채 동작을 멈췄다. "뭐가 어디서 끝나요?"

"벤이 돌아왔어, 토드. 난 그게 어떤 의미인지 모르지 않는다."

"그게 무슨 뜻이죠?" 나는 잔뜩 경계하면서 그를 바라봤다.

시장이 다시 미소를 지었다. 한없이 슬퍼 보이는 미소였다. "난 지금도 네 마음을 읽을 수 있어. 다른 사람은 못 하지만 이 행성에 나와 같은 사람은 없잖아? 난 네가 어두운 심연처럼 조용할 때조차도 네 마음을 읽을 수 있다."

나는 몸을 뒤로 뺐다.

"넌 벤이랑 떠나고 싶어 하지. 그건 이해할 수 있다. 이 모든 일이 끝나면 넌 벤과 바이올라와 같이 떠나서 먼 곳에서 새로운 인생을 시작하고 싶을 거야. 날 떠나는 거지." 시장은 얼굴을 살짝 찡그렸다.

그의 말은 위협적이지 않았다. 사실 내가 예상하고 있던 작별 인사지만, 이제 방에는 기이한 느낌이 흘렀다.

(그리고 윙 소리도……)

(나는 처음으로 그 소리를 의식하고 있다……)

(그 소리가 내 머릿속에서 완벽하게 빠져나갔다……)

(어쩐지 그게 더 무시무시하다……)

"난 당신 아들이 아니에요."

"그렇게 될 수도 있었어. 그랬다면 넌 얼마나 대단한 아들이 됐을까? 마침내 내가 가진 모든 걸 물려줄 수 있는 아들. 소음에 힘이 깃들어 있는 아들." 시장은 속삭이듯 말했다.

"난 당신과 달라요. 난 절대 당신처럼 되지 않아."

"그렇지, 넌 다르지. 네 진짜 아버지가 여기 왔으니까. 비록 우리가 똑같은 제복을 입고 있더라도 말이지. 안 그래, 토드?"

나는 제복을 내려다봤다. 그의 말이 맞았다. 심지어 시장의 제복과 크기도 거의 같았다.

시장이 얼굴을 살짝 돌려서 내 옆을 봤다.

"이젠 나와도 돼, 병사. 자네가 거기 있는 거 알고 있어."

"뭐라고요?" 나는 문 쪽으로 고개를 돌렸다.

때맞춰 이반이 들어와 겸연쩍은 표정으로 말했다. "경사로가 내려져 있어서, 전 그저 여기에 들어와선 안 될 사람이 들어왔는지 확인하려고요."

"언제나 권력이 있는 곳을 찾아다닌단 말이야, 패로우 상병. 흠, 유감스럽게도 여기에는 없어." 시장이 슬픈 미소를 지으며 말했다.

이반은 불안한 눈빛으로 나를 흘긋 봤다. "그럼 전 이만 가보겠습니다."

"그래. 자네는 결국 그래야 할 것 같아." 시장이 말했다.

그리고 침착하게 침대 위에 개켜둔 재킷으로 손을 뻗었다. 나와 이반이 거기 그대로 서서 지켜보는 동안 그는 주머니에 손을 넣어, 총을 꺼내서, 표정 하나 안 바꾸고 이반의 머리를 쐈다.

〈바이올라〉

그 소리를 들었을 때 우리는 언덕 꼭대기에서 하늘과 1017이 기다리고 있는 스패클 야영장으로 막 들어가려던 참이었다.

나는 안장 위에서 몸을 돌려 시내를 돌아봤다.

"저거 총소리예요?"

〈토드〉

"당신은 미쳤어." 나는 이제 두 손을 들어 올린 채 문을 향해, 이반의 시체가 사방으로 피를 흘리고 있는 곳으로 조금씩 걸어갔다. 이반은 움직이지 않았다. 시장이 총을 들었을 때 움찔하지도, 자신의 죽음을 막기 위해 아무 행동도 하지 않았다.

나는 그 이유를 안다.

"당신은 날 조종할 수 없어. 그럴 수 없어. 난 당신과 싸워서 이길 거야."

"그래, 토드? 거기 서." 시장은 여전히 낮은 목소리로 말했다.

나는 멈췄다.

내 발이 땅바닥에 그대로 얼어붙은 느낌이었다. 나는 아직 두 손을 들고 있었고, 아무 데도 갈 수 없었다.

"지금껏 넌 정말 네가 우위에 있다고 믿었니?" 시장이 권총을 든 채 침대에서 일어났다. "참 귀엽기도 하지." 시장은 이 상황을 즐기는 것처럼 웃었다. "이거 아니? 넌 그랬어. 넌 정말 나보다 우위에 있었어. 네가 진짜 아들처럼 굴었을 때는 달라고 하면 뭐든 다 줬을 거야, 토드. 내가 바이올라를 구하고, 이 도시를 구하고, 평화를 위해 싸운 건 다 네가 원했기 때문이야."

"저리 가요." 나는 그렇게 말했지만 내 발은 여전히 꿈쩍도 하지 않았다. 난 이 빌어먹을 바닥에서 발을 뗄 수 없다.

"그러다가 네가 내 목숨을 구했다, 토드. 그 여자 대신 날 구했어. 난 생각했지. 이 아이는 내 편이구나. 정말 내 편이구나. 내가 평생 바라던 진정한 내 아들이구나." 시장은 나를 향해 다가오며 말했다.

"날 보내줘요." 나는 그렇게 말했지만 이 두 손을 내 귀에 갖다 댈 수조차 없었다.

"그랬는데 벤이 왔어. 모든 것이 완벽해지려는 바로 그 순간, 너와 내가 이 세계의 운명을 손에 쥔 바로 그 순간에." 시장의 목소리는 불타오르는 것처럼 격렬했다. 그는 마치 내게 이 세상의 운명을 보여주려는 것처럼 손을 벌렸다. "그러자 그것이 눈처럼 녹아버렸지."

바이올라. 나는 시장을 보며 그의 머리를 향해 강하게 생각을 날렸다.

그는 나를 보며 미소 지었다. "전처럼 그렇게 강하지 않지? 네 소음이 조용했을 때처럼 쉽게 되지 않지?"

시장이 무슨 짓을 했는지 깨닫자 가슴이 철렁 내려앉았다.

"그건 내가 한 게 아니야, 토드. 네가 한 거지. 네가 다 자초했어."

시장이 내게 다가와 총을 들었다.

"넌 내 심장을 갈기갈기 찢어놨다, 토드 휴잇. 아버지의 마음을 아프게 했어."

시장이 개머리판으로 내 관자놀이를 후려치자 세상이 어두워졌다.

다가온 미래

하늘은 구름에서 떨어지는 얼음을 맞으며 배틀모어를 타고 내게 왔다. 그것은 흰 나뭇잎처럼 내려와서 땅을, 우리를, 우리가 타고 있는 배틀모어를 담요처럼 덮어주었다.

이것은 다가올 미래의 전조다. 새 시대가 시작되고, 과거를 깨끗이 지워서 새로운 내일을 시작할 수 있다는 신호야. 하늘은 행복하게 보여졌다.

아니면 그냥 날씨인지도 모르죠.

그는 웃었다. 하늘은 바로 그렇게 생각해야 한다. 이것은 미래인가? 아니면 그냥 날씨인가?

나는 배틀모어를 타고 언덕 가장자리로 향했다. 거기서는 세 사람이 여기로 올라오는 모습을 좀 더 또렷하게 볼 수 있다. 그들은 언덕으로 올라오기 전의 마지막 빈터를 건너고 있었다. 내일까지 기다리지 않고 지금 오고 있다. 분명 그들을 갈라놓는 불화를 가라앉히기 위해 평화가 이뤄질 거라는 신호를 찾고 싶을 것이다. 하늘은 이미 우리가 강을 막아놓은 곳에 땅을 대기시켜 놨다. 강물이 원래대로 흐르도록 천천히 풀어달라고 그들이 부탁할 걸 알고 있으니까.

우린 그렇게 할 것이다. 협상을 한 후에.

내가 하늘이 될 걸 어떻게 알죠? 당신은 땅에게 누굴 선택하라고 말할 수 없잖아요. 땅의 목소리에서 봤어요. 땅은 하늘이 목숨을 다한 후에 그다음 하늘을 합의하더군요.

맞다. 하지만 그둘에게 다른 선택이 있어 보이지 않는다. 하늘은 이끼로 만든 외투를 여미며 보여줬다.

난 자격이 없습니다. 난 아직도 빈터에게 분노하고, 그들이 죽어 마땅한 때에도 그들을 죽이지 못했습니다.

그런 갈등이 하늘을 만들어 낸다는 생각은 하지 않나? 네게 죽어진 두 개의 답이 불가능해 보일 때 세 번째 선택을 찾는 것이? 너만이 그런 무게를 지고 가는 것이 어떤지 잘 알고 있다. 너만이 이미 그런 선택들을 했고.

아래를 내려다보자 정보원 말고도 전에 여기 왔던 빈터 둘이 보였다. 거무스름한 피부에 소음이 큰 남자.

그리고 칼의 특별한 사람.

칼을 다시 보니 어떤 생각이 들었니? 하늘이 물었다.

왜냐하면 그가 거기 있었으니까.

칼은 정보원을 향해 달려오면서 나를 봤지만 멈칫하지도 않고 그대로 정보원에게 갔다. 그가 너무나 큰 기쁨과 사랑으로 정보원을 맞아서 나는 그 자리를 떠날 뻔했다. 그때 정보원의 목소리가 칼과 같은 감정을 가지고 활짝 열려서 근처에 있던 모든 이에게로 퍼져갔다.

귀환을 포함해서.

잠시 나는 그 기쁨 속에, 그 사랑과 행복 속에, 그들의 재회와 재결합 속에 있었다. 다시 본 칼은 또다시 결함이 있는 빈터로 보였지만 정보원이 칼을 용서하는 동안, 칼의 모든 죄를 사해주는 동안……

토드가 한 모든 짓을 사해주는 동안……

내 목소리 역시 죄를 사해주고 있음을 느꼈다. 내 목소리가 정보원의 목소리와 합쳐져 칼을 용서하고, 모든 것을 내려놓고 그가 내게 한 모든 나쁜 짓, 그가 우리에게 한 모든 나쁜 짓을 잊겠다고 말하는 걸 느꼈다.

정보원의 목소리를 통해 칼이 내가 할 수 있는 것보다 더 혹독하게 자신이 저지른 범죄들에 대해 자책하고 있는 걸 보았으니까.

그는 그저 빈터 중 하나일 뿐입니다. 평범한 존재죠. 나는 하늘에게 보여졌다.

그렇지 않아. 그는 귀환이 땅 가운데서 놀라운 존재인 것처럼 빈터 가운데서 그런 존재다. 그래서 내가 여기 도착했을 때 그를 용서할 수 없었던 거야. 그래서 이제 정보원의 목소리를 통해서 내가 그를 용서했잖니. 하늘은 부드럽게 보여졌다.

저 스스로 용서한 게 아닙니다……

하지만 너는 그게 어떻게 가능한지 내 눈으로 봤다. 그 자체만으로도 넌 정말 놀라운 존재야.

전 그렇게 느껴지지 않습니다. 그저 피로를 느낄 뿐입니다.

마침내 평화가 왔다. 넌 쉬게 될 거야. 넌 행복해질 것이다. 하늘이 내 어깨에 한 손을 얹었다.

이제 그의 목소리가 날 둘러쌌고, 나는 놀라서 숨을 들이마셨다……

하늘의 목소리가 미래를, 그가 입에 올리는 법이 거의 없는 미래를 말하고 있었다. 최근에는 현실이 너무 암울했으니까.

하지만 지금 그가 보는 미래는 떨어지는 얼음 송이처럼 환했다.

빈터가 약속을 지켜서 자기 땅에서 지내고, 지금 이 언덕 위에서 우리를 둘러싸고 있는 땅은 전쟁에 시달리지 않고 살 수 있는 미래.

빈터가 땅의 목소리로 말하는 법을 배우는 미래, 두 종족이 서로를 이해할 뿐 아니라 그걸 바라는 미래.

내가 하늘 옆에서 일하며 지도자가 되는 법을 배우는 미래.

그가 날 지도하고 가르치는 미래.

햇빛이 찬란한 곳에서 쉬는 미래.

더 이상 죽음이 없는 미래.

하늘이 내 어깨를 손으로 살짝 쥐었다.

키환에게는 아버지가 없다. 하늘에게는 아들이 없고.

나는 그가 무슨 말을 하는지, 뭘 요구하고 있는지 이해했다.

그는 내가 주저하는 걸 봤다.

만약 그를 나의 특별한 이처럼 잃게 된다면.

그것도 일어날 수 있는 미래지. 하지만 다른 미래도 있을 거야. 그는 따뜻한 목소리로 말했다. 그리고 고개를 들었다. **지금 그 미래가 도착했구나.**

정보원이 앞장서서 오고 있다. 그가 언덕을 올라오는 동안 그의 목소리에 담긴 행복과 낙관적인 생각이 그보다 먼저 우리에게 다가와 인사했다. 빈터 남자가 그 뒤를 따랐다. 그들의 언어로는 브래들리라고 하는 그의 목소리는 정보원보다 훨씬 요란하고 귀에 거슬리고 멀리 미치지 못한다.

마침내 그녀가 보였다. 칼의 특별한 이.

바이올라.

그녀가 탄 말이 하얀 얼음 위에 발굽 자국을 남기며 언덕을 올라왔다.

카오스 워킹 3

그녀는 전보다 훨씬 건강해 보였다. 나는 잠시 그 변화에 감탄하며 생각했다. 그들이 밴드 치료제를 찾아냈을까? 아직도 따끔따끔 팔이 쑤시고 열이 나게 하는 그 밴드⋯⋯.

하지만 내가 물어보기도 전에, 하늘이 제대로 그들을 맞이하기도 전에, 계곡 건너편에서 탕 소리가 났다. 온 세상을 하얗게 뒤덮은 얼음 때문에 소리가 기이하게 줄어들었다.

하지만 탕 소리인 건 확실했다.

칼의 특별한 이가 말에 앉은 채로 재빨리 고개를 돌렸다.

"저거 총소리예요?"

정보원과 빈터 남자의 목소리가 곧바로 먹구름이 낀 것처럼 흐려졌다.

하늘도 그랬다. 아무것도 아닐 수도 있습니다. 그가 보여줬다.

"이곳에서 아무것도 아닌 일이 있었나요?" 빈터 남자가 말했다.

정보원이 하늘을 돌아봤다. 우리 눈으로 그걸 볼 수 있을까요? 볼 수 있을 만큼 가까이 있습니까?

"그게 무슨 뜻이죠? 뭘 봐요?" 빈터 남자가 물었다.

잠깐만요. 하늘이 말했다.

칼의 특별한 이가 주머니에서 꺼낸 작은 상자를 손에 든 채 상자에 대고 외쳤다. "토드? 토드, 내 말 들려?"

하지만 아무 대답이 없었다.

그러다가 우리 모두에게 익숙한 소리가 들렸다.

"저건 정찰기인데!" 빈터 남자가 타고 있는 말을 돌려서 우주선이 계곡 바닥에서 올라오는 모습을 봤다.

"토드!" 칼의 특별한 이가 그 금속 상자에 대고 소리 질렀지만⋯⋯

여전히 대답은 들리지 않았다.

무슨 일이 일어나고 있는 거죠? 우주선 조종사는 살해된 줄 알았는데요. 하늘이 권위가 실린 목소리로 물었다.

"맞아요. 이제 우주선을 조종할 줄 아는 사람은 저밖에 없는데……." 빈터 남자가 대답했다.

하지만 정찰기가 도심 한가운데에서 공중으로 느릿느릿 올라가고 있었다.

그리고 우리를 향해 날아오기 시작했다.

속도가 점점 빨라졌다.

"토드! 대답 좀 해!" 그녀의 목소리에 서린 공포가 점점 커졌다.

프렌티스입니다. 그지밖에 없어요. 정보원이 하늘에게 보여줬다.

"하지만 어떻게?" 빈터 남자가 다그쳐 물었다.

그건 중요하지 않아요. 저게 만약 시장의 짓이라면…….

우린 도망쳐야겠죠. 하늘이 그렇게 말을 맺고 땅에게 돌아서서 즉시 명령을 내렸다. **도망쳐라, 도망쳐, 도망쳐…….**

그때 우주선에서 쉭쉭 소리가 나더니, 거의 우리 머리 위로 왔다. 이미 도망치기 시작한 우리는 그 소리에 고개를 들었다.

우주선이 가장 큰 무기를 발사했다…….

바로 우리에게…….

신세계의
종말

최후의 전투

〈토드〉

"일어나라, 토드. 네가 보고 싶은 장면일 거야." 통신 시스템에서 시장의 목소리가 나왔다.

나는 신음하며 몸을 돌리다가…….

이반의 시체에 부딪쳤다. 우주선이 사정없이 흔들리면서 그의 피가 사방에 줄무늬를 그어댔다.

우주선이 흔들리고…….

나는 고개를 들어 벽에 붙은 화면들을 봤다. 우리는 하늘에 떠 있었다. 우리는 빌어먹을 하늘에 떠 있다고…….

"대체 이게 무슨?!" 소리가 버럭 나왔다.

한 화면에 시장의 얼굴이 떴다. "내 비행 실력 어떠냐?"

"어떻게? 당신이 어떻게 조종을 하지?" 나는 일어나면서 물었다.

"지식 교환을 통해서. 토드, 내가 지금까지 한 말은 어디로 들었니? 다른 사람의 목소리와 연결되면 그가 아는 모든 걸 너도 알게 된단다." 시장이 몇 개의 조종 장치를 조작하는 게 보였다.

"브래들리군요. 그 사람 머릿속에 들어가서 비행기 조종법을 알아낸 거예요."

"그렇지. 일단 요령을 알면 놀랄 만큼 쉬워." 시장의 얼굴에 그 차가운 미소가 떠올랐다.

"내려가요! 지금 당장!"

"아니면 어떻게 할 건데, 토드? 넌 선택을 했다. 그것도 아주 분명하게."

"선택하고 말고 할 게 어디 있어요? 벤 아저씨는 나의 유일한 아빠인데……."

그 말을 내뱉자마자 해서는 안 되는 말을 했다는 걸 깨달았다. 시장의 눈이 무시무시하게 어두워졌고, 그가 입을 열었을 때 거기서 검은 심연이 쏟아져 나오는 것 같았다.

"나도 너의 아버지였어. 난 널 만들고 가르쳤다. 내가 아니었다면 지금의 너는 있을 수 없어, 토드 휴잇."

"당신 마음을 아프게 하려는 의도는 없어요. 누구에게도 그렇게 할 생각은 없는데……."

"의도는 중요하지 않아, 토드. 중요한 건 행동이지. 예를 들면 이런 것."

시장은 손을 뻗어서 파란 버튼을 눌렀다.

"이제 똑똑히 지켜봐라."

"안 돼!" 나는 외쳤다…….

"신세계의 종말을……."

또 다른 화면에서…….

정찰기 양옆에서 마시일 두 발이 발사되어…….

바로 언덕 꼭대기를 향해…….

바로 그녀가 있는 곳……

"바이올라! **바이올라!**" 나는 비명을 질렀다.

〈바이올라〉

도망칠 곳이 없었다. 믿을 수 없이 빠른 속도로 쉬익 소리를 내며 우리에게 날아오는 미사일들을 피할 길이 없었다. 떨어지는 눈 사이로 정찰기에서 나오는 증기가 두 줄기의 선을 그었다.

찰나의 순간, 나는 생각했다. 토드.

미사일들이 어마어마하게 큰 소리를 내며 언덕을 내리쳤고, 스패클들의 소음에서 비명이 터져 나왔고, 잔해들이 공중으로 날아올랐고…….

그리고…….

그리고…….

그리고 우리는 여전히 살아 있다…….

모든 생명을 태워 죽이는 열기도 밀려오지 않았고, 죽은 이도 없고, 우리가 서 있는 언덕은 허물어진 곳 없이 그대로 서 있다…….

어떻게 된 거지? 우리 모두 다시 고개를 들었을 때 벤이 물었다.

강바닥이 길게 갈라져 있었고 미사일이 떨어진 곳에서 연기가 피어올랐지만…….

"미사일이 폭발하지 않았어요." 내가 말했다.

"저것도 그래." 브래들리가 산비탈을 가리켰다. 덤불과 관목이 죽죽 찢겨나간 사이로 미사일 외피가 여기저기 흩어져 있는 모습이 보였다.

폭발해서 부서진 것이 아니라 바위와 충돌해서였다

"두 발 다 불발탄일 리는 없는데. 설마 둘 다 그럴 리가." 나는 브래들리를 보며 흥분해서 말했다. "탄두를 분리해 놨군요!"

"내가 아니야." 브래들리는 다시 공중을 맴돌고 있는 정찰기를 올려다봤다. 시장도 우리만큼이나 우리가 왜 아직까지 살아 있는지 궁금해하고 있을 것이다. "시몬이야."

그리고 다시 나를 바라봤다. "내게 소음이 생긴 이후로 우리 사이는 어색해졌다. 그리고 나는 시몬이 코일 선생님과 너무 가까워졌다고 생각했는데……." 그는 다시 고개를 들어 정찰기를 바라봤다. "시몬은 그 미사일이 장차 우리에게 해를 입힐 거라는 걸 내다본 거야. 시몬이 우리를 구했어." 브래들리의 소음에서 울컥하는 마음이 보였다.

하늘과 1017도 지켜보고 있었는데, 미사일 공격을 받고도 모두 아직 살아 있어서 놀라워하는 소리가 들렸다.

정찰기에 또 무기가 있나? 벤이 물었다.

나는 다시 위를 올려다봤다. 정찰기는 이미 공중에서 방향을 바꾸고 있었다.

순간 기억이 났다……. "후퍼가 있어요."

<토드>

"이게 대체 어떻게?" 시장이 으르렁거리듯 말했지만…….

나는 언덕 꼭대기가 나오는 화면을 지켜봤다…….

미사일들은 폭발하지 않았다…….

땅바닥에 떨어져서 아주 커다란 바위 하나를 날린 것 말고는 별다른 피해를 입히지 않았다…….

"토드! 왜 이런지 너 뭐 아는 거 없냐?" 시장이 카메라에 대고 고함을 질렀다.

"당신이 **바이올라**에게 미사일을 쐈어! 당신은 살 가치가 없는 인간 이야, 내 말 들려? **전혀 없어!**"

시장이 또다시 으르렁거렸다. 나는 치료실 문으로 달려갔지만 물론 잠겨 있었다. 시장이 정찰기를 전진시키자 바닥이 요동쳤다. 나는 침대로 쓰러졌다가 이반의 피에 미끄러지면서도 계속 화면에서 눈을 떼지 않고 언덕 어딘가에 있을 바이올라를 찾아내려고 애썼다.

그리고 통신기를 찾아서 한 손으로 주머니를 두드려 봤지만 시장이 그것도 가져가 버렸다.

나는 치료실 주위를 둘러보기 시작했다. 시몬이 조종실에서 자주 우리에게 통신했으니까, 그렇지 않나? 만약 통신 시스템이 조종실에서 여기로 연결돼 있다면, 여기서 통신을 보내는 것도 가능할지 모른다.

그때 또다시 쉬익 하는 소리가 두 번 들렸다.

화면에서 미사일 두 발이 언덕 꼭대기를 향해 날아가는 모습이 보였다. 아까보다 더 가까이서 발사된 미사일들이 강둑으로 도망치고 있는 스패클들이 있는 곳을 정통으로 내리쳤다.

하지만 이번에도 폭발은 일어나지 않았다.

"좋아, 그렇다면." 시장이 아주 침착한 목소리로 말했다. 그렇다면 정말 화가 머리끝까지 났다는 뜻인데.

이제 우리는 스패클들 바로 위를 날아가고 있다.

와, 스패클들이 정말 많다.

어떻게 저런 대군과 맞서 싸울 생각을 했지?

"이 우주선에 분명 급이 다른 무기가 또 있을 텐데." 시장이 중얼댔다.

그리고 도망치는 스패클들 위로 산탄 폭탄들이 떨어지는 모습이 화면에 보였다.

계속 떨어지는데 그것도 폭발하지 않았다.

"**빌어먹을!**" 시장의 고함이 들렸고…….

나는 시장의 목소리가 흘러나오는 통신 패널을 향해 비틀거리며 걸어갔다. 그 밑에 있는 화면에 손을 대자 일련의 단어들이 떴다.

"그렇다면 좋아. 옛날 방식대로 해주지." 내 뒤에 있는 화면에서 시장이 씩씩거렸다.

나는 화면에 나온 글자들을 보며 온 정신을 집중해서 시장이 가르쳐 준 모든 것을 떠올리려 안간힘을 썼다.

그러자 천천히, 아주 천천히 그 글자들의 의미가 이해되기 시작했다.

〈바이올라〉

"우린 평화를 원합니다! 이건 그저 한 사람의 행동일 뿐이에요!" 브래들리가 하늘에게 소리쳤다. 우리는 산탄 폭탄들이 떨어지지만 그것을 직접 맞은 불쌍한 스패클 외에는 아무 영향이 없는 모습을 보고 있었다.

하지만 하늘의 소음에는 아무 말 없이 그저 분노, 속았다는 분노, 그가 평화를 제안했기 때문에 입장이 난감해졌다는 분노, 우리에게 배신당했다는 분노만 있었다.

"우리가 한 짓이 아니에요! 그는 우리도 죽이려 했어요!" 내가 소리질렀다.

그런 와중에도 시장이 토드에게 무슨 짓을 했을지 너무 걱정이 돼서 심장이 미친 듯이 뛰었다.

"우리를 도와줄 수 있나요? 우리를 도와 그를 막을 수 있습니까?" 브래들리가 하늘에게 물었다.

하늘은 놀란 표정으로 그를 바라봤다. 스패클들은 하늘의 뒤편에서 정찰기를 피해 도망치고 있었다. 강둑에 줄줄이 서 있는 나무들에 가려 그 수가 얼마인지는 알 수 없었다. 정찰기는 터지지 않는 산탄 폭탄 투하를 중지하고 여전히 눈이 내리는 하늘을 불길하게 맴돌았다.

"당신의 그 불타는 화살. 그걸 쏠 수 있지 않나요?" 내가 말했다.

그게 무장한 우주선을 상대할 수 있을까요? 하늘이 물었다.

"아주 많이 쏜다면 아마 가능할 겁니다. 화살로 맞출 수 있을 정도로 우주선이 아직 낮게 떠 있는 동안 말이죠." 브래들리가 말했다.

여전히 같은 고도를 맴돌고 있는 정찰기가 이제 방향을 바꾸고 있었다. 정찰기의 엔진 소리가 달라지는 게 들렸다.

브래들리가 예리한 눈빛으로 위를 올려다봤다.

"뭐예요?" 내가 물었다.

브래들리가 고개를 흔들었다. "그자가 연료 혼합을 바꾸고 있어." 그의 목소리와 소음에서 불안이 가중되면서 혼란스러워하는 동시에 뭔가 두려워하는 기색이 느껴졌다. 마치 뭔가가 기억이 날 듯 말 듯한……

"그자는 이곳의 평화를 이루는 데 마지막 걸림돌이 되고 있어요. 우리가 그를 막을 수 있다면……" 내가 하늘에게 말했다.

그럼 다른 누군가가 그 자리를 차지하겠죠. 빈터 안에는 항상 악마가 깃들어 있으니까요.

"그럼 우리가 좀 더 열심히 노력해야죠! 저 우주선에 탄 남자를 상대로 우리가 여기까지 올 수 있었다면, 적어도 우리 같은 사람들이 얼마나 진심으로 평화를 바랐는지 보이지 않나요?" 내가 외쳤다.

하늘이 다시 위를 봤다. 그에게서 내가 한 말에 동의하는 그의 소음, 내가 한 말이 진실이고 그에 맞서 공중에 떠 있는 저 우주선도 진실이라는 걸 이해하는 그의 소음이 들려왔다.

그리고 앞으로 올 우주선들도······.

하늘이 1017에게 돌아섰다. *길들에게 전해라. 무기들을 준비하라고 명령하라.*

〈1017〉

제가요?

땅은 너의 말을 듣는 법을 익혀야 한다. 지금부터 시작할 수 있어.

그리고 하늘은 내게 목소리를 열었다. 나는 지금 내가 뭘 하고 있는지 미처 깨닫기도 전에 땅의 언어로 그의 명령을 전하고 있었다.

마치 내가 하나의 통로인 것처럼 그 명령이 날 거쳐······.

길들을 통해 군인들과 우리 주위에서 대기하고 있는 땅에게 흘러갔다. 그것은 나의 목소리가 아니고, 내 곁에서 말하고 있는 하늘의 목소리도 아니고, 더 큰 하늘, 각각의 개별적인 존재와는 따로 존재하는 하늘, 모든 땅이 동의한 하늘, 우리 모두의 목소리가 하나로 합쳐진 하늘, 땅이 스스로에게 말하는 목소리, 지금까지 우리를 살아 있게 하고 안전하게 지켜주고 미래를 맞이할 준비를 시키는 목소리, 그 소리가 나를 통해 말하고 있었고······.

그것이 바로 하늘의 목소리다.

그 소리가 병사들에게 싸우라고, 남은 땅에게 같이 싸우라고, 지금 우리에게 가장 필요한 때에 그 빙글빙글 도는 불화살과 다른 무기들을 배틀모어의 등에 실으라고 촉구했다.

잘 진행되고 있어요. 이들이 우리를 도우려고······. 정보원이 빈터 사람들에게 보여줬다.

그때 위에서 휙 소리가 나서 우리 모두 고개를 들었다.

우주선의 엔진에서 불길이 폭포수처럼 쏟아져 내렸다.

마치 상처에서 흐르는 피처럼 차가운 공기 속으로 연기와 증기가 피어오르는 그 불길이 땅으로 쏟아졌다. 우주선이 우리 주위를 넓게 한 바퀴 도는 사이에 우리를 동그랗게 둘러싼 불길이 사방에서 겹겹이 치솟으면서 요란한 소리를 내며 모든 것, 나무, 신성한 오두막집, 땅, 이 세계를 태우기 시작했고…….

"로켓 연료야." 빈터 남자가 말했다.

"그자가 우리를 여기에 가뒀어요." 칼의 특별한 이가 짐승의 등에 탄 채로 빙 돌았다. 그 짐승은 사방에서 우리를 둘러싼 불길을 보고 놀라서 비명을 질렀다.

우주선은 더 높이 올라가, 더 넓게 원을 그리며 계속 불길을 쏟아냈고…….

그자가 모든 것을 파괴하고 있어. 온 계곡에 불을 지르고 있어. 정보원이 말했다.

〈토드〉

우주선이 좌우로 사정없이 기울어지는 바람에 나는 통신 패널 앞에 제대로 서 있을 수도 없었다.

화면에 보이는 사방은 온통 불바다였다.

"지금 **뭐 하는** 거야?" 나는 공황 상태에 빠지지 않으려고 애쓰면서 패널에 뜬 글자들을 읽으려고 진땀을 흘리며 고함쳤다.

"옛날 조종사들이 쓰던 수법이지. 브래들리는 자기 할아버지에게 배운 걸 잊고 있었어. 연료 혼합 상태를 바꿔서 거기에 산소를 공급하면 끝도 없이 타오르지."

나는 고개를 들고 정찰기가 조금 전보다 높이 올라가서 계곡 위쪽 가장자리를 휙 쓸고 지나가며 밑에 있는 나무들 위로 비처럼 불을 뿌려대는 광경을 봤다. 그 불은 마치 스패클의 불화살처럼 끈적끈적한 데다 어마어마하게 뜨거워서 눈이 내리고 있는데도 나무들은 그 열기에 펑펑 터져버렸고, 그 불길이 다른 나무에 옮겨 붙으면서 도망치는 스패클보다 더 빠르게 사방으로 번져갔다. 화면에는 정찰기가 날아가면서 계곡을 빙빙 도는 동안 어마어마하게 커진 불길이 그들을 동그랗게 둘러싸서 그 안에 가둬놓는 광경도 보였다.

시장은 온 세상에 불을 지르고 있었다.

나는 다시 통신 패널을 봤다. 거기에 내가 누를 수 있는 여러 박스들이 보였지만 난 아직도 맨 위 단어를 읽으려고 노력 중이었다. 초크, 이런 말 같았다. 초크 통신. 나는 숨을 들이마시고, 눈을 감고, 내 소음을 가볍게 하려고 애썼다. 시장이 내 머릿속에 있었을 때처럼 느끼려고 안간힘을 썼다.

"세상이 불타는 걸 지켜봐, 토드. 최후의 전쟁이 시작되는 걸 보라고."

최근 통신. 바로 이 말이다. 최근.

나는 그걸 눌렀다.

"토드? 너 보고 있니?" 시장이 물었다.

나는 화면에 뜬 시장의 얼굴을 올려다보며 그에게 내가 보이지 않는다는 걸 깨달았다. 나는 다시 통신 박스를 봤다. 맨 마지막에 있는 빨간 원 속에 화면 종료라는 단어가 있었다.

내가 최초로 끝까지 읽은 글자다.

"당신은 누가 이기건 관심 없지, 안 그래?" 내가 말했다. 시장은 이제 넓게 원을 그리면서 뉴 프렌티스타운 주위 남쪽 숲과 북쪽 숲에 불을 지르고 있었다. 결국 저 불이 도시까지 번질 것이다. 벌써 외곽에 한 줄로 서 있는 집들이 활활 타오르고 있었다.

"그거 아니, 토드? 내가 정말 아무 관심이 없다는 걸 이제 알았다. 이거 정말 대단하지 않니? 그러니까 그냥 끝내는 거지. 모두 다 끝내버리는 거야."

"이 모든 게 다 끝날 수 있었어. 평화가 올 수 있었다고."

통신 화면에 이제 최근 통신 목록으로 짐작되는 리스트가 떠서 그걸 다시 하나씩 힘들게 읽어갔다.

"우리가 함께 평화를 이룰 수도 있었어, 토드. 하지만 넌 그러지 않기로 결심했지."

나는 읽었다. 통신, 통신, 통시니, 통시네…….

"그건 고맙다고 해야겠구나. 내 진정한 목표로 돌아갈 수 있게 해줬으니까."

통신기 1. 통신기 1. 바로 이거다. 통신기 1. 이건 다 통신기 목록이었다. 1부터 6까지 나왔는데 다만 순서대로 있는 게 아니었다. 1이 제일 위에 있었고, 그다음에 3(아마 이게 3이겠지), 그다음에 아마도 2, 그다음 순서가 뭐든…….

"당신은 변했다고 했잖아. 다른 사람이 됐다며." 나는 땀을 흘리면서 패널을 보며 말했다.

"내가 틀렸다. 사람은 변할 수 없어. 나란 사람은 항상 그대로일 거야. 넌 항상 토드 휴잇, 살인을 할 수 없는 아이일 거고."

"아, 뭐. 사람은 변하는 거니까." 나는 한껏 감정을 담아 말했다.

시장이 웃었다. "너 지금까지 내가 하는 말 어디로 들었니? 사람은 변하지 않아, 토드. 변하지 않는다고."

시장이 또다시 어딘가로 날아가면서 밑에 있는 세상에 불을 지르느라 우주선이 다시 기우뚱했다. 난 여전히 진땀을 흘리며 통신 패널을 읽었다. 어느 번호가 바이올라의 번호인지 모르겠지만 만약 최근에 한 통신 내역이 순서대로 뜬 거라면 분명 1이거나 3일 텐데…….

"너 대체 무슨 꿍꿍이속이니, 토드?"

그리고 통신 패널이 꺼졌다.

〈바이올라〉

밑에서 피어오르는 연기 때문에 정찰기는 이제 보이지 않았다. 우리는 지금까지는 바위투성이인 강바닥에 있어서 안전했지만, 사방이 불길에 휩싸여서 도저히 빠져나갈 수 없었다. 시장이 온 계곡을 날아다니며 불을 질러놔서 바로 앞도 보기 힘들었다.

어떻게 연료가 그렇게 많이 있을 수 있지? 불길이 믿을 수 없을 정도로 빠르고 맹렬한 기세로 숲을 태우는 모습을 보며 벤이 말했다.

"몇 방울만 떨어뜨려도 다리 하나를 날릴 수 있었는데, 정찰기 연료를 통째로 들이부으면 어떻겠어요?"

정찰기에 연락할 수 없나요? 하늘이 내게 물었다.

나는 통신기를 들어 올렸다. "응답하지 않아요. 계속 하고 있긴 한데."

그럼 우주선이 우리 무기의 사정권 밖을 벗어났으니, 오직 한 가지 길만 남았습니다. 하늘의 소음이 결정을 내리고 있었다.

우리는 잠시 그를 빤히 바라보다가 그 말이 무슨 뜻인지 알아차렸다.

"강물이군요."

그때 공중에서 요란한 소리가 들려 우리는 고개를 돌렸다.

"그자가 돌아오고 있어!" 브래들리가 소리 질렀다.

연기가 갈라지면서 정찰기가 언덕 가장자리 위로 날아오면서, 마치 심판을 내리는 것처럼 괴성을 뿜으며…….

우리를 향해 곧장 날아왔다…….

〈토드〉

이제 화면에는 불만 보였다. 사방으로 번져가는 불이 계곡과 뉴 프렌티스타운을 둘러쌌고, 바이올라가 있는 그 언덕 꼭대기 위도 불타올랐다. 저기 저 불타는 곳 어딘가에 바이올라가…….

"내 손으로 널 죽이겠어! 내 말 들려? **내가 널 죽인다고!**" 나는 고래고래 소리 질렀다.

"결국에는 그러길 바란다, 토드. 네가 그동안 그토록 원했으니 말이야." 시장이 끄지 않고 남겨둔 화면에 섬뜩한 미소를 짓고 있는 그의 얼굴이 보였다.

하지만 나는 이미 바이올라와 연락할(제발 제발 제발) 다른 방법을 찾아 주위를 둘러보고 있었다. 통신 패널은 다시 켜지지 않겠지만 침대 옆에 있는 스크린 중 하나에 로손 선생님이 뭔가 하는 걸 본 적이 있다. 나는 거기로 가서 하나를 눌러봤다.

내가 손을 대자 화면이 켜지면서 글자들이 나타났다.

그중 하나가 통신으로 시작됐다.

"이제 무슨 일이 일어날지 너에게 말해줘야겠구나. 네가 꼭 알아야 하니 말이야."

"닥쳐!" 나는 화면에 뜬 통신 박스를 누르며 외쳤다. 그러자 또 다른 박스들이 주르르 떴는데 이번에는 통신으로 시작되는 단어들이 아주 많았다. 나는 심호흡을 하며 글자를 읽을 수 있는 상태로 소음을 만들려고 애썼다. 시장이 남의 배움을 훔칠 수 있다면, 빌어먹을 나도 아주 끝내주게 해낼 수 있다.

"난 이미 오헤어 대위에게 소부대를 이끌고 시내를 공격해 올 스패클들과 싸우라고 지시했다. 분명 자살 작전이지만 오헤어 대위는 언제든 쓰다 버릴 패였으니까." 시장은 계속 이야기했다.

통선 후브. 이렇게 읽혔다. 나는 눈을 가늘게 뜨고 다시 숨을 쉬었다. 이게 대체 무슨 뜻인지 몰라서 심호흡을 세 번째로 하고 눈을 감았다 (나는 원이고 원은 나다). 그리고 다시 눈을 떴다. 통신 허브. 이거구나, 바로 이 뜻이구나. 나는 그 박스를 눌렀다.

"테이트 대위도 이미 남은 군대를 이끌고 언덕 꼭대기의 해답에게 가고 있을 거야. 반군 잔당들을 쓸어버리려고 말이지." 시장은 계속 떠들어댔다.

나는 고개를 들었다. "뭐라고?"

"내가 계속 테러리스트들에게 폭탄 맞을 위험을 무릅쓸 수는 없잖아, 안 그래?"

"당신은 빌어먹을 괴물이야!"

"그다음에 테이트 대위는 군대를 이끌고 바다로 갈 거다."

이 말에는 고개를 홱 치켜들었다. "바다라고?"

"거기서 우리는 마지막 대결을 할 거야, 토드. 바다를 등지고 앞에 있는 적을 맞는 거지. 이보다 더 끝내주는 전쟁이 있을 수 있겠니? 싸우다 죽는 거 말고 할 게 없잖아." 화면에 뜬 시장이 씩 웃어 보였다.

나는 다시 통신 화면을 봤다.

거기에 그게 있었다. 최근 통신. 나는 그걸 눌렀다. 또다시 박스들이 떴다.

"하지만 먼저 스패클 지도자부터 죽어야겠지. 유감스럽게도 그 지도자 옆에 있는 사람들도 다 죽는다는 뜻이란다."

나는 다시 고개를 들었다. 우리는 언덕 가장자리 위를 지나 강물이 말라버린 강바닥으로 내려가고 있었다. 거기에서 도망치는 스패클들을 향해…….

바이올라를 향해…….

이제 화면에 그녀가 보인다…….

여전히 에이콘을 타고 있는 그녀, 브래들리와 벤 아저씨가 함께 있었고, 스패클 지도자가 그들 뒤에서 어서 다들 도망치라고 재촉하고…….

"안 돼! 안 돼!" 나는 외쳤다.

"바이올라를 잃게 돼서 나도 유감이구나. 하지만 솔직히 말하면 벤의 죽음은 별로 마음 아프지 않겠어." 우리가 탄 정찰기가 그들을 향해 돌진하면서 뒤로 불길을 뿌리는 동안 시장이 말했다.

나는 통신 화면의 맨 위에 있는 버튼, 통신기 1 버튼을 누르고 **"바이올라!"** 라고 소리쳤다. 볼륨 때문에 내 목소리가 갈라졌다. **"바이올라!"**

하지만 정찰기는 이미 그들 머리 위에 있었다.

〈1017〉

하늘이 타고 있는 배틀모어를 홱 돌려서, 빈터가 타고 있는 짐승들을 옆으로 밀어 우주선이 오고 있는 길에서 나가게 했다. 나무들이 불타고 있는 강둑 쪽으로…….

하지만 빈터의 짐승들이 저항했고…….

불이야, 불이야! 그들이 미친 듯이 외쳐댔다.

우주선이 오고 있어요! 나는 하늘뿐만 아니라 내 주위의 땅에게 보여주면서 사방으로 경고를 보내고 내가 탄 배틀모어를 불타는 나무들 쪽으로 잡아끌었다. 그쪽에 우리가 피할 수 있는 아주 작은 공간이 있었다.

쾅! 하늘의 소리가 들렸고, 내 배틀모어가 거기 반응해서 불길을 향해 홱 돌아서는 사이에 빈터의 짐승들도 똑같이 행동했다. 정보원, 빈터 남자, 칼의 특별한 이도 그렇게 했다.

벤과 브래들리와 바이올라……

그들이 탄 짐승들이 날 향해, 불타는 나무들 사이 작은 틈을 향해 달렸다. 거기서 오래 버티지는 못하겠지만 굉음을 지르며 날아드는 우주선은 피할 수 있을지도 모르고……

내 주위의 땅이 느끼는 공포, 두려움, 죽음이 내 몸속을 흘러갔다. 내 눈에 보이는 이들만이 아니라 더 많은 이들, 달려가는 내 배틀모어 옆에서 달리는 땅, 이들 모두가 느껴졌고, 계곡의 남쪽과 북쪽에 남아 있는 병사들이 불타오르는 숲에서 살아남기 위해 사력을 다하는 것이 느껴졌다. 불길은 가지에서 가지를 타고 번져갔고, 얼음이 내리는 와중에도 불길은 그들이 달리는 속도보다 훨씬 빠르게 번지고 있었다. 이 불지옥에서 벗어나 강 상류에 있는 땅이 그들을 향해 다가오는 불길을 보며, 도망가는 땅을 집어삼키는 불길을 바라보는 것도 느껴졌다. 나도 모든 땅의 눈을 통해 그 광경을……

이 행성의 눈으로, 이곳이 타들어 가는 모습을 보았고……

나도 타고 있었고……

"서둘러요!" 칼의 특별한 이가 외쳐서 다시 돌아보자 그녀가 하늘 때문에 비명을 지르는 게 보였다. 하늘이 탄 배틀모어는 그녀보다 한두 발자국 뒤처져 있었다. 하늘이 땅에게 스스로의 목숨을 구하라는 명령을 내리느라 늦어진 것이다.

우주선이 바로 하늘의 머리 위로 날아왔고…….

강바닥을 향해 비 오듯 불길을 쏟아냈고…….

순간 하늘의 눈이 나와 마주쳤다……

연기와 불과 떨어지는 얼음 사이로 우리의 눈이 마주쳤다……

안 돼요…….

안 돼!

하늘이 불길 속에서 사라졌다……

〈바이올라〉

불길이 쉬이익 소리를 내며 우리 뒤의 강바닥에서 솟구치는 사이에 말들은 앞으로 정신없이 내달렸다.

빠져나갈 길은 보이지 않았다. 우리 앞의 나무들은 활활 타고 있었고 우리 위쪽 언덕의 있는 바위들도 어찌된 일인지 타고 있었다. 눈송이마저 내려오는 중간에 증발돼서 증기가 돼버렸다. 우리는 첫 번째 공격을 피했지만 만약 그가 돌아온다면 갈 곳이 없다. 아무 데도 갈 곳이 없다.

"바이올라!" 브래들리가 소리를 지르며 앙가르드를 에이콘에게 부딪쳤다. 두 마리 말은 공포에 질려 힝힝거리며 서로를 맞이했다.

"여기서 어떻게 나가죠?" 나는 연기 속에서 기침을 하며 고개를 돌려 우리가 방금 서 있던 바짝 마른 강둑에 10미터 높이로 솟아오른 불기둥을 바라봤다.

"하늘은 어디 있지?" 브래들리가 물었다.

우리는 고개를 돌려 벤 아저씨를 봤고, 그때 처음으로 그의 소음이 들리지 않는다는 사실을 깨달았다. 벤 아저씨의 소음은 다른 곳을 향해 있었고, 근처에 있는 모든 스패클도 마치 얼어붙은 것처럼 멈춰 있었다. 아무 데도 도망칠 곳이 없는 불바다의 한가운데서 으스스한 광경이 펼쳐져 있었다.

"벤 아저씨?"

하지만 아저씨는 저쪽 강바닥을 둘러싼 불기둥만 빤히 바라봤다.

그리고 그 소리가 들렸다.

찢어지는 소리, 마치 공기가 절반으로 쪼개지는 듯한 소리가 우리 뒤에서 다가왔다.

1017…….

그가 배틀모어에서 내려서 달려오고 있었다.

돌바닥에서 벌써 잦아들고 있는 불길을 향해…….

아직도 불타고 있는 재만 남은 곳을 향해…….

마치 예전에 스패클이 불화살을 쐈을 때의 전장처럼…….

하지만 이번에는 잿더미가 두 개 있고…….

1017은 그 잿더미를 향해 미친 듯이 달렸다. 그의 소음은 끔찍했다. 격노와 내가 지금까지 들어본 그 어떤 비탄보다 더 사무치는 비탄으로 가득 찬 소음을 내뿜으며…….

까맣게 타버린 하늘과 그의 배틀모어에게로 달려갔다…….

〈1017〉

나는 달렸다…….

머릿속에서는 아무 생각도 떠오르지 않았다…….

울부짖음 말고는 아무 소리도 나오지 않았지만 그것마저도 잘 들리지 않았다…….

원래대로 되돌려 놓으라고 요구하는 울부짖음…….

카오스 워킹 3

내가 본 것을 믿지 않겠다고, 방금 일어난 일을 받아들이지 않겠다고 거부하는 울부짖음…….

빈터와 정보원 옆을 달려가면서도 그들을 가까스로 알아차렸고…….

내 귓속에서, 내 머릿속에서, 내 심장에서 올라오는…….

내 목소리에서 올라오는 함성을 간신히 알아차렸고…….

강바닥의 바위들은 여전히 타고 있었지만 내가 다가가는 사이에 불길이 사그라졌다. 그러니까 이 공격은 더 많은 것들을 파괴하고 불태우겠다는 면에서 보면 낭비였지만…….

하지만 거기에는 분명 단 하나의 목표만 있었기 때문에 낭비가 아니었다…….

내가 불길 속으로 뛰어들자 피부에 물집이 잡히는 게 느껴졌다. 바위 몇 개는 마치 숯덩이처럼 붉게 타고 있었다.

하지만 상관없다.

나는 하늘이 배틀모어를 타고 있던 곳에 이르렀다…….

그가 돌바닥으로 쓰러졌던 곳에 이르렀다…….

그와 배틀모어가 여전히 타고 있는 곳에…….

나는 맨손으로 그 불을 내리쳐서 끄려고 애썼다. 내가 울부짖는 소리는 점점 커져서 나를 넘어가, 내게서 빠져나와 세상 속으로, 땅 속으로 들어가면서 그동안 일어난 모든 일을 지워버리려고…….

나는 불타고 있는 배틀모어 밑에서 불타고 있는 하늘의 팔을 잡고 그를 끌어냈다…….

그리고 크게 외쳤다. *안 돼!*

바위 위의 내 피부는 타들어 갔고, 내 몸에 있는 이끼도 열기에 못 이겨 연기를 피웠고…….

안 돼!

하지만 내가 안고 있는 그는 이미 죽어서 무겁기만 했고…….

그리고…….

그리고…….

그때 그의 소리가 들렸다…….

나는 그대로 얼어붙었다…….

난 꼼짝할 수 없었다…….

내가 하늘의 시체를 안고 있는데…….

하지만 그의 목소리가…….

그의 몸을 벗어난 그의 목소리…….

그가 그의 몸을 떠나면서 나온 목소리가 허공에 떠서…….

나를 가리키고 있었다…….

보여주고 있었다…….

하늘…….

그는 내게 보여줬다. **하늘이다**…….

그리고 사라졌다…….

다음 순간 그들의 소리가 들렸다…….

모든 땅의 목소리가 들렸다…….

얼어붙어 있던 모든 땅…….

타들어 가면서도 얼어붙어 있던 땅…….

죽어가면서도 얼어붙어 있던 땅…….

하늘의 시신을 안고 있는 나처럼 모두 얼어붙어 있던…….

다만 이제 그건 하늘의 시신이 아니었다…….

하늘, 이라는 소리가 들렸다…….

이제 땅이 말하고 있었다……

땅의 목소리가 서로 휘감겨서 하나로 뭉치고 있었다……

하늘은 땅의 목소리로, 잠시 끊겨서 스스로에게 풀려나 세상 속에서 길을 잃었다. 말할 수 있는 입을 잃은 채……

하지만 그것도 잠시였고……

하늘. 그 소리가 들렸다……

그것은 땅이 내게 말하는 소리였다……

그들의 소리가 내게 들어오고 있었다……

그들의 지식, 모든 땅의 지식, 지금까지 존재한 모든 하늘의 지식이 내게로……

그들의 언어가 세차게 내 속으로 들어왔다. 내가 그동안 그들에게 저항했고, 항상 나만 따로 떨어져 있길 바랐다는 걸 이 순간 나는 깨달았다……

나는 그들을 알았다……

우리 모두를 알았다……

이것이 하늘의 뜻임을 알았다……

그가 내게 하늘의 자리를 물려줬다……

하늘은 땅이 선택한다……

하지만 전시에는 지체할 틈이 없다……

그는 숨을 거두면서 땅에게 말했다. **하늘**이라고……

그리고 땅이 내게 말했다. **하늘**이라고……

나도 화답했다……

나도 화답했다. **땅이여……**

나는 선대의 하늘을 놔두고, 내 슬픔은 잠시 기다리도록 거기 놔두고, 일어섰다……

그 짐이 곧바로 내게 떨어졌으니까⋯⋯.

땅이 위험에 처했다⋯⋯.

땅의 안전이 가장 중요하다⋯⋯.

이제 할 일은 한가지밖에 없다⋯⋯.

나는 땅에게로, 정보원에게로 돌아섰다. 그도 나를 **하늘**이라고 부르고 있었다. 나는 빈터 남자에게로, 칼의 특별한 이에게로 돌아섰다. 모두 나를 바라봤고, 모든 목소리가 날 향했다⋯⋯.

나는 하늘이다⋯⋯.

나는 땅의 언어로 말했다⋯⋯.

(하지만 내 목소리도 들어 있었다⋯⋯.)

(격노로 가득 찬 내 목소리로⋯⋯.)

나는 땅에게 강물을 풀라고 말했다⋯⋯.

한 번에 전부 다⋯⋯.

〈바이올라〉

"그러면 도시가 파괴될 겁니다!" 벤 아저씨가 지금 무슨 일이 일어나고 있는지 우리에게 말해주기도 전에 브래들리가 외쳤다.

주위를 둘러싼 소음에서 다 볼 수 있었으니까. 1017이 스패클들에게 강물을 풀어놓으라고 말하는 것을⋯⋯.

"저 밑에는 무고한 사람들도 있어요. 이렇게 오랫동안 막혀 있던 강물이 풀리면 그들은 다 쓸려나갈 겁니다!" 브래들리가 다시 외쳤다.

이미 늦었어요. 하늘이 말해서 이미 시작됐어요. 벤 아저씨가 말했다.

"하늘이라고요?" 내가 물었다.

새로운 하늘. 아저씨는 대답하며 우리 뒤를 봤다.

우리는 뒤로 돌아섰다. 1017이 강바닥의 뜨거운 바위에서 피어오르는 열기에서 빠져나오고 있었다. 그의 눈에 전과 다른 표정이 떠올라 있었다.

"저 스패클이 새로운 하늘입니까?" 브래들리가 물었다.

"맙소사."

내가 그에게 물어볼게요. 어떤 길이 올바른 길인지 그가 볼 수 있도록 돕겠지만 강물을 막을 순 없어요.

"사람들에게 경고해야 해요. 시간이 얼마나 남았을까요?" 브래들리가 물었다.

벤 아저씨의 눈이 잠시 멍해졌고 그의 소음에서 막대한 양의 물을 가둬둔 스패클의 댐들이 보였다. 토드와 내가 전에 본, 여기라고 서로를 부르는 짐승 무리가 있던 평원, 이쪽부터 저쪽 지평선까지 쫙 펼쳐져 있던 평원이 지금은 물로 가득 차 바다가 됐다.

여기서 한참 뒤쪽에 있어요. 그리고 강물을 풀기 위해 해야 할 일도 있고. 그래도 기껏해야 20분 정도⋯⋯. 아저씨는 눈을 깜박였다.

"그 정도로는 어림없어요!" 브래들리가 외쳤다.

어쨌든 그게 답니다.

"벤 아저씨⋯⋯."

토드는 저 위에 있다. 벤 아저씨가 내 눈을 보며 말했다. 아저씨의 소음이 마치 내 속을 뚫고 곧장 들어가는 것처럼 느껴졌다. 어떤 면에서는 이 행성의 남자에게서 들어보지 못한 방식으로 아저씨의 소음을 들을 수 있었다. 토드가 저 위에서 여전히 널 위해 씨우고 있어, 바이올라.

"그걸 어떻게 아세요?"

나는 토드의 목소리를 들을 수 있다.

"뭐라고요?"

선명하진 않아. 구체적으로 들리는 말도 없지만 로드가 저 위에 있는 걸 느낄 수 있어. 우리가 하늘을 선택한 순간 모든 이를 느낄 수 있었어. 아저씨도 나만큼이나 놀란 목소리였다. 아저씨의 눈이 커졌다. 그리고 그때 로드의 소리도 들렸어. 로드가 널 위해 싸우고 있는 소리를 들었다. 아저씨는 배틀모어를 타고 내게 더 가까이 왔다. 너도 로드를 위해 싸워야 해.

"하지만 스패클들이 죽어가고 있어요. 시내에 있는 사람들도……."

네가 로드를 위해 싸우면, 우리 모두를 위해 싸우는 거야.

"하지만 개인적인 이유로 전쟁을 할 순 없잖아요." 나는 아저씨에게 물어보다시피 말했다.

그 사람이 전쟁을 끝낼 사람이라면, 그건 개인적인 이유가 아니라 우주를 위한 거야.

"우린 가야 해. 지금 당장!" 브래들리가 외쳤다.

나는 잠시 생각한 후에 벤 아저씨에게 고개를 끄덕여 보이고 말을 돌려서 불길 사이를 빠져나갈 안전한 길을 찾았다.

1017이 우리 길을 막고 있는 게 보였다.

"우리를 보내줘요. 우주선에 있는 자는 우리 모두의 적입니다. 그자는 이 행성에 있는 모든 생명의 적이라고요." 브래들리가 말했다.

때맞춰 정찰기의 굉음이 이쪽으로 돌아오는 소리가 들렸다. 또다시 이 위를 지나가려고…….

"제발." 나는 애원했다.

하지만 1017은 계속 그 자리에서 우리를 막고 있었다.

그의 소음에 있는 우리를 볼 수 있었다…….

그의 소음 속에서 죽어가는 우리를…….

안 돼. 복수할 시간이 없어요. 당신은 강물이 미치지 못하는 곳으로 땅을 대피시켜야 합니다. 벤 아저씨가 앞으로 나오면서 말했다.

하지만 우리는 1017의 마음속에서 일어나는 갈등을 볼 수 있었다. 그의 소음이 이리저리 꼬이면서 복수하고 싶은 마음과 동족을 구하고 싶은 마음이 싸우고 있었다.

"잠깐만요." 순간적으로 뭔가가 떠올랐다.

나는 소매를 걷어 올려 밴드를 드러냈다. 분홍색으로 아물어 가면서 이제 이것 때문에 죽을 일은 없겠지만 영원히 벗을 수도 없는 그 밴드……

1017의 소음에서 놀라는 기색이 느껴졌지만 여전히 꼼짝하지 않았다.

"난 당신의 스패클들을 죽인 남자를 당신만큼이나 증오해요. 그자를 막기 위해 내가 할 수 있는 모든 걸 할게요."

그는 우리를 잠시 지켜봤다. 우리 주위로 여전히 불길이 세차게 타올랐고, 정찰기는 계곡을 향해 돌아오고 있었다.

가라. 하늘이 마음을 바꾸기 전에. 그가 말했다.

〈토드〉

"바이올라!" 소리를 질렀지만 통신기 1호나 3호에서는 아무 응답이 없었다. 그때 바닥이 다시 기울어지는 게 느껴져서 고개를 들어 화면을 보자 정찰기가 강바닥을 거대한 불길로 쓸어버린 후에 방향을 바꾸고 있었다.

연기가 짙어서 바이올라나 벤 아저씨는 보이지 않았다.

(제발, 제발, 제발……)

"스패클들을 봐라, 토드. 저들은 도망치지도 않는구나." 흥미로워하는 시장의 목소리가 통신 시스템을 통해 들렸다.

내가 죽일 거야. 내가 빌어먹을 죽이고 말거야…….

그리고 생각했다. 나는 그를 막기를 원하고 그 어떤 것보다 더 욕망하는데, 만약 이게 욕망에 달린 일이라면…….

공격을 멈춰. 나는 사정없이 요동치는 우주선에서 정신을 집중해 조종실에 있는 그를 찾으려고 애를 썼다. 공격을 멈추고 우주선을 착륙시켜.

"지금 내 문을 두드리고 있는 게 너냐, 토드?" 시장이 웃었다.

순간 내 머릿속에서 하얗게 고통이 불타오르면서 처음부터 그가 내게 했던 말들이 번득였다. **넌 아무것도 아니야 넌 아무것도 아니야 넌 아무것도 아니야.** 나는 비틀거렸다. 내 눈은 흐릿해지고, 내 생각은 뒤죽박죽 엉망이 됐다.

"어차피 네가 그런 시도를 할 필요도 없었어. 지금 보니 우리의 바이올라가 살아남은 것 같다."

나는 눈을 깜박이며 화면을 봤다. 정찰기가 말을 탄 두 사람을 향해 날아가는 모습이 보였다. 둘 중 하나는 바이올라였다.

(하느님 감사합니다 하느님 감사합니다…….)

그들은 말을 타고 전속력으로 달리면서 불길을 피할 수 있는 곳은 피하고, 그럴 수 없는 곳은 뛰어넘고 있었다.

"걱정하지 마라, 토드. 내가 여기서 할 일은 끝났다. 내가 착각한 게 아니라면 강물이 쏟아질 거다. 우리는 바닷가에서 우리의 운명을 기다리게 될 거야."

나는 거칠게 숨을 몰아쉬면서 비틀대며 통신 패널 앞으로 돌아갔다.

아마 내 통신기가 1호고 코일 선생님은 3번이었던 것 같은데…….

나는 손을 뻗어서 통신기 2번을 눌렀다.

"바이올라?"

화면에서 에이콘을 탄 아주 작은 바이올라가 보였다. 그들은 불타오르는 언덕 가장자리에 도착해서 그 아래의 지그재그 길로 펄쩍 뛰어내렸다.

그때 바이올라가 놀라 움찔하면서 에이콘이 비틀거리며 멈춰 서는 모습이 보였다. 바이올라가 망토에 손을 넣었다.

"토드?" 아주 선명하게 바이올라의 목소리가 들렸다.

"그게 뭐냐?" 시장이 목소리가 들렸다.

하지만 나는 계속 버튼을 누르고 있었다.

"바다야, 바이올라! 우리는 바다로 가고 있어!" 내가 소리 질렀다.

순간 사정없이 날아온 시장의 소음이 나를 후려쳤다.

〈바이올라〉

"바다!? 토드? 그게 무슨 뜻……." 나는 통신기에 대고 소리쳤다.

"저거 봐!" 앙가르드를 타고 먼저 지그재그 길을 조금 내려간 브래들리가 외쳤다. 그는 정찰기를 가리키고 있었다.

정찰기가 어마어마하게 빠른 속도로 계곡을 지나 동쪽으로 날아가고 있었다.

바다가 있는 쪽으로…….

"토드?" 토드를 다시 불렀지만 아무 대답이 없었다. "토드!?"

"바이올라, 우린 가야 해." 브래들리는 앙가르드를 돌려서 비탈길을 내려갔다. 통신기에서는 여전히 아무 소리가 나지 않았지만 브래들리의 말이 옳았다. 이제 물바다가 쏟아질 것이고, 우리는 사람들에게 경고해야 한다.

에이콘이 언덕을 다시 한 번 힘차게 달려서 내려가는 사이에도 나는 알고 있었다. 우리가 구할 수 있는 사람은 정말 소수에 지나지 않을 것이고…….

어쩌면 우리도 살아남지 못할 것이다…….

〈토드〉

나는 신음하면서 바닥에서 몸을 일으켰다. 나는 이반의 시체 위에 쓰러져 있었다. 흘낏 화면을 올려다봤지만 이젠 아무것도 보이지 않았다. 불길도 보이지 않고 초록색 나무들과 우리 밑에 있는 언덕들만 보였다.

그러니까 우리는 지금 바다로 가고 있구나.

이 모든 것의 끝을 위해…….

나는 코트에 묻은 이반의 피를 닦아냈다. 시장의 제복과 완벽하게 똑같은 멍청한 코트. 우리가 똑같아 보일 거라는 생각만 해도 수치심이 밀려왔다.

"바다 본 적 있니, 토드?"

그 말에 나도 모르게 화면을 봤다.

거기에 그게 있었으니까.

바다가…….

순간 거기서 눈을 뗄 수 없었다.

모든 화면을 채우고, 채우고, 끝없이 채우는 물, 너무나 거대해서 끝나지 않는 물이 있었다. 바다가 시작되는 곳에 모래와 눈으로 뒤덮인 해변이 있었고, 그다음에 물이 끝도 없이 구름 낀 지평선을 향해 뻗어 있었다.

보다 보니 너무 어지러워서 고개를 돌려야 했다.

나는 다시 통신 화면으로 돌아가 바이올라를 찾아봤지만 이미 꺼져 있었다. 내가 바이올라와 연락하기 위해 쓸 만한 건 시장이 전부 꺼버 렸다.

이제는 그와 나만이 바다로 날아가고 있었다.

최후의 심판을 위해 날아가는 시장과 나…….

시장은 바이올라를 쫓았다. 벤 아저씨도 쫓았다. 그들이 불속에서 죽 지 않는다면 홍수에 쓸려 죽을지도 모른다. 그러니까, 좋다 이거야. 우 리 한번 끝내주는 심판을 해보자.

그래, 우리는 그럴 것이다.

나는 그녀의 이름을 생각하기 시작했다. 내 소음 속에서 아주 열심히 생각하면서, 연습하고, 단련하고…….

내 분노를 느끼고, 그녀에 대한 내 걱정을 느끼고…….

시장은 내 소음을 침묵시켜서 그와 맞서 싸우는 일을 더 힘들게 만들 었을지도 모른다. 하지만 그가 여전히 소음으로 내게 한 방 날릴 수 있 다면 나 역시 그렇게 할 수 있을지 모른다.

나는 생각했다. 바이올라.

바이올라…….

〈하늘〉

나는 땅을 구하기 위해 불 속을 뚫고 가라고 명해야 한다. 그들을 보내 서 계곡의 불타는 언덕들을 올라가고, 불타는 나무들 사이를 빠져나가고, 무너지고 폭발하는 오두막집들을 지나가게 해야 한다. 나는 이제 강바닥 을 세차게 흘러오는 더 거대한 물의 위험을 피하기 위해 지금 벌어지는 크나큰 불의 위험을 뚫고 가라고 보내야 한다.

내가 시작한 더 거대한 위험…….

하늘이 필요하다고 생각한 더 큰 위험…….

이런 것들이 바로 하늘의 선택이다. 이런 것들이 바로 하늘이 땅의 안위를 위해 해야 하는 선택이다. 이 불길이 걷잡을 수 없이 퍼져나가면서 숲을 다 태워버리도록 방치한다면 무수한 땅이 불에 타 죽을 것이다. 땅이 도망치는 사이에도 무수한 땅이 계속 불에 타 죽겠지만.

하지만 적어도 두 번째 위험이 발생한다면 수많은 빈터도 우리와 같이 죽을 것이다.

안 됩니다. 정보원의 소리가 들렸다. 그는 나를 따라 가파른 언덕을 올라오고 있었다. 우리는 배틀모어를 타고, 활활 타오르는 불길 속을 나가 강물이 밀려오기 전에 피할 수 있는 높은 곳을 찾는 중이었다. 그렇게 가는 동안 배틀모어들이 고통스러워했지만 갑옷이 배틀모어를 구해주길 바라며 어쩔 수 없이 계속 가야 했다.

하늘은 그런 식으로 생각해선 안 됩니다. 빈터를 상대로 전쟁을 하면 땅만 파멸할 뿐입니다. 평화는 여전히 이뤄질 수 있습니다.

나는 안장에 선 채로 돌아서서 인간처럼 배틀모어 위에 앉아 있는 정보원을 내려다봤다. 평화? 저들이 한 짓을 보고도 평화를 기대합니까? 나는 격노해서 말했다.

그들 중 하나가 저지른 일을 보니, 평화는 이뤄질 수 있을 뿐 아니라 우리의 미래에 필수적이라고 생각합니다.

우리의 미래라고?

정보원은 내 말에 대구하지 않았다. 평화의 유일한 대안은 완전한 공멸입니다.

그게 뭐가 문제가 됩니까?

정보원의 목소리가 분노로 인해 커져갔다.

하늘은 그런 질문을 해선 안 됩니다.

당신이 하늘에 대해 뭘 알아? 당신이 우리에 대해 뭘 아냐고? 당신이 우리의 목소리로 말하게 된 것도 얼마 안 됐잖아. 당신은 우리가 아니야. 당신은 결코 우리가 될 수 없어.

우리와 저들로 편이 갈라지는 한 땅은 결코 안전하지 못할 것입니다.

나는 그 말에 반박하려 했지만 계곡 서쪽에서 땅의 목소리가 우리에게 위험이 임박했다고 경고했다. 우리를 태운 배틀모어들이 좀 더 빨리 올라가기 시작했다. 나는 여전히 하늘에서 떨어지는 얼음 송이들 사이로, 양쪽에서 타오르는 불길 사이로, 구름 위로 피어오르는 연기 사이로 계곡을 올려다봤다.

마치 화살이 날아오기 전에 들리는 휙 소리처럼, 저 멀리서 밀려오는 강물에 앞서 안개가 저 밑 강바닥에서 피어오르고 있었다.

드디어 오는군요. 내가 보여줬다.

안개가 우리 옆을 휙 스쳐가서 하늘로 올라가 온 세상을 새하얗게 감쌌다.

나는 마지막으로 정보원을 바라봤다.

그리고 내 목소리를 열었다.

나는 들을 수 있는 모든 땅에게 목소리를 열면서, 그걸 전할 수 있는 길들을 찾았다. 마침내 내가 모든 땅에게, 사방에 있는 땅에게 말하고 있다는 걸 알았다.

나는 들었다. 내가 보낸 첫 명령의 메아리들, 무기들을 모으라는 명령······.

제 사명을 다하기를 기다리고 있던 무기들을······.

나는 내 목소리 속에서 그 메아리를 잡아 다시 더 멀리, 더 넓게 보냈다……

준비하라, 나는 땅에게 말했다.

전쟁을 준비하라.

안 됩니다! 정보원이 다시 외쳤다.

하지만 도시 하나만큼이나 높은 강물이 우리 밑의 계곡으로 쏟아지면서 지나가는 길에 있는 모든 것을 집어삼키는 순간, 그의 말은 그 속에 묻혀버렸다.

〈바이올라〉

우리는 세차게 달려 시내로 향했다. 에이콘이 너무 빨리 달려서 나는 가까스로 그의 갈기를 붙잡고 버텼다.

앙망아지 꽉 잡아. 에이콘은 그렇게 말하고 더욱 속도를 냈다.

앙가르드를 타고 있는 브래들리는 내 앞에서 달리고 있었다. 우리는 후려치는 눈발을 가르며 정신없이 달렸다. 이제 길을 따라 인가들이 나오는 시내 외곽에 가까워지고 있었다.

대체 저건 또 뭐야? 브래들리가 소음에서 외치는 소리가 들렸다.

한 무리의 남자들이 길을 따라 행군하고 있었다. 줄을 맞춰 가는 이들의 지휘관은 오헤어 대위였다. 무기를 치켜든 그들에게서 마치 북쪽과 남쪽 지평선에서 피어오르는 연기처럼 불안감이 피어올랐다.

"돌아가요! 어서 돌아가야 합니다!" 그들과 가까워졌을 때 브래들리가 소리를 질렀다.

오헤어 대위가 멈췄다. 그의 소음에서 어리둥절한 기색이 느껴졌고, 뒤에 오던 군인들도 멈췄다. 우리가 탄 말들이 그들 앞에 주르르 미끄러지면서 멈췄다.

오헤어 대위가 입을 뗐다. "스패클 군대가 공격해 올 겁니다. 나는 명령을……."

"그들이 강물을 풀었어요!" 내가 소리쳤다.

"더 높은 곳으로 올라가야 해요! 시민들에게 말해야 합니다." 브래들리가 외쳤다.

"대부분 이미 떠났어요. 그들은 군대를 따라 전속력으로 행군하고 있다고요." 그렇게 대답하는 오헤어 대위의 소음이 붉게 치솟았다.

"그들이 뭘 한다고요?" 내가 물었다.

하지만 오헤어 대위는 점점 화가 나 보였다. "대통령은 알고 있었어요. 이게 자살 작전이란 걸 알고 있었단 말입니다."

"왜 다른 사람들이 행군하고 있는 거죠?" 내가 다그쳐 물었다.

"그들은 여자 선생들이 있는 언덕 꼭대기로 가고 있어요. 그곳을 확보하러." 오헤어 대위가 쓸쓸한 목소리로 말했다.

순간 번득이는 그의 소음에서 확보라는 말이 정확히 무슨 뜻인지 보였다.

나는 언덕 꼭대기에 있는 리를 생각했다. 아무것도 볼 수 없는 리.

"브래들리!" 나는 에이콘의 고삐를 다시 내려치면서 외쳤다.

"어서 부하들을 높은 곳으로 데려가요. 최대한 많은 사람들을 구하라고요." 우리가 군인들을 지나 다시 방향을 바꿔서 가는 사이에 브래들리가 소리쳤다.

그때 거대한 소리가 들렸다…….

한 무리의 남자들에게서 나오는 소리가 아니었다…….

그것은 강물이 포효하면서 부서지는 소리였다…….

우리는 뒤를 돌아봤다…….

믿을 수 없을 정도로 거대한 물의 벽이 언덕 꼭대기를 흔적도 없이 지워버리고 있었다…….

〈토드〉

화면들이 바뀌었다. 바다가 사라지고 시내에 있는 탐사 장치들이 떴다. 시장은 그중 하나를 말라버린 폭포가 보이게 맞췄다.

"여기 오는구나, 토드."

"바이올라?" 나는 미친 듯이 속삭이며 화면에서 그녀를 찾으려고, 탐사 장치 중 하나라도 그녀가 말을 타고 시내를 지나가는 모습을 잡아냈는지 찾아봤다.

하지만 아무것도 보이지 않았다.

그저 거대한 물의 벽이 언덕 위를 쏜살같이 흘러나오고, 그 앞에서 마을 하나만 한 크기의 안개와 증기가 피어오르는 광경만 보였다.

"바이올라." 나는 다시 속삭였다.

"저기 있네." 시장의 목소리가 들렸다.

그가 화면을 바꾸자 말을 타고 달리는 바이올라와 브래들리가 보였다. 그들은 죽어라 달리고 있었고…….

사람들도 달리고 있었지만 폭포 바닥으로 떨어져서 안개와 수증기를 가르며 무시무시한 기세로 쏟아지는 강물보다 빨리 달릴 수는 없었다.

그 거대한 물결이 바로 시내로 흘러갔다.

"더 빨리, 바이올라. 더 빨리." 나는 화면에 얼굴을 바짝 대고 속삭였다.

〈바이올라〉

"더 빨리!" 브래들리가 앞에서 소리쳤지만…….

그의 소리는 잘 들리지도 않았고…….

우리 뒤에서 흐르는 강물의 포효에 귀가 멀 지경이었다.

"더 빨리!" 브래들리가 다시 소리를 지르면서 뒤를 돌아봤고…….

나도 돌아봤는데…….

맙소사…….

강물은 고체처럼 단단하고 하얀 물의 벽이 되어, 뉴 프렌티스타운에서 가장 높은 건물보다 더 높은 곳에서 계곡을 따라 바닥을 내리치며 흘러내려 언덕 밑 전쟁터를 삽시간에 쓸어버리고, 어마어마한 함성을 지르며 전진해서 가는 길에 있는 모든 걸 집어삼키고…….

"서둘러! **어서!**" 나는 에이콘에게 소리쳤다.

에이콘의 몸에서 공포가 넘쳐흐르는 것이 느껴졌다. 에이콘은 정확히 뭐가 우리를 쫓아오고 있고, 뭐가 뉴 프렌티스타운 외곽에 있는 집들을 내리쳐서 박살 내고서 분명 오헤어 대위와 그의 부하들까지도 다쓸어버렸을지 알고 있었다.

다른 사람들도 집에서 뛰쳐나와 비명을 지르며 남쪽 언덕을 향해 달려갔지만 거기는 너무 먼 데다 발로 뛰어서는 도저히 닿을 수 없었다. 그들은 다 죽을 것이다.

나는 사람들을 돌아보다가 겁이 나서 무의식중에 발목으로 에이콘을 다시 걷어찼다. 죽을힘을 다해 달리는 에이콘은 입에서 거품을 내뿜고 있었다.

"힘을 내줘, 에이콘. 힘을 내!" 나는 에이콘의 두 귀 사이에 대고 말했다.

하지만 그는 대꾸하지 않고 계속 달렸다. 우리는 광장을 지나고 성당을 지나 시내를 빠져나가는 도로로 들어섰다. 얼른 뒤를 돌아보자 물의 벽이 광장 끄트머리에 있는 건물들을 박살 내는 광경이 눈에 들어왔다.

"도저히 피할 수 없을 것 같아요!" 내가 브래들리에게 소리쳤다.

그는 날 보고 다시 내 뒤를 바라봤다…….

그의 표정도 내 말에 동의하고 있었다…….

〈토드〉

한 화면에 우리가 탄 정찰기가 해변에 착륙하는 모습이 보였다. 거기에는 눈과 모래와 끝도 없는 물이 있었고, 파도가 철썩이며 밀려왔고, 수면 바로 밑에서 어두운 그림자들이 움직이고 있었다.

하지만 나는 바이올라와 브래들리를 쫓는 탐사 장치에 온 정신을 집중하고 있었다.

그들이 말을 타고 광장을 지나고, 달리는 사람들을 지나고, 성당을 지나, 시내를 벗어나는 도로로 들어서는 모습을 봤지만…….

물살은 너무 빠르고, 너무 높고, 너무 강력했고…….

그들은 피하지 못할 것이다…….

"안 돼. 제발 힘내! 힘내라고!" 심장이 사정없이 죄어들었다…….

거대한 물의 벽이 폐허가 된 성당을 강타해서 마침내 그동안 위태롭게 서 있던 종탑을 쓰러뜨려서…….

그것은 밀려오는 강물과 벽돌 더미 속에서 사라졌고…….

나는 뭔가 깨달았다…….

물의 속도가 느려지고 있었다…….

강물이 뉴 프렌티스타운을 박살 내고 부서버리면서 나온 모든 쓰레기와 건물 잔해들이 물의 속도를 아주 조금씩 늦추고 있었다. 덕분에 물의 벽이 조금 더 낮아지고, 조금 더 느려지고 있었다.

"하지만 저 정도로는 부족해."

시장은 어느새 방에 들어와 내 뒤에 있었다.

나는 홱 돌아서서 그와 마주 봤다.

"바이올라가 죽게 돼서 유감이다. 진심이야."

나는 내 안에 있는 모든 걸 모아서 **바이올라**로 그를 후려쳤다⋯⋯.

〈바이올라〉

"안 돼." 나도 모르게 속삭이는 동안 뉴 프렌티스타운은 우리 뒤에서 산산조각 나고 있었다. 거대한 물의 벽은 이제 목재와 벽돌과 나무와 대체 얼마나 될지 아무도 모를 시체들로 가득 찼고⋯⋯.

나는 뒤를 돌아봤는데⋯⋯.

물살이 느려지고 있었고⋯⋯.

그 모든 잔해에 막혀서⋯⋯.

하지만 아직도 너무나 **빠르다**⋯⋯.

강물은 바로 우리 뒤에 있는 도로까지 이르렀고, 여전히 어마어마한 몸집을 흔들며 세차고 잔인하게 흘러왔다⋯⋯.

토드.

"바이올라!" 브래들리가 일그러진 얼굴로 나를 불렀지만⋯⋯.

도저히 길이 없었고⋯⋯.

정말 없었고⋯⋯.

망아지, 그 소리가 들렸다⋯⋯.

"에이콘?"

앙망아지, 사력을 다하느라 그의 소음이 온통 갈라져 있었고…….

앞에 있는 앙가르드의 소리도 들렸고…….

따르라! 앙가르드가 말했다…….

"무슨 뜻이야, 따르라니?" 나는 놀라면서 채 100미터도 떨어지지 않은 거센 물살을 돌아봤는데…….

90미터…….

앙망아지, 에이콘이 다시 말했다.

"브래들리?" 내가 그를 불렀지만 나처럼 브래들리 역시 앙가르드에게서 떨어지지 않으려고 갈기만 힘껏 붙잡고 있었고…….

앙가르드가 다시 소리쳤다. **따르라!**

따르라! 에이콘이 대답했다.

꽉 잡아! 두 마리 말이 같이 외쳤다.

순간 불가능할 정도로 빠른 속도에 나는 에이콘의 등에서 굴러떨어질 뻔했고…….

에이콘은 그의 다리 근육을 찢어야만 낼 수 있는 속도, 그의 폐가 터져야만 낼 수 있는 그런 속도로 달렸고…….

우리는 그걸 해내고 있었고…….

나는 돌아봤다…….

우리는 강물보다 빠르게 달리고 있었다…….

〈토드〉

바이올라! 나는 시장을 향해 생각을 날렸다.

생사의 기로에 있는 바이올라를 생각하며 나오는 모든 분노를 담아, 그녀에게 무슨 일이 생겼을지 몰라서 생기는 모든 분노를 담아, 그녀가 혹시라도…….

그 모든 분노를 담아…….

바이올라!

시장이 움찔하면서 몸이 뒤로 기우뚱했지만…….

쓰러지지는 않았고…….

"네가 더 강해졌다고 말했잖아, 토드. 하지만 그 정도로는 부족해."

시장은 다시 똑바로 서서 내게 미소를 지어 보이며 말했다.

그 순간 내 머릿속에서 번득이는 소음이 너무 세서 나는 침대에 부딪

쳤다가 바닥으로 쓰러졌다. 세상이 사라지고 내 속에서 울리는 소음만

있었다. **넌 아무것도 아니야 넌 아무것도 아니야 넌 아무것도 아니야**

모든 것이 줄어들어 결국 그 소리 하나만 남았지만…….

그때 나는 바이올라를 생각했고…….

바깥에 있는 그녀를 생각했고…….

그걸 밀어냈다…….

바닥에 대고 있는 내 손이 느껴졌다…….

그 손에 힘을 줘서 바닥에 무릎을 대고 몸을 일으켰다…….

그리고 고개를 들었다…….

1미터 정도 떨어진 곳에서 시장의 놀란 얼굴이 보였다. 그는 뭔가를

들고 날 향해 다가오고 있었다.

"맙소사. 내가 생각했던 것보다 더 강해졌군." 그는 기분이 째지는 것

처럼 말했다.

시장이 또다시 소음을 날릴 걸 알고 있었기 때문에 나는 그가 정신을

집중하기 전에 전통적인 방식으로 맞서서…….

그에게 몸을 날려 덮쳤고…….

전혀 예상 못 하고 있던 시장의 허리를 들이받아서 우리 둘 다 화면에 세게 부딪쳤고…….

(강물이 여전히 세차게 계곡을 따라 흘러내리는 화면…….)

(바이올라는 여전히 어디서도 보이지 않고…….)

화면에 세게 부딪친 시장이 신음했고, 나는 그를 내 몸으로 누른 채 주먹을 뒤로 뻗어 한 방 치려는데…….

그때 그가 내 목을 가볍게 톡 쳤다.

살짝 건드리는 것처럼 아주 가볍게.

그러자 뭔가가 내 목에 붙어서 손을 거기에 대봤다.

거즈였다.

그가 손에 들고 있던 것.

"푹 자라." 시장이 내게 싱글거리며 말했다.

나는 바닥으로 쓰러졌고, 물로 가득 찬 화면들이 내가 본 마지막이었다.

〈바이올라〉

"에이콘!" 나는 그의 갈기에 대고 소리 질렀다.

하지만 에이콘은 날 무시하고 그 미친 질주를 계속했다. 앞에서 브래들리를 태우고 달리는 앙가르드도 마찬가지였다.

그건 효과가 있었다. 우리는 도로가 휘어지는 곳에 도착했고, 우리 뒤의 강물은 여전히 온갖 잔해와 나무들을 싣고 흘러왔지만…….

점점 속도가 느려지고 높이도 줄어들면서, 좀 더 많은 양이 강바닥으로 흘러갔고…….

그래도 말들은 계속 달렸고…….

도로를 따라 계속 달리는 동안 밀려오는 안개가 덩굴 모양의 손들을 뻗어 말꼬리들을 핥으며 쫓아왔고…….

강물은 여전히 우리를 따라왔지만…….

점점 멀어져 갔고…….

"우리가 해낼 것 같아!" 브래들리가 내게 소리쳤다.

"조금만 더 가자, 에이콘. 거의 벗어났어." 나는 그의 두 귀 사이에 대고 말했다.

에이콘은 아무 대꾸도 하지 않고 그저 계속 달렸다.

도로의 나무들이 점점 울창해졌는데, 그중 절반이 불타고 있는 덕에 강물의 속도가 더 느려졌다. 나는 우리가 어디로 가는지 알아차렸다. 내가 오랫동안 갇혀 있던 치유의 집, 내가 도망쳤던 그곳에 가까워지고 있었다.

통신 탑이 서 있던 언덕도 보였다.

저기 어딘가에서 군대가 우리를 앞질러 행군하고 있을 언덕…….

어쩌면 이미 도착했을지도 모른다.

"내가 뒷길을 알아요!" 나는 오른쪽으로 조금 떨어진 작은 농장으로 가는 길을 가리켰다. 숲이 있는 그 언덕은 불길이 닿지 않았다. "저 위로 가요!"

앙망아지. 에이콘이 알았다는 뜻으로 대답하는 소리가 들렸다. 말들은 그곳을 향해, 길모퉁이를 돌아가서 내가 아는 숲속으로 난 좁은 길로 향했다.

우리가 막 떠난 도로에 강물이 밀려오면서 거대한 소리가 났다. 철벅거리는 물과 나무들과 잔해들이 사방에 둥둥 떠가면서 불을 껐지만 동시에 다른 모든 걸 먹어치우고 있었다. 그 물이 우리 뒤에 있는 길과 작은 농가를 집어삼켰다.

하지만 우리는 숲속으로 들어와 여기저기 튀어나온 나뭇가지들에 얼굴을 부딪치고 있었다. 앞에서 브래들리가 비명을 지르긴 했지만 앙가르드의 등에서 떨어지지는 않았다.

언덕을 올라가면 평지가 나오고…….

그러다가 또 다른 언덕이 나오고…….

관목 숲을 지나면…….

이제 우리가 빈터로 나는 듯이 달려 들어오자 사람들이 비명을 지르며 사방으로 흩어졌다. 나는 그 와중에 현장을 한눈에 둘러봤다.

사람들은 탐사 장치를 통해 텐트 옆에 비치는 영상을 보고 있었다.

그들은 무슨 일이 벌어지고 있는지 알고 있었고……,

앞으로 무슨 일이 닥칠지 알고 있었고…….

"바이올라!" 말들이 야영지로 달려가는 사이에 누가 놀라서 외치는 소리가 들렸다.

"사람들을 언덕 위로 올라가게 하세요, 윌프 아저씨. 강물이……!"

"저기 군대가 왔는디!" 제인 아줌마가 윌프 아저씨 옆에서 소리치면서 맞은편에 있는 빈터 입구를 가리켰다.

거기에 테이트 대위가 거의 전군으로 보이는 군대를 이끌고 온 모습이 보였다.

그들은 언덕을 행군해 왔다…….

총을 들고 공격 준비를 한 채로…….

언덕을 산산조각으로 날려버릴 준비가 된 대포들을 수레에 가득 싣고…….

〈하늘〉

하늘은 모든 것을 듣는다.

전에도 알고 있었지만 이제야 그게 어떤 의미인지 알았다. 하늘은 땅의 모든 가슴에 숨겨진 모든 비밀을 듣는다. 하늘은 중요하거나, 의미 없거나, 애정에 차 있거나, 살의를 품고 있거나 상관없이 모든 세세한 사정을 듣는다. 하늘은 모든 아이의 소원을 듣고, 모든 노인의 추억을 듣고, 땅에 있는 모든 목소리의 욕망과 감정과 의견을 듣는다.

하늘은 땅이다.

나는 땅이다.

땅은 반드시 살아남아야 합니다. 정보원이 계속 이야기하는 동안 우리는 배틀모어를 타고 서둘러 동쪽을 향해 달렸다.

땅은 그러고 있어요. 그리고 하늘의 지도력 아래 계속 그렇게 할 겁니다. 내가 그에게 대꾸했다.

당신이 무슨 계획을 세우고 있는지 보이는데 그러시면 안 됩니다.

나는 그를 홱 돌아봤다. 하늘에게 뭘 해야 할지 말하지 말아요. 당신이 나설 자리가 아닙니다.

안개와 하늘에서 떨어지는 얼음이 합쳐져서 계곡을 둘러싼 숲에서 타오르는 불을 일부 꺼트렸다. 하지만 북쪽은 여전히 불길이 거셌고 흐르는 강물로도 그 기세를 멈출 수 없음을 땅의 목소리에서 알 수 있었다. 빈터의 지도자로 인한 피해 중에 까맣게 타들어간 땅도 들어갈 것이다.

하지만 남쪽은 척박한 바위투성이 땅이다. 나무는 언덕 곳곳에 듬성듬성 서 있고 덤불은 낮아서 그리 많이 타지 않았다.

그래서 우리는 남쪽 언덕으로 행군했다.

거기서 동쪽으로 갈 것이다.

우리 모두. 그 불바다에서 살아남은 모든 땅, 모든 길, 모든 병사, 모든 어머니와 아버지와 아이가.

우리는 빈터를 쫓아 동쪽으로 행군한다.

우리는 그 머나먼 언덕 꼭대기를 향해 동쪽으로 행군한다.

우리의 무기는 준비됐다. 그들을 몰아냈던 무기들, 그들을 수백 명 죽였던 무기들, 이제 그들을 멸망시킬 무기들.

배틀모어를 타고 내게 오는 병사의 목소리가 들렸다.

그는 내 무기를 가져오고 있었다.

하늘이 무장도 하지 않고 전쟁터에 들어가서는 안 되니까.

나는 무기를 받고 병사에게 고맙다는 인사를 했다. 그것은 산을 발사하는 땅의 총으로, 칼이 가지고 다니는 총과 다를 바 없다.

언젠가 내가 쓰겠다고 약속한 그 총과 다를 바 없다.

나는 내 목소리를 땅에게 열었다.

그들을 다시 소환했다.

그들 모두를 소환했다.

우리는 동쪽으로 행군한다. 살아남은 땅은 빈터를 향해 행군한다.

무엇을 위해서요? 정보원이 다시 물었다.

나는 대답하지 않았다.

우리는 속도를 높였다.

〈바이올라〉

"바이올라, 멈춰!" 브래들리가 뒤에서 날 불렀다.

하지만 난 이미 앞으로 달려가고 있었다. 지친 에이콘에게 그러라고 말할 필요도 없었다.

우리가 언덕 꼭대기에 있는 사람들 사이를 달려가는 동안 그들은 비명을 지르며 다가오는 군대를 피해 도망치고 있었다. 그중 일부는 해답에게서 받은 총을 들고 있기도 했다. 선생님들은 무기 창고를 향해 달려가고 있었다.

전쟁이 다가오고 있었다. 바로 여기서 이런 정신 나간 소규모 접전으로. 세상이 멸망하려 하는 판국에 여기 사람들은 마지막 순간을 서로 싸우며 낭비하려 한다.

"바이올라!" 나를 부르는 소리가 들렸다.

리였다. 그는 군중의 가장자리에 서서, 고개를 돌려 주위에 있는 남자들의 소음으로 이 상황을 읽어보려고, 지금 무슨 일이 벌어지고 있는지 알아내려고, 날 막아보려고 부르고 있었다.

하지만 나는 할 수만 있다면 또 다른 한 사람의 죽음을 책임질 일은 하지 않을 것이다.

이 전쟁은 내가 쏜 미사일 때문에 시작됐고, 내가 내린 결정 때문에 우리가 이 전쟁에 휘말리게 됐다. 그 후로 나는 그걸 바로잡기 위해 그토록 애를 썼다. 지금 나를 화나게 만드는 건 불도 아니고, 홍수도 아니고, 토드를 끌고 여기서 날아가 버린 시장도 아니다. 이토록 평화적으로 협력해야만 우리 모두 살아남을 수 있는 상황에서……

여전히 그런 선택을 하지 않으려는 사람들에게 화가 났다.

나는 진군하는 군인들 앞에 에이콘을 세워서 테이트 대위를 멈추게 했다.

"그 총 내려놔요! 당장!" 나도 모르게 고래고래 소리를 질렀다.

하지만 대위는 총을 들어 올렸다.

그리고 내 머리에 대고 겨냥했다.

"그다음에는 어떻게 할 건데요? 저 밑에는 이제 도시도 없는데. 당신을 도와서 그곳을 다시 세울 수 있는 유일한 사람들을 다 죽여 없앨 건가요?" 나는 소리쳤다.

"비켜, 쪼그만 계집애야." 테이트 대위는 희미한 미소를 띤 얼굴로 말했다.

그가 얼마나 쉽게 날 죽일 수 있는지 보고 나는 가슴이 철렁 내려앉았다.

하지만 나는 고개를 들어 그의 뒤에 있는 군대, 대포를 쏠 준비를 하고 있는 남자들을 바라봤다.

"여기를 공격한 다음에는 뭘 어쩔 건데요? 모두 바다로 행군해서 이미 확실해진 당신들의 죽음을 맞이할 건가요? 백만 명의 스패클들에게 죽으러 가나요? 그게 당신들이 받은 명령인가요?" 나는 그들 모두에게 소리 질렀다.

"사실 그렇단다." 테이트 대위가 대답하며 총의 공이치기를 당겼다.

"당신들은 이 행성에 군인이 되려고 왔나요?" 나는 여전히 소리를 지르면서 이제는 내 뒤에 있는 언덕 꼭대기 사람들에게도 외쳐댔다. 남은 해답 대원들과 여기 모인 사람들과 무기를 꺼내든 사람들을 향해. "그런가요? 그게 여러분이 원하는 거예요? 아니면 좀 더 나은 삶을 찾아 여기 왔나요?"

나는 다시 테이트 대위를 돌아봤다.

"당신은 여기에 낙원을 건설하러 왔나요? 아니면 한 남자가 당신에게 그러라고 해서 죽으려고 왔나요?"

"그는 위대한 사람이야." 테이트 대위는 총신을 내려다보며 대꾸했다.

"그 남자는 살인자예요. 자신이 조종할 수 없는 건 모두 파괴해 버리죠. 그자는 오헤어 대위와 그 부하들을 사지로 내몰았어요. 내 눈으로 똑똑히 봤다고요."

내 말에 대위 뒤에 서 있는 병사들이 웅성거리기 시작했다. 브래들리가 말을 타고 와서 자신의 소음을 열어 길에 서 있는 오헤어 대위와 부하들의 운명을 보여주자 웅성거림이 더욱 커졌다. 나는 테이트 대위 옆에 서 있어서 이렇게 추운 날씨에도, 이렇게 눈이 내리는데도 그의 관자놀이에 땀방울이 흘러내리는 모습을 볼 수 있었다.

"그가 당신에게도 같은 짓을 하겠죠. 당신들 모두에게."

테이트 대위는 마음속으로 갈등하고 있는 것처럼 보였다. 나는 그가 시장의 명령을 거역할 수 있을지 궁금해지기 시작했다. 시장이 그에게 무슨 짓을 하지 않았다면…….

"아니! 난 명령에 따라야 해!" 테이트 대위가 외쳤다.

"바이올라……." 근처에서 리가 외치는 소리가 들렸고…….

"리, 뒤로 가!" 내가 소리쳤다…….

"난 명령에 따라야 해!" 테이트 대위가 버럭 소리를 질렀고…….

그때 총성이 들렸다…….

〈하늘〉

계곡에서 올라오는 연기와 수증기가 섞여서 안개가 점점 짙어졌다.

하지만 안개는 땅을 막지 못한다. 그저 우리의 목소리들을 더 널찍하게 열고 한 발 한 발 나아가자 마침내 우리가 가야 할 길이 드러났다. 안개 때문에 제한된 시력은 이제 우리가 갈 길 하나에 집중됐다.

땅의 눈은 멀지 않았다. 땅은 행군한다.

그 앞에 하늘이 있다.

내 뒤에서 땅이 모이는 것이 느껴졌다. 남쪽과 북쪽에서 흘러 들어온 그들, 불타는 숲과 언덕을 빠져나와 모인 수백, 수천, 그보다 더 많은 땅이 함께 행군하고 있다. 하늘의 목소리는 뒤로, 뒤로 길들과 땅 자체를 통해, 내가 한 번도 본 적 없는 숲들을 통과해서, 빈터의 그 누구도 모르는 땅을 가로질러서 기이한 억양으로 소리를 내는 조금 다른 땅의 목소리들에게까지 전해졌고…….

하지만 동시에 같은 땅이자, 같은 목소리를 가지고 있었고…….

하늘이 그 모두에게, 하나하나의 목소리에 큰 소리로 말해서 그 어떤 하늘이 했던 것보다 더 멀리 전해졌고…….

땅의 모든 목소리가 행군하는 자들에게로 흘러왔고…….

우리 모두 하나가 돼서 함께 갔다…….

빈터를 맞으러…….

그다음은 뭡니까? 여전히 배틀모어를 타고 여전히 날 따라오면서 여전히 날 성가시게 하는 정보원이 보여졌다.

이제 당신이 떠날 때가 된 것 같군요. 정보원이 자신의 종족에게 돌아갈 때가 됐습니다.

하지만 당신은 날 강제로 보내지 않았습니다. 언제고 그렇게 할 수 있었는데요. 정보원의 목소리가 더 강해졌다. 하지만 당신은 그렇게 하지 않았죠. 그건 당신도 알기 때문입니다. 하늘은 내 말이 맞는다는 걸, 당신이 빈터를 공격해선 안 된다는 걸 알고 있습니다.

짐을 죽인 빈터 말입니까? 하늘을 죽인 빈터를? 하늘은 그 공격에 반격하면 안 된다고요? 땅이 다 죽도록 하늘더러 그저 뒤돌아 있으라는 말입니까? 나는 점점 더 화가 치밀어 오르는 걸 느꼈다.

그러면 하늘은 단 한 번의 승리를 거두지고 모든 땅을 죽일 겁니까?

나는 고개를 돌렸다. 당신은 아들을 구하고 싶은 겁니다.

그렇습니다. 토드는 내 땅입니다. 그는 구할 가치가 있는 모든 것의 상징입니다. 우리에게 있을 수 있는 모든 미래를 대변하죠.

정보원의 목소리에서 다시 칼이 보였다. 생생하게 살아 있고 다치기 쉬우며 인간인 그가……

나는 그와의 대화를 중단하고 다시 땅에게 내 목소리를 열어 속도를 내라고 말했다.

그때 정보원의 목소리에서 기이한 소리가 올라왔다……

〈바이올라〉

나는 총성에 화들짝 놀라면서 데이비 프렌티스가 내게 총을 쐈을 때 느꼈던 그 타는 듯한 통증이 느껴질 거라고 예상했다.

하지만 아무 느낌도 없었다.

나도 모르게 감았던 눈을 떴다.

테이트 대위가 한 팔을 가슴에 올린 채 쓰러져 있었다. 그의 이마에 총알구멍이 하나 있었다.

"멈춰요!" 나는 누가 쐈는지 보려고 빙 돌았지만 여자들과 총을 가진 남자들의 혼란스러운 얼굴만 보였다.

윌프 아저씨는 리 옆에 서 있었다.

리는 총을 손에 들고 있었고.

"내가 맞췄어? 윌프 아저씨가 날 대신해 겨냥해 줬어."

나는 곧바로 군인들을 돌아봤다. 모두 중무장을 하고 있었고, 모두 여전히 총을 들고 있었다.

그리고 모두 이상하게 방금 막 잠에서 깬 것처럼 눈을 깜박이고 있었고, 일부는 완전히 혼란에 빠진 표정이었다.

"군인들이 자발적으로 저 사람을 따라온 것 같지 않구나." 브래들리가 말했다.

"하지만 테이트 대위가 조종했을까요? 아니면 시장이 테이트 대위를 통해서?" 내가 물었다.

언덕 꼭대기에 있는 겁에 질린 얼굴들, 그들이 막 대포를 쏘려 했던 사람들의 얼굴을 보면서 군인들의 소음이 점점 커지고 선명해졌다.

강물이 위험할 정도로 가까이 다가오면서 뒤에 서 있는 병사들이 걱정하는 소리도 들려왔다.

"우리에게 음식이 있어요. 그리고 집을 잃은 사람들을 위해 텐트를 만들 겁니다." 로손 선생님이 사람들 속에서 나와서 말했다. 그리고 팔짱을 끼었다. "이제 우리 모두 운명 공동체가 됐으니까요."

나는 병사들을 보고 선생님의 말이 옳다는 걸 깨달았다.

그들은 더 이상 군인이 아니었다.

어찌된 일인지 모르겠지만 그들은 다시 민간인이 됐다.

리와 윌프 아저씨가 내게 왔다. 윌프 아저씨의 소음이 리에게 길을 보여주고 있었다. "너 괜찮아?"

"괜찮아. 두 사람 다 고마워요." 나는 윌프 아저씨의 소음에 비친 나를 보면서 리에게 말했다.

"됐다. 인자 뭘 해야 한다냐?"

"시장이 바다로 갔어요. 우린 거기로 가야 해요."

하지만 날 태우고 있는 에이콘의 호흡이 아직도 너무 거칠어서 갈 수 있을지 장담할 수 없었다.

브래들리가 갑자기 크게 헉 소리를 내면서 쥐고 있던 앙가르드의 고삐를 떨어뜨리고 두 손으로 귀를 막은 채 눈을 크게 떴다.

아주, 아주 기이한 소리가 그의 소음 속으로 메아리쳐 들어왔다. 이해할 수 있는 언어나 영상이 아니라 그냥 소리였다.

"브래들리?" 내가 불렀다.

"그들이 오고 있다." 브래들리의 목소리가, 하지만 그것만은 아닌 다른 기이한 목소리가 언덕 꼭대기에 크게 울려 퍼졌다. 그의 눈은 초점을 잃고 멍해진 채 허공을 바라보고 있었다. ***그들이 오고 있어!***

〈하늘〉

그게 뭐였죠? 지금 무슨 짓을 했습니까? 나는 정보원에게 다그쳐 물었다.

나는 그의 목소리 속을 깊이 들여다보면서 그 소리가 뭐였는지 찾았다.

거기 있는 게 보였다.

처음에는 너무 충격을 받아서 그에게 화도 내지 못했다.

어떻게? 어떻게 당신이 그걸 할 수 있죠?

나는 이 세상의 목소리로 말했습니다. 정보원은 멍한 표정으로 말했다.

그에게서 울려 퍼진 소리는 땅의 언어가 아니었지만 빈터의 언어도 아니었다. 빈터의 음성언어와 땅의 목소리가 좀 더 깊은 차원에서 결합돼서 길들, 새로운 길들을 따라 전해진 것이다.

빈터의 길들을 따라서.

내 목소리가 가늘어졌다. ***어떻게?***

처음부터 우리 안에 이 목소리가 있었다는 생각이 듭니다. 하지만 당신이 내 목소리를 열어주기 전까지 우리는 이 목소리를 낼 수 없었어요. 브래들리는 분명 타고난 걸입니다. 정보원은 거칠게 숨을 몰아쉬며 보여줬다.

당신이 그들에게 경고했군요. 나는 화가 났다.

그래야 했습니다. 선택의 여지가 없었어요.

나는 산이 발사되는 총을 들어 그에게 겨눴다.

날 죽여서 당신이 원하는 복수를 할 수 있다면, 내 죽음으로 우리 모두 죽게 될 이 행군을 멈출 수 있다면, 나를 죽이세요. 기쁘게 내 목숨을 바치겠습니다.

정보원의 목소리에서 그가 진실을 말하고 있음을 알 수 있었다. 그가 다시 애정 어린 마음으로 칼, 토드를 떠올리는 것도 보였다. 이렇게 해서 칼을 구할 수 있다면 작별 인사를 하겠다는 마음이 보였다. 그것이 조금 전에 그가 보낸 정보처럼 그에게서 울려 퍼졌다.

아뇨. 나는 무기를 내려놨다. 그의 목소리가 희망에 차 올라가는 게 느껴졌다. 아뇨, 당신은 우리와 함께 가서 그들의 피몰을 지켜보게 될 겁니다. 나는 다시 보여줬다. 나는 돌아서서 전보다 더 빨리 행군했다. 당신은 우리와 함께 칼이 죽는 모습을 지켜보게 될 겁니다.

<바이올라>

"그들이 오고 있어." 브래들리가 속삭였다.

"누구요? 스패클?"

브래들리는 여전히 멍한 표정으로 고개를 끄덕였다. "전부 다. 모든 스패클이 오고 있어."

우리 가까이 있는 사람들이 곧바로 경악해서 소리를 질렀고, 남자들의 소음이 더 빠르게 퍼져갔다.

브래들리가 침을 꿀꺽 삼켰다. "벤이었어. 벤이 내게 말해줬어."

"뭐라고요? 어떻게……?"

"나도 몰라. 나 말고 또 그걸 들은 사람 있어?" 브래들리는 고개를 흔들며 말했다.

"아뇨. 하지만 그게 뭐 중요한가요? 사실이에요?" 리가 물었다.

브래들리는 언덕 꼭대기의 군중을 보면서 고개를 끄덕였다. "사실이라고 확신해. 그들이 우리를 공격하러 오고 있어."

"그럼 우리가 방어해야죠." 리는 벌써 군인들에게 돌아섰다. 대부분은 여전히 아무 생각 없이 서 있었다. "줄 맞춰 서요! 그 대포 준비하고! 스패클이 오고 있어요!"

"리! 우리가 그 많은 수와 맞서서 이기는 건 꿈도 못 꿀 일……." 나는 소리를 질러 그를 불렀다.

"그래. 하지만 네가 바다에 도착할 때까지 시간을 벌어줄 순 있어." 리는 돌아서서 내게 소음을 보여주며 말했다.

그 말에 나는 입을 다물었다.

"시장을 잡는 것만이 이 전쟁을 끝낼 유일한 길이야. 그러기 위해 토드도 할 일이 있다는 걸 너도 알잖아."

나는 절박한 심정으로 브래들리를 바라봤다. 언덕에 있는 모든 얼굴을 둘러봤다. 그동안 어떻게든 이 길고 힘든 시련을 견디고 살아남았는데, 이제 이것이 그들에게 남은 최후의 순간인지 알고 싶어 하는 지친 얼굴들이 보였다. 계곡 밑에서 짙은 안개가 빠르게 소용돌이치며 올라와 거즈처럼 하얗게 모든 걸 감쌌다. 그들은 그 안개 속에서 유령처럼 서 있었다.

"저들에게 시장을 내줘야 정말 이 전쟁을 막을 수 있을 거야." 브래들리가 말했다.

"하지만……." 나는 에이콘을 내려다봤다. 그는 아직도 숨을 거칠게 쉬었고, 옆구리에서 땀이 거품처럼 부글거리며 맺히고 있었다.

"말들은 쉬어야 해요. 도저히 지금 상태로는……."

앙망아지. 가. 지금 가. 에이콘이 고개를 푹 숙인 채 말했다.

스패클. 수망아지 구해. 앙가르드도 헐떡이면서 말했다.

"에이콘……."

지금 가. 에이콘은 좀 더 힘 있게 말했다.

"가. 토드를 구해. 네가 어쩌면 우리 모두를 구할지도 몰라." 리가 말했다.

나는 리를 내려다봤다. "군대를 지휘할 수 있겠어, 리?"

"나라고 왜 못 하겠어? 내게도 기회를 줘봐." 리가 미소 지었다.

"리……." 내가 입을 뗐다.

"그럴 필요 없어. 나도 알아." 리는 손을 뻗어서 내 다리를 만지려 했지만 손이 닿지 않았다. 리는 다시 군인들에게 돌아섰다.

"줄 맞춰 서라고 했잖아요!"

그러자 놀랍게도 모두 줄을 맞춰 서기 시작했다.

"가능하시다면 평화를 위해 애써주세요. 시간을 끌어주시고, 우리가 그들에게 시장을 잡아서 대령하겠다고 전해주세요. 최대한 많은 사람을 살려주세요." 나는 윌프 아저씨에게 부탁했다.

아저씨는 고개를 끄덕였다. "그러마. 너도 몸조심허고. 알았제?"

"그럴게요, 아저씨." 나는 마지막으로 한 번 리를, 윌프 아저씨를, 언덕에 있는 사람들을 봤다.

내가 이들 중 하나라도 다시 볼 수 있을까 하는 생각이 들었다.

"밑의 도로는 물에 잠겼어. 우리는 언덕으로 올라가서 숲을 지나가야 해." 브래들리가 말했다.

나는 허리를 숙여서 에이콘의 귀 사이에 대고 말했다. "너 정말 갈 수 있겠어?"

앙망아지. 준비됐어. 에이콘은 기침을 하며 대답했다.

그게 다였다. 이제 남은 일은 하나다.

브래들리와 앙가르드와 에이콘과 나는 나무들 사이를 지나 바다를 향해 온 힘을 다해 달리기 시작했다.

거기에 뭐가 있을지 알지 못한 채.

〈토드〉

나는 눈을 깜박거리다가 떴다. 통증 때문에 머릿속이 욱신욱신 울렸다. 일어나 앉으려고 했지만 뭔가에 단단히 묶여 있었다.

"어쨌든 볼 것도 없어, 토드. 우리는 버려진 해안의 버려진 마을에 있는 버려진 예배당에 있다." 시장이 말하는 사이에 주변이 눈에 들어오기 시작했다. 그가 한숨을 쉬는 소리가 들렸다. "이 행성에서 일어난 우리 시대 이야기 같지 않니?"

고개를 들어 올리려 하니 이번에는 머리가 움직였다. 나는 긴 돌로 만든 테이블에 누워 있었다. 한쪽 귀퉁이는 내가 발로 차서 금이 가 있었다. 신도석으로 쓰는 긴 돌 의자들이 보였고, 하얀 신세계와 두 개의 달이 목사가 서는 연단 앞 저쪽 벽에 새겨져 있는 것도 보였다. 또 다른 벽은 반쯤 무너져서 눈이 안으로 들이치고 있었다.

"교회에서 너에게 중요한 일들이 아주 많이 일어났지. 그래서 네 인생의 마지막 장을 위해 이곳에 데려오는 게 맞지 싶었다." 시장은 내게 가까이 다가섰다. "혹은 네 인생의 첫 장이 될지도 모르고."

"날 풀어줘요." 나는 정신을 집중해서 그를 조종하려고 해봤지만 머리가 너무나 무겁게 느껴졌다. "날 풀어주고 같이 정찰기를 타고 돌아가요. 아직 이 모든 사태를 막을 수 있어요."

"오, 그게 그렇게 쉽진 않을 거야." 시장은 미소를 지으며 작은 금속 상자를 하나 꺼냈다. 그걸 누르자 허공에 영상이 하나 떠올랐다. 하얀 안개와 소용돌이치는 연기로 가득 찬 영상이었다.

"아무것도 안 보여요."

"잠깐만 기다려." 시장은 여전히 미소 띤 얼굴로 말했다. 영상이 움직이면서 안개 밑에서 희미하게 일렁거리다가…….

순간 연기가 갈라지더니…….

스패클이 언덕 꼭대기를 따라 행군하고 있었다…….

너무나 많은 스패클이…….

온 세상을 가득 채우고도 남을 스패클이…….

"저들은 언덕 꼭대기를 향해 가고 있는 거야. 거기서 내 군대가 이미 내 적들을 몰살하고 여기로 오고 있다는 걸 알게 되겠지." 시장은 내 쪽으로 돌아섰다. "여기서 우리는 최후의 전투를 치를 거야."

"바이올라는 어디 있어요?" 나는 그녀의 이름으로 다시 공격을 날리기 위해 소음을 준비하려고 애쓰면서 물었다.

"유감스럽게도 탐사 장치들이 안개 속에서 바이올라를 놓쳤다." 시장은 그렇게 말하고 버튼을 눌러서 계곡의 다른 풍경을 보여줬다. 모두 안개와 연기에 가려져 있었고, 그나마 선명하게 보이는 곳은 불길이 활활 타오르면서 북쪽으로 번져가고 있었다.

"날 풀어줘요."

"다 때가 되면 풀어주마, 토드. 지금은……."

시장은 말을 멈추고 허공을 들여다봤다. 그의 얼굴에 잠시 불안해하

카오스 워킹 3

는 표정이 보였다. 이 안에서는 아무 일도 일어나지 않았는데. 시장은 다시 탐사 장치에서 보내는 영상으로 고개를 돌렸지만 여전히 안개만 자욱하고 아무것도 보이지 않았다.

바이올라! 나는 시장이 아무 소리도 못 들었기를 바라며 내 소음을 그에게 날렸다.

그는 움찔하지도 않고 또다시 허공을 물끄러미 보면서 표정을 점점 더 심하게 일그러뜨리더니 무너진 벽을 통해 밖으로 나갔다. 나는 테이블에 단단히 묶인 채 홀로 남았다. 찬바람에 몸이 덜덜 떨렸고, 온몸이 마치 1톤은 되는 것처럼 무겁게 느껴졌다.

그렇게 오랫동안, 내가 바란 것보다 훨씬 더 오랫동안 누워서, 밖에 있는 그녀를 생각하며, 내가 움직이지 않으면 죽게 될 모든 사람들을 생각하려고 노력했다.

그다음에 천천히 몸에 묶인 밧줄을 풀려고 애쓰기 시작했다.

〈하늘〉

안개는 이제 하얀 밤처럼 짙어졌고 땅은 하나로 연결돼 우리에게 길을 보여주는 목소리를 따라 행군했다. 우리는 숲을 헤치며 점점 언덕 꼭대기에 가까워져 갔다.

나는 전투를 알리는 뿔피리를 불라고 지시했다.

그 소리가 온 세상으로 쏟아졌고, 멀리서도 그 소리에 빈터가 느끼는 공포의 소리를 들을 수 있었다.

나는 배틀모어를 재촉해서 더 빨리 숲을 뚫고 나가며 내 뒤에 있는 땅도 속도를 내는 걸 느꼈다. 나는 이제 경호대 앞에 있었고, 정보원은 여전히 내 옆에 있었다. 우리는 최전선에 선 군인들 앞에 있었다. 모두 불화살에 불을 붙인 채 언제라도 쏠 준비를 했고 그들 뒤에는⋯⋯.

그들 뒤에는 땅 전체의 목소리가 있었다⋯⋯.

성큼성큼 걷는 속도가 더 빨라졌다.

거의 다 왔어요. 나는 정보원에게 보여줬다. 우리는 슬슬 빠져나가는 강물에 잠긴 빈터의 버려진 농가를 지나 울창한 숲을 통과하고 있었다.

우리는 더 빨리 더 빨리 행군했다.

빈터의 목소리들이 이제 우리가 오는 소리를 듣고, 우리의 목소리를 듣고, 그들을 향해 돌진하는 우리의 셀 수 없이 많은 소리를 듣고, 또다시 울리는 뿔피리 소리를 들었다.

우리는 작은 평지에 들어섰고, 다시 언덕을 올라갔다.

나는 산을 발사하는 총을 든 채 벽처럼 넓고 울창한 나뭇잎들을 뚫고 나왔다.

나는 하늘이다⋯⋯.

나는 하늘이다⋯⋯.

땅을 이끌고 빈터와 지상 최대 전투를 치르러 가는⋯⋯.

안개는 짙었고 나는 하얀 안개 속에서 빈터를 찾으며, 가장 먼저 쏠 수 있도록 병사들에게 불화살을 준비하라고 지시했다.

이 세상에서 빈터의 뿌리까지 완전히 뽑아버리도록.

그때 빈터에서 한 남자가 불쑥 나타났다.

"잠깐만요. 헐 말이 있어라." 그는 안개의 바다 속에서 무장도 하지 않은 맨몸으로 혼자 나타나서 침착하게 말했다.

〈바이올라〉

"계곡 좀 봐라." 우리가 언덕 꼭대기 숲을 헤치며 달리고 있을 때 브래들리가 말했다.

나뭇잎들과 덩굴손처럼 이리저리 흔들리는 안개 사이로 왼쪽 밑을 슬쩍 내려다보자 맹렬히 흐르는 강물이 보였다. 처음 강물에 쓸려온 잔해들은 이미 다 떠내려갔고, 이제는 강물만 흘러 바다로 가는 도로를 침수시킨 채 흘러가고 있었다.

"제때 도착하지 못하겠어요. 너무 멀어요." 나는 브래들리에게 소리 쳤다.

"우린 멀리까지 왔어. 아주 빠른 속도로." 브래들리도 내게 소리쳐서 답했다.

너무 빨라. 나는 생각했다. 에이콘의 폐에서 불안하게 거친 소리가 나고 있었다. "괜찮아, 에이콘?" 나는 그의 귀 사이에 대고 물었다.

에이콘은 대답도 하지 않고 그저 계속 달렸다. 입에서 거품이 부글부글 올라오는 침을 튀기며. "브래들리?" 나는 걱정이 돼서 불렀다.

브래들리도 알고 있다. 그는 앙가르드를 내려봤다. 앙가르드는 에이콘보다는 나아 보였지만 별 차이는 없었다. 그는 다시 날 돌아봤다. "이게 우리에게 있는 유일한 기회야. 미안하다."

앙망아지. 에이콘이 낮고 고통스러운 목소리로 말했다.

그저 그 말만 했다.

나는 리와 월프 아저씨와 우리가 언덕에 놔두고 온 다른 사람들을 생각했다.

우리는 계속 달렸다.

〈하늘〉

"난 월프라고 혀요." 그 남자가 안개 속에 홀로 서서 말했다. 다만 그 뒤에 있는 수백 명의 빈터의 소리, 그들의 공포와 어쩔 수 없다면 싸우겠다는 각오가 들렸다.

그들은 그래야 한다.

하지만 이 남자의 목소리에 뭔가가 있었다.

앞에서 배틀모어를 타고 있는 병사들이 내 옆에 줄을 서서, 무기를 든 채, 화살의 불을 밝히며 싸울 준비를 하고 있을 때도…….

이 남자의 목소리는…….

그 소리는 마치 새처럼, 짐을 나르는 짐승처럼, 호수의 표면처럼 활짝 열려 있었다.

그의 열려 있는 목소리는 거짓말을 할 수 없는 정직한 소리였다.

그리고 그것은 뒤에 있는 목소리들을, 안개 속에 숨어서 두려움과 공포에 가득 차 있는 목소리들을 전해주는 채널이었다.

그들의 마음은 이 전쟁이 끝나기를 바라는 소망으로 가득 차 있었다.

평화를 바라는 소망으로 가득 차 있었다.

당신들은 그 소망이 얼마나 가식적인지 보여줬습니다. 나는 월프라고 하는 남자에게 보여줬다.

하지만 그는 대답하지 않고, 그저 그 자리에 서 있었다. 그의 목소리가 열렸고, 다시 이 남자는 거짓은 말할 수 없다는 확실성이 전해졌다.

그는 자신의 목소리를 더 활짝 열어서 그 뒤에 있는 모든 목소리를 더 또렷하게 보여줬다. 그 목소리들이 그를 통해 들어오고 있었다. 그는 그들의 모든 거짓말을 무시하고, 모두 치워버리고 진실만을 내게 줬다.

"난 그저 듣기만 혀요. 그저 진실만."

듣고 있습니까. 내 옆에 있는 정보원이 보여줬다.

아무 말 하지 말아요.

하지만 당신은 듣고 있습니까? 이 남자처럼 듣고 있습니까?

당신 말이 무슨 뜻인지 모르겠군요.

그때 나는 들었다. 월프라고 하는 남자를 통해 들었다. 그는 아주 침착하게 열린 목소리로, 모든 인간의 목소리로 말했다.

마치 그가 그들의 하늘인 것처럼.

그 생각을 하면서 나는 내 목소리를 들었다.

하늘의 명령을 받아 이곳을 향해 와서 내 뒤에 모여 있는 땅의 목소리를 들었다.

하지만……

하지만 그들 역시 말하고 있었다. 그들은 두려움과 후회를 말하고 있었다. 빈터에 대한 걱정을, 저 위의 검은 세상에서 날아올 빈터에 대한 걱정을. 그들은 내 앞에 서 있는 월프란 남자를 보고, 평화에 대한 그의 소망을 보고, 그의 순수함을 봤다.

빈터가 다 이렇지는 않다. 그들은 폭력적인 생물이다. 그들은 우리를 죽이고, 노예로 삶는다. 나는 땅에게 보여줬다.

하지만 여기 월프라고 하는 남자와 그 뒤의 빈터가 있다(군대도 준비돼 있다는 걸 그의 소음에서 볼 수 있었다. 맹인이 지휘하는, 겁에 질렸지만 기꺼이 싸울 각오를 한 군대). 그리고 여기 하늘과 그 뒤에 땅이 있다. 하늘이 원하는 건 뭐든 기꺼이 하고, 내가 그러라고 하면 기꺼이 전진해서 빈터를 이 행성에서 멸종시킬 땅.

하지만 이들도 두려워하고 있었다. 이들은 월프라고 하는 남자가 보는 것처럼 평화가 기회라고 생각했다. 기회이자 지속적으로 위협받지 않고 살아갈 수 있는 길.

그들은 내가 시키는 대로 할 것이다.

망설이지 않고 그렇게 할 것이다.

하지만 그들은 내가 그들에게 하는 명령을 원하지 않는다.

나는 이제 그걸 봤다. 윌프라고 하는 남자의 목소리에서 아주 분명하게 봤다.

우리는 여기에 나의 복수를 하러 온 것이다. 하늘의 복수도 아니고, 귀환의 복수를 하기 위해. 나는 이 전쟁을 개인적인 이유로 일으켰다. 귀환을 위한 개인적인 전쟁으로.

그러나 나는 더 이상 귀환이 아니다.

하나의 행동에 모든 게 달려 있습니다. 이 세상의 운명, 땅의 운명이 당신이 지금 하는 행동에 달려 있습니다. 정보원이 보여줬다.

나는 그에게 돌아섰다. **하지만 내가 뭘 해야 하죠?** 나조차 예상하지 못했던 질문이 나왔다. **내가 어떻게 행동해야 하죠?**

하늘처럼 행동하십시오.

나는 윌프라고 하는 남자를 돌아보고, 그의 목소리를 통해 그의 뒤에 있는 빈터를 보고, 내 뒤에 있는 땅의 무게를 내 목소리 속에서 느꼈다.

하늘의 목소리.

나는 하늘이다.

나는 하늘이다.

그러니 나는 하늘답게 행동한다.

〈바이올라〉

우리는 이제 안개보다 더 빨리 달리고 있었지만 눈이 계속 내렸다. 나무 사이로 내리는 이곳의 눈발은 한층 거셌다. 우리는 강물이 넘쳐흐르는 강을 우리 왼쪽에 둔 채 말들의 힘이 닿는 한 최대한 빨리 달렸다.

앙가르드와 에이콘.

에이콘은 이제 내가 뭐라고 물어도 대답하지 않았고, 그의 소음은 다리와 가슴 통증을 견디며 달리는 데만 집중하고 있었다. 나는 지금 그가 얼마나 큰 희생을 하고 있는지 깨달았다.

그와 동시에 에이콘도 이 사실을 알고 있다는 걸 깨달았다…….

그는 살아서 이 길을 돌아가지 못할 것이다.

"에이콘. 에이콘, 내 친구." 나는 그의 두 귀 사이에 대고 속삭였다.

앙망아지. 그가 다정하게 대꾸하고 계속 천둥처럼 달려서 점점 나무가 줄어드는 숲을 지나자 느닷없이 고원이 나왔다. 눈구름이 떠 있는 하늘 아래 이미 흰 눈이 두텁게 깔려 있는 고원을 지나 우리가 **여기**라고 부르는 한 무리의 동물들을 지나 다시 숲으로 뛰어들기 직전에…….

"저기야!" 브래들리가 소리 질렀다.

순간 처음으로 바다가 언뜻 보였다.

압도될 정도로 거대한…….

온 세상을 먹어치우면서 구름이 잔뜩 낀 수평선까지 뻗은 바다는 검은 우주보다 더 커 보였다. 코일 선생님이 말한 대로 바다는 그 안에 그 거대함을 감추고 있었다.

다시 나무들이 바다를 가렸다.

"아직 멀었지만 밤이 되면 도착할 거야." 브래들리가 외쳤다.

그때 에이콘이 날 태운 채 풀썩 주저앉았다.

〈하늘〉

내가 무기를 내려놓는 동안 온 세계가 내 행동이 뭘 의미하는지 보려고 기다리면서 긴 침묵이 흘렀다.

나도 그게 무슨 의미인지 알아내려고 기다렸다.

그리고 다시 윌프라고 하는 남자의 소음을 통해 빈터를 봤다. 그 뒤에 있는 사람들에게 순간 어떤 감정이 세차게 밀려오는 걸 봤다. 내가 잘 모르는 감정……

그건 희망입니다. 정보원이 보여줬다.

나도 그게 뭔지 알아요.

내 뒤에 있는 땅도 기다리고 있는 것을 느꼈다.

이들에게도 희망이 느껴졌다.

그것이 바로 하늘이 내린 결정이다. 하늘은 땅의 이익을 최우선으로 생각해서 행동해야 한다. 그것이 바로 하늘이다.

하늘이 땅이다.

그 점을 잊는 하늘은 어떤 종류의 하늘도 될 수 없다.

나는 땅에게 목소리를 열어서 그들에게, 이 싸움에 참가한 모든 이에게, 내가 불렀을 때 내 뒤에 모인 모든 이에게 내 뜻을 전했다.

그리고 이제 공격하지 않기로 한 내 결정을 따르며 단결한 이들에게……

내 결정에 또 다른 결단이 따랐으니까. 하늘을 위해 필요한 결단, 땅의 안전을 위해 필요한 결단.

나는 우리를 공격한 그자를 찾아내야 합니다. 내가 그자를 죽여야 합니다. 이것이 땅을 위한 최선입니다. 나는 정보원에게 보여줬다.

정보원은 고개를 끄덕이고 배틀모어를 타고 우리 앞에 있는 안개 속으로 들어가 윌프라고 하는 남자 옆을 지나서 사라졌다. 정보원이 빈터에게 우리가 공격하지 않을 것이라고 말하는 소리가 들렸다. 그들의 안도감이 너무나 순수하고 강력해서 그 감정의 물결에 쓸려 배틀모어에서 떨어질 뻔했다.

나는 그저 하늘에 복종하기 위해 내 결정에 동의한 건 아닌지 확인하+

려고 옆에 있는 병사들을 봤다. 하지만 그들은 이미 자신의 목소리를 자신의 삶으로, 땅의 삶으로 돌리며 반추하고 있었다. 이제 그 삶은 아무도 예측할 수 없는 방식으로 빈터와 함께 살아가는 삶이 될 것이다. 그러자면 우선 빈터가 야기한 혼란을 해소하는 것부터 시작해야겠지만.

아마 그들이 살아남을 수 있도록 도와야 할지도 모른다.

그걸 누가 알겠는가?

정보원이 돌아왔다. 다가오는 그에게서 근심이 느껴졌다.

시장은 우주선을 타고 바다로 날아갔습니다. 브래들리와 바이올라가 이미 그를 찾으러 출발했습니다.

그럼 하늘도 떠나겠습니다.

저도 같이 가겠습니다. 정보원이 대답했는데 나는 그 이유를 알았다.

칼이 그와 같이 있군요.

정보원이 고개를 끄덕였다.

내가 칼을 죽일 거라고 생각하는군요. 내게 마침내 기회가 생긴다면 말입니다.

정보원은 고개를 저었지만 나는 그가 반신반의하는 걸 알았다. *내가 같이 가겠습니다.* 그가 다시 보여줬다.

우리는 오랫동안 서로를 빤히 바라봤다. 그리고 나는 고개를 돌려 제일 앞에 있는 땅의 군사들에게 내 의도를 보여주고 열 명만 나를 따라오라고 지시했다.

나와 정보원을 호위할 병사들.

나는 정보원에게 돌아섰다. *그럼 출발하죠.*

나는 내 배틀모어에게 바다를 향해 그 어느 때보다 빨리 달리라고 명령했다.

〈바이올라〉

달리던 에이콘의 앞다리가 푹 꺾이면서 나는 덤불로 곤두박질치며 왼쪽 엉덩이와 팔을 땅바닥에 세게 부딪쳤다. "바이올라!" 아파서 신음하고 있는데 브래들리가 외치는 소리가 들렸다. 에이콘은 다리가 꺾인 채 그대로 덤불에 쓰러져 버렸다.

"에이콘!" 나는 소리를 지르며 일어나서 절뚝거리며 그가 누워 있는 곳으로 향했다. 에이콘은 몸이 뒤틀리고 부러진 채 누워 있었다. 나는 그의 머리 쪽으로 가서 살펴봤다. 에이콘의 호흡은 거칠었고, 숨을 쉬려고 애쓰느라 가슴이 들썩거리고 있었다. "에이콘, 제발……."

브래들리가 와서 앙가르드에서 훌쩍 뛰어내렸다. 앙가르드는 코를 에이콘의 코에 갖다 댔다.

앙망아지. 에이콘의 소음에서 크나큰 고통이 비쳤다. 앞다리가 부러졌을 뿐만 아니라(이제 보니 알겠다) 가슴이 찢어질 듯한 고통에 쓰러진 것이다. 에이콘은 너무 심하게 달렸고, 모든 기운을 다 써버렸다.

앙망아지.

"쉬쉬. 괜찮아. 괜찮아."

그리고 그가 말했다…….

그가 말했다…….

바이올라.

그러더니 조용해졌고, 그의 숨과 소음 둘 다 마지막으로 한숨을 내쉬더니 멈춰버렸다.

"안 돼!" 나는 에이콘을 꼭 끌어안고, 그의 갈기에 내 얼굴을 묻으며 소리 질렀다. 내가 우는 동안 브래들리가 뒤에서 내 어깨에 손을 얹었다. 그리고 앙가르드가 에이콘의 코에 대고 자신의 코를 문지르면서 조용히 **따라와**라고 말했다.

"정말 안타깝구나. 바이올라, 너 안 다쳤니?" 브래들리는 아주 다정하게 물었다.

나는 여전히 에이콘을 안은 채 아무 말도 할 수 없어 고개만 저었다.

"미안하다, 얘야. 하지만 우린 계속 가야 해. 이 일에 너무 많은 게 걸려 있어."

"어떻게요?" 내 목소리는 잠겨 있었다.

브래들리는 잠시 아무 말도 하지 않았다. "앙가르드? 네가 바이올라를 데리고 남은 길을 가서 토드를 구해줄 수 있겠니?"

수망아지. 수망아지. 그래. 앙가르드는 토드의 이름이 나오자 소음에 힘을 넣으며 대답했다.

"앙가르드도 죽일 순 없어요."

하지만 앙가르드는 이미 코를 내 팔 밑에 대고, 나보고 어서 일어나라고 재촉했다. **수망아지. 수망아지 구해.**

"하지만 에이콘은……."

"에이콘은 내가 보살필게. 넌 그냥 거기로 가. 가서 지금까지 우리가 고생한 보람을 느끼게 해줘, 바이올라 이드."

나는 브래들리를 올려다보고 나에 대한 그의 믿음을, 아직도 좋은 일이 일어날 수 있다는 그의 확신을 봤다.

나는 움직이지 않는 에이콘의 머리에 마지막으로 눈물에 찬 키스를 하고 일어나서 앙가르드가 내 옆에 무릎을 꿇는 동안 기다렸다. 아직도 눈물이 그렁그렁해서 시야가 흐리고, 우느라 목소리가 잠긴 채 나는 천천히 앙가르드에 올라탔다. "브래들리."

"너만 할 수 있어. 너만 토드를 구할 수 있어." 브래들리는 내게 슬픈 미소를 지어 보이며 말했다.

나는 천천히 고개를 끄덕이고 토드를, 그에게 지금 일어나고 있을 일에 생각을 집중하려고 애썼다.

그를 구하는 일, 우리를 구하는 일, 이번에야말로 완전히…….

브래들리에게는 도저히 작별 인사를 할 수 없었지만 그는 이해할 거라는 생각이 들었다. 나는 앙가르드에게 출발하자고 소리 질렀고, 우리는 바다로 가는 마지막 길을 향해 달렸다.

내가 가고 있어, 토드. 내가 가고 있어.

〈토드〉

한쪽 손목에 묶인 밧줄을 아주 조금이라도 느슨하게 푸는 데 시간이 얼마나 걸렸는지 나도 모르겠다. 아직 내 목에 찰싹 달라붙어 가려워도 잘 긁을 수도 없는 이 거즈에 무슨 약이 들어 있는지 몰라도, 이것 때문에 내 몸과 소음 둘 다 좀처럼 힘을 쓸 수 없었다.

하지만 나는 시장이 바깥 어딘가에 나가 있는 내내 애를 썼다. 아마 시장은 예배당 한쪽 구석의 부서진 벽 사이로 보이는 눈 덮인 모래 해변에 나가 있는 모양이다. 거기서 조각조각 파도가 부서지는 소리도 조금씩 들렸다. 파도 소리 너머로 또 다른 소리도 들렸다. 아주 크게 불어난 강물이 포효하듯 요란한 소리를 내며 마침내 바다로 돌아오고 있었다. 시장은 분명 정찰기를 몰고 곧바로 여기로 와서 착륙한 후에 이곳에서 일어나기로 예정된 일을 기다리는 모양이었다. 두 군대가 치르는 최후의 결전을.

백만 스패클에 맞서서 우리는 모두 목숨을 잃을 것이다.

다시 오른쪽 손목에 묶인 밧줄을 풀려고 힘을 주자 조금 느슨해지는 게 느껴졌다.

이렇게 거대하고 또 거대한 바다에 마을을 세우고 고기잡이로 살아가는 일은 어땠을까 궁금해졌다. 바이올라 말로는 이 행성의 바다에 사는 물고기들을 잡으려다가 오히려 잡아먹힌다고 하던데. 하지만 방법은 찾아낼 수 있다. 여기서 살 수 있는 방법, 우리가 계곡에서 살았던 것처럼 그렇게 사는 방법.

인간은 얼마나 서글픈 존재인가. 너무 나약해서 매사 망치지 않고는 뭐 하나 제대로 해내지 못한다. 뭔가를 허물지 않고는 세울 수 없다.

우리를 종말로 이끈 건 스패클이 아니다.

우리 자신이다.

"동감이야." 시장이 예배당으로 돌아오면서 말했다. 그의 표정은 달라졌고, 아주 우울해 보였다. 뭔가 잘못된 것 같았다. 뭔가 진짜 중요한 일이 완전히 어그러진 것 같았다.

"내 통제를 벗어난 일들이 일어나고 있다, 토드. 머나먼 언덕 꼭대기에서……." 그는 마치 자신을 믿을 수 없을 정도로 실망시키는 무언가를 듣고 있는 듯한 멍한 눈빛으로 말했다.

"무슨 언덕요? 바이올라에게 무슨 일이 있어요?"

시장은 한숨을 쉬었다. "테이트 대위가 날 실망시켰다, 토드. 스패클도 그렇고."

"뭐라고요? 당신이 그걸 어떻게 알아요?"

"이 세계, 토드, 이 세계. 나는 이 세계를 통제할 수 있을 거라고 생각했고 실제로 그렇게 했다." 시장은 내 질문을 무시하며 중얼대다가 눈을 번득이며 나를 봤다. "너를 만나기 전까진 그랬어."

나는 아무 말도 하지 않았다.

그가 점점 무시무시해 보이고 있었으니까.

"아무래도 네가 정말 나를 변화시켰나 보다, 토드. 하지만 너만 그런 건 아니야."

"날 놔줘요. 내가 당신을 어떻게 변화시킬지 다 보여줄게요."

"넌 내 말을 하나도 안 듣고 있잖아." 순간 머릿속에 고통이 솟구쳐서 잠시 아무 말도 할 수 없었다. "네가 날 바꿔놨어, 그래. 그리고 나도 너에게 큰 영향을 미쳤지." 시장은 테이블 옆으로 걸어갔다. "하지만 이 세계가 날 변하게 만들기도 했다."

그때 처음 시장의 목소리가 얼마나 기괴하게 들리는지 알아차렸다. 더 이상 그의 목소리가 아닌 듯이 사방에 울리는 것이 아주 이상했다.

"내가 이 세계에 주목하고 연구해 왔기 때문에, 이 세계는 자부심을 느끼며 살아가던 강한 남자인 나를 알아볼 수 없을 정도로 바꿔버렸다." 시장은 내 발치에 멈춰 섰다. "전쟁은 인간을 괴물로 만든다고 네가 전에 그랬지, 토드. 과다한 지식도 그렇단다. 같은 인간에 대한 과다한 지식, 인간의 약점에 대한 과다한 지식, 인간의 한심한 탐욕과 허영에 대한 과다한 지식도 인간을 괴물로 만들어. 인간을 조종하는 것이 아주 우스울 정도로 쉽다는 사실을 아는 것도 인간을 괴물로 만든다."

시장은 기쁜 나쁜 미소를 지었다. "있지, 토드, 오직 어리석은 자만이 진정으로 소음을 다룰 수 있어. 감수성이 예민하고 영리한 사람들, 너와 나 같은 사람들은 그래서 고통받는 거야. 그래서 우리 같은 사람들이 그런 어리석은 자들을 통제해야 해. 그들을 위해 그리고 우리를 위해."

시장은 다시 멍한 표정을 지으며 딴생각에 빠졌다. 나는 더 힘을 주고 밧줄을 잡아당겼다.

"네가 날 정말 바꿔놨어, 토드. 넌 날 더 나은 인간으로 만들었지. 하지만 그래 봤자 실제로 내가 얼마나 나쁜 인간인지 알아차릴 수 있을 정도로만 바꾼 거야. 난 나 스스로를 너와 비교하기 전까지는 결코 몰랐다. 내가 좋은 일을 하고 있다고 생각했지. 네가 그렇지 않다는 걸 보여주기 전까지는 말이야."

"당신은 처음부터 나쁜 인간이었어. 난 아무것도 하지 않았어."

"아, 하지만 네가 그렇게 했어. 너의 머릿속에서 느끼는 그 윙 소리, 그 소리가 우리를 하나로 연결시켰어. 그것은 내 안에 있는 선함, 네가 볼 수 있도록 만들어 준 바로 그 선함이야. 오직 널 통해서만 볼 수 있는 것이지." 그의 목소리가 더욱 음산해졌다. "그런데 벤이 오자 넌 그걸 가져가려 했어. 나 혼자서는 결코 알아볼 수 없던 나의 선함을 살짝 보여주고 그냥 가버리려 했지. 그건 죄악이야. 그런 자기 인식은 죄악이지, 토드 휴잇."

시장은 허리를 숙여서 내 다리를 묶었던 밧줄을 풀기 시작했다.

"우리 둘 중 하나는 죽어야 한다."

〈바이올라〉

앙가르드는 에이콘과 느낌이 달랐다. 몸집이 더 크고, 더 강하고, 더 빨랐지만 나는 여전히 걱정이 됐다.

"제발 괜찮아야 해." 나는 말해봤자 별 소용없는 줄 아니까 혼잣말로 속삭였다.

앙가르드는 **수망아지**라고 대꾸하고 더 빨리 달렸다.

울창한 나무들 사이를 달리는 동안 언덕이 평지로 변하기 시작하면서 강에 가까워졌다. 왼쪽 시야에 점점 드러나기 시작한 강은 불어난 강둑 위를 세차게 흐르고 있었다.

하지만 바다는 보이지 않았고 나무만 끝없이 늘어서 있었다. 눈은 계속 펑펑 내리면서 공중을 이리저리 날아다니다가 울창한 숲속에 하얗게 쌓이기 시작했다.

햇빛이 저물어 가기 시작하자 언덕 꼭대기에 무슨 일이 일어났는지, 브래들리에게 무슨 일이 일어났는지, 저 앞 바다에 있는 토드에게 무슨 일이 일어났는지 몰라 걱정이 돼 속이 조여들기 시작했다.

그러다가 갑자기 바다가 나타났다.

나무 사이로 파도가 부서지는 것이 보일 만큼, 버려진 건물들이 있는 작은 항구의 부두가 보일 만큼, 그 건물들 사이에 있는 정찰기가 보일 만큼 가까워졌다.

바다는 또다시 나무들 사이로 모습을 감췄다.

하지만 거의 다 왔다. 정말 거의 다 왔다.

"기다려, 토드. 조금만 더 기다려."

〈토드〉

"그건 당신이야. 죽는 사람은 당신이 될 거야." 시장이 다른 쪽 다리의 밧줄을 풀고 있을 때 내가 말했다.

"그거 아니, 토드? 나도 네 말이 옳았으면 싶은 마음도 있어." 시장은 낮은 목소리로 말했다.

시장이 내 오른손을 묶은 밧줄을 풀 때까지 가만히 있다가 그에게 주먹을 날렸지만, 시장은 이미 바다로 열려 있는 틈을 향해 뒤로 물러서 있었다. 그는 재미있다는 표정으로 내가 왼손을 푸는 모습을 지켜봤다.

"기다리고 있으마. 토드." 시장이 밖으로 나갔다.

나는 그에게 **바이올라**를 쏘아 보내려고 했지만 여전히 기운이 없었다. 그는 아무것도 알아차리지 못한 채 사라졌다. 나는 마지막 매듭을 잡아당겨 자유의 몸이 됐다. 테이블에서 펄쩍 뛰어내렸더니 어지러워서 균형을 잡기 위해 잠시 서 있어야 했다. 나는 그 부서진 구석으로 가서 밖으로 나갔다.

모든 것이 꽝꽝 얼어붙게 추운 해변으로.

제일 먼저 보인 건 한 줄로 서 있는 쇠락한 집들이었다. 몇 채는 허물어진 목재 더미와 모래에 지나지 않았다. 이 예배당처럼 콘크리트로 지은 몇 채는 가까스로 상태가 더 나았다. 내가 있는 곳에서 북쪽으로 길 하나가 숲속으로 들어가는 게 보였다. 저 길은 분명 뉴 프렌티스타운까지 이어질 것이지만, 다만 얼마 못 가 넘실거리는 강물에 잠겨 있었다.

이제 눈이 정말 세차게 내렸고 바람도 격렬해졌다. 마치 강철 칼로 찌르는 것 같은 추위가 제복을 파고들어 재킷을 단단히 여몄다.

나는 바다를 향해 돌아섰다.

와우, 맙소사…….

바다는 우라지게 거대했다.

그 어떤 것보다 거대한 바다가 수평선뿐만 아니라 북쪽과 남쪽으로 보이지 않는 곳까지 좍 뻗어 있었다. 마치 어떤 무한한 존재가 나를 집어삼키기 위해 우리 집 현관 앞에 도착해서 내가 뒤로 돌아서는 순간을 기다리는 것 같았다. 눈도 바다에는 아무 영향을 끼치지 못했다. 바다는 마치 나랑 싸우고 싶다는 듯이 출렁였고, 파도는 마치 나를 쳐서 쓰러뜨리려고 하는 바다의 펀치 같았다.

바다에는 생명체들이 있었다. 해변으로 밀려드는 진흙투성이 물에 거품이 잔뜩 끼어 있는데도, 북쪽에서 요란한 소리를 내며 물보라와 거품을 뿜어내는 강물이 흘러 들어오는 와중에도 물속에서 움직이는 어두운 그림자들이 눈에 보였다.

커다란 그림자들…….

"대단하지 않니?" 목소리가 들렸다.

시장의 목소리였다.

나는 홱 돌아섰다. 시장은 어디에도 보이지 않았다. 나는 다시 한 번 천천히 한 바퀴 돌았다. 여기가 작은 광장이거나 해변의 산책로였는지 발밑에 모래가 얇게 덮인 콘크리트가 깔려 있었다. 오래전에 사람들은 예배당 앞에서 여기로 와 햇볕을 쬐며 앉아 있었을 것이다.

다만 지금은 옛날이 아니라 현재고, 이러다가 얼어 죽을 것 같다.

"모습을 드러내, 이 겁쟁이!" 나는 소리쳤다.

"아니지, 네가 나에게 온갖 비난을 다 해도 겁쟁이는 결코 아니지."

다시 목소리가 들렸지만 마치 다른 곳에서 나는 것 같았다.

"그럼 어디에 숨어 있는 거야?" 나는 소리를 지르며 다시 한 바퀴 돌면서 너무 추워 팔짱을 꽉 끼었다. 여기서 계속 이러고 있다가는 둘 다 얼어 죽게 생겼다.

그때 정찰기가 해변 저쪽에 홀로 서서 기다리고 있는 모습이 보였다.

"나라면 시도도 안 한다, 토드. 넌 저기 도착하기 전에 죽을 테니까."

시장의 목소리가 다시 들렸다.

나는 다시 한 번 주위를 돌아봤다. **"당신 군대가 안 오지? 그래서 당신을 실망시켰다고 한 거지? 대위는 오지 않아!"** 나는 버럭버럭 소리 질렀다.

"맞아, 토드." 이번에는 목소리가 좀 다르게 들렸다.

마치 현실에 나타나 진짜로 말하는 것 같았다.

카오스 워킹 3

나는 다시 홱 돌아봤다.

시장은 허물어진 오두막집의 한쪽 구석에 서 있었다.

"그걸 어떻게 알았지?" 나는 소음을 풀면서 공격을 준비하며 물었다.

"내가 들었거든, 토드. 난 모든 걸 듣는다고 말했잖아." 시장이 나를 향해 걸어오기 시작했다. "그리고 서서히, 서서히 그 말이 정말 이루어졌다. 나는 이 세계의 목소리에 나를 완전히 열었거든. 그리고 지금은," 그는 모래에 덮인 광장 가장자리에 멈춰 섰다. 눈발이 사방으로 날리고 있었다. "이 세계에 있는 모든 정보가 들린다."

나는 시장의 눈을 봤다.

그리고 마침내 이해했다.

그는 정말 세상에서 나는 모든 소리를 듣고 있었다.

그래서 미쳐가고 있었다.

"아직은 아니야. 너와 끝내야 할 일이 있으니까. 왜냐하면 토드, 언젠가는 너도 그 소리를 듣게 될 테니까." 그렇게 말하는 시장의 눈동자는 한없이 까맸고, 목소리는 끝없이 울렸다.

나는 내 소음을 펌프질하면서 온도를 올리고, 한 단어를 중심으로 빙빙 돌리면서 최대한 무겁게 만들었다. 시장은 어차피 내 소음이 날아올 거라는 걸 알 테니 그가 들을 수 있을지 없을지는 신경 쓰지 않았다.

"그건 맞는 말이야." 시장이 인정했다.

그리고 거센 소음을 곧바로 날려 보냈다…….

내가 펄쩍 뛰어서 피하자 그것이 휙 소리를 내며 옆으로 지나갔고…….

나는 눈과 모래 위로 떨어져서 데굴데굴 구르다가 다시 고개를 들어 그를, 나를 향해 달려드는 그를 봤고…….

바이올라! 나는 그에게 소음을 날렸고…….

싸움이 시작됐다…….

〈하늘〉

당신은 옳은 선택을 했습니다. 우리가 바다를 향해 숲속을 지나는 사이에 정보원이 내게 보여줬다.

하늘은 자신의 선택을 승인받을 필요가 없습니다. 내가 대꾸했다.

우리는 빨리 달렸다. 배틀모어들은 숲에 익숙하고 길이 없어도 잘 달리기 때문에 빈터의 짐승들보다 빠르다. 강물은 저 아래 계곡으로 깊숙이 흘러갔다. 흐르면서 새로운 길을 내고 있을지도 모른다. 안개는 여전히 자욱했고, 얼음은 여전히 하늘에서 떨어졌고, 저 뒤 계곡에는 아직도 불타는 곳들이 있었다. 하지만 우리는 적을 향해 계속 달려 갑자기 나타난 평야와 놀란 동물 무리를 가로질렀다.

잠깐만요. 정보원이 불렀다. 나는 그와 병사들이 뒤처졌다는 걸 깨달았다. **잠깐만요! 앞에서 뭔가가 둘렸어요!** 정보원이 다시 보여줬다.

나는 속도를 유지하며 앞쪽을 향해 내 목소리를 열었다.

아직 보이지는 않지만 빈터 남자의 목소리가 들렸다.

브래들리. 정보원이 부르는 소리가 들렸다. 또다시 나무 몇 그루를 지나 그를 발견하는 순간 빈터 남자가 재빨리 뒤로 물러났다. 우리는 배틀모어를 멈춰 세웠다.

"벤?" 브래들리라고 하는 남자가 정보원을 부르면서 놀란 얼굴로 나를 바라봤다.

괜찮아요. 전쟁은 끝났어요. 정보원이 말했다.

당분간은. 칼의 특별한 이는 어디 있습니까? 내가 보여줬다.

브래들리라고 하는 남자가 어리둥절한 표정을 짓자 정보원이 그에게 바이올라를 보여줬다.

그때 우리는 나뭇잎과 나뭇가지로 뒤덮인 채 이제 그 위에 눈까지 엷게 덮여 있는 죽은 말을 봤다.

"바이올라의 말입니다. 내가 이 아이를 덮어주고 불을 붙이려고 하던 참이었는데……." 그 남자가 말했다.

바이올라는? 정보원이 물었다.

"바다로 갔어요. 토드를 도우러."

정보원의 목소리에서 세찬 감정이 밀려나와 내 목소리를 채웠다. 그것은 칼에 대한 사랑과 두려움이었다.

하지만 난 이미 출발해서 배틀모어를 더 빨리 달리게 했다. 나는 정보원과 병사들을 앞질러 갔다.

기다려요. 정보원이 부르는 소리가 다시 들렸다.

하지만 나는 바다에 먼저 도착할 것이다.

바다에 나 혼자 도착할 것이다.

그리고 칼이 거기 있다면…….

음, 어떻게 할지 두고 봐야겠지…….

〈토드〉

나는 첫 번째로 날린 **바이올라**로 그를 한 방 먹었다. 시장은 미처 피하지 못하고 한쪽으로 비틀거렸지만 이내 몸을 돌려서 소음으로 반격했다. 난 다시 피하면서 머리 위쪽이 찢겨나가는 듯한 통증을 느꼈다. 나는 바다로 향한 비탈길로 뛰어내려 모래와 눈 바닥을 굴러가면서 찰나의 순간 시장의 시야를 벗어날 수 있었다.

"아, 하지만 난 널 볼 필요도 없어, 토드."

쾅 하고 또다시 하얀 소음이 나를 후려치면서 **넌 아무것도 아니야 넌 아무것도 아니야 넌 아무것도 아니야**라고 외쳐댔다.

나는 다시 몸을 굴려서 일어나면서, 머리 옆을 부여잡고, 억지로 눈을 떴다.

그러자 앞에 있는 해변 저 위쪽에 바다로 물을 쏟아내는 강이 보였다. 그 너머를 보자 잔해들이 떠내려오고 있었다. 물결에 이리저리 흔들리는 나무들과 집들과 분명 사람의 잔해들…….

내가 아는 사람들…….

어쩌면 바이올라일지도 몰라…….

순간 소음에서 격노가 솟구쳤다.

나는 다시 일어섰다.

바이올라!

나는 시장을 향해 내 생각을 날리면서 그를 찾아내지도 않고, 그냥 본능적으로 어디 있는지 알고 그렇게 했음을 깨달았다. 소음을 날리고 돌아서서 찾아보자 시장은 콘크리트 광장에 털썩 주저앉아 한 손으로 바닥을 짚고 있었다.

시장의 손목이 뚝 하고 부러지는 아주 기분 좋은 소리가 들렸다.

시장이 신음했다. "감동적인데." 그의 목소리는 고통스러워 잔뜩 쉬어 있었다. "정말 아주 감동적이야, 토드. 너의 통제력은 더 뛰어나고 강해졌어." 그는 성한 팔로 바닥을 짚고 일어섰다. "하지만 그런 통제력을 가지려면 대가를 치러야지. 네 뒤에 모여드는 세상의 목소리가 들리니, 토드?"

바이올라! 나는 다시 그를 향해 생각했다.

시장은 또다시 비틀거리며 뒷걸음쳤다.

하지만 이번에는 쓰러지지 않았다.

"난 들을 수 있거든. 다 들을 수 있어."

시장의 눈이 번득이자 난 그대로 얼어붙었다.

그는 윙 소리와 함께 내 머릿속에 들어와 나와 연결되고 있었다.

"이걸 들을 수 있니?" 시장이 다시 말했다.

그리고…….

그리고 나는 들을 수 있었다…….

그걸 들을 수 있었다…….

거기에, 마치 파도의 함성 너머, 강의 함성 너머 함성처럼…….

이 행성에 살아 있는 모든 것의 함성이…….

극단적으로 거대한 하나의 목소리로 말하고 있었다…….

순간 나는 그 소리에 압도됐다…….

바로 시장이 노리던 것이었다…….

그때 내 머릿속에 너무나 환한 고통이 번득여서 나는 정신을 잃고…….

무릎을 꿇고 주저앉았고…….

하지만 잠시뿐이었고…….

그 함성과 같은 목소리들 속에서…….

이건 일어날 수 없는 일이겠지만…….

그녀에게는 소음이 없지만…….

그녀의 소리를 들었으니까…….

그녀가 오는 소리를 들었으니까…….

그래서 나는 눈도 뜨지 않고…….

신세계의 종말

바이올라!

또다시 고통에 신음하는 소리가 들렸다…….

나는 다시 일어섰다…….

〈바이올라〉

땅이 가파른 내리막길로 변하기 시작했고, 이제 바다가 계속 보였다.

"거의 다 왔어. 거의 다." 나는 헉헉거리며 말했다.

수망아지.

앙가르드는 펄쩍 뛰어서 드디어 숲을 벗어나 해변에 도착했다. 발굽으로 눈과 모래를 차올리며 앙가르드는 재빨리 왼쪽으로 돌아 버려진 마을과 버려진 강으로 향했다.

토드와 시장을 향해…….

"저기 있어!" 내가 소리를 지르자 앙가르드도 그들을 보고 모래를 가로질러 힘껏 달렸다.

수망아지! 앙가르드가 소리 질렀다.

"토드!" 나도 소리 질렀다.

하지만 파도가 너무 크고 요란하게 부서지고 있었다.

그리고 무슨 소리가, 바다에서 소음이 들려왔다. 부서지는 파도 속을 흘끗 들여다보자 그 밑에서 검은 형체들이 움직이고 있었다.

"토드!" 하지만 나는 계속 앞을 보며, 계속해서 소리 질렀고…….

이제 보였다…….

토드는 예배당처럼 보이는 건물 앞 모래로 뒤덮인 일종의 광장 같은 곳에서 시장과 싸우고 있었다.

그러자 교회에서 나와 토드에게 끔찍한 일들이 얼마나 많이 일어났는지 떠올라 가슴이 철렁했다.

"**토드!**" 나는 다시 불렀다…….

그때 한 사람이 소음 공격을 받았는지 비틀거리며 뒤로 물러섰다.

그때 또 하나가 머리를 부여잡고 펄쩍 뛰어 물러났다.

하지만 너무 멀어서 누가 누군지 분간할 수 없었다.

그들은 그 바보 같은 제복을 입고 있었다.

나는 토드가 그동안 얼마나 컸는지 다시 한번 깨달았다.

너무 많이 커서 누가 토드고 누가 시장인지 알아보기가 힘들었다.

그래서 더 걱정되었고…….

앙가르드도 그것을 느꼈고…….

수망아지! 앙가르드가 불렀고…….

우리는 더 빨리 달렸다…….

〈토드〉

물러서. 나는 시장을 향해 생각했고, 그러자 그가 한 걸음 뒤로 물러섰다. 하지만 단 한 발짝이었고 또다시 내게 번득이는 소음이 날아왔다. 나는 고통스러워 신음하면서 비틀거리며 옆으로 걸어갔다. 그때 모래 속에서 부서진 콘크리트 조각이 보여서 그걸 낚아채고 휙 돌아서서 그에게 던지려고 했지만…….

"내려놔." 그가 윙 울리는 소리로 말했다.

나는 그걸 내려놨고…….

"무기는 안 돼, 토드. 내가 빈손인 거 안 보이니?"

순간 그렇다는 걸 깨달았다. 시장은 권총을 가져오지 않았고, 정찰기는 너무 멀리 있어서 쓸 수도 없었다. 그는 우리가 소음만으로 싸우길 바라는 것이다.

"바로 그거야. 더 강한 자가 이기는 거지."

그리고 나를 다시 쳤다.

나는 신음하면서 **바이올라**로 그를 후려치고 작은 광장을 달려서 가로질렀다. 나는 눈에 미끄러지면서 허물어진 목조 주택으로 향했다.

"그건 안 될 말이지." 시장이 윙 소리를 냈다.

내 발이 멈췄다…….

하지만 그때 한 발을 올렸다…….

그리고 또 다른 발을…….

나는 다시 달렸다…….

시장이 뒤에서 웃는 소리가 들렸다. "잘했다."

나는 허겁지겁 오래된 목재 더미 뒤로 가서 그에게 보이지 않게 몸을 낮추고 숨었다. 그래 봤자 아무 효과가 없지만 그래도 생각할 시간이 필요했다.

"우린 좋은 맞수다." 파도가 아우성치는 데도, 강물이 요란을 떠는 데도 시장의 목소리는 너무나 또렷하게 들렸다. 그는 바로 내 머릿속에서 말하고 있었다.

항상 그랬던 것처럼.

"넌 항상 내 최고의 제자였지, 토드."

"그만 닥쳐." 나는 소리를 지르면서 목재 더미 주위를 둘러보며 뭔가, 뭐든 도움이 될 만한 게 있는지 찾아봤다.

"넌 나를 제외한 그 어떤 인간보다 자신의 소음을 잘 통제하지. 넌 그걸로 다른 사람들을 조종했고, 그걸 무기로 쓰지. 내가 처음부터 그랬잖아. 너의 힘이 나를 능가하는 날이 올 거라고." 시장은 점점 가까이

다가오면서 계속 말했다.

그리고 또다시 무시무시한 힘으로 날 후려쳐서 온 세상이 하얗게 변했다. 하지만 나는 계속 바이올라를 생각하면서 나무판자를 움켜쥐고 일어서서 내가 낼 수 있는 가장 묵직한 윙 소리를 생각하며 쏘아 보냈다. **물러서!**

시장은 물러섰다.

"와우, 토드." 그는 여전히 감동받은 척 연기하며 말했다.

"난 당신처럼 되지 않아. 무슨 일이 있어도." 나는 폐허에서 나오면서 말했다.

그러자 내가 그러란 말도 안 했는데 그가 뒤로 한 발자국 물러섰다.

"누군가는 해야 해. 누군가는 소음을 통제하고, 사람들에게 그걸 쓰는 방법을 알려주고, 뭘 해야 할지 명령해야 해."

"그 누구도 다른 사람에게 명령할 필요 없어." 나는 또다시 한 발자국 앞으로 나아가면서 말했다.

"네게는 원래 시적인 재능은 없었어, 안 그래, 토드?" 시장은 또 한 발자국 물러나며 말했다. 그는 부러진 손목을 잡고 모래 광장의 가장자리에 서 있었다. 피투성이 뼈가 살을 뚫고 나와 있었지만 고통은 느끼지 않는 것처럼 보였다. 그의 뒤에 있는 건 오로지 바다로 내려가는 긴 비탈길과 물 밑에서 도사리고 있는 검은 형체들뿐이었다.

이제 시장의 눈동자는 어마어마하게 검고, 목소리는 한없이 울려 퍼졌다.

"이 세상이 나를 산 채로 잡아먹고 있다, 토드. 이 세상과 그 안에 있는 정보가 너무 많아. 너무 많아서 통제할 수 없어."

"그럼 그런 시도 자체를 멈추면 되잖아." 나는 그렇게 말하고 또다시

바이올라로 그를 후려쳤다.

시장은 움찔했지만 쓰러지지는 않았다. "그럴 수 없어. 원래 그런 성격이 아니거든. 하지만 너 토드, 넌 나보다 강하다. 너는 잘 다룰 수 있어. 너는 이 세상을 지배할 수 있다." 그는 미소를 지으며 말했다.

"이 세상은 나를 필요로 하지 않아. 마지막으로 말하지만 난 당신이 아니라고."

시장이 내 제복을 내려다봤다. "확신해?"

순간 분노가 솟구쳐서 다시 **바이올라**로 그를 세게 후려쳤다.

그는 또 움찔했지만 물러서지 않고 소음으로 날 공격했다. 나는 이를 악물고 또다시 날리려고, 저 멍청하게 웃고 있는 얼굴로 날리려고 준비했다.

"우린 오후 내내 여기 서서 횡설수설하면서 서로를 후려쳐서 만신창이로 만들 수 있겠지. 그러니 이 승부에 뭐가 걸렸는지 말해주지, 토드."

"**닥쳐**……."

"네가 이기면 넌 세상을 차지하게 된다."

"난 원하지 않는다고……."

"하지만 내가 이기면……."

그러더니 갑자기 그가 자신의 소음을 열었다.

내가 그걸 본 건, 그걸 다 본 건 처음이었다. 얼마나 오랜만에 봤는지 나도 모른다. 어쩌면 올드 프렌티스타운에서도 본 적이 없고, 어쩌면 단 한 번도 본 적이 없을 것이다.

그런데 그건 차가웠다. 이 돌아가시게 추운 해변보다 더 차가웠다.

그리고 텅 비어 있었다.

그를 둘러싸고 있는 이 세상의 목소리가 마치 검은 우주처럼 어마어마한 무게로 그를 으스러뜨리려 다가오고 있었다.

나를 알게 되면서 그는 한동안 그걸 견딜 수 있었지만 이제는…….

그걸 파괴하고 싶어 한다. 모든 걸 파괴하고 싶어 한다…….

나는 그게 바로 그가 원하는 것임을 깨달았다.

아무 소리도 듣지 않는 것…….

소음에 대한 그의 증오는 너무나도 강해서 내가 이걸 이길 수 있을지 알 수 없었다. 그는 나보다 강하고, 언제나 강했고, 나는 그 안에 있는 공허를, 그가 끝없이 파괴하도록 만드는 그 공허를 들여다봤고, 내가 만약…….

"토드!"

고개를 돌리자 시장은 마치 내가 그의 생살을 찢어낸 것처럼 소리를 질렀고…….

"토드!"

저기에, 눈발을 헤치고, 내 말을 타고, 내 끝내주게 훌륭한 말을 타고 오는…….

바이올라…….

그 순간 시장이 온 힘을 다해 나를 후려쳤다.

〈바이올라〉

"토드!" 내가 소리치자 토드가 고개를 돌려 나를 봤다.

그러다가 시장에게 공격을 받아 소리를 지르면서 비틀거리며 뒤로 물러섰고, 그에게서 코피가 났고, 앙가르드가 **수망아지!**라고 소리 지르며 모래 광장을 가로질러 그에게 달려갔고, 나는 목청껏 그의 이름을…….

"**토드!**"

그러자 그가 내 목소리를 들었다…….

그리고 고개를 들어 나를 봤다…….

여전히 그의 소음이 들리지 않았다. 지금 싸우느라 그 소음을 쓰고 있으니까…….

하지만 그의 눈에 떠오른 표정을 봤다…….

그리고 다시 말했다…….

"**토드!**"

이것이 바로 시장을 이기는 방법이니까…….

혼자서는 시장을 이길 수 없다…….

우리 둘이 같이 물리쳐야 한다…….

"**토드!**"

토드가 시장에게로 돌아섰고, 내 이름이 천둥처럼 우렁차게 울려 퍼지는 소리를 듣는 순간 시장의 얼굴이 불안해졌다…….

〈토드〉

바이올라.

그녀가 여기 있으니까…….

그녀가 왔으니까…….

그녀가 날 위해 왔으니까…….

그녀가 내 이름을 불렀으니까…….

그녀의 힘이 마치 불덩어리처럼 내 소음으로 흘러 들어오는 것이 느껴졌다.

시장은 마치 얼굴에 한 방 맞은 것처럼 비틀거리며 줄줄이 서 있는 집 쪽으로 뒷걸음쳤다.

"아, 그래. 네게 힘을 주는 사람이 도착했군." 시장은 머리에 손을 대고 신음했다.

"토드!" 그녀가 부르는 소리가 다시 들렸고…….

나는 그걸 받아서 이용했고…….

거기 있는 그녀를 느낄 수 있으니까, 날 찾기 위해 세상 끝까지 말을 타고 온 그녀, 날 구하려고 온 그녀가 있으니까…….

내게는 그녀의 구원이 필요했으니까…….

그리고…….

바이올라.

시장이 부러진 손목을 움켜쥔 채 다시 뒤로 비틀거리며 물러섰다. 그의 귀에서 피가 흐르는 게 보였다.

"토드!" 이번에는 자기를 봐달라고 부르는 것이었다. 내가 돌아보자 그녀는 앙가르드를 광장 구석에 세워두고 나를, 내 눈을 똑바로 봤다.

나는 그녀의 마음을 읽었다.

그녀가 무슨 생각을 하고 있는지 정확히 알았다.

내 소음과 내 마음과 내 머리는 꽉 차서 금방이라도 터질 것 같았다.

그녀가 말하고 있으니까…….

그녀는 눈과 얼굴과 온 존재로 말하고 있었으니까…….

"나도 알아. 나도 그래." 나는 쉰 목소리로 그녀에게 대꾸했다.

그리고 시장에게 돌아섰다. 나는 바이올라로, 나에 대한 바이올라의 사랑으로, 바이올라에 대한 내 사랑으로 가득 찼고…….

그 사랑이 날 빌어먹을 산처럼 크게 만들었고…….

나는 그걸 받아서 그 모든 걸 시장에게 힘껏 던졌다.

⟨바이올라⟩

시장은 비탈길 아래로 날아가서 데굴데굴 굴러 파도가 부서지는 바다 바로 앞에서 멈췄다.

토드가 날 돌아봤다.

내 심장은 터질 것 같았다.

난 아직도 그의 소음을 들을 수 없다. 그가 또다시 시장을 공격하기 위해 힘을 모으고 있는 건 알지만…….

"나도 알아. 나도 그래." 하지만 토드는 이렇게 말했다.

이제 눈을 반짝이며, 씩 웃으면서 나를 보고 있다.

그의 소리는 들을 수 없지만…….

나는 그를 안다…….

그가 무슨 생각을 하고 있는지 안다…….

바로 지금, 그 어느 때보다 바로 이 순간, 소음을 듣지 않고도 나는 토드 휴잇의 마음을 읽을 수 있다…….

그는 내가 알고 있는 걸 안다…….

찰나의 순간…….

우리는 다시 서로의 마음을 알았다…….

우리의 힘을 내가 막 느꼈을 때 그가 시장에게 돌아섰다…….

그는 소음으로 시장을 공격하지 않고…….

허공에 낮은 윙 소리를 흘려보냈다…….

"뒤로 걸어." 토드가 시장에게 말했다. 시장은 손목을 잡은 채 천천히 일어났다.

그리고 뒤로 걷기 시작했다.

파도를 향해…….

"토드? 지금 뭐 하는 거야?"

"저 소리들이 안 들려? 쟤들이 얼마나 배고파 하는지 안 들려?"

나는 파도 속을 흘끗 봤다.

그림자들, 거대한 그림자들, 집채만 한 그림자들이 부서지는 파도 속에서 이리저리 헤엄치고 있었다.

먹는다. 소리가 들렸다.

단순한 한 마디.

먹는다.

그들은 시장에 대해 말하고 있었…….

시장이 뒷걸음치고 있는 곳을 향해 그들이 모여들고 있었…….

토드가 그러라고 시키고 있는 곳으로…….

"토드?"

그때 시장이 입을 열었다. "잠깐만."

〈토드〉

"잠깐만." 시장이 입을 열었다.

그것은 나를 조종하려고 하는 말이 아니었고, 내가 그에게 보내는 윙 소리, 그가 바다를 향해 걷게 하는 소리를 되돌려 보내는 말이 아니었다. 나는 그가 바다에 **빠져 죽게**, 그가 잡아먹히게 하려고 뒷걸음치게 했다. 그 생물들은 시장의 맛을 보려고 점점 가까이 헤엄쳐 왔다. 시장은 이렇게만 말했다. "잠깐만." 마치 공손하게 부탁하는 것처럼.

"난 당신을 살려주지 않을 거야. 당신을 구원할 수 있다면 그러겠지만 난 그럴 수 없어. 미안하지만 당신은 구원받을 수 없는 사람이야."

"나도 안다." 시장은 다시 미소 지었다. 이번에는 슬픔이 가득한 미소였다. 그 슬픔이 진실이라는 걸 느낄 수 있었다. "넌 날 변화시켰어, 너도 알잖아. 토드. 아주 조금이지만 좀 더 나은 사람으로 변화시켰지. 사랑이 내 앞에 있을 때 그걸 알아볼 수 있을 정도로 말이야." 그는 바이올라를 보고 다시 날 봤다. "내가 지금 널 구원할 수 있을 정도로 말이야."

"날 구원한다고?" 내가 그렇게 대꾸하고 뒤로 물러서, 라고 생각하자 그는 한 발자국 더 뒤로 물러났다.

"그래, 토드. 날 억지로 바다 속으로 밀어 넣는 건 그만했으면 한다." 시장은 내게 저항하느라 입술에 땀이 맺히는 사이에 말했다.

"꿈 깨시지."

"내가 직접 들어갈 테니까."

나는 시장을 보며 눈을 깜박였다. "더 이상 게임은 없어. 이 게임은 이제 끝났어." 나는 그를 억지로 또 한 발자국 뒤로 물러서게 하면서 말했다.

"하지만 토드 휴잇, 넌 살인을 할 수 없는 아이야."

"난 아이가 아니야. 그리고 당신을 죽일 거야."

"나도 안다. 그러면 넌 조금은 나와 비슷한 사람이 되겠지, 그렇지 않니?"

나는 말을 멈추고 시장을 그 자리에 잠시 세워뒀다. 파도가 그의 발밑에서 부서졌고, 생물들은 자기들끼리 싸우기 시작했다. 와, 그들은 정말 거대했다.

"난 네가 가진 힘에 대해 거짓말한 적 없다, 토드. 네가 원한다면 넌 새로운 내가 될 수 있을 정도로 강력해."

"난 안 한다고."

"아니면 벤처럼 될 수 있을 정도로 강력하지."

나는 얼굴을 찌푸렸다. "벤 아저씨가 무슨 상관이지?"

"그도 이 행성의 목소리를 듣는다, 토드. 나처럼 말이야. 결국 너도 그렇게 될 것처럼 말이다. 하지만 벤은 그 속에서 살아가고, 그것의 일부가 되고, 자신을 잃지 않으면서 그 흐름을 탈 수 있다."

눈이 계속 내려서 시장의 머리 위에 하얗게 쌓였다. 지금 얼마나 추운지 다시 깨달았다.

"넌 내가 될 수 있어. 아니면 벤이 될 수도 있고."

시장은 한 발자국 뒤로 물러섰다.

내가 그러라고 시키지도 않았는데.

"네가 날 죽이면, 벤에게서 한 발자국 멀어지게 된다. 만약 너의 선한 마음으로 날 변화시킨 게 이 정도라면, 네가 내가 되는 걸 막을 정도의 선함이기도 하다. 그걸로 충분하고."

시장은 바이올라에게 고개를 돌렸다. "밴드 치료제는 정말 있다."

바이올라가 날 흘끗 봤다. "뭐라고요?"

"나는 여자들을 죽이기 위해 첫 번째 치료제에 서서히 퍼지는 독을 집어넣었다. 스패클도 마찬가지고."

"뭐라고요?" 내가 소리 질렀다.

"하지만 치료약은 정말 있어. 토드를 위해 내가 만들었다. 그 연구 자료를 정찰기에 남겨뒀어. 로손 선생이 아주 쉽게 확인할 수 있을 거야. 그건 내가 너에게 주는 작별 선물이다, 바이올라." 시장은 바이올라에게 고개를 끄덕이며 말했다.

그리고 한없이 슬픈 미소를 지은 얼굴로 나를 돌아봤다.

"이 세상은 앞으로 몇 년 동안 너희 둘이 만들어 갈 거야, 토드."

그리고 깊이 한숨을 쉬었다.

"나로서는 그걸 볼 필요가 없어서 기쁘구나."

그리고 돌아서서 파도를 향해 성큼성큼 걸어갔다. 또 한 걸음, 또 한 걸음.

"기다려요!" 바이올라가 그를 불렀다.

하지만 시장은 멈추지 않고 달리다시피 계속 걸어갔다. 나는 바이올라가 앙가르드에게서 미끄러져 내려와 그녀와 함께 내 옆에 서는 걸 느꼈다. 우리는 시장이 신은 부츠가 바닷물을 튀기면서 좀 더 깊은 곳으로 들어가는 모습을 지켜봤다. 파도가 그를 쳐서 쓰러뜨릴 뻔했지만 그는 꼿꼿이 서 있었다.

그러더니 허리를 비틀어서 우리를 돌아봤다.

그의 소음은 조용했다.

그의 표정은 읽을 수 없었다.

그때 입을 크게 벌려 소리를 내면서 물속에 있던 그림자 중 하나가 수면을 가르고 튀어 올랐다. 어마어마하게 큰 입에 검은 이빨과 끔찍하게 끈적거리는 몸에 비늘이 잔뜩 돋은 그 괴물이 시장을 향해 돌진했다.

그것은 머리를 옆으로 비틀어서 시장의 상반신을 물려고…….

그 거대한 생물이 시장을 퍽 쳐서 모랫바닥에 쓰러뜨렸을 때 시장은 아무 소리도 내지 않고…….

물속으로 끌려 들어가서…….

그렇게 순식간에…….

사라졌다…….

〈바이올라〉

"사라졌어." 토드가 중얼거렸다. 나도 그와 마찬가지로 믿을 수 없었다. "그냥 자기 발로 들어갔어. 그냥 들어가 버렸다고." 토드는 내게 고개를 돌리며 말했다.

거칠게 숨을 몰아쉬고 있는 그는 방금 일어난 일 때문에 경악하고 탈진한 것처럼 보였다.

그리고 토드가 날 봤다. 정말로 날 봤다.

"바이올라."

나는 토드를 껴안았고, 그도 나를 안았다. 우리는 아무 말도 할 필요가 없었다. 아무 말도.

우린 알고 있으니까.

"끝났어. 믿을 수 없지만 다 끝났어." 내가 속삭였다.

"시장은 정말 사라지고 싶었나 봐. 모든 걸 통제하려고 했던 게 결국 그를 파멸시켰다는 생각이 들어." 토드가 날 안은 채 말했다.

우리는 바다를 돌아봤다. 그 거대한 생물체들이 여전히 그 자리를 맴돌면서 이제는 토드나 내가 스스로를 바치지 않을까 기다리고 있었다. 앙가르드는 우리 사이에 코를 들이밀어 토드의 얼굴에 부딪치면서 애정을 담뿍 담아 그를 불렀다. **수망아지.** 그런 앙가르드의 마음을 느끼자 눈물이 나왔다. **수망아지.**

"안녕, 아가씨." 토드는 나를 안은 채 한 손으로 앙가르드의 코를 문질러 줬다. 그러다가 내 소음을 읽고 표정이 슬퍼졌다. "에이콘."

"브래들리를 두고 왔어. 윌프 아저씨와 리도 마찬가지고. 그들에게 무슨 일이 생겼는지 모르겠어……." 다시 눈물이 차오르는 걸 느끼며 내가 말했다.

"시장이 테이트 아저씨가 자기를 실망시켰다고 그랬어. 스패클도 그를 실망시켰다고 했어. 그러니까 좋은 일만 있을 거야."

"우린 돌아가야 해. 시장이 너에게 저걸 조종하는 법은 가르치지 않 았겠지?" 나는 토드의 품에서 몸을 돌려 정찰기를 봤다.

그때 토드가 나를 불렀다. "바이올라." 그 심상치 않은 목소리에 나는 고개를 돌려 그를 봤다.

"나는 시장처럼 되고 싶지 않아."

"넌 그렇게 되지 않아. 그건 불가능해."

"아니. 내 말은 그런 뜻이 아니야."

그리고 내 눈을 들여다봤다.

나는 그게 오는 것을, 그에게서 힘이 넘쳐흐르는 것을, 마침내 시장 에게서 풀려난 것을 느꼈다.

토드가 자신의 소음을 열었다.

더할 나위 없이 활짝 열었다.

모든 걸 활짝 열고 지금까지 일어난 모든 일, 그가 느낀 모든 감정을 내게 보여줬다…….

그가 느끼는 모든 감정…….

나에 대한 모든 감정…….

"나도 알아. 난 너의 마음을 읽을 수 있어, 토드 휴잇."

그러자 토드는 전처럼 비뚤어진 미소를 지었다.

그때 해변 저쪽에서, 숲과 모래가 만나는 곳에서 어떤 소리가 들렸다.

〈하늘〉

나의 배틀모어가 마침내 해변으로 펄쩍 뛰어내렸다. 순간 내 목소리를 가득 채우는 바다의 거대함에 압도됐다.

하지만 배틀모어는 버려진 빈터의 정착지를 향해 방향을 바꿔가며 계속 달렸다.

그리고 난 너무 늦어버렸다.

칼의 특별한 이가 말을 타고 여기 와 있었다.

하지만 칼은 어디에도 보이지 않았다.

단지 빈터의 지도자가 칼의 특별한 이를 붙들고 있었다. 그가 입고 있는 제복은 눈과 모래에 대비돼 짙은 얼룩처럼 보였다. 그는 칼의 특별한 이를 꼭 끌어안은 채 움직이지 못하게 잡고 있었다.

그러니 칼은 죽은 게 분명하다.

칼은 분명 죽었다.

그러자 내 마음속에서 솟구치는 공허함에 놀랐다.

증오하는 이조차 죽고 없는 그 빈자리를 느끼게 됐으니까.

하지만 그건 귀환의 감정이다.

나는 귀환이 아니다.

나는 하늘이다.

평화를 이뤄낸 하늘.

그 평화를 안전하게 지키기 위해 빈터의 지도자를 반드시 죽여야 하는 하늘.

그래서 나는 앞으로 달려갔고, 저 멀리 있는 이들이 점점 가까워졌다……

나는 무기를 들었다……

〈토드〉

나는 눈발이 흩날려 실눈을 뜨고 앞을 바라봤다. 시간이 가면서 눈이 더욱 거세지고 있었다.

"저게 뭐지?" 내가 물었다.

"저건 말이 아닌데. 배틀모어야." 바이올라가 내게서 몸을 떼면서 말했다.

"배틀모어? 하지만 내가 생각하기에……."

그리고 내 폐에서 공기가 찢겨나갔다…….

〈하늘〉

그는 소녀를 밀어내고 내가 오는 모습을 봤다. 이제 마음 편하게 쏠 수 있다.

내 뒤에서 목소리가 들렸다. 멀리서 뭔가를 외치는 목소리…….

잠깐 기다리라고 외치는 목소리…….

하지만 과거에 나는 망설이다가 아픈 일을 당했다. 행동해야 했을 때 행동하지 않았기 때문에.

이번에 그런 일은 일어나지 않을 것이다.

하늘은 행동할 것이다.

빈터의 지도자가 내게 돌아서고 있다.

나는 행동할 것이다.

(하지만……)

나는 무기를 쏘아 올렸다.

〈바이올라〉

토드는 마치 세상이 허물어지는 것 같은 소리를 내며 가슴을 움켜잡았다.

연기가 피어오르면서 불이 붙고 피가 흐르는 가슴을…….

"토드!" 나는 소리를 지르며 그에게 달려들었다.

그는 고통스러워하며 입을 벌린 채 모래 위로 쓰러져 내렸다.

하지만 그의 입은 공기를 빨아들이지도 내뱉지도 못한 채, 그저 꺽꺽거리며 숨넘어가는 소리만을 냈고…….

나는 토드 위로 몸을 던져 혹시 또 날아올 화살을 막으며 불타는 그의 옷으로 손을 뻗었다. 그것은 그대로 분해돼서 증기가 되어 사라지고 있었다.

"토드!"

토드는 겁에 질린 채 내 눈을 들여다보고 있었다. 그의 소음은 두려움과 고통으로 가득 찬 채 걷잡을 수 없이 격렬하게 소용돌이쳤다.

"안 돼! 안 돼 안 돼 안 돼 안 돼……."

이젠 우리를 향해 달려오는 배틀모어의 발굽 소리도 들리지 않았고…….

그 뒤로 달려오는 또 다른 발굽 소리도 들리지 않았다…….

벤 아저씨의 목소리가 모래 건너편에서 울려 퍼졌다…….

잠깐만 기다려요. 아저씨가 외쳤다…….

"토드?" 나는 토드의 가슴 위에서 녹고 있는 옷을 찢어내면서 그의 이름을 불렀다. 그 밑에 너무나도 처참한 화상이 드러났다. 그의 살에서 피가 흐르고 거품이 부글부글 올라왔고, 그의 목에서는 여전히 그 끔찍하게 숨 막히는 소리가 났고, 마치 가슴 근육이 작동을 멈춰버린 것처럼, 토드가 숨을 쉬기 위해 더 이상 그걸 움직일 수 없는 것처럼…….

마치 숨이 멈춰 죽을 것처럼…….

지금 이 순간 토드는 눈으로 뒤덮인 추운 바닷가에서 죽어가는 것 같았고…….

"토드!"

내 뒤에서 배틀모어들이 점점 가까이 달려왔고⋯⋯.

1017의 소음이 들렸다. 그가 그 무기를 쐈다는 소리가 들렸다⋯⋯.

그가 자신의 실수를 깨닫는 소리가 들렸다⋯⋯.

그는 자신이 시장을 쐈다고 생각하고 있었다⋯⋯.

하지만 시장이 아니야, 아니라고⋯⋯.

그리고 벤 아저씨가 그의 뒤에서 배틀모어를 타고 왔다⋯⋯.

두려움으로 가득 찬 벤 아저씨의 소음이 앞으로 날아왔다⋯⋯.

하지만 내 눈에 보이는 거라고는 토드뿐이고⋯⋯.

내 눈에 보이는 거라고는 날 마주 보는 토드뿐이고⋯⋯.

토드는 눈을 크게 뜨고서⋯⋯.

그의 소음으로 이렇게 말했다. **안 돼, 안 돼, 지금은 안 돼, 지금은**⋯⋯.

그리고 말했다. **바이올라?**

"나 여기 있어, 토드. 나 여기 있다고!" 나는 갈라지는 목소리로 절망
하며 외쳤다.

토드가 다시 말했다. **바이올라?**

그는 묻고 있었다⋯⋯.

내가 정말 여기 있는지 묻고 있었다⋯⋯.

그러더니 그의 소음이 갑자기 완벽하게 고요해지면서⋯⋯.

몸부림을 멈췄다⋯⋯.

내 눈을 똑바로 보면서⋯⋯.

그가 죽었다.

나의 토드가 죽었다.

세계의 미래

〈바이올라〉

"**토드!**" 나는 소리쳤다…….

안 돼…….

안 돼…….

안 돼…….

토드가 죽었을 리 없어…….

그럴 리가 없어…….

"**토드!**"

마치 그의 이름을 부르면 그게 사실이 아니게 될 것처럼, 시간을 되돌릴 수 있을 것처럼…….

마치 토드의 소음이 다시 움직일 것처럼…….

그의 눈이 나를 바라볼 것처럼…….

소리 질렀다…….

"**토드!**"

나는 계속 외쳤지만 내 목소리는 마치 물속에 있는 것 같았고, 내 귀에 들리는 거라고는 내 숨소리와 토드를 부르는 거친 내 목소리뿐이었고…….

"토드!"

또 다른 두 팔이 내 팔을 스쳐 지나갔다. 벤 아저씨의 팔이었다. 아저씨가 내 옆 모랫바닥에 주저앉았다. 아저씨의 목소리와 소음이 갈기갈기 찢긴 채 토드를 불렀다…….

아저씨는 눈을 한 줌 집어서 토드의 상처에 집어넣어 거기를 얼리려고, 출혈을 멈추려고 안간힘을 썼지만…….

너무 늦었다…….

그는 죽었다…….

그는 죽었다…….

토드는 죽었다…….

모든 것이 갑자기 천천히 움직였다.

앙가르드는 **수망아지**를 부르고 있었다.

벤 아저씨는 토드에게 얼굴을 바짝 대고 숨소리를 들어보려 했지만 듣지 못했다.

"토드, 제발!" 아저씨의 목소리가 들렸다.

하지만 아주 멀리서 하는 말처럼 들렸다.

마치 내 손이 닿지 않는 곳에서 일어나는 일인 것처럼…….

내 뒤에서 더 많은 발소리가 들렸다. 세상에 다른 소리는 없는 것처럼 또렷하게 들리는 발소리…….

1017…….

그가 배틀모어에서 내렸다. 자신이 저지른 실수 때문에 그의 소음은 휘청거리고 있었다.

그의 소음은 그게 과연 실수였는지 의아해하고 있었다.

나는 고개를 돌려 그를 바라봤다…….

〈하늘〉

그녀가 고개를 돌려 나를 바라봤다.

그녀에게 목소리는 없지만 내가 무의식중에 뒤로 물러설 만큼 그녀의 표정이 충분히 보였다.

그녀는 일어섰다.

나는 다시 뒤로 물러서면서 눈 덮인 모래 위에 무기를 떨어뜨렸다. 그제 야 내가 아직도 그걸 들고 있었음을 깨달았다.

"당신!" 그녀가 날 향해 다가오며 내뱉듯 외쳤다. 입을 움직여서 새가 짹 짹거리듯 소리 내서 말하는 그녀의 목소리는 끔찍했다. 격노와 비탄이 뒤 섞인 소리였다.

난 몰랐습니다. 난 그가 빈터의 지도자인 줄 알았어요. 난 여전히 그녀에 게서 물러나면서 말했다.

(내가 그랬을까?)

"거짓말쟁이! 난 당신의 소리를 들었어! 당신은 확신하지 못했어! 그게 토드였는지 확신이 서지 않는데도 어쨌든 쐈잖아!"

그건 땅의 무기로 생긴 상처입니다. 그러니 땅의 약이 그를 구할 수 있을지 도 모릅니다.

"그러기에는 너무 늦었어! 당신이 토드를 죽였어!"

나는 그녀를 지나 칼을 품에 안고 칼의 가슴에 얼음을 넣고 있는 정보 원을 바라봤다. 그래 봐야 아무 소용 없다는 걸 알면서도, 정보원은 슬픔에 가득 차서 입으로 소리 내어 오열하고 있었다.

나는 그 말이 진실이라는 걸 알았다.

내가 칼을 죽였다…….

내가 칼을 죽였다…….

"닥쳐!" 그녀가 소리쳤다.

그러려고 한 게 아닙니다. 그러고 싶지 않았어요. 나는 너무 늦게 내 마음을 깨닫고 보여줬다.

"어쨌든 네가 한 짓이잖아!" 그녀는 내게 다시 침을 뱉듯 외쳤다.

그러더니 내가 모래 위에 떨어뜨린 무기를 봤다.

〈바이올라〉

그 무기가 보였다. 땅바닥에 스패클의 흰 막대처럼 생긴 무기가, 하얀 눈에 대비되는 하얀 무기가 보였다.

벤 아저씨가 내 뒤에서 울부짖었다. 아저씨는 계속 토드의 이름을 불렀고, 내 마음도 찢어질 것처럼 아팠다. 너무 아파서 숨을 쉴 수 없을 정도였다.

하지만 그 무기가 보였다…….

그래서 나는 그걸 집어 들어…….

1017에게 겨눴다.

그는 더 이상 뒤로 물러서지 않고 내가 그걸 들어 올리는 모습을 보고만 있었다.

미안합니다. 그는 그렇게 말하면서 두 손을 살짝 들었다. 내 토드를 죽인 저 너무나도 긴 손…….

"미안하다고 토드가 살아 돌아오지는 않아." 나는 이를 악물었다. 눈물이 가득 고였지만 끔찍하게도 머리는 맑아졌다. 손에 든 무기의 무게가 느껴졌다. 이걸 써야겠다는 의지가 올라왔다.

하지만 사용법을 몰랐다.

"내게 보여줘! 내가 당신을 죽일 수 있게 사용하는 방법을 보여달라고!" 나는 그에게 소리 질렀다.

방이올라. 뒤에서 벤 아저씨의 목소리가 들렸다. 아저씨는 비탄에 젖어 목이 메어 있었다. *방이올라, 잠깐만⋯⋯.*

"난 기다리지 않을 거예요. **내게 보이라고!**" 나는 굳은 목소리로 무기를 치켜든 채 외쳤다.

미안합니다. 1017이 다시 말했다. 격노한 와중에도 그가 진심이라는 걸, 정말 이런 짓을 해서 미안해하고 있다는 걸, 그의 공포가 점점 커져가고 있는 걸 볼 수 있었다. 그는 토드에게 저지른 짓뿐만 아니라 그게 미래에 어떤 의미가 있을지, 그의 실수가 여기 우리 너머 아주 멀리까지 미치게 될 파장을 두려워하고 있었다. 그는 그 어떤 것을 주고라도 실수를 되돌리고 싶어 했다⋯⋯.

그 모든 것이 보였지만⋯⋯.

아무 상관 없다⋯⋯.

〈하늘〉

"내게 보여줘! 아니면 맹세코 이걸로 당신을 때려죽일 거야!" 그녀가 소리쳤다.

방이올라. 정보원이 그녀 뒤에서 여전히 칼을 품에 안은 채 말했다. 나는 그의 목소리를 들여다봤다.

정보원의 가슴이 갈기갈기 찢겨 있었다.

그의 극심한 슬픔이 모든 걸 적시면서 세상 밖으로 뻗어갔다.

땅이 애도하면, 우리 모두 함께 애도하니까.

그의 슬픔이 내게 들어와 나의 슬픔이 되고, 땅의 슬픔이 됐다.

그때 내가 얼마나 큰 실수를 저질렀는지 완벽하게 깨달았다.

땅을 파멸로 이끌지도 모를 실수, 우리의 평화를 잃게 될지도 모르는 실수, 내가 땅을 구하기 위해 이토록 노력해 놓고 땅을 파괴하게 될지도 모르는 실수였다.

하늘이 해서는 안 되는 실수였다.

나는 칼을 죽였다⋯⋯.

마침내 칼을 죽였다⋯⋯.

그토록 오랫동안 원하던 일이었는데⋯⋯.

그랬는데 아무것도 얻지 못했다⋯⋯.

그저 내가 초래한 거대한 상실만 알게 됐다⋯⋯.

소리 없는 이의 얼굴에 떠오른 표정을 보고 알 수 있었다⋯⋯.

사용법도 모르면서 무기를 들고 있는 그녀⋯⋯.

그래서 나는 목소리를 열고 그녀에게 사용법을 보여줬다⋯⋯.

〈바이올라〉

그는 내 앞에서 소음을 열고 그 무기를 정확히 어떻게 써야 하는지, 내 손가락을 어디에 대고 어디를 꽉 쥐어야 끝부분에서 그 흰 섬광을 발사할 수 있는지 보여줬다.

그는 내게 자신을 죽이는 법을 보여줬다.

바이올라, 바이올라, 그러면 안 된다. 벤 아저씨의 목소리가 내 뒤에서 다시 들렸다.

"왜 안 돼요? 저자는 토드를 죽였어요." 나는 뒤도 돌아보지 않고 1017을 계속 노려보며 말했다.

내가 그를 죽이면, 이 일이 대체 어디서 끝나게 될까?

그래도 나는 돌아보지 않은 채 소리 질렀다. "어떻게 그런 말을 할 수 있어요? 어떻게 토드를 품에 안고 그런 말을 할 수 있냐고요?"

벤 아저씨의 얼굴은 이를 악문 채 굳어버렸다. 아저씨의 소음에서 너무나 큰 고통이 흘러나와서 차마 아저씨의 얼굴을 볼 수도 없었다.

그래도 아저씨는 이야기를 계속했다.

내가 하늘을 죽이면 전쟁은 다시 시작될 거야. 그리고 우리 모두 죽을 거다. 그 후에 땅은 궤도에서 날아온 수많은 이주민들과 싸우다 죽겠지. 그다음에 새 이주민들은 남아 있는 땅에게 공격 받게 될 거다. 그러다 보면……

아저씨는 순간 말을 잇지 못했지만 억지로 기운을 내서 다시 말했다. "그렇게 전쟁은 끝나지 않을 거야, 바이올라." 아저씨는 토드를 부드럽게 안으며 말했다.

나는 1017을 다시 봤다. 그는 꿈쩍도 않고 있었다. "그는 내가 그래주길 바라고 있어요. 내가 죽여주기를 바라고 있다고요."

"그는 자신의 실수를 마음에 품고 살고 싶지 않은 거야. 고통이 끝나길 바라는 거지. 하지만 이 실수로 인해 느낀 것들을 남은 평생 철저하게 되새기면서 살아간다면 그가 얼마나 훌륭한 하늘이 될 수 있겠니?"

"어떻게 그런 말을 할 수 있어요, 벤 아저씨?"

그들의 소리가 들리기 때문이야. 그들 모두. 모든 땅, 모든 인간. 나에게는 모두의 소리가 들린다. 우린 이들이 죽게 놔둘 수 없어, 바이올라. 우린 그럴 수 없다. 토드가 오늘 바로 여기서 그 일을 맞았잖니. 바로 그 일을……

그리고 아저씨는 더 이상 말을 잇지 못했다. 아저씨는 토드를 꼭 끌어안았다. *아, 나의 아들. 아, 나의 아들아……*.

〈하늘〉

그녀는 내게 돌아섰다. 여전히 내게 무기를 겨눈 채, 발사해야 하는 정확한 위치에 손을 댄 채.

"당신은 내게서 그를 빼앗아 갔어. 우린 여기까지 이 먼 길을 와서 시장을 이겼어! 우리가 이겼는데 당신이 그를 빼앗아 갔어!" 그녀의 목소리가 사정없이 갈라졌다.

그리고 더 이상 말을 잇지 못했다.

미안해요. 나는 다시 보여줬다.

이젠 정보원의 비탄만 메아리치고 있지 않았다.

나의 비탄이기도 했다.

내가 하늘로서 크게 실패해서, 땅 전체를 위험에서 구하는 데 실패해서 슬픈 것만은 아니었다.

내가 빼앗은 목숨에 대해 느끼는 슬픔이었다.

내가 태어나 처음으로 빼앗은 목숨…….

그리고 나는 기억이 났다.

칼이 기억났다.

그에게 칼이란 이름을 갖게 한 칼…….

그가 강가에 있던 땅을 죽이기 위해 쓴 칼, 그저 낚시를 하고 있었을 뿐인 무고한 땅의 일원이었지만 칼은 그를 적으로 봤다.

그래서 칼은 그를 죽였다.

칼은 그 후로 내내 그 살인을 후회했다.

그 노동 수용소에서 지내던 시절 그의 얼굴에는 매일 후회하는 표정이 떠올라 있었다. 땅을 대할 때도 그랬고, 화가 나서 이성을 잃고 내 팔을 부러뜨렸을 때도 후회했다.

그 후회 때문에 그는 짐이 몰살됐을 때 나를 구했다.

이제 그 후회는 내가 짊어지고 가야 할 짐이 됐다……

영원히 짊어지고 가야 할 짐이…….

영원이라는 것이 이제 다음 숨을 내쉴 때까지의 짧은 순간이라고 한다면…….

그러라고 해야지…….

땅은 더 나은 하늘을 가질 자격이 있다…….

〈바이올라〉

1017은 토드를 회상하고 있었다.

내가 들고 있는 무기가 덜덜 떨리는 동안 그의 소음에서 토드가 보였다.

우리가 강가에 갔을 때 토드가 칼로 스패클을 찌르는 모습이 보였다…….

내가 그러지 말라고 소리를 지르는데도 토드가 그 스패클을 죽였을 때가…….

1017은 토드가 그 일 때문에 얼마나 괴로워했는지 떠올리고 있었다…….

이제 1017이 똑같이 괴로워하고 있었다…….

내가 폭포 밑에서 아론의 목을 찌른 후에 느꼈던 괴로움도 기억났다…….

누군가를 죽인다는 건 정말 끔찍한 일이다…….

설사 그 사람이 죽어 마땅한 인간이라고 생각할 때마저도 그렇다…….

이제 1017은 나나 토드와 마찬가지로 그 점을 잘 알고 있다…….

토드가 그랬던 것처럼…….

내 가슴은 결코 아물 수 없게 갈기갈기 찢겼다. 이 얼어 죽게 춥고 멍청한 바닷가에서 지금 당장 죽을 만큼 너무나 고통스러웠다.

하지만 벤 아저씨의 말이 옳다. 내가 1017을 죽이면 돌이킬 수 없게 된다. 우리는 스패클 지도자를 두 번째로 죽이게 되고, 그러면 우리보다 압도적으로 많은 그들이 찾아낼 수 있는 인간이란 인간은 다 죽일 것이다. 그다음에 이주민들이 도착하면…….

전쟁은 결코 끝나지 않을 것이고, 죽음도 결코 끝나지 않을 것이다.

그러니까 다시 내가 결정을 내려야 한다.

우리를 더 깊은 전쟁의 참화 속으로 밀어 넣든가, 아니면 거기서 빠져나오든가…….

난 옳지 못한 선택을 했었다.

이것이 그 선택 때문에 치러야 하는 대가인가?

그러기에는 너무 큰 대가야.

너무 큰 대가라고…….

하지만 내가 다시 개인적인 이유로 결정한다면…….

1017이 실수에 대한 대가를 치르게 한다면…….

세상이 바뀔 것이다…….

세상은 멸망할 것이다…….

그래도 상관없다…….

상관없다고…….

토드…….

아, 제발. 토드…….

토드?

그리고 깨달았다…….

가슴이 아렸지만…….

내가 1017을 죽이면…….

전쟁이 다시 시작되고…….

우리 모두 죽는다…….

그럼 누가 토드를 기억할까?

토드가 한 일을 누가 기억해 줄까?

토드…….

토드…….

내 가슴은 천 갈래 만 갈래로 찢겼다…….

영원히 아물 수 없을 만큼…….

나는 눈과 모래 속에 털썩 무릎을 꿇고…….

소리 없이 공허한 고함을 질렀다…….

그리고 무기를 떨어뜨렸다.

〈하늘〉

그녀가 무기를 떨어뜨렸다.

그것은 발사되지 않은 채 모랫바닥으로 떨어졌다.

그리고 나는 여전히 하늘이다.

난 여전히 땅의 목소리다.

"당신을 보고 싶지 않아요. 다시는 보고 싶지 않아요." 그녀는 고개를 들지 않고 갈라지는 목소리로 말했다.

네. 이해합니다.

바이올라? 정보원이 보여줬다.

"난 하지 않았어요. 하지만 저자를 다시 보면 그때는 참을 수 있을지 모르겠어요." 그리고 그녀는 고개를 들어 내가 아닌 내 옆을 봤다. 차마 나와 마주 볼 수 없는 것이다. "가버려요. 당장 여기서 떠나라고!"

나는 정보원을 봤지만, 그도 나를 보지 않았다.

그의 모든 고통과 슬픔, 모든 신경이 아들의 몸에 집중돼 있었다.

"가라고!" 그녀가 소리 질렀다.

나는 돌아서서 배틀모어에게로 간 후에 다시 한 번 돌아봤다. 정보원은 여전히 칼을 안고 있었고, 바이올라라고 하는 소녀는 천천히 그를 향해 기어가고 있었다.

나를 보지 않고, 억지로 날 외면하면서.

나는 그들의 마음을 이해한다.

나는 배틀모어에 올라탔다. 나는 계곡으로, 땅에게로 돌아갈 것이다.

그리고 우리에게 어떤 미래가 펼쳐질지 볼 것이다. 땅과 빈터 둘 모두를 아우르는 미래.

오늘, 처음에는 하늘의 행동으로 구할 수 있었던 미래.

그다음에는 칼의 행동으로 구해낸 미래.

그다음에는 칼의 특별한 이의 행동으로 다시 구해낸 미래.

우리가 그 모든 걸 해냈으니, 세상을 구할 만한 가치가 있는 곳으로 만들어야 할 것이다.

바이올라? 정보원이 다시 보여주는 소리가 들렸다.

그런데 그의 슬픔에서 의아한 기색이 커져갔다.

〈바이올라〉

바이올라? 벤 아저씨가 나를 불렀다.

나는 일어설 수 없어서 아저씨와 토드에게 기어가야 했다. 앙가르드의 다리 옆을 지나는 동안, 그녀가 슬픔에 잠겨 서성이면서 계속 **수망아지 수망아지 수망아지**를 부르는 소리가 들렸다.

나는 억지로 토트의 얼굴을, 아직 뜨고 있는 눈을 봤다.

바이올라. 벤 아저씨가 다시 내 이름을 부르면서 눈물로 얼룩진 얼굴을 들어 날 바라봤다.

아저씨는 눈을 동그랗게 뜨고 있었다.

"뭐죠? 왜 그러세요?"

아저씨는 곧장 대답하지 않고 얼굴을 토드의 얼굴에 가까이 대고서 뚫어져라 보더니, 다시 토드의 가슴에 채워 넣은 얼음 위에 얹고 있는 자신의 손을 내려다봤다.

너 혹시……? 벤 아저씨가 다시 말을 멈췄다. 아저씨의 얼굴에 온 신경을 집중하는 표정이 떠올랐다.

"혹시 뭐요? 혹시 뭐요, 아저씨?"

아저씨가 고개를 들어 나를 봤다. **혹시 너 이 소리 들리니?**

나는 눈을 깜박이며 내 숨소리, 파도가 부서지는 소리, 앙가르드의 울음소리, 벤 아저씨의 소음을 들었다.

"뭘 들어요?"

내 생각에……. 아저씨는 다시 말을 멈추고 들었다.

내 생각에 토드의 소리가 들리는 것 같아.

아저씨는 고개를 들어 나를 바라봤다. 바이올라, 토드의 소리가 들린다.

아저씨는 이미 토드를 안고 일어나고 있었다.

"토드의 소리가 들려! 토드의 소리를 들린다고!" 아저씨는 아들을 높이 들어 올리면서 입으로 소리 내어 외쳤다.

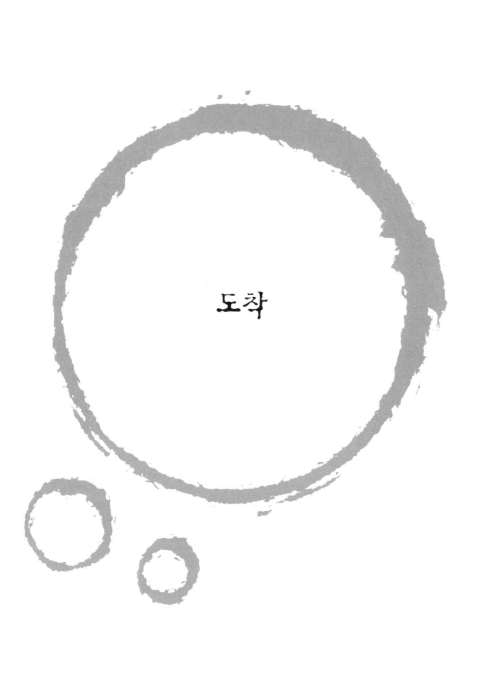

도착

"날이 차구나, 아들. 겨울이 다가오기 때문만은 아니야. 앞으로 다가올 날들이 좀 걱정스러워지기 시작했다." 내가 읽었다.

그리고 토드를 바라봤다. 그는 여전히 거기 누워서 눈도 깜박이지 않았고, 변한 것도 없었다.

하지만 가끔, 아주 가끔 그의 소음이 열리고 기억이 떠오른다. 나와 토드가 힐디 아줌마와 처음 만났을 때의 기억이나 벤 아저씨와 킬리언 아저씨와 함께 지내던 기억. 그 기억에서 토드는 나를 만나기 전이라 훨씬 어렸고, 세 사람은 올드 프렌티스타운 외곽의 늪에 낚시를 하러 가고 있었다. 토드의 소음은 행복해서 너무나도 환하게 빛났다.

그러면 내 심장은 희망으로 조금 더 빨리 뛰고는 했다.

하지만 그러다가 그의 소음이 희미해지면서 다시 조용해졌다.

나는 한숨을 쉬면서 스패클이 만든 의자에 등을 기댔다. 우리는 스패클이 만든 큰 텐트 안에 있었고, 우리 옆에는 스패클이 피운 모닥불이 타오르고 있었다. 그리고 그 한가운데 스패클이 만든 돌침대 위에 토드가 누워 있다. 우리가 그를 바닷가에서 데려온 후 내내 여기에 있다.

다치고 화상을 입은 토드의 가슴에는 스패클이 만든 약이 발려 있다.

그는 나아가고 있다.

우리는 기다리고 있고.

나는 기다리고 있다.

그가 우리에게 돌아올지 보며 기다리고 있다.

텐트 밖은 꿈쩍도 하지 않는 스패클들에게 동그랗게 둘러싸여 있다. 그들의 소음이 일종의 보호막을 만든다. 그들은 길의 끝이라고 벤 아저 씨가 말했다. 아저씨도 총상이 낫는 몇 달 동안 거기서 잠들어 있었다고 했다. 생명의 징후는 보이지 않고 생사의 기로에 서 있는 그 몇 달 동안 아저씨는 총상으로 죽었어야 했지만 스패클이 개입해서 살려냈다.

토드는 죽었다. 난 그때 확신했고, 지금도 확신한다.

나는 그가 내 품에서 죽는 모습을 지켜봤다. 지금도 그 생각만 하면 너무 속상해서 더 이상 떠올리고 싶지 않다.

하지만 벤 아저씨가 토드의 가슴에 눈을 얹어서 몸을 식히고, 그를 마비시키는 그 끔찍한 화상 상처를 식히고, 이미 차가워진 토드, 시장 과 싸우느라 지칠 대로 지친 토드를 식혔다. 아저씨는 토드의 소음이 멈춘 이유는 토드가 자신의 소음을 밖으로 내보내지 않는 데 익숙하기 때문일 거라고, 토드가 정말 죽은 게 아니라 충격과 추위를 피해 자신 의 소음을 차단해 버린 거라고, 눈의 차가움이 그를 그 안에 있게 한 거 니까 토드는 죽지 않은 거라고 했다.

하지만 난 그렇게 생각하지 않는다.

나는 토드가 우리를 떠났다는 걸 안다. 그리고 싶지 않았다는 것도 안다. 토드는 최대한 견딜 수 있는 만큼 버텼지만 결국 우리를 떠났다.

나는 토드가 세상을 떠나는 모습을 지켜봤다.

하지만 아마 멀리 가지는 않았을 것이다.

내가 거기 붙들어 뒀으니까. 아마 나와 벤 아저씨가 그랬을 것이다. 너무 멀리 가지 못하게.

그가 돌아올 수 없을 정도로 멀리 가지는 못하게.

피곤하니? 벤 아저씨가 텐트로 들어오면서 물었다.

"전 괜찮아요." 나는 토드 어머니의 일기장을 내려놓으며 대답했다. 요 몇 주간 토드가 내 목소리를 듣길 바라며 매일 읽어줬다.

매일 그가 어디로 갔건 거기서 돌아오길 바라며.

토드는 좀 어떠니? 아저씨는 토드에게 걸어가서 그의 팔에 한 손을 얹었다.

"똑같아요."

아저씨가 내게 돌아섰다. 토드는 돌아올 거야, 바이올라. 그럴 거야.

"우리 모두 바라고 있죠."

나도 돌아왔잖아. 내가 돌아오라고 불러주지도 않았는데.

나는 아저씨를 외면했다. "돌아온 아저씨는 달라졌죠."

길의 끝을 제안한 건 1017이었고 벤 아저씨가 동의했다. 이제 뉴 프렌티스타운은 새로운 폭포 밑에 있는 새 호수에 지나지 않아서, 토드의 치료 대안이라고는 새 이주민들이 도착하기 전까지 정찰기 치료실 침대에 눕혀두는 방법밖에 없었다. 로손 선생님은 그 방법을 강력히 주장했다. 로손 선생님은 이제 거의 모든 것을 지휘하고 있으며, 윌프 아저씨나 리에게는 맡기지 않으려 했다. 나는 어쩔 수 없이 벤 아저씨의 생각에 동의했다.

아저씨는 내 말에 고개를 끄덕이고 다시 토드를 내려다봤다.

로드도 아마 달라져서 돌아올 거야. 하지만 난 잘 살고 있는 것 같지 않니? 아저씨가 내게 미소를 지어 보이며 물었다.

난 요즘 벤 아저씨를 지켜보면서 내가 신세계의 미래를 보고 있는 건 아닐까, 모든 남자가 결국 이 행성의 목소리에 전적으로 자신을 내맡기지 않을까 하는 생각을 했다. 자신의 개성은 지키면서 자발적으로 스패클과 세상과 하나가 되는 것이다.

소음 치료제를 애지중지하는 남자들을 보면 다 그러진 않겠지만.

여자들은 어떨까?

벤 아저씨는 여자들에게도 소음이 있다고 확신했고, 만약 남자들이 소음을 잠재울 수 있다면 여자들이 소음을 깨어나게 할 수도 있지 않느냐고 생각했다.

아저씨는 내게 한번 시도해 볼 용의가 있는지 궁금해했다.

난 모르겠다.

왜 우리는 지금 이 상태로 살아가는 법을 배울 수 없는 걸까? 그리고 다른 사람이 어떤 선택을 하든 내버려 두지 못하는 거지?

어쨌든 5000명의 이주민들이 오면 그들이 각자 어떤 선택을 할지 알게 될 것이다.

이주단에서 이제 막 연락이 왔어. 우주선들이 한 시간 전에 궤도에 진입했다고. 착륙 기념식은 계획대로 오늘 오후에 열릴 거야. 너도 올 거지? 아저씨는 한쪽 눈썹을 찡긋해 보이며 물었다.

나는 미소 지었다. "브래들리가 저 대신 잘해주겠죠. 아저씨는 가세요?"

벤 아저씨는 토드를 돌아봤다. 난 가야 해. 가서 그들을 하늘에게 소개해야지. 난 좋든 싫든 이주민들과 땅 사이에서 그들의 뜻을 전해줘야 하니까. 하지만 끝나면 바로 여기로 돌아올 거야. 아저씨는 토드의 이마에 흘러내린 머리카락을 쓸어냈다.

토드를 여기 데려온 후로 나는 토드 곁을 떠나지 않았고, 그가 깨어날 때까지는 새 이주민들이 온다고 해도 나가지 않을 것이다. 심지어 로손 선생님까지 내게 와서 시장이 치료제에 대해 한 말이 맞았다고 전해줬다. 선생님이 그 치료제를 철저히 검사해 봤는데 시장의 말이 사실이었다. 이제 모든 여자가 건강해졌다.

하지만 1017은 아직 아니었다.

그의 몸에서 감염은 좀 더 천천히 진행되는 것처럼 보였고, 그는 토드가 깨어날 때까지 밴드의 고통을 견디겠다면서 치료제를 거부했다. 그 고통을 지금까지 일어났던 모든 일, 일어날 뻔했던 일, 다시는 그때로 돌아가서는 안 된다는 점을 일깨워 주는 계기로 삼겠다고.

이러면 안 되겠지만 그가 아직 아프다니 기분이 조금 좋다.

하늘이 여길 찾아오고 싶어 해. 벤 아저씨는 마치 내게 없는 소음을 읽은 것처럼 아무렇지도 않게 말을 꺼냈다.

"안 돼요."

그가 이 모든 걸 마련해 줬잖니, 바이올라. 만약 토드가 돌아오면…….

"만약이요. 그게 중요하죠, 안 그래요?"

그렇게 될 거야. 그렇게 된다.

"좋아요. 그때가 되면 토드에게 그를 애초에 이곳에 누워 있게 만든 스패클을 보고 싶으냐고 물어볼 수 있겠죠."

바이올라…….

나는 아저씨와 이미 수십 번도 넘게 한 이 논쟁을 끝내기 위해 싱긋 웃어 보였다. 내가 아직은 1017을 용서할 수 없어서 벌어지는 논쟁.

어쩌면 영원히 용서 못 할 것이다.

나는 그가 종종 길의 끝 너머에서 기다리며 벤 아저씨에게 토드의 상태를 물어본다는 걸 안다. 하지만 지금 내 귀에 들리는 소리는 앙가르드가 우리와 함께 그녀의 수망아지가 깨어나기를 참을성 있게 기다리며 풀을 우적우적 뜯어먹는 소리뿐이다.

하늘은 이 모든 일을 겪었기 때문에 더 나은 지도자가 될 거야. 우리는 실제로 그들과 평화롭게 살 수 있을 거다. 아마 우리가 항상 원하던 낙원에서 말이야.

"만약 로손 선생님과 이주단이 소음 치료제를 다시 만들어 내면, 만약 이곳에 착륙한 사람들이 원주민들의 어마어마한 숫자에 위협을 느끼지 않는다면 말이죠. 또 만약 모두 먹을 식량이 항상 충분하다면 그렇겠죠."

희망을 좀 가져보렴, 바이올라.

또 그 말이 나왔다.

"전 그러고 있어요. 하지만 지금은 모든 희망을 토드에게 걸었어요."

벤 아저씨는 다시 아들을 돌아봤다. 토드는 우리에게 돌아올 거야.

나는 고개를 끄덕였지만 그가 정말 돌아올지는 우리도 확실히 모른다.

하지만 우리는 희망을 품고 있다.

그 희망이 너무나 연약해서 죽을 만큼 겁이 나 말을 못 할 뿐이지.

그래서 나는 입을 다문다.

그리고 기다린다.

그리고 바란다.

어디까지 읽었니? 아저씨는 일기장을 향해 고개를 끄덕여 보이며 물었다.

"다시 거의 끝까지 읽었어요."

아저씨는 토드 곁을 떠나 내 옆의 스패클 의자에 앉았다.

끝까지 읽어주렴. 그럼 토드 옆바가 희망으로 가득 차 있던 첫 부분으로 다시 돌아갈 수 있잖아.

아저씨의 얼굴에 미소가 떠올랐고, 그의 소음에 아주 다정한 바람이 가득 차서 웃음 짓지 않을 수 없었다.

토드는 녀의 목소리를 들을 거야, 바이올라. 녀의 목소리를 듣고 우리에게 돌아올 거야.

우리는 모닥불에 데워진 돌침대 위에 누워 있는 토드를 다시 바라봤다. 스패클의 치료제 고약을 가슴의 상처에 올려놓은 그의 소음은 마치 희미하게 떠오르는 꿈처럼 들렸다가 사라지기를 거듭하고 있었다.

"토드, 토드?" 나는 속삭였다.

그리고 다시 일기장을 집었다.

그리고 계속 읽었다.

이게 맞나?

나는 눈을 깜박였다. 나는 한 기억 속에 있다. 여기 이것과 같
은 기억이다. 나는 프렌티스 시장이 학교를 폐쇄시키기 전의 올드 프렌
티스타운 교실로 돌아와 있다. 우리는 첫 이주민들이 왜 이곳에 왔는지
에 대해 배우고 있다…….

그리고 난 다시 이 기억 속에 있다. 그녀와 내가 파브
랜치를 떠난 직후 버려진 풍차 속에서 자고 있다. 하늘에 별이 하나둘
뜨고 그 아이는 내게 밖에 나가서 자라고 부탁한다. 내 소음 때문에 계
속 잠이 깬다고…….

이제는 이 기억에 만시와 같이 있다. 너무
나 영리하고 똑똑한 나의 개 만시가 불붙은 나무토막을 입에 물고 불을

도착   655

지르러 떠난다. 그 불 때문에 나는 구할 수…….

내가 구할 수…….

너 거기 있어?

너 거기 있어?

(바이올라?)

그러다가 가끔 한 번도 보지 못한 기억들이 보인다…….

나는 존재하는지도 몰랐지만 지금은 알고 있는 거대한 사막의 오두막집에 스패클 가족이 살고 있다. 지금 그 사막에 서 있는 나는 이게 신세계의 반대편, 내가 갈 수 있는 가장 먼 곳이라는 걸 안다. 하지만 나는 스패클의 목소리 안에 있어서 그들이 말하고, 보고, 이해하는 소리를 듣고 있다. 그들의 언어는 내 언어가 아니지만 나는 그들이 행성 반대편에 있는 인간들에 대해 알고 있다는 걸 알게 된다. 그들은 우리 곁에 있는 스패클처럼 우리에 대한 모든 걸 알고 있다. 목소리가 이 세상을 둥그렇게 둘러싸고 구석구석에 닿아 있기 때문에. 만약 우리가 그럴 수만 있다면…….

아니면 여기, 여기서 나는 언덕 꼭대기에 있다. 내 옆에 누가 있는데 그의 얼굴을 이제 막 알아본다(루크? 레스? 라스? 그의 이름이 생각날 듯 말 듯한데……). 그의 눈이 멀었다는 걸 알아보고 그 옆에 있는 남자의 얼굴도 알아본다. 그 남자가 앞을 보지 못하는 청년의 눈이 되어주고 있다는 것도 안다. 그들은 군대의 무기를 가져가서 광산에 넣고 입구를 막고 있다. 차라리 그 무기들을 몽땅 다 없애버리고 싶지만, 만일을 대비해 무기들을 그곳에 두자고 그들 주위에 있는 목소리들이 말한다. 앞이 보이는 남자가 안 보이는 남자에게 어쨌든 희망은 있을 거라고 말한다…….

아니면 여기에도, 여기에도 내가 있다. 나는 언덕 꼭대기에서 마을보다 더 큰 거대한 우주선이 머리 위를 날아가 착륙 준비를 하는 모습을 보고 있다…….

동시에 강바닥 옆에 있던 기억이 난다. 아기 스패클 하나가 거기서 놀고 있는데 숲에서 남자들이 나와 엄마를 끌고 가버린다. 아기가 울자 남자들이 돌아와 아기를 안고 다른 아기들이 있는 수레에 싣는다. 나는 이게 내 기억이 아닌 걸 알고 있다. 그 아기는, 그 아기 스패클은 바로…….

가끔은 그저 어둠만 있고…….

……가끔은 아무것도 없이 내가 들을 수 없는 목소리들만, 내가 가닿을 수 없는 목소리들만 있다. 나는 어둠 속에 홀로 있고, 내가 아주, 아

주 오랫동안 여기 있던 느낌이 든다. 나는…….

나는 가끔 내 이름이 기억나지 않는다.

너 거기 있어?

바이올라?

그런데 바이올라가 누군지 기억이 안 난다…….

다만 그녀를 찾아야 한다는 것만 기억나…….

날 구해줄 수 있는 유일한 사람이라는 것만…….

그녀만이 유일하게…….

바이올라?

바이올라?

"……나의 아들, 나의 잘생긴 아들……."

바로 저기!

바로 저렇게!

가끔 어둠의 한가운데, 기억의 한가운데, 내가 어디 있든, 내가 뭘 하고 있든 그 한가운데, 가끔은 내가 걸어가는 땅을 이루는 백만 개의 목소리 한가운데서······.

가끔 들린다.

"······네 아빠가 여기 있어서 널 볼 수 있다면 얼마나 좋을까, 토드······."

토드······.

토드······.

그게 나야······.

(나는 생각한다······.)

(그래······.)

그리고 그 목소리, 그 목소리가 이 말을 하고 있다······.

"······네가 문법에 맞지 않는 말을 해도 바로잡지 않겠다고 약속하마······."

이건 바이올라의 목소리인가?

그런가?

(너니?)

최근에 이 소리가 더욱 자주 들린다. 내가 이 기억들과 공간들과 어둠을 헤치며 날아가는 동안 시간이 흐를수록 더 자주······.

다른 수백만 개의 목소리 중에서 이 소리가…….

"……네가 나를 부르니까 가서 내가 대답해야지……."

내가 대답할 거야…….

토드가 대답할 거야…….

바이올라?

나를 부르고 있니?

계속 날 불러줘…….

계속 날 부르고, 계속 날 구하러 와줘…….

매일 네가 점점 더 가까워지고 있어…….

이젠 거의 네 소리를 들을 수 있을 것 같아……

거의…….

너니?

저게 우리야?

저게 우리가 한 일이야?

바이올라?

계속 날 불러줘…….

난 널 계속 찾을게…….

내가 널 찾아낼 거야…….

믿어도 돼…….

내가 널 찾아낼 거야…….

계속 날 불러줘, 바이올라…….

내가 가고 있으니까.

옮긴이 **박산호**

한양대학교 영어교육학과에서 영어를 가르치는 방법을 공부했고, 영국 브루넬대학교 대학원에서 영문학을 전공했다. 영어를 처음 배우는 아이들을 위해 초등학생이었던 딸을 모델로 삼아 《깔깔마녀는 영어마법사》라는 책을 썼고, 기본 영단어 100개를 엄선하여 단어와 관련한 정치, 경제, 역사, 문화 등의 상식을 함께 살펴보는 영어 교양서 《단어의 배신》을 비롯 《번역가 모모씨의 일일》, 《어른에게도 어른이 필요하다》와 같은 에세이를 썼다. 《카리 모라》, 《전화하지 않는 남자, 사랑에 빠진 여자》, 《죽음을 문신한 소녀》, 《지팡이 대신 권총을 든 노인》, 《거짓말을 먹는 나무》, 《토니와 수잔》, 《레드 스패로우》, 《하우스 오브 카드 3》, 《차일드 44》, 《싸울 기회》, 《다크 할로우》, 《콰이어트 걸》, 《퍼시픽 림》, 《용서해줘, 레너드 피콕》, 《세계대전 Z》 등 다수의 소설과 에세이를 번역했다.

카오스 워킹 3

초　판 1쇄 발행 2012년　9월 10일
개정판 1쇄 발행 2021년　4월 30일

지은이 | 패트릭 네스
옮긴이 | 박산호
발행인 | 강봉자, 김은경

펴낸곳 | (주)문학수첩
주소 | 경기도 파주시 회동길 503-1(문발동 633-4) 출판문화단지
전화 | 031-955-9088(마케팅부), 9534(편집부)
팩스 | 031-955-9066
등록 | 1991년 11월 27일 제16-482호

홈페이지 | www.moonhak.co.kr
블로그 | blog.naver.com/moonhak91
이메일 | moonhak@moonhak.co.kr

ISBN 978-89-8392-855-9 04840
　　　978-89-8392-851-1 (세트)